野呂邦暢

文遊社

野呂邦暢 小説集成 8

丘の

火

目次

藁と火　9
青葉書房主人　65
廃園にて　87
足音　107
丘の火　167
エッセイ「戦記と原爆」陣野俊史　653
解説　中野章子　663

野呂邦暢
小説集成
8

監修

豊田健次

藁と火

母は雁爪《がんづめ》で土を掘っている。

サトルは穴の縁に堆くもりあがった土を、ざるですくって畑にまんべんなくばらまく。

表土は五センチほどの厚さしかない。いま母が掻い出している土は、赤茶けた粘土まじりの土だ。ねばりけのあるそれは雁爪の刃にからまり、竹べらでしょっちゅう削り落さなければならない。

母と子は黙りこくって作業を続ける。

町はずれの丘にあるこの畑へ来たのは早朝だ。二人は笹やぶと雑木林を抜けて丘の一角にたどりついた。下半身は朝露でぐしょ濡れになった。もはや笹の葉は乾ききっている。黒い土も白く変り、日光を反射して目に痛い。サトルが暑さに耐えかねてシャツを脱ごうとしたとき、初めて母は口をきく。

——ぬいではならんと、白かもんを身につけとかんば、
母も白いブラウスを着ている。新型爆弾という言葉を耳にするようになったのはおとといからだ。ずっと東の方にある大きな町にそれは落ちたらしい。沢山の日本人が火傷を負うた。死んだ人もあったらしい。(新型爆弾が……)というとき、人々は不安そうに声をひそめる。けれども白い布きれをつけていたら大丈夫なのだそうだ。

シャツは汗に濡れて皮膚にまつわりつく。いったんはずしたボタンをかけ直しながらサトルは空を見上げる。

青空はしんと静まりかえっている。少年は軽い目まいを覚える。中食までにはずいぶん間がある。目まいはからっぽになった胃のせいであることを彼は知っている。雲の輝きは写真家の焚くまばゆい焰を思わせる。次に焼き立ての食パンを連想させる。N市に住んでいたころ食べたことがある。やわらかな白い塊り、一年以上も前のことだ。大通りに面したパン屋が休業することになって最後のパンを焼いた。母が長いこと行列に加わって切符と引きかえに手に入れた。

サトルは唾を吐こうとする。口はからからに干あがって一滴の唾液も出ない。

笹やぶと低い灌木でおおわれた丘の中腹に二人はいる。そこだけ植物が切り払われ、一反あまりの赤土がむき出しになっており、八月の光にあぶられている。（せめて二反は……）というのが母の口癖であった。祖母と母の弟と合せて四人が生きるには二反歩の土地が要るという。深く土に喰いこみ根を張った笹を掘りおこすのは根気と労力なしではかなわなかった。まる一日ぶっ通し働いて一坪くらいしか開墾できなかった。笹の根は灌木の根とからみ合い、鋤の刃をはねかえした。岩や石くれに網をかけでもしたように木と竹の根がまつわりついている。

柏や栗の根っ子を一株掘り出すだけで半日つぶれたことがある。一反の畑を開くまでに雁爪二本と三本の鋤の刃がこぼれてしまった。アキラ叔父は役所からもどると毎晩、つぶれた鋤の刃を砥石にかけて磨いた。丘を切り開くのは母と子の一組だけだ。近所の農夫はわざわざ二人の所へやって来て、こんな土地を耕してもろくな作物は稔らないといった。

土は痩せており、貧しかった。石くれだらけの表土の下には砕かれた砂岩の層がある。ほとんどが砂と粘土だと農夫は忠告した。畑になる土地ならわれわれがとうの昔に開墾している、と老いた百姓はいって唾を吐いた。母は黙って聞いていた。老人が立ち去るとまた鋤をふるい始めた。サトルは切り取った笹や雑木を畑の片隅に積み上げて焼いた。あれはいつのことだったか。N市からこの町へ引っこして来て間もなくだから、三月頃だ。五カ月近く経ってようやくこれだけだ。

サトルは畑を見まわす。

母は雁爪の柄にもたれて肩で息をしている。穴の深さはやっと母の腰に達したばかりだ。水甕を穴にいけるには、明日いっぱい掘らなければなるまい。

水甕には下肥を汲んで溜め、充分に腐らせて畑の土に撒くことになっている。砂と石と粘土まじりの硬い土が、どろどろと腐敗したものをふんだんに吸いとり、焼きたてのパンのように柔らかい肥えた土に変るさまを少年は思い描く。赤茶けた土もそのときは黒褐色になるだろう。ざらざらしたもろい土ではなくて、しっとりとした艶を帯びた土。その思いは彼を元気づけ、つかのま飢えと渇きを忘れさせる。畑には豊かに作物が稔る。薩摩芋、玉葱、馬鈴薯、玉蜀黍、小麦、……少年には野菜と穀物が見えてくる。

丘は北がわにゆるやかな勾配をなして下り海と接している。深く内陸に湾入した海は岬と半島で抱きかかえられ、湾口もちょっぴりしか見えない。

少年はぎくりとして耳をそば立てる。いつもの音……空から降りて来る威嚇的な響きに似ている。笹の葉ずれと雑木のそよぎに紛れて聴きとりにくい。ずっと遠くにあった大きな町が、一個の爆弾で消えたという話はまだ耳に新しい。やがて少年はながながと息を吐き出す。一匹の虻が目の前をかすめる。視界を横切るとき一瞬その昆虫は黄金色の光に包まれる。

東の方にあった町が空の火で焼かれたのはさきおとといだ。めずらしいことではない。毎日、この国のどこかで町が燃えていることを少年は知っている。毎日、どこかで……。少年は伸びあがって自分の町を確かめようとする。町は丘の向うがわにあり、斜面にさえぎられて見えない。

虻の羽音が聞えるほど静かな午前に、町が消えてしまうことがあろうとは少年には信じられない。

世の終り……祖母がときどき口にする言葉である。それがどういうことなのか彼にはわからない。夏休みの終りということならわかる。休みが終れば新学期が始る。のべつ甲高い声で生徒にわめきちらす女の先生とまた顔を合せなければならないことを思うだけで、少年の気は滅入る。宿題はまだ半分もやっていない。新学期が訪れる前に（世の終り）が来ればどんなにいいか。

（世の終り）は手のとどく所にありそうな気がする。かと思えば、手のとどかない所、たとえばはるかな海の向うにあるようでもある。今のところ丘は丘であり、町は町であり、そして町には学校がある。

日が高くなるにつれて雲は輝きを増し、ゆっくりと海の上へ移ってゆく。空の濃い青が目にしみる。ふだんはそこを飛ぶ物体がまきちらす振動音がきょうは絶え、森閑としている。空はうつろである。

いつになったらN市へ帰れるのか、と少年は母にたずねる。

父が帰ったら、と母は物憂げに答える。

いつ父は軍隊から戻るのか、と少年はかさねてたずねる。

——戦争が終ったら、
穴の底に母はしゃがんでいる。声だけ聞える。

——いつになったら戦争が終るとね、
母は答えない。

いっそのこと丘の向うにある自分の町に新型爆弾とやらが落ちればいい、と彼は思う。白い物を着ていたら怪我はない。少年は我に返り、足もとに積み上げられた赤土を鍬でざるに盛る。乾いた畑にざるの中身をばらまく。しばらくの間、まきちらされた土は赤茶色の斑点となって畑をおおう。しかしすぐに湿り気は失せ、畑と同じ色になる。

少年は咽喉の渇きに耐えかねて栗の木かげに置いた水筒を取りにゆく。蓋をはずしてなまぬるい液体を口に含んだとき、丘の麓から登って来る一団の人影に気づく。

カーキ色の制服を着た男たちが笹やぶをかき分けて近づいて来る。一人を除いて残り四人が腰に長い物を吊っており、歩きにくそうにそれを手で押えたり、ずらしたりしている。少年は男たちの襟もとを見つめる。長方形の小さな赤い布地に入った黄金色の線と星の数をすばやく数える。それほど多くの星と黄金色の線をまぢかに少年は見たことがないので息がつまりそうになる。
——曹長、少尉、もう一人少尉、中尉、大尉、
少年は土くれを鍬で崩すのも忘れて軍人たちを目で追う。彼らはめいめい地図を手にして鋭い目付でまわりを見

まわしている。竹の鞭を持っているのは中尉である。母と子には目もくれず畑の縁を突っ切って丘の頂きへ歩み去る。軍人たちの背中からわきの下にかけて汗が黒いしみとなって滲み出ている。

少年は鍬を捨て、木かげをつたってこっそりと近寄る。町ですれちがう兵士たちの襟章は見なれている。兵士の階級を仲間たちとあてっこするのは少年の習慣だ。きょうのように粒揃いの高い階級を見るのは初めてである。少年は誇らしさで胸がいっぱいになる。中尉は竹の鞭で丘のあちこちを指しながら地図と見くらべて何やら声高にしゃべっている。

このあたりに陣地を作るのだろうか、と少年は考える。してみればいよいよ町は戦場になる。いくさが始る。少年は息をはずませる。新学期が来るのを遅れさせることならどんなことでもありがたい……

少年が西南の方向にある港町からこの町へ移って来た頃、数百の兵士たちがやって来て少年の学校を宿にした。はいりきらない兵士は寺に入った。彼らは海を渡って攻めこむ白人たちと戦うのである。

兵士たちは馬を曳き、馬は大砲を曳いている。兵士たちは機関銃をかついで走る。少年は列をなして町を通る兵士たちに見とれたものだ。いちどきにこれほど大勢の兵士を見るのは初めてだった。彼らはすくなくとも二人に一人は小銃をになっていた。小銃をつける剣は竹製である。竹でも肉体をつらぬくことができる。

彼らは鉄と革の匂いがする。

丘の上で、丘の麓で、兵士たちは這いまわり、立ちあがって駆け、叫び声をあげる。彼らがうちまかされることがあるだろうか。兵士たちは夕方、校舎へ帰って来る。土と砂と汗にまみれ、高らかに軍歌を歌いながら帰って来る。

彼らはこの町から一歩も退かないだろう。東の町が消え、西南の方にあるN市が燃えても、少年の町は白人の侵入を許さないだろう。兵士たちが居るかぎり。

丘の上にたたずんでいた連中はいつのまにか姿を消している。青臭い草いきれが少年の体を包む。大気は熱をはらみ、少年を息づまらせる。兵士たちもカーキ色の制服を白いシャツとズボンに替えればいいのに、と少年は思う。

そうすれば新型爆弾が落ちても平気なはずだ。水兵はとうにそうしている。N市で少年は軍艦の乗組員が白いものを身につけているのを見なれている。

母が穴から這いあがる。帰らなければ、と少年をうながす。日が高くのぼった今は畑仕事を続けられない。掘った直後は水気を含んで生肉のような色であった穴の土は、乾いて白茶けた厭な色に変っている。何もかも日に照らされ乾ききっている。畑土は石のように堅い。

雨が降らなくなってから何日も経つ。

母はリヤカーに雁爪とざるをのせる。雨はいつ降るのか、と少年はたずねる。リヤカーの上には縄でくくった空の醤油壜がある。母はリヤカーを曳いて丘をくだる。壜はリヤカーが揺れるつどおたがいにかち合って涼しい響きを発する。雨が降らなければ畑は死んでしまう、と少年は考える。リヤカーの後ろにつけた縄を引っ張って丘をくだりながら少年は空を見上げる。

静かな空っぽの空。

きのう、空はいくつものまがまがしい音で満たされた。町の上をそれらは飛びかい、工場や駅に黒い物を落した。おとといもそうだ。トンネルがもう少しで埋まるところであった。夏休みに入ってから、空は星のしるしを描いた飛行機のものになった。いつでも空のどこか見えない所に、少年をおびやかす金属の振動音があった。畑仕事を途中でしばしば切りあげなければならなかったのもそのためだ。しかし、きょうは違う。

静かな空っぽの空……

暗くなるまで何事もなく穴掘りが続けられそうな日であるのに、母は足早に丘をくだる。醤油壜を何に使うのか、と少年はたずねる。今にわかる、としか母は答えない。

丘の麓をめぐる国道を横切り、海へ向って母はリヤカーを曳く。芋畑の畦道を急ぐとき、にわかに少年は不安になる。まわりには笹やぶも灌木もない。身を隠す物かげはどこにもない。空から獲物を狙って降りて来る物があれば……見通しの良い平地にさしかかってそんな不安を覚えるのはいつものことだ。

二人は海岸に出る。

砂浜には船底を上にして伏せられた小舟が何艘も横たわっている。人影はない。母はますます足を早める。ずっと向うに海へ突き出た岩鼻が見える。あそこまで行くのだ、と母は息子にいいきかせる。砂浜に引き上げられた小舟はひび割れ、穴まであいていて何日も使われていないことを示す。

少年は立ちどまる。引き潮どきである。草履の鼻緒が切れた。はだしになってリヤカーの後を追おうとしたとき、かたわらの水溜りに気づく。砂浜の一箇所に窪みがあり、海水が溜っている。

白い砂に影を映して泳ぐ物がある。少年は跪いて手をさし入れ、魚をとらえようとする。掌がつかむのはなまぬるい水ばかりだ。思い直して少年は水を掻い出しにかかる。渚に打ち上げられていた手桶を使う。汲んでも汲んでも、水はいっこうに減らない。

少年は目がくらみ、やがて息切れがして来る。

母は岩鼻にさしかかっている。ここからは小さな点にしか見えない。手桶であらあらしく水をかきまわすと、魚たちは身をひるがえし銀色の腹をきらめかせて、めまぐるしく泳ぐ。底の砂が浮き上り、魚の姿を隠す。手を止めると、水はたちまち透き通り、魚と砂を輝かす。手桶のたががゆるみ、水の中でそれはばらばらになる。

少年は立ち上り足をふらつかせながら砂にしるされた母の足痕をたどって岩鼻へ向う。

湾を囲む山々も海と同じほどに静まりかえっている。今、天にも地にも息づいているのは自分たち二人きりであると少年は思う。歩きながら彼は西南の海岸に迫った丘に目をやる。少年が生まれ育った港町は、その丘のはるか向うにある。畑のある丘の中腹でも、少年はN市の方角を確かめている。引っ越しをするとき、トラックで一時間かかった。簞笥や机など家の中身でトラックに積むことが出来たのはほんの少しだ。あらかたはまだN市の家に残っている。けさ、やっと手配したトラックにアキラ叔父が乗ってN市へ向った。まもなく着く頃である。

少年は岩鼻のはずれにたどりつく。日に灼けた岩が少年の素足を熱くする。岩にこびりついた牡蠣殻も少年の足裏をいためつけようとする。

母は下半身を水に浸して、空壜に海水をつめている。水ぎわで壜を受けとって少年はリヤカーに運ぶ。いま見た魚のことを語ろうにも腹に力が入らず、海水を満たした壜が異様に重い。朝、食べたのは麦粥が一杯きりだ。ともすれば壜を落しそうになる。少年は足を踏みしめて水ぎわからリヤカーへ往復する。母も黙りこくっている。潮の匂いが鼻をつく。

少年は水に漂う茶褐色の海藻をひろい上げて口に入れる。噛みしめると、ねばねばした塩っぱい味が口に拡がる。ゴムのように弾力があり、ゴムのように味気ない。少年はズボンのポケットから貝を取り出す。さっき水溜りのわきでひろったものだ。指で蓋をこじあけようとする。貝は指にさからう。少年はそれを岩に叩きつける。堅い貝殻が割れて乳色の柔らかな身が現われる。少年は指で殻から肉を剝がし、海水に浸して洗う。貝の肉は殻にしっかりとくっついており、たやすく全部の殻を除くことが出来ない。そのまま口に頰張る。歯と舌を使って貝の肉だけを飲みこむ。何を食べているのか、ときいた母に、口をすぼめて貝殻のかけらを吐き出すことで答える。青臭い海藻よりは貝の肉がまだしもだ。それはなめらかでかすかに甘い。小さな袋のようなものを歯でつぶしたとき塩の味が快く舌を刺し、少年は思わず目を細めて満足そうに呻く。食道をこすり胃へすべりこむ小さな肉片を少年は意識する。幸福の予感めいたものが彼に訪れる。

(きょうはいいことがある……)

朝からそう思っている。

残りの家財道具をトラックに積んで来る。階段下の物置にしまっておいた少年の玩具も持って来るはずである。何度も念を押したのだから忘れることはないだろう。

積み木、日光写真の器具、ビー玉一箱、ダイアモンドゲーム、絵本、鉛の兵隊、模型飛行機、将棋、めんこ、幻燈器、機関車、レンズ、雑誌、鉱石ラジオ、軍艦の絵葉書。夕方までには再びあの懐しい宝物を手で撫でさすることが出来る。

木炭を燃やして走るトラックが山を越えられるかどうか、と母は気づかわしげにつぶやく。N市へ入るにはけわしい山道をたどり、峠を通過しなければならない。十二本の醬油壜に海水を汲み入れてから母は波打ちぎわの岩にもたれる。そうして濡れた下半身を日に当てて乾かす。

海と向いあった少年はN市の波止場を思い描く。

魚市場ちかくの岸壁は彼の遊び場であった。船べりをくっつけてもやわれた機帆船が波の動きにつれてゆるやかに上下し、鈍く軋むのを聞くのは良かった。埠頭に横付けした貨物船の荷を、起重機が積みおろす光景も見て飽きなかった。対岸にある造船所では絶えず明滅する熔接の火花があった。

少年が胸をときめかすのは、魚市場の男が魚の頭や臓物を海に捨てるときだ。岸壁のふちで、男はむぞうさにバケツをひっくりかえす。赤黒い塊りが水に落ち、しぶきを上げる。青緑色の海に魚の血が拡がる。脂がこみいった縞模様を水面に織る。水に投げ入れられ、触手のようにじわじわとふくらむはらわた。ゆっくりと沈んで行く肝臓、波に揺られている長い腸。それらを狙って空からかけ降りて来るカモメ。血と脂は陽光を反射し、虹色に輝く。

海面には造船所から流れ出る鉱物質の油も漂っている。軍艦や漁船や貨物船が捨てる黒い廃油もある。石炭の燃え殻も浮いている。木箱、藁、ロープの切れ端、野菜屑、死んだ魚、犬猫のふくれあがった屍骸、それを少年は一つずつ目で点検する。

田舎の海は浄らかである。

田舎の海には何も浮んでない。

少年にはそれがもの足りない。N港にうずくような懐しさを覚える。漁船から聞えるエンジンの響き、貨物船の汽笛、造船所でリベットを打つ音。

港はいつも賑やかであった。海上を絶えず動く物があった。田舎の海はひっそりとしている。田舎の海には何もない。磯に砕ける波の音だけが高い。少年は水の底に目をこらす。貝の味が忘れられない。しかし岩と岩の間にころがっているのは割れた貝殻や古釘だけだ。甘い肉片で刺戟された胃はますます少年に飢えを訴える。

少年は水の中から折れた古釘をひらい上げてしゃぶる。錆の味がするそれを慌てて吐き出す。母はいつまでも乾かない衣服に業を煮やしたか、もぞもぞと身動きして腰紐を解く。あたりを見まわしておいてモンペを脱ぐ。白くふやけた太腿が少年の目に映る。彼は唾液を飲みこむ。視線をそらして水平線を見つめる。しかし目はどうしようもなく母の裸体にそそがれる。碾きたての小麦粉よりも白い背中、胸の柔らかな隆起、海に目をそらしてもそれらが目蓋の裏に刻みこまれている。母は脱いだ衣類を絞って水を切る。

少年はまた水平線を眺める。

白人たちがやがて現われる海。

なぜ彼らを怖れなければならないのだろうか。とらわれた白人を少年はNの町で何度も見かけた。破れた服をまとい、足を引きずって彼らは造船所へ通う。ちょっと手で押しただけで倒れそうだ。彼らはいちように痩せこけ、頬も目も落ちくぼんでいる。小銃を持った兵士の声に絶えず怯え、体をこわばらせる。どうしてあんなに惨めな白人たちをこわがるのだろう、と少年はいぶかる。彼らは南の方の半島と島々の戦いに敗れて捉えられ、N市へ連れて来られたのだという。生きたまま捉えられるほど意気地のない兵士たち。

海はひっそりとしている。

海岸も静かである。

白人たちは見さかいなく日本人を捉えて手に孔をあけ……少年は身ぶるいする。じっと自分の手を見つめる。イサオも手に孔をあけられるだろうか。ミツルも、ツトムも。ツトムが痩せこけた赭ら顔の白人兵士に押えつけられ、錐のような物を手に突き立てられている情景を少年は想像する。しだいに体が熱くなる。ツトムは田舎町にこの国の首都からやって来た。学級でいちばん色の白い子供だ。（ツトムはひょっとしたら女の子じゃなかろうか）とイサオがいったことがある。カツトシも同じことをいった。（男か女か調べてみんばならん……）

大男が鋭い刃物でツトムの腹を裂くところが見える。尻の肉をそぎ取るのも見える。パンよりも白く、パンよりもふわふわしたツトムの尻。

（ツトムを食べたい……）

少年は思わず咽喉を鳴らす。歯と歯の隙間にさっき食べた貝の肉がはさまっている。それを舌で取ろうとするがうまく取れない。母は生乾きの衣服をつけて立ちあがる。声に出しはしなかったが、自分の欲望が母にさとられはしなかったかと、少年はおびえる。

おびえながらも心の中でくりかえす。

（ツトムを食べたい、そのうちきっと食べてやる……）

母は縄を海水に浸して壜を縛る。濡らした縄を使えば壜をしっかりとリヤカーに固定することが出来るとつぶやく。

おびただしい光が溢れている戸外から、一歩藁屋根の家へ踏みこむとみるみる汗がひく。土間は踏み固められて石のように堅くなっている。湿った土の匂いを放つ。納屋からは味噌と麴の匂いが漂って来る。

目が屋内の薄闇に慣れるまでにはしばらくかかる。やがて黒い艶を帯びた柱が見えて来る。母は海水を布で漉し、大釜に満たす。少年は麦藁をかまどにくべる。飢えは今や耐えがたいまでに少年を苦しめている。少年はかまどの前にうずくまってみぞおちを押える。そうしているとわずかに胃の痛みをやわらげることが出来る。

母は白い粉を水で練る。乾燥させた干芋の粉である。海水を煮つめた時分に芋団子を口に入れられるだろう。

少年は麦藁に火をつける。

黄色い物は勢い良く火を噴き出す。少年は藁束に火がまんべんなくゆき渡るよう具合良くかまどの中に拡げる。

そうしながら後ろへ体をずらす。燃えさかる藁の熱が少年に汗をしたたらせる。

アキラ叔父はもう荷物を積みこんでしまっただろうか。港町の家は焼き払われるという。せんだって空から降って来た紙きれに書いてあったことである。星のしるしがついた飛行機が撒いたのだそうだ。紙きれは間もなく憲兵と巡査が集めに来た。少年はまわりをうかがって誰もいないことを確かめ、ポケットから細かく折り畳んだ紙きれを出す。かまどの明りにすかしてビラの文句を読む。漢字の多い文章の大半は読めなくても意味はつかめる。

「……東京ハ既ニ一望ノ焼野原トナリマシタ。大日本帝国ハ……都市ノ皆サン……アマス所ナク爆撃……無益ナ戦ヒハ今ヤ……焼失……人命ヲ犠牲トシテ……スミヤカニ……」

壁ごしに聞えていた庖丁の音がやむ。少年は慌てて紙きれを火に投げこむ。N市にある級友たちの家を思い描く。トオルの家、トオルにはビー玉十五個の貸しがある。家が焼けても返してくれるだろうか。ケイコの家は煉瓦造りだ。あそこは燃えない。先生の家、学校、駅、魚市場、造船所、教会、大学病院、ビラはうそをついている、と少年は思う。あんなに大きい町が焼き払われるということはあり得ない。

この家にしても……

少年は腰をおろした丸太の上で体をねじって屋内を見まわす。

闇に慣れた目には柱の節、天井の木目まで見てとれる。良く磨かれた鴨居、黒光りする長押、沈んだ光を放つ箪笥の金具などは、祖母のいいつけで少年が朝夕いっしんに布きれでこすったものだ。ハタキをかけ、埃をぬぐい、厚い布地で空拭きして艶出しをする。少年に課せられた仕事である。二階から下まで掃除をする手順は決っている。土間、裏庭、座敷、階段。田舎の家へ引っ越してから少年のすることといえば掃除だけだ。

いっそのこと新型爆弾がこの町に落ちればいい。そうすれば朝夕の日課から自分は解き放たれる。少年はかまどの奥に目をこらす。焔はかたときもじっとしていない。焔は透きとおっている。それは黄白色の塊りに見える。平べったいようでもあり、細長いようでもある。藁を包みこんでふくれあがり、揺れ動き、しょっちゅう小さな爆発をくりかえす。

汚れた麦藁も火に変れば浄らかになる。

いつか少年も焔と一体となってゆらめく。火は少年の体をつらぬき、肉と骨髄の中にまで侵入するかと思われる。藁の火は無数の針に変る。火はのび拡がり、黒い沼を照らす。裸の男女が沼でもがいている。沼のふちにはぎっしりと針がうわっている。その針で体を刺しつらぬかれてうごめく人間もいる。きのう、イサオに導かれて寺の一室で見た掛軸の絵。イサオの父は僧侶である。兵隊になって少年の父と同じように南の島に渡っている。

地獄におちた者どもはそろってひときれの布も身にまとっていない。申し合せたように背をかがめ、痩せさらばえた体でよろめき歩く。列をなして針の山を越え、血の池を渡る。火の海を泳ぐ。手のない男、足のない女、首のもげた子供、満足に五体がそなわっているのは一人もいない。

サトルはある亡者に目をとめる。その子は全身が汚物と血にまみれているが、手足は欠けていない。ツトムがこんな所にいる……。

顔が似ている。体つきもそっくりである。

ツトムは手首を背中にまわしてゆわえられ石ころだらけの河原を歩いている。河原で行列を作って進む連中はみな手首をいましめられ、石につまずいてころんだ者もすぐに立ちあがれず顔を歪めて呻く。イサオが何かいう。サトルは絵から目を離す。

（もっと良かもんば見せてやるけん）

（飛行機の絵か）

イサオは首を横に振る。唇に指を当てがい奥の気配に耳をすます。足音をしのばせて廊下を伝い、かつて父親が使っていた部屋へ案内する。

（軍艦の写真か）

サトルは小声でたずねる。イサオはまたかぶりを振る。机の抽出しを抜き取り、その中に腕をさし入れて何かさぐっている。

（ほら……）

イサオは小さい手帖のようなものをさし出す。サトルに渡すなり障子にいざり寄って廊下の物音に耳をそば立てる。サトルは手帖をめくる。濃い紅や藍で彩られた形が少年の目に映る。解かれた帯や、着くずれた衣服はわかる。古風な髪を結った男女の肢体がからみ合っているのも見てとれる。しかし、それが何を意味する物であるかははっきりしない。わかっていることはその絵の持つ秘密めいた雰囲気だけだ。

（早く……）

イサオがせきたてる。早くといわれてもどうすればいいのかサトルには決しかねる。手帖をすぐに閉ざすことがなぜか出来ない。腕や太腿が異様にねじれているのは？　畳の上に拡がっている女の長い髪。その顔は歪んでいる。口は半ば開かれ、赤い舌がのぞいている。たった今見た地獄の亡者たちが浮べていた苦悶の表情と似ているようで似ていない。

（来た……）

イサオは叫ぶ。手帖をひったくって元の場所に押しこみ、抽出しをさしこむ。子供の名前を呼びながら近づいて来た足音は部屋の外を通りすぎ、本堂の方へ遠ざかる。

（見たろ、おまえ）

イサオはサトルに小声で話しかける。少年は曖昧にうなずく。胸がせわしなく搏つ。顔にはじっとりと汗が滲んでいる。何を見たのかいうことは出来ないが自分が何かを「見た」のは確かだ。

……………………………………

かまどの火は消えかけている。

サトルは慌てて麦藁をくべる。母が藁束を取りに来る。

少年は裏庭に出る。
二、三日まえ、山から切り出した四本の竹が軒下にかけ干しにしてある。竹はあらかじめ先の方がななめに削られている。柿の木の下に母は麦藁を積み重ねて火をつける。少年は芋団子を食べながらそれを見ている。立ちのぼった火の中に、母は竹の先をさし入れる。一家の人数ぶんだけ竹槍を備えておくように、とせんだってお触れがあった。
四本のうち一本は短い。サトルのぶんである。片手に芋団子を、もう一方の手に竹を持ってサトルは火にかざす。町は兵士たちだけが守るのではない。少年は大人になったような晴れがましい気持を味わう。生竹をそいで火にあぶると、鉄のように堅くなる、と祖母はいう。

町へ攻めこむ白人どもに、この槍で立ち向うのである。きのうきょう、家々の中庭で、川原で、神社の境内で火を焚いて竹をあぶる光景をしばしば少年は見ている。

——かまどの火は、
と母がきく。

少年は急いで台所へもどる。火はまた消えかけている。釜の水はだいぶ減っているようだ。少年は白い粒を思い描く。透きとおった水の底にきらきらと輝く白いかけら。見えるのは煮えたぎって泡立つ湯だけである。

少年は藁の燃えさしを一束つかんで釜の上に近づけ、どれだけ水が減ったか調べようとする。土壁で囲まれた台所はあまりに暗い。

何かが閃く。

少年は体をこわばらせる。

戸外からひとすじ、鋭い青紫色の光がさしこんだような気がする。一瞬のことだ。その光で釜の中身が見えた。

藁の赤黄色を帯びた火の色よりも強い光。

ふだんは見えない壁の棚や、その下に積み上げた樽などをくっきりとその光は照らし出したような気がする。手にした藁の火は消え、灰が釜の中に落ちそうだ。少年は燃えさしをかまどに投げこむ。天も地も今や鳴りをひそめて重々しい静けさが拡がっている。

鳥はさえずるのをやめている。

たった今までやかましかった蟬がなきやむ。裏庭で叫び声がする。母の声である。

少年は裏庭に駆け出す。

母は焚火の傍に突っ立って西南の空を指さしている。祖母も母のかたわらで同じ方角を見ている。母たちの持った竹槍は先に火がついている。少年はそれらをもぎ取って土に叩きつける。せっかくの武器が台無しだ。隣りの家からも、道の向う側の家からも何かただならぬ叫び声があがっている。庭の片隅にある鶏小舎では、鶏たちがけたたましく啼きかわし、狂ったように羽根をばたつかせている。鳥たちは、白い羽毛を撒きちらす。足で地面を引っ搔いて土埃を立てる。

人々は今の光について口々にいいかわす。

サトルは足もとの焚火がそっくり地面から浮きあがり、散りぢりになって軒の高さまで吹き煽られるのを見る。

火のついた藁が宙に舞う。

祖母はしゃがみ、ついで地に這いつくばる。髪がばらばらに乱れて逆立つ。母は柿の木にしがみつく。少年は母の腰に抱きつく。見えない巨きな手が三人を庭から押し出そうとしたかと思われる。

燃える藁は小さな火の輪を描きながら、今や屋根をかすめ隣家の庭さきへ漂い出している。少年は口をあけて火の粉を見送る。頭上では柿の葉がいっせいに葉裏をひるがえし風にもみしだかれてざわつく。まだ青い柿の実がいくつも降って来る。葉もちぎり取られ、燃える藁の後を追って宙に流れる。

庭には薄茶色の土埃がたちこめている。

大掃除をする日のように細かな塵が浮んでサトルを咳きこませる。どこからか吹き飛ばされて来た洗濯物がくるくるとまわりながら頭上を過ぎてゆく。

――飛行機が落ちた、

――火薬庫に火がついたとやろ、

――山の飛行機工場が爆発したとばい、

――ガスタンクが、

柿の木はざわつくのをやめた。いつのまにか風はやんでいる。うわずった声で叫ぶ隣人たちの言葉がとどく。鈍い物音がどこからか伝わったのをサトルは思い出す。光と風とその音が、同じ場所から発したとすればここからそれほど遠くない所のようである。祖母はおずおずと身をもたげて髪を直す。母は焦げた竹槍を手にしたまま西南の空を仰いでいる。

少年は道路にとび出す。

――サトル、行くな、

母の声を背中で聞いて家をあとにする。道路には人があふれている。女、子供、老人たちをかきわけて少年は走る。ふだんはしんとしている通りが今は妙に賑やかだ。人々はいちように口をあけて空を見上げている。戛々と馬蹄の音が少年の後ろから迫り、少年を追いこす。サトルは馬に乗った将校のあとにしたがって橋を渡り丘を目ざす。朝、この道をアキラ叔父がトラックに乗ってN市へ向ったことをにわかに思い出す。

肩で息をしながら少年は町をめぐる丘の一つにたどりつく。

そこにはもう大勢の人間がつめかけて、立ったりうずくまったりして西南の方を眺めている。馬に乗った男は丘を駆けおり、しきりに鞭をふるって道路を急ぎ、しだいに小さな点となる。

――あんとき、うちじゅうの障子がはずれてしもうてのう、

――うちじゃあせっかく麦粉を練ろうとしとったら吹きとばされたとよ、
女たちが声をひそめてささやく。N市げな、とだれかがつぶやく。少年は声のした方をふり仰ぐ。だれがそういったのかつきとめられない。しかし、光と音がN市の出来事であることはもはや疑うべくもない。山裾の飛行機工場は目の下にある。森に隠されたそこはひとすじの煙さえ洩らしていない。町の隣りにある漁村もこの丘から見おろすことが出来る。変った様子はない。

海は静かである。

笹やぶにおおわれた丘も朝と同じだ。

空も……

いや、空は変っている。

焦茶色の薄い雲が日を翳らせている。N市の上に黒い煙の塔が立ちのぼりつつある。それはしだいに膨らみ、まっすぐ天へとどこうとしている。N市の要塞に火がついたのだ、と後ろの老人が断定する。ガスタンクが爆発したのだろう、ともう一人の男がいう。

――スパイにきまっとる、造船所の燃料庫に放火したとぞ、
少年のかたわらで中年男が自信ありげにいう。その男は白衣をまとっており片脚が無い。同意を求めて男はまわりを見まわすが、誰も答えず煙の塔に見入っている。

――捕虜が暴動をおこしたとじゃなかろうか、
松葉杖にもたれた男はしばらくたってつぶやく。傍にうずくまった男女は何もいわない。白衣の男は煙の原因についてつぎつぎと推測を口にする。N市には白人兵の収容所がある。捕虜たちは造船所で働いている、だから、もしかすると……周囲が耳をかさないので男はサトルに話しかける。

——鮮人野郎が捕虜どもをそそのかしたとばい、
男は唾を吐く。目には兇暴な光がたたえられている。太陽は光を喪い、赤茶けた銅色の円盤にすぎない。空の青は灰を溶かしたような雲でさえぎられる。下界には夕方の薄闇がたちこめる。煙の塔がそびえる方向から、鳥と昆虫の大群が湧き、こちらへ近づいて来る。

鳥ではない。

昆虫でもない。

無数の黒い点々は頭の上に来てから正体がわかる。木片、布きれ、木と草の葉、紙片などの燃え粕である。あとからきりもなく湧き出して天を埋めつくすほどに拡がる。丘にたたずむ人間たちの上に落ちて来るのもある。少年は立ちあがって手をさしのべる。くるくるとまわりながら落ちて来るのはまぎれもなく十円紙幣だ。指に触れたとたん、こなごなに砕けてしまう。手がつかんだのは黒っぽい灰だけである。

額縁のかけら、竿竹の端が降って来る。

割れた下駄、魚籠、看板、鍋蓋、新聞紙、藁、風呂敷、縄きれ、旗、帽子、破れたシャツ。

炭に変ったのもある。半焼けのものもある。

黒焦げになった雀が少年の足もとに落ちる。死んだ蝉も降って来る。少年はとびはねながら浮遊物をかたっぱしからつかみ取ろうとする。顔に細長いねばねばしたものがまつわりつく。払いのけるとすぐに切れる。指に触れたのは長い毛髪である。

丘の下、道路の向うからトラックが近づいて来る。荷物を山と積み、その上にアキラ叔父が……いや、荷台は空で運転しているのは兵士である。トラックは道の凹凸をたくみに避けながら丘を登り、ひっきりなしに警笛を鳴らして走りすぎる。

アキラ叔父はどうなったか。

トラックは、いや、それよりもN市の家に残した玩具は。少年は不安のあまり息がとまりそうになる。しかし同時に胸がときめく。祭りの夜のように。空からこんなに風変りなしろものが落ちて来ることはかつてなかった。真昼というのに夕方のように暗い。何か変ったことが起ったに決っている。サトルは思わず意味のない叫び声をあげる。大人たちを真似て精一杯、声を張りあげる。

叫びながら丘を駆けまわって天から降って来る物を受けとめる。

それらは一つとして完全な形をしてはいない。みながみなある物の断片である。煙の塔はますます高くなる。焔に包まれたわが家をサトルは思い浮べようとする。まずどこから燃え始めたのだろう。屋根からか、瓦は火がつくものなのだろうか。まさか……。すると壁からか。しっくいの壁がどうして燃えるのだろう。門柱のわきに枝葉をしげらせていた梧桐はどうなったろう。

少年は焔に包まれたわが家を思い描くことが出来ない。火でおおわれた自分の家は目に見える。しかし、火はすぐに勢いを弱め、元通りそこには見慣れた二階建がしっかりとした輪郭を現わす。

町の方からトラックの列が近づき、丘を登って来る。兵士たちが乗っている。坂道にむらがっている人間たちに運転席から身をのり出した兵士があらあらしく手を振って立ちのくように命じる。丘の中腹で停止するトラックもある。荷台からおりた兵士たちが後ろを押す。木炭をつめた円筒が運転台の背後にあり、兵士の一人が長い鉄棒でその中をかきまわす。

トラックは身ぶるいし、咳きこむような音を発し、坂道を登りつめ、N市の方へおりてゆく。行く手には煙の柱が立ちはだかっている。柱の根もとは赤いもので縁取られている。煙は暗い空に溶けこみ、てっぺんはやや斜めに傾く。

黒い円柱の中で、時おりまばゆいものが閃く。煙の塊りは静かである。丘も海も山も煙を見ている人間も黙りこくっている。このように大きな静けさを少年はかつて知らない。冬に死んだ祖父の通夜をした。あの長い夜の沈黙もくらべものにならない。

音はひっきりなしに起る。いたる所で耳ざわりな音がする。人々が呻く。兵士たちが叫ぶ。トラックのエンジンが動いたり止ったりする。頭上から降って来て土を叩く物もある。かまびすしい騒音は四方八方で聞かれるのに、咳ひとつするにもあたりをはばからねばならないような気がする。

重苦しい圧迫感がサトルの体をしめつける。物みなが焦げている。土の焼ける匂い、木や藁が燃える匂いに加えて、胸をむかつかせる臭気もたちこめている。太陽は獣の血走った目を思わせる。薄茶色の膜でおおわれた空に認められるのは、その異様な円光だけである。

もう夜なのか……

家を出てからどのくらい時間がたったのか少年にはわからなくなっている。

夜ならば頭上でぼんやりと鈍い光を放つあの円盤は何なのだろう。昼ならばどうしてこんなに暗いのだろう。朝ではない。そのことだけははっきりしている。朝は丘の荒地で土を掘った。海で水を汲んだ。しかし、もしかするとあれはきのうのことかもしれない。水を空壜につめたときから長い時間がたったような気もする。そうすればきょうはきょうではなくて明日ではないだろうか。

少年は心細くなってまわりの大人を見まわす。誰かが教えてくれるかも知れない。きょうはいつなのか……。大人たちは目と口を阿呆のように開いて煙の柱を眺めている。たずねてみたところで誰も少年に教えてくれそうにない。少年はがっかりする。

そのとき後ろで老人の声がする。

咽喉をぜいぜい鳴らし、ささやくような低い声で語る。聞き慣れた声である。声はやがてしだいに高まる。

――トヨアシハラノ……

イヤサカさんである。少年たちは神主をそう呼んでいる。神社の境内に国旗を洗濯物のようにつるし、（いやさか、すめらみくに、いやさか）と叫びながら走り寄ってわが身を旗に投げかける。学校の行き帰りに見慣れたふるまいである。

いま丘の上にたたずむ神主の白衣は黒い斑点で汚れている。イヤサカさんは声をふり絞って唱える。サトルたちが使っている国語の帳面の裏表紙に刷りこまれてある文章とそっくり同じ文句である。

——豊葦原の千秋長五百秋の水穂国は、いたく騒《さや》ぎてありなり……

まわりの連中は神主をふり向きもしない。イヤサカさんはおどすような身振りで煙の塔に手を上げる。激しく咽喉を咳きこませながら言葉を続ける。

——あめつち初めてひらけしとき、高天の原に成れる神の名は……

少年にはイヤサカさんが何といってるのかわからない。老人の体からはかすかに酒の匂いが漂って来る。顔は赤い。

——……次に国わかく浮きし脂のごとくして、くらげなす漂えるとき、あしかびのごとく萌えあがる物によりて成れる神の名は……

イヤサカさんの肩にも黒い灰がつもっている。空に拡がった煤煙は地上の影を奪う。人間たちは降って来る灰を浴びて顔をすすけさせている。前かがみになり肩を落して丘を町の方へくだる者がふえる。何か大きな力で押しひしがれたようである。

——……この漂える国をおさめつくり固め成せ、とのりて、天の沼矛をたまいてことよさしたまいき、かれ二柱の神、天の浮橋に立たして、その沼矛をさしおろしてかきたまえば、塩こおろこおろにかきなして引きあげたまうときに……

サトルは丘をくだる。

今まで見たこともない大勢の人間が道路に出て空を仰いでいる。サトルは人ごみをかきわけて走る。考えてみればさっき食べたのは芋団子が一つきりだ。腹が減ったあまり胃にかすかな痛みがある。芋団子はまだ残っているだろうか。芋団子よりもっとましな何かを食べたいと思う。脂ぎって歯ごたえがあり、ねっとりと重いもの。

白い道に黒い点が散らばる。

灰……灰だけではない。少年は立ちどまって空を見上げる。冷たいものが少年の額に触れる。唇を濡らす。雨が灰にまじって落ちる。少年はとびあがる。待ちに待った雨。八月に入って一度も降らなかった雨が降り始めた。少年は何か大きなものをかき抱くように両腕を拡げ、顔をのけぞらせる。雨よ、降れ、もっと降れ。

丘の荒地、乾いて白茶けた土が雨を存分に吸い取って黒い土に変るさまを少年は思い描く。雨が降れば、土が柔らかくなり甕を埋める穴も掘りやすくなる。畑に種子を蒔くことも出来る。埋れている竹や木の根も掘り起すことができる。石も……。(雨さえ降ってくれたら……)というのが母の口癖であった。

母は家の戸口で少年を待ちかまえている。

とめるのをきかずに町はずれへ行ったことで、サトルは手ひどく頬を叩かれる。N市から傷ついた人間が運ばれて来るという。家から一人ずつ傷ついた者の手当てに出向くことになっている。祖母といっしょに居るようにと命じて、母はそそくさと家を出てゆく。サトルは大声できく。

——母さんはどこへ行くとね、

——顔ばまっくろけにして、はよ洗わんか、

祖母は少年を引っ立てて水甕のかたわらに連れて来る。柄杓で水をあびせ、サトルの顔を洗う。鼻にも口にも水が入りこむ。少年はもがき、祖母の手からのがれようとするが、祖母はしっかりと少年の首根っ子をつかんで放さない。サトルは水にむせ、苦しさのあまり手足をばたばたさせる。

——せっかく白かシャツば着せたとに、まっくろに汚してしもうて、新型爆弾でも落ちたらどぎゃんすると、

——洗濯すれば良かとよ、

――一枚しかなかろうもん、まっしろかシャツはのう、

少年はやっと祖母の手から解き放たれてため息をつく。腹が減ったと訴えて戸棚を探す。芋団子は残っていない。少年はがっかりしてかまどの前に坐りこむ。芋団子よりいいものがある、といって祖母は裏庭へ出て行く。

――サトルよい、かまどの火ば絶やすな、

少年は消えかけたかまどに急いで麦藁をくべる。あれからずっと焚いていたらしい。灰がずいぶん溜っている。少年は十能で灰をすくい、かまどの外に出す。灰が多いと藁が燃えにくい。釜の中身はどうなったろう。白いものが溜っているだろうか……少年は燃えさしの藁束を取って釜の上に近づけてみる。ぐつぐつと煮立っている海水を火で照らしてみる。母がつぎ足したのだろう、水はさっきより増えている。空壜から桶に移した海水の方は三分の一ほど減っている。

ちょうどこうして藁の火で釜の中をしらべようとしたとき、あれが来た、と少年は思い出す。暗い台所に閃いた青紫色の光。五カ月も暮していたのに、ついぞ見たこともない壁の棚が、その光でまざまざと見えた。蜘蛛の巣だらけの土壁、灰と藁しべでおおわれた壁が見えた。棚の上に並んでいる壺や、棚の下にぎっしりと積まれた薪の束や樽が見えた。サトルはぼんやり物思いに耽った。

あれから何が起ったのか。

何事もなかったような気がする。

ただN市の上に煙の大きな柱が立ちのぼっただけ、それに灰が空を流れて来ただけだ。いやまだある。雨が降った。黒っぽい灰まじりの雨が。雨の音はもうやんでいる。

少年の手がつかんでいる藁束の火は燃えつきている。体がだるい。少年はのろのろとかまどの前に腰をおろす。台所は朝と同じだ。長押も鴨居も床柱もあい変らず艶々とした飴色の光を帯びている。土間はしっとりと湿っている。変った所は何もない。

それでいて何かがいつもと違っている。畳の上に点々と散らばっている黒い灰は外から入りこんだのだろうか。鴨居や床柱にもうっすらと埃が積っているように見える。少年は機械的に麦藁をくべる。そうしているといくらか不安がやわらぐ。そうしていなければ何となく落着かない。

柱は元のままだ。

いや柱はいくぶん斜めに傾いているように見える。畳は膨れあがっているように見える。少年は立ってしらべにゆく。柱はまっすぐである。畳も別段ふくれてはいない。何もかも朝と同じであり、朝と違っている。

裏庭から祖母が呼びかける。

鶏が祖母の手の中でもがいている。

——いくさに勝つまでと思うて大事に飼うとったばってん、今のうちにしめんと鶏もろとも焼け死ぬかも知れんたい、
あちこちで町が燃える、ここもいつ灰になるかわからない、と祖母はつけ加える。少年は鶏をおさえつけようとする。首をしめられた鶏は羽根をばたつかせ、けづめで土をひっかく。くちばしで少年の目を突つこうとする。サトルは悲鳴をあげてとびすざる。藁灰と埃がもうもうと舞いあがり、少年を咳きこませる。

——この頃、うちの者はろくなもんは食べとらん、鶏をつぶして精ばつけんならんとよ、サトルよい、しっかりおさえんね、
鶏小舎の数羽がおびえてけたたましく啼きたて、はねまわる。少年は目をつぶり両手に力をこめて、あばれる鶏をじっとさせようとする。それは暖かく、バネでも仕こまれているようでともすれば少年の手から脱け出しそうだ。にわかに鳥は体をふるわせる。しだいに鶏の体から力が失せる。少年は目を開く。

——サトルよい、藁を燃やせ、ばあちゃんは湯を沸かすけん、
少年はぐったりとなった鶏を見ている。

――サトルよい、はよう……

少年は慌てて納屋にとびこみ、藁束をかつぎ出す。祖母はすばやく羽毛をむしり取る。慣れた手つきである。あらかじめ火にかけていた大鍋の湯を鶏にあびせる。そうすれば羽毛を抜きやすいと祖母は説明する。鶏はみるみる裸になる。

――庖丁を、サトルよい、庖丁と茶碗を、

――庖丁を何に使うとね、ばあちゃん、

――よかけん、はよういわれた通りせんね、

祖母にせきたてられて少年は戸棚から庖丁と茶碗を持って来る。祖母は庖丁の切っ先を鶏の首にあてがい、すっと切り裂く。両脚をつかんでさかさまに持ちあげる。少年は茶碗をさし出す。

傷口をおし拡げる勢いで赤いものが流れ出し、茶碗に溜る。祖母はうながす。

――さ、それを、

少年はためらう。白目をむいた鶏の頭が目の前にある。また祖母が催促する。少年は目をつぶって茶碗の縁に口をあてがう。暖かい。

どろりとした液体が咽喉をすべり落ちてゆくのがわかる。やや生臭かった。

祖母は再び鶏をさかさにして茶碗に血を満たす。

――Bに吹っ飛ばされる前に胃袋に入れとかんともったいないなか、

サトルが顔をしかめて飲み干すのを見ながら祖母はひとりごとをつぶやく。少年は上体をそらしてほとんどあお向きになり茶碗の中身を口へ流しこむ。開いた目に暗い空が映る。腐った卵の黄身を思わせる太陽が柿の梢ごしに見える。蝙蝠が群をなして空に飛びかう。どこもかしこも蝙蝠ばかりである。

絶え間なく庭に降りそそぐ灰。

茶碗の中にも黒い燃え粕が落ちる。

蝙蝠ではない。

それらは啼かない。羽搏きもしない。一定の方向へ厚い層をなして動いてゆく。

少年は鶏を受けとり両脚を持つ。だらりと垂れさがった首の裂け目から赤黒いものがしたたる。

――アキラはどけんしたやろか、

何か変った不吉なことがN市で生じたらしいと祖母はつぶやきながら茶碗の中身をすする。蝿が寄って来る。少年は手で追い払う。そいつらは茶碗の中にとびこもうとし、祖母の眉にたかり、唇にとまろうとする。

――アキラはいつ帰るとやろう、

飲み干した茶碗を手に祖母はひとりごとをくり返す。その唇は赤い液体で濡れて光る。血は最後の一滴まで茶碗に絞り取らなければならない。母のためにとっておくのだ。首の裂け目から太いすじをなして溢れた血が、だんだん細くなり、やがて途切れ途切れになる。祖母は鶏をゆさぶる。また血のしずくが垂れる。茶碗になみなみとたたえた液体を少年は納屋の奥、いちばん暗くいちばん風通しのいい棚に置いて、ざるをかぶせる。

庭へもどると祖母が藁に火をつけている。裸の鶏を立ちのぼる焔であぶる。むしり残した羽毛が焼けてちぢれ厭な臭いを放つ。首の傷はぱくりと口を開き、もはや一滴の血も流さない。その白い切れ目から少年は目がはなせない。手で抜いても火であぶっても、なお羽毛が残っている。祖母は少年にいいつける。

――サトルよい、盥に湯を、

少年は大鍋の湯を盥に汲む。ついでにかまどの中に麦藁をつぎ足す。火は消えかけていた。釜の中身はだいぶ減っているようだ。火をかざしてのぞきこむと海草の匂いが鼻をつく。重湯のようなものが釜に澱んでいる。白い塊りはどこにも見えない。

少年が鶏を熱湯に浸し、まばらな羽毛を引き抜いているあいだに、祖母は庖丁を砥石にかける。金物を石にこすりつける規則的な音がつかのま少年をさわやかにする。祖母は庖丁の刃に水をしたたらせ、力をこめて砥石で磨ぐ。両肩に首を埋めるようにして庖丁の両端をしっかりとおさえ前後にめまぐるしく往復させる。乾いた砂を手でまぜあわせるような音がする。祖母は庖丁を水につけて指の腹で磨ぎ具合を確かめる。

湯につけている鶏の首に開いた傷口から薄赤いものがゆらゆらと洩れ、盥の水面に拡がる。N港の波止場で見た光景を少年は思い出す。鱗を光らせて水中へ沈んでゆく魚の切れはし、波にもまれて漂う赤紫色の腸、虹色の縞を水面に描く血と脂。

少年は冷えきった鶏を盥から上げ、何となく手で撫でまわす。みぞおちのあたりにぬくもりが感じられる。食べたいと思っていたものを胃袋に入れることが出来た、と少年は思う。体のすみずみまで力がみなぎるようである。口の中には血の味がある。朝、海辺でひろってしゃぶった錆びた折れ釘の味と少し似ている。しかし腹にこたえる感じは折れ釘とくらべものにならない。

祖母は庖丁を閃かせ、むぞうさに鶏の首を切りはなす。次に胸から腹にかけて縦に切れ目を入れる。桃色をした皮膚の下には黄色い脂肪の層がのぞく。二回三回、庖丁の切っ先を裂け目に沿って走らせ、胸と腹を切り開く。少年はあわただしくかまどへ往復して麦藁をくべる。火を絶やしてはならない、と鶏の料理をしながら祖母がうながすのである。

大きく開いた鳥の体内に手をつっこみ、はらわたをつかみ出す。腸は中身を絞って取り、湯で洗う。肝臓はざっと湯で洗い皿に盛る。胃袋は二つに割り、中身を捨てて腸のわきに置く。薄赤い臓物のひときれを少年が捨てようとすると、目ざとく祖母は見とがめて、とっておけ、という。

――これも食べられるとね、

――おおさ、食べられる、それは砂ずり《ヽヽ》ちゅう旨かもんばい、

祖母は庖丁で臓物を切りはなす。水洗いして皿に盛るのは少年の役目である。鳥の内臓で食べられない所は一つ

もない、肉よりもはらわたが旨い、と祖母は手を休めずにいう。臓物は柔らかい。弾力があり滑かな液体にまみれややもすれば手からすべり落ちそうだ。

少年は肝臓の濃い赤に見とれる。砂ずりの淡い桃色も目を楽しませる。緑がかった腎臓（祖母がそう教えた）、灰白色の胃袋、すべての鮮かな色彩が少年をうっとりとさせる。

表口に人の気配がする。

少年は立ちあがる。

母がたよりない足つきで土間を横切り、台所にやって来る。水甕に柄杓をつっこみ、たてつづけに何杯も水を飲む。腕は肘のあたりまで赤いものにまみれている。胸にも腹にも赤黒い斑点がこびりついている。祖母がたずねる。

——どげんした、駅で何があったと、

母は答えない。水甕の縁に両手をついて身を支え、肩を喘がせる。

——アキラはどうなったと、

祖母の問いに母は黙って首を振る。少年はかまどに麦藁をくべておき、納屋に駆けこんで棚の茶碗をささげ持って来る。中身を認めたとたん母は手で口をおおってその場にうずくまってしまう。背中を波うたせながら透きとおったねばりけのある液体を吐く。

N市から列車が着き、駅前広場に傷ついた者が並べられている、トラックでも運ばれて来る、けが人の半分は冷たくなっている、手当てするにも人間が足りない、と母はいう。薬もガーゼも足りない、自分たち町内の者はとりあえず食事をするために帰ることが許された、また広場にもどらなければならない、と母は語る。話をしながら母は水のような粘液を吐きつづける。

——なら鶏の血ば飲まんならん、精がつく、力も出るばい、

祖母が声を励ます。少年は母の手に柄杓で水をかける。母は手の汚れをたわしでこすって落す。赤い手はいつま

でも赤いままである。祖母がたずねる。

——で、けが人はどのくらいおるとかん、
聞えないのか母は黙っている。朝がたより十歳も老けこんだかに見える。顔から色艶が失せ、唇は褪せた上にひび割れている。しばらく休めば元気になる、といって母は屋内にもどり、座敷に寝ころぶ。

——サトル、五時になったら母さんを起すとよ、

——五時に……

少年は柱時計を見上げる。それは傾いており、振り子は止っている。アキラ叔父の部屋にとんで行って置き時計を調べる。こちらは動いている。時計に耳を当てる。虫の声に似た音を確かめて少年は何となくほっとする。五時まで一時間足らずである。

祖母は鶏をばらしにかかる。関節に庖丁の先を喰いこませ、柄をひねる。木の小枝が折れるような音がして骨ははずれる。二枚の羽根を取り、脚をつけねから切りはなし、胸と腹を別々にする。庖丁の柄が血ですべるので、少年は時どき水をかける。

祖母の手仕事はもっと綿密になる。肋骨と背骨をばらばらにし、骨にからまった肉を削り落す。祖母はうつむいたままたずねる。

——サトルよい、茶碗はどげんしたとね、

——母さんは飲まんけん元の棚に置いた、

——きょうは暑か、鶏の血は晩までに悪うなる、サトルよい、今のうちに飲んどかんね、
少年は納屋にはいり、棚の下で茶碗の中身をすすりこもうとする。もうゼリー状の塊りとなっており、茶碗を傾けても口の中に流れこまない。空腹が少年をせきたてる。彼は指で中身を突き崩して口にしゃくい入れる。舌ざわりは寒天に似ている。さっきのような嘔き気にはもう襲われない。激しい飢えが少年に血の塊りをむさぼらせる。

血まみれになった鳥の姿が少年を刺戟し、咽喉を渇かせ、腹をすかさせる。彼は指で茶碗の内側を拭って、小さな血の塊りまで口に入れる。

納屋を出た少年はかまどの前に腰をおろす。黒い灰が堆く積っている。それを掻き出して麦藁をくべる。おとろえかけた火がまた勢い良く燃えあがる。釜の中をしらべる。泡立つ水が目に映る。生臭い魚のような臭いが湯気に感じられる。桶にはもう海水は残っていない。釜の中身がへるたびにつぎ足して来たのだ。少年は火をかざして釜の中に目を凝らす。白いもの、雪のような粉末を期待して泡立つ湯を眺めてみても、目に入るのはどろりとしている濁った液体である。

少年は座敷へとんで行って母をゆり起す。

五時である。さっき針を合せた柱時計が時刻をしらせる。母は体をよじって呻く。その声が獣めいた異様な感じなので少年は体をすくませる。一瞬、母が見知らぬ他人になったような気さえする。しかし、口を大きく開いて目の前に横たわっているのは母以外の誰でもない。

意を決して少年はもう一度、母に手をかける。

——五時になったとよ、起せていうたろ、はよ起きらんね、
母はためいきをつきながらゆるゆると身をもたげる。体を二つに折って、ああ、とつぶやく。

——鶏の血を飲んどけば良かとに、飲まんけんきつかとたい、母さん、
母は顔を洗い、水を飲んで外へ出て行く。

少年はしばらくためらったあげく、見え隠れに母のあとをつける。祖母は鶏にかかりきりで少年が家を出たのに気づかない。

通りすがりに出会う人間はそろって酒でも飲んだように顔が赤い。

窓ガラスも赤い。

障子も赤い。

空はふだんより早く夕焼けで彩られている。樹木も屋根瓦も濃い血の色をした翳りを帯びる。白い道も赤く染っている。太陽はまだ西の丘よりも高い。向うからトラックが来る。荷台でアキラ叔父が手を振っている。少年は駆け出す。アキラ叔父ではない。手を振っているのは上半身が裸の男で、通行人に道をあけるように命じていたのだ。荷台には体に黒焦げの布きれを鱗のようにこびりつかせた男女が折り重なり、表情の無い目で少年を見返す。

母が見えない。

少年は足を速める。

牛馬とすれちがう。馬車もやって来る。どの荷台にも髪をふり乱した女たちが横たわっている。車輪が石を嚙んで荷台をがたつかせるとき、女たちは低い呻き声をあげる。

——コウコウハクシダン、
かん高い叫び声に少年はふり返る。ミツルである。空の赤い光を浴びて、ミツルも全身が赤い。体には布きれ一枚つけていない。いつもと同じだ。目を吊りあげ、口もとに白い泡を溜めて通りすぎる馬の尻を叩く。

——ニッポンノ、ノギサンガ、ガイセンス、スズメ、メジロ、ロシヤ、ヤバンコク、クロパトキン、キンノタマ、マケテニゲルハチャンチャンボウ、ボウデコロスハ……

ミツルは僧侶が経をよむように節をつけて歌う。サトルの行く手に立ちふさがり、通らせまいとする。サトルは相手を突きとばす。そいつはあっけなく道路にひっくりかえり、足をばたばたさせながら同じ尻取り文句をとなえる。

——ロシヤ、ヤバンコク、クロパトキン、
駆け出したサトルは、後ろから呼びかけられて立ちどまる。

——サトルよい、人間の実を見つけたとぞ、

——人間の実を?

また荷馬車が来る。馬を曳く男に足で蹴られて、ミツルは立ちあがる。サトルは追いすがってたずねる。

——ミツルよい、どこで人間の実の成る木を見つけたとか、

——コウコウハクシダン……

ミツルは片脚でとびはねながら、スズメ、メジロ、をくり返す。裸の背中を見せて遠ざかる。その肩が空の赤い光に鈍い艶を放つ。サトルは道に積った黒い灰を踏んで走る。今もこやみなく地上に降りそそぐものがある。町のかけら、町の燃え粕。

少年は唇が糊でもなめたようにこわばるのを覚える。手で口のまわりをこする。舌を出して唇をなめまわす。川を渡れば鉄道はまぢかだ。川は赤い。橋も赤い。森も神社も朝と同じである。森も神社も今まで見たことのない色に染っている。

鉄道に沿って走る。

しきりに口がねばつく。サトルはひっきりなしに舌を出して唇をなめる。ともすれば上顎に舌が吸いつくかと思われる。サトルは立ちどまる。鼻をひくつかせる。どこかで嗅いだことのある臭気が漂って来る。裸の鶏を火であぶったとき、羽毛が焦げる臭いである。

駅前広場にむらがった人間が見える。

広場にはぎっしりとむしろが敷き並べられ、その上に黒っぽいものが横たえられている。近づくにつれて臭気はますます強くなる。耐えがたくなってサトルは口で呼吸をする。そうすると嘔き気を催させる悪臭を避けることが出来る。傷ついた者の呻きと赤ん坊の泣き叫ぶ声がひとつにとけあい、どよめきのようなものになって広場から立ちのぼる。

——水を……

火傷を負うた男がしわがれた声で叫ぶ。男ではない。頭髪がすっかり脱け落ちた女である。胸のわずかなふくら

みで女とわかる。傷ついた者はただ褐色の肉体にすぎない。彼らは赤い体液をしたたらせ、埃と灰にまみれてすすり泣く。黒い灰は横たわった者の上にも降る。女たちが彼らの間を歩きまわり傷に油を塗る。白い練り粉を塗りつける。血と油の練り粉の臭気が広場にたちこめる。

少年は母を探す。

白衣の男たちが息絶えた者を町から来た女たちにいいつけて広場から運び出させている。空になったむしろにはすぐに新しい傷者が横たえられる。プラットフォームに列車が着いており、半裸体の男女がおたがいに支えあって広場へやって来る。獣のように四つん這いになって空いたむしろを探す子供もいる。

広場で立ち働く女たちは誰も似たような見かけであり、それに少年は医師や看護婦や兵士にしょっちゅう突きとばされるので、なかなか母を探しあてられない。呻いている者は馬車に乗せられる。呻かなくなった者は牛車に移され、丘の方へ運ばれてゆく。

むしろにあお向けになっていた女が、看護婦にたすけ起されて上体をもたげる。むしろは女の背中にくっついたままだ。看護婦がむしろを引っ張る。女は細い悲鳴をあげる。剝がれたむしろに女の皮膚がそっくりこびりついている。

傷ついている者は同じ言葉をくり返す。

——水を……水を下さい……

暗赤色の光が降りそそぐ。

空はますます暗くなる。ほんものの黄昏が広場を暗くする。夕焼けと燃える町の明りはわかれる。西南の空はまがまがしい光でくっきりと明るい。

——レンゴウカンタイはどげんした。

足もとの声にサトルはびくりとする。目をガーゼでおおわれた老人が呻いている。

――カントウグンはどげんした……水ばくれ、咽喉がやける、息がようでけんとよ、カントウグン……

老人は手をのばして通りすがりの人間を見さかいなくつかまえようとする。サトルの足首がとらえられる。サトルは慌てて老人の手から足首をもぎ放そうとする。意外に強い力にたじたじとなる。少年は喘ぎ、額に脂汗を浮べてのがれようとする。老人の指を一本ずつ引き剝がし、やっとのことで広場の外に這い出す。その途中、横たわる者につまずいてしまう。サトルの足で蹴とばされた男は低い声でののしる。背中にガラスのかけらを棘のように植えつけられた人間である。

広場の片隅、石炭が積まれている所にサトルは白い顔を認める。少年は吸い寄せられるようにそちらへ近づく。ツトムに似ている。白い顔は目鼻立ちも体つきもツトムそっくりである。サトルはまた突きとばされる。担架に血みどろの物体をのせた兵士の一組が過ぎる。立ちあがって白い顔の方をすかしてみたときはもう消えている。

サトルは駆ける。

兵士と看護婦と医者をかきわけて走る。黒い灰が、いや、灰ではなくて横たわる者にたかる蠅の群である。肥え太った虫が空中に乱舞し、サトルの顔にぶつかる。石炭置き場にツトムはいない。サトルはがっかりしてしゃがみこむ。鶏を火であぶったときの臭いを千倍も濃くした臭気が鼻を刺す。さっき、石炭の山を後ろにたたずんでいたのはツトムであった。来てみれば姿を消している。女のような唇を持った同級生。教室ではサトルの横に机を並べている。ツトムの切れ長な目を、白い頰をサトルは始終ぬすみ見する。どこか遠くにあるこの国でいちばん大きい町から来た少年。昼も夜もサトルはツトムのことが忘れられない。あいつは本当に女なのだろうか。ツトムについて考えることはそのことばかりだ。サトルはうずくまって血と軟膏と焦げた肉の臭気を嗅ぐ。それは皮膚の毛穴から体の中までしみこむようである。鼻を刺戟するばかりか目までひりひりさせる。

――トヨアシハラノチイホアキノミズホノクニハ、コレ……

ミツルが来ている。股の物をぶらぶらさせて声をはりあげる。ミツルは何でも憶える。掛算の九九、兵士たちの号令、新聞記事などを耳にするとたちどころにくり返すことが出来る。
——ユキテオサメヨサキクマセ、アマツヒツギノサカエマサンコト、マサニイノリキワマリナカルベシ、コウコウハクシダン……

広場のまん中に天幕が張られ、釜が据えられている。ざるに握り飯が盛ってある。ミツルはさあらぬ体でざるに近づいて、握り飯をつかむや、横っとびに逃げ出す。広場には本物の闇が降りる。あちこちで木ぎれが燃やされる。傷者に手当てをし、傷者を運ぶ者は輝かない。油を塗られた者と血にまみれた者だけが焔を浴びて皮膚を輝かせる。

(水を……)とくり返す。

少年は広場をあとにする。

気がついてみると町をめぐる丘のひとつにたたずんでいる。どこをどう歩いてここまで来たものか憶えていない。町は暗い。灯火の洩れる家はほんの少しだ。それにくらべると丘の方がずっと明るい。少年の前にも後ろにも丘が黒い背を見せて盛りあがっている。その中腹に点々とつながる火が見える。死者を焼く火である。丘よりももっと明るい場所がずっと向うにある。N市の上には今も大きな火があかあかと空を染めている。

少年はま昼の光線が降りそそぐ丘の畑にいる。

きょう、空に黒いものは流れない。

母は朝、N市へ弟を探しに行った。広場へ列車とトラックで運ばれて来た傷者の中にアキラ叔父は見あたらなかった。少年は一人で穴を掘る。中食の芋団子と鶏を家で食べてから丘へ来たのだ。祖母は海水を煮つめている。西南の方、N市の上空は灰褐色の煙でおおわれている。サトルは穴を掘りながら時どき煙の塊りに目をやる。母は列車で発った。列車はN市まで行かないという。一つ手前の駅で降りてあとは鉄道線路に沿って歩いてN市へ入るつもりだそうだ。サトルは赤土に鉄の爪を喰いこませ掘り崩し、ショベルですくいあげる。土は堅く、時として雁爪をはねかえす。一度ですくえる土はほんのひとつかみだ。鉄の爪が粘土ではなく砂に喰い入って、それをさくりと崩すとき、少年は快感を覚える。おたがいに嚙み合った数個の石の一つに雁爪をうまくひっかけて、嚙み合った石をいちどきに持ちあげるのもすばらしい。

少年は石と土をショベルで掘り取るのにひたすら熱中する。

そうしているとN市のことを考えないですむ。港の近くにあった家に何事かが起ったということはもはや疑えない。学校、工場、教会、造船所、駅などが元通りであるとは信じられない。N市の家には帰れないだろう。空腹よりもそのことが少年には耐えがたい。

N市の家へ帰れないならば、新学期はこの町の学校で迎えることになる。カツトシに約束した幻燈器、イサオにやるといった日光写真はどうなったか。アキラ叔父が持って帰るといった少年の玩具。階段下の物置に少年が大事にしまっておいた物。この町へ移って来るとき、トラックに積めないとわかって少年は泣いた。毎晩、夢にまであれらの品物を見たものだ。(ソカイモン) とカツトシはいってサトルを殴る。殴られるために登校するのはつらい。カツトシの手下どももサトルに手をあげる。畑仕事に慣れた同級生の腕はたくましい。一度、殴られただけで頬がはれる。幻燈器をやればカツトシは気を良くするだろう。

その幻燈器が……

穴の底で雁爪がまた堅い音をたてる。

少年は土をのける。こんどの石は大きい。いちばん端の角張った石にサトルは目をつける。石のわきに雁爪の刃をさし入れておき、柄に力をこめる。汗に濡れた手がすべる。穴の外に積みあげた砂をつかみ、手でもんで汗を吸い取らせる。肩を雁爪の柄にあてがってひた押しに押す。石は少年の力にさからう。二度三度、全身の力をこめる。石たちはびくりともしない。

サトルはシャツを脱ごうとする。汗を含んだ布が肌にからみついて身動きもままならない。ボタンをはずしかけて、ふと空を見あげる。金属の振動音を聞いたと思う。白い物を体から取ってはならない。きのう、駅前広場に並べられていた赤黒い物、神話に登場する兎のように皮を剝がされた人間たちが目の裏によみがえる。彼らがああなったのも白い物を身につけていなかったからだ。

サトルは顔をあお向きにして目を細める。

確かにあれは空を飛ぶ物の音である。昼も夜も聞き慣れている。高い空に銀色の点が浮んでゆっくりと動く。N市の上で大きな円を描いているように見える。やがて丘のある町の方へ進んで来る。それは水蒸気の白い条を引いている。丘に隠れるべき横穴壕はない。サトルは穴の中に身をすくませる。しゃがめば穴はまるごと少年の体をのみこんでしまう。空を飛ぶ物から目を放さず、穴の縁に置いた水筒を取る。栓をはずし、中身を口に入れる。生ぬるい液体が胃に落ちこむ。

銀色の点は海上にさしかかる。

もう点は棒ほどの大きさに変っている。翼と胴体の形が見わけられる。

少年は耳をそば立てる。もう一つ異った振動数が空のどこかに聞える。音のありかを求めて少年は穴から伸びあがり空を見まわす。光る物は湾の入り口に浮んでいる。それはすみやかに近づく。つづけざまに物のはじける音が起る。二つの振動音が高まる。

光る粒は重々しく蠢く物とすれちがう。

すれちがったのではなくて、まっすぐにぶつかりいくつかの小さな破片となって空に散らばる。その瞬間、四つの発動機を持った飛行機は大きく傾く。白い条が黒い煙に変る。煙はだんだん太くなる。振動音が高まったり低くなったりする。少年は穴の縁に這いあがっている。煙に赤い火がまじる。飛行機は安定を失い、翼を傾けて海の上で旋回する。音もなく片方の翼が折れ、くるくるとまわりながら三つの断片となり、海に落ちて白い飛沫をあげる。

今や回転を止めたプロペラも胴体に描かれた星のしるしも目に見えるほどに飛行機は海面に近づいている。その中から黒っぽい物がばらばらとこぼれ落ちる。白い半球が空に浮ぶ。一つ二つ三つ……少年は数える。空中に漂っているのは五個の落下傘である。それらは風に流されて丘の方へ近づいて来る。砕かれた飛行機は完全に安定を失ってはいない。プロペラの一つはまだ回転している。

サトルは素足で駆け出す。

N市からこの町へ引っ越して来た頃、夜空を火に包まれて飛ぶ物を見たことがある。山の横穴壕から身をのり出して見た。暗い空で炎々と燃えさかるもの、その焔はしだいに膨れあがったかと思うと無数の火の粉になって闇にのみこまれた。

ま昼、異国の飛行機が落ちるのを見るのは初めてである。

笹やぶの中には竹や雑木の切り株がある。少年のはだしはたちまち尖った物で傷つけられる。茨が彼を引っ掻く。落下傘はもう見えない。飛行機の音もしない。海岸の浅瀬、きのう、母と水を汲んだ岩鼻のあたりに巨大な魚のひれに似た刃金色の物が突き出ている。まぶしく光る胴体が半ば水に浮いているのも見える。海面を黄色いものが走る。輝く物から流れ出した油に火がついている。海岸に人間たちがむらがって騒ぐ。老人と女子供ばかりである。めいめい竹槍をふりかざして何やら喚く。砂浜に乗り入れたトラックから兵士がとび降り、海に半ば沈んでいる機体へ近づこうとする群衆を押しとどめる。

海面は透き通った火でおおわれる。

沖から小舟がもどって来る。

小舟は海の火を避けて海岸へ近づく。人むれは水に踏みこんで小舟へ押し寄せようとする。将校がののしり、拳銃を空に向けて撃つ。サトルは突きとばされて砂に倒れる。銃声におびえた連中がサトルの体を踏んで逃げる。起きあがろうとしたはずみにまた足で蹴とばされる。

岩鼻のつけ根に小高い崖がある。サトルは人ごみをかきわけて崖にたどりつき、そこをよじ登る。崖の上からは全部が見てとれる。小銃に剣をつけた兵士たちが砂浜に輪をなして立ちはだかり、小舟からおろされた者をとり囲む。

――ひい、ふう、みい……

サトルは数える。さっきまで空を飛んでいた異国の人間である。彼らは砂の上に横たわり、死んだ魚のように動かない。三人しかいないところを見れば、あとの二人は海に沈んだものだろうか。三人のうち一人はほとんど裸である。

（あいつは女ばい、女に決っとると）

朝、そういい張ったカツトシの言葉を思い出す。森で見たツトムの裸体がまだ目に鮮かだ。少年は息苦しくなり、岩に腹ばったまま居心地わるそうに身動きする。（アメさんは兵隊が足らんごとなって飛行機を飛ばすとに女ば使いよっとげな）というのはこの頃、大人が自信ありげにいうことだ。砂に横たわった兵士の髪は黄色い。体は生海老の身のように白い。あれが異国の女だろうか。サトルは目を細める。崖から砂浜まではかなりへだたっているので肉体の特徴をはっきりと見定めることが出来ない。

岩は日に灼けて熱い。

下腹のあたりから石のぬくもりが伝わり、サトルを落ちつかない気分にさせる。きのう、かまどの前にしゃがんでいたときもこうだった。薫の火が少年の下腹を暖め、今まで感じたことのない胸苦しさを覚えさせた。かまどの火の奥に見えていたのはツトムの顔でありツトムの体であった。（まだかい）とツトムはいった。もうすぐだ、とサトルは答えた。今朝のことだ。森の中では強い日射しも枝葉にさえぎられて暗い。（人間の実なんて食べたかないんだ）とツトムはくり返す。（それにさあ、森の中に入っちゃいけないっていわれてるんだよ）腐った落ち葉が分厚く積っていて、足がめりこみそうだ。森はしんとしている。木洩れ陽が鬼羊歯をきらめかせる。（ぼく帰る）ツトムは回れ右をしようとする。（待てよ、待てといいよるとに）サトルはツトムの手首をつかむ。立木のかげからイサオが現われる。カツトシがツトムの後ろをふさぐ。ミツルも薄笑いを浮べて、のんびりと（待てといいよるとに）という。

そこは木立が途切れ、小さな丸い草地がひらけている。草地のまんなかに木がある。ミツルがすばやく木にとりついて登り、枝に成っている実をもいで降りる。さくらんぼ大の実が二つつながっており、一つは青く一つは黒紫色である。サトルは色づいた方の実を口に入れて嚙みつぶす。青臭いような甘酸っぱい味が口の中にしみわたる。青い実が胴で、黒い方が頭だ、とカツトシはツトムに説明する。格好が人間の体に似ているから人間の実という。

カツトシは木に登る。イサオも登って木の実をちぎる。（逃げたぞ）頭上の声にサトルはふり返る。木立の中へ駆けこもうとするツトムが見える。サトルは走り出す。木からとび降りた二人がサトルを追い抜く。（逃がすな）カツトシが叫ぶ。森の地理は追っ手がくわしい。下生えに足をとられてころんだツトムの体にカツトシとイサオの体が折り重なる。（逃げはたげて）カツトシはツトムの手を後ろにねじあげる。（せっかく人間の実ば食べさせようとしたとに）イサオはツトムの尻を蹴る。

（こいつは女ぞ）

カツトシはいう。女でなければこんなに肌が白いはずはない。（こいつを脱がせろ）とイサオに命令する。獣めいた唸り声をあげてツトムはもがく。かえってその声は少年たちを刺戟する。白シャツを剝ぎ取り、白の半ズボンをずりおろしにかかる。ツトムは叫ぶ。（やかまし）カツトシはねじ伏せた少年を殴りつける。イサオが蔓草を持って来る。ツトムの手首を背中で縛り、足首も縛る。三人はツトムの体をあお向きにする。

（喰え）

カツトシは木の実をツトムの口に押しこむ。ズボンをおろされた少年は唇をかたく結んで木の実を受けつけない。（喰えちゅうたら喰わんか、こら）カツトシはいきなりその頰を打つ。サトルはイサオに代ってツトムの上にまたがる。イサオは酒でも飲んだように上気している。ツトムの白い顔にも血がのぼっている。首のつけ根に青い静脈がすけて見える。サトルは自分が押えつけているしなやかな肉体を意識する。

兇暴な力が五体にみなぎる。

左右に動かしているツトムの顔を平手で打ち、ひるんだところで手の木の実を唇に当てがい、ぐいぐいと押しこむ。サトルは悲鳴をあげる。右手に痛みが走る。ツトムが歯を喰いこませたのだ。ツトムは体をのたうたせる。黒い腐葉土の上でその肢体はなまなましく白い。手足が利かないので、ツトムはただ体を弓なりに反らせたり背を丸めたりするだけである。カツトシがいう。

(脱がせろ)

脱がせろ、とミツルがくり返す。イサオがツトムの太腿を押える。サトルは口をあけて棒立ちになっている。こいつは女に違いない……サトルの中で疑いは確信にかわろうとしている。パンツを脱がせてみないまでもそれは確かなことだ。しかし……(サトルよう)カツトシがせきたてる。サトルはためらいがちにツトムのパンツに手をかける。ツトムはもうじたばたしない。目をつぶって、いや、薄目をあけてサトルを見つめる。その視線に気づいてサトルはひるむ。

(ヒコクミン、おれが脱がせてやっ)

カツトシがサトルを押しのける。


……………………………………


少年は崖をすべり降りる。

丘へもどりながら海をふり返る。白い人間たちはトラックに積まれて町へ運ばれた。海岸に人はまばらだ。水面に浮いていた刃金色の機体は青いものに没して三角形の尾翼が少しのぞいているだけ。海の火は消えている。切り株で刺された足が痛む。少年はつま先立って歩く。丘の畑に帰ってまた眼下に目をやる。

海はま昼の静かさを取りもどす。

少年は穴掘りを続ける。

石に鉄の爪を喰いこませる。柄に力を入れてゆさぶる。白い砂の上の白い肉体、黒い落ち葉の上でねじ伏せた柔らかい体が目の中で一つになる。荒々しい力が少年を突き動かす。柄に手ごたえがある。石がきしむ。少年はなおも筋肉に力を入れる。

音をたてて石の一つが浮きあがる。それを両手で持ちあげ、穴の外に押し出す。頭を穴の縁にもたせかけて目をとじる。体じゅうの血がざわついているように感じられる。少年は口をあけてせわしなく喘ぐ。太陽はほとんど頭上に輝いている。

西南の空にわだかまっている黒い煙はいっこうに薄くならない。あの煙の下に母がいるのだろうか。アキラ叔父は見つかっただろうか。階段下の物置にしまっておいた玩具は……。サトルは幻燈器や絵本がどうしたことか今はそれほど大事に思えない。ビー玉も日光写真のセットも欲しくない。いつからそうなったのか、我ながら合点がゆかない。きのう、空を埋めつくした黒い斑点の一つにあれらは変ったような気がする。

それにしてもアキラ叔父はどこに居るのか。サトルは棚引いている煙を見つめる。N市から帰ったらアキラ叔父はカーキ色の制服を着て遠くへ行くことになっていた。父と同じように。父が日の丸の旗をたすきがけにして駅前広場に立っていた情景を思い出す。この町へ移った頃のことだ。

少年は何となくあたりを見まわす。

笹やぶが風に揺れる。

蟬がないている。

父がいないということを考えるのは少年には初めてである。母はたぶんアキラ叔父のトラックに乗って夜までに帰って来るだろう。しかし父は……。にわかに少年は自分が一人だけになったと感じる。父は帰って来ない。わけもなくそう信じられる。アキラ叔父までが心配になって来る。N市のどこかで灰に埋れているのではないだろうか。もしかすると母だって帰らないのではないだろうか。

少年は穴掘りにうちこむ。

じっとしているのはいけないことだ、と自分にいいきかせる。つとめて西南の空は見ないようにする。あれはただの煙だ、いつかははれるだろう。竹の棒で穴の深さを測る。かたわらにころがしている水甕の丈とくらべる。掘りあげた土は堆く積っているが、穴はそれに見合うほど深くなっていない。少年はためいきをついてショベルを取る。

きのうの夕方、大叔父が少年の家に寄った。夕方か、ちがう、夜であったような気もする。はっきりとは覚えていない。昼は夕方のように暗く、夜も夕方のように明るかったから。大叔父は鶏のモツを煮ている祖母と大声で話した。大陸の北にある国境を破ってまた異国が攻め入ったという。

（ロスケども……）

大叔父は唾を吐いた。口髭にも灰がついていた。彼はむかし大陸の北で兵士としてロスケと戦ったことがあるのを少年は聞いて知っている。N市に煙の塔が立ち、大陸で新しいいくさが起る。東の方にある大きな町が灰になったのも、つい二、三日前のことだ。町はみんな火でおおわれる。少年は唇のまわりにこびりついている物を爪で剝がしながら大叔父のつぶやきに耳を傾ける。

何もかも灰になる。

学校も工場も船も人間も。今朝、祖母は少年に家の掃除をせよとはいわなかった。縁側に坐りこんで鶏の骨をぼんやりとした表情でしゃぶっていた。灰になるのなら掃除しなくてもいい、と少年は考える。だいぶ楽になる。見るまいとしても目はやはり西南の空を向く。焦茶色の傘がすっぽりと死んだ町にかぶさっている。

海を見る。

青黒いどっしりとした水の拡がり。少年は目を細める。水平線に棘のようなものが並ぶ。無数の帆柱がそそり立ち、その下に舳が現われる。水平線はみるみる帆船で埋めつくされる。船には革の鎧をまとった兵士たちが鈴成りになっている。彼らは国境を越えて攻め入った大陸の軍隊である。船べりには裸にされた人間が縄で一列につながれてくくりつけられている。兵士が縄を切る。人間たちは縛られたまま海に落ちる。鎧を着た男たちは革の楯を叩いて笑いさざめく。
海面でもがく女子供めがけて船上の兵士たちは弓を射かける。水が赤く染る。
ある船では、女が縛られて帆桁に吊されている。兵士たちは竹の、いや、革の鞭で裸の女をかわるがわる打つ。
ある船では、子供が甲板で切り刻まれる。湾の中はひときれの海も見えないほど異国の船で一杯である。少年が目をつぶり、また目をあけると、水平線はまっすぐになる。青黒いどっしりとした水の拡がりが見える。一艘の船も湾には浮んでいない。

空は静かであり、海も音をたてない。

少年は穴を深くする。それにしても甕はどのあたりまで埋めたらいいものか。丘の麓にもう一つ畑があり、畑の隅に同じような甕がいけられていることを思い出して、見に行く。笹やぶの斜面をかき分けて降りる途中、まわりの丘々が目に入る。

昨晩、点々と火をつらねた丘である。今も中腹からまっすぐに煙が立ちのぼっている。煙のつけ根へ死者を運ぶ牛車の列が絶えない。駅前広場で嗅いだ臭気がここにも漂って来る。そこは玉蜀黍畑である。少年は肥え壺の縁にしゃがむ。首の所まで甕は埋められている。重そうに腐敗した濃い黄褐色が、日に照らされて表面だけ堅くなり、蝿をたからせている。

少年は自分の土地に引き返し、砂と石と粘土だらけの耕地を見まわす。土には肥えをやらなければならない。いやが上にも豊かな腐敗物をたっぷりと撒き散らして白茶けた土を黒くしなければならない。

少年の土地には力がない。

水が要る、とサトルはつぶやく。甕には小便と糞をたくわえ、永い時間かけて腐らせ荒地にそそごう、と決心する。水を吸い、黄褐色の糞をしみこませた土はきっと黒くなるだろう。笹やぶの中に積った枯葉をすきこみ、笹の藁も焚いて灰にし、藁も土の下に入れる。水と糞便と灰をやれば、荒地もしっとりと柔らかくなり、養分で膨れあがり、作物を稔らせる力を持つ。

（この世の終りばい）

昨晩、赤い空を見ていた祖母がいった。（世の終り）ということが少年にはわからない。空に灰が流れることがそうなのか。西南の方で何があったにしても丘の畑は元のままである。荒地が豊かになること、とりあえず今はそのことしか考えられない。水、下肥、灰、堆肥。それだけか？　他にもっとききめのある物がある。それをいつかどこかで見たと思う。瘦せた土を肥やすもの。

少年は土を手で握りしめてみる。

ねばりけの無い砂粒が指の間から洩れて落ちる。荒地を肥やすもの……それがあれば水も藁も灰も要らない。糞便も要らない。それは養分を含んでいる。塩のようにまじりけが無く、毒のように強い力を持ったもの。少年は土をかたく握りしめる。

風がやむ。

笹やぶはそよりとも動かない。

少年は汗をしたたらせる。掘りかけた穴を見る。それは耕地の片隅ではない。荒地のまんなかにある。穴は口を拡げる。円筒状の穴ではない。四角な穴で、向うの丘に掘られた死者たちを焼くための穴とそっくりである。

荒地はほとんど四角な穴でいっぱいになる。少年は穴底に刈り取った笹の葉を投げ入れる。藁束をほぐしてふり撒く。畑の隅に積みあげておいた雑木と茨をほうりこむ。灰をそそぎ、水をかける。枯葉をその上に敷きつめる。火をつける。

穴は焰を吐く。腐りかけた植物は熱せられてふくれあがり音をたててはぜる。火はまもなく衰える。少年は目に見えない鋤を使って穴に土をかぶせる。土に埋れた茨、藁と灰などは粉々になって水に溶け土にしみこんで土と一体になる。土は中身のつまった作物を少年に約束する。

サトルは種子をかつて穴であった所に撒く。褐色の艶を帯びた穀物の粒が、きらきらと光を放ちながら荒地をかすめる。燃えて朽ち灰となった物を埋めた土が種子を受けとめる。種子は土に落ちるとすぐに芽をふく。芽は茎となり葉をのばし実をつける。

甘い汁を含み、ずっしりと重みのある実である。地の底でするすると根を生やす植物を少年は見まもる。土は今、ガラスのように透明になっている。畑はみずみずしい野菜と穀物でおおわれる。白い触手のような根の先に小粒の馬鈴薯が成り、すみやかにふとる。土を押しあげる勢いで馬鈴薯は増えつづける。しかし、地面はやがて不透明になり、ついには元の赤茶けた色をとりもどす。砕かれた石と砂の荒地にかえる。

少年は自分の穴に近よる。

雁爪を持って穴に降りる。

荒地に這う木の影で少年は時間を測る。穴からすくい上げる土の量は確実に増える。穴の深さは少年の肩のあたりにまで達している。外へ出るのもたやすいことではない。少年は水甕をころがして来て、そろそろと穴にはめこむ。穴の壁に突き出た石がじゃまになって甕はすっぽりと這入らない。甕を引き上げ、雁爪でその石を掘り出す。甕の縁に手をかけて斜めにもたげる。どうかすると甕の重さによろめいて取りおとしそうになる。底を穴にあてがいゆっくりとおろす。

今度はうまくゆく。

穴と甕のすきまに土を入れる。まず小石をおとし、粘土を詰める。その上を足で踏み固める。

丘の裾に海へそそぐ川がある。

少年は膝まで川につかって雁爪を洗う。鉄の爪にくっついた土は流れに浸ると自然に剝がれて落ちる。砂と土で鉄の刃はみがかれ、水に濡れた今、鋭い輝きを帯びる。

少年は水を手ですくって体にかける。頭と首筋にかける。汗ばんだ体に水は快い。日はまだ天に高い。少年は一点の曇りも無い雁爪の刃を確かめる。いつもなら川で農具を洗うのは夕方である。黄昏の鈍い光に鍬や鋤の刃が白く輝くのを見るのは少年の愉しみだ。畑の隅に一人で水甕を埋めた。きょう、自分のすることは終った。母はうまく穴にいけられた水甕を見て驚くだろう、と少年は思う。今ごろはアキラ叔父と家に帰っているかも知れない。一日でいちばん気持のいい時間である。まだこんなに明るいうち川で水浴びするのは初めてだ。

なめらかな物がふくらはぎをかすめ、膝の裏を刺戟する。足の指の下で砂が崩れる。流れて来た藻しべが脚をくすぐる。

少年は水を眺める。

魚がふくらはぎをつつく。快感が少年を身ぶるいさせる。水草が足の甲をなぶる。何もかも一人でやりとげた。その誇らしさは、珍しい階級章をまぢかに見た折りの歓びより大きい。水はすべっこく、優しく、黙りこくっている。町は燃える。空は黒くなり赤くなる。しかし畑や川には何事もない。


少年は家へ帰る。

路みち兵士たちとすれちがう。彼らはきょう小銃を持っていない。大砲も曳かない。かわりに曳いているのは牛車である。荷台には黒く焦げた人間が重ねられている。兵士たちは口をきかない。刀を吊った者も大声を出さない。煤と埃で彼らは黒く汚れている。

藁屋根の家に這入るといっぺんで汗がひく。ひえびえとした空気が家の土間に溜っている。台所に母がうずくまってかまどに麦藁をくべている。裏庭ではアキラ叔父が行水をしている。少年は母たちに近づく。母は消える。アキラ叔父も見えなくなる。

少年は祖母を呼ぶ。家には誰もいない。かまどの中だけが明るい。湿った藁と土の匂いが土間から立ちのぼる。親しみ深い屋内の空気が少年をおちつかせる。彼は戸棚から揚げた鶏の脚を出してかじる。かまどへ薪をつぎ足す。灰と消し炭を掻き出して薪がよく燃えるように按配する。釜をのぞきこむ。水はほとんどなくなっているように見えるが、目に映るのは黒々とした釜の内側だけである。熱い湯気に包まれては長い間、釜をのぞきこんでいられない。

納屋は家の中でいちばん涼しい。

石臼に腰をおろす。

藁の匂い、漬け物と味噌の匂いが納屋にはこもっている。畑でも一人であり、家でも一人である。兵士たちが往ったり来たりする道の気配もここまでは届かない。少年は鶏の脚をかじる。顎がくたびれるまで。祖母は母を探しに出かけたのだろうか。それとも……

石臼はつめたい。

少しずつ目が納屋の暗さに慣れる。きちんと柄をそろえて並べられた鍬。その刃が小さな格子窓から射しこむ光に仄白い。束ねられた薪。天井まで積み重ねられた藁の山。醬油甕。干し大根の列。壁ぎわに並べてある樽。少年は蓋を取って樽に手をつっこむ。小粒でなめらかな物をつかみ取る。それはさらさらしている。少年は少しずつ小麦の粒を樽にもどす。

穀物、中身のつまった感じ、荒地でよみがえる小さな塊り。つかのま、得体の知れない歓びに少年は浸る。薪は少年を慰める。薪は火のもとである。農具は少年を励ます。農具は土を耕し、やぶを畑にひらく。しかし何よりも少年を力づけるのは穀物である。少年は樽の小麦をすくってはこぼし、こぼしてはすくいあげる。

少年はいっとき乾いた大地を忘れる。

燃えた町のことも考えない。少年は石臼から降りてじかに土の上に坐る。石臼にもたれ頬を石に当てる。手近の藁をかき集めて尻に敷く。赤い空を見ても、N市から運ばれて来た沢山の死者を見ても、自分の町が消えたということが少年には信じられない。ひやりとする石臼に顔を寄せ、鍬や鋤がきちんと並べてあるのを見ているとなおさらだ。薪には薪の、樽には樽のかたちがある。

外では赤いものをしたたらせる牛車を見た。掘りかえされた丘で死者が焼かれるのを見た。人々が傷つき渇いて水を求める声を聞いた。しかし、納屋の内はおとといのままだ。闇と静かさと穀物がある。少年は居心地を良くするために藁の上で身じろぎする。胸いっぱいに藁の匂いを吸いこむ。

サイレンが鳴る。あわただしく馬が駆ける。ガラス戸をあけたてする気配もわかる。少年はいったんもたげた頭を石臼に寄せる。納屋の暗さが自分を守ってくれることを信じる。

サトルの前に祖母が立っている。

着ている物が埃と灰で黒い。祖母ではなくて灰だらけの女である。髪に白い物が見える。母が祖母はどこへ行ったのか、と少年にたずねる。

——アキラ叔父ちゃんはどこにいるとね、

サトルはきき返す。

母は答えずに納屋を出る。少年も藁にまみれた体を手ではたいて納屋から出る。

——あそこはまだ燃えよった、

と母はいい、水甕の縁に手をついて柄杓で何杯も飲む。髪を白くしていたのは灰である。どこもかしこも煙と火で、何もわからなかった、と母はいう。

——うちに行ったと、うちはどうなっとったとね、

サトルはたずねる。母は首を振る。祖母が帰って来る。母のことが気になって役所へ問合せに行ったのだ、という。

——アキラは見つかったかん、

ときく祖母に母は答える。

——町がああではとても……

——どっかに生きておる、今夜あたりきっと帰って来《く》っ、
母は祖母よりも鈍い動きで座敷に這いあがり、ながながと横たわる。

いつもより早い夜が訪れる。サトルは町はずれの丘にたたずむ。西南の空はきょうも赤い。闇は丘の火を鮮かにする。火は減るどころかきのうより増えている。丘の上で中腹で麓で火は焚かれる。列になって遥か山の尾根まで続く。

サトルはふり返る。後ろに足音がする。カーキ色の制服をつけ、軍刀を吊った男である。かたわらで燃える火に全身が映える。将校は荒い息をついている。やにわに刀を抜いたかと思うと左右の萱を切り払う。めまぐるしく刃物を振りまわす。萱を切り笹を切る。短いかけ声を発しながら男は切り進む。刀身に赤い火が映っている。もはやその表情も見てとれるほどの近さである。

少年は後じさりする。

狂ったように笹をないでいる男の獣めいた顔つきにおびえる。焰に隈取られた目鼻の異様な翳り。引き吊った頬、歪んだままだらしなく開いた唇などは、N市上空の赤い光よりも少年をおびやかす。サトルはまわれ右をして丘を駆け降りる。茨が彼を引きとめる。畔道につまずいて何度も倒れる。少年は痛みを感じない。

もうN市の家に残した玩具を惜しいとは思っていない。少年は喘ぎながら泪をこぼす。足が空を踏み、体が浮きあがる。夜空が傾く。丘で輝く火の鎖が天へとどくかと思われる。少年の頭に闇がかぶさる。伸ばした腕が衝撃をやわらげる。しばらく息をつけない。全身をしたたか地面にぶつけている。丘のあちこちに兵士たちが掘った穴のあったことを思い出す。

少年は痛みと肚立たしさのあまりやみくもに五体を伸び縮みさせ、穴から這い出す。言葉にならない言葉を叫ぶ。

少年はよろめきながら丘をくだる。アキラ叔父が帰って来るとは信じられなくなっている。笹やぶで刀をふりまわす軍人がいるかと思えば、きのうは同じ場所でミツルの尻とり文句よりもっと奇怪な言葉を神主がとなえた。どいつもこいつも少しどうかしている。空が赤くなったというだけでみんな狂ってしまった。

サトルは自分の家にもどる。

井戸水を汲んで体に浴びる。皮膚に冷たいものがしみてひりひりする。母は寝入っているらしい。祖母は碾臼をまわしている。重い石ですりつぶされる穀物の音、サトルは甕の水を柄杓で汲む。蜜柑色の豆電球が暗い甕の中に映り、のぞきこんでいる少年の顔をゆらめかせる。柄杓でその水面をかきまわす。顔は長くなったり菱形になったりする。波紋がおさまるとすぐに元通りになる。

サトルは火の消えたかまどに近寄る。釜をのぞきこむ。水は溜っていない。黒い釜の底にうっすらと光る白い物がある。

碾臼の音がやむ。

祖母がもう夜も更けたから寝るように、という。サトルは体を拭いて母の傍に横たわる。母はいくぶん平べったくなったようである。高いびきの合間に歯をきしらせる。頰が落ちくぼみ、目尻の皺も深くなったように見える。急激に息を吸いこんでじっとしている。サトルは母が息を出さないのかと心配する。ややあって母は苦しげに長い息を吐く。わけのわからない寝言をつぶやく。

柱時計の音がしだいに高まる。

川の音も聞える。昼間は聞えない音である。水が堰堤を溢れて流れる。少年は夜の深さを水の気配で測ることが出来る。N市からこの町へ移って来て、初めてあの川を見に行ったときのことを思い出す。サトルはそれまで川をせき止める石の堤を見たことがなかった。まして白い泡を噛んでその上を帯のように流れくだる水も目にしたことはなかった。サトルが知っている大量の水は、N港の波止場で眺めたものだけである。

雨あがりの午後、音をたてて勢い良く落ちる堰堤の水はサトルをわくわくさせた。彼は驚きのあまり茫然として川岸に立ちすくんだものだ。柱時計は冴えた響きを送り出し、部屋を確実な音で一杯にする。その音がサトルを安心させる。目を凝らすと、暗い壁でちらちらする振り子が見える。

サトルは手の平で自分の太腿にさわる。下腹を撫でる。胸にも触れてみる。かすかに汗ばんだ皮膚を隈なく撫でまわす。それはすべすべしている。

サトルは胸乳の上に手をあてがう。

鼓動が手の平に伝わる。柱時計の澄んだ音とそれは一つになる。サトルは目をとじる。丘の荒地が見えて来る。笹やぶを切り開いた長四角。砂と石くれでおおわれた畑、その片隅に穴が口をあけている。

穴には水甕を埋めた。少年だけの力で。そのことをまだ母には告げていない。

母に語っていないことはまだ沢山あるような気がする。

丘が見える。

畑が見える。

種子を撒いていない裸の土地。ひからびた土をかぶせられた笹の葉や茨、藁と灰。それらは腐敗し、水に溶けて土中深く吸いこまれる。燃え残った朽木は螢色の光を放つ。土は柔らかくなる。しっとりと水気を含む。ありったけの穀物が芽をふき、中身のつまった実を成らせる。

少年は満足げなため息をつく。

馬鈴薯、玉蜀黍、小麦、薩摩芋、南瓜、玉葱、大豆、粟、小豆、……………

堰堤をすべりくだる水の音が高まる。

少年の息づかいが規則的になる。彼は寝返りをうち藁ござの冷たい所へ身を移す。ひやりとしたござの感じが熱っぽい体をさわやかにする。

少年には川が見える。海が見える。

空はもう赤くない。

あたりまえの夏空が港の上に拡がっている。少年はN港の岸壁にうずくまっている。魚市場からいつもの男が出て来る。バケツの中身を海にすてる。水は血と脂で彩られる。カモメが舞いおりて来て魚のはらわたをくわえ素早く空へかけあがる。投げ入れられた赤黒い塊りはゆらゆらと水中へ沈んでゆく。血と脂は海面の廃油とまざり合い虹色の縞を描く。汽笛が鳴る。

海は光り輝く。

青葉書房主人

佐伯英明はレインコートの襟を立て、両手をポケットにつっこんで歩いた。繁華街の裏通りに出た。かすかにギョウザの匂いが鼻をついた。油が煮えたつ気配やパチンコの玉の流れる音が聞えた。

午後八時までいくらか間がある。

道の両側はほとんど食堂や喫茶店で、うっすらと積もった雪の上に明るい光がこぼれた。佐伯はコートにしっかりと身をくるんで歩いた。神戸をきょう早朝、新幹線で発って広島で途中下車し、そこの支社であわただしくうちあわせをすませて十五時十分発の「ひかり」5号に乗った。博多に着いたのが十六時五十六分、鹿児島本線の急行「ぎんなん」5号は二分後に出る。約二時間後、佐伯はK市に着いた。九州中部の県庁所在地である。ビジネスホテルにチェックインし旅行鞄を部屋に置いて外へ出た。ホテル近くの中華食堂で焼飯とワンタンをとり夕食をすませた。あとは何もすることがない。

K市の支社に顔を出すのは明日である。

佐伯は東京に本社のあるT空調の営業部に属していた。ひらたくいえばクーラーのセールスマンである。今年、四十三歳になる。カタログをつめたアタッシェケースを手にビルからビルへと歩きまわる外交販売の仕事から一段昇格して五年たった。

今は都市から都市へ各支社の販売成績をあげさせるため出張するのが佐伯の仕事である。一月の三分の一は地方都市ですごす。(きみはベテランのセールス・プロモーターだから)と佐伯より六歳わかい営業課長はおだてた。東京の私立高を中位の成績で出て、不動産会社や自動車会社のセールスマンを七、八年つとめたあげく現在のT空調にころがりこんだ佐伯にしてみれば、定年までに課長になるのが関の山だと思っている。昇進はとうにあきらめていた。

セールス・プロモーターともっともらしい肩書きがついているものの、内実はセールスマンの尻叩きである。地方出張が多いこの仕事を他の営業部員はきらっていた。佐伯はしかし同僚ほどに苦にしていなかった。すくなくとも東京を留守にしている間は絢子と喧嘩しないですむ。

絢子と同棲するようになったのは離婚した年だから、もうかれこれ二年になる。佐伯は絢子のマンションに住んでいた。妻と暮らしていた東中野のマンションは、まだローンが残っていた。佐伯はその分を月々、別れた妻の口座に振りこまなければならなかった。そのことが絢子を不機嫌にした。

（子供があったわけでもあるまいし、これから十七年もローンを負担するというのは考えものだわよ）

（離婚に同意させるにはこれしか手がなかったんだ）

（あなたの給料はローンの支払いで三分の二あまり消えちゃうじゃないの）

絢子はホステスという見た目に華やかな仕事がどんなに経費の多いものかをくどくどとしゃべった。化粧品、衣服、美容院、タクシーなど、どれ一つとして省けない出費である。その上、絢子のマンションもローンが残っている。いいつのるうちに自分の言葉でますますヒステリックになった絢子は涙を流し、クリネックスの函を佐伯に投げつけたり、花瓶を割ったりした。

逆上した佐伯は旅行鞄に着がえと洗面具をつめこむ。

（出て行くのね。いいわ、さっさと出てってちょうだい）

絢子は蒼白になった。目がつりあがり、唇がねじれて頬がゆがんだ笑いを浮かべた。佐伯が靴をはき、ドアのノブに手をかけると、絢子は走りよって来て佐伯を後ろから抱きすくめた。

（お願い、あたしを一人にしないで）

生暖い息が彼のうなじにかかった。絢子は泣きじゃくり、佐伯の胸に頭をこすりつけた。そのあとで二人のすることは決まっていた。同じことが翌日またくり返された。地方都市で靴底をすりへらしている間は、このいがみあいからのがれることができるのだった。裏通りを歩きながら佐伯は快い解放感に身を浸していた。東京に帰ったら今度こそ絢子ときっぱり手を切らなければと思った。

飲食店の灯がまばらになり、シャッターをおろした洋服店や菓子屋の一廓にさしかかった。佐伯は十字路で迷わず左に折れた。確信があった。予感めいたものといえるかもしれない。暗い路次の奥にぽっかりと明るい灯をともした店がある。近づくにつれて予感が的中したことを知った。古本屋である。看板をすかしてみると、青葉書房と読めた。間口二間、奥行き三間ほどの店であった。佐伯はガラス戸をあけた。眼鏡がすぐに曇った。

地方都市をまわるとき、佐伯は必ず古本屋をのぞくことにしている。とうせつ、掘りだしものにゆき当たることはめったにないけれども、まめに漁《あさ》っているとそれだけの甲斐はあるものだ。初めての町でも、永年つちかった勘で、どのあたりに古本屋があるかを探し当てることができた。

佐伯が手に入れるのは、忘れられた詩人の初版本とか、その町の旧い地図や郷土史である。日曜日の午後、絢子が買い物に出かけてマンションをあけているとき、佐伯は自分のささやかなコレクションをかげ干ししたりセロファン紙のカヴァーをかけたりしてすごした。いっときの幸福を佐伯はそうやって味わった。

いい匂いがした。

店の片隅に大きな水甕が置かれ、水仙が活けられている。床はむきだしの土間で、踏み固められた黒い土が靴の下にあった。奥には一畳分の張りだしがあり、血色のいい六十代の男が火鉢にもたれて本を読んでいる。張りだしの下に灯油ストーヴが燃えていた。佐伯はすばやく店を一巡した。次に本棚をていねいに見て行った。

「寛永肥後国巡検記」は大正七年、地もとの新聞社から出ている。「天草絵図」「詳説文久肥後国聞書」の版元も同じである。三冊の値段は安くなかったが、思い切って求めることにした。神保町で買う思いをすれば、はるかに安いのである。五日分の出張手当てが本代になった。

古本屋の主人は佐伯が机に重ねた本を手にとって、初めて見るもののようにしげしげと眺めた。

「寛永ねえ、江戸時代の初期でしょう。そこまではわかるけれども文久となると見当がつかん。いつ頃の時代ですかな」

「万延の次、一八六一年が文久元年です。明治維新の六年前ということになります」

「お客さんは高校か大学の先生ですか」

なれた手付きでハトロン紙に本をくるみながら店主はずり落ちた眼鏡ごしにたずねた。ただの会社員だと佐伯は答えた。

「この土地の方じゃありませんね」

「旅行者です、東京から来ました」

「まあ、おかけなさい」

店主は値段の一割をまけてくれた。奥に向かって大声でお茶を命じた。やがて店主の細君がお茶を持って現われた。細面で小造りのどことなく品のいい五十代の女である。色白の頬に微笑を絶やさず佐伯を見まもった。彼は張りだしに腰をかけて熱い茶をすすった。四時間もの間きゅうくつな列車の座席にすわりずくめで肩腰がこわばっていた。今になって旅の疲れが出て来た。熱い茶をゆっくり飲んでいると疲れまで癒される感じであった。

「こちらのお方、東京から来なすったんだそうだよ」「まあ、そうですの」「越智さんの本を買われた。十年以上、店《たな》ざらしになってたあれだ」

店主は、こんなことはお客に白状しないものだと前置きしてガラス戸がふるえるほどの大声で笑った。細君も笑った。

「だから値段を勉強するのは当たり前でしょう。組合の規定では禁止されているんだがね。それにしても東京のお方がなぜ肥後の地誌や絵図に興味を持たれるのかな」

あまり商売気のなさそうな店主を前にしてつい気がほぐれた。佐伯は二杯めのお茶をすすりながら答えた。

「郷土史を集めるのが趣味なんです。仕事がらよく地方へ出かける機会が多いもので。もう一つの理由はわたしの曾祖父が明治の初期に肥後の菊池郡で生まれているんです。祖父の代から東京ぐらしですから、戦災にもあってるし詳しいことは聞いていないんですがね」

「菊池のどちらですか。わしは先週、家内をつれて隈府城山の菊池神社へ梅見に出かけたばかりでしてな」

おだやかな笑みを目にたたえて店主は身をのりだした。ガラス戸があいた。紺絣の着物に赤い帯をしめた女が風呂敷包みを胸に抱いてはいって来た。店主の細君に顔立ちが似ている。家内の姪ですと店主はいった。女は軽く足踏みした。下駄の歯にこびりついた雪が解けて、土間に黒いしみをしるした。

「ちょうど良かった。お客さん、肥後の銘菓を召しあがれ」

佐伯は十年も前から馴染みの家族と火鉢を間に向かいあっているような気がした。炭火の上には湯がたぎり、ガラス戸は曇っている。湿った暖かい空気が店にこもっていた。風呂敷包みの中から最中が現われた。佐伯は家庭の団欒というものを子供のときに経験していない。昭和二十年三月十日夜のB29による大空襲で、江東区にあった自宅は灰になった。母親は煙に巻かれて死に、フィリピンに出征していた父親は戦死した。多摩の山奥に学童疎開していた佐伯は戦後、叔父に引きとられた。彼は一人っ子であった。曾祖父の話は何かの折りに叔父から聞いたものだ。

冬の夜、旅先の古本屋で熱いお茶を口にしながら最中を食べていると、ずいぶん昔に忘れてしまったはずの家庭の雰囲気を思い出さないわけにはゆかなかった。自分はそういう世界に縁が無いのだと初めから佐伯は見切りをつけていたのだ。〈あなたは冷たい人〉と口癖のようにいったのは別れた妻である。ごく当たり前の夫としてふるまっていたつもりだったが、妻にはどことなく物足りなかったのだろう。冷たい人といわれても佐伯は妻に対してわざと冷淡にしていたわけではなかったからどうしようもなかった。

暖かい家庭に育たなかったから、妻を満足させる家庭を築けなかったのではないかと、ときどき佐伯は考えることがある。

「お客さん、いかがですか、最中の味は」

店主の声で佐伯は我に返った。

「けっこうですな」

「曾祖父さんの事蹟というか、そのう由緒といいますか、それをお調べになっているのですかな」

「いや、そういう気持はありません。先祖は菊池氏に仕えた侍だということだけしか知らないので興味があってこの本を買ったんです。つまり熊本とぼくとはまるっきり縁が無いわけでもないわけなんで、調べものをしようという気はないんです」

紺絣の女は二十代の終りに見えた。店主のわきにすわって、積みあげられた古本の山を崩し、見返しに記入された元の所有者の署名を墨で消している。左手の薬指に指環の痕があった。

佐伯は礼をいって外に出た。

小雪が散らつく道路を彼は歩いた。(お生まれは)と店主にきかれて、東京だと答えはしたものの、東京がふるさとだという実感はまったくなかった。佐伯が漠然と考える故郷は国鉄の観光ポスターの中にしか存在しなかった。くろぐろとした鎮守の森、水量がたっぷりとある小川、山裾に拡がる藁ぶきの農家、旅行代理店の壁に貼られたポスターをつい先日、佐伯は飽かずに眺めたものだ。あれは裏磐梯の宣伝写真であったと思う。

佐伯は裏磐梯へ行ったことはなかった。東北地方は主要都市しか訪ねていない。にもかかわらず彼はその写真を見て、ずっと以前にその村をおとずれたことがあるような気がした。七歳のときに失った母に覚える懐しさすら感じたほどだ。郷愁といってもよかった。

その感覚をたまたまK市の古本屋で反芻することになった。

店主夫妻とその姪を前にしてお茶を飲んでいると、いいようのない安らぎを佐伯は味わった。夜の大気が彼を凍えさせた。佐伯は寒気を苦にしなかった。三冊の古本をわきの下にかかえビジネスホテルめざしてゆっくりと歩いた。切れ長の目をした紺絣の女が目から離れなかった。

故郷を持たない人間……佐伯は自分のことを一種の根なし草だと思っていた。K市へやって来るまでは。しかし、青葉書房でひとときをすごした今はどういうわけかK市こそ自分の故郷にふさわしい気がするのだった。佐伯は青葉書房の主人を羨んだ。繁華街の裏手のひっそりとした一廓に、小さな古本屋をかまえ、火鉢に手をかざして古本を読みながらのんびりと店番ができたら何も要らないように思われた。

佐伯はホテルの部屋へ戻ると、まっ先に風呂を使った。

廊下にある自動販売機で氷とウイスキーの小壜を買い、ベッドに寝そべって少しずつ飲んだ。紙コップで飲むオンザロックはわびしい味だが、その晩は気にならなかった。「寛永肥後国巡検記」と「詳説文久肥後国聞書」をぱらぱらめくってみた。人名索引に佐伯氏の名前は出ていないが、それほどがっかりしなかった。先祖が歴史に名を残すような人物とは予想していなかったのである。

菊池郡は熊本市の北部、阿蘇山の西側に拡がる一帯で、熊本県地図を開いてみると、熊本市からおよそ二十キロの位置に菊池市は認められた。(家内をつれて梅見に）と店主はいった。そのとき、姪も同伴したのだろうかと佐伯は酔いのまわった頭で考えた。指環の痕がある女は菊池神社へ参詣する折りも紺絣に赤い帯をしめていたのだろうか……

菊池市までは鉄道がしかれているから、佐伯が行こうと思えば一時間以内で行ける。しかし彼は地図を見るだけで満足した。曾祖父の名前も知らないのだ。おまけに先祖の墓所は祖父の代に東京に移している。手がかりはゼロといってよかった。

佐伯は枕もとのスタンドを消した。

闇の中に青葉書房が浮かんだ。佐伯は一つずつ思い出した。店主の膝の上に三毛猫がうずくまって咽喉を鳴らしていた。壁には十号大の木版画がかかっていた。居間に続くドアの横である。猫の絵の下にアポリネールの詩が彫ってあった。

私ハ持チタイ家ノ中ニ
理解ノアル妻ト
本ノ間ヲ歩キマワル猫ト
ソレナシニハドノ季節モ
生キテユケナイ友達ト

まさしく青葉書房の主人は、アポリネールの理想を実現したわけだと、佐伯は思った。それにひきかえ自分のていたらくはどうだ、佐伯はにがにがしくわが身をかえりみた。ローンが一月でも滞ると、そくざに電話をかけてきてがみがみどなりちらす別れた妻、彼の収入が少ないことをつねに思い出させるヒステリー症の絢子、猫なんか要らない、友達も欲しいとは思わないが、理解のある妻は持ちたい、佐伯は（今度こそあの女と手を切らねば）と呪文のようにつぶやいて寝返りを打った。眠りにおちるまぎわ、目に浮かんだのは、青葉書房の土間にすえられた水甕の黄水仙であった。

一カ月後、佐伯はまたK市へやって来た。
支社であわただしく用件をすませたあと、とるものもとりあえず青葉書房をたずねた。土間の水甕には椿が活けてあった。

「やあ、しばらく」

店主は屈託のない微笑で佐伯を迎えた。

「あなたのためにとっておいた書物があるんですよ。九大の先生が昭和の初めに書かれたものですがね」

机の下から茶褐色の函に入った分厚い本をとり出してさしだした。標題は「菊池一族の研究」である。

「先日、熊本大学の先生が亡くなりましてね。蔵書の処分をうちにまかされたものですから。もしかするとあなたが興味を持たれるのではないかと思って。しかしなんですな、熊大のその先生、わしとあまり変らないお齢でね、散歩のつど、うちに寄ってお茶を飲まれたもんですよ。こんなに早く亡くなられるとはね、どうも実感がわかんのです。今もガラス戸をあけてひょっこり顔をお出しになるような気がして仕様がない」

佐伯はそれとなく奥をうかがった。

店主は急須に茶の葉を入れお湯をそそいだ。細君が現われる気配はない。紺絣の女も姿を見せない。

「面白そうだったから、あちこち拾い読みしてみましたよ。もしや、おたくのご先祖のことがわかるかもしれんと思いましてね。一回だけ佐伯氏が出て来ました。わしゃ歴史はよく知らんけれども、菊池氏というのは肥後の名門でもあり九州でも大きな勢力を持ってたようですな、南北朝時代には。菊池武光という武将はその当時なかなか派手にあばれとりますよ。佐伯氏は菊池武光の家来として登場します。その後はどうなったかしらんが名前が出て来ません。菊池氏も戦国時代には埋れてしまいますから無理もないことですが」

店主のすすめたお茶を、佐伯は浮かない気持で飲んだ。

二月の澄んだ日ざしがガラス戸から斜めにさして土間を明るくした。

「姪は家内と外出しとるんです」

佐伯の気を察してか店主は語調を変えてつぶやくようにいった。

「あれは五年前、亭主に先立たれましてな、両親がいないからわしらと同居しとったんです。前から何度かお見合をしたんですが思うようにはいかんもので。まあ、後妻の口ですがね。先方にはたいてい子供が一人か二人いますでしょう。きょうもお見合です。うまくゆけばいいが」

「そうですか」

佐伯は水甕の赤い椿に目を移した。

「おたくは子供さん何人」

「子供はいません」

「失礼しました。わしらも子供に恵まれませんで、明子、姪の名前です、明子が子供がわりでした。小学生の頃から面倒をみたんです。あれをちゃんとした家にかたづけなければ肩の荷がおりない。わしらには娘のようなもんですからなあ」

姪は今年三十二になると、店主はつけ加えた。若く見えると佐伯がいうと、子供を産んだことがないからだろうと答えた。

「佐伯さん、きょうはお急ぎの用事でも」

「いえ、別に」

「じゃあ、わしが自慢のコレクションを見て下さらんか」

店主はそそくさと奥へ消えた。十五分あまり佐伯はぼんやり店番をしていた。再び現われた店主は、両手でハトロン紙のスクラップブックを重そうに抱えていた。

「わしが四十年間やった新聞の切りぬきです。まあ見てごらん」

佐伯はふくれあがったスクラップブックをめくった。茶色に変色した新聞の一片が貼りつけてある。沈みかけた貨物船の写真である。日付は昭和十二年秋であった。銚子沖で時化のため座礁して沈没寸前の英国鉱石運搬船グラスゴー丸とキャプションがついている。

「これを、なぜ」

佐伯はけげんそうにたずねた。店主は手のひらで顔を撫でた。ページをめくるように催促した。次の写真は船首を水に突っこんだタンカーである。日付は昭和十三年春になっている。キャプションには函館港外で連絡船と衝突して大破した海軍のタンカーとあった。

「なぜ、こういうものに興味があるかときかれても説明するのに困るんですわ。どうしてでしょうな。好きだからとしかいい様がない。郵便切手のコレクションと同じですね。切手のかわりに遭難船の写真と記事を集めるようになったわけだ。我ながら妙な趣味だと思いますよ。沈みかけた船、あるいは漂流ちゅうの船でなきゃいかんのです。そういう写真を見ると指がむずむずする。朝刊を手にするときは、第一面のトップ記事なんか読みやせん。沈没船の写真があるかどうか、それだけが気になるんですわ」

店主は口角に泡をためた。

佐伯はややうんざりしながらページをめくっていった。海面に船首だけ見せて沈んでいる船、波に洗われている船橋、マストの尖端だけ水面にのぞかせている船、横倒しになった船、燃えている船などさまざまであった。洞爺丸と紫雲丸の写真も店主はぬかりなく貼りつけていた。

「佐伯さん、どうです、面白いですか」

「面白いですな」

仕方なく彼はあいづちを打った。面白いといわなければ店から追い出されそうな気がした。店主の顔いっぱいに笑いが拡がった。うれしそうに両手をこすりあわせて「このスクラップブックは見た人は大勢いるが、あなたのように熱心に見て面白がってくれた方は初めてです。自分の趣味が他人に理解されるというのはいい気分ですなあ」といった。

「奥さんが理解なさっているでしょう」

「まあ、わかってくれてはいます。新聞を見て、お父さん、きょうはいい写真がのってますよと報告するときがありますからな。しかしなんです、女房が主人の趣味を理解するのは当然でしょうが。わしは他人に共感してもらいたかったんです。どうです、お茶をもう一杯」

「ご主人はK市のお生まれですか」

佐伯は傾いて漂流ちゅうの木材運搬船に目を落としたままたずねた。嵐で機関に故障が生じた中華民国船籍の五千トン貨物船という記事が写真にはついている。古本屋の主人も自分と同じ漂流者ではないかと、佐伯は思ったのだ。故郷を持たない根なし草、佐伯は沈みつつある船が自分の似姿のように思われた。

「ええ、先祖代々、K市の生まれです。おやじの代から古本屋をやっとります」

店主は依然として屈託のない声で答えた。

佐伯はもう一つききたいことがあった。

明子が見合いをする相手の男というのはどんな仕事をしているのか、年齢は、見合はまとまりそうな具合なのか。しかし、さすがにそれを口にするのははばかられた。彼は「菊池一族の研究」を包んでもらい、代金を払って青葉書房の外に出た。店主は佐伯が予想した値段の半分しか要求しなかった。沈没船の写真コレクションをていねいに見た佐伯に対する謝意として本代を大幅にまけてくれたのかもしれなかった。

「きみはたしか長崎の生まれとかいってたな」

K市から東京へ帰って、しばらくは忙しい日が続いた。冷凍機の販売は三月が勝負である。千葉の漁協や、宮城近辺の港町へ連日のように出張するのが一段落したある日、佐伯はテレビのプロレス番組を見ている絢子にいった。日曜日の夜である。

「え?　ああ、長崎」

絢子はジャイアント馬場の空手チョップに夢中になっており、佐伯の問いには上の空だった。今まで彼は絢子の生い立ちをくわしくたずねたことはなかった。

「長崎の市内かね、それとも」

「うるさいわねえ、テレビを見てるとこじゃない」

「ぼくがきいてることには答えてくれたっていいだろ」

佐伯はテレビの音量に対抗して声を張りあげた。ヴォリュームをいっぱいにあげてテレビを見る癖が絢子にはある。マンションの隣人から苦情をもちこまれるのはしばしばだったが、本人は黙殺した。音量をあげなければテレビを見た気がしないというのだ。

「長崎県の平戸島よ。それがどうかしたの」

「平戸島って佐世保の近くかい」

「ああっ」

ターバンを巻いた黒人のレスラーが指をジャイアント馬場の両眼につっこんだ。次の瞬間、黒人はジャイアント馬場の膝蹴りを下腹にくらって倒れ、マットの上で苦しそうにのたうちまわった。絢子は目を輝かせ、せわしなく煙草を吸った。画面は乗用車のＣＦに変った。平戸の高校を出てすぐに上京したのかと佐伯はたずねた。

「佐世保の会社につとめたわ。金銭登録機の販売会社。スナックでアルバイトしてたらそっちの方が面白くなって広島の大きなキャバレーで働くようになったの。それから神戸、次は名古屋、東京に来たのは七年前。以上です。おわかりになりましたか」

ＣＦが終った。絢子は水割りのグラスを口に運んで、男たちのたたかいに見入った。

「佐世保、広島、神戸、名古屋、東京というわけか。きみも結構あちこちを転々として来たんだなあ」

佐伯は小声でつぶやいた。絢子に聞えはしない。受像機からスタジアムの喚声が流れ出ている。頭髪をクリップだらけにした絢子は水割りをなめながらひっきりなしに煙草をふかし、ジャイアント馬場を声援した。

佐伯はベッドに寝そべって、わきから絢子の横顔を眺めた。ここにも一隻の船が漂流している、と佐伯は思った。彼の視線に気づいてか、絢子はふり向いて佐伯と目を合わせ、何を見ているのかとたずねた。

「きみを見てただけさ」

「いやあね、気味が悪い」

佐伯はベッドから身を起こした。隣室にはいって、自分の鞄から表紙の破れた週刊誌をとり出した。きのう、営業部の机を配置がえするとき、抽出しを整理していたら出て来たのだ。昭和五十三年四月六日号の週刊Q誌である。グラビア二ページに「アモコ・カディス号の難破」というタイトルのついた写真が組まれている。魔の海域といわれるフランス西部ブルターニュ半島沖で、リベリア船籍のマンモスタンカー二十三万トンが座礁し、船体は二つに折れ、半ば水没している。くの字形に折れた船体は、後部が煙突とブリッジの一部を残して完全に水没し、船首の部分も海面すれすれである。荒波が黒い油を浮かべて船を洗っている。

青葉書房主人のスクラップブックにこの写真は見あたらなかったようだ。

佐伯はグラビアページを切りとり、便箋に簡単な添え書きをつけて封筒に入れた。古本屋の主人に送ってやるつもりだった。宛名を記し、切手を貼って、立ちあがった。手紙を投函してくると、ドアごしに声をかけた。絢子の返事はなかった。

スタジアムの観衆があげる叫び声だけが聞えた。

(今なら別れられる)と佐伯は思った。

ポストに手紙を入れて、マンションとは逆の方向にぶらぶら歩いた。なま暖かい早春の夜気が佐伯を包んだ。甘酸っぱい排気ガスの臭いが鼻を刺した。舵がこわれ、羅針盤の狂った二隻の船が港でよりそっているように今までは思いこんでいたのだ。絢子は初めから港の外へ出る気はないのである。舵も要りはしないし、羅針盤で定めるべき方向もない。絢子が必要としたのはもう一隻の難破船であって、必ずしもそれは佐伯でなくても良かったのだ。

にわかに気が軽くなった。

佐伯は車の往来がはげしい大通りからひっこんだ道路に向きを変えた。まもなくひっそりとした住宅街に出た。闇の奥にほのかな香りが漂っている。フリージアのようであった。(きょう、青葉書房には、どんな花が飾ってあるだろう)

佐伯は仕事のスケジュールを考えた。

四月はK市に出張する予定がない。休暇を二日とれば往復できる。絢子のマンションを出て、新しい生活を手に入れてからK市へ行ってみよう。暗い路次を歩きながら佐伯は決心した。(あたしを一人にしないで)と泣きすがるのが、別れ話を持ちだしたときの絢子の癖であった。(ジャイアント馬場がいるじゃないか)と答えればいい。絢子はテレビだけを相手にする生活に耐えられないとしても、そのうち二人めの佐伯をたやすく見つけるだろう。いつになく佐伯は冷静に絢子のことを考えることができた。

三週間たった土曜日の夕方、佐伯はK市の駅頭に立ってタクシーの順番を待っていた。

営業部にかなりの人事異動があり、休暇をとるのが思ったよりむずかしかったのだ。たまたま、博多に出張する機会を利用してK市まで足をのばしたのである。

佐伯は「アモコ・カディス」号の写真を投函した晩に、絢子に別れようと提案した。

プロレスが終りテレビのつまみをやたらまわして、とりとめもなく次の番組を探してはチャンネルを切りかえていた絢子は(そうなの)とため息まじりにつぶやいた。

(あなたが別れたがってたの、あたしにはわかってたわ)

(世話になったと思ってる。しかし、これから先は……)

（きまり文句はよしてちょうだい。だれかいい人でも見つけたの）

絢子はソファにうずくまり両膝を抱きよせた。タオル地のガウンがはだけ、豊かな乳房がのぞいた。佐伯はテレビの音量をしぼった。女ができたわけではないと、佐伯はいった。一人になりたいだけの話だとつけ加えた。

（あなたが一人でやっていけると思えないけれど、心変りしたあなたをひきとめたって仕様がないわね）

絢子はガウンの前をかき合わせ、煙草に火をつけて深々と吸いこんだ。

（わかってくれるとありがたい。明日にでも不動産屋に照会して適当なアパートを探すつもりだ。なんとかなると思うよ）

（あたし、また一人になっちゃうのねえ。オウムを飼おうかしら。お友達が飼ってるの、とっても可愛いという話だわ。男とちがって決して裏切らないし）

（オウムね、あれはいい）

（本当はネコが好きなんだけど、マンションで飼うわけにはいかないでしょう）

絢子はだるそうにソファからおりて水割りを二人分こしらえた。グラスを佐伯に手渡してから（新しい生活に乾杯）といった。佐伯は黙って水割りを口に含んだ。泣いてしがみつかれるよりオウムの話を聞く方が、佐伯には辛かった。予想外の反応だった。水割りは口に苦いだけだった。


タクシーをおりて佐伯は花屋を探した。

賑やかな街角にそれはすぐ見つかった。青葉書房から二百メートルほど手前の店である。山吹の黄が目にしみるほど鮮かだ。古本屋の黒い土間に山吹はよくうつりそうだと彼は思った。埃っぽい風が肌に触れた。東京にくらべて風さえ九州のそれはやわらかく感じられた。駅頭では西空にかすかな紅い夕映えが認められたが、今はすっかり夜になって空は暗かった。

青葉書房の前には、小型トラックが停車している。いったん立ちどまった佐伯は足を早めて古本屋へたどりついた。ガラス戸がみなはずされている。

本棚はあらかた空になっており、縄でくくられた古本の山が土間に積みあげられていた。屈強な男たちが古本をかついでトラックの荷台にほうりあげた。奥の畳敷きに火のない火鉢が埃と藁屑をかぶってにぶく光っている。

佐伯は呆然と立ちすくんだ。

事情を聞こうにも、男たちは忙しそうで佐伯に見向きもしない。運送会社の社名が入った作業衣を男たちは着こんでいた。彼らはむぞうさに本棚の書物をすくいあげ、縄で束ねた。次々とうつろになる本棚は、歯茎だけの口を連想させた。

土間には古雑誌の表紙や新聞紙が、足の踏み場もないほど散らかっている。

ドアが開いた。

青葉書房主人の細君がいつか見たスクラップブックをかかえて現われた。細君はそれを乱暴に土間へ投げだした。

「これもくくるんですか」

若い男が縄を持ってスクラップブックに近づいた。

「いいの、それは。紙屑といっしょに屑屋さんに引きとらせるから。ただのスクラップブックですよ。このさい、処分しとかなくては、邪魔になって仕様がなかったの」

細君はガラス戸のしきいぎわにたたずんでいる佐伯に気づかないようだ。彼は目で水甕を探した。軒下にそれは出してあった。水は一滴もたたえられていない。山吹を空の水甕に活けた。何が起ったのか、細君の姿を見たとき聞こうとしたのだが、スクラップブックを土間のほうへ投げた瞬間、佐伯は自分の言葉をのみこんだ。

電燈の影になって、軒下にたたずんでいる限り、奥からは見えないことがわかった。

スクラップブックは土間に落ちたはずみにページが開いた。若い男が中腰になってのぞきこみ、「へえ、船の写真ばかりだなあ、一体こりゃあ何です」といった。細君はアポリネールの詩と猫を刷った木版画を壁からとりはずしながら、「何でもないの、すみっこに片づけといてよ」と答えた。

佐伯はふらふらと歩きだした。

気がついてみると繁華街の裏通りに立っている。間口は青葉書房と同じくらいだが、奥行きは二倍ほどの古本屋が、洋服店と骨董店にはさまれて店をあけていた。佐伯はなかにはいって本棚を物色し、アガサ・クリスティーの推理小説を三冊とりだして奥へ進んだ。帰りの列車内でひまつぶしに読むつもりだった。客は少なかった。店主は五十がらみの話し好きそうな男である。

青葉書房は閉業するらしいが、何があったのかと佐伯はたずねた。

「千五十円いただきます」

本の包みに釣りをのせて店主は佐伯に手渡した。

「ご主人が高血圧で亡くなりましてね。子供さんもいないから店じまいするしかないんですわ」

「元気そうに見えたけど」

「血圧の高い人は一見、健康そうに見えるもんです。十日ほど前でしたか、わたしと囲碁を二番やって急に気分が悪いといいだしたんです。医者が来たときはもう手おくれ」

「娘さんがいたんではないんですか、明子さんとかいう」

「姪御さんね、娘さんじゃありませんよ。縁談がまとまって近いうちに式を挙げることになった矢先です。青葉さんはそりゃあ喜んでてねえ、まあ、おかけになりませんか」

すすめられて佐伯は椅子に腰をおろした。

「わたしも淋しいですよ、碁の腕前はわたしといい勝負だったのに。店をしめてから一杯やりながらあの人とザル碁をやるのが愉しみだったんです」

女子高生が占星術の本を買った。中年の男が「スタミナ強化法」と「麻雀必勝法」を買った。店主は佐伯に向き直った。

「お客さんは青葉さんのお友達でしたか」

「友達というほどの者でもないんですが」

佐伯はあらあらしく土間に投げだされたスクラップブックを思い浮かべていた。青葉書房主人のわきにつつましく控えて微笑していた女とはまるで別人のように見えた。

「同業者がへると、こっちが繁盛するように思うでしょう。そんなもんじゃないんです。売りあげはかえって少なくなる。どういうわけだか、そうなるのがきまりでしてね」

「あの店はこれから……」

「不動産屋が買いとって事務所にするという話です」

佐伯はクリスティーを鞄に入れて腰をあげた。にわかに疲れを覚えた。ホテルまで歩いて行くのが億劫になり、タクシーを拾った。


佐伯は翌日の晩、東京に戻った。

大森のアパートへ着いたのは夜の十時ごろであった。郵便受けに書籍小包がさしこんである。絢子が転送してくれたものだ。差出人は青葉書房主人になっている。消印を明りにすかしてみた。日付は十日前である。佐伯は包みを開いた。

「菊池郡史」という分厚い本が出てきた。見返しに手紙がはさんである。毛筆で巻紙に書かれた文章を、佐伯は立ったまま読んだ。

拝啓、貴下益々御清栄の事と御慶び申し上げます。

さてこの度、「アモコ・カディス」号の写真を御送付いただき恐懼感謝に耐へません。御多忙のみぎり御親切まことに有難き極みと申さねばなりません。早速わが貴重なる蒐集帖につけ加へさせていただきました。K市に御立寄の節はまげて御来駕たまわりたく伏して御願ひする次第であります。先般、古書市にて「菊池郡史」を入手しましたので進呈致します。何かのお役に立てば幸甚に存じます。私儀、先日、老妻を伴ひ菊池神社の遅桜を賞でて参りました。貴殿の御先祖ゆかりの地ゆえひとしお風趣を覚えました。

頓首再拝

昭和五十五年卯月

青葉書房主人

佐伯英明殿

佐伯はコートを脱ぎ、椅子の背中にかけた。窓をあけた。排気ガスを含んだ四月の夜気が流れこんだ。数分間、彼は目の下に拡がる東京の夜景に見入った。

「菊池郡史」は奥付によると昭和七年の刊行である。五百余ページの本は手にずしりと重たい。佐伯は窓をしめ、ソファに横たわった。スクラップブックを指して(何でもないの)といった細君の言葉が記憶によみがえった。してみれば、あの中に自分が送った「アモコ・カディス」号の写真もあったわけだと佐伯は思った。彼の指はしらずしらず「菊池郡史」の表紙を愛撫するようにさすっていた。

廃園にて

樋口孝之はベッドに寝そべって天井を見つめた。服は着たままである。

何度も寝返りをうっている。

目は天井や壁に向いているが実は何も見ていない。鳥籠のように狭いビジネスホテルの一室が、にわかに息苦しく感じられる。

樋口はポケットから手帳をとりだして眺めた。

菊池彩子　鳴滝町九―一　二七―九〇二四　今しがたホテルのロビーでメモしたものである。彩子の姓が変っていない。別れてから八年たつ。ずっと独身でいたのだろうか、それとも離婚して旧姓に戻ったのだろうか。八年という歳月はけっして短くない。とくに女には……

樋口はサイドテーブルの電話にのばした手をひっこめた。菊池彩子という名前は平凡ではないが、さりとて変っているともいえない。同名異人ということもありうる。樋口は長崎市街地図を鞄から出してベッドの上に拡げた。鳴滝町を探した。すぐに見つかった。市の東にそびえる山裾の町である。赤い丸印の中にシーボルト史跡という文字が白く抜いてあった。

彩子の口からシーボルトの名前を聞いたことがある。学生時代の一年間、彩子と同棲していたときのことだ。

(家の近くにシーボルトの屋敷址があったわ。子供のころ、そこでよく遊んだものよ)

樋口はゆっくりとベッドから起きあがって服を脱いだ。熱いシャワーをあびた。樋口は東京のR大学につとめる講師である。近代日本史の講座を持っている。長崎に着いたのは一昨日の夜であった。きのうは朝から立山町の県立図書館にこもり、史料室を漁って明治時代に長崎市で刊行された新聞を読んですごした。

ホテルに帰ったのは、図書館が閉館した午後八時すぎであった。

きょうは午前ちゅう図書館で古新聞の写しをとり、午後は南山手町の旧外国人居留地跡をぶらついた。長崎へ来るのは初めてである。港に面した丘は家で埋まり、その中に朽ちかけた木造洋館が点在している。街の雰囲気はどことなく神戸に似ていた。彩子のことは、長崎駅に降りたときから念頭にあった。しかし、この街にくらしているとしても結婚し、子供の一人や二人はあってもおかしくないと思っていたから会おうとは思わなかった。

ところが二日間、ホテルのボーイと図書館の職員以外とは口をきかず、見知らぬ町ですごしているうちに孤独感が深まった。漠とした人恋しさの感情が芽ばえた。八ヶ岳で数日間キャンプ生活をして新宿に帰って来たときに覚えた人懐しい気持を味わった。ホテルの食堂で味気ない夕食をすませ、ロビーのソファでぼんやり煙草をくゆらしていたとき、ふと思いついてかたわらの電話帳を手にとったのだ。まったく期待していなかったといえば嘘になる。かりに彩子の住所がわかってもそれっきりにしておくつもりであった。しかし、実際に菊池彩子の住所と電話番号を見出してからは、樋口は内心の動揺をおさえることができなかった。彩子が旧姓のままでいることは予想外であった。気がついたときは手帳に住所と電話番号をメモしていた。

シャワーをあび、乾いたバスタオルで体を念入りに拭ってベッドに腰をおろした。

きょう、シャワーを使うのは、これで三度めである。朝おきたときに一回、夕方ホテルへ帰るなり一回。七月の陽光は樋口を汗ばませた。市街地はわずかな平地に拡がる繁華街をとり囲むかたちで山腹や丘の斜面まで覆いつくしていた。勾配をおびない道はないといってよかった。

石畳から立ちのぼる熱気が樋口を息づまらせた。市街地の奥深く、鳥のくちばし状に湾入した長崎港の水面から渡ってくる風は、重い湿気をはらんで、路面の照りかえしをさらに堪えがたく感じさせた。シャワーで汗を洗いおとしてやっと人心地がついたようだ。

ためらいにためらいを重ねたあげく、樋口は送受器をはずし、ダイアルをまわした。

(やめろ、まだ、間に合う。お前は何をしようとしているのだ)

ベルが鳴っている間、内心の声が樋口にささやき続けた。やはりやめておこうと決心し、送受器を架台に置こうとした瞬間、電話が通じた。「菊池でございます」まぎれもなく彩子の声である。そのややかぼそいアルトを樋口は耳でむさぼった。懐しさが一時に胸の中にこみあげた。

「ぼく、だけれど……」

「………」

「樋口です」

「まあっ」

先方はすぐに孝之と察したらしかった。かすかに喘ぐような気配が彼の耳に伝わった。しばらく二人はだまりこんだ。樋口はけんめいに言葉を探した。病気だった母親はどうしているのか、ずっと一人でくらしてきたのか、どんな仕事で収入を得ているのか……

先に彩子がたずねた。

「お元気でしたの」

「ああ、きみは」

「今、東京から?」

「おととい長崎に来た。駅に近いホテルに泊ってる。調べものはあらかたすんだところだ。明日まで街を見物する予定だよ。初めて来た所でもあるし」

「お一人で」

「もちろん」

樋口は力をこめて答えた。彩子がホテルの名前をきかなかったのが残念だった。「もちろん」といっておいて「きみは?」とたずねるべきだった。彩子はだまっている。

「あたしの電話番号、どうしてご存じだったの」

「簡単だ、電話帳にのってた」

「…………」

「もしもし……」

「はい」

「さし支えなければ会いたいんだけれど」

また沈黙が返って来た。短い時間でいいと樋口はたのんだ。自分たちは別れたのだ、会わなければならない理由はないと、彩子は答えた。

「結婚したのかい」

「いいえ」

「どうしてもだめだろうか」

「なぜ会いたいとおっしゃるの」

会いたいからだと樋口は即座にいった。説明にならないのはわかっていたが、そう答えるしか答えようがなかった。彩子のため息が聞えた。明日の午後二時、大浦町の児童科学館へ用事があるので行く、そこでよければ会ってもいいと、彩子はいって電話を切った。樋口に異存はなかった。市街地図を出して大浦町を探した。昼間、汗みずくになって歩きまわった南山手町に隣接する町で、長崎港の岩壁に面した一廓である。児童科学館の位置も地図に記入してあった。

「もしかしたら……」

樋口はその名前に聞き覚えがあった。

半年前に交通事故で亡くなった画家小泉淳一郎の話を思いだした。樋口は副業に中学生向きの物語風明治史を書いたことがある。講師の給料では研究に必要な参考書が買えないどころか生活を支えるのさえむずかしいのだ。小泉はその少年向き明治史にイラストを描いた。名前の知られた画家ではないが、考証が入念なので、出版社にはわりとうけが良くおいおい忙しくなりかけたとき事故にあったのである。三年らいの友人であった。

小泉の葬儀では樋口が世話人をつとめた。

一冊のスケッチブックを形見として樋口はもらいうけた。事故の直前、小泉は長崎へスケッチ旅行に出かけた。帰ってから奇妙な経験を樋口に語ったのである。話の中に児童科学館という名前が出て来たようだ。小泉はその建物をスケッチブックに写生していた。煉瓦造りの二階建で、階上には六本の柱が立ち重々しい破風を支えている。コロニアルスタイルの木造洋館を煉瓦造りに変えた趣きである。今世紀初めの建築と思われた。

（珍しい建物だったから中へはいってみた。昔は英国領事館だったらしい。今は博物館、いや、正式の名称は児童科学なんとかというんだな。昆虫とか鳥の標本とかが展示してあるだけで、とくにどうということないがね、おれは建物の雰囲気がすっかり気に入っちまった。明治中期に建てられた南山手の木造洋館は大半がとりこわされてるし、残ってるのは廃屋同然だ。その旧英国領事館だけが昔の長崎をしのぶよすがになるわけだ。で、部屋から出たり入ったりしてぶらついていると）

小泉は神保町の喫茶店で樋口を前にして遠くを見るような目付になった。パイプの火皿に新しいプリンスアルバートをつめて話を続けた。

（入館者は少ないようだったな。初めは教師に引率された小学生のグループでさわがしかったけれど、連中が出ちまうと、ここが街なかだろうかと思うほどひっそりとなった。ところが二階の電車通りを見おろす部屋に女がいたんだ。年のころは二十代の半ばかな、どう見ても三十はすぎていないみたいだった。ベージュ色のコートを着て茶色の靴をはいてたっけ。小さなノートを開いて植物の標本を写生してるのさ。おれは仕事がら女を見なれてるがね、女といっても美しい女という意味だよ。まず、たいていの美人には驚かない。しかし、あの女を一目見たときは惹かれたな。それとなく横顔をぬすみ見して、少し離れた所に立ってた。絵描きだからモデルになってもらいたいと考えるのは自然の成りゆきだろう。女はわき目もふらずに写生に熱中してるから、気やすく声をかけられない。そこでおれは建物の外で待つことにした。鉄の門がはまった庭の入り口でね。写生が終ったら、いずれ出てくるだろうと思ったのさ。おれは庭のコブシノキや建物の外観をスケッチして待ってた。半時間たっても一時間たっても女は出てこない。しびれを切らしておれは二階へ上った。人っ子一人いないんだ。いつのまにか女は消えちまってた。こんなことってあるかい)

裏口から出たのではないかと、樋口はいった。

(おれもそう考えた。だがね、裏庭に面した二階の柱廊から調べてみると、裏庭の向うには二階建の建物があって、あれはたぶん領事館が機能を果たしていたころ、料理人とか車夫とか園丁とかが住んでた家じゃないかと思うんだが、今は無人の廃屋になってるんだ。つまり、裏庭には出口がないのさ。前庭には鉄門が二つあった。しかし、おれは玄関の所でスケッチしてたんだぜ。どの門から出たにせよ、おれの目にとまるはずだ。せまい庭だからな)

小泉はプリンスアルバートをくゆらした。いかにも残念でたまらないといった表情である。その女が写生していたのは何だったのかと、樋口はたずねた。

(うん、おれも気になったもんだから近くへ行って眺めたら羊歯の標本なんだ。十文字羊歯、両面羊歯、長崎羊歯、この三種が箱に入ってた。女は画家じゃないと思うよ。同業者はカンでわかるもんだ。テレピン油やリンシード油の匂いがするものだからね、画家ならば。それに女が画家であれば標本を写生するわけがないだろう。おかしなことはまだある。その翌々日のことだ。おれは東山手町のオランダ坂を歩いて下ってた)

小泉は朽ちた木造洋館と石畳道をスケッチし、ひと休みするために適当な喫茶店を探しながらオランダ坂といわれる活水女子短大の崖下を歩いていた。なにげなく目をあげると、一昨日、児童科学館で見かけた女が前方を通りすぎた。オランダ坂と直角に交わる通りである。ベージュ色のコートに茶色の靴という身なりは変らなかった。小泉は坂道をかけおりた。きょうこそ呼びとめて、モデルの件を交渉しようと思った。

（坂をかけおりたとき、女は十四、五メートル向うを歩いてた。右側は煉瓦塀、左側はスナックとか雑貨店がゴチャゴチャならんでる狭い通りだった。プラタナスの並木に沿って女は足早に急いでたと思う。一本道なんだ。三十メートルばかり向うに十字路があった。つまりそこ以外に曲り角はないということだ。おれは女の後ろ姿から目をはなさなかった。追いついて声をかけるつもりだった。ちょうどそのとき、道ばたでキャッチボールしてた子が、ボールをグラブではじいて拾おうとしたはずみにおれとぶつかったんだ。おれが女から目をそらしたのは、そうだなあ、時間にして二、三秒のことだろう。子供にボールを拾ってやって、視線を前へ戻したら、女の姿が消えてた。初めにいった通り、女は塀に沿って歩いてた。十字路まで二、三秒で行きつけるわけがない。かりに走ったとしてもね。おれは道路の左側にある店を一軒ずつのぞいてみた。影も形もない。女は煙のように消えちまったわけだ）

小泉は（まあ、見てくれ）といって一冊のスケッチブックをとりだした。女の後ろ姿をコンテでデッサンしたものである。記憶をもとにして描いたのだという。女の上半身もスケッチしていた。羊歯の標本にかがみこんでいる姿である。小泉は女の姿態を正確につかんで描いていたが、こまかな目鼻立ちは省略していた。

どこかで見たことがある……樋口は女のデッサンを見た瞬間、そう思った。後ろ姿が彩子に似ているのである。気のせいかも知れなかった。

一週間後、小泉淳一郎が乗っていたタクシーは環状七号線でトラックに追突された。

樋口は遺品となったスケッチブックを、長崎旅行に携えてくればよかったと思った。小泉が描いた古い洋館を現地で探すのも一興だろう。東山手町の路上で、とつぜん消えた女の後ろ姿を、もう一度じっくり見たいと思った。小泉はとうとうその謎を解きえないまま世を去ったのだ。樋口はスケッチブックを手もとに持っていなかったが、小泉が描いた女の後ろ姿は、ありありと目に残っていた。

男であれ女であれ、後ろ姿というものは当人の特徴をもっとも雄弁に語るのではないだろうか。樋口は小泉が描いた女の姿に彩子の像を重ねあわせた。ある部分は重なり、ある部分は重ならなかった。同棲していた間、彩子が絵を描くのを見たことはなかった。するとまったくの別人であろうか。

先刻、彩子は会う場所を児童科学館と指定した。これは偶然の一致だろうか。

樋口はなかなか眠りに入ることができなかった。ホテルの冷房は故障しているのか、室内はじっとりとむし暑かった。窓ははめこみになっていてあけられない。船のこもった汽笛が聞えた。ホテルは岩壁の近くである。カーテンのすきまから、港に停泊している船の赤い舷燈が見えた。港の対岸は造船所らしい。林立するガントリークレーンにともったおびただしい灯が闇の奥に輝いていた。樋口は汗ばんだままいつか眠りにおちた。

彩子との同棲生活は気持がさめたから解消したのではなかった。

樋口は奨学金と家庭教師の謝礼で学費をまかなっていた。彩子も同様であった。実家は仏具屋だったと聞いている。おたがい好きになった以上、別々に間借りしているより一緒にくらす方が便利ではないかと提案したのは彩子の方であった。結婚を具体的に考えたわけではないが、いずれ将来はという気持は二人の心の中にあった。樋口は主任教授にすすめられて大学院の博士課程をえらんだ。ちょうどそのころ、長崎の実家から彩子の父親が脳卒中で倒れたというしらせが届いた。母親は数年来、糖尿病にかかって寝たきりであった。彩子が帰郷する前に、父親は息をひきとった。

東京へ戻って来た彩子は、都内の高校に内定していた英語教師の口をとりけした。長崎にひきあげ、母親の看病をしてくらすつもりだといった。英語塾を開けば、生活のメドはつくという。樋口は驚いて、決心をひるがえしてくれるようにたのんだ。

（あたしも東京に残りたいわ。でも母の面倒を誰がみるの）

彩子は一人娘であった。東京の大学へ進むのも両親は最初から心細がって反対したのだといった。

（お母さんを病院へ入れるというわけにはゆかないか）

彩子は首を横に振った。

（時機を見て上京してくれないか。ぼくの生活が成りたつようになったら結婚しよう）

その時機がいつのことになるか見当がつかないことは樋口もわかっていたし、彩子もわかっていたはずだ。博士課程に進むと研究生活に時間を多くさかれ、アルバイトをするひまが少なくなる。彩子は自分のことを忘れてくれといった。今も愛していることに変りはないけれども、別れた方がおたがいのためではないかとつけ加えた。

（貧乏な生活に厭気がさしたのかい）

（母を一人にしておけないの。孝之さんはご両親がないから子供の気持がわからないのよ。母をほったらかしにしておいて、どうして幸福になれるというの）

（だから今すぐにとはいってないじゃないか。何年でもぼくは待つよ。お母さんだって歳だろう。ひどいことをいうようだが、いつかはきみも看病しないですむようになる。そのときは東京に戻って来てぼくと一緒になってくれ）

（あなたを自由にしてあげたいの）

（約束するよ、ぼくはきみを待っている）

（今はそうでしょうよ。孝之さんが本気で約束してることを疑わないわ。でも、何年かたてば後悔するにきまってる。あたしはだから約束しないの。待たないでいて。東京へは二度と戻らないわ）

彩子は荷物をまとめて長崎へ帰った。

葉書が一度だけ来た。英語塾を開いたこと、生徒が多くてことわりきれないほどであること、母親が彩子の帰郷を喜んでいることなどがしたためてあり、住所は書かれていなかった。お元気で、というのが最後の一行であった。

樋口は彩子と別れたつらさを勉強でまぎらわした。時間が彼の痛みをやわらげた。何人かの女友達が現われて去った。結婚することを考えないでもなかったが、そういうときまって彩子との生活が思いだされた。あと一歩という段階を踏み切れないのだ。かといってつねに彩子の面影を大事にしていたわけではない。多忙な研究生活に女たちの入りこむゆとりはなかった。気楽に酒場でつきあう女ならいくらもいた。ベッドを共にする女にもこと欠かなかった。別れたあとのむなしいにがさはどの女も同じだった。すなわち彩子ほどに樋口の心をつかんだ女は一人もいないということになる。

年月がたった。

樋口は彩子のことを忘れようとつとめ、ほとんどそれに成功したと思った。長崎へ来るまでは。初めは連絡をとろうとは思わなかった。たとえ姓が変っていなくてもである。昔の痛みを再び味わうことはご免こうむりたいという気持があった。

しかし、きょう、南山手の石畳道をぶらついていたとき、はっきりと意識はしなかったが、心の奥の深い所から彩子がよみがえったようだ。同棲していた当時、彩子はよく長崎の石畳道について語ったものだ。

(石畳はね五島産のやわらかい砂岩なの。かたい石は足にこたえるでしょう。朝と昼と夕方で、色が変るの。つまり光線の具合で、黒っぽい石が灰色に見えたり薄茶色に見えたり。それから雨が降っても変るわね。孝之さんに見せたいな。水に濡れると、しっとりとした色艶を帯びて、黒みがかった灰褐色になるの。観光客はさっさと通りすぎるだけだから気がつかないけれど、長崎に住んでる人たちは石畳道の変り様を知ってるわ。写真では決してあの変化をとらえられない)

樋口は八年以上も前に聞いた言葉を反芻しながらグラバー邸の近くを歩いた。そのあたりは日露戦争の当時、長崎に亡命していたロシア人アナーキストの一団が住んでいたはずであった。彼らは「ウォリア」というタイトルの新聞を印刷し、シベリア経由でロシアへ送りこんでいた。ウォリアとは、ロシア語で自由という意味である。樋口はR大学の史料室でそのコピイを見た。九州の西端にある港町が、かつては亡命ロシア人たちの革命運動の場であったわけだ。樋口が長崎へ来たのは明治時代の新聞史に光彩を添える「ウォリア」の現物が、長崎の県立図書館に保存されていはしまいかと考えたからであった。

東京から県立図書館へ書面で問いあわせたときは、史料庫に見あたらないという返事であった。こういう返事はしばしばあてにならない。念入りに探せば、山とつまれた外事関係の記録に埋もれていることがあるものである。領事館との接渉記録を包むのに使われている場合さえある。

結局、ロシア語新聞「ウォリア」は、県立図書館になかったのだが、当時のロシア領事館の場所がどのあたりにあったかは、古い地図でつきとめることができた。亡命ロシア人たちがたむろしていたアジトの近くである。

いずれも南山手町の旧外国人居留地であった。樋口は長崎へ来た甲斐があったと思った。大浦町と南山手町とのさかいには、黒くよどんだ川が流れていた。この川が居留地との境界だったかもしれない。樋口は廃油の漂った川面を橋の上から見おろした。川に面して記録によれば、外国人相手のホテルが並んでいたはずであるが、今は何の変哲もない商店街に変っている。

樋口は通りすがりの老婆にいつごろまでホテルが残っていたのかときいた。老婆は腰をのばして気さくに答えた。

（ホテルねえ、ええ、ありましたよ、みどり色のペンキを塗った木造の洋館がずらりと並んでましたわ。朝鮮戦争のころまでじゃなかったかねえ、人は住んどりませんでした。住めるような建物じゃなかったですもんね。軒が傾くやら雨もりがするやらで。とりこわされたのは二十年ごろ前じゃなかったかと思うけど……）

大浦町から松ヵ枝町、それに接した南山手町一帯は、昔のホテル街であり、各国の領事館がひしめいていた区画なのであった。

今、その中で残っているのは、児童科学館と名称を改めた旧英国領事館だけなのだろう。樋口はきょう、うっかりして児童科学館の方へは足を向けなかった。山手ばかりをえらんで歩き、海岸通りへは降りなかったのである。

翌日、樋口は午前ちゅう県立図書館の史料室で調べ物をしてすごした。

亡命ロシア人たちが長崎に居住していた当時の外国人の数を、国籍別にわり出す作業である。思ったより時間がかかった。おそい昼食は図書館の五階にある食堂ですませた。窓の外におおいかぶさるようにクスノキの緑が迫っていた。夏の日ざしを照りかえす青々とした木の葉が樋口の目にしみた。窓ごしに長崎港が見えた。

約束の時刻よりやや早めに樋口は県立図書館を出た。タクシー運転手に行く先を告げると、「児童科学館ですって?」とき返した。樋口は市街地図を示してありかを教えた。

「ああ、大浦のけったいな洋館ね。児童科学館というんですか」運転手がそこへ客を運ぶのは、樋口が初めてらしかった。

七月の太陽が照りつけた街は、ふくれあがった大気の膜に包まれて輪郭までゆがんで見えた。まひるの暑さを避けてか、街路に人通りは少なかった。十分後、タクシーは児童科学館に着いた。

煉瓦塀は七十数年の風雨で色褪せている。

白塗りの鉄門から樋口は前庭に足を踏み入れた。ヒマラヤスギとシュロの濃い影が砂利の上に落ちていた。長崎市児童科学館と書かれた木の板と隣りあわせに長崎市教育研究所としるした標示板がかかっている。石段をあがってポーチにのぼった。煉瓦と石を用いた重厚な造りである。

樋口は受付で備えつけのノートに住所氏名を記入した。入場は無料である。館内はうす暗くひっそりとしており、木の床に塗られた油の臭いが鼻をついた。電車通りのさわがしい音はここまで聞えない。ひえびえと澱んだ空気が廊下にたまっている。

玄関ホールのつきあたりに木の階段があり、踊り場の壁にうがたれた小さな窓から明るい日光が流れこみ、艶やかな手摺りをにぶく光らせた。樋口はしずかに階段をのぼった。入館者は彼一人のようである。今にもフロックコートを着こみ、古風な口髭をたてた領事館員が二階から降りて来そうに思われた。時間の流れが明治末期に停止したままのようだ。樋口の靴音が天井に反響した。

二階には六つの部屋があった。うち二つは閉ざされている。植物、昆虫、鉱物などの標本が各室には並べられてあった。

樋口は小泉が見たという女のたたずんでいた場所をすぐに探しあてることができた。白っぽい茶色に脱色された羊歯の標本が玄関寄りの一室、壁ぎわに陳列してある。どの羊歯も彼の目には同じ種類に見えた。植物にはあまり興味がないのである。二階をぐるりととりまくようにバルコニーが張りだしている。樋口はバルコニーに通じるフランス窓に手をかけてゆさぶった。鍵がかかっているらしくフランス窓はあかなかった。

いったんホールに出て裏の方へ歩いた。

フランス窓が廊下の正面に開いており、紙片が鋲でとめてある。〝バルコニーに出ないで下さい〟。樋口はその掲示を無視してバルコニーに立った。裏庭は意外に広い。正面に無人の二階建がそびえている。木造のそれは南山手でよく見る古い洋館と同じ造りであった。バルコニーの手摺りはこわれ、壁の羽目板は朽ちかけ、かつては塗られていたらしいペンキもすっかり剝げおちていた。

樋口は裏庭に視線を向けた。

軒下から白いものが現われた。麦わら帽子をかぶった女が裏庭の中央に作られた花壇に近よってゆく。白いブラウスとスカートが、屋内の暗がりを見るのになれた樋口の目にまばゆく映った。

麦わら帽子の女は花壇のふちにしゃがんだ。スケッチブックを開いて花を写生し始めた。花壇に花が咲いているのを、そのときまで樋口は気づかなかった。赤いものが点々と咲いているのに目をとめはしたけれども、一瞥したとき廃園という印象をうけたからである。館内のたたずまいは一変していたが、裏庭は領事館が事務をとっていた当時のままであるように思われた。

樋口は階段を降りた。

麦わら帽子にさえぎられて容貌をたしかめるすべはないが、体つきは彩子にまちがいなかった。

玄関から前庭に出て裏へまわった。砂利を踏む自分の靴音と同時に何やらざわめくものが感じられた。樋口自身の心臓が胸の内側で膨張し彼を圧迫するようであった。彼は女の後ろで立ちどまった。靴音に気づいて、女はふり返った。スケッチブックを閉じておもむろに立ちあがった。

二人は向いあった。

彩子は青いハンカチを出して顔を拭い、また麦わら帽子をかぶり直した。八年ぶりだと樋口はいった。

「そう、八年になるわね」

彩子は身ぶりで彼に軒下へ入るようすすめた。裏庭にいるのは二人だけである。

「きみはあの頃から全然としをとってないみたいだ」

「でもないわ、もう三十ですもの」

「結婚してると思いこんでた」

「孝……樋口さん、用事はおすみになったの」

「ああ」

「長崎は初めて」

初めてだ、と樋口はいった。彩子の白い顔は汗ばみ、うっすらと上気している。目は花壇に向いている。その視線を追って樋口も花壇を見た。ひねこびた薔薇が数輪、赤い花をつけていた。午後の強い光に照らされたそれらはぐったりとしおれているように見えた。

「お母さんは……」

三年前に亡くなったと、彩子は答えた。どこからか蟬の声が聞えた。英語塾は母親が亡くなった年にやめたとつけ加えた。

「きみはときどきここへ来るのかい」

「用事があるときだけ。きょうは薔薇を描きたくて」

「きみに絵を描く趣味があるとは知らなかった。もっとも絵を見るのは昔から好きだったね」

「趣味で描くんじゃありませんわ。お仕事のうちなの」

英語塾を閉鎖する前から彫金を勉強していたと、彩子は説明した。初めは趣味だったがやり始めると夢中になった。脳卒中で亡くなった父親は、仏具の金属部分をノミとタガネで作るのが仕事であった。父親の血が自分の体内に流れているのだろうと、彩子はいってかすかに笑った。

「ぼくはきょう、きみの仕事の邪魔をしたわけだ」

「いいんです。花びらと葉の形をたしかめればよかったんですから」

繁華街のアクセサリー専門店と契約して、こしらえた製品を売っている、注文に追いつけないくらいだ、この種の仕事は競争がはげしい、手を抜くと同業者に契約を奪われる、彩子は熱心に語った。毎日、新しい工夫をほどこした製品を考えるのが愉しいと急いでつけ加えた。

「あの薔薇の品種、おわかりになる?」

彩子は花壇を指さした。樋口は首を振った。蟬の声がやんだ。かわりに電車の通りすぎる音が伝わって来た。

「ダマスク・ローズ、レッド・クィーン、バレンシア、クリムソン・グローリー」

「すばらしい名前だな。ぼくにはどれも同じで見分けがつかないけれど」

「手入れがよくないからアブラムシにやられて見ばえがしないわね。出ましょうか、ここから」

彩子は裏庭を廃屋の方へ進んだ。出口とは反対側である。彩子は勝手知った足どりで廃屋の内部へ入った。石の廊下があった。その正面に木製の扉があり、扉の向うは街路である。樋口は子供のころに耽読した江戸川乱歩の小説を思いだした。怪人二十面相が明智小五郎と知恵をきそう探偵小説である。

街路にはプラタナスの並木が葉を繁らせていた。

彩子は後ろ手に扉を閉じていたずらっぽく微笑した。ここから出入りするのは本当は禁じられているのだと説明した。

「そうすると児童科学館は大浦町で、今ぼくらが立っている通りは東山手町というわけかい」

「いいえ、ここも大浦町だわ、東山手町はあちら」

彩子はまぢかのオランダ坂を指した。樋口は理解した。初めて長崎へ来た小泉が、児童科学館の裏を歩きながらそうと知らず、煉瓦塀からややひっこんだ扉に気づかなかったことを。じっさい扉は目立たない小ささで、曲り角ばかり探していた小泉の目にとまらなかったのだ。ベージュ色のコートを着た女はこの扉から外へ出て、またここから館内に入ったのだと樋口は思った。

二人は冷房のよくきいた喫茶店に入った。

「彫金という仕事は、長崎でなければやれないのかな」

おしぼりで顔を拭いてから樋口はさりげなくいった。彩子はアイスコーヒーを注文した。樋口は紅茶をたのんだ。

「ご覧になって。ひどい手でしょう」

彩子は両手を揃えて樋口の前にさし出した。無数の小さい切り傷があかぎれのように皮膚に走っている。指は筋くれ立っていた。万力とヤスリとタガネを使ううちこうなったのだと彩子は説明した。

「これがあたしの生活なの。長崎でなければできない仕事ではないけれど、生活を別の土地へ移す気はないわ」

「ぼくの気持は変っていないつもりなんだが。来年は助教授に内定してるから、生活の方は何とかなる。考えてみてくれないか」

「孝之さんの気持はうれしいわ。本気でいってるの。電話をいただいたときは夢のようだった」

彩子はアイスコーヒーを口に含んだ。女子大生が五、六人にぎやかに笑いさざめきながらはいって来て二人の近くのテーブルにかけた。彩子は学生たちを見ながら低い声で話した。

「あたしも孝之さんとくらしていたときはあのように若かったわ」

今だって若いと樋口はいった。

「ダマスク・ローズ、レッド・クィーン、バレンシア、クリムソン・グローリー。名前からして華やかだわね。でも夏のさかりをすぎると色褪せて黒っぽい花びらに変ってしまう。あたし自身のことをいってるんじゃないの。あたしは自分が薔薇みたいに美しいなどと思いこんでいませんから。あたしたちが若かったときにすごした一年間のことを思いだしているんです。もう二度とあのような経験をすることはないと思うわ。あたしはその思い出を大事にしてるだけで充分なの」

彩子は樋口の住所をスケッチブックにメモしてから麦わら帽子をとって立ちあがった。

樋口が東京へ帰って二週間たったある日、彩子から小さな小包が届いた。紙に包まれた小箱をあけると、銀色の羊歯をかたどったネクタイピンがはいっていた。

足音

まもなく彼が来る。

きのう、電話をかけてよこしたとき、彼はそういった。

午後三時が約束の時刻だ。

本箱の上にのせた置時計を見る。針は短針が二と三の間を、長針が九を指している。とまっているのでは、あるいはどこか故障しているのではないかと、わたしは朝から何度も置時計を調べた。ラジオの時報に合せもした。まだ入れてからそれほど長くたってはいない電池を取り換えたのも今朝のことだ。

手首に目をやることがある。

腕時計は勤めをやめたときはずしてしまった。必要がないからだ。アパートの一室からめったに外へ出ない生活をするようになって一年たっている。

あと一年……

手首に目を凝らすと、時計のバンドの痕がうっすらと白く残っている。今はじめて気づいた。注意して見なければわからないほどの、ある儚さを感じさせる白い輪。まるでわたしの生活のような。スイス製のRという腕時計は竹下時男が香港旅行の土産にくれたものだ。時男は旅行のつど欠かさず土産をわたしの所へ持って来た。

パリへ行ったときはカルダンのスカーフを、ロサンゼルスへ渡ったときはハンドバッグを、沖縄からの帰りには珍しい貝殻を。珊瑚色の小さな巻貝に紐を通して、ネックレスにしたもの。時男がくれたのは他にもある。しかし、腕時計だけ残してそれらはみな人にやったり捨てたりしてしまった。

彼がいやな顔をするから。

口に出していいはしないけれど、自分以外の男が与えた贈り物をわたしがとっておくのは、いい感じではないのだろう。時男がスカーフを持って来た日の夜、彼が来た。わたしはスカーフの包みをしまい忘れてテーブルの上に置いていた。彼は目ざとく包みに気づいた様子だった。いつものように椅子には腰をおろさず、ベッドの縁に腰かけて、誰か訪ねて来たのかといった。

ガラス製の灰皿にはまだ時男の吸った煙草の吸い殻が溜まっていた。客が去ったあと、わたしはすぐに灰皿を洗い茶碗を流しに運ぶ。しかし、彼が来たのはほとんど時男と入れちがいになる頃おいで、あと始末をするゆとりはなかった。坂の途中で、二人はそうと知らずにすれちがったはずだ。

時男はわたしに彼がいることを知っている。

彼も時男のことを知っている。わたしが告げたのだ。それでいて名前はおたがいに知らない。彼はしきりに時男のことを知りたがった。職業は、年齢は、背格好は、趣味は、どこに住んでいるのか、いつ知りあったのかなどとしつこくたずねた。

ただの友達だとわたしがいったにもかかわらず、彼はしつこく問い糺した。しょうことなしにわたしは教えた。

その友達は小さな会社を経営している。仕事がら外国へ旅行する機会も多い。青年会議所の役員でもある。年齢は三十代の半ばすぎ、彼より二、三歳は年下である。背格好は若いころスポーツをやったのでがっちりしている。今はゴルフに凝っている。趣味といえばそれくらいだ。深いつきあいはない。ホテルに竹下時男と一泊したことがあるとはいわなかった。泊まっても二人の間に何もなかったといったところで、彼は信じないだろう。

どこに住んでいるのかと、彼はきいた。

この町に、それもわたしのアパートから歩いて十五分以内の所にと、わたしはいった。

いつから知りあったのかと、彼はたずねた。
四、五年前、ふとしたことで。
その頃、竹下時男は所帯を持ったばかりだった。つい先だって離婚している。

離婚した男ときいて彼は目の色が変った。

（子供はどうした）

ときいた。子供はなかったとわたしは答えた。

（その友達というのが別れたのは、きみが原因ではなかったのかい）

と彼はいった。

（そんなことないと思うわ。夫婦のことって他人にはわからないものだっていうのがあなたの口癖でしょう）

彼は黙りこんだが、しばらくしてまた名前をきいた。わたしは答えなかった。あなたには関係のない男だとくり返した。名前を教える必要はない。こういうやりとりは、一度や二度ではなかった。彼は何べんも竹下時男のことを質問した。そうするうちわたしが口をすべらせて竹下の名前を明かすとでも思っているらしかった。

わたしが口をつぐむと決まって彼は肚を立てた。

（なんて強情な女なんだ、きみは。その男がただの友達なら、名前を教えてくれても良さそうなものじゃないか）

（教えたらどうするというの）

（どうもしやしない）

（なら教えなくてもいいじゃない）

（ぼくは知りたいんだ。きみに求婚までした男だからな）

（そうよ、結婚してくれといったわ）

（そいつを好きなのか）

（嫌いじゃない。いい人よ）

（だから贈り物をもらうんだろう）

（要らないといって返せるものじゃないわ）

（もらうな）

（あなたにそんなこといえる資格があって？）

彼は四畳半と六畳二間の室内をぐるぐる歩きまわった。帰ってくれと、わたしはいった。彼は立ちどまり、わたしを見つめた。顔に血がのぼり、頬がけいれんしていた。

（もう一度きく。そいつは誰だ）

（いえないわ）

わたしを愛しているなら、その男がただの友達だというわたしの言葉を信じてくれても良さそうなものだと、わたしはいった。わたしが本当に好きなのはあなただけだとつけ加えた。しまいまで聞かずに、彼はくるりと背中を向け、部屋を出て行こうとした。

わたしは黙って彼が靴をはくのを見ていた。

ドアに手をかけた。彼の唇が何かいいたげに動いた。わたしはいった。

（帰らないで）

彼はドアをあけなかった。

その日、彼が帰ったのは夜もかなり更けた頃であった。


毎朝、きまった時刻に目を醒ます。

勤めをやめて八カ月たっているのに、昔の習慣から脱け出せない。ひとつにはアパート住まいというせいもある。幼稚園や小学校へ通う子供たちがその時刻に騒ぎたてる。アパートの前庭に駐車した車のエンジンが唸り始める。子供たちの叫び声、母親が子供を叱る声、テレビの音、鉄の階段を踏み鳴らして駆け降りる足音。

とても眠ってはいられない。

しかし、それもしばらくのことで、朝の騒ぎが一段落すると、アパートはまた静かになる。テレビの音だけが続いている。わたしはベッドから降り、枕もとの壁に貼ったカレンダーにサインペンでしるしをつける。きのうの日付を黒く塗りつぶすのだ。

「その日」に一日近づいた。

「その日」が正確に何日であるかは知らない。しかし、一年以内に「その日」が訪れることは確かなのだ。そのときを境にわたしは存在しなくなる。いつだったか、竹下時男に誘われてドライヴしたことがあった。新しく開通した有料高速道路の風景を愉しむのだと、時男はいった。わたしは沿道の風景など目に入らなかった。羽根木先生の手紙のことが頭から離れなかった。

思い出した。時男とドライヴしたのはあの日が最後だ。彼に見られてはと気になってその後は誘いを断わっている。羽根木先生の手紙を読んだ直後のことだから、一年ほど前のことだ。時男はスピードを上げた車の運転に気をとられ、わたしに話しかけなかった。わたしは道路の行く手に待ちかまえている料金徴収所のことを思った。

わたしも手紙を読んだ日から有料道路に乗り入れたようなものだ。車では一時間とかからないが、わたしの場合はおよそ二年というちがいがある。先生の手紙にはそう書いてあった。手術をしても全治する可能性は、百に一つしかない。しかし、手術をしなければおよそ二年しか保《も》つまい。自分としては百に一つの可能性に賭けて、手術を受けることをすすめたい。そういう意味の文章が認められた。

（家族の人にこの手紙を渡しなさい）

羽根木先生が診察室で封をした手紙をわたしに与えた。家族の返事をなるべく早くもらいたいと、先生はいい足した。わたしは病院を出ると、門の外で手紙の封を切った。家族に読ませるつもりは初めからなかった。家族などいないも同然なのだから。

わたしは手紙を二回読み返し、もと通りたたんで封筒におさめた。その封筒をハンドバッグにしまい、振り返って病院を眺めた。赤煉瓦の塀に囲まれた赤煉瓦造りの建物を見上げた。よく晴れた冬の日で、壁に這ったキヅタの葉が鮮かな緑色で目にしみた。

わたしは歩きだした。黒いアスファルトの路面をプラタナスの枯葉が何かに手繰られるように動いて行くのを目で追った。少し風があったけれども寒いとは感じなかった。洋菓子店から小さな箱を抱えた女学生が笑いながら出て来てわたしとぶつかりそうになり、まだ口もとに笑いを浮べてわたしにあやまった。

新刊書店の前にトラックが停車し、本の包みをおろすところだった。八百屋の店先ではおかみさんがネギの泥を洗っていた。わたしの頭上で、軽飛行機が輪をえがいており、近く催されるデパートのバーゲンを宣伝していた。変ったことは何もなかった。月に一、二度訪れるこの町の風景は、いつもと同じだった。わたしはバスに乗り、国鉄の駅へ向った。列車の座席に身をおちつけてもう一度、手紙を取り出した。

K市から私の住んでいるJ市まで、特急で二時間かかる。

その日、列車はがらあきだった。わたしが乗った車輛には七、八人しか客は認められなかった。手紙を読み返してハンドバッグにおさめ、沿線を眺めた。(百に一つの可能性……およそ二年以内……)。奇妙なことにそれが自分のことだとはなかなか思えなかった。他人の診断書を読んでいるような気がした。

わたしは手紙をこなごなにちぎった。

特急列車の窓はあかない。紙屑を手にしてわたしは当惑した。窓があけば外へ捨てるつもりだった。わたしは紙屑を封筒に入れ、デッキに置いてある屑入れに落した。封筒には上書きはなかった。羽根木先生はわたしの家族がどこに住んでいるかを知らない。手紙を捨ててしまうと気が楽になった。まるで、先生が指摘したさし迫った課題そのものを屑入れに始末したような気になった。

売り子がワゴンを押して来て、週刊誌やミカンを客に売った。

わたしは煙草を買った。

心臓の容態が悪くなってからやめていたのだ。今となってはどうでもいいことのように思われた。わたしは煙草に火をつけ、肺の奥まで吸いこんだ。かすかにめまいがした。久しぶりに吸う煙草の味は強かった。これからは毎日のんでもいいのだと、自分にいいきかせた。わたしは時間をかけて一本の煙草を灰にした。窓ごしに沿線を眺めた。冬枯れの田圃が黒い土に水をたたえ、その水に空の雲が映って次々とうしろへ流れ去った。樹木が立看板が工場が人家が、一定の速度で背後へ動いた。遠くに見える低い山や丘が、列車の進行につれてゆっくりと稜線の向きを変えた。すべての景色が動いていた。私は自分がいまこの上なく安らかな状態でいることがわかった。動く景色のせいにちがいなかった。

わたしはまもなくやって来る二十六回めの誕生日を誰と祝うことになるだろうかと、思った。

竹下時男は仲間でパーティーをやろうと提案していた。時男は交際が広い。時男の友人たちはわたしにも気のおけない仲間といっていい。それでいてわたしは時男の提案を受け入れることができなかった。自活するようになってから、わたしの誕生日はいつも誰かと一緒だった。二十六回めの誕生日は一人ですごしたかった。彼が来てくれれば……

とうとつに彼のことを思った。

誕生日を彼と二人ですごすことができればどんなにいいか。

しかし、それはかなわぬ願いというものだ。

彼とは私が勤めている計理事務所で、ひとことかふたことしか口をきいていない。おたがいに相手の顔と名前を知っているという程度の間柄でしかなかった。誕生日に招待するということなぞできはしない。

彼はJ市で画廊を経営している。わたしの事務所へ来るのは、計理士と学生時代からの友達でもあるので、絵の売りこみというより世間話をするために寄るのだった。もっとも、世間話のついでに懐具合のいい誰彼の噂のきき出し、絵を売りこむ相手をそれとなく探すらしかった。計理士も忙しいので、長居はしなかった。

応接間へお茶を運んでゆくのはわたしの役目である。初めて彼が訪れた日、お茶を淹れて持ってゆくと、彼はまじまじとわたしをみつめて、どこかで会ったような気がするといった。わたしは男からそういわれるのに慣れている。初対面の男はわたしに向ってたいていそういうのだった。次は酒場に、次は食事に誘うきっかけを作るために彼らが口にするせりふは決っていた。

しかし、彼はそうではなかった。

表情を見れば心底そう思っていることがわかった。J市の人間なのかと、彼はきいた。そうではない、島の生まれだと計理士が教えた。この町にやって来たのはつい最近のことだ。J市に来る前はK市に居た。

彼はそれ以上、わたしにきかなかった。わたしはおじぎをして部屋を出た。あの日から彼のことが忘れられなくなった。計理事務所には女子職員がわたしのほかに五人働いている。男子職員が二人。女の子たちがする噂話で、町のたいていのことはわかる。どの会社が利益をあげており、どの商店が苦しい経営をしているかはもとより、住人相互の人間関係にまで通じてしまう。

彼が結婚したのは三十をすぎてからで、奥さんとの間に子供が一人ある。奥さんの実家というのは、J市の商工会議所の会頭であるS家である。画廊を経営するについては、S家の援助があった。それまで彼はJ市の商店連合会の事務所で働いていた。商店街が発行する小さな宣伝用パンフレットの編集が彼の仕事であった。若いときは東京の美術学校で油絵を描いていたらしい。

家の事情で中途退学してJ市へ帰って来てからは、市庁の臨時職員を振り出しに、映画館のマネージャーや学習塾の教師、青果市場の書記など、転々と職を変えた。定職を持たない男が所帯を持つのはむずかしい。結婚したのは四年前だと事務所の女の子はいった。彼のことをあらまし知るのはぞうさなかった。

それにしても彼はなぜあんなことをいったのだろう。

(どこかで一度、会ったような気がする)

そんなはずはない。

彼は旅行することが多いから、また絵を仕入れるためにK市へ出かける機会も少くないから、かつてそこに住んでいたわたしを見かけたことがないとはいえない。しかし、わたしにしてみればこちらの顔を印象にとどめるほどにみつめた人物を忘れることはない。わたしが彼を見たのは計理事務所が初めてであった。彼の思いちがいとしか考えられない。

列車の座席で、わたしは二本めの煙草をふかした。一箱まるごと吸ったように舌がざらざらした。一本めのようにおいしくなかった。禁煙が長かったからだろう。以前は日に二箱あまり空にしていたのだ。味気ない思いでわたしは二本めを少し煙にしただけで灰皿に押しこんだ。

その頃になって沿線の景色がいつもとはちがっているように感じられた。列車は海辺の漁村にさしかかっており、潮のひいた砂浜に漁船が並んでいた。子供が波打際を歩き、あとになり先になりして犬が走っていた。砂浜に人間と獣の足跡が点々とついていた。列車は徐行し、まもなく無人駅にすべりこんだ。

上り列車とすれちがうためにいつもこのP駅で二分あまり停車するのがきまりである。乗降する客はいない。わたしは海の方に目をやった。岬がP村を抱きかかえるようにして横たわり、岬の鼻にさびれた神社がある。風にさらされた社屋の前に傾いたままの鳥居が立っている。なんという神社か知らないが、列車がここを通るとき、わたしはいつも座席からのびあがるようにして岬の突端を眺め、そこにひっそりとたたずむ神社を確かめると、なにがなしほっとするのだった。

無人の廃屋、打ちすてられて誰にも顧られない建物。漁師たちの信仰の対象ではないらしい。もし彼らが崇めているのなら傾いた鳥居くらいはまっすぐにするはずだ。漁師が大事にしている杜は、海に面した山の中腹にあった。境内に赤い幟が立ち並び、石段には必ず人影があった。

岬のはずれにある神社は時刻表のかわりにもなった。その神社が見えれば、下り便の場合はあと半時間でJ市へ着くことになる。上り便ならJ市の外へ出たことになる。羽根木先生の手紙を読んだ日、わたしは習慣的に岬の神社を眺めた。神社はいつものようにそこにあった。見慣れた風景である。岬の磯を波が洗って白い縁を織っていた。

視界がぼやけた。

わたしはあわててハンケチを出した。二年後にわたしはあの神社を見ることができなくなる。はっきりとそう思い知った。わたしはこの世から立ち去るのだから。神社はわたしが存在しなくなってからも岬の鼻にたっているだろう。わたしが居なくなったからといって世界は変りはしない。潮が満ち、潮がひき、風が波をさわがせ、子供は犬をつれて砂浜を走るだろう。砂の上に点々と足跡を残して。

涙がとめどもなく頬を濡らした。

わたしは哀しいのではなかった。泣きながらこれは哀しみではないのだと自分にいいきかせていた。哀しみとはちがうもうひとつの何かが胸を占め、あとからあとからと涙を溢れさせるのだった。わたしは長い間あの瞬間が自分の上に来るのをおびえていた。羽根木先生が口に出してはっきりといわないとしても、ほのめかすことはあるはずだった。症状が思わしくないことを、あるいは悪化する一方で手術をする必要があることを、言外に匂わすことを予想していた。

だから病院を後にして門の所で、手紙の封を切ったとき、わたしはそれが初めてでなく何べんもそうして来たことがあったように錯覚したほどだ。羽根木先生がどのように診断するかもわかっていた。手紙の中に述べてあることは一字一句、わたしの予想とちがっていなかった。夢にまで見てうなされた文章を、明るい冬の日射しの下で現実のものとして読んでも他人事のようにしか感じられなかった。

列車に乗り一時間半もぼんやりとしたあげく、P村の岬にある神社を見て初めてそれが自分のことだと思うことができた。涙はだからここ数年の間、わたしがひそかに予想していた不吉な未来が確実なものとなった哀しみのせいもあったにちがいないが、それより、この日から行く先のことで思い悩む必要がないと悟った安堵の方が大きくて、それがわたしに心ゆくまで涙を流させたのかもしれなかった。

J市へ着いたとき、わたしの頬は乾いていた。

アパートへ帰り、十五分あまりベッドに横たわった。知らず知らず手を左の乳の下にあてがっていた。鼓動が手のひらに伝わって来た。乱れた不規則な鼓動。あと二年間、わたしはこの異常を来たした心臓でもって生きなければならない。気がついてみると、わたしは明りをつけるのを忘れていた。

ベッドから降り、紐を引いて電燈をともした。

目の前に女が一人たたずんでわたしを見ていた。

鏡に映っている自分だと気づくまでにしばらくかかった。循環器系の病人がそうであるように、わたしは一見して体が悪いようには見えない。人よりもやや白い肌には艶があり、血色も良かった。わたしは引き寄せられるように鏡台の前に座った。座ったときには乳液とクリームの壜を取りだしていた。なぜ、そういうことをしたのか、今もってわからない。わたしは鏡台の横に置いた電気スタンドをともし、入念に化粧をした。

眉に墨を入れ、アイシャドーを施し、唇を濃く塗った。指を動かしている間は何も考えなかった。ふだんはほとんど化粧らしい化粧をしない。正月に買ったクリームが、年末まで空にならないほどだ。化粧が終った。わたしは鏡台から二、三歩はなれて自分の顔を見つめた。別人のようだった。わたしは頭を傾けた。鏡に映った女も頭を傾けた。寝静まったアパートはどこもひっそりとしていた。

わたしと向いあっている女は白い歯を見せて微笑した。わたしはほほえんだようだった。信じられなかったけれども、微笑したのはわたしだった。化粧を落し、風呂をわかしてぬるい湯に浸り、長い間浴槽の中で自分の膝をかかえてうずくまった。恐怖もなければ不安もなかった。羽根木先生の手紙を自分は本当に読んだのだろうかとさえ思った。K市から帰ったときはいつも寝る前に風呂をわかして入る。手紙は白昼夢かもしれない。わたしは手で自分の太腿を腹をそして乳房をさわった。弾力のある柔らかな肌ざわり、これがやがて灰になり土と同化することが信じられなかった。

しかし、左腕の関節にぽつりと赤い点があった。注射の痕である。その日にしたのは静脈注射で、上膊部にする皮下注射ではなかった。羽根木先生が看護婦に薬を変えるように指示したのを思い出した。それから先生はわたしに背中を向けて手紙を書き始めたのだ。白昼夢ではなかった。

ぬるま湯に浸ってじっとしているのがわたしは好きだ。一日の疲労が毛穴から外へ滲み出てゆくように感じられる。気持がなごむ。列車で往復四時間の距離を旅して私は帰って来たのだ。K市へ出かけなくても疲れはこのところ毎日のように大きくなっている。わたしは浴槽のふちに後頭部をのせ、淡緑色の水性ペイントを塗った天井をぼんやりと見上げた。

彼のことを考えた。

彼がにわかに身近な男であるように思われた。その日までは町で出会っても目礼する程度で、せいぜい天気の話をするくらいが関の山だった。彼の画廊にも足を踏み入れなかった。書店で本を立ち読みしていたり、喫茶店で誰かと話しているのを見かける機会も少なくなかった。

わたしの方から声をかけようとすればいつでもかけられたのだった。わたしは緊張し気おくれも感じてそうしなかった。

天井から冷たい水滴が私の肩に落ちた。それが快かった。急に空腹を覚えた。朝食はとっておらず、K市のスナックでトマトジュースとサンドイッチを昼にとったきりだ。冷蔵庫の中に何があるかを考えた。卵とハムそれにレタスが少しある。寝る前にハムエッグをこしらえ、レタスを添えて食べようと思った。彼との距離が縮まり、身近に彼の存在を感じた。明日からは気おくれすることはあるまいと考えた。遠からず、彼と会える日が来るのは確かだといわれもなく想像した。わたしは卵二箇を焼き、厚く切ったハムと一緒に食べ、歯をみがいてベッドに入った。

すぐに眠りが来た。

翌朝、わたしは自分の衣裳のなかで一番いいスーツを着て出勤した。

事務所へそれを着て出るのは初めてだった。同僚は生地と柄をほめ、仕立がいいともいいわたしに良く似合うともいってくれた。わたしに何かあったのかと、たずねた。顔が晴れやかだと指摘した。必ずや前日にいいことがあったのだろう、それともきょう誰かと会う約束をしているのかと、きいた。

（土曜日だから……）

M子にそういわれるまでわたしはその日が何曜日であるか忘れていた。晴れ着をつけていったのは、ただ着てみたかっただけのことで他に意味はない。限られた期間に、せっかくあつらえたお気に入りのスーツを箪笥にしまいこんだままにしておくのももったいないと考えただけだ。土曜日と知ってわたしは画廊へ行く気になった。新聞の地方版で、ピカソのリトグラフ展が催されるというのを二、三日前に読んでいたのだった。

その日の朝、わたしはいつもより早い時刻に目醒めた。窓はまだ暗く、啼きかわすスズメの声が聞えた。右手で心臓の上を押えた。のこされた日々を何事もなかったかのように生きようと思った。その日になって決心したことではなかった。羽根木先生の宣告はかねてから予想していたことであったし、自分の運命を知ったらどうするかもわたしは決めていた。

——あたりまえの生活

子供の頃からわたしは平凡な生活にあこがれていた。勤めを持ち、自分だけの部屋に住み、友人と交わり、旅行をして知らない町を歩き、本を読み、食事をし、自分だけの部屋で眠る。学校を出て以来、理想の半ばは果されたと思う。これからも同じような生活をすることになるだろう。

わたしは自分の貯金がいくらあるかを勘定した。

通帳を見ないでもそれはわかった。金額を二十四で割った。一月分の生活費をかなり上まわる額が出た。わたしはクーラーを買おうと思った。夏の暑さは体にとくに弱った心臓にこたえる。今まで我慢してアパートの蒸し風呂のような部屋で暮して来た。辛抱をする必要はもうないのだった。貯金からクーラーの代金と病院へ通う費用をさし引いた上で、もう一度、割り算をした。ぜいたくはできないけれども今までの生活を維持できる程度の額を確かめてわたしは安心した。

勤めをやめてもよかったけれど、そうすれば（あたりまえの生活）ではなくなる。働いている方が気は紛れるし、収入も余分の出費にあてられようというものだ。

午後、町の食堂で軽い昼食をとって、わたしは画廊を訪れた。町の中央通りに面したレストランの二階に画廊はあって、見物人で混みあっていた。彼はいなかった。もしかしたら奥の小部屋にでもいたのかもしれない。画廊に這入って私は後悔した。リトグラフはピカソが晩年に制作したもので、ひげを生やした男が若い女とたわむれているという絵柄がほとんどであった。わたしの好きなピカソは、サーカスの踊り子や、クリーニング店の貧しい夫婦を、青や桃色の色彩で描いたピカソである。

見ているうちにいつとはなく気分が悪くなり、わたしはそうそうに画廊を出た。疲れきっていながら、アパートへ帰るのは億劫だった。一刻も早くベッドに横たわって体を休めたいと思っているのに、まだどこか行くべき所があるような気がした。映画は見たくなかった。

デパートをぶらつきたくもなかった。友達と会うのも気うとかった。結局、帰る所はアパートしかないようだった。わたしは橋を渡り、坂道を登ってまたくだり、丘と丘の間の日当りの悪い一画に建てられたアパートに帰って来た。半日しか働いていないのに、徹夜で残業をした日と同じくらいに疲れていた。スーツのまま私はベッドに身を投げだした。心臓があらあらしく鼓動を搏つのがわかった。このぶんではとても終りの日まで勤まりそうにない、肩で喘ぎながらわたしはそう思った。しかし、耐えられるまで耐えて、それから仕事をやめても遅くはない。一日でも長くわたしは（あたりまえの生活）を続けたかった。

（きみはなぜこの町にやって来たんだ）

と彼が肚だち紛れにいったことがある。

知りあって半年ほど経った頃のことだ。

竹下時男がわたしに結婚してくれといったことを彼に告げた日、あたふたとやって来た彼といさかいをした。そのあげく、彼はいった。

(きみさえいなかったら、ぼくは何事もなく平和に暮していたんだ)

ふだんは荒い言葉を口にしない彼が大声で叫ぶのはよほどのことなのだ。後悔しているのかと、わたしはたずねた。くやんでも始らないと、彼はいってそっぽを向いた。時男は昼頃、わたしの部屋にやって来て一緒に暮そうといった。近い将来、わたしが寝こむことがあっても面倒をみる。どのくらい生活を共にできるかわからないというが、その間だけでも自分と同じ家に居てくれと頼んだ。時男にわたしは羽根木先生の手紙のことは告げなかったけれど、長いつきあいだったからわたしの病気のことは知っているし、その頃は勤めをやめていたから、うすうす察していたのかもしれなかった。妻とも話しあいの上で円満に別れたし、あなたと結婚するのに何の支障もないと、時男はいった。

(あなたはいい人だわ。でもしばらく考えさせて)

とわたしはいった。すぐに返事が欲しいと、時男はいった。明日の正午に返事をするとわたしは約束した。時男は不満そうだった。しかしわたしがいったんいいだしたことは後に引っこめない性格であることは知っていた。明日の正午には必ず返事をくれと念を押して時男は帰って行った。靴音が遠ざかるのを待ってわたしは彼の画廊へ電話をした。

折り良く彼はいた。一人だった。

わたしは一部始終を報告した。

(そいつはきみが永くを生きられないということを知っているのかい)

(ええ、知ってるわ)

(それを承知で求婚したわけだ)

（わたしのためにお手伝いさんを雇うともいってるわ）

（その男を好きなんだな）

（………）

（ぼくからどんな返事をききたいのだ。これはきみ自身の問題だよ。どうすればいいか、きみが決めることじゃないか）

とはいうものの彼の声が慄えているのをわたしは聞きのがさなかった。昂奮しているのだ。

（きみは他人の気持で、つまりぼくの意見で自分の生活を決めるつもりなのか）

と彼はいった。画廊に客が這入って来たらしい。声音がやや穏かになった。

（あなたが彼との結婚をすすめたら、そうするつもりだったの）

（ぼくの気持はわかっているはずだ）

きまり文句だと、わたしは思ったけれど、彼のいうことはもっともだった。わたしはただ、彼の気持を確かめたかっただけだ。彼がした返事は予想できなかった。結婚しろというか、するなというか二つに一つだと思っていた。いずれにせよわたしには竹下時男と結婚するつもりはなかった。

J市へ引っ越して来たのは、その男が住んでいるからなのかと、彼はきいた。

計理事務所の口は職業安定所で紹介されたのだ。わたしの身寄りがJ市にいないことは彼に告げていた。彼が時男とのつながりでわたしがこの町へ移り住んだと勘ぐるのもむりはなかった。Jという町が好きだからと、わたしはいった。それは答にならないと、彼はいい張った。

（あなたの画廊のいちばん奥にかけてある四号ほどの油絵があるでしょう。作者は誰だったかしら。ほら、川と橋を描いた）

彼はけげんそうにそれがどうしたときき返した。J市の高校で美術を担当している教師の作品だ、値段はそれほど高くはない、半月でもいいから陳列してくれと頼まれて預っていると、彼は答えた。

（それが何か？）

（わたしに売ってくれる？　前から欲しいと思ってたの）

（話をそらすんじゃないよ）

（そらしちゃいないわ。川のある町が、それもあまり大きくはない町が、わたしは好きなの。川には橋がかかっているでしょう。橋の上で下を流れる水を眺めるのが好きなの）

Ｋ市に暮していたとき、竹下時男に誘われて彼の車に同乗しこの町へ来たことがあった。ひと目でわたしはこの町が気に入った。市街を貫流して豊かな水をたたえた川が程遠くない海へそそいでいる。上流から数えて大小七つの橋がかかっていた。人口は二十万と少し。丘の多い町である。市街地には緑も多い。

橋が好きだと人にいったところで相手に通じるものではない。わたしにしても自分がなぜ橋というものに惹かれるのかうまく説明できないのだから。

心の底にしまっている自分の好みを、わたしはかるがるしく他人に告げたくはなかった。相手がたとえ彼であっても。水で隔てられた二つの岸をつなぐものが橋である。人は橋を渡ってこちら側の岸からあちら側の岸へ渡る。橋がなければ泳ぎでもしない限り対岸へたどりつくことはできないのだ。橋に寄せるわたしの思いを、橋もまた知っているように思う。

毎朝、通勤の道すがらわたしは鉄とコンクリートの橋に心の中で話しかける。

（橋よ、わたしはきょうもおまえの上を渡っているよ）

橋もまたわたしの足の下でかすかに震えて応答するようだ。わたしと橋とのひそかなやりとり。きちがいじみていると他人は思うに決っている。信じられないのが当りまえだ。だから単純にわたしは橋のある町が好きだといった。彼はそれ以上、追及しないで帰った。

わたしは翌日の正午、約束した通り竹下の会社へ電話をかけ、結婚するつもりはないといった。時男はいった。

(他に誰かいるのか)

(わたしのような女に結婚しようといってくれたあなたの気持は嬉しいわ)

(ぼくは諦めないからな)

(今までのように友達でいましょう)

(アパートにばかりとじこもっていないで、たまには外へ出たらどうだ)

(退屈してるわけじゃないわ)

(一人でいて何をしているんだい。レース編みでもやってるのか)

わたしは電話を切った。漠然とした憎しみを(なぜ、この町へやって来たのだ)といった彼に対して感じた。彼がいったことはわたしの思いでもあった。彼と知りあわなかったらわたしにも苦しみはなかった。平穏のうちに二年がすぎ、終りの日を迎えることができるはずだった。こういうことになろうとは思ってもみなかった。


画廊でピカソの版画展が終った次の日、彼は計理事務所へやって来た。

計理士が予約した絵を持って来たのだといって、包装した絵をわたしに示した。あいにく当人は不在だった。出先を聞いているS子も不意の用事で事務所にいなかった。彼は絵を届ける他にも当人と相談したいことがある口ぶりだったので、わたしはとりあえず彼を応接間へ通し、お茶の準備にかかった。

そのとき、発作が起った。

呼吸が苦しくなり、胸に激痛が走った。初めてのことではない。わたしはその場にうずくまり、痛みに耐えた。発作の間隔がしだいに近くなるのは予期していたことだから、わたしは驚かなかった。仕事場で発作が起るというのは今までにないことだった。

わたしはハンドバッグから薬を出し、やっとのことでのみ下した。あぶら汗が額に滲んでいた。ガスコンロにかけた薬罐がふきこぼれていた。いつのまにか、彼がうしろに立っていた。

（どうしたの、医者を呼ぼうか）

なんでもない、ちょっと気分が悪くなっただけだと、わたしはいった。事務所にいた職員はわたしだけだった。他の連中はそれぞれ命じられた仕事があって席をはずしていた。彼は心配そうな顔で傍の長椅子を指し、しばらく横になってはどうかとすすめた。わたしは首を左右に振った。彼はたぶんわたしの顔にまだらに浮んだ血の色を見たにちがいなかった。彼はガスの火を止め、自分でお茶を淹れた。

発作はやがて終った。

わたしは彼に見苦しい所を見せてしまったと詫びをいった。まもなく計理士が帰って来た。応接間といっても、事務所の一画にあって衝立で仕切っただけの場所である。客の声はつつ抜けに聞える。彼はわたしのことを話題にしなかった。版画展の首尾が悪くなかったこと、油絵よりも石版や木版の作品が売れゆきはいいことなどを話し、三月の確定申告をするについて書類の作製はこの事務所に依頼するつもりだといって帰った。

事務所で発作を起したのは初めてだった。このぶんでは他人の目の前でいつ倒れるかわからなかった。八時半から六時までが勤務時間である。年度末にかけて残業が多くなる。昼の休みはないに等しかった。羽根木先生は入院をすすめている。わたしが仕事を続けていることは知らない。二年といったのは、わたしが部屋にこもって安静にしている場合を想定してのことだろう。

是が非でも長生きしたいとは思わなかったが、二年という時間を自分から短縮するつもりはなかった。大事に費いたかった。わたしはどうやら不本意ながら計理事務所をやめなければならないようだった。（あたりまえの生活）の一つの要素である仕事を失うのはつらかったが、体が耐えられない以上、仕方がないのだ。

次の日、わたしは雇い主である計理士にこのことを申し出た。計理士はしきりに残念がった。ようやく仕事に慣れたのに、やめては元も子もないとか、これから年度末をひかえて忙しくなるときにやめられては困るといい、給与のことで不満があるのなら考えてもいいといった。一身上の都合でとしかわたしにはいえなかった。せめて今月いっぱい、それがダメなら代りが見つかるまであと二週間勤めてくれないかと、計理士はいった。

わたしは自分が不当な申し出をしていると承知していた。相手の困惑した表情を目のあたり見ていると心が動いた。あと二週間くらいなら……そう思ったとき、胸に痛みが走った。赤く焼いた針で心臓を刺し貫かれたようだった。わたしは椅子の肘をつかんだ。下を向いて顔に浮んだ苦痛の表情を見せまいとした。幸い今度の発作は短かった。

不意の沈黙を計理士は拒否と受けとったのだろう。ためいきをつき、月末に給与を払うといい、退職金は短い期間だからあてにしてもらっては困るという意味の言葉をつぶやいた。

その日の夕方、町のスーパーでわたしは野菜や果物を買った。アパートからスーパーまで、坂道を登り降りして毎日、買い物に出かけるわけにはゆかない。一週間分は買いおきをする必要があった。罐入りジュースや卵などがかなりの量になった。大きな紙袋を抱きかかえてタクシーを待っていると、わたしの前に車がとまった。彼が窓から顔を出して、送ってゆこうといった。わたしはためらわなかった。

若い女が住んでいる部屋のようには見えないと、彼はいった。もの珍しげにわたしの狭い部屋を見まわしてそういった。

(ガラス箱に入ったフランス人形とかこけしなんかが女の人の部屋には飾ってあるものなんだ。ここには一つも見当らないね)

若くはない、もうすぐ二十六なのだからと、わたしはいった。彼は興味深げにわたしの本棚をのぞきこんでいた。仕事をやめたことがあれほど解放感をもたらすとはわたしは思わなかった。翌日からもう勤めに出なくてもいい。人の前で発作を起すことを気づかうこともない。わたしは一人でいられる。朝から晩まで他人と口を利く必要がない。わたしはたぶん浮き浮きしていたのだろう。思いがけなく彼と出会い、自分の部屋で二人きりになることができた。

もう帰らなければと、彼はいった。

急ぎの用事でもあるのかと、わたしはきいた。あと五分でいいから居てくれと頼んだ。彼は奇妙な目つきでわたしを見つめた。五分がたった。彼は椅子から立ちあがった。

(あと五分、お願い。もうそれ以上ひきとめないから)

壁にかけている絵はあなたが描いたのかと、彼はきいた。六号の油絵で、島を描いたものである。友人からもらったものだと、わたしは説明した。わたしが育った島なのだった。今は無人島になっている。彼はあまり感心した出来栄えではないといった。素人の余技で描いたものだろうともいった。この絵の作者はと、わたしはいった。そんなことをいうつもりはなかった。人にはけっしていいたくないことだった。気がついてみるとわたしの口が勝手に動いてしゃべってしまったのだった。

(この絵の作者はあと二年しか生きられないの。もしあなたが医者からそういわれたらどうする?)

彼は絵とわたしの顔をかわるがわる見つめた。体のどこが悪いのかときかれ、とっさのことだったので、心臓に生まれつき欠陥があると答えた。

(治療する方法はないのかい。手術してもたすかる見こみは?)

(百に一つの可能性もないの。かりにたすかったとしても、ベッドの上で暮さなければ。人の世話になって)

(で、絵の作者はどうしてる)

(どうもしてはいないわ。あいかわらず下手な絵を描いてるそうよ)

(きみは絵を描くかい)

(いいえ)

(その作者というのはきみのことだろう。絵は確かにきみの作品ではないね。タッチを見れば男が描いたものだということがわかる。しかし、病気にかかっているのはきみらしい。そうだろう)

彼は立ちあがった。

わたしも立ちあがって一歩さがった。帰ってくれないかとわたしは頼んだ。いうつもりのないことをいってしまった。わたしは自分が肚だたしかった。しかし、彼の表情に意外なものを見出して嬉しくもあった。彼はわたしを憐んでいなかった。羽根木先生がわたしに見せた職業的な憐憫とはまったく別の色があった。男からそういう目で見られたことはなかった。わたしがかつて一度だけ会った母の目に似ていた。

手術を受ける費用がないのではないかと、彼はきいた。

（お金ならあるわ。体に傷をつけてまで生きたくないの）

傷だらけになっても生きている女は大勢いると、彼はいった。わたしは厭だといった。それに手術によって生きられるという保証なんかありはしないのだ。自分に何か出来ることはないだろうかと、彼はいった。わたしは黙って首を横に振った。

彼はわたしに背中を向け、ドアの方へ歩いた。不機嫌そうに見えた。彼が消すのを忘れた煙草の吸い殻が灰皿の底でいぶっていた。彼がわたしの部屋へ来ることは二度とないように思われた。わたしの部屋には竹下時男だけでなく、何人もの男たちがやって来た。彼らは時間がたてばめいめいの家へ帰った。ただの友達だからそれで良かった。客が帰ったあとの静かな時間を、わたしは一人で愉しむことができた。

彼はちがう。

わたしはその晩だけは一人になりたくなかった。


アパートは木造の二階建でわたしを含めて六家族が入居している。うち一人で暮しているのは、隣室の若い男とわたしの二所帯だけである。

アパートの前は空地になっていて、住人が駐車場に使っているが、そこにもまもなくアパートの持ち主が同じ造りのアパートを建てるらしい。わたしが住んでいるのは一階のはずれで、うしろには建材店の倉庫が、横は崖に面しているから、日が射すのは一日でわずかな時間だ。終日、明りをつけていなければ室内はうす暗い。窓があいているのは崖の方である。崖の下に半坪ほどの空地がある。

わたしはそこにセキチクの種子を蒔いた。彼がくれたものだ。アパートに引っ越して以来、ちっぽけな空地をわたしは自分の花畑にした。日が射さなくても種子は芽ぶき茎が伸びて弱々しい緑色の葉をつけた。花も咲いた。毎朝、わたしは窓をあけて崖下の花畑をのぞいた。たまに外出するときは、園芸店に寄って草花の苗や種子を買うことにしている。崖から絶えずしたたり落ちる水で、ことさら花畑に水をやる必要はなかった。

崖と倉庫の間から向うの丘が見える。

南に面した丘の中腹にはぎっしりと家々が立ち並んでいる。そこは日当りがいい。窓のきわに椅子を置き、細めにあけたガラス窓の間から丘の家々を見るのもわたしの愉しみだった。家々の造りはそれぞれ異なっていた。ほとんどこの二年のうちに建てられたものだ。わたしがJ市へ越して来た当座、丘の斜面はまばらに家がたっているだけだった。畑地がすっかり宅地に造成されたのは、つい二年ほど前のことだ。

ああいう家にわたしは住むことがない。しかし、万一住むことができるとしたら、どの家を選ぶだろう。あそこに見える入母屋造りの赤屋根にしようか。広いテラスがあり、白い漆喰で壁を塗った二階建はいい。庭にはたぶん芝生が植えてあるだろう。窓は大きくとってあるから通風もいいにちがいない。それとも隣に見える屋根を青い瓦でふいた平屋にしようか。あるじは庭木が好きらしく、狭い庭には数種類の木が風にゆれている。

あれはセンダン、その横に生えているのはモクセイ、すみっこの木はザクロ。わたしは勝手にそう決めた。崖の切れ目と倉庫の壁で細長い長方形に仕切られた空間から眺められる家々は、わたしがけっして住むことにはならない場所であった。毒々しいほどに鮮かな朱色の瓦で屋根をふいた住人に悪口をいい、その向うに見える家の周囲にめぐらしたブロック塀の高さが気に入らないと難くせをつけた。

ひとりごとをいうのは気が紛れた。

わたしには待つことしかなかった。

彼は週に一度、わたしのアパートへやって来た。多くても二度以上は来なかった。来れば必ず手術を受けるようにすすめた。わたしにその気がないのをわからせるのに半年かかった。彼はついに諦めたようだ。

昼間、来ることもあり、夜に来ることもあった。絵を持ちまわるのが仕事なので、事務所をあけていても奥さんに怪しまれることはないという。画廊には高校を出たての女の子が一人で留守番をしている。奥さんに気づかれては困るから、用心してくれとわたしは一度ならず頼んだ。わかっている、その点は安心していいと彼は請けあった。

わたしは勤めをやめて数カ月の間、ひんぴんと発作に悩まされた。体がむくみ、微熱が続いた。終日、ベッドから離れることができなかった。

彼は毎日、電話をかけてよこした。

体の具合をたずねた。

発作のことはわたしは告げなかった。告げたら何はおいてもアパートへ駆けつけて来るに決っている。仕事にさしつかえる。家の人に怪しまれる度合も大きくなる。そういうことは避けたかった。しかし、毎日、彼と電話で話していると、声の調子で彼はわたしの異状がつかめるらしかった。

あるとき、発作がようやくおさまった直後に彼から電話があった。

よく眠れたか、ちゃんと食事はすませたか、きょうの具合はどうかなどと、判で押したような彼の質問にわたしは何事もなかったかのような受けこたえをしようと努めた。送話器の向うで不意に彼は黙りこんだ。

(何かあったのだろう)

(いいえ)

(隠さなくてもいい。ぼくにはわかるんだ。息づかいがおかしい)

（気にしないで）

五分後に坂道を降りてくる彼の車の音がした。彼の車は辛子色のフォルクスワーゲンである。エンジンの音に特徴があった。部屋にいてもその音は聞きわけられた。アパートの前で車はとまり、ドアが開いた。わたしは新しい鍵を作って彼に渡していた。

彼はベッドに横たわっているわたしの上に覆いかぶさるようにして顔をのぞきこんだ。気にするなと告げはしても、彼が来てくれたのは嬉しかった。わたしは彼の首に両手をまわして取りすがり、涙を流した。

（医者を呼ぼう）

と彼はいった。それには及ばない、発作はおさまったし、安静にしておけばいいのだと、わたしはいった。K市の病院の羽根木先生から定期的に送られてくる薬をわたしはのんでいる。医者を呼ぶのはいけない。羽根木先生が処方した薬と同じものをくれないこともありうる。わたしの持病をいちばん詳しく知っているのは先生だけなのだ。他の医者にはかかりたくなかった。

（それにあなたを見たらずいぶん楽になったわ）

彼は台所へ去って冷蔵庫をのぞきこんだ。

わたしの所へ戻って来て、からっぽじゃないかと、とがめた。この数日、外へ出るのが面倒で、おまけにまるっきり食欲もなくて、買い物はしていなかった。彼はアパートを出て行った。すぐに戻るといい残して。その通り、彼は一時間とたたないうちに戻って来た。

肉、バター、チーズ、卵、キャベツ、ハム、ソーセージ、牛乳、バレイショ、トマト、レタス。彼は紙袋の中身を冷蔵庫につめこんだ。みるみる内部はいっぱいになり、野菜は全部がおさまらなかった。

（どうしてそんな買い物をしたのよ）

わたしは肚がたった。

彼はけげんそうにわたしを見返した。買い物をして悪かったのかと、きき返した。

（そんなにたくさん買って来ても、わたしに食べる気がなければどう仕様もないじゃないの。冷蔵庫の中で腐ってしまうだけだわ）

彼は冷蔵庫のドアを叩きつけるようにしてしめた。入りきらないトマトが邪魔になってドアは完全にしまらなかった。きみは飢え死にでもするつもりかと、彼は大声でいった。

（自分のことは自分でするわ）

（へえ、ベッドから動かずに何ができるというんだい）

（あなた、野菜やお肉なんかスーパーの地階にある食料品売り場で買ったんでしょう）

丘の向う側、バスターミナルの隣にJ市でも規模の大きいスーパーがあった。わたしのアパートからもっとも近いのはそこだ。彼はそれがどうかしたのかと、いった。

（誰かがあなたを見てたかもしれないじゃないの。学生ではあるまいし、ちゃんとした男がこんな買い物をして目立たないとでも思ってるの。会社のひけどきで売り場が混んでるときならまだしも、五時前というのに）

彼はドアにつかえているトマトを奥へ入れ、紙製パッケージの牛乳をキャベツの位置と入れ換えてドアをしめた。今度はうまくしまった。

（きみが怒るとは思わなかった。喜んでくれると勘ちがいしてたよ）

（こんなことされると、自分が病人だということを思い知らされるようでたまらないの。二度としないで）

（頼まれてもするもんか）

（別れましょう）

彼は用ずみの紙袋をぎりぎりとねじって屑籠に一つずつ投げこんだ。全部で四つあった。四つとも屑籠の外に落ちた。投げる力が強すぎたのだ。わたしはコップに水をついで飲んだ。少しずつウイスキーをするようにして飲んだ。使ったコップをざっと水洗いして食器入れにもどし、ベッドの方へ引き返した。昂奮したときにはこうして水を飲むといいのだ。

彼はまだ冷蔵庫の前にたたずんでいた。

帰ってくれと、わたしは穏かにいった。

彼は三和土に降りた。ドアのノブが鳴り、ドアが閉じる音がした。車のエンジンがかかった。わたしは目を閉じてエンジンの響きが坂道をしだいに遠ざかるのを聞いた。あれほど口汚くののしったのだから、彼がこれから先買い物をわたしのためにすることがあろうとは思われなかった。

わたしは男が食物など買い物をするものではないと思う。みっともない。彼をののしったのは半ば本気だった。半ばは感謝した。しかし、ありがたいと彼にいえば、これからも彼はわたしのために買い物をするだろう。そんなことをさせたくなかった。

別れようと、わたしは口走った。

つね日頃、考えていたことが思わず口から出てしまった。わたしたちの関係はいつかは知れる。いつかわたしがアパートの前を掃いていると、二階に住んでいるおかみが（ご主人は出張ですか）ときいた。彼が前日にわたしの部屋から出てゆくのを目撃したのだ。屋内は日当りが良くないので、おかみたちは赤ん坊を抱いて前の空地にたたずむことが多い。午後のいっとき、そこに射す光をあびるためである。日なたぼっこをしているおかみたちの目の前を彼が通ってわたしの部屋に這入る。口さがない噂の対象になるのは当然だ。

彼が訪れるまでわたしは隣人から姓で呼ばれた。

いつのまにか、奥さんと呼ばれるようになった。

アパートの住人は一階の端、つまりわたしの部屋とは反対側の部屋に住むのが縫製工場に勤めている。二階、わたしの部屋の上に暮しているのは保険の外交員、その隣が酒場のホステス、その隣はタクシー会社の社員と聞いている。いずれも画廊とは縁のない連中である。彼がわたしの夫ではないことは見ぬいていても、どこの誰であるということまでは知らない。

ひまを持てあましている女たちのことだから、彼の正体を知りたいのはやまやまだろう。それができないからわたしに（奥さん）だの（ご主人は）などとイヤミをいうのだ。アパートの六所帯で、クーラーをつけたのはわたしの部屋だけだ。去年の夏、崖に面した窓の下に機械を置いた。モーターの音は充分、低いのに、おかみたちは早速、わたしに聞えよがしに音が耳について眠れないといいあった。

彼にそのことを告げると、羨ましがっているのだといい、気にするなといった。彼にいわれるまでもなく、わたしは隣人たちから何といわれようと、いっこうに構わない。わたし自身のことであればどんなかげ口を叩かれても気にしないのだが、彼は立ち場がちがう。彼の家庭をこわすのはわたしの本意ではないのだ。

わたしはたまたまJ市にやって来た。

いずれは立ち去るつもりだった。羽根木先生の手紙を読むまでは。

どうやらこの町が終点らしい。

わたしは自分が生活したいくつかの町を思い出す。F市、K市、O町、A市、D島。新しい町に引っ越して暮し始めるとき、わたしはその町からいつかは出てゆくのだと思うのが習慣だった。引っ越しが好きだからではない。町にいられなくなる事情がほぼ予想できるからである。男友達ができる。わたしは気むずかしい方ではない。誰とでも気やすく交際することができる。

男に冗談をいって笑わせるのも好きだ。

（きみのように性格があけっぴろげの女は珍しい）

といわれたことがある。誰でも最初はそういう。陽気な女だとか、気どりのない女で安心してつきあえるとか。

（きみは肚の中で何を考えているのか、さっぱりわからない）

陽気な女だといった本人がやがてそういう。

何も考えてはいないのだといっても本気にしてくれない。理由はわからないでもない。男たちは何回かわたしと酒場で飲むうち、きまってわたしの生い立ちを話題にする。過去の職業、家族関係などをききたがる。それは問い糺さなければならないほどの重要事だろうか。結婚してくれといわれたことが何回かあった。求婚したのは竹下時男が最初ではない。

嫌いではなかったけれど、その男たちには何かが欠けていた。

女友達の一人はわたしが結婚に多くを期待しすぎるという。高望みしているともらい手がなくなるという。S子がいった言葉である。

(相手は誰でもいいといいたいわけではないけれど、普通のまじめな男だったら何とかなるものだわよ。女はね、二十五歳まではえり好みができるわ。でも、それをすぎると男から選ばれることになるのよ)

S子は正しいと思う。ごく常識的なことをS子はいったのだし、さからうつもりはない。

わたしに求婚した何人かの男たちが懐しい。

眠れない夜にわたしは彼らがどうしているだろうかと考えることがある。大半は結婚しているだろう。独身でいるのも中にはいるだろう。もしかするとわたしと偶然にでも再会したら、わたしにまた結婚してくれというかもしれない。わたしの返事は同じだ。その気がないというばかりだ。

わたしがあと一年しか生きられないからではない。そうではなくて、普通の健康な女であってもやはり断わるだろう。

彼らに欠けていて、彼にあるもの。それが何かわたしはいうことができない。

かりにS子が、彼のどこがいいと思っているのかと、わたしにきいてもわたしは答えられないだろう。外見はごく目立たない平凡な男である。彼はわたしに優しいけれども、ただ優しいだけなら彼より優しい男は他にもいた。

わたしは彼が椅子にかけて、窓から外を眺めているのを見るのが好きだ。部屋の中を歩きまわり、わたしに絵の話をあれこれとするのを聞くのも好きだ。彼を見るとわたしは安心する。彼が傍にいるとわたしは心が満たされる。彼を除いては誰もわたしにこのような安らぎを与えなかった。

愛するとはどういうことなのか、わたしにはわからない。

近所のおかみたちが子供を学校へ送り出し、掃除や洗濯をすませてから前の空地で世間話をするのがよく聞える。夫の稼ぎが少くてやりくりに気をつかうこと、子供たちの躾けがままならないこと、物価が高いこと、便所がいっぱいになっても汲取りがすぐに来ないこと、天井から雨が漏るのに大家が修理をしてくれないこと。話題にはこと欠かない。

おそらくあれが生活というものだろう。

夫と一緒になったのは、おたがいに好きだったからだろう。なにやかや愚痴をこぼしていても、自分の夫を愛していないわけではないだろう。しかし、わたしにしてみれば、夫婦の生活というものはアパートの隣人たちが送っている生活とは何か別のものであるような気がしてならない。S子はそれを高望みといい、期待のしすぎという。わたしはたぶんまちがっているのだろう。

彼はわたしの夫ではない。わたしのものとはいえない。夫婦の機微というものは、結婚したことがない女には、うかがい知れぬ秘密があるのかも知れない。愛するという言葉をわたしは使うのをためらう。それはわたしの乏しいたくわえと同じように、使えば数が減る金貨のようなものだ。世には口にするのが危険な言葉というものがある。愛というのもその一つであるような気がする。

（愛している……）

と彼は電話でいった。

野菜や牛乳などを買って来たのでわたしと口論した次の日のことだ。

わたしは彼を責めて悪かったといった。

わたしのためを思って買ってくれたのだ、彼を非難する筋合はないのだ。

彼は公衆電話を使っていた。アパートのすぐ近くからかけていると告げた。

(別れようといったのは本気じゃないだろう)

(あなたと別れたいと思ったことは一度だってないわ)

(わかっているんだ。会いたい)

(お仕事があるでしょう)

(仕事なんかどうでもいい)

(じゃあ来て)

わたしの声はほとんど叫び声に近かった。

彼は近くの公衆電話だといった。ワーゲンを運転しているのだったら、町なかでは電話をかけられない。歩いて来るのかタクシーなのか。わたしは時計を見まもって彼が来るのを待った。途中、彼が知人に出くわして思いがけない用件が生じたらどうしようと心配した。気が変って、わたしの部屋を訪ねるのを翌日にのばそうと考えはしないだろうか。

わたしはじっとしていられなくなり、部屋の中をぐるぐる歩きまわった。坂道を降りてくる車の音に耳をすませた。彼の車ではなかった。電話があってからまだ一分しかたっていない。わたしは椅子にかけて煙草をすった。テレビのスイッチを入れた。ブラウン管で明滅する光と色彩をわたしは目で見分けることができなかった。

ドアが叩かれた。

わたしは椅子からはじかれるように腰を上げた。立っていたのは新聞の集金人だった。

わたしはずっとこうして待ち続けたように思う。二十五年間、待ち暮して得たものは、羽根木先生の手紙と彼である。

聞き慣れた靴音がした。わたしは椅子から立ち上がらなかった。彼でなかった場合のことを考えると、失望するのが怖しかった。靴音はアパートの方へ近づき、わたしの部屋の前でとまった。鍵をさしこむ音が聞えた。わたしは時計を見た。電話があってから二十分たっていた。寄り道をしたのだと、彼はいって、わたしに新聞紙でくるんだものを渡した。

(肉よりも魚の方が好きだといってただろう)

活きの良いイサキをわたしは手にしていた。

部屋にとじこもっているから、魚屋をのぞくこともなかろうと思ってイサキを買ったのだと、彼はいった。

(また買い物をしたわけだ。きみは怒るかな。お手やわらかに願いたいな)

別れようといったのが、本気ではないというのがどうしてわかったのかたずねてみた。

(鍵をくれてるだろう。本当に別れるつもりだったら、鍵を取りあげるにきまってるから)

というのが彼の答だった。

彼は永くはいなかった。いつもそうだ。わたしはイサキをこしらえて夕食をすませた。彼のために料理をしたことはない。できるだけ安静にしている方がいいと彼はいい張るので、お茶を淹れてくれと頼んだことすらない。飲みたいとき彼は自分で湯をわかす。わたしの部屋に泊まったとき、朝食をこしらえたのは彼であった。

イサキは新しかった。

彼が帰ってからわたしは台所に立った。うろこを取り三枚におろした。魚は海の匂いがした。ずいぶん長い間、海を見ていない。血と潮の匂いを嗅いでそう思った。わたしの島はどうなっているだろうか。島に住んでいた人々が本土へ引き払って以来、連絡船は絶えているはずである。

島の西海岸は黒潮に洗われ、台風がすぎたあとはいろんなものが流れつく。椰子の実、船板、ブイ、籠、空壜、木材、箱、簞笥。ときには人間の屍体も。身もとのわからない屍体、ときには国籍さえわからないことがあるそれらは、西海岸の近くにある山裾に埋葬される。

山裾といっても尾根と尾根の間の小さな窪地で、天気のいい日でさえ土は湿っている。何十年もの間、無縁仏をそこへ埋める習慣だったという。日当りと水はけのいい所は隈なく耕され、墓地にふさわしいのはその暗いじめじめした窪地しかなかったのだ。

苔むした円筒形の石が土饅頭の上に立っていた。五、六基の墓碑が窪地にはあって、中には横倒しになり腐葉土に沈みこんでいるのも見られた。子供のとき、西海岸のそこへ行くのがわたしは好きだった。墓地の一隅にはツバキの木がそびえ、木かげには夏でもひんやりとした風が吹いた。

墓石に文字は刻まれていなかったと思う。

刻んであったのが、潮風にさらされ苔で覆われて見えなくなってしまったのかもわからない。まるい塚の底に埋められている無名の屍体は、海流にのって遠くから運ばれて来たものだ。木かげにしゃがんで海を見ていると、わたしの頭の上でツバキの枝葉がそよいだ。わたしのH島のまわりには大小無数の島がある。この島へ漂着したのは、安息の地として死者がみずから選んだのだとわたしは考えた。

だから頭上でさらさらと鳴るツバキの葉ずれは、土に還った死者が安らぎのあまりついた吐息のようにも思われた。

東海岸には島民が先祖代々まもって来た墓地がある。没年と戒名が刻まれた立派な墓碑が立ち並んでいる。わたしは東海岸の墓地は好まない。花が供えられ、線香の煙が絶えない墓地。島の人たちは先祖を大事にする。墓石にこびりついた苔は剝ぎとられる。刻まれた文字が消えることはない。名前は死後の世界にまでついてまわる。

それにくらべて西岸のめったに人の訪れない窪地にひっそりと立っている墓碑はなんとつつましいことだろう。墓碑が聞いているのは海鳴りとツバキの葉ずれだけである。わたしは小学校にあがる前から、西岸の墓地へ行ってツバキの木の下で、苔むした墓石を前にして自分で作った物語をとめどもなく語ったものだ。

イサキの吸い物と刺身を、わたしは一人で食べた。自分で買い求めたものではない魚を食べていると、一人でする食事が妙に淋しかった。それまでに味わったことのない淋しさである。一人だけの夕食にわたしは慣れているつもりだった。

わたしはまたしてもイサキを買って来た彼を恨んだ。なまぬるいものが吸い物碗にしたたった。少し箸をつけただけで、わたしは料理したイサキを捨てた。

わたしには島があった。

夜、ベッドに横たわって、わたしはH島のことを考えた。

周囲は六キロあまり、人口は当時二百人を出ていなかったと思う。砂浜は西海岸の一角と東海岸の一部にあるだけで、残りはほとんど切り立った崖で囲まれている。住民が住んでいるのは島の東南にある日当りのいい斜面で、そこは南にそびえる山のかげにもなっているので、強い風を受けない。

海の上から島を見ると、ハマグリを伏せた形に似ている。

沖にのびた岩礁と磯の間は波が高くない。島の子供たちは、どのあたりの海が安全かをよく心得ていた。陸から見る海と、体を浸した海とは、まるっきりちがうのだ。わたしは自分の部屋でベッドに寝そべって、きょうはどこを歩こうかと考える。

きのうは島にただ一つしかない船着場を歩いた。想像の中で、あのころ船着場にもやってあった漁師たちの持ち舟を一艘ずつ思い出した。その前日は東海岸の崖にある洞穴を思い出した。波の力でくりぬかれた深い洞穴が崖には口を開いている。

引き潮どき、崖の上に立つと、吊り鐘を鳴らすようなこもった音が、足の下から聞えるのだった。月齢と風の具合で、洞穴は鳴るときと鳴らないときがあった。海神さまの声だ、と老いた漁師はいった。子供を食べたいといって吠えてござるのだ、親のいうことをきかない子供は、洞穴に投げこまれる……

わたしは漁師の言葉を信じていた時代があった。

崖のはずれにたたずんでいると、海から吹く風にさらわれそうだった。風は崖肌から吹きのぼり、わたしをすくい上げて宙に浮ばせるかと思われた。洞穴でわき立ち渦を巻き天井を轟かせる水の音が、わたしの足に伝わって来た。風にもまれ、水の力を感じている間、わたしは時がたつのを忘れた。

H島があった。

夢の中で帰ってゆくのではなかった。わたしは目を開いてH島のことを考えた。眠りは島をめぐり歩いた後に訪れた。


まもなく彼が来る。

大事な話があるという。電話でそう告げた。

大事な話というのは何なのかと、わたしはきいた。会ってから話すという返事だった。別れたいというのではないだろうか。声の調子ではそういう意味の内容ではないと感じられたけれども。先日、訪ねて来た折りも彼はふだんと変ったそぶりは見せなかった。

大事な話などわたしは聞きたくない。

彼とこの部屋で一時間か二時間ともにすごすこと以外に大事なことは、わたしにはない。彼には仕事がある。絵の売り買い。友人たちとの交際、家族、一つとして大事でないものはない。わたしのアパートへ来ることも大事な生活の一部であるかどうか。

わたしはきょうをきのうと同じように生きることが大事だ。型紙をあてがって切りとったように毎日、同じことをして暮している。

朝、七時すぎに目醒める。

手のひらを左乳の下にあてがう。弱々しく感じられる心臓の鼓動を皮膚で確かめる。ベッドの中でしばらくぼんやりしている。きょうが何日であるかを考え、残された日数を計算する。

——あと二年
初めは年単位だった。それが月単位になった。

——あと十六カ月、——あと十四カ月、
あと一年というのはあと十二カ月ということだ。日に直して三百六十五日、時間では、分では、秒では。とりとめもなくそんな計算をする。一年が永かったようでもあり、短かったようでもある。わたしは自分にたずねる。「その日」が来るのを怖れているのかどうかを心のいちばん奥にあるわたし自身の偽らない扉を叩いてきいてみる。

(こわくない。怖れてなんかいない)

という答が返って来る。まだ一年も残っているのだ。きょう明日のことではないから、怖れを感じないのだ。

わたしはベッドから離れ、灯油ストーヴに点火する。ドアの所へ新聞を取りに行き、湯をわかしてコーヒーを淹れる。ベッドを置いた四畳半が充分に暖まってから襖をあける。コーヒーのいい匂いが部屋にこもっている。わたしは椅子にかけて新聞を読む。第一面から十六面まで念入りに目を通す。わが国の外務大臣が国連総会でした演説、アフリカの某国が独立したという記事、新幹線が雪で不通になった、ソヴィエト連邦の漁業相が来日している、原子力船むつの安全問題、中部アメリカのクーデター、西ドイツの銀行家が過激派に誘拐された、中国がソ連との国境にミサイルを配置している、国税局の汚職、テレビの俗悪番組を非難する主婦の投書、女子中学生の売春、失業者はついに百万人をこえた、寝たきり老人が小づかいをだまし取られた、磯釣りの男が溺れ死ぬ……

本の広告、テレビ番組、プロ野球の勝敗、何ひとつとしてわたしは見落さない。

これがわたしの生きている世界であり、わたしが立ち去る世界なのだ。熱いコーヒーをすすりながらていねいに読む。とりわけ、死亡欄はまっ先に読む。新聞を開いてまず探すのは十五面の下段にあるそれだ。

佐伯斉陽、T大名誉教授、文博、十七日午後九時三十五分、直腸がんのため、東京都豊島区上池袋、癌研究会付属病院で死去、八十六歳、告別式は二十七日午後一時から新宿区南元町の千日谷会堂で。喪主は妻富子さん。自宅は文京区××五ノ四一ノ九。日本史、なかでも中世仏教史を専攻。著書に「日本仏教史の研究」がある。

わたしはトーストを一枚、薄茶色になるまで焼いてバターを塗りつける。新聞紙にパンの粉が落ちる。

オーストリアの化学者、イギリスの女流文学者の死亡記事が次に並んでいる。五十一歳と六十五歳、死因は脳出血と交通事故である。

わたしは新聞の両端をそっと持ち上げて、屑籠にパン屑をふるい落す。ストーヴにのせたポットには一杯分のコーヒーが残っている。フライパンでベーコンをいため、卵を二個、割って入れる。羽根木先生は脂肪と塩分のとりすぎを禁じているから、わたしは指示にそむいていることになる。コーヒーと煙草をやめていないと知ったら、先生はどんな顔をすることやら。

(刺戟物はいけない。わかってるだろう)

月に一度の受診日に先生はそういって、さぐるようにわたしの目をのぞきこんだ。

(ええ、もちろん、わかっています)

(どうだかな)

先生は信じていないようだった。その次に先生がたずねることは決っていた。

(まだ気は変らないかね)

(なんのことですか)

(手術を受けることだ。私がある手続をとれば費用は払わなくてすむ。お金の心配は要らない)

ある手続というのが何を指すか、わたしには見当がついた。若い医師たちが勉強をするための素材になるのだ。

わたしは服を着た。もう手おくれではないのかと、きいてみた。先生によると、症状はさほど進行していないという。気休めにちがいない。一つしかない生命は大切にすることだと、先生はいった。

一つしかない生命と聞いて、わたしが考えたのはまったく別のことだった。

彼が二人いればいい。

一人は画廊を経営し、奥さんのいい夫である彼。一人はわたしの部屋に訪ねて来る彼。

その彼は時間がたってもわたしの部屋から帰らないのだ。

まもなく彼が来る。

来ることは嬉しいのだが、来れば必ず帰る。そのときがつらい。

(なぜ、帰らなければならないの)

たまりかねてわたしはそういったことがあった。彼は妙な顔をした。

(だって家があるから)

(家になぜ帰るの)

(仕方がないじゃないか)

(なぜ仕方がないの)

彼はヘアブラシで髪をととのえた。帰らないでと、わたしはいった。

(きみは今までそんなことはいわなかったよ。ぼくは帰らなくちゃいけないんだ。そのことは初めからきみにいっておいた)

(あなたはわたしと知りあったとき、独身だといったわ。結婚してくれと頼んだわ。奥さんがいるなんていわなかった)

わたしはありったけの嘘をついた。彼はわたしの顔を見つめていた。気が狂ったのではないかと疑っているように見えた。わたしは彼を困らせたかっただけだ。

（あなたは卑怯よ、低級なサギ師で女たらしよ。若い女がいたら誰でも口説くんでしょう）

（いったい、どうしたんだ）

（あなたという人を見そこなったわ。こんな人だと思わなかった）

（病院に行ったんだろう。先生は何といった）

（すっかり全快したんですって。あと何年も生きられるって、先生は太鼓判を押して下さったわ。毎朝、ランニングをして体を鍛えなさいって）

（きみは疲れているんだ）

（わたしは元気よ。先生のいう通り明日からランニングをするの。お勤めも探すことにするわ。遊んでいては生活ができないし。貯金もあらかた使ってしまったの）

（じゃあ、あれは誤診だったというのかい。心臓外科の権威がまちがった診断をしたわけかね）

（医者だって人間よ。誤診はありふれたことだわ。心電図の機械が故障することだってあるでしょう）

（きみのいうことは腑に落ちない。ぼくの何が気に入らなくて、そんなでたらめをいうんだ）

（わたしが嘘をついているとでもいいたいの）

（そうさ。口から出まかせの嘘をね。きょうのきみは正常じゃない。気持がたかぶっている。女はそうなればどんなことでもいうものさ）

（嘘つきはあなたの方よ）

頰がしびれ、目がくらんだ。わたしは後ろによろけ、ベッドの頭板に手をついて体を支えた。彼はもう一度、平手でわたしを打とうとした。あんなに肚をたてた彼を、わたしは見たことがなかった。わたしは安心した。

朝食後、ＦＭ放送のスイッチを切って部屋の掃除にかかる。わたしはカーペットの上に落ちた髪ひとすじも見のがさない。

台所の流しをみがく。蛇口から水をほとばしらせて、朝食に使った皿やコーヒーカップを洗う。刺すように冷たい水もやがて暖かく感じられるようになり、しびれた手がほかほかしてくる。皿に洗剤をふりかけ、水を含ませたスポンジで汚れを取る。フライパンもそうする。

なめらかな水が指の間をくぐって流し台に落ちる。陶器のすべすべした肌、鍋の黒光りした硬い手ざわり。こうしたものがわたしは好きだ。水はわたしをうっとりさせる。透明で揺れ動き、形が定まらないもの。水はわたしをくすぐる。水はわたしを刺戟する。水はわたしを愉しませる。

洗い物がすむと、わたしは良く乾いた布巾で皿を拭く。音を立ててこする。一点のくもりもとどめないように布巾できれいにする。台所の次は風呂場にかかる。前日の洗濯物を洗い、風呂場に干す。浴槽の内側をクリーナーでみがく。

この町のいい所は、水道の水をふんだんに使えることだ。水源は地下水だという。Ｋ市では夏になると決って給水制限があった。Ｊ市へ移ってから四年になるけれど、一度も上水が制限されたことはない。

わたしは風呂場で浴槽についたしみのようなものをこすっていた。蛇口からは水が銀色の棒になり、浴槽の底でしぶきを上げた。そのとき、不意にわたしは何かを見たように思った。

わたしはブラシを握った手の動きを止めて、自分が何を見たのかを考えた。

それは目に見えないものだ。それは怖しいものだ。（見た）と感じたとき一瞬、厭なものを見たと思ったのだから。わたしは蛇口から溢れている水をみつめた。栓を抜いた浴槽の中で、水は一定の量以上にはふえなかった。時間は時計を見ればわかる。時の経過は針の動きで示される。当然のことだ。

しかし、時間が秒一秒、流れるのを見ることはできない。これも当然のことだ。

わたしは時が流れるのをあのとき見たと思った。蛇口からそうぞうしい音をたてて浴槽へ落下する水を見て、時間が刻々と経つのを目撃したように思った。台所で皿を洗うとき、風呂場で下着を洗濯するとき、時間は流れていたのだ。それを理解することと、一本の水柱となって鈍く輝きながら淡緑色の方形をした浴槽へ落ちこんでいる液体を時間そのものとして直感することはまた別である。

わたしは息苦しくなった。

蛇口のコックをひねって水を止め、手を拭いて椅子に腰をおろした。

部屋の空気に目に見えない時間の粒子が充満し、わたしの口や鼻から侵入するように思われた。椅子にかけているのがだるくなり、ベッドに横たわった。発作が起る前ぶれかもしれなかった。

わたしは枕もとにいつも置いている水差しを取ってコップにつぎ、少しずつ飲んだ。

息苦しさはつのる一方である。

〝時間〟を見たと思ったのは、幻覚だったのだろう。発作の方が先に来て、つかのま意識を喪い、目の前に勢い良くほとばしる水が水ではなくてまるで別の異様な何かに感じられたということではないだろうか。

わたしは常備薬である赤いカプセルをのもうかのむまいかと考えた。

よほど苦しい状態にならなければ服用しないようにしている。劇薬の効果をわたしは知っていた。カプセルをのめば、息苦しさは消える。心臓の耐えがたい痛みもやわらぐ。しかし、効果はだんだん薄れ、カプセルの量をふやしても効かなくなる。

わたしは、クッションを二つ重ねてヘッドボードにあてがい、上半身を半ば起して息苦しさがおさまるのを待った。

あと一年、と信じているのはまちがいではないだろうか。「その日」が来るのはきょうか明日のことではないだろうか。本当はわたしに残された時間は一年だったのに、先生は二年と書いたのでは？　わたしはすぐに打ち消した。家族の了解を求めるために書いた手紙に、わざと嘘をつくいわれはないのだ。先生は、わたしが手紙を家族に渡さずに開封することを計算に入れていなかった。わたしは先生から家族の住所をしつこくたずねられたけれども、ついに答えなかった。

家族といっても血のつながりはないといっていい。わたしを産んだ母はまもなく亡くなり、父の名前は知らない。わたしを引きとったのは、母の従妹にあたる。養父母はわたしを籍に入れ、実の子と同じように大事にしてくれたと思う。わたしは二人に感謝しなければならない。H島を去るとき、義父母のお骨は一家が掘り出してK市へ移した。墓地はしかしそのままの形でH島に残っている。

わたしはできることならH島に埋葬されたい。東海岸の村にある墓地の跡にではなくて、西海岸の無縁墓地に。

わたしは生まれたとき名前はなかった。

生母はわたしに命名するまで生きていなかった。そのせいか、わたしは自分の名前が仮りの名前、わたし自身にそぐわない間に合せの名前のように思えてならない。わたしにぴったりした本当の名前はどこかにあって、わたしはそれを知らずにいる。この世の住人でなくなれば、名前は要らない。わたしにふさわしいのは、いつもひえびえとした海風が吹いている小暗いあの窪地なのだ。

彼がわたしのアパートに来て、そして帰る。

わたしがこの世界に生まれて、そして立ち去る。同じことではないだろうか。

わたしが居なくなったとき、部屋の家具は運び出されるだろう。わたしは彼に椅子や戸棚、洋簞笥などの始末を頼んでいる。彼は厭な顔をしたけれども黙って聞いていた。いっさいがっさい古道具屋で処分することになる。

呼吸がやや楽になった。

薬をのまないで良かった。

家具什器についていては何の未練もない。そこまでは日ごろ考えたことだった。わたしが大事にしている伊万里焼きの花瓶、K市の古道具屋で手に入れた本棚、古道具屋の主人によると本国へ帰るイギリス人が手ばなしたものだという、黒褐色の艶を帯びた厚でのケヤキ材でこしらえた本棚はわたしの気に入っていた。それがみな他人の物になるというのが、初めわたしは不愉快だった。

理不尽に強奪されるという怒りすら覚えた。おかしなことだ。わたしが所有しているものがわたしの所有でなくなるとき、わたしはもう存在していないのだから肚がたつわけはない。しかし、奇妙なことに、そういう思いに慣れるまで百日あまりかかった。

わたしはテーブルにさようならをいい、椅子に別れを告げた。わたしが使い、さわった物の全部に、次の主人がいい人であるようにといってやった。

今になって急に思いついたことがあった。

わたしはまた息苦しくなった。

すべての家具が運び出されたあと、からっぽになった部屋が目に見えた。その光景はこれまで一度も考えたことがなかった。ベッドや簞笥を取りのけたら、カーペットの上にそこだけ痕がついているだろう。いや、カーペットもなくなっている。

わたしがアパートへ引っ越して来たとき、からっぽの部屋がわたしを迎えた。これから住むことになる部屋だと思えば、からっぽでも空虚な感じはしなかった。その頃は新しい生活に対する期待があった。テーブルをどこに置き、ベッドをどこにすえるかを思案しながら、カーペットの色を何にしようかと考えながらわたしはこの部屋を見まわしたものだ。

部屋はふたたびうつろになる。

空虚な部屋はわたしをおびえさせる。「その日」をわたしは怖れてはいないつもりだった。H島の海岸にある深い洞穴で唸っているのはただの水で、いけにえを求めている海の神様なんかではないということを、子供であったわたしが自分にいいきかせて、ついにこわがるのをやめたときのように、わたしは「その日」から自由になったと思っていた。

そうではなかった。

（どなた？）

わたしはドアの外へ声をかけた。

靴音が近づくのは聞いていた。彼の足音だった。夜の十時をまわった頃、その時分に彼が訪ねて来たことはなかった。彼はＫ市へ仕事で出かけて一泊して来ると聞いていた。わたしは不意の来客におびえながら暮している。深夜の訪問者となれば、なおさらだ。

声をかけると同時にドアが開いた。

彼が旅行鞄を下げて立っていた。Ｋ市での用事が思ったより早く片づいたので、わたしの部屋へ来たのだといった。

（電話をかけようと思ったけれど、あいにく小銭がなかったもので）

彼は旅行鞄をあがり框に置いて、靴をぬごうとした。帰ってくれと、わたしはいった。

（お茶をのんですぐに帰るんでしょう。こんな時刻に来るなんて、わたしの身にもなってみて）

（いけないいか）

彼はとまどったように見えた。気を悪くしていた。すぐには帰らないと約束した。

（すぐには帰らなくても、どうせ帰るんでしょう。だったらまっすぐおうちにお帰りなさいよ。その方が疲れないわ）

（今夜は泊まってくる予定だといってある）

（Ｋ市にでしょう。わたしの部屋に泊まるとはいってないわ）

彼は靴をぬいで部屋にあがった。咽喉が渇いたといったので、お茶を淹れた。わたしは椅子に腰をおろさなかった。彼は無精ひげがのび、目を充血させていた。お茶をのみ終ってからわたしはもう一度いった。

（早く帰って）

彼は立ちあがった。ドアの方へは行かなかった。風呂場をのぞきこんで、浴槽の湯加減をみた。夏のことだったから、八時頃につかった湯はまださめていなかった。わたしは彼がネクタイと上衣をとるのを見ていた。

（タオルを）

と彼はいった。

わたしは小走りに箪笥へ寄って、新しいバスタオルを取り出し、彼に渡した。彼がその晩どうするつもりでいるのか、ようやくのみこめて来た。半信半疑でもあった。

（奥さんがホテルへ電話したらどうするの。泊まっていないとわかったら）

彼は後ろ手に風呂場のガラス戸をしめた。


……………………


昼間来て、昼間帰るのはいい。

淋しいにちがいないが、夜の時間がまるまる自分のものになるので、気が紛れる。しかし、夜に来てせっかく一人だけの時間に慣れているわたしをかき乱して去ってゆくのは困るのだ。彼が部屋を出て行ったあと、わたしは深い井戸の底に一人とり残されたような気持になる。夜が始るときは、最初から一人でいたい。

あなたには女の気持がわからないのだと、いってやった。彼は答えた。

（そうだよ。ぼくにはわからない）

（女の何が？）

（いったろう、女の気持がわからない）

（どういう気持が？　あなた）

彼はわたしを見てベッドから上半身を起した。わたしはあおむきになって、下から彼の顔を見上げた。部屋の明葉に驚いた。
りはベッドのわきに置いたほの暗い電気スタンドだけだ。わたしはたった今、自分が口にした（あなた）という言

初めて（あなた）といったのではない。彼に対してだけではなく、多くの男たちにわたしはそう呼びかけて来た。しかし、同じベッドにこれから寄りそって眠ることになる彼に（あなた）と呼びかけたとき、胸がいっぱいになった。しばらくは口が利けなかった。彼がわたしの身近に感じられ、彼が誰のものでもなく、わたしだけの男であるように信じられた。たとえようもない甘美な歓びに、わたしは浸った。

一つのベッドに男と朝まで眠るというのは、なんという平安をもたらすものだろう。彼は今夜わたしの傍にいる。少くとも今夜だけはわたしから離れない。朝になれば帰る。朝は来ないがいい。いつまでも夜が続けばいい。朝の何時ごろ帰るのかと、わたしはききたくなかった。さしあたり今夜は明日のことを思いわずらわなくてもいいのだ。

（男の人と一緒に眠るのは初めてではないけれど……）

と口走ってしまってわたしは、はっとした。

彼はまた上半身を起した。

（初めてではないんだって）

つまらないことをいってしまった。わたしはいってしまって後悔したが、あとの祭りというものだ。竹下時男とK市のホテルに一泊したことがあった。ずっと以前の話だ。わたしがK市に暮していたときのことだから。仕事でJ市からK市へ来た時男は、わたしをホテルに誘った。

何もしないと約束した。あの頃、わたしは子供だった。男が何もしないと約束をすれば本当に何もしないのだと思いこんでいた。わたしはホテルの豪奢な雰囲気が好きだ。時男が利用するのは、K市の中央にある一流ホテルだった。わたしたちは最上階にあるレストランで食事をし、地階の酒場でウイスキーを飲んだ。土曜日の午後で、わたしには時間があった。

制服を着たボーイがうやうやしくわたしたちにかしずいた。あの頃、わたしは自分の健康に不安を覚えていたとはいえ、今のように疲れやすくはなかった。わたしは彼と踊った。

泊まっていくようにと時男はすすめた。わたしは彼の約束を信じていたから、ためらわずに部屋へ這入った。男女のことについてわたしは年相応の知識は持っていた。わたしにその気がない限り、何事かが起るとは予想できなかった。

おやすみといってわたしはベッドにすべりこんだ。彼はツインベッドの一つに腰をおろして、とまどったような目でわたしを見つめた。接吻してもいいかと時男はきいた。わたしの返事を待たずに彼はわたしの唇に触れた。

時男がわたしから顔を離したとき、わたしはもう一度（おやすみなさい）といい、その日のことでありがとうといった。わたしは充分に楽しかった。時男はいった。

（もう寝るのかい）

（ええ、疲れたから）

わたしは時男の手を取ってわたしの頬に当てがった。夕方から夜にかけて微熱が出た。体のだるさにわたしは慣れていた。酔っているのだと、わたしはいった。しばらくの間、起きていてくれないかと、時男は乾いた声でいった。話は翌日にしてもらいたかった。夜もかなり更けていたのだから。

彼はいきなり毛布の下に這入って来た。わたしを抱きすくめ、好きだといった。

わたしは一時にねむけが醒めた。時男の胸を両手で押しのけ、体を起そうとした。何もしないと約束したではないかとなじった。彼はわたしの手首をつかみ、身につけているものを脱がせようとした。わたしは大声をあげた。狭いベッドでもみあううち、わたしはとうとう床へころがり落ちた。

わたしは泣いた。

彼は不機嫌になり、椅子にかけてやたらに煙草をふかした。好きだからついといいわけがましくつぶやいた。わたしは途方に暮れた。会社の女子寮は門限が九時である。別のホテルを探そうにも、わたしにはお金の持ちあわせがなかった。

約束を破るのなら同じ部屋に寝るわけにはゆかない。時男の誘いにやすやすと応じたわたしにも責任があった。わたしは彼に頼んで、他の部屋に泊めてくれといった。時男はフロントに電話して、空き部屋がないかとたずねた。ホテルはどの部屋もふさがっていた。

わたしは衣服をつけ、靴だけ脱いでベッドに入った。今度こそ本当に何もしないと時男は約束した。わたしは男の乱暴な力の強さをその晩初めて知った。島で暮していたとき、伝馬船の櫓を漕いで、本島にある中学校へ往復する習慣がなかったならば、わたしはたわいなく時男の欲望にしたがわせられただろう。わたしは彼を気のおけない友人だと思っていた。抱かれたいと思うまでには至らなかった。

時男は上衣をつけて部屋を出て行き、二時間ほどたってから戻って来た。酒の匂いがした。彼はわたしに服を脱いでくつろぐようにといった。誓って何もしないといった。わたしは眠らないつもりだといった。

時男は他のホテルも調べさせたが、空いている部屋はなかったといい、上衣を脱いでベッドに入った。まもなく鼾が聞えた。

眠らないつもりでも、とぎれとぎれにわたしは眠りに引きこまれた。時男はあい変らず高鼾をかいて眠りこけていた。わけのわからない寝言をもらした。

あけがた、わたしは目醒めた。

時男は先に起き、シャツだけつけてわたしの顔をのぞきこんでいた。一晩のうちにひげがのび、頰がやつれて見えた。よく眠れたかと、時男はきいた。わたしは洗面所の鏡で自分の顔を見た。瞼が腫れていた。顔全体がむくんでいた。その朝は、むくみが眠り足りなかったことで生じたとわたしは思った。心臓の欠陥が浮腫を生じさせるということを、その頃のわたしは知らなかった。

時男はホテルの売店で、ハンドバッグを買ってくれた。約束を破ろうとした自分をゆるしてくれといった。

わたしたちは朝食を共にして別れた。

………………………

彼はわたしが語った一部始終に聞き入った。

(本当に何もなかったのかい)

案の定、そうたずねた。彼は疑っていた。その男の名前を知りたがった。わたしは答えなかった。

(名前をいわないのは後ろめたいことがあった証拠だとぼくに思われても仕方がない)

(そう思う?)

(男が朝まできみの横に寝ていて、そっとしておくはずがない)

(わたしが拒んだもの)

(拒みはしただろうと思うよ。だがね、ぼくはそいつが……)

(わたしのいうことを信じないの)

(信じないわけじゃないけれども)

(疑われるとは思わなかったわ。だから何でもありのままに話したんじゃない。やましいことをしていたら黙っていたはずでしょう。そう思わないの)

(まあ、そうだな。きみのいうことを信じることにするよ)

(そういういいかたってないわ。わたしのいうことを信じていないのよ)

(やめてくれ。そのことはもういい)

(わたしの方がよくはないの。あなたを部屋へ上げるんじゃなかった。泊まってと頼んだわけでもないのに)

彼はあらあらしくベッドから離れて、シャツに腕を通した。わたしはいった。

(帰るの)

（来るんじゃなかった。K市の用事は半分しかすませていなかったんだ。なんだかんだと責めたてられるくらいなら、向うのホテルに泊まるんだった。おまけにきみから厭な話を聞かされてさ。もう沢山だといいたいよ。きみはそいつの名前をいわない。男はこの町に住んでいる。離婚した上できみに求婚もしている。そうだろ。ぼくがそいつの名前を知ったところで何ができる。その男の家へ行って、おれの女に手を出すなというとでも思ったのか。こっけいじゃないか。見上げた男だよ。ホテルの部屋にきみを引き入れて手を出さなかったとはね。ぼくはどうかな。自信がない。結婚を断わられてもつきまとうほど、きみを好きなんだ）

彼は一気にまくしたてた。昂奮していた。

ズボンに脚を通しそこなってひっくり返った。ふだん平静を失わない彼にしては珍しい饒舌だ。彼は靴下をはき、ネクタイを結んだ。

（本当に帰るの、タクシーを呼びましょうか）

（歩いて帰る）

わたしはベッドに手をついて座っていた。手をついている所はさっきまで彼が横になっていた場所だ。つい今しがた、わたしは彼と二人で朝まですごせる歓びで満ちたりていた。わたしの不用意なひとことからこうなった。

わたしはドアの所へ先まわりして、彼の前に立ちふさがった。

（どいてくれ）

と彼はいった。いつになくけわしい顔だ。

（本当に帰りたくて帰るの）

（…………）

（帰らないでとわたしが頼んでも？）

（泊まるつもりで来たんだから）

（お願い、帰らないで）

彼は旅行鞄をおろした。

翌朝、彼が部屋を出て行ってから、わたしは長い間椅子にぼんやりと腰をおろしていた。彼がさわったテーブル、彼が使った皿小鉢、彼がその上に眠ったシーツなど、あらゆる物に彼の匂いがとどまっているように感じられた。灰皿には彼がのんだ煙草の吸い殻がたまっていた。

部屋の空気さえもいつもの匂いではなかった。

わたしは食器を洗い、灰皿の中身を捨て、シーツを剝いで洗濯機に入れた。窓をあけて外気と入れ換えた。空はよく晴れていた。朝の仕事をすませてからわたしは出かけた。とくにどこへというあてはなかった。部屋にこもっていたくなかったのだ。サンダルをつっかけ、手ぶらで外に出た。

丘を登ってみる気になった。

アパートが二つの丘にはさまれた谷間のような位置にあることは前に述べた。部屋にいると、外が晴れているのか曇っているのか午後三時ごろにならないとわからない。わたしが歩き慣れているのは、J市の中央通りへ行くのに必ず越えなければならない西側の丘である。東側の丘はまったく不案内というわけではなかったが、登る機会は少かった。

わたしはなだらかな坂道をゆっくりと歩いた。

家々の屋根が午前の日をあび、瓦が一枚ずついい色で光っていた。ガラス窓も、庭木の葉も輝いた。目に映るすべてのものが、まぶしい日光を反射した。前の日に雨が降り、空中の塵埃が洗い流れたせいだと初めは思った。雨あがりの朝は大気が澄み、景色が遠くまでくっきりと見えるものだ。

わたしはときどき立ちどまって呼吸をととのえた。坂道ののぼり勾配ではいつもそうする。不規則な鼓動は、のぼり坂を歩いていることで生じたのではなかった。樹木や垣根にまつわりついたバラや庭の芝生が、初めて見るもののように新鮮で美しいのにわたしは驚いた。

ただの朝であり、ただの住宅地を歩いているだけのことなのに、わたしは声をあげて叫びたくなるほど幸福感でいっぱいだった。もっと生きたいと思った。わたしは生まれて来たばかりなのだ。

わたしは休み休み、丘の頂きまで登りつめた。教会があり、教会の前は小さな公園になっていた。わたしは少し汗ばんでいた。微風がすぐにわたしの汗を乾かせた。生きたいと切実に思ったのはその日が初めてであるように感じられた。わたしは自分をだまして生きていた。「その日」が来るという恐怖からのがれるために、あるいは恐怖をなだめるために、いつかは訪れる「その日」に対して心の準備をしなければならなかった。「その日」を怖れていないと、わたしは絶えず自分にいいきかせ、怖れていないように振舞った。

公園のベンチに腰をおろして、わたしは丘の向うを眺めた。斜面を埋めている家々は一軒ずつ目に痛いほどくっきりとした輪郭を帯びた。わたしはそのときになって体の芯にまで喰いこんだ疲労を感じた。白く輝く雲も、ベンチの近くに落ちてきらきらと光っているガラスのかけらも、もう美しいとは感じられなかった。

今の今までわたしの全身にゆきわたっていた幸福感が、乾いた砂に吸われる雨水のように消えてゆくのを覚えた。わたしは病人なのだ。ベンチを後にして早くアパートへ戻りたかったけれども、膝頭に力がこもらず、立つことができなかった。風景は色褪せ、風さえもとげとげしい針を含んでいるように感じられた。丘の斜面を雲の落した影が移動した。家々は雲が通過するとまた明るい陽光に照らされた。上空では強い風が吹いているらしく丘は雲の動きで明るくなったり暗くなったりした。

一時間あまりたって、わたしはアパートに帰った。ベッドに新しいシーツを拡げる力がなかった。わたしは疲れ果てて長椅子の上に横になり、いつのまにか眠ってしまった。前夜しばしばわたしは目を醒まして、隣に眠っているのが彼であることを確かめた。彼は一回も目を醒まさなかった。

まもなく彼は来るだろう。

来るという電話をかけて来なかったことは、ほとんどなかったのだから。もし、わたしに会えない事情でも出て来たのなら、その旨連絡があるにちがいない。彼はいつもそうした。約束の時刻はすぎている。坂道を下る車の気配にわたしは何度も耳をそば立てた。

連絡がないということは、来るということだ。

窓にさっきまでは日が当たっていた。

わたしは花瓶の水を換え、灰皿の中身を捨てて洗った。じっと座っているのがいけないのだ。彼は来ないのではないだろうか。わたしは彼がある日とつぜん、予告なしでわたしから遠のくことがあるのではないかと考えたことがある。（じゃあ）といって、彼は一週間まえ部屋を出て行った。あれがここへ来た最後の日ではなかったろうか。

そんなはずはない。あの日以後、彼は毎日きまった時刻に電話をかけてよこす。

別れるなら別れるで、何かをほのめかすなり、そぶりで示すものだ。あわてて打ち消したものの約束の三時を半時間もすぎた今となっても連絡がないのはおかしい。

わたしは外へ出て坂の途中まで行ってみようかと考えた。しかし、その間に彼から電話があった場合は不在と思われてしまう。自分を出迎えるためにアパートの外へ出たと、彼は考えないだろう。大事な話があると、彼はいった。

彼はきっと来る。

わたしは手洗いのタイルをきれいにしておくことにした。タイル用の洗剤がきれていたので、一昨日、スーパーから買って来たのだ。すぐにとりかかるつもりだったが、おとといもきのうも微熱があり、体を動かせなかった。わたしはバケツに水を汲み、便器にざっと水を流してブラシをかけ、次に洗剤をブラシに含ませてタイルの汚れをこすり始めた。

週に一度、わたしは町の中央にあるスーパーへ買い物に行く。J市ではいちばん大きい店で、食料品も日用品もまず大抵のものは揃っている。五階建てのスーパーの地階が食料品売り場である。洗剤を二階で求め、エスカレーターで地階へ降りて、野菜と果物を買った。買い物はすぐに終った。彼はわたしの所へ来るとき必ずといっていいほど、食料品を買って来るから、多くを手に入れる必要はないのだ。

スーパーは火曜が定休日である。土曜と日曜は客が多い。月曜日も翌日が休みなので、土日についで多い。わたしは水曜の午後二時ごろと決めていた。その時刻、売り場はわりあいにすいている。知っている顔と出くわす機会もまれである。これが午後五時すぎには、勤め帰りの女たちで混みあい、レジスターの所には長い列ができる。混雑が始るのは四時ごろからで、計理事務所に勤めていたとき、わたしは行列の後に並ぶのがたまらなかった。

途中で厭になって列から脱け出し、買い物籠の中身を一つずつ売り場に戻したことがあった。いくらか余分にお金を出せば、町の食料品店で並ばずに買えるのだ。生活費を切りつめるために我慢しなければならない無数の苦痛が、スーパーの行列ということなのだろう。わたしはもともと少食のたちだから、一日分の食物にさしてお金はかからない。リンゴと牛乳だけで食事をすませた日もあった。彼はちがう。子供のときに食料が乏しかったからだといって、何かといえば電話のついでに冷蔵庫の中身をたずねる。

わたしがいい加減な返事をすると、部屋へ来たとき冷蔵庫をあけてみて、(ジュースが二本しかないじゃないか)といって怒る。それでもちゃんと生きていると、わたしはいった。生きているだけではダメだ、健康にならなければ。それが彼のきまり文句なのだ。食べさえすれば生きていられると思いこんでいるらしい。

地階食品売り場へ降りるには、エスカレーターと階段がある。二つはほぼ隣りあわせの位置にあって、階段の下は客が休憩できるようなホールになっている。壁にそって椅子が並べられ、子供づれの母親はアイスクリームなどを与えて子供を椅子にかけさせ、売り場で品物をえらぶのである。

その時刻、椅子は十数脚のうち二つ三つしかふさがっていなかった。わたしはさしあたって必要な買い物がすんだので、階段下のホールで一服することにした。長く歩いてはいられない。立ち続けることもできない。胸の圧迫感がそうすると直ちに危険信号を発するからだ。

わたしは硬いすべすべした化学物質製の椅子に腰をおろし、息づかいが平常に戻るのを待った。きらびやかな赤や黄の透きとおった紙で包装された菓子が、目の前にうず高く積んであった。店員たちがまばらな客の間を縫って、罐詰類を並べかえていた。明るすぎる照明をほどこされた店内では、野菜までが目に痛いほどの光を反射した。

買い物は嫌いだが、店の一隅でこうしてぼんやりと客の動きを眺めているのは、好きだ。

スーパーマーケットはどこの町でも似ている、ふとそう思った。自分がいるのはJ市ではなくてK市のスーパー地階であるように錯覚した。レジスターの配置も、売り場の形状もそっくりだ。

わたしが階段の下にある休憩所で短い時をすごすのは、疲れをとるためもあったけれど、知らない町を旅しているような感じを味わいたいからでもあった。地階の片隅ではそれが可能だった。K市のスーパーに似ており、わたしが暮した町にあった全部のスーパーにも雰囲気が似ているということは、とどのつまり、このスーパーがどこのスーパーにも似ていないということでもある。騒がしいようで妙にひっそりとした感じ、けばけばしくてその実、夢で見る世界のように色彩の無い灰と黒色の世界。そういうものをわたしはこの食品売り場に見ていた。

自分が異郷に居るという、どこかたよりない感じはそこから生じるのだろう。

わたしは名前を呼ばれた。

目の前に彼の奥さんが立っていた。

（お邪魔かしら）

奥さんはわたしの隣の椅子をさした。彼と一緒に町を歩いているのをわたしは何度か見たことがあった。どうぞと答えたとき、奥さんは椅子に腰かけていた。空いている椅子は他にいくらでもあった。（――さんと）と彼女は計理士の奥さんの名前をいって、一緒にスーパーへ来たのだといった。売り場でわたしを見かけたという。

（お元気のようだわね。事務所ではあなたにやめられたので欠員を入れるまでずいぶん困ったそうよ）

一身上の都合といってもやめさせてくれなかったので、健康についてやや控え目に説明した。療養すれば治るのだと告げた。

（ほら、これが一束で五十円、高いわねえ、この前は三十円だったのに）

彼女はネギを籠から取り出して見せた。

（ずっと病院に通ってらっしゃるの）

（ええ）

（何かと大変でしょう）

（一人でいるだけですから）

（退屈じゃありません？）

退屈したことはないと、わたしはいった。

（計理事務所の方では、あなたが回復して元通り働けるようになったら、いつでも来てもらいたいそうよ。その気はおありなの）

（元気になってみないとわかりません）

（奥さんの話ではあなたJ市に移るまでずいぶんあちこちで仕事をなさってたそうね。わたしはこの土地の生まれだからよそのことは知らないけれど、住み心地はどうかしら）

（そんなに方々で暮したことはないんです。でもこの町は水道が断水するということがありませんから気に入っています）

（気に入ってるとおっしゃるのね）

だんだん言葉づかいがていねいになって来た。

レジスターの所に人がたかかった。若い男の店員が二人、すばやい身ごなしで人だかりに分け入り、籠を下げた中年の女を両わきから抱きかかえるようにして事務室の方へ拉致して行った。ひとめで水商売と知れる化粧の痕が見られた。髪を赤く染めたその中年女は、しきりに店員の腕からのがれようとし、教育がなっていないとか、人権問題とか叫んだ。

売り場は静かになった。

(あの女の人は目をつけられてたのよ。私服のガードマンがお店を巡回しているってこと知らなかったんだわ)

事務室へ引っ立てるのは二回めからだと、彼女はいった。売り場では大声で自分の無実を訴える者も、ガードマンや店員に囲まれて訊問されると別人のようになって、しょげかえるものだといった。

わたしは籠を持って立ちあがった。

彼女も立ちあがった。わたしは彼女がエスカレーターで地上へ出るものと思い、階段へ向った。靴音がわたしの後ろから続いた。ふり返ると彼女がわたしを見上げて階段のすぐ後に立っており、目が合うと微笑を浮べてみせた。

わたしたちはスーパーを出た。

通りすがりのタクシーにわたしが手を上げようとすると、近くの駐車場に車をとめているから、それでアパートまで送ってやろうと彼女はいった。

(急に用事を思い出したんです。あの)

といってわたしはスーパーの斜め前にある洋品店を指し、あの店に寄らなければならないからといって、車を断わった。

(おひまなとき、遊びに寄って下さいな。わたしのうちご存じでしょう)

(ええ)

(主人も喜ぶと思いますわ。あなた、絵がお好きなんですって。彼がいうには画廊の方が忙しくなったので、誰か計理事務に経験のある人を雇いたいって。だから、あなたならどうかしらといったんだけれど、お体が良くないの

ではねえ。残念だわ)

微笑はもう浮べていなかった。

(それに、——さんの話では、あなたが元気になったら復職するような段取りになっているそうだし、——さんの事務所をさしおいて、彼の仕事をしてもらうのも悪いわね)

わたしが手にしている籠は鉛でも詰めているように重たかった。

別れぎわに彼女はいった。(主人は)と力をこめていった。

(主人はあなたのこと感じのいい人だとほめてましたわ。画廊の方も折りがあったらのぞいてみて下さらない)


わたしは便所のタイルを掃除し終えた。

彼は来るだろうか。

電話はまだ鳴らない。

いつのまにか室内は暗くなっている。

わたしは部屋じゅうの明りをともした。テレビもつけた。スイッチをひねって音を消した。電気スタンドをつけてもまだ暗いように感じられ、机の抽出しからありったけのローソクを出して点火した。

いつだったかこの部屋でクリスマスパーティーを催したとき買ったローソクの残りである。友達が十四、五人来て、台所まで溢れた。もう何年も前のことだったような気がする。細長い赤いローソクをテーブルの上と窓ぎわに置いた鉢植えの間に立てた。懐中電燈を明るくして椅子の上に置いた。

靴音が聞える。わたしは息を殺してその音に聞き入る。だんだん近づいて来る。彼の靴音、確かにあれは彼のものだ。彼はわたしの部屋の前で立ちどまった。

わたしはドアのノブが動くのを見つめた。

丘の火

第一章

伊奈伸彦は背広を着て鏡の前に立った。

洋服箪笥の扉の内側についている鏡である。上半身を映してみるために数歩さがった。

濃紺の地に赤い縞のチェックが入っている。去年、西海印刷に採用されたとき、有り金をはたいて仕立てさせたものだ。煉瓦色のセーターに合せると、すこし派手のようでもある。伸彦は他の上衣をしらべた。袖口がほころびたり、肘のあたりがすりきれたりしているものばかりだ。きょう会う人物と用件のことを考えれば、着てゆくのはこの背広しかない。

伸彦は背広を脱ぎセーターを脱いだ。伊佐市のような地方都市では、広告代理店の社員は、割と派手に装う必要があった。やめて一カ月たった今もその習慣が残っているのに気づいた。抽出しをあけてシャツを探した。青い地にストライプの入ったシャツを取り出した。アイロンがかかっていない。伸彦は舌打ちした。三面鏡に向っている英子を見た。舌打ちは聞えているはずだが、英子は鏡をのぞきこんでいっしんに口紅を塗っている。

伸彦は抽出しのシャツのなかからようやくアイロンのかけてあるものを見つけた。体に合うかどうか気になった。しばらく着ていない。むりをしてボタンをはめた。袖口のすこし上に虫喰いの穴があった。腹にも肉がついている。きゅうくつだが我慢することにした。パーティーで、まさか腕をふりまわすことはないだろうと思った。

ネクタイはグレイに赤の縞が入ったのを選んだ。学生じみた白いシャツにはそれしか合わないように思われた。しかし、鏡に映してみると新入りの銀行員のように見える。四十歳の男にふさわしい身なりではない。伸彦はあらあらしくネクタイをほどいてかわりを物色した。

あれこれと選んで結局、空色の無地をしめることにした。三面鏡から目をはなさずに英子が声をかけた。

「お帰りは何時ごろになるの」

「わからない、話はどうせ菊池さんの新社長の就任パーティーのあとになるだろうから」

「じゃああたしを迎えに来られるかどうかわからないということね」

「二次会三次会につきあうかもしれない、菊池さんにひきとめられたら断わるわけにはゆかない」

「一人で帰れるわ」

「そうしてくれ、しかし早目に用がすんだら店の方へ……」

「あたしもきょうは遅くなるかもしれないの」

「どうして」

「それはきかない約束だったじゃない」

英子はじめて伸彦を見た。口紅を濃くひいている。このごろ化粧が厚くなった、と伸彦は思った。英子はスナックで働くようになってからそうなった。めったに買わなかった装身具も買うようになった。伸彦は青いシャツをハンガーにかけていった。アイロンをかけておいてくれ、いつでもいいから。英子はちらりとシャツを見てうなずく。

「きょう、着てゆくつもりだったんだ。しわくちゃではどうもね」

「もっと早くいってくれればいいのに」

「かけてあると思ったんだ。アイロンをかけないでしまうなんてこと今までしなかったろう」

「あたし忙しいの、わかってるでしょう」

「店はこのごろ繁昌してるそうじゃないか」

「そうでもないわ」

「忙しいといってただろう」

「慣れないお仕事ですもの、客商売というのは気疲れするものなの、こんなにくたびれるとは思わなかった、お給料を上げてもらっても……」

「上げてくれたのか」

「別に上げてくれたというよりアルバイト並の給料から昇格したていど、生活のこと考えてくれたの、マネージャーが」

英子は三面鏡を閉じた。二人はアパートの裏庭にとめてある自動車に乗りこんだ。「——さんがね」と英子は管理人の名前をいい、露天駐車は困る、裏庭には近くもう一棟のアパートが建てられることになっているから伸彦の自動車を移すように要求した、と告げた。伸彦が夜おそく帰ったとき、エンジンをふかす音がうるさいと近所の住人から苦情も出ていると英子はつけ加えた。

「きょうの話がうまく実を結んだら有料駐車場を借りられる」

「いい話というのはたいていこわれるものなのよ」

「きみにも店をやめてもらう」

英子は、答えなかった。カーディガンの前を合せ、両腕で胸を包むようにしている。すきま風が吹き入った。この自動車は中古車のディーラーから手に入れて三年たっている。ドアはきちんとしまらないし、揺れもはげしい。エンジンの調子もおかしい。どうやら走るのが不思議なような車だ。

伸彦はいつもの所で英子をおろした。スナックよりも五十メートルほど手前である。フロントグラスごしに英子の姿を目で追った。今年、三十歳になった女とは思えない身ごなしの軽さで、舗道の人ごみを縫って歩く。勤めに出だしてから英子は若やいだようだ。背後の警笛にせき立てられて伸彦はアクセルを踏んだ。この中央通りは駐車禁止である。スナックのある十字路で右折し、町の東へ自動車を走らせた。

新社長就任のパーティーが催される菊池家は伊佐市の北にある。中央通りからまっすぐに北進すれば七、八分で着くのだが、途中に勾配の急な丘がある。いたみかけたエンジンが息をつくおそれがあった。いったん東へ迂回して勾配のゆるやかな坂道を選ばなければならない。踏切りには遮断機がおりていた。列車が通過するのを待つ間、煙草に火をつけた。何気なくルーム・ミラーに目をやった。顎に剃り残した髭がまばらに認められた。遮断機があがった。仲彦はつま先に力を入れた。話が具体化すればもっとましな自動車に買い換えられる。同じ中古車でもこれよりいいのがいくらでもある、と思った。

前方から走って来たモーターバイクの男が、すれちがいざま片手を水平に突き出してそのこぶしをぱっと開いてみせた。仲彦はあわててライトを点けた。五時をややまわったばかりというのに夕闇が濃い。中央通りを走っているときはアーケードの照明で気づかなかったのだ。

次の瞬間、仲彦は思わず後ろをふり返った。

（あの男……）

手を突き出してこぶしを開くという合図はだれでも知っている合図ではない。あわててブレーキを踏んだ。自動車はガードレールに横腹をこすりつけてとまった。モーターバイクに乗った男は夕闇にまぎれて見えなくなっている。二十年来ついぞ見たことのない合図である。

いつのまにか煙草の火が消えていた。仲彦はそれを灰皿に押しこみ、新しい煙草に火をつけた。何台もの自動車が彼を追いこしていった。モーターバイクにまたがった人物は小ぶとりの中年男のようだった。ゴーグルをかけていたので人相はわからない。この町に知人は少いし、かりに知人だったとしても夕方、路上から車内燈を消した自動車を運転している者を見わけたとは思えない。先方も無燈火で走っている自動車を見てとっさに合図したのだろう。

仲彦は煙草を吸い終ってから五分間あまりじっとしていた。自分のすごして来た二十年を考えた。一つとして永続きしない仕事、妻との生活でさえも。

もしかしたら仕事に飽きっぽいのは父親ゆずりの気質ゆえかもしれない、と仲彦は思った。（お前を見てるとお父さんを見てるような気がするよ、お父さんも兵隊にとられるまでは腰の座らない人でねえ）。三十歳をすぎても定職につかない伸彦に非難がましく母が語ったのを思い出した。父のことをめったに話題にしない母だったから、（腰の座らない人）という父の性格を聞いたのはそのときが初めてだった。

伸彦がこの町へ来て一年経とうとしている。義父のつてで印刷会社に就職して半年でやめ、次に広告代理店に採用されたのだが、そこも三カ月と続かなかった。最初のうちはどこの職場でもまじめに働くつもりでいるのだが、しばらくするとやる気をなくしてしまう。その反復である。しかし、今度はちがう。菊池省一郎は菊興商事という伊佐市では指折りの企業を経営する人物である。依頼された用件を首尾よく果せば、あるいは永続的な地位を与えられるかもしれない。それは伸彦の空頼みではなくて先日、菊池がはっきりと約束したことでもあった。

舌が荒れていた。その舌で唇をなめた。秋の終り、大気は乾燥している。どこからか冷たい風が吹きこんで来る。朝からむやみと吸い続けた煙草のせいで咽喉が痛んだ。ダッシュボードから罐入りドロップスを取り出して口に含んだ。煙草をのみすぎるとすぐに咽喉を傷める。わかっていてもやめられない。失業してから喫煙量がふえたようだ。終日いらいらとして考えごとにふけっている。以前は伸彦が煙草を吸うのにあれほど口やかましかった英子も、最近は何もいわない。

彼が煙草に火をつけると、窓の方へにじり寄って細めにあける。台所へ立って洗い物にかかったりする。そういう英子を見ると伸彦はなおさら煙草を吸いたくなる。口が臭う、といって英子は顔をそむけた。二人でテレビを見ていたとき、伸彦はふと英子の耳たぶを目にとめた。家でははずすのがきまりのイヤリングをつけたままにしている。型も見なれないものである。目を近づけてよく見ようとしたとき、英子がそうと気づいて顔をそむけたのだった。耳たぶに孔をあけている。痛くはないのか、と伸彦はきいた。ちかごろはだれでもしている、というのが英子の答だった。

（あなた歯をみがいてるの、汚れてるわ）

いのである。

（煙草のせいだ）

（だからていねいにみがかなくては）

伸彦はテレビから目をそらして天井を見上げた。汚れているのは自分の歯だけではない。畳、窓の桟、鏡台などもうっすらと埃をつもらせているように見える。英子は神経質なほど部屋の清潔に気をつかう性分で、それは働くようになってからも変らない。朝はたっぷり一時間をかけて念入りに掃除する。

しかし、どうしたことか最近は室内にあるものがことごとく埃っぽくなったような気がして仕方がない。伸彦がけさ窓のカーテンを勢いよくあけたとき、もうもうと埃が舞いあがったように思われた。朝から晩まで家のなかにいるので埃ノイローゼにでもなったのだろう、と考えることにした。英子の掃除する時間は前より短くなっていないのである。

赤い光がふられている。

懐中電燈を手にした作業員のけわしい表情がライトのなかに浮びあがった。ぼんやりと走っていたので途中の標識を見おとしたのだ。交通量がへったのは知っていたが、道路工事ちゅうであることは忘れていた。伊佐市の東から北へ抜けるバイパスが拡張されることは前から知っていたのだ。いつもなら伸彦はこういう事情を前もって考えに入れた上で運転経路を決めるのだが、さっきモーターバイクの男とすれちがってからは、心のどこかにぽかりと空白が生じて頭が普通の状態ではない。

腕時計を見た。大急ぎで自動車をUターンさせた。パーティーの始る時刻まで五分しかない。それから伸彦は何も考えなかった。ハンドルにかぶさるようにしてひたと前方に目をすえ、来た道をいったん逆戻りして伊佐市へ這入り西へ抜けて、けたたましくクラクションを鳴らしながら旧市街の細い裏通りをジグザグに走り、黄から赤に変った信号燈のわきを速度をあげてすぎた。菊池家に着いたのはパーティーが始って間もない時刻だった。

仲彦は壁ぎわに身を寄せて広間の客たちを見るともなく見ていた。

手ぶらでは具合が悪いのでビールのコップを持った。さっき、菊池省一郎は仲彦を認めて近づいて来た。パーティーがはねたあとで書斎に来てくれといいのこして、そそくさと立ち去ったのだった。気がついてみると仲彦は上衣の袖をつまんで引っ張っていた。シャツにあいた虫喰いの穴を隠そうとしていたのだろうと思うと我ながらいまいましかった。

「県知事が……」

という声に仲彦はふり向いた。伊佐日報の記者である釘宮康麿が上半身をゆらゆらさせながら立っている。

「……祝辞をのべてからさっさと退散するかと思ったら腰をすえてるじゃありませんか、あっちこっちに愛嬌をふりまいている所をみると何か思惑があるんだな」

釘宮は仲彦のわき腹を肘で小突いて目くばせした。かなり飲んでいる。この男はパーティーと名のつくものには必ず顔を出すという噂を仲彦は聞いていた。ただしパーティーといっても会費が要らない場合だけである。いつかは伊佐市の商店連合会が催した秋祭りの行列で、商工会議所の代表や婦人会の会長と肩を並べて歩いているのを見かけたこともある。人の大勢集る所にはどこかに釘宮がいた。

「今夜は伊奈さん、有明企画を代表して来たというわけですか」

仲彦はコップに口をつけて聞えなかったふりをした。会社をやめさせられたことを釘宮が知らないはずはない。盛大なパーティーですな、伊佐ホテルのボーイが半数以上も来ている、と感心してみせた。

「国会議員も来てます、県会の議長もね、市長をご覧なさい、禿げ頭をふり立てて泳ぎまわってる、酒を飲んでるときもあいつ次の選挙のことを忘れない男なんだ」

釘宮は歯をむき出して笑った。仲彦は煙草を買って来るといってその場を離れようとした。「煙草？　私のでよかったら吸いませんか、買うといったって丘を降りなければ手に入りませんよ」

伸彦は仕方なく釘宮のすすめた煙草の袋から一本を抜きとった。釘宮はすかさずライターの火をさし出した。

「おたくの社員も見かけましたよ、小池さんとか関口さんとか」

伸彦は煙草の煙にむせた。関口佐和子が来ているとは思ってもみなかった。釘宮は赤く充血した目で伸彦をみつめている。「どうかしましたか、伊奈さん」伸彦はぬるいビールを咽喉に流しこんだ。ネクタイをゆるめた。人いきれで肌が汗ばんでいる。

「あの人たちは招待されたんじゃなくて、有明企画の社長がパーティーの手伝いに供出を申し出たらしいですな」

釘宮の話を聞いて伸彦は社長の考えそうなことだ、と思った。菊池省一郎が社長に就任した菊興商事は有明企画のスポンサーである。供出とはうまいことをいう、と伸彦はすこし感心した。それとなく客の間に佐和子の姿を探した。

「あそこに……」

釘宮がゆび指した。「関口さんはほら階段わきに大きな花瓶があるでしょう。その向う側、失礼」

釘宮は上半身をゆらゆらさせながら空のグラスを持ってボーイの方へ遠ざかっていった。薔薇を活けた花瓶の後ろにちらりと佐和子らしい和服姿の女が見えた。グラスをのせた盆を持って客たちの間を縫い、すぐに見えなくなった。伸彦が階段の方へ歩きかけたとき背中を叩かれた。重富病院の外科部長が立っている。

「伊奈さん、ここで会えるとは思わなかった」

重富悟郎は大声でボーイを呼び、水割りをとり換えた。片手でしっかりと伸彦の右腕をつかんでいる。

「招待されたのはおやじなんですがね、持病のマラリアが出て動けないんです、ぼくはだからおやじの名代というわけ、逃げなくてもいいでしょう、ぼくの話を少しは聞いて下さい」

「逃げるわけじゃない」

「最近は酒場にもあなたの姿を見かけたことがないから、ぼくの原稿なんか読んでくれるひまなんかありはしないだろうなあ」

仲彦は自分の腕から外科医の指をやんわりと引きはがした。重富は同人誌「漁り火」をほとんど自費でまかなっている。合評会を催しても自分の小説に対して同人が奥歯に物のはさまったような批評しかしない、と重富はこぼした。

「連中はぼくの小説をこきおろすと、ぼくが雑誌に金を出さなくなると思ってるらしいんです、下司の勘ぐりというものですな」

「院長先生はどうしてマラリアなんかにかかったんです」

「戦時ちゅうに南方で、おやじは軍医でしてね、ここの社長、いや前社長と同じ部隊だったらしい、戦争の話はあまりしたがらないんで詳しいことはぼくでさえ知らないんだ」

仲彦は重富院長を見たことがあった。印刷会社に働いていたとき、応接間から出てくる人物を認めた。痩せて小柄な老人であった。黄疸をわずらいでもしたかのように艶のない皮膚が濃い黄色を帯びている。あとで、営業主任から奇妙な話を聞いた。

重富院長は会社に自分の原稿を本にしてくれるように頼んだ。二百枚ほどの原稿である。印刷がすみ、製本にかかろうとしたとき、院長は会社へ訪ねて来て注文を取り消した。印刷ずみの紙は病院へはこぶこと、紙型は破棄することを要求した。予定していた五百部の代金は全額を支払った上での話であったから、会社としては何も損をするわけではなかった。院長の要求はかなえられた。

病院にはこばれた紙は焼却炉で灰になったという。（一枚のこらずだよ、あの先生が傍に立って目を光らせて監視してるんだ、会社には残っていないだろうなってくどいほど念を押すのさ、いやになっちまう、そんなに気がかりなら工場へ行って自分でしらべてみたらっていいたかった、せっかく注文しておきながら自分の本を煙にしちまうなんてどういう了簡なんだろ、札束を灰にするのとおんなじじゃないかね、もったいない）営業主任は金さえもらえれば焼こうとどうしようと注文主の勝手だがとつけ加えながら、自分には院長の気持がわからないといって首をふった。

数日後、また重富院長は会社へ来た。

文章の校正をするのに用いたゲラがあるはずだというのである。製本を中止したとき、だれかが不用とみなして、ゲラは棄ててしまっていた。院長はそれを探し出すように命じた。社員はぶつぶついいながら型通り探すふりをした。紙型を破棄した日に、ゲラも屑箱に入れて市営のゴミ処理場へ運搬したことを工場主任が思い出した。院長はそれを聞いてもなお疑わしそうに印刷機械の間を見まわしていたが、やがて会社を出ていった。伸彦は外国製の大型乗用車がゴミ処理場の方角へ走り去るのを窓ごしに見ていた。

何が書いてあったのか、と彼は印刷の担当者にきいた。

（憶えていません）

原稿の内容についてまで口止めされているとは思ってもみなかった。社長命令だという。そう聞けばますます知りたくなってくる。伸彦は注文をとってくるのが仕事で印刷には関係していなかった。それに重富院長の原稿を担当したのでもなかった。会社は名刺からカレンダーまで、およそ印刷できるものなら何でも受注する。新聞折込みのチラシ、園芸のカタログ、郷土史、ＰＲ用のパンフレット、個人の回想録などである。営業部の面々はいちいち原稿を点検しない。

伸彦は重富院長のゲラ刷りを校正した老人をある晩飲み屋に誘った。七十歳をすぎた元高校教師である。世間話をしながらそれとなく重富院長の原稿を話題にした。

（五百部も刷る予定だったのだから、人目に触れてさしつかえがない文章と思うんですがねえ、どうして校正刷りまで回収したのかさっぱりわからない）

老人に酔いがまわったのを見はからった上でそう切り出した。

(同感ですな、わしも不可解です)

仲彦は相手の盃に酒をつぎながら話を続けた。(しかも高い金を支払ってですよ、焼いちまうなら初めから本にしようなんて思わなければいいじゃないですか)

(医者は儲かりますからな、あのくらいの金なんかどうにでもなる)

(実はぼくも初校の段階でちょいと読んだんです。あのときは別に内緒でも何でもなかった)

(あなたが読んだ?)

(ええ、ざっとね、校正部の人に用事があったんで出かけたら席をはずしていた。高橋さんがチラシをやってるでしょう、彼を待つ間、ひょいとわきを見たらゲラが拡げてあったんで退屈しのぎに目を通したってわけ)

(四校までとりました、ふつうは再校がいいところですがね、昔風の文章で漢字も多いし、それは先生の意向です)

(そうそう変った文章だった)

(あなた社長命令が出たのは知ってるでしょう、読んだのなら何もわしにカマをかけるには及ばない)

(いえね、どういうことのない内容なのに回収しちまった魂胆がわからないので)

(わしにそれをきいてわかるとでも思ってるんですか、与えられた仕事をした、それだけのことですよ、先方にも都合というものがある、ちゃんと費用は支払っています、とやかくいうことはない)

(金の問題じゃない、金さえもらえればそれでいいというものではないんですよ、われわれ営業としましてはね、ぼくは不愉快だな、さしさわりのある原稿なら大事にして金庫にしまっとけばいいんだ、あの態度は何です、社員の屑籠までしらべさせたときの目付、金をくれれば何をしてもいいというんですか)

仲彦も酔いのせいで声が高くなった。

(あなた何年うまれ?)

院長のことは忘れていたのだが、息子の顔を見て思い出すことになった。

結局、その夜は何の収穫も得られずに終った。しかし、伸彦にしても焼かれたゲラ刷りには通りいっぺんの好奇心を抱いていたにすぎなかった。老人や植字工が口を割らない以上、きき出すすべはないのだった。それ以来、重富

老人は頰を歪めた。小学生ね、といって子供に戦争がわかるわけはない、とつぶやいた。勘定は伸彦が払った。

（知ってますよ、敗戦の年は小学生だったんだから）

（日華事変の始った年だな、戦争を知らない）

（昭和十二年です）

広間の一角は総ガラス張りになっている。

伸彦は客たちのざわめきを背に伊佐の市街地を眺めていた。菊池家は丘のいただきにある。町を一望のもとに見おろすことができる。一年ほど前、伸彦がこの町へ移って来た頃と比較すればたいした変りようだ。県庁が近く伊佐市へ移転するという。九州横断道路が市街地のはずれに通ることが決っている。二万人を収容する住宅団地も建設される。人口十万足らずのひっそりとした城下町が何やら活気のようなものを帯びるのも当然だ。引っ越した当時はなかったデパートも町の中央通りに出来た。

伸彦が移住して来たのはしかしそういう町の事情とは無関係だった。

隣県で百科事典のセールスをしていたのがくびになり、妻の実家が伊佐市にあったので越して来ることになった。英子の父がこの町にあるJ銀行の支店長であった。印刷会社に就職したのは彼の口ききによる。

（もうそろそろ落着いていていい頃じゃないかな）

就職が決った日の晩に義父は伸彦たちを食事に招いた。

（生活をちゃんと確保した上でないと、やりたいこともやれない、万事それからの話だよ、わたしのいうことは間

違っているだろうか）義父はたて続けに盃をあけながら仲彦と視線をまじえないようにしてしゃべった。

（あそこはうちと取引きがあるからわたしの紹介だと断わるわけにはいかない、ちょうど営業に腕の立つのが一人欲しいと思ってた所だといって承知してくれたわけだがね、きみの年齢を聞いて社長は困った顔付だった、せいぜい二十七、八と思ってたらそれより十以上も齢をくった男だったからだろう、としにふさわしい給料は出せそうにないというから、サラリーの件は先方の一存にまかせるという条件で頼んだわけだ）

義父が意見めいたことを口にするのは初めてだった。仲彦は黙って酒を飲んだ。

（幸いあの会社は経営基盤がしっかりしている。社長が苦労人でね、苦労人といえばきみもいろいろやって来たんだなあ、職種を数え上げると十二、三になるんじゃないか）

（ええ、まあ……）

（世の中にはあれこれと仕事を変える男はめずらしくない、変えていけないという法はないんだからね）

（このたびはいろいろと……）

（仕事というものは何であれ退屈なものだよ、遊んで暮せるなら働くには及ばないが、そうもゆかない、きみが本当にうちこむことのできる仕事というのは何があるんだろうか）

仲彦は黙っていた。これこそ自分の天職だと思った仕事はひとつもない。何をしているときも他に自分にふさわしい仕事があるのではないだろうかと考えてしまう。気がついてみると二十年ちかく経っていたわけだった。

（きみたちに子供がなかったということも理由のひとつだと思う、子供がいたら仕事にやる気をなくしてもやめれはしないから、ま、それが幸いというべきか不幸というべきか問題だろうな）

義父はため息まじりにいった。何事も辛抱だとつけ加えた。

（わかっています）

（きみ、まだこれからだよ、いつまでも平社員のままでいるはずはない。社長にも人を見る目がある、悪いように

はしない）
義父の前では一言も口をさしはさまなかった英子が、帰りのタクシーのなかで仲彦にきいた。（あなた、本当に父の言葉がわかっているの）仲彦は目を閉じて体をシートに埋めた。車の揺れが不快だった。酔いが熱い塊りになって胃のあたりにわだかまっている。
どうしてそんなことをきくのだ、と仲彦はいった。これからの仕事が永続するとは思えない、と英子はいった。英子の予感は的中したことになる。仲彦は入社して半年めにくびになった。義父への手前、表向きは依願退職という形ではあったが、くびに変りはない。職務に不熱心で他の社員が果す業務にまで支障を及ぼすとさえ社長は仲彦にいった。

来客は帰り始めた。

仲彦はガラス越しに自動車の列が丘を下ってゆくのを見送った。赤い尾燈は市街を埋め尽した夥しい光の点に吸いこまれる。いくつかの足音が仲彦の背後を通りすぎた。そのうちの一つがにわかに立ちどまった。仲彦はじっとしていた。かすかな衣ずれも耳にしたように思った。向いあっているガラス壁にぼんやりと映っている女の姿を見ていた。

香水が匂った。記憶にある匂いである。足音が近寄った。女は短い言葉を仲彦だけに聞えるようにつぶやいて歩き去った。仲彦は佐和子をのせたタクシーが門を出てゆくのを見とどけてから向き直った。手には火の消えた煙草を持っていた。ボーイたちが広間のテーブルを片づけにかかった。アルコオルと煙草と料理の匂いがまざりあって、客が去った今も息づまりそうな感じは変らない。

「お待たせしました、こちらへ」

菊池省一郎が玄関の方からやって来た。新社長は胸のリボンを歩きながらはずして、なげやりな身ぶりでそれをかたわらのテーブルに置いた。広間から廊下に入り、突きあたりの階段を上った所へ伸彦は導かれた。六畳ほどの洋間である。ニスの匂いがした。まだ一度も使われたことがない部屋のような気がした。絨毯も新しく、ソファも新しかった。

菊池省一郎は肘掛椅子に深々と身を沈めた。パーティーが予定よりも永引いてしまって、と弁解がましくつぶやく。

「いい会でした、お客を見物するだけで退屈しませんでしたよ」

伸彦は如才なくいった。

「そうですか、ぼくは退屈したな」

ネクタイをゆるめながらもう一方の手で机の送受話器をつかみ、伸彦を流し目で見やって、「何か飲みものは?」ときいた。自動車を運転して来ているから、と伸彦はいった。「ウイスキーと氷、それにコーヒーを持って来てくれ、二階の書斎に」女中が命ぜられたものを置いて部屋を出ていってからも菊池は両手の指先で目頭を押えて黙りこんでいた。伸彦は煙草を用意しなかったのを後悔した。テーブルにある灰皿とセットになった大理石の煙草入れは空である。壁の本棚には百科事典がひと揃いと「伊佐市市制五十年史」が一冊あるきり。マントルピースの上にゴルフトーナメントのリボンで飾られた優勝盃が雑然と並べられている。

「あなたのことで、さっき行武《ゆきたけ》さんと話しました」

菊池はおもむろに身を起した。グラスに氷を入れウイスキーをそそぐ。伸彦の分もついだ。一、二杯だったら運転に支障はない。旧市街の路次を抜けて帰ればパトロールしている警官にも出会わない、といってすすめた。行武政憲は有明企画の社長である。伸彦はグラスを手にとった。

「いい社員だったとほめていましたよ、あなたがやめたのでわが社には筆の立つのが一人も居なくなったといってた」

行武は伸彦がパーティーに招かれたのを知っていたのだろうかと思った。壁ぎわに置いてある小さな棕櫚の鉢植えのかげに伸彦は立っていた。よほど近寄らなければ目立たない位置である。「いい社員」といった行武の真意を仲彦ははかりかねた。

「父に会ってもらうのが一番なんだが、あいにく半身不随でしてね、思うように舌がまわらない、耳は遠くなってもどうにか聞えるんです」

「重富さんから大体の所はきいていました」

「重富さんというと、大先生の方ですか」

菊池は上目づかいに仲彦をうかがった。疲れの色が濃かった四十男の顔に精悍な陰が甦った。息子の方だと仲彦は説明した。

「六十二歳といえばとうせつ働きざかりといっていい齢なんだが、若いとき南方でひどい目にあってるんで、それに復員してから無理のし通しが崇ったんだ、六十をすぎてから衰えがひどくなりました、寝てテレビを見るのが唯一の娯楽です」

菊池はグラスを両手で支えて椅子に深くもたれた。

「父の還暦祝いに書きためていた回想手記を本にしようと思い立ったんです、今までさんざん苦労させましたからせめてもの親孝行になればと思い立ちましてね」

「その原稿はいつ書かれたんですか」

「復員してから少しずつ書いてたようですな、ぼくはあんなものに興味ないから一度だって目を通したことはないけれど、でもここ十年ほどは書いていないはずです、最初に発病したのが五十二の齢でしたからね、あなた、お父さんは？」

「南方で戦死しました」

「本籍は確か……」

「東京です」

「南方はどの方面でしたか」

仲彦はソロモン諸島のGという島名をあげた。菊池の目が光った。実は自分の父もG島で戦ったのだといい、しばらく絨毯に目を落して考えこんだ。G島といっても、と仲彦は言葉を続けた。

「父は船に乗ってたんです、あの島で戦ったわけじゃありません」

「すると海軍ですか」

「陸軍ですが輸送船に配備されていたようです、詳しい話は知りません、父の最期も公報に書かれている以外は」

「あなたは親父とはまるっきり無関係な人だとばかり思ってたんだが、そうでもないようですな、まあいいでしょう、二年前だった、西海印刷に頼もうとして原稿を見せ、経費について相談したら、まずちゃんとした四百字詰の原稿用紙に書き写して全部で何枚になるか数えてみなければ単価の計算が出来ないという。便箋やらノートブックやらに書かれていましてね、あの頃まで父はわりと元気だった、で、書き直しは自分がやるといって張りきってたんだが社長をやめるに当ってぼくといろいろ引継ぎをしなければならない、そのうち病気が重くなって原稿どころではなくなったというわけです」

「そうするとぼくの仕事は原稿を四百字詰の原稿用紙に書き写すだけでいいんですか」

「初めはそのつもりだった。しかし伊奈さん、それだけのことだったら社の女子事務員にいいつければすむことです、あなたに頼むまでもない」

「たしかにその通りです」

「百枚かな二百枚になるかな」

菊池はつと立って机の抽出しからハトロン紙の大型封筒を取り出した。テーブルの上に中身をひろげた。クリップでとめられたり、こよりで綴じられたりした大小不揃いの紙片が、仲彦の目の前に重ねられた。白い紙片があり、黄色く変色した紙片があった。そのうちの一冊を仲彦はしらべた。番号がうたれていない。

「書き写したら何枚になるか見当がつきますか」

菊池がたずねた。二百五十枚を越えることはないだろう、と仲彦はうけあった。

「父がこれを書き始めたのはまだ太平洋戦争の正確な資料が出ていない頃でした。ところどころ間違いもあると思いますよ、文章の才能もない、俳句ひとつこさえない無風流な男ですからね、ぼくが考えたのはこういうことです伊奈さん、父の戦記をまる写しするのではなくて全篇書き改めて下さい、公《おおやけ》にされた資料をもとに誤りのない戦記に仕立ててもらいたい。父の原稿を骨子にしてですね、だれに読ませてもはずかしくない文章で一人の陸軍中尉の戦いを語ってもらいたいのです」

「ぼくが選ばれたのはどういうわけですか、他にいくらでも適当な人がいたんじゃないですか、旧軍人とか、名士の回想録を専門に代作する人とか、東京の作家に依頼するとか」

「あなたはこの前、ひきうけるといった、厭になったんですか」

この前、仲彦が聞いたのは菊池省造の原稿を手に入れて本にしてもらいたいということだけであった。印刷会社に勤めていた頃、名士の自伝など本人の文章に頼まれて筆を加えたことがある。同じようなことだと思って深く考えずに引受けはしたのだが、今度は気のせいか何となく勝手が違う。

「やらせてもらいます、ただきいてみたかっただけです」

「もちろん旧軍人を初めに考慮しました、父の戦友が何人か健在ですから、じっさいそのうちの一人に頼みはしましたがね、断られました、戦争を思い出すのはご免だといわれて。ひどい戦闘だったらしい、紹介されてプロの代作屋に会ったこともあります、頼めば二つ返事でひきうけたでしょう、しかし、ぼくはその気になれなかった、キャバレーの経営者や土地成金やらの伝記を書きとばす手合に父の原稿を渡したくなかったんです。あなたはかつて自衛隊に居られた、失礼ですがこの件を依頼する前にざっと経歴を調べさせてもらいました、だから軍隊や戦争がどういうものか少しはわかっているはずです、そうでしょう」

仲彦はモーターバイクの中年男がした合図を思い出した。陸上自衛隊で教えられた手先信号である。「――さんが」と菊池は私鉄経営者の名前をあげて、「おたくの以前勤めていた会社で自伝を印刷させたらいい本になったといって喜んでた。聞けばあなたが大分手を入れたそうですな」

営業でうだつがあがらない仲彦を校正にまわしたのは社長だった。自伝の古めかしい文章について悪口をいったら、社長は依頼者の了解をとりつけて書直しを仲彦に命じた。仲彦は漢字を仮名に、紋切型の美辞麗句を日常的ないいまわしに改めた。外まわりより何倍も楽な仕事だった。

「どのくらいの期間で……」

「それはぼくがききたいことです、何カ月かかりますか」

菊池はやや身をのり出して仲彦をみつめた。

「とりかかってみなければわかりませんが、一応三カ月ということでは」

「報酬を申し上げておきましょう、いくらでやってくれますか」

菊池は単刀直入に質問した。仲彦は口ごもった。仕事について詳しい話をきくのはきょうが初めてだ。報酬まで明瞭に考えたことはなかった。ただ漠然と何カ月間かは生活の心配をしないですむ、と考えていたにすぎなかった。仲彦がためらっていると菊池が口を開いた。一カ月分の生活費をたずねた。仲彦は数字をあげた。

「こんなことをきくのは失礼だと承知しているつもりですが、ぼくの方から提案しましょう、その六倍ということでは如何です、それに経費を加えます、資料を購入される分、調査に要した費用などをぼくがもちます」

仲彦は承諾した。

ハトロン紙の封筒に中身を収めてかかえた。持ち帰るつもりだった。菊池は原稿は渡せないといった。

「父のいいつけでそれは門外不出ということになっているのです」

伸彦は回転椅子のすわり心地をためした。ドイツ製の革張り椅子である。やや大柄な彼の体にもゆとりがある。ばねは硬すぎず柔らかすぎず、長時間かけていても疲れることはないようだ。

伸彦はくるりと椅子をまわした。

マホガニーのどっしりとした机の上には、封筒におさめられた原稿が置いてある。伸彦は椅子の高さを調節して、またゆっくりと一回転させた。ここは菊池省一郎の書斎である。原稿は父のいいつけで門外不出だという。新社長は父の意志を尊重するつもりだといった。

(いったん人手に渡したら原稿が散り散りになることを惧れたんじゃないでしょうか。よくあることですから)と菊池省一郎はいった。

(それでは仕事になりませんよ、コピーをとってもらわなくては)

伸彦は粗悪な便箋に書かれた文字を明りにすかして見た。センカ紙まがいの黄ばんだ便箋に記されたインクの痕は、はや褪せかかっている。コピーをとるのもむずかしい原稿がまざっている。敗戦直後、紙もインクも質が落ちていた時代に書かれたしろものらしい。原稿はしかし全部が全部そうではなかった。上質紙に濃いインクであるいは毛筆で書かれたものもあった。

(あなたがここへ通ってくればいいのです。ぼくの書斎を仕事場にして下さい。必要な物は揃えます)

(ここへ?)

(ぼくに用があったら会社へ連絡して下さい。あなたのことは秘書に話しておきます。仕事の上であなたのために出来ることがあれば何でもさせてもらいます。あなたはここで仕事が一段落したあと好きな時間に帰っていいのです)

（ここの電話を使っても……）

（結構です。車はお持ちでしたね。うちのガソリンスタンドで油を入れて下さい。チケットを上げときます。それでは……）

菊池省一郎は腰を浮かした。昨晩のことだ。

伊奈伸彦は午前十時に菊池家へ着いた。

車は前庭の片隅にとめた。すでにいい含められていたらしく年配の女中が彼を二階の書斎に案内し、茶菓子を運んで来ると何か用事があったらインタフォンで呼んでくれといってドアを閉じた。伸彦は上衣を脱ぎ、しばらくたってネクタイをゆるめた。暖房がききすぎている。シャツの袖を肘のあたりまでまくり上げた。

まだ封筒に手をつけない。

スリッパーをはかずに室内をうろうろと歩きまわった。足もめりこむ程の分厚い絨毯の感触を楽しんだ。百科事典と市制五十年史があるきりの本棚にくらべ、洋酒戸棚にはぎっしりと壜が並べられている。扉に手をかけてみると難なくあいた。伸彦は壜の一つを取り出してラベルの文字を読み、元の位置に返した。机の背後には窓がある。椅子にかけて外を眺めた。

菊池家は丘のいただきに建てられている。窓から見えるのは伊佐市の北郊である。この丘と向いあう位置にもう一つの丘が隆起し、その彼方に県境をなすT岳がそそり立っている。伸彦はこれまで伊佐の市街地を高みから眺めたことがなかったことに気づいた。まして菊池家のある丘から市の北部を見るのは初めてである。向い側の丘に生えた赤松と落葉松はいちように立ち枯れて褐色の杭を刺したように見える。五、六台のブルドーザーが丘の中腹で動いている。伸彦は新しい煙草に火を点けた。

丘を削っているブルドーザーは菊興建設のものである。造成して宅地にするらしい。菊興建設の社長は菊池省一郎の弟だと聞いている。人夫たちがチェーンソーで松の木を切り払っているのが見えた。その後をショベルローダーで始末している。伸彦は下唇に煙草をのせてぼんやりと窓ごしに眺め続けた。何もかも自分の外で動く、ふとそういう気がした。談合があり契約があり仕事が始り金銭が動き書類がとりかわされ決済される。新しい宅地と道路が現われる。すべてが伸彦と関係のない世界で起る。それを快いと思わぬでもなかった。子供のころからそうだったような気がする。

長くなった煙草の灰が絨毯にこぼれた。

伸彦は舌打ちしてしゃがみこんだ。灰をつまみ上げて灰皿に移し、残りを口で吹き散らした。鞄から五十枚綴りの原稿用紙を出して机の上に置いた。ノートも開いた。ポケットから万年筆を出してキャップをはずした。手ずれのしたハトロン紙の大型封筒をさかさにして中身を机の上にあけた。

伸彦は黄ばんだ紙片や赤茶けた原稿に手を触れずに煙草の火を点けた。ここにあるのはいわば彼の六カ月分の生活費である。つとめて自分にそういい聞かせた。気がすすまないというのはぜいたくというものだ。何としてもやりおおせて依頼主を満足させなければならない。

とはいうものの依然として伸彦は回転椅子によりかかったまま煙草をくゆらすだけだった。仕事と名のつくものにとりかかるときはいつもこうなのだ。

ノックと同時にドアがあいた。菊池省一郎につづいて見なれない男が書斎にはいって来た。席を立とうとする伸彦に、「そのまま」と手で制してソファにかけた。

「総務の綾部です、こちら伊奈さん」

綾部と紹介された男は中腰になって内ポケットに手をすべりこませた。伸彦は立ちあがって待った。差し出された綾部の指先につままれた名刺を受けとり、自分は名刺をつくっていないのでと断わって椅子にかけた。

「どうですか、仕事ははかどっていますか」

菊池は机の上に拡げられた紙片に目を走らせた。伸彦は答えた。

「これからという所です。仕事の手順を考えていましてね」

「別にせかすわけじゃないんで。ところで仕事の上で必要な経費はこの綾部に請求して下さい。一応ひきあわせておこうと思って」

「なるべく領収証をとって下さい」

綾部というのは五十がらみの浅黒い顔をした男である。伊奈伸彦に対してどのような態度をとればいいか決めかねているように見えた。名刺を渡すとき、つかのまためらったのもそのせいだろう。社長の友人として伸彦に応対するか、それとも社長の使用人と見なすべきか迷っている様子が、おちつかない顔色にうかがわれた。領収証を、という口調がいくらか尊大に聞えたので、伸彦は黙ってうなずくだけにした。

綾部はちらりと社長に目をやって居心地が悪そうにソファの上で身じろぎをし、「もちろん領収証がとれない場合があることもわかっていますから、そういうときは明細だけで結構です」といって咳払いした。

「父に一度は会ってもらってもいいんですが、なにせ血圧が高いやら神経痛やらで、その上このごろはすっかり耳が遠くなっちまって」

菊池の目が伸彦のゆるめられたネクタイの結び目にそそがれた。

「原稿についてわかりにくい箇所が出て来たら、お父さんの口から説明をしていただかなければなりません」

伸彦はおもむろにネクタイを締め直した。

「さしあたりどういうものが必要ですか。私に用立てられるものがあれば何なりと」

綾部は社長と伸彦を等分に見やりながら口をはさんだ。まだ原稿に全部、目を通していないので、参考にする予定の書物もわからない、と伸彦はいった。公にされた資料をもとに誤りのない戦記を、と昨晩社長はいった。そのことばを伸彦は社長に思い出させた。防衛庁戦史室が編纂した百巻に近い公刊戦史がある。G島をめぐる戦いはそのうち数巻があてられている。他にも何冊か必要になってくるだろう。綾部がたずねた。

「それは町の書店にありますか」

「けさ、ここへ来る途中、文陽堂に寄って調べましたが見当りませんでした。カタログはもらっていますから注文して取り寄せられるでしょう」

「ということでこれからやっていけますな。伊奈さん、完成を楽しみにしていますよ」

菊池は身軽にソファから立ちあがった。昼食をいっしょにしたいが、仕事があるのでと断わって、綾部があけたドアから室外に出た。

「間もなく昼になります。食事は女中に用意させていますから」

菊池は肩ごしに仲彦に声をかけて姿を消した。総務課長はドアをしめながら仲彦に向って曖昧にうなずくような身振りを示した。最後まで書斎の主に対してどのように振舞うべきか決しかねたらしい。伊奈仲彦の経歴を調べさせた、と菊池がいったのを思い出した。綾部を使ったのだろうか。だとすれば、うさん臭そうな男だとでもいいたげな目の色がわかる、と仲彦は考えた。あのうなずくような身振りはとりようによっては、おまえなんかいつでもこの書斎から叩き出すことが出来るのだぞとほのめかしているようにもとれる。社長の手前、一応は如才なく振舞ってはいるものの、内心は仲彦を軽んじている気配を隠そうとしなかった。

仲彦はふたたびネクタイの結び目をゆるめた。


(原稿を書き直すのに三カ月かかるの)

(ただ丸写しすればいいというものじゃない。事実の裏づけをとらなくちゃいけない。いろいろと調べることが出て来る。三カ月で足りるかどうか)

昨晩、英子が帰宅したのは午前二時を過ぎていた。仲彦は布団に腹ばいになって「大東亜戦史・太平洋篇」を読んでいた。高校に入った年に買った本である。たいていの蔵書は引っ越しのつど古本屋に二束三文で売り払っていたのだが、この本だけは手放しかねていたのだ。押入れの奥から段ボール箱を引きずり出して赤いクロース装丁の本をその中に見出したときはほっとした。父が戦死した島はどういう所なのか知りたくて買ったのだった。目次は三十二に分かれている。「その前夜」は真珠湾攻撃の前夜を意味する。戦いの推移にしたがって戦場に従軍した新聞記者三十二人の手記を一冊にまとめたものである。G島にも一章が割りあてられ、Rという記者がルポルタージュを執筆していた。本を買ったときは子供心にもしや父が文中に登場しはしまいかと期待したのだが、それはかなえられなかった。一介の下級兵士が新聞記者に認められるということなぞありえないということをいまは承知している。

英子は化粧を落すと疲れたとくり返しつぶやいて伸彦の隣にのべた布団に体をすべりこませた。それから仕事の話になった。

(今度という今度は普通のおつとめとはちがうんですから、途中でよすというわけにはゆかないわね)

(釘をさすつもりか)

(原稿を半分まで書いてから厭になりましたっていえるものではないでしょう)

(わかってる、ぼくはもう少し本を読んでから……)

枕もとのスタンドがまぶしすぎる、と英子はいった。伸彦はセーターをスタンドの笠にかけようとした。そうすればセーターが電球の熱で焦げてしまう、と英子はいい掛け布団を目のあたりに引き上げた。伸彦は起きあがって自分の布団を台所のある四畳半に移し、襖をしめた。枕に顎をのせてぼんやりと壁を見つめた。「大東亜戦史」を開いて先を読もうとしたが、文章の中身はまったく頭に入って来なかった。伸彦はスタンドの明りを消した。明日から別々の部屋で寝ることになるのは確かだ。冷蔵庫のモーターが低い唸り声をたてた。水道の蛇口からしたたる水の音も耳についた。かすかに葱が匂った。闇の底で目を見開いて伸彦は菊池家のパーティーを思い返した。

（卑怯者、といったな）

小声ではあったけれども鋭い口調だった。佐和子の声にまちがいはなかった。あの香水は伸彦が買って与えたものだ。彼と会うときはいつもそれをつけていた。高価なものではなかったが、佐和子はしごく気に入って大事に使った。最後に女の部屋で会った日、鏡台の端に置かれた小壜にまだ三分の一は残っていたのを彼は憶えている。早くあの香水が佐和子に使われてなくなればいいのに、と伸彦は思った。蛇口から規則的に落ちる水滴の音が彼を眠りに誘った。

「……第三仮泊地セント・ジョージ島北岸にて午後五時、舟艇に移乗開始。G島タイボ岬までおよそ百キロ、天明までには達着する見込みである。しかるに舟艇は定員以上の人員に加へ武器弾薬糧食を満載したるため吃水深くなり、干潮時露出した珊瑚礁に乗り上げ、離礁ままならず。六時出発の予定より遅れること一時間半、やうやく暗黒の海上を一路南へ向つて航走する。

本日早朝、戦闘機十数機に襲はれ執拗なる銃爆撃を受く。最後の仮泊地にて何たる不運ぞ。天、我に与せざるか。軽機小銃をあげて必死の防戦も甲斐なく、高速艇、大発、小発六十余隻のうち、損害はおよそ二十隻になんなんとす。機関部を破壊せられたる舟艇は放棄のやむなし。破損艇は修理につとめたるのち追及を命ず。被害を受けざる艇に残余の兵員を極力収容せしむ。今は一兵一弾たりとも多くG島に上陸させることが肝要なり。

海上は漆黒の闇、先頭をゆく基準艇の燈火も視認不可能。陸岸を離れるほどに強風おこり波高く、舟艇はさながら木の葉の如くもてあそばれる。二日、第一仮泊地であるロング島を出発せし折りも暴風にあひたるが比較にならぬほどの激しさなり。艇内に立錐の余地なきほどに並びたる兵は船酔ひに苦しみしきりに嘔吐す。

舟底より浸水甚し。機銃の弾痕を塞ぎし木片脱去せしといふ。余、兵を叱咤督励し鉄帽にて浸水を汲ましむ。午前三時、東方の水平線かすかに明らむ。南方を望見するに島影見えず。焦心限りなし。本来ならばG島西北岸カミンボ岬に到着の予定なり。五十隻余の舟艇群、我に続く者はわづか十数隻。落伍せしや、浸水沈没せしや、あるいは快走してＧ島に達せしや。今に至るも洋上に漂泊せるは、風雨と潮流ゆゑに航速低下し針路をそれたるならん。このとき、舵をとりゐたる船舶兵、南方水平線を指す。霧中に山頂を認めたり。兵らいつせいに舷側を叩いて歓呼す。海上航走五日にしてやうやく目的地に辿りつかんとす。余、感激の涙滂沱として頬を伝ふ。

暁闇の洋上に一隻また一隻と友艇集合し、舳艫相含んで南方を目指す。航速の遅きこと、もどかしくも詮方なし。この海域はＧ島所在敵機の哨戒圏なり。グラマンに発見さるが早きか、我等が陸岸に達するが早きかが勝負といふべし。天祐神助を祈念するの他なし。昨日の銃爆撃にて既に我等の企画は察知されたるならん。

午前四時四十分、爆音を聞く。東方より機影二機近づく。機関を停止せしめ航跡を消して視認を避けんとせしも、やんぬるかな十分後、戦爆連合の敵大編隊襲来す。たちまち急降下、舟艇は銃爆撃を回避しつつ全火器をもつて対空射撃につとむ。艇内は阿鼻叫喚、グラマンの連射を受けて声もなくのけぞる者、舷側より落つる者、傷口を押へて絶叫する者、惨状いはんかたなき有り様なり。早くも浸水沈没しつつある僚艇をかたへに見る。頑張れと声援するしか術なきをいかにせん。我を侮りたる米機、洋上すれすれの低空に舞ひ降りて半ば水面に没せる舟艇を掃射す。ために海は紅に染れり。

幸ひにして我が艇は兵数名を失ひしも機関に異状なく航進を続行、しだいにＧ島の影大きくなり、リーフに砕ける白波も見ゆるほどになれり。左前方を走る舟艇めがけて降下せる敵機あり。翼をひるがへして擦過せし直後、水柱に包まれたり。爆弾の直撃を受けたるなり。水柱消えたる海面に黒き破片数箇漂ひたるのみ。我が舟艇の乗員、射撃を中断し呆然として僚艇の最期を見守る。

余、声を励まして兵に命ず。

これが戦争だ、米機はまだ居る、射撃を続けよ、戦友の仇をとれ。

折りしもグラマン低空に迫りて我が艇を掃射せんとす。爆音、耳をろうせんばかりなり。余は軍刀で目標を指し射て射てと叫ぶ。四周の舟艇、今しも戦友の最期を見届けて敵愾心百倍したるか、猛烈なる射撃をこれに加ふ。いつたん上昇飛行に移りたるグラマン、翼を傾けたかと見ゆるまに黒煙を吐いて下降、水面に激突す。兵等相抱いて、やつたやつたと叫ぶ。

爆弾を投下し、機銃弾を射ちつくしたる敵機は、G島飛行場にとつて返し、再び飛来するが如し。つひに舟艇停止す。珊瑚礁に乗り上げこれより先は航走不可なりといふ。陸軍さん、先は浅瀬だから降りて上陸してくれ、と船舶兵が督促す。兵ら銃を捧げ持ちて海中にをどりこむ。余、負傷兵を肩に離艇す。胸までの深さなり。

依然として米機の掃射続く。

前を行く兵、小銃を落して波間に消ゆ。水を蹴つて海岸の砂浜にあがり、椰子林に駆けこまんとする兵も銃撃を浴びて倒る。余は波に押されてしばしば転倒す。負傷兵、自分を棄てて上陸せよと訴ふ。彼を背負ひてG島の土を踏む。時に昭和十七年九月五日、午前六時十分なり。旭日燦としてソロモンの海を照らす。………」


伸彦は煙草に火を点けた。

藁半紙十一枚に鉛筆で書かれた一篇である。こよりで綴じてある。菊池省造が帰国してまもなく書いた文章と推定される。伸彦は原稿を分類した。綴じられた紙片の表紙に数字が記されていないから厄介なのだ。一番質の悪い藁半紙をまっ先に読んでみたら、これが冒頭の部分であった。昭和十七年九月五日という日付まで確認することが出来た。

G島における菊池省造の戦いはこの日に始ったわけである。

綴じられていない原稿もある。大小不揃いの紙片に書きなぐった文章である。伸彦は眉根にしわを寄せた。何はおいても全部の原稿を書かれた順序に整理することが先決問題である。そのためにはG島の戦いが、いつどのように始り、どのように終ったかを知っておかなければならない。伸彦は太平洋戦争についてもごく大ざっぱな知識しかなかった。ましてG島の戦いは一冊の本の数ページに記載された事実しか知らない。

とりあえず公刊戦史に当って大よその推移をつかんでおく必要がある。しかし文陽堂の店員は注文してから本が届くまでに二十日はかかるといった。本が配達されるのを手をつかねて待つわけにはゆかない。伸彦は煙草を灰皿に強く押しつけて消し、手近の原稿をとり上げて目を通し始めた。便箋に書いた七枚をクリップで留めたものである。クリップは赤く錆びていた。


「……この日を余は生涯忘れることはないであらう。朝から砲撃が熾烈であつた。我々は壕を深く掘り、警戒を怠らなかつた。頭上には敵機が乱舞し、ここぞと思ふ所に爆弾を投下する。部下はと見れば壕の補強に余念がない。頼もしい限りである。

午前十時ごろ、敵襲の声があがる。

マタニカウ川右岸よりおよそ五百名の米軍が渡河を企てつつありといふ。左岸に配備されしは九中隊、充分に引きよせて射つ。その距離わづか二、三十メートル。米兵はあわてふためき砂上になす所なく右往左往するのみ、九月十三日夜の無念をはらすはこのときとばかり、兵はいつせいに手榴弾を投げる。後方に陣を敷いた友軍の重機も、砂浜に伏せた米兵めがけて連射を浴びせる。

これがため、つひに米大隊は装具武器を置き去りにして敗走する。快なるかな快なるかな。河口より海中へ逃走するあり。砂浜をよろめきつつ去るあり。伏して両手を挙げ助命を乞はんとするあり。戦友の仇、思ひ知つたかと兵は銃身も焼けよと射ちに射つ。一箱分六百発をあつといふまに射ち尽す。銃身が真つ赤になつてゐる。川岸と海岸には累々たる米兵の死体、目算するにおよそ百体を数へる。朋友にかつがれて去りし負傷兵もありしことを思へば、敵の損害はこれに倍することは確実なり。上陸以来、まけいくさの連続にて沈滞せる聯隊の士気もやうやく本日の戦闘にて回復せり。痛快といふべし。九州男児の面目ここにあり。

余は兵に命じて遺棄死体の所持せる食糧を収集せしむ。柳本兵長および梶原上等兵、十三箇の雑嚢を取り来たる。雑嚢にはそれぞれ罐詰、煙草二箇づつあれど、煙草は水を含み喫煙不能、残念なり。（小隊長どの、かういふものがはひつとりました）と竹中伍長が米兵の手紙をさし出す。発信地はニューヨークなり。ラバウルにて余は、G島に上陸せる米軍はアレキサンダー・ヴァンデクリフト少将指揮の第一海兵《マリーン》師団と聞けり。相手にとつて不足なし。第一海兵師団はニューヨークにて編成せられたるならん。

兵のあいだに談笑おこる。久びさに罐詰の肉を食したるゆゑなり。G島に一歩をしるしてより絶えて聞きしことなき笑声なり。兵は腹さへ満ちたれば笑ふものと覚ゆ。わが軍にせめて一日一箇の牛罐を与へよ。一日分定量の米を与へよ。たかが一箇師団の米兵は鎧袖一触、ソロモンの海へ追い落とさんものを。

午後、艦砲射撃はじまる。敵はマタニカウ川渡河戦失敗の雪辱を期して攻撃を再興せり。陣地正面にはおよそ一箇中隊の米兵せまる。一本橋東方も約百の敵あらはれたりといふ。駆逐艦の艦砲射撃に支援されて十余隻の敵舟艇、クルツ岬に上陸を企図す。ここにおいてわが聯隊は腹背に敵を迎へたり。逆上陸せんとする敵の兵員、察するに一隻五十名として七、八百名か。

岡聯隊長は直ちにわが第二大隊主力に上陸軍撃退を命ず。朝の勝ちいくさに意気あがれる大隊はジャングルに身をひそめて米兵を待ち伏せ白兵戦をまじへたり。米兵はわが白刃になすところを知らず周章狼狽、南方ジャングル内に四散遁走せり。二時間後、米軍は友軍を救出せんとして再び舟艇数隻をつらね、上陸をこころみたるも、至近距離にてわが重機の猛射を浴びて舳をめぐらす。

しかし、米軍はなほも友軍の収容をあきらめず、午後三時すぎ、最前の上陸点に艦砲射撃と銃爆撃を加へ、舟艇を達着せしめんと欲す。あたかも良し、同地点には昨夜東方より移動し来たれる第八中隊が集結ちゆうなり。わが大隊も隊伍をととのへつつありしなり。敵、ござんなれとばかり果敢なる戦闘を挑み上陸部隊を撃破せり。上田一等兵、着剣したる小銃をぎして砂浜を逃げる米兵に追ひすがる。彼は小柄なり。中隊の銃剣術試合においてはつねに最下等の不名誉を維持せり。しかるに見よ、一等兵上田源吾は雲つくばかりの大男をまさに背後より刺突せんとす。彼はこけつまろびつ懸命に走る。砂と波に足をとられ、見るからに走りにくき様なり。米兵は銃剣が背中に届いたかと思ふと、はじかれた如く駆くる。上田一等兵業を煮やしたか、小銃を米兵の背中めがけて投げつけり。なんでふもつてたまるべき、胸板をつらぬかれて彼の大男はどうと倒れたり。

源吾よ、やつたのう、と余はねぎらふ。

上田一等兵は小銃を杖に今にも倒れんばかりの様子、色蒼ざめ疲労困憊の状かくすべきもあらず。疲労は上田一等兵のみならんや。大隊全員が上陸以来、定量の糧食を得たることなし。十二日十三日の総攻撃までに各自保有の米は喰ひ尽しをれり。飛行場を占領したあかつきはルーズベルト給与をあてにしたるなり。けふ一応は米兵を駆逐したるも明日より明後日よりの補給は期待し得べくもなし。わが胸中暗澹たり。

敵が中隊単位もしくは大隊単位の小規模なる反攻を我に加ふれば、これを撃退するは可なるも、全線にわたつて真面目なる圧迫を企てれば、大和魂のみにて抵抗すること可なるや。兵は軍を信頼しをれり。明日は大船団がルンガ沖に到着し、腹一杯米の飯をくらふを得と私語せり。ソロモンの一島嶼に一木支隊の残兵、海軍設営隊、わが三十五旅団数千名を揚陸させ、むざむざ見殺しにするはずはなしと思ひたるなり。げにしからん。余の不安、杞憂にすぎぬことをひそかに祈念するほかなし。

この夜、聯隊長は川口閣下より御嘉賞のおことばを賜はれりと聞く。わが大隊長は面目をほどこせり。……」

伸彦は原稿を読むのをやめて椅子の背によりかかった。

置時計の針は三時を指そうとしている。社員ではないのだから、何時に帰ろうと彼の自由だ、と菊池はいった。しかし、いま帰ったところで何もすることはない。色褪せたインクの文字やかすれた鉛筆の痕を目でたどるのは案外に疲れるものだった。

仲彦は椅子を離れて窓に近寄った。うす黒い雲が丘の上に垂れ下っている。彼が原稿ととりくんでいるあいだに、人夫たちもブルドーザーもかなりの仕事をやってのけていた。松林はあらかた切り払われ、丘は裸になった。崩された箇所は赧土が盛りあがっている。丘はうずくまった獣の姿を思わせた。毛をむしられ皮を剝がれている獣、と仲彦は考えた。窓の曇りを指先でぬぐった。戸外は冷えこんでいるらしい。

さまざまな職業にたずさわったとはいえ、仲彦に土工の経験だけはなかった。しようとは思わなかったからである。土方になって土を掘ったりセメントを練ったりするくらいなら、餓えたままでいる方を仲彦はえらんだだろう。彼は暖房のきいた部屋でポケットに両手をつっこんで窓枠によりかかり、寒風の下で働いている人夫たちに憐れみの目をそそいだ。あんなことまでして生きなければならないのか、と思うと他人事ながら気がふさぐのだった。

仲彦は上衣を着こんで廊下へ出た。

昼食はマッシュポテトをそえたローストビーフだった。朝食はとらない習慣なので、マッシュポテトのおかわりまで注文して、いつもよりつい食べすぎた気がする。戸外を散歩すればねむけが消えるように思われた。

階段の踊り場で何気なく窓ごしに前庭を見おろした。見おぼえのある乗用車がすべりこんで来るところである。ドアをあけておりたのは重富病院の外科部長だ。看護婦をしたがえてあたふたと玄関にはいって来た。ドアの所で仲彦は重富悟郎と出会った。

「何か、あったの」

という仲彦に答えず、わきをすりぬけるようにして重富は階段を上って行った。女中が先に立っている。三人の姿を階段の下で仲彦は見送った。そういえばさっきから何となく邸内がざわついていたようだった。彼はホールのソファで五分間ばかり煙草をくゆらした。菊池省造が医師を必要としたのにちがいない。

（仕事はどうなる……）

さしあたって彼の役目が終るということは考えられなかった。菊池省一郎は父親への孝行として父の手記を完成させようとしている。万一、父親が亡くなったとしても、手記が要らなくなるということはないのだ。伸彦は台所の方へぶらぶらと歩いて行った。

「コーヒーをくれませんか」

伸彦の声に流し台をみがいていた女中がぎくりとして顔をあげた。

「ただいま、お部屋の方へお持ちしますから」

「ここでいいよ、邪魔でなかったら」

伸彦は細長いテーブルの端になる椅子に腰をかけ、肘をついて女中がサイフォンでコーヒーを淹れるのを見守った。

「重富さんが来てるようだね、ご主人が急に具合でも悪くなったの」

「ときどき発作を起されるんです」

もうもうとたつ湯気の向うから女中が答えた。

「社長にはしらせてあるんだろうか」

「いえ、毎度のことですから、とくに重態でなければ先生だけに来ていただくことになっています。社長様は忙しい方ですもの、どうぞ」

「ありがとう」

コーヒーをすすりながら伸彦は台所を見まわした。十畳ほどの広さである。菊池家はたしか先代社長夫妻の他に息子夫婦と子供が三人しかいないはずだ。たった七人をまかなうのに大きすぎる台所である。伸彦は流し台をみがいている女中にそれとなく自分の疑問を匂わせた。

「ここはお客様がたくさん見えますから。外でおもてなしなさるよりうちでなさることが多うございます。お昼の食事はお口にあいましたかしら」

「ああ、おいしかった」

「お嫌いな物があればおっしゃっておいて下さい、お好きな料理を召し上っていただくようにと、旦那様のおいいつけです」

「嫌いな物は何もない。何でも食べます」

「近ごろの若い人は好き嫌いが激しくて困ります」

仲彦は自分の突き出た下腹をさすった。近ごろの若い人といわれなくなってから何年たつだろう、と考えた。社長の子供たちは三人ともこの家に住んでいるのか、と女中にたずねた。女中はうろたえたふうで早口に、

「お坊っちゃまがたのことをいったわけじゃないんです、うちの子供たちが……」

「長男が大学だとか」

「いえ、来年大学をお受けになります。その下のお嬢様は高校一年で、末のお坊っちゃまは中学一年です」

「社長の奥さんはきのうのパーティーで見かけなかったようだけれど」

「伊奈さんは土地の方ではないそうですね」

「ああ、ぼくは東京から来ました。家内はここの生まれだが」

「そうだったんですか」

女中は流し台をみがくのをやめると仲彦が空にしたコーヒーカップとサイフォンを洗いにかかった。田舎は都会にくらべて退屈ではないのか、と仲彦にきいた。

「東京なんかむやみに人間が多いだけの所ですよ。空気が濁っててね。奥さんはご病気なの」

「これから毎日、三時にコーヒーをお持ちします」

「そうしてもらえるとありがたいな」

仲彦は台所を出た。戸外で散歩する気はもう失せていた。女中にしてみれば主人夫婦について他人に話すのをは

ばかったのだろう。伸彦は菊池の妻と覚しき女性を一度だけ見かけたことがあった。黒塗りの大型乗用車が伊佐駅にとまり、和服姿の女が待合室へはいって行った。赤い旅行鞄を下げた菊池がその後に続き、数分後に手ぶらで出て来た。この夏のことだ。伊佐駅前の広場は失業した伸彦が時間をつぶす場所だった。駅に出入りする旅行者をぼんやり眺めていると、何となく気が安まるのだった。

伸彦が階段をあがりかけたとき、降りて来る重富悟郎を認めた。

「伊奈さん、どうしてここに」

「先代の具合は?」

「酸素吸入をやってる。傍には看護婦がついてるから、ぼくは下で一服しようと思ってね。患者のわきで煙草をやるわけにはいかんでしょう」

マラリアの後遺症で心臓をいためている、と重富はつけ加えた。二人はホールのソファに腰をおろした。伸彦はなぜ自分がこの家にいるのかを手短に説明した。

「いい仕事ですな、静かな書斎でだれにもわずらわされずに文章が書ける。われわれみたいに急患やら何やらで中断させられることはないし」

重富は煙草の煙をおもむろに吐き出した。

「なあに、これも身すぎ世すぎの仕事ですよ」

「身すぎ世すぎの仕事でないものがありますか」

「大先生もG島にいたんでしょう。あの手記、どうなりました」

「手記、というと」

「〃G島戦記〃というのかな、副題がたしか〃南十字星の下に〃というんだった。西海印刷で本にする予定だったんです」

「あれはとりやめにしたと聞いてます」

「なぜ」

「なぜってきかれても困っちまうな。息子のぼくにわかるわけがない。おやじは戦争の話をしたがりませんでね」

「戦争の話をしたがらない人がどうして本を書こうとしたんだろう」

「先代は伊奈さんが自分の原稿を書き直して本にするということを知ってるんですか」

「知らないはずはないでしょう」

「それはどうかな、口もろくにきけない状態ですよ。かかりつけの医師として患者のことはよくわきまえています。耳もほとんど聞えやしない。いつ菊池さんと打合せたんだろう。おそらく菊池さんの一存ではからったことじゃないかと思いますね」

「つまり先代はぼくが原稿を新たに書き直すことを望んでいない、というわけですか」

「望んでいるかどうかわからないといってるんです。ぼくは漠然とそう考えただけで伊奈さんの仕事にとやかくいうつもりはありません」

「たのまれたから引きうけたんだけれど」

「十年ほど前にG島へ遺骨収集と慰霊を兼ねて、生還者が渡ったことがありました。伊佐市からも何人か参加しましたよ。おやじも誘われましたがね、だいぶ迷ったようだけれど断わった。あそこでは人間が死にすぎた。自分は行けないと。ただ死体を埋葬した箇所は地図に書いて渡していました。四千名いた聯隊が三千名以上G島の土になってるんだそうです」

「伊佐にも生き残りがいるといいましたね、あなたのおやじさんや先代の他に」

「いますとも。百二十四聯隊は福岡編成です。生き残りがいて当然でしょう。もっとも聯隊全員で残っているのは二百名といないそうですがね」

「大先生は回復されましたか。きのうの話では持病のマラリアが出たとか。何なら話を聞かせてもらいたいんだけれど」

「よした方がいいですよ。ぼくにもしゃべらないのに伊奈さんにしゃべるわけがない」

「ぼくだから話してもらえるかもしれない」

「容態をみて来ます。あの子は酸素吸入装置にまだ慣れていませんでね」

重富とつれ立って階段をのぼりながら伸彦は同じたのみをくり返した。階段のあがりはなで重富は立ちどまった。

父親に伸彦の依頼を伝えるだけのことは伝えてみよう、という。

「しかし、会ってくれるかどうか何ともいえませんよ」

それでもいい、と伸彦はいった。

第三章

市立図書館は伊佐市のほぼ中央にある。

大正時代の初めに建てられた木造二階建てである。伊奈伸彦は自分の車を図書館の横にとめて薄暗い屋内へ這入った。市立図書館を利用するのは初めてだ。一階が書庫と事務室、二階が閲覧室にあてられている。ストーヴに石炭をくべていた老人が顔をあげて伸彦を見た。カード・ボックスを探して室内を見まわしている伸彦に、きょうの新聞ならまだ綴じこんでいない、自分の机に重ねてあるから、とって見るように、と老人はすすめた。新聞ではない、カード・ボックスを探している、と伸彦は答えた。

「図書を閲覧しなさるのかね、カードはいま整理ちゅうでしてな。書名をいってもらいましょうか。出してあげよう」

「戦史双書を読みたいんですが」

戦史双書、と老人はつぶやいた。

「で、どの巻を」

「カードがなければどの巻か見当のつけようがないでしょう」

伸彦はむっとした。図書館の来訪者に（図書を閲覧するのか）とはおかしな質問である。老人はストーヴの蓋をしめて、火掻棒で軽く煙突を叩いた。自分について来いという。伸彦の先に立って書庫へ案内した。事務室とは廊下を一つ隔てた部屋である。埃とかびの臭いがした。戦史双書は本棚に大きな面積を占めていた。チョコレート色のクロース地で装釘された分厚い本である。防衛庁防衛研修所戦史室著という金文字が高い天井にともった電球に鈍く光っている。

伸彦は背表紙に目を近づけて一冊ずつ選んだ。「南太平洋陸軍作戦(1)ガ島初期作戦」同巻の(2)「ガダルカナル・

ブナ作戦」「大本営陸軍部(5)昭和十七年十二月まで」「南東方面海軍作戦(1)ガ島奪回作戦開始まで」同巻の(2)「ガ島撤収まで」を取り出して両腕にかかえると、ずしりと持ち重りがした。伸彦は先ほどの老人が扉のきわに突っ立って自分をみつめているのに気がつかないでいた。

「それだけでいいんですか」

書庫の扉に鍵をかけながら老人はきいた。

「ええ、さしあたって」

「あなた、学校の先生?」

「館外借出しの手続きをしたいんですが」

「館内なら一度に何冊でもいいけれど、館外は二冊という規則です。保証人と印鑑、それに身分証か何か」

伸彦は事務室で老人がさし出した用紙に住所氏名を記入した。保証人は妻でもさしつかえないという。老人は目を光らせて伸彦の手許に視線をそそいだ。職業という欄で伸彦はいったん無職と書いたのを消し、自由業と書き直した。運転免許証を用紙に添えて老人にさし出した。

「戦史双書を借出すのはあなたで二人めですよ。購入して三年、いや四年になりますか、あれを利用する人はめったにありませんでね。伊奈さん、とおっしゃる、土地の人ではないようですな」

老人は用紙と伸彦の顔を等分に眺めながら話しかけた。伊佐へ引っ越して伸彦がいちばん気にさわったのはこうした詮索である。悪意からではないと知りながら根掘り葉掘り職業や経歴をきかれるのはうんざりだった。五冊の本をかかえて二階へあがろうとし、ふと思いついて伸彦はたずねた。

「最初にこの本を借りた人はどなたでした」

「重富病院の老先生ですよ。それもあなたが選んだ巻だったな。半時間もあればあなたのカードをこしらえときます」

伸彦は階段をのぼった。木造の老朽した階段は一足ごとに厭な音をたててきしった。二階閲覧室は学生と一般に部屋が分けられている。一般という掲示のある部屋に先客はいない。伸彦は灯油ストーヴにマッチで点火した。菊池家には昨日、電話をかけて図書館で調べものをすると断わっておいた。書店に注文していた戦史双書が届くのを待ってはいられないのだ。なるべく早くG島をめぐる戦いのあらましを知っておきたかった。彼はノートを拡げ、万年筆を片手に戦史双書を読み始めた。菊池省造の断片的な手記が戦いのどの段階を語ったものか、全体を知らなければつきとめようがないのである。

G島は長さ百三十七キロ幅四十五キロの火山質隆起島で、ほぼ鳥取県にひとしい面積である。島の東端から西端へ向って中央を縦走する山脈があり、平地は海岸よりにわずかに見られるだけだ。島の北岸に日本海軍が飛行場を設定したのはオーストラリアとアメリカ大陸の交通を遮断するためである。アメリカ軍がここに上陸したのは昭和十七年八月七日で、飛行場が完成する直前であった。守備していた陸戦隊百五十余は設営隊二千六百余と共に抵抗らしい抵抗もせずに密林内へ逃避する。上陸軍はおよそ一万九百人。連合軍の輸送船二十三隻を護衛する艦艇五十四隻。

ミッドウェイ島攻略に予定され、グアム島で待機していた一木支隊二千人のうち九百余人が一木大佐に率いられてG島へ上陸したのが八月十八日である。彼らは飛行場の東がわイル川の畔で三日後に全滅する。川口清健少将が指揮する第三十五旅団主力が三十一日夜、駆逐艦でG島に上陸する。九月七日までに合計五千四百余が送りこまれる。旅団の主力は百二十四聯隊である。この聯隊の輸送について、ラバウル軍司令部と川口少将との間に意見の喰いちがいがあった。

川口少将は舟艇によってソロモンの島伝いに輸送する案を示し、司令部は駆逐艦で一気に上陸する案を出してゆずらなかった。結局は川口支隊の一部が駆逐艦で飛行場の東がわタイボ岬へ運ばれ、百二十四聯隊の残余一千余名が舟艇で飛行場の西がわへ上陸することになる。青森から舞鶴までの距離にあたる海を六十数隻の小舟で機動したわけである。上陸に成功したのは三分の一、他の兵は敵機の銃爆撃で戦死するか行方不明になっている。

九月十三日から十四日にかけて行われた川口支隊の攻撃は失敗する。六千二百余の日本軍は死傷者一千百以上を出して密林内へ敗走する。アメリカ軍の死傷者百四十三人。事態の重大さに気づいた大本営は第二師団を増派する。二回めの総攻撃は二師団を中核とする一万七千人、川口支隊も右翼隊として参加するが、攻撃予定日の十月二十三日を延期するように求めたために二師団長丸山中将によって指揮権を奪われる。飛行場を守備するアメリカ軍はこのときまで二万三千人に増強され、陣地も九月のそれとは比較にならないほど固められていた。

十月二十四日から二十五日の朝にかけて行われた攻撃に日本軍は敗れる。死者だけでも二千二百余人。アメリカ軍は傷者を含めて七十八人。大部隊の組織的な攻撃は十月で終りとなり、以後十八年二月に日本軍が引き揚げるまで、飛行場を包囲した形で密林に潜伏した状態が続く。三十八師団が装備糧食の大半を失ってG島へ上陸したのは十一月である。G島へ上陸したのは総計三万一千余、うち戦闘に耐えられるのは十一月二十日現在一万三千余と報告される。約一万人は戦死あるいは戦病死し、残りは小銃さえ持てない病人の集団と化している。

大本営がG島放棄を決定するのは十二月三十一日である。二月一日から八日にかけ、三回に分けて駆逐艦が飢えた病兵を運ぶ。後方、ブーゲンビル島へ撤収したのは一万六百余、二万をこえる日本軍将兵がG島の土となった。アメリカ軍の損害二万五千余の大半はマラリアによるもので、戦死者は一千六百余。

「お邪魔ですかな」

伸彦はふり返った。いつのまに這入って来たのか、さっきの老人が後ろから彼のノートをのぞきこんでいる。許しも乞わずにさっさと椅子を引きよせて隣に腰をおろした。

「カードが出来たので持って来ました。どうです、何か参考になることわかりましたか」

伸彦は万年筆のキャップをはめ、ノートを閉じた。若い女子職員がお茶を運んで来た。

「館外借出しは二冊ということでしたね」

といって伸彦が五冊のうちどれをカードに記入しようかと迷っていると、

「特別にあなたの場合は五冊を許可します。但し内緒ですよ、これは」

と相手はいった。老人が図書館の館長であることが女子職員とのやりとりでわかった。灯油ストーヴがいぶったのではないか、この部屋は隙間風が吹きこむから寒かったのではないかなどと館長はたずねた。やがて老人はおもむろに咳払いし、「伊奈さんの奥さんは篠崎君の娘さんだそうですな」といった。伸彦は二階へあがってどのくらい時間が経っただろうかと思った。腕時計をつけていないのでいま何時かわからないが、正午にはなっていない。入館したのは九時すぎだった。二時間そこそこで館長は初対面の人物が誰を妻としているか調べあげたのだ。

「篠崎君とは高専時代の友達です。ちかごろは彼も仕事が忙しいらしくて、めったに会いません。そうですか、娘さんは東京の人に縁付いたと聞いてたけれど、あなたでしたか」

館長は珍しい獣でも見るように伸彦をまじまじと見つめた。おおかた四方八方に電話をかけちらして伸彦のことをきいたらしい。

「伊佐の住み心地はどうです」

「いい所ですね」

と伸彦は答えて五冊の戦史双書をかかえ椅子を立った。もう帰るのか、と館長は名残り惜しそうな顔をした。ひまつぶしにはもってこいの相手を見つけた気になっているのだろう。伸彦は階段の中途で立ちどまって振り返った。後ろから館長が何かいったようだ。窓を背にして老人の顔は暗い影に包まれている。

「いま何とおっしゃいました」

自分もG島帰りだ、と館長はいった。

「ふしぎに命ながらえた組ですよ、わしも」

伊佐の日暮れは東京よりも遅い。

引っ越して来た当座、伸彦は五時を過ぎても薄明るい空に、しばらくは慣れることができなかった。日没が東京にくらべて一時間の差があるようだ。伸彦は菊池家のある丘を車で降りながら考えた。（二年めの冬を伊佐で迎えることになる）

市街地には淡い燈火がちらつき始めている。そのなかへ車ごとゆっくりと身を沈める感じである。重富悟郎が父親へ伸彦の希望を伝えると約束してから一週間たっていた。

健康がすぐれないという理由で、初めはあっさり断わられた。菊池省造と同じく、戦地でかかったマラリアの後遺症だという。伸彦は重富院長の異様に黄色い顔を思い浮べた。断わられるのは予想していたことだったので、手紙を書いた。菊池省造の手記を整理して一冊の本にすることが自分の役目であると述べ、ついては是非、戦友であった重富氏にお目にかかり、二、三の助言をいただきたいと頼んだ。

返事は直接にはもたらされなかった。二日後、重富悟郎が電話をかけてきた。

（伊奈さん、おやじが会ってもいいそうだ）

（ありがたい、で、いつ）

（日どりは近いうちにこちらから連絡します。ただし、半時間だけですよ。肝臓が弱ってるので疲れやすくなってます。あなた、おやじあてにどんな手紙を書いたんですか）

伸彦は手紙の内容を説明した。電話機の向うで沈黙が続いた。伸彦はたずねた。

（もしもし、どうかしましたか）

（……あ、いや、おやじは妙に不機嫌でしてね、あなたの手紙を読んでから。伊奈さんも会うときは用心した方がいい。下手に怒らせたら、きき出したいこともきけなくなるんじゃないかな）

せいぜい気をつけることにする、と伸彦は答えて電話を切った。釈然としなかった。手紙は一応の礼をつくして書いたつもりである。院長が不機嫌になるいわれはないはずだった。戦地の思い出をうかがいたいというのが、どうして彼を不快にさせるのだろう。

きょう、午すぎ、菊池家にいる伸彦に重富病院の看護婦が電話をかけてきた。大先生が午後八時に待っているという。半時間だけ、と女の声は念を押した。八時までに三時間近い間がある。伸彦は伊佐市の西にあるバイパスの分岐点に車を走らせた。ドライヴインとモーテルがかたまっている場所である。ドライヴインに這入って赤電話を探した。カウンター近くの壁に時計がある。針は五時半を指している。この時刻、有明企画はまだ社員が残っているはずだ。社長が出た。関口佐和子は商店連合会の事務所へ出かけていて、間もなく帰るという。

「そちらの番号を教えてくれないか、こっちから電話を入れさせよう」

「どのくらいたったら帰りますか。かけ直してみますから」

「さあな、……永くはかからないはずなんだが。ところできみ、菊池さんに推奨したのは私なんだから、まっとうな仕事をやってもらいたいな」

「社長が推奨……」

「そうだとも、途中で仕事を投げ出したりしたら私の顔が立たないということも念頭に入れといてくれ。きみに対する好意でやったというつもりはないよ。何としてもきみがうちの経理にあけた穴は埋めてもらう。菊池さんは相応の報酬を出すだろうから。……あ、お名指しの女性が帰って来た。電話をかわるよ」

「関口です」

会いたい、と伸彦はいってドライヴインの名前を告げた。以前、二人はよくここで落ちあった。有明企画からは車で五分あまりの距離である。仕事の都合できょうは会えないと佐和子は答えた。

「社長とたったいま話したばかりだ。商店連合会から帰ったらもう仕事はないといってた」

「……あたしの都合もあるんです」

「そばに社長がいるから返事がしにくいのだろう。いまから伊佐駅へ行く。駅前広場に車をとめて待ってる」

そういって佐和子の返事を待たずに電話機を置いた。ドライヴインの戸外はすっかり暗くなっていた。


「どこ行くの」

車の座席に身を埋めた佐和子はきいた。静かな所、と仲彦はいった。来るつもりではなかったのだ、と佐和子はいった。

「ただ、会社にあんな電話をかけないでっていいたかったの」

「アパートならいいのか」

「あたしたちはもう会わないことにしたんじゃない。どういうつもりなの、社長からまた冷やかされたわ」

「こうして会ってる」

仲彦は車を伊佐の北へ向って走らせた。菊池家のある丘を左に見て、その丘と並行した形で隆起している丘へ登った。宅地を造成ちゅうの場所である。中腹にコンクリートブロックを積み上げた空地があった。そこに車を乗り入れた。フロントグラスごしに菊池家が見える。仲彦は紙袋からハンバーガーを出して、一箇を佐和子にすすめた。佐和子は首を横に振った。罐ビールは受取った。

「相変らずなのね」

声がやや和やかになった。車の中でハンバーガーを食べ罐ビールを飲むのが彼の愉しみだった。どうしたことかそうすると気持がくつろぐのである。人気のない町はずれの空地に車をとめて一人でする食事に彼は慣れていた。自由というのはこういうくつろいだ状態ではないのだろうか、といつか佐和子に語ったことがある。安あがりの自由だわね、と佐和子はいったものだ。

「社長が菊池さんにぼくを推奨したのは自分だといってたな」

「話というのは何」

伸彦はドロップスの空罐を取り出して振ってみせた。

「きみが煙草を減らすようにといって買ってくれたこれ、なくなっちまったよ。また買ってくれないか、おい、どこへ行く」

佐和子はドアをあけて降りようとした。わざわざ呼び出しておいて、ドロップスの話なのかという。半ば開いたドアから砂まじりの風が吹きこんで来た。伸彦は手を伸ばして乱暴にドアを閉じた。その手で佐和子の肩を抱きよせた。

「ドロップスだなんて、何の話かと思ったらドロップスを買ってくれだなんて……」

伸彦の手に肩の慄えが伝わって来た。泣かないでくれ、と伸彦はいった。

「泣いてなんかいるもんですか、笑ってるの。あんまりばかばかしくて」

「会いたかっただけだ」

「あたしは会いたくなかったわ。二度と会わないつもりだった」

伸彦は右腕をまわして佐和子を抱きよせた。女はさからわなかった。


伸彦は佐和子をアパートへ送った車で重富病院へ急いだ。病院は伊佐市の南、菊池家とは町をはさんで対称的な位置にある。午後八時に数分おくれて玄関のチャイムを鳴らした。悟郎がドアをあけた。

「困るじゃありませんか、約束の時間に来てもらわなくては」

軍隊の飯を一度でも食べた人間は時間にうるさいのだ、と悟郎はつけ加えた。伸彦は平謝りに謝るしかなかった。

佐和子は腕時計を修理に出しているといった。故障がちだった伸彦の腕時計は菊池家へ通うようになってから完全に動かなくなってしまった。車の中で佐和子と話しこんでつい時間の経過を忘れたのだ。

パジャマの上にガウンをまとった姿で院長は伸彦を迎えた。道路が車で渋滞していて、と伸彦は遅れた詫びをいったが、相手がそれを信じていないのはわかっていた。テーブルをはさみ、二人は向いあって座った。悟郎は伸彦の横に腰をおろした。

「若社長があなたに頼まれたそうですな。菊池さんが書いたもの全部、目を通したでしょう」

院長が先に口を開いた。

「ええ、一応は、しかし」

「しかし何です」

「長い期間、とびとびに書かれたらしく、重複する所もありますし前後のつながり具合がわからない所もあります。手記の順序なんですが。ご本人にうかがおうにも耳が遠いそうですし、ここはやはり同じ島におられた重富さんにたずねた方が早いと思いまして」

「私は隊付の軍医でした。前線には出ていません。同じ島にいたからといって、彼と行動を共にしていたわけじゃない。早合点されたら困ります」

「ひどい戦闘だったようですね」

といった伸彦を院長は黙って見つめた。白眼の部分も黄色く濁っている。口が開いて何かをいいかけたが、唇はまた固く結ばれた。

「伊奈さんは若いとき自衛隊にいたことがあるんだ。軍隊の何たるかを知らない人じゃないんですよ」

悟郎がとりなし顔に父親へ話しかけた。院長の強ばった表情が動いた。

「自衛隊は軍隊ですか」

「組織の上では軍隊です」

と伸彦は答えた。次第に絶望的になった。遅刻しても会ってくれたし、こちらの話にも耳を傾けはする。しかし、院長は肝腎かなめの点については話してくれそうにないと思われた。きょう、会ったのは伸彦のためというよりむしろ院長自身が伸彦という人物に興味を持って呼びつけたような感じである。

「伊佐の方ではないそうですな。田舎は何かにつけて不便でしょう。どうしてこんな町に」

「東京は人間の住む所じゃありません」

と伸彦は嘘をついた。このごろしきりに東京を懐しがる気持を自覚している。帰って住みたいという気持ではないのだが、田舎のわずらわしさが鼻につき始めたのだ。院長は伸彦の目をのぞきこんでたずねた。

「菊池さんがあなたに会ってじかに頼んだのではないのですな」

「若社長の方です」

院長はうなずいてソファによりかかった。ガウンの裾が開いてパジャマの脚が見えた。瘦せて骨張った毛臑から伸彦は目をそらした。

「あなたはこれと」といって院長は目で悟郎を指し、「これと同じくらいの齢でしょう。つまり戦争を知らない。菊池さんがどんな手記を書いているか私は見たことがないけれども、現地で戦ったことのない人には理解できないもんですよ」

「ですからそこの所を」

「まあ聞きなさい。自衛隊にいたから軍隊がわかるという意味のことをあなたはいった。菊池さんの手記がわかるのはG島で戦った連中だけですよ。あなたの理解にはたとえ私の助言があった所で限度がある。手記を筆写して整理するのはいいでしょう。しかし、いいですか。勝手にあなたの解釈をつけ加えないで下さいよ」

そういうつもりはない。書直した原稿は院長に目を通してもらう予定だ、と伸彦はいった。院長はよりかかっていたソファから身を起した。つかのま、伸彦の言葉を吟味しているように見えた。

「もし私が間違って筆写したり、公刊戦史の記述を挿入したとき前後に喰い違いが生じては困りますから」

「公刊戦史に書いてあることが全部本当とは思えない」

「あれをお読みですか」

院長は目を閉じてまたソファに深くもたれた。読んではいない、と小さな声でいった。悟郎がのんびりとした口調でいった。

「そうそう、伊奈さんは前に西海印刷に勤めてたんですよ。お父さんがあの何ていったっけ、〝G島戦記〟ですか、あれを破棄したてんまつを知りたがってるんだけどな」

「西海印刷……」

まずいことをいい出したものだ、と伸彦は肚立たしくなった。院長が書いた〝G島戦記〟については、折りをみてきくつもりでいた。きょうの所は刺戟しない方がいいのだ。案の定、院長の目付が険しくなった。

「あなたは西海印刷にいたんですか」

「ええ、ちょっとの間、でも初めは営業の方だったんで先生の原稿は拝見していないんです」

「あれは全部回収したはずだが、そのわけをききたいといわれる?」

「せっかく印刷もすんでいたのに惜しいことをなさったと思っています」

「人間の記憶というのはあてにならないものです。私らがG島へ上陸したのは昭和十七年でした。三十年たってから書いたんですよ三十年。赤ん坊が成人して所帯を持つ年月です。あなた、三十年も昔のことを正確に思い出すことが出来ますか」

「正確にはどうですか、でも」

「正確でなければならんのです。あそこでは大勢、死んでいる。大半が餓死ですが戦死もあった。いい加減なことを書いては遺族に迷惑をかける。生存者もいることだし」

「しかし、戦記を書く人はあとを絶ちませんね。町の書店へ行くと、本棚にはいつもどこかの戦記が出ていますよ」
「他人のことは知りません。私には私の考えがあって処分したんです」
院長は壁の時計を見上げた。製薬会社の名前が文字盤に見える。伸彦はソファから立ちあがった。そのうち菊池省造の手記を見せてもらいたい、と院長はソファに体をあずけたままいった。原稿を持ち出すのは禁じられているから、筆写が終ったら自分の原稿をご覧に入れよう、と伸彦はうけあった。時計の針は九時を指していた。自分が頼めば、院長はまた会ってくれるだろう。伸彦には自信があった。いい加減なことを書いては遺族や生存者に迷惑をかけるから、というのが手記を処分した本当の理由なら、伸彦にも厳格さを要求するだろう。少くとも訪問の収穫はあったわけだ、と伸彦は考えた。

アパートの裏にある空地へ車を入れてエンジンを切ったとき、伸彦はにわかに疲れを覚えた。車の外へ出るのも億劫でしばらくハンドルにもたれてじっとしていた。午前十時から午後五時まで、昼食に半時間をさいた他はぶっ通し菊池の手記を読んだうえ、佐和子と話しこみ重富院長とは気づかれのする対応をしたのだ。図書館から先日、借出した戦史双書と対照させて読んだ。予想していたよりも根気の要る作業だった。菊池の手記は全部で十七帖あった。きょうまでかかってそれらの順序をほぼ時間の経過に沿って整えることが出来たと思う。

番号を打てないのが三帖だけ残った。

本人にたずねるのが一番、手っとり早いのだが、会えない現在はどうしようもない。隊付の軍医であったという重富兼寿ならば、一読してそれがいつどこで戦われた戦闘の記録であるか、たやすくいいあててみせるだろう。どうしてもわからなければ院長を頼りに出来る、と思った。図書館で調べたのは、G島攻防戦のほんのあらましであった。伸彦は五冊の戦史双書を菊池家の書斎で読んだ。八ポイント活字で二段に組んであり、一冊平均六百ページの大冊である。ある箇所は九ポイント活字で組まれていた。五冊とも目を通すのに丸三日かかった。

仲彦は指で目蓋を押えた。

寝不足の朝のように刺すような痛みが感じられる。車から外へ出ようとしたとき、つま先で何かが音をたてた。鈍く光る物が凍った地面に落ちた。罐ビールの空罐である。仲彦はドアを荒々しく閉じた。重富病院を辞したとき、このまま帰宅するのは早すぎる、と仲彦は考えた。さし当っての経費にといって綾部から渡されたかねがある。英子に半分を渡してはいるが、残りだけでもかなりの額であった。しかし結局は疲労が誘惑にうち勝った。

彼はいったん飲みだすと二軒や三軒の酒場ではもの足りない。今夜のように仕事のメドがつき、懐が暖い場合は酔いつぶれるまで飲まなくてはおさまらなくなる気がした。仲彦はアパートの二階へ鉄の階段をゆっくりとのぼった。ふだんなら二段ずつのぼるのが、今夜は足が重い。階段の勾配が急になったような気がした。佐和子のいったことが仲彦の中にわだかまっている。

部屋に這入り、顔と手を洗って着換えた。

浴槽には昨夜の水が残っている。栓を抜いておいて冷蔵庫をあけた。ビールを取り出そうとして見当らないのに気づいた。流し台の下に空壜がある。英子が飲んだらしい。昨夜、仲彦は英子の帰宅を知らなかった。朝、彼が出かけるときはまだ寝ていたから、かなり遅かったらしい。このところ二人で食事を共にする機会はない。

浴槽から水が流れ出る音が高くひびいた。

仲彦は聞くともなくその音に聞き入っていた。やはり重富病院の帰りに酒場へ寄っておけばよかったのだ、と彼は思った。排水管を伝って流れ出る水の音が不快だ。酒を飲んでいたらあんな音を聞かないですんだのである。風呂を立てようとは思わなかっただろう。汗と垢と石鹼がまざりあった水が、渦を巻きながら管へ吸いこまれる音に耳を傾けていると、仲彦自身も何か実体のない空虚なものに変ってゆくような厭な感じがした。水の音はしだいに低くなり、やがて消えた。

栓をして水道のコックをひねろうという気持はもう仲彦から失せていた。

彼は布団を敷いてもぐりこんだ。

枕許にスタンドをつけ、戦史双書を開いた。確かめておきたい箇所があった。しかし、一ページも読まないうちに再び佐和子の声が甦った。

（英子さんはあたしにたずねたの。伊奈のどこに惹かれたのかって、興味津々といった顔で）

彼と佐和子とのことが発覚した折り、英子はしきりに佐和子に会いたがった。伸彦は会わせたくなかったけれども、制止のしようがなかった。ある日、おそい朝食をすませて伸彦が新聞を読んでいると、（佐和子さんに会って来たわ、きのう）と英子がいった。（つまらないことをする）伸彦は新聞をばさばさとめくりながらいった。（で、どんなことをしゃべったんだ）五分あまりたっても黙っているので、伸彦は台所の英子にたずねた。

（何も。女同士がごく月並な話をしただけだわ）

伸彦はそれ以上きかなかった。

きょう、佐和子が告げたのはそのときのことだ。二人が会ったのは町の喫茶店だという。

（どこに惹かれたのかときくなんて今さら無意味じゃない。手のこんだ厭味だとしか思えないわ。あたしは黙ってた）

伸彦は菊池家の窓にともった明りを見ていた。佐和子は罐ビールを飲み干した。

（神経質かと思えばずぼらな所もあり、気の小さい所とのんびりした所とがあって、今もって自分は伊奈という男がわからない、と英子さんはいったわ。だからあたしが彼のどこに女として気持を寄せたのか知りたいというの）

あなたという人がわからない、というのが英子の口癖である。

（あたしの方こそききたいことだったわ。じゃあ英子さんはなぜ彼と一緒になったのって。なんだかそういってしまえば自分がみじめで。早く切り上げてくれないかと考えてた。いつまでも黙ってたら長引くばかりだから、自分が惹かれたのは奥さんと同じ理由だといってやったわ）

伸彦は英子と結婚して六年になる。そのころ、英子は神田の小さな出版社に勤めており、離婚して一年ほどたっていた。

（あなたたちはどうして別れないのってあたしよっぽどいってやりたかった。だってそうでしょう。男の人が妻以外の女性を好きになるのは、奥さんを愛していないからでしょう。一緒に暮す意味なんかありはしない）

（英子は何ていった）

（ごまかさないで、あなたはどうなの……いいわ、どうせ答えきれないでしょうからね。あなたたちは二人であたしは一人ということだけははっきりしてるんですもの。肚がたつばかり。英子さんが何といったか、あなたききたいでしょう）

（きいてもきかなくてもいい）

（あんなことといって、わかってるんだから、教えてあげる。伊奈には何かがありそうだって、英子さんはそういったわ。自分が見ているのはまだ彼のごく一部分ではないかって。英子さんはあなたをわりかし買ってるのよ）

佐和子は顔をそむけた。語尾が慄えた。酔いが気持を昂ぶらせたらしいと伸彦は思った。佐和子はすぐに感情を鎮めた。ハンカチをバッグにおさめ音をたてて口金をしめると同時に平静な口調にかえった。

（英子さんがあなたについて話したことといろいろあるけれど、一つだけあたしも同感だと思ったことがあるの。可哀そうな人、英子さんは終りにそういったわ。あなたのことを）

伸彦は二本めの罐ビールを半分あけた所だった。佐和子は彼の手からビールを取って残りを一気に飲んだ。

（あたしも今まで漠然と思ってたことが急にはっきりしたような気がしたの。あたしがあなたのどこに惹かれたか、たずねられても答えられなかったけれど、そうよ、英子さんが教えてくれたようなものだわ。可哀そうな人……あたしもあなたのことをそう思ってたような気がする。そしてもう一つわかったことがあるの、あなたはとやかくいうけれど、英子さんはあなたのこと今でも好きだわ）

（そんなことはない）

伸彦は弱々しくつぶやいた。英子の耳にあけられた小さな孔が目に浮んだ。

（打ち消してくれたりなんかしなくてもいいの。女には女のことがわかるんだから……どうして今夜あたしを呼び出したのよ。英子さんとどんな話をしたのか気になったのね。あたしのことより英子さんのことを大事に思っているんでしょう）

伸彦は英子がときどき彼を見つめる目の色を思い返した。伸彦が見られていることに気づいて顔を上げると、英子はさりげなく目をそらすのだった。何か変ったものを見る目つき、愛とか憎しみを表わすそれではなかった。

（可哀そうな人……）伸彦には意外な言葉である。胃がかすかに痛んだ。車の中でハンバーガーを食べたきりだ。伸彦は布団から抜け出して冷蔵庫をあらためた。菊池家へかようようになってから、英子は夕食を用意しなくなった。外ですませると伸彦がいったからである。

かたく干からびた食パンがあった。野菜サラダが残っていた。食パンにハムをのせ、サラダをはさんで食べた。体が慄えた。パンを冷蔵庫の上に置いて、毛布をまとった。冷気が背中を冷たくしている。食べながら歯の根が合わなくなった。

伸彦は耳をすませた。アパートの近くで車がとまったようだ。パンを口に押しこんで窓に寄った。タクシーのドアが開いた所である。英子の脚が出て、上半身はまだ車の中に隠れている。カーテンを細目にあけて伸彦は見おろしていた。おもむろに上半身が現われた。ドアがしまった。走り去るタクシーを見送ってから英子は向き直った。タクシーのメーターは倒されたままだった。

仲彦は踏切の手前で列車の通過を待った。

午前九時を過ぎた今は、道路に通勤者は絶えている。

ワイパーのスイッチを入れた。フロントグラスの曇りが気になった。黄色い砂埃がうっすらと積っている。アパートと菊池家を往復するあいだに付着したらしい。伊佐市の北に新しいバイパスが建設ちゅうである。ここしばらく雨が降っていない。風も強い。仲彦の車は、赤い砂まじりの土を満載したダンプカーとすれちがった。バイパスの横には中核工業団地の造成も進められている。

遮断機があがった。

仲彦はアクセルを踏んだ。車は揺れながら踏切を越えた。頭の芯が疼いた。昨夜、よく眠っていないのだ。英子が部屋に這入って来たとき、仲彦は布団にもぐりこんで寝入ったふりを装っていた。英子は足音をしのばせて鏡台の方へ向い、化粧を落した。ずいぶん永くかかったようだ。クリームの蓋をとる気配、手のひらで頬をひたひたと叩く音、クリネックスを箱から引出す折りのしゅっという音も一つずつ仲彦の耳に届いた。

英子は風呂場に入った。「あら」とけげんそうにつぶやいている。どちらかが先に帰宅した場合は風呂をたてておくのがきまりだった。勢いよく水がほとばしった。浴槽を洗っているらしい。仲彦は掛け布団を目のあたりまで引きあげてその音を聞いていた。

英子をタクシーで送って来たのは誰なのかを考えた。スナックからの帰りが遅くなるときはタクシーを利用できるように、マスターはチケットをくれていると英子はいった。今夜は同乗者がいたのだ。従業員はもう一人、短大生のアルバイトがいるけれども、自宅はこのアパートとは逆の方向だから同乗するはずはない。

いったんやんだ水の音がまた聞えて来た。英子は居間に戻って着換えている。きぬずれの音でわかった。布団をのべ、箪笥の抽出しをあける気配。送って来たのはマスターだろうか、と伸彦は考えた。しかし、マスターは車を持っている。見なれない型の外国製乗用車を運転しているマスターを伸彦は見たことがあった。もし、マスターが酒を飲んでいたらタクシーを使うこともあり得る。だから……伸彦は寝返りをうった。見当がつかなかった。

（奥さんがあそこで働くようになってから客の入りが増えたとかいう噂ですよ伊奈さん、なにしろ奥さんは二十五、六にしか見えませんからね）と重富悟郎がいったことがある。給料を上げてやるとマスターがいったわけがうなずける。同乗者が誰なのか気になりはしたが、ふしぎに嫉妬は感じなかった。

伸彦は菊池省一郎の書斎に這入った。

ポケットから出した鍵で机の抽出しをあけた。鍵は書斎の主人から預かったものである。大型のハトロン紙封筒におさめられた菊池省造の手記を机の上にならべる。原稿用紙と万年筆を別の抽出しからとり出す。きまった手順である。上衣を脱いでいるとき、茶菓子を女中が運んで来た。伸彦はきいた。

「ご主人のお出かけは早いの？　朝、ここで見かけたことがないけれど」

「はい、八時前にはもう」

「忙しい人なんだね」

「お帰りは早くて十時頃で、お客様をおもてなしなさるときは別ですが。遅いときは一時か二時になることも珍しくありませんけれど、どんなに遅くても朝は六時半にはもうお目ざめです」

「よく体が続くものだ」

「この頃はとくにお忙しいようですよ。あのう……」

女中は口ごもった。急須の茶を茶碗につぎながら伸彦に目をやって、「もし伊奈さんさえよろしかったら、夕食もこちらで召しあがってお帰りになるようにとのおいいつけでした」

「それは結構」

仲彦は濃い茶をすすりながら革張り椅子に深くもたれた。「結構、とおっしゃると?」。「菊池さんのお帰りを待つのはどうもね」。「いえ、お仕事が、伊奈さんのお仕事がおすみになった時刻にさし上げるようにとのことなんですが」

「お気持はありがたいと伝えて下さい。ぼくは一人ですませます。おひるだけこちらでいただきます」

「そうですか、では」

女中は仲彦が断わったのはそれほど意外でもなさそうな面持ちだった。一礼して引きさがろうとするのを仲彦は呼びとめた。先代の具合はまだ悪いのか、とたずねた。

「この頃はいくぶんおよろしいようで。ひるすぎ重富先生が往診に見えることになっています」

女中は出て行った。仲彦は菊池省一郎の妻をこの家で一度も見たことがなかった。社長就任のパーティーでも省一郎のわきにそれらしい女性はいなかった。夏にどこかへ旅行に出かけたきりなのだろうか、と考えた。義父が重態であれば帰っているはずだ。仲彦は書斎で省造の手記を読むのに疲れたとき、階下のホールへ降りて行くことがある。庭を散歩したり、テラスで煙草をのむこともある。女中たちの姿は見かけても、省一郎の妻と思われる人物には出会わなかった。

しかし、奥さんはどこに、などと女中にたずねるのは、仲彦にしてもはばかられた。菊池省一郎の祖父省吾は養子である。先日、仕事の合間に仲彦は何気なく本棚の市制五十年史を取り出してひろい読みした。伊佐藩政史のくだりに菊池家の名があった。土地の名は領主の家名から来ている。あるいは家名が土地の名前に由来しているのか、そこの所はわからない。九世紀の頃、すでに伊佐氏という豪族がこの地を支配していた。仲彦は幕末のページをめくった。歴代の家老が名をつらねている。そのなかに菊池という姓を認めた。首席家老である。

維新の後、ほとんどの士族が没落したにもかかわらず、菊池家だけは市史の産業篇にもしばしば名をあげられている。長崎に近いという地の利をいかして、茶の栽培と輸出で財を成し、それを資本に酒造業を始めた。伊佐の丘陵からT岳にかけて、豊富な地下水の水質が酒に適していた。明治三十年代までには、近隣の小さな酒造業者を合併吸収して、県ではもっとも大きい業者になっている。初代の町長は菊池家から出た。市制がしかれた昭和の初めから現在に至るまで二人の市長が就任している。

県の収入役、市の助役にも菊池一族の名があった。菊池祐秀には男児がなかった。養子は士族榊原家から迎えられた。この家も祖先は伊佐藩の家老である。当時は伊佐銀行の頭取であった。旧藩士に与えられた秩禄公債をもとでに設立された銀行である。頭取の次男榊原省吾が菊池祐秀の長女嘉代と結婚したのは大正二年であった。省造は大正四年に生まれている。

伸彦は市史の奥付をあらためた。編著市史編纂室とある。複数の著者がいるらしい。菊池家についてこまごまと書くに値すると著者は信じていたと見え、伸彦は菊池嘉代と榊原省吾の結婚披露宴に当時の知事が列席していたことまで知ることができた。伊佐市の発展を叙するのに菊池一族の動静を物語らないではすませられなかったのであろう。

(省吾、省造、省一郎……)

伸彦は腑に落ちなかった。子供が養子の方の名前を継いでいる。ふつうなら菊池家のがわの名を継ぐはずである。祐造か秀造かになって当然と思われる。しかし、著者は伸彦の疑問には答えてくれなかった。榊原省吾が菊池家に入ってから産業篇で菊池一族の名を見ることが少くなっている。酒造業をやめたのは昭和七年であることしかわからなかった。

〈恐慌は伊佐市においても実業界に影響を及ぼし、規模を縮小するもの、倒産のやむなきに至るもの少なからず生じた〉という記述で大体のことが想像される。昭和の初期に起った全国的な経済恐慌である。菊池家が再び市史に登場するのは、戦後を待たなければならない。菊池省造がビルマから郷里へ帰還したのは、昭和二十一年の夏である。著者の筆は省造の活躍を物語る段になるとにわかに生き生きとして来る。

伊佐市の郊外には駐留したアメリカ軍が建てた宿舎数棟があった。地所が菊池家の所有であったせいもあって、アメリカ軍が引揚げてからその建物の払い下げを受け、改築してアパートにした。菊池家が小作に貸していた農地は手放すハメになったけれども貸家業は折りからの住宅難で確実な収入となった。昭和三十年代の半ばには、県の高額所得者十位のうち九番めにあげられている。農地改革によって田畑は人手に渡っても、海辺にあった耕作不能の荒地とかなり広い山林は残った。その頃、菊興商事は県内でも有数の不動産業者として名を成している。不動産業のかたわら土木建設業にもたずさわり、近郊の工事はいうまでもなく西九州における大土木工事のほとんどが菊興建設の手によって施行されるまでになった。

菊池家は代々、蓄財のみに意を用いたのではなかったらしい。公共の福祉にも著者の表現によれば〈尽力甚しく〉、酒造業者の頃から伊佐の小中学校に講堂、体育館を寄付している。戦後もそのならわしはひき継がれ、プール、市民センターを寄付し、市立図書館設立資金の大半は菊池省造が拠出したのだった。この調子では、と伸彦は思った。市史の刊行にも菊池家は費用を負担したのではないだろうか。

奥付によると、刊行は昭和五十年である。

(講堂、プール、体育館、市民センター、か……)

著者が寄付について言及する際のうやうやしい筆致に、伸彦は苦笑した。他にこれといってめぼしい産業のない地もとで最大の会社であってみれば、その法人税や固定資産税が市の収入に占める割合は、少くないにちがいない。伸彦は五十年史を本棚にもどして、大きなあくびをもらした。

(なかなかやるものだ)

菊池家一族の働きぶりに対する伸彦の感想は、この一句に尽きた。伸彦は自分からもっとも遠い種類の人物像をそこに見たように思った。市史を読んで、もう一つ参考になった事実があった。重富家は藩政時代に伊佐家の医師を勤めている。代々の藩医として重用されたという一行が伸彦の目にとまった。

伸彦は煙草に火をつけて菊池省造の手記を原稿用紙に書き写し始めた。まず一字一句正確に写す必要がある。書き直しはそれからだと考えた。一語ずつ写すのは案外に骨の折れる作業であった。

「……上陸後、大隊長鷹松少佐の戦死を知る。何たる不運ぞ。対空戦闘を指揮しあるとき、米機の銃弾を頭に受けたりといふ。軍人として死は祖国を去りたるときより覚悟したりといへども、G島を眼前にして斃るるとは大隊長の無念、思ひ半ばに過ぐるものあり。

余、椰子林にたちて海を隔つこと数千里の彼方たる祖国に再び還らざることを誓ふ。G島にわが骨を埋むることを決したり。米軍を駆逐することかなはざれば、なんぞおめおめと還るを得んや。

余、集合せし兵らに余の決意を伝ふ。ショートランド島より海路三百マイル、四夜を徹し風波をおかしてつひに上陸したるなり。大隊長の仇を討たずんば死すとも還らじと兵らにも誓はしむ。船酔ひとうち続く対空戦闘に兵らの疲労歴然たれども、上陸したる上はこちらのものと眉宇にみなぎりたる決意を認む。

余、伝令を東西の海岸に派す。

聯隊長の消息不明。銃爆撃を受けつつありしとき、南方海上を全速力にて航走ちゆうの乗艇を見しが最後なり。舟艇は各箇ばらばらに達着したるならん。上陸直後、余が掌握したる小隊員、古賀軍曹以下わづかに十三名なるも、時経るほどに集合し来れり。上陸したるはショートランド島を出発せる大隊のうちそも何割なるや。米機の銃撃に倒れたる兵の他に、最後の仮泊地セント・ジョージ島に残置せし部隊あり。銃撃あるひは機関の故障によつてやむなく舟艇修理の後、追及を命じたるなり。残置せしはわが大隊に配属せられたる特設無線分隊なり。かかる折りに無線分隊なき不便をかこつも詮方なし。連絡は兵らの脚にたよるの他なし。

古賀軍曹の言によれば、航走途中、機関の不調にてセント・ジョージ島へ引返したる舟艇数隻を目撃したりといふ。聯隊砲中隊弾薬小隊の乗艇なる公算大と付言す。あるひはしからん。聯隊本部兵器係永田中尉の姿、夜に至りても現れず。聯隊長は無事と判明したるは夜。余が海岸南西に急派せし伝令の報告によりて知りたるなり。わが上陸せし地点より三里も隔たりし海岸に達着せりりと。ひとまづ胸を撫でおろす。大隊長の戦死によりて阻喪したる兵らの士気、やや高揚せり。

故鷹松少佐以下戦死者の葬儀を執り行なふ。海岸に大破したる舟艇の機関より油を抜き遺体を覆ひし薪にそそぐ。火焔天に冲す。地方にて僧侶たりし兵、声高に経を唄ふ。聯隊長、佩刀一閃。兵ら捧げ銃して霊をとむらふ。焼骨、読経、兵らの敬礼、戦時なりとても何の不思議あらんや。しかれどもG島において、かかる葬儀を行なひたるは鷹松少佐以下、この日の戦死者のみ。戦局の急、ねんごろなる葬儀埋葬を許さず。爾後、戦死者はただ小指を切りとりて形見となすに至る。余、投げ刀の礼をもつて瞑目しありしとき、来るべき上陸部隊の悲運を思はざりき。一刻もすみやかにヘンダーソン飛行場へ馳せ参じ、米軍を撃滅せんと願ふの念しきりなり。

聯隊長、各隊の集合と点呼を急がしむ。六日、天明までに聯隊本部へ集合したるは、歩兵一ヶ中隊、独立工兵若干、装備は機関銃六を数ふるのみ。全兵力の三分の一に過ぎず。戦死者は約九十名なれども行方不明の兵多きを如何にせん。主力は東進を決す。七十マイルの彼方に支隊は既に上陸しをれり。約百十キロ、平坦地なれば六キロ行軍にて二日半の行程なれど、椰子林の間を潜行したるなれば遅々としてはかどらず。この日までに追及したる兵らを合して聯隊長の掌握したる兵力七百五十余を算す。イサベル島及びセント・ジョージ島に残置せし部隊も駆逐艦にてカミンボに上陸す。エスペランス岬よりヘンダーソン飛行場周辺の米軍陣地まで、直距離にしておよそ五十キロ、飛行場東方に上陸したる川口支隊主力と相呼応して東西より挾撃する作戦と聞く。兵らの携行せる糧秣は米一升、乾燥味噌少量。総攻撃予定日の九月十二日までに一日二合しか食すること能はず。定量の三分の一なり。その後の糧は敵に依る。すなはちルーズベルト給与なりと余、部下を励ます。

中隊長、余にわが小隊の軍装検査を命ず。

五日間の海上機動によりて兵器潮水に浸り赤錆を生じたるあり。密林内の湿気甚し。聯隊長は特に機関銃六挺の防湿を指示されたり。点呼後、兵らは椰子林に天幕を張り、小銃を分解塗油し帯剣を小石でもつて研ぐ。

頭上には戞々と鳴る椰子の葉、地上には兵らが剣をみがく鏘然たる音、余、天幕の間を巡回しつつ旬日を経て彼らのうちそもいくたりが残れるやと思ひめぐらす。余は将校なり。南海の島嶼に斃るること覚悟の上といへども、故国に妻子を残せし召集兵の胸中にはおのづから別の思ひあらん。

六日、マルボボに野営す。

七日、同地において兵の追及を待つ。東海岸に上陸したる支隊主力との無線連絡通ず。わが一大隊三大隊は九月一日タイボ岬に上陸ちゆう、敵機の襲撃をうけたれども、損害軽微なりといふ。愁眉を開く。米軍との緒戦にて全滅せし一木支隊第一梯団の残部、タイボ岬まで後退しゐたるがわが支隊を欣喜して迎へたるならん。一木支隊第二梯団も上陸す。わが一大隊は国生少佐に率ゐられ既に海岸を西進してテテレに至ると聞く。飛行場まで二十キロ余の位置なり。余、武者ぶるひを禁じ得ず。青葉支隊の歩兵第四聯隊第二大隊もタイボ岬に上陸し川口少将の指揮下に入りたる由。

八日、マルボボを発しビサレに向ふ。一四〇〇カミンボに到着。

地図を案ずるに、五日我らが達着したと思ひしはカミンボにあらず、マルボボの南西無名海岸なり。ショートランド島にて将校に下付されたるはガリ版の不明瞭なる地図一葉。マルボボといひカミンボといふも無人の土人小屋数軒を見るのみ。海岸線の形状と川筋の屈曲を推量して地点を標定するよすがとせり。戦場となるルンガ付近の地形も、この分では判然とせず。地理不案内の密林に兵力を展開する困難を思ひて不安に陥れり。余の危惧この後不幸にして現実となれり。

本日も早朝より敵機の銃爆撃を受く。椰子林より立ち昇る炊煙を発見されたるならん。幸ひにして損害一兵も無し。海上を哨戒せる高速魚雷艇を望見す。疾駆しつつ椰子林内に機関砲を射ちこむ。めくら射ちなり。中隊長反撃を禁ず。魚雷艇、我らをあなどりて海岸線すれすれまで接近し乱射す。岩かげに伏して眺むれば、甲板上に立ちはだかりたる米水兵、双眼鏡にてわが方を偵察しあり。

機関銃手の甲斐兵長、射たせてくれとせがむ。甲斐は中隊一の名射手なり。ここからならば百発百中の距離なりとて切歯扼腕す。甲斐兵長の腕前なれば、米兵の一人や二人仕止むること手易きわざなれど、わが進出位置を暴露し、敵編隊の大爆撃をうくるは必定なり。甲斐兵長やうやく思ひとどまるも腕を撫して口惜しがる。彼の心中察するに余りあり。

尖兵、友軍を発見すと伝へり。

椰子林をよろばひ来るは飛行場設営隊の生残りなり。海軍陸戦隊員の生存者もまじりをれり。靴をはける者一名とて無く、服はちぎれて若布のごとし。髪はばうばうとしてうなじを覆ひ、肉は落ちて肋骨も露はなり。立つこともかなはず杖にすがりて歩行す。飯を食はざること既に三十日といふ。哀れとやいはん、無慙とやいはん。

兵ら乏しき糧秣を彼らに分かち与ふ。

彼ら、煙草をおしいただいて吸ふ。

去る八月七日、米上陸軍を迎へて一矢も報いず密林内に遁入せりと聞きし折りは、余、彼らの不甲斐なきに歯噛みしたれども、今、目のあたりに疲労困憊せる残兵を見て惻隠の情勃然と催す。憎くつき米軍をこらしめんものと男子の血、逆流すを覚ゆ。海軍門前大佐の指揮するG島守備隊は、マタニカウ川ロクルツ岬より西がわタサファロングに至る海岸に分散配備しをれりといふ。八月末、米軍は舟艇にてコカンボナに位置する海軍守備隊本部に来襲せりとぞ。火砲一門も有せざる守備隊がよく米軍を迎撃して退散せしめたりとは、天佑神助といふべし。保有する兵器はわづかに若干の小銃といふ。

一六〇〇ビサレに到着。

九日、ビサレにて軍装検査、兵器の整備につとむ。

十日、同地を発ち軍旗を先頭に進む。

一日二合の米を三度に分けて食す。兵らの疲労甚しく憔悴いちぢるしかり。野草を摘み清流に泳ぐ小魚を獲りて飯に混入す。椰子の実を割つて中身を食らふ。実の中に白き海綿状の物あり。果汁の凝固したるなり。美味いはんかたなし。コプラと称す。点火するに発煙せずして燃焼す。初めは炊飯に使用すれど、もつたいなくて食用に供す。

路傍に点々と兵らが遺棄したる物品を見る。空腹と疲労のため携行に耐へず棄てたるなり。もとより背嚢ちゆうには不用の物とて一品もなかりしが、小休止のつど歯ブラシ、歯磨粉、私物のシャツ、靴下などを投棄す。残すは糧食弾薬のみ。余、草むらに棄ておかれたる岩波文庫版万葉集二巻を認む。拾ひて点検するに、わが中隊の山口上等兵の氏名あり。小冊子の携帯にも耐へざるほど疲労したるか。彼は剣道二段の猛者なり。彼にして日頃愛読したる書物を投げうつとは。本隊に続行せる軽傷者、病兵の苦痛、推して知るべし。

一八〇〇ボネギ川右岸に到着す。コカンボナの北西およそ七キロの地点なり。暮色蒼然として椰子林を包む。艦砲射撃と銃爆撃によりて、樹木むざんに裂かれ地上に堆積す。戦場の近づくをひしひしと感ず。部隊はこの地に大休止、夜半、海軍守備隊に合する予定と聞く。ヘンダーソン飛行場は指呼の間なり。東方ルンガ岬付近にて煌々と照明をともし、輸送船より揚陸ちゆうの模様を見る。わが隊の案内に随行したる陸戦隊員、毎晩あんなものですよといふ。

総攻撃が一日遅るればその分だけ敵陣は強化せらるならん。余、部下にルンガ方面を指し、われらの糧秣は彼方にありと告ぐ。勝利のあかつきには、たらふく食せしむることを約す。兵ら銃の手入れもそこそこに仮眠をむさぼる。余もまた軍刀を抱き毛布をかぶりてしばしまどろまんとせしが、来たるべき戦闘を思ひ、家郷を思ひ、万感こもごも胸に至りて寝つかれず、輾転反側す。

東方より這ふがごとくして人影近づく。海軍設営隊員と名のる。その状、幽鬼と見紛ふばかりなり。食を乞ふ。友軍の上陸を聞きて糧食を得んと来たりしなり。与ふべき糧すでに尽きたれども、落胆のさまを見るにしのびず乾麵包数箇を与ふ。彼ら一本の煙草を五、六人で吸ふ。瘦せ衰へ、蓬髪を振り乱し、餓鬼さながら乾麵包を食らふさま、眼を覆ふに足りたり。……」

仲彦は顔を上げた。

「おや、いたんですか」

そういって這入って来たのは重富悟郎である。ノックをしても返事がなかったのだ、と医師は弁解してソファに腰をおろした。

「往診は午後じゃなかったの」

「ええ、それが急に手術をしなけりゃならない患者がいるんで、午前ちゅうにこちらの様子を見に来たわけ。どうです、仕事は。はかどってますか」

重富悟郎は手記のうち一冊を手にとってぱらぱらとめくり、気がなさそうに机の上へ戻した。診察はすませたところだという。仲彦は先代社長の容態をたずねた。

「熱帯で戦った日本兵はまず例外なく一度はマラリアにかかってますね。アノフェレス蚊に刺されると高熱を発して苦しむんです。重症の場合は脳をおかされることもあります。当時も予防薬としてキニーネがあったんですが、今はもっといい特効薬が出来ています。しかし体力が落ちてるとねえ」

「熱が高くなるだけ？」

「マラリア原虫は赤血球の中で分裂生殖するんです。つまり赤血球が破壊される。ということは貧血につながることになりますね。脾臓がはれて来る。発熱は体力を消耗するからねえ。とくにあの人のように戦地で無理をした人は、いざとなると抵抗力がないようですな。うちのおやじも同様ですよ」

「しかし、復員してからの働きは目ざましかったんじゃないですか。菊興商事の現在は先代社長のおかげでしょう。厄介な病気をかかえて頑張ったもんだ」

「頑張ったあげく、こういうことになったんです。もっとも会社の実権は、社長に就任するずっと前から省一郎さんが握ってたんですがね。やり手はむしろあの人の方でしょう。この親にしてこの子あり」

「先代のおやじさんは菊池家の養子だそうですね」

「おやおや、いつの間に家系まで……」

「市史に書いてありますよ。ちょいとひろい読みしただけ」

伸彦は目で本棚の市制五十年史を指した。

「こういっちゃなんですが、わが家も由緒ある家系です。伊佐藩の」

「藩医だったんでしょう。それも書いてある。あれを書いたのは誰です」

「奥付にのっていませんか」

重富悟郎は市史を取って奥付をあらため、「ははあ、編纂室となってますな」といった。

「何人か著者が分担して執筆したんですか」

「いや、一人だけです、あの人は売りこむのが旨くてねえ。うちにも二冊どうかといって来ましたよ。こんなの二冊もあったって仕様がない。そうでしょうが」

「市庁の職員が売りこみに戸別訪問するとは、わけがわからない」

「市庁はただ名目上の発行者でありましてね。知らない人はお役所が刊行したと思いこむ所がみそですよ。旨い商売を考えたもんだ」

伸彦は奥付に記された定価を見直した。一万五千円である。西海印刷に勤めていた頃の勘を働かせて原価計算をしてみた。伊佐市の人口十万人のうち一パーセントが購入するとして千部、かたく見積って五百部と計算した。この程度の本なら三千五百円以内で出来る。重富悟郎が旨い商売と評したのもうなずけるのである。書いたのは誰だ、ともう一度たずねてみた。医師は答えた。

「伊佐の旧家について、とくに菊池家については持ち上げてるでしょう。書かれた方は悪い気はしませんよね。どんと十冊ばかり買い上げて親戚知人に配りたくなるってもんでしょう」

「いいことずくめというわけですか」

「書かれて困ることは書かないという方針をつらぬいているようですね」

「なるほど。で、筆者を明かすのはあなたに何か都合の悪いことでもあるんですか」

「とんでもない。しかし伊奈さんもここに一年くらい住んでるんだから、こういう本を書きそうな人物の見当がつきそうなものだと思うんですがね」

「〝漁り火〟の同人ですか」

「いい線ですな」

「文章を書くのに慣れている人物」

「いかにも」

二人は同時に笑い出した。重富悟郎は時計を見て、もうこんな時刻かとぼやきながらそそくさと部屋を立ち去った。入れちがいに女中が昼食を運んで来た。

コンソメスープ、ビーフシチュー、アスパラガスのサラダという献立である。ロールパンが添えてあった。ご飯がよければそれにするけれども、と女中はいった。パンでいい、と伸彦はいった。熱いスープを口に運びながら伸彦は何かが心にひっかかっているのを感じた。重富悟郎との会話で生じた漠然とした不快感である。うつろな目付で伸彦は匙を動かした。ふと気がついてみると、皿は空になっていた。空の皿からスープをすくおうとして伸彦は匙を動かしていたのだった。

良く煮込んだビーフシチューはなかなかのものだ。舌にのせたビーフは柔らかく溶けるようだった。パンをちぎって食べた。依然として思いにふけりながら仲彦はパンをのみこんだ。市史の作者と自分のしていることと、どこに違いがあるだろか、と仲彦は考えた。一つ穴のムジナではないだろうか。

仲彦はパンを噛み続ける顎の付近に疲れを覚えた。腹が減っているにもかかわらず、そして料理はこの上なく念入りにこしらえられているにもかかわらず、食べる気が失せてしまった。手に支えている匙を投げだしたくなった。こういう衝動は仲彦には初めてではない。勢いこんで食事に箸をつけはしたものの、一膳も食べないうちに箸を手放したくなる。これといった理由があるのではなかった。ただ、顎で物を咀嚼するのがにわかに億劫になるのだった。

「あら、お口に合いませんでしたか」

下げに来た女中が半分以上残っている料理を見てたずねた。

「とてもおいしかった。腹具合が思わしくないのでね。残したからといって気にしないで下さい」

「胃の薬をお持ちしましょうか」

「いりません。コーヒーはそこに置いといて」

仲彦は咽喉にこみ上げたおくびをこらえた。ビーフシチューとサラダのまざり合った匂いである。盆を持って出て行きかけた女中に、屋上へ出る通路をきいた。

「三階までおあがりになって、廊下の突き当りにドアがあります。でも屋上は風が冷たいでしょう」

仲彦はコーヒーを飲み干してから屋上へ出た。暖房に慣れた体には寒さがこたえた。仲彦はズボンのポケットに両手を入れて屋上を一巡した。二階の書斎よりも広い眺望が得られた。先日、窓から見た丘はあらかた宅地造成が終っている。ブルドーザーの姿は消えたかわりに石垣を積む人夫たちがふえた。丘の向うがここからは一望のもとに見渡せた。書斎の窓からは見えなかった眺めである。

低い丘陵がいくつも波打って、しだいに高まりながらT岳の屋根につながっている。その丘陵を横切るかたちで幅広い道路が建設ちゅうである。丘々は常緑樹の黒ずんだ緑と茶褐色の枯草で覆われていた。道路の赤い錆色をした地肌と鋭い対照をなしている。人と車が動く作業現場からは、白茶けた土埃が立ちのぼった。伸彦はフロントグラスに積った砂塵を思い出した。

彼が伊佐市へ越して来た当時は、いかにも地方の城下町らしい眠ったように平穏な市街であった。それが今は町全体が何となく埃っぽくなっている。商店街の飾窓にも、朝になれば白い膜のような砂埃が見られる。市庁舎や裁判所、税務署などがかたまった一画にある並木路のプラタナスの落葉も厚い埃でおおわれ、掃除人夫が重そうに箒で掃き寄せていた。

バイパスの両側には中核工業団地とかいう名称の工場地帯が出来るらしい。丘の中腹にあった畑はとうに耕作されていなかった。噂では県庁が伊佐市へ移されるという。地理的にこの町が県のほぼ中央に位置しているという理由の他に、県内の再開発をすることで沈滞した景気を刺戟するのが知事の考えだそうである。伸彦は何か巨大なものがおもむろに動いているように思った。彼は歯の根も合わないほどに慄えながら、工場現場から一列になってのろのろと動いているダンプカーの群を見まもって屋上にたたずんでいた。かじかんだ耳は手でさわっても無感覚に近かった。

屋上から見えたのは新しいバイパスだけではなかった。

丘と丘にはさまれて青黒い三角形の海がのぞいた。海の上には古綿色の雲が低く垂れ下がっていた。伸彦は寒気でしびれた頬を手でこすりながら青黒い海を見つめた。横須賀の武山ですごした二十年ほど昔のことを思い出した。陸上自衛隊の新隊員として入隊した彼は武山の教育団で前期二カ月の訓練を受けた。昭和三十二年七月のことである。つい昨日のことのようでもある。あれから二十年たったというのが、つかのま信じられなかった。

（まったくあの二カ月といったら……）

伸彦は屋上を降りた。

自分が、遮二無二何かに熱中したというのは、四十年の人生においてあの二カ月しかなかったのではないか、と伸彦は考えた。訓練はきびしかった。旧陸軍の下士官が中隊の先任陸曹であり、区隊長は海軍兵学校の最後の卒業生であった。中隊長も予備士官学校の出であると聞いた。夏草で覆われた営庭を這って往復したとき、新隊員の一人が熱射病で死んだ。

二年間の勤務を一年で切り上げ、途中退職したのだから伸彦は結局、自衛隊でも例の根気のなさを示したことになる。後期三カ月の教育は北海道で受けた。希望した任地である。同僚はほとんど東京周辺の駐屯地に配属されたがった。北海道を志望したのは伸彦一人だった。希望はかなえられた。

北海道がだめだったら九州へ行くつもりだった。東京から遠い任地であればどこでも良かったのである。まだ行ったことのない土地、荒々しい自然、裸の荒野というものに伸彦は惹かれた。横須賀にいたとき、たまの休暇で東京へ戻った彼は、電車の中で高校時代の級友と出会った。人懐しい気分だったので、思わず話しかけようとすると、相手はかたい表情でそっぽを向いた。こういう反応は予期しないでもなかった。横須賀の町でも道をきいた伸彦に中年の女が示した態度である。

自分はいつも輪の外にいる……

伸彦はそう思っている。子供の時分から感じているぼんやりとしたのけもの意識が自衛隊の制服を身につけたことで明瞭になり、奇妙な快感を覚えた。仲間はずれにされている感じ、他人と談笑していてもしっくりいかないもどかしさを常に自覚していた。談笑している自分の他にもう一人の自分がいて退屈のあまり気が狂いそうになっているのである。

もともと、生まれながらののけものであれば、と伸彦は考えた、いっそのことのけものになり終せてみるのもいい……

北海道の荒地は充分に伸彦を満足させた。

書斎のドアをあけると、菊池省一郎が机から顔を上げた。伸彦の書き写した原稿を読んでいたらしい。

「屋上に出てたそうですな」

「ええ、ちょいと風に当りたくなって」

「これを……」

といって菊池省一郎は指で軽く原稿を叩いた。「あなたが戻るまで暇つぶしに読んでたんですがね。他人の字で書かれたおやじの文章を読むと変った趣があります」

伸彦はソファに腰をおろした。海の上に目をやっていたので、前庭へすべりこんだ社長の乗用車には気づかなかったのだ。

「いつかあなたはおやじに会いたいといわれた。重富さんの話ではさし支えないようだから、きょう会ってみますか」

と菊池省一郎はいって革張り椅子から立ち上がった。

仲彦が書斎のドアをあけると、省一郎が先に出た。仲彦を待たずにさっさと廊下を歩いて行く。ドアをしめて省一郎のあとを追った。こういう男は、自分の手でドアをあけたりしめたりすることはないのだろうと仲彦は思った。廊下の突き当りで左に折れると、三階へ上がる階段がある。三階ではなかった。階段の高さでそれがわかった。二階と三階の中間にもう一つ階があるらしい。廊下はせまくなった。菊池家へ来ても二階の書斎へまっすぐに上がるだけで、屋内をあちこちとのぞき歩いたことはない。仲彦が通じているのは、書斎と一階のホールや台所それに屋上くらいなものである。仲彦は誰がこの家を設計したのだろうかと考えた。

二人はドアの前で立ちどまった。

「ちょっと待って下さい」

仲彦はノックもせずにドアをあけようとする省一郎の腕に手をかけた。

「ただお父上の顔を拝見すればいいというものではないんです。手記の中に三帖だけ、G島の戦いに属さないものがあります。しかしこれはぼくの推測です。G島戦記かもしれないし、百二十四聯隊が次に派遣されたビルマの戦いを語ったものかもしれません。それを確かめたい」

「もっともですな」

「まだあります。肝腎な点です。お父上はぼくが手記を写して本にまとめることをご存じですか」

省一郎はけげんそうに眉根を寄せた。ドアのノブから手を離し、仲彦に向き直って、なぜそんなことを気にするのかとたずねた。

「ぼくの感じでは、漠然とした感じに基いていえば、お父上はあの手記を本にして世間に公表することを希望しておられないのではないかと、そう思うんです」

「報酬についてはおたがい納得ずくで決めたことでしょう」

「報酬のことを問題にしてるんじゃありませんよ。ぼくは今いった二点をじかにご当人に会った上で……」

「そうですか、わかりました。実は昨晩、おやじにあの手記を本にすることをいっときました」

「で、お父上は?」

「何もいいません。たぶん反対するいわれはなかったんでしょうな」

省一郎は部屋に這入った。窓にはカーテンが引いてあり、室内の照明はベッドわきのスタンドだけである。病人の枕もとに控えていた若い看護婦が立ちあがって二人を迎えた。酸素吸入器ははずしてある。伸彦は菊池省造を見た。そこに頭がなければ、人間が一人寝ているとは思えないほどに毛布は平べったい。艶の失せた蒼黒い顔の頬の肉はこけ落ち、目もくぼんで、生気はほとんど感じられなかった。まばらな頭髪はすっかり白くなっている。しかし秀でた鼻筋や厚い唇は省一郎のものであった。省造はうす目をあけて息子を、次に伸彦を見つめた。省一郎は看護婦にたずねた。

「具合はどうですか」

「先生からご容態を申し上げたのでは……」

「うかがいました。しばらくは急変するという惧れはないんですね」

「ないと思いますが、私には」

赤い頬に少女の面影をとどめた看護婦は、当惑気味に語尾をにごした。立ち入った話をするので室外へ出るようにと省一郎は看護婦にいった。

「私は先生から患者のお傍についてるようにといわれているんですが」

「じゃあ廊下に居て下さい。何かあったら呼びます」

部屋は三人だけになった。省一郎は看護婦が腰をおろしていた椅子にかけた。仲彦は省一郎の斜め後ろに立ったままでいた。ジャスミンの香りに似た甘酸っぱい室内の空気が仲彦をむかつかせた。室温は書斎より高い。部屋に這入ったときはさほどでもなかったが、五分とたっていないのにもう仲彦は肌が汗ばむのを覚えた。

省一郎は病人の枕に顎をのせるような恰好で、近ぢかと顔を寄せた。大声で父親に話しかけた。

「気分はよろしいですか」

省造の視線は息子の肩ごしに仲彦へそそがれている。

「先生が快方に向ってるといってましたよ、よかったですね」

省造は何の反応も示さない。

「実はこの方は私が昨晩話した伊奈さんです。お父さんの書かれたものを整理して本にするために雇っ……来てもらってるんです」

仲彦は軽く一礼した。

省造はまたたきしたようだった。仲彦の気のせいかもしれない。初めて息子の方へ目を向けた。省一郎は顔の向きを変えて、耳を父親の口に近づけた。目を閉じて何か聴きとろうとしている。

「いいえ、東京の人です。こういう仕事を専門にする人で、私は信用しています。いや、うちの者ではありません」

省一郎の大声は廊下にももれているはずである。立ち入った話もないものだ、と仲彦は思った。いったい省造の耳は息子のいうことを正確にとらえているのだろうか。依然として疑いが消えなかった。

「え？　はい。いいえ、私の友達じゃないんです。東京から引っこして来た人、ええ、そうです。なぜ？　それは知りません。昨晩、私が……」

省造は疲れきったように目を閉じた。息子も上体を起した。この分では、と仲彦は思った、手記を他人の手で整理させて本にすると夕べ話したのが、どこまで省造に通じたのかあやしいものだ。重富悟郎の話では、老人の難聴というのは必ずしも大声を張り上げさえすれば聞えるというわけではないのだそうだ。

「菊池さん。ご面倒でも今一度、お父上の諾否をとってくれませんか。簡単でいいんです。ぼくに書かせるのを認めるか認めないか、重要なことですから」

「なぜあなたはそのことにこだわるんですか」

菊池省一郎は首をひねって伸彦を見上げた。目に険悪な光が宿っていた。

「私がきみに依頼した。父の意志を代行したまでです。……父がどうして手記の公刊を拒むと思うんですか」

省一郎はすぐに口調を和げた。感情を抑えるのに慣れているらしい。さし出がましいようだが、自分が訊いてみようか、と伸彦はいった。彼に背中を見せていつまでも黙りこんでいる省一郎に催促する意味でそういった。

省一郎は伸彦を見上げた。意外にも即座に立ち上がって椅子をゆずった。伸彦は椅子にかけず、絨毯に跪いて省一郎がしたように枕に顎をのせる恰好で省造の耳に口を近づけた。

「私、伊奈です」

病人の瞼がかすかに痙攣したようだった。

「お書きになったものを拝見しました。社長のご依頼で、あれを私が本にまとめます。よろしいですね」

省造の目が開いた。息づかいがやや速まったように感じられた。白濁した目の焦点は定まっていない。省造は口をあけた。苦しげに息をし始めた。後ろで身じろぎする省一郎の気配を感じた。

「私のいうことがおわかりになったら、つまり本にしてさし支えないという意味であれば、よしとおっしゃって下さい」

「おやじに口を利けというのは無理です」

伸彦は背後の声にかまわず言葉を続けた。

「よしとおっしゃりたい場合はうなずいて下さい。おいやならそのままで結構です」

省造はにわかに笛を吹くような音をたてて空気を吸いこんだ。胸のあたりがせわしなく上下した。省一郎はすばやくドアをあけて看護婦を呼んだ。伸彦は立ち上がった。省一郎もわきにしりぞいた。看護婦はひとめ容態を見て、手早く酸素吸入具を病人の口にあてがった。脈をとり、体温を測った。

「先生を呼ばなくてもいいだろうかね」

省一郎が体温計の水銀を元に戻している看護婦にたずねた。

「一時的に昂奮なさったようです。先生は今あちこち往診に回っていますから連絡がとれません」

「大先生の方は」

「大先生は往診をやめておられます。しばらくご容態をみた上で、私が先生に処置を相談いたします」

若いのに似ず、看護婦はしっかりしたもののいい方をした。重富悟郎は病院でいちばん優秀な看護婦を菊池省造の付添いに選んだのだろうと、伸彦は思った。二人は部屋を出た。二階に降り、書斎の前に来るまで省一郎は黙っていた。伸彦がドアのノブに手をかけると、省一郎はいった。

「おやじはさし支えないといったようですな」

「ぼくが話す前にそうおっしゃいましたか」

「いや、あなたはどこの人かを訊きました。私の話は傍で聞いてたでしょう」

「ぼくの素姓を気にしておられたようですね」

「厭なら厭だと答えたはずです。おやじはぼくがあれを本にする暇なんかないことを承知していました。あなたに頼んで本になると知って嬉しくなり、きっとそれで昂奮したんだ」

「さし支えないと受けとっていいんですね」

「私はこれで会社に戻らなくては。客を待たせているんです」

省一郎は階段の方へ去った。伸彦は書斎に這入った。省造の示した反応が、息子のいうように諾というしるしであるとは思えなかった。仲彦の見たところでは明らかに本にすることを拒否しているようであった。それをはっきりといえないあまり苛立って容態が変るほどに昂奮したのだと考えた。

三帖の手記が、省造の戦いのどの部分に属するかは、結局わからないで終ったが、仲彦は失望したわけではなかった。本を出すについて、満足に諾否も表現できない筆者に、無理というものである。仲彦はポケットに突っこんでいた三帖の手記をデスクに投げ出した。原稿を書き続ける気にはなれなかった。病人の部屋で汗をかいたせいか、むやみに咽喉が渇いた。卓上のインタフォンで台所の女中に水と氷を頼んだ。

女中の返事が終ったとたん、ドアがあいた。

先方も驚いたようだが、仲彦はもっと驚いた。さっき会った省造と瓜二つの顔がそこにあった。省造の顔を五十年ほど若返らせたような目鼻立ちである。女中から話に聞いた省一郎の長男であることは察しがついた。

「あなたは……」

少年は澄んだ声でたずねた。仲彦は自己紹介をした。

「あなたが伊奈さんね、そういえばうちのお手伝いさんがあなたの噂をしてましたよ。だけどここで仕事してるっておれ知らなかった」

「おやじさんの頼みでね」

「百科事典を下宿に置いて来てるもんだから、ちょいと調べたいことがあったんだ。それ何です」

少年は本棚に近づいて目当ての事典を抜きとり、デスクの紙片に気づいた。ザラ紙を綴じた三冊の手記である。

「知らないの。お祖父《じい》さんが書いたものだ、今度の戦争について書いた体験記」

「今度の戦争って？」

少年はデスクに手をついてザラ紙の束を眺めたものの、手に取ろうとはしなかった。今度の戦争とは太平洋戦争のことだと仲彦はいった。考えてみれば少年の質問も当然である。昭和三十年代半ばに生まれた者には、〝今度の戦争〟はベトナム戦争しか意味しない。あるいは中東の戦いがある。ずっと昔に朝鮮戦争があった。太平洋戦争はそれよりはるかに以前である。

「太平洋戦争のことは日本史の時間に習ったっけ。へえ、うちのじいさんがこんなものを書いてたの」

「何が書いてあるか、読む気はないのかい」

「汚い」

少年は顔をしかめた。「え、汚い？」仲彦は耳を疑った。

「そうだよ、どうせ負けた戦争だろ。そのことをとやかくいったって始らない。いや、おれの感じ、なんていうか、とやかくいったっていいけれど。だってさあ、誰だって何かいう権利はあるもんね。そんなのじゃなくて、ただ感じとして汚いっていいたいんだ。紙の色までね」

少年は百科事典をかかえて、ドアの前でふり返った。

「名のるのをうっかり忘れてた。ぼく省典《まさのり》というんです。よろしく」よろしく、と仲彦もいった。入れちがいに女中が這入って来た。仲彦は女中にサイドボードのスコッチを出してくれるように頼んだ。女中がどんな顔をするだろうかと思った。旦那様のスコッチには手をつけられない、お客用のウイスキーなら階下にあるとでも答えるだろうかと予想したが、女中は素直にサイドボードを開き、スコッチをデスクに置いた。

「他に何か」

「結構です、これをいただいたらおいとまします」

「おつまみでも用意いたしましょうか」

「この次にお願いするかもしれない。いま出てった省典君、冬休みに帰省したんだね。高校はどこだろう」

「東京です。私立の学校に通っておいでです。とても出来られるお坊っちゃまで、旦那様は将来をたのしみにしておられます」

「高一の妹さんと末の弟さんとで、正月は家族水入らずってわけだ。賑やかなことだろうな」

「それが……」

「社長の奥さんも正月までには帰られるんじゃないだろうか」

二杯めの水割りを自分でこしらえて飲んだ。他人の家庭に対するおもんぱかりはあらかた消えていた。女中はいったん開きかけた口を閉じて書斎から出て行った。伸彦は椅子に深く身を沈めてグラスを両手で持ち、ゆっくり左右に回転させた。省造の異様な昂奮を目撃してからは、伸彦の内部でも激するものがあった。彼の目には明らかな拒否としか映らなかった反応が、省一郎には応諾と解釈されたのだ。社長は手記の刊行が父親の功績をたたえることになると固く信じて疑わないでいる。してみると、昨晩、話し合って父の了解をとりつけたというのも、省一郎の一人合点である公算が大きい。あの容態では話し合いなど出来たはずはないのだ。げんに……伸彦は空になったグラスに氷を入れスコッチを多めに注いだ。こんないいウイスキーを口にするのは久しぶりである。

椅子は回る度ににぶく軋んだ。半回転させてデスクを背にした。向いあった窓の彼方では、丘が夕闇に沈みかけ黒黒とした影を帯びてせり上がっていた。伸彦は煙草に火をつけて胸の奥深く吸いこんだ。かすかな目まいを覚えた。重富悟郎と別れて以来、一本も吸っていなかったのだ。いがらっぽい煙が快く伸彦の咽喉を刺戟した。かつてなく煙草が旨く感じられた。

伸彦は勢い良く椅子を回し、デスクの上に散らばった原稿を片づけた。手記はまとめて抽出しにしまった。(どうせいずれは立ち去ることになるだろう)伊佐市へ越して来た当時は、そして省造に会うまでは伸彦はそう考えていた。いくつかの土地を転々と移り住んで来た伸彦には、伊佐という町もその一つとしか思えなかった。しかし今は違っている。永住しようとまでは考えないけれども、当分は伊佐を動かないつもりだった。菊池省一郎が依頼した仕事に伸彦はきょう初めて情熱を感じた。伸彦は窓辺にたたずみ煙草とウイスキーをかわるがわる口もとへ運びながら、ナマコ型の黒い丘陵地帯を眺めていた。彼はいつのまにかこの土地を好きになっている自分に驚いていた。

口さがない田舎者に対する嫌悪感は嫌悪感としてあった。しかし、それと土地への愛着は別である。書斎を出るまでのうちに伸彦はスコッチを三分の一ほどあけていた。

「お顔の艶もよろしいし、目付も尋常になられたし、それというのもお仕事が順調にはかどってるという証拠でしょうな」

釘宮は肘で伸彦の脇腹をこづいた。この新聞記者は人をからかうときは言葉を丁寧にする癖の持ち主らしかった。伸彦は町の食堂で簡単な夕食をすませ、釘宮に電話をかけてこの酒場で落ちあったのだった。

「編集局長になられると、いろいろ大変でしょう」

「机と電話が一つずつしかない会社でも、社長は社長です伊奈さん。発行部数が公称三万の田舎新聞社で編集局長といわれる身にもなって下さいな。あなたも口が悪い」

釘宮は肚を立てなかった。たかる気でいるときは何といわれても平然としていられるのが釘宮の性分なのだ。「ご用は?」といい出さないのも見上げたものだった。早めに用件を片づけてしまえば、その分だけただ酒が飲めないと踏んでいるのだろう。伸彦も急ぐつもりはなかった。ブランデーを掌で暖めながら話を切り出すきっかけを考えた。

「忙しいのに呼び出してしまって悪いことをしましたね。特別な用なんてなかったんですよ。ただ、なんとなく相手が欲しくて」

「わかります、その気持わかる。大いにやりましょう」

「この酒場はぼくのツケがきく唯一の店でしてね」

「ママ、今の話聞いたか、菊池さんおかかえの特別嘱託がだ、ツケがきくだと。伊奈さんには現金で払ってもらいなさい」

「特別嘱託だなんて、ぼくはそんな」

「社長に委嘱されたでしょう、しかるべき手当でもって」

「しかし、そんな形式ばった」

「形式よりも中身が問題だ、そうあなたはいいたいわけだ。よろしい、嘱託というい い方はやめましょう。じゃあ、なんです」

「なんですといわれても困るな」

「社長はやり手でしてね、わしがあの齢ではまだぺいぺいの記者だったな、復員して七、八年たった頃だから、ええと」

「ほう、釘宮さんもG島帰りでしたか」

「いいや、わしはG島に行っとらん、同じ百二十四聯隊でもビルマへ補充兵として行かされた兵隊です」

「菊池中尉の部隊ですね」

「九死に一生を得ました。G島の次はインパールでしょう、百二十四はまったくついてないと皆してぼやきよった。インパールといってもずっと北のコヒマという所。あそこはG島よりひどいいくさでした。G島の生き残りが当時そういってたんですから間違いありません」

「運の悪い部隊というのもあるんですな、そうか、コヒマの戦いというのはインパール作戦の一環だったというわけか。うっかりしてた。なにせ戦争を知らない世代ですから」

釘宮は何かいいかけてやめた。戦争を知らない者に兵隊の苦労がわかってたまるかとでもいうような決り文句をいうのは、酒を奢られる立場にある今、得策ではないと判断したのだろう。新聞記者はさりげなく話題を変えた。伊佐高の近くに五階建てのビルがある、その売買をめぐる不動産業者と銀行の駆引きは、わが社がもっか追っているニュースだといった。

「戦争なんか三十二年前の昔話ですよ。今さら何をいってみても。それより例の空きビルが誰の所有に帰すかがわしの関心事でしてね」

ビルは伊佐に初めて出来た「スーパー岡田」であった。関西から大手の資本が入って目抜き通りに二軒ものスーパーが進出してからは「スーパー岡田」の売り上げが減り、倒産した。今は銀行の抵当に入っている。買い手が現われた。市庁と新しいスーパー「ユニモ」である。市庁は手ぜまになった庁舎の別館として目をつけ、「ユニモ」はレジャー・センターにするつもりらしい。菊興商事は「岡田」に対する債権者の一人であった。銀行から空きビルの管理を委託されてもいる。出来るだけ高く売りたいのは当然なのだが、銀行としては取引きのない関西の大手資本に売るよりは、市庁に買い上げてもらいたい。市庁の出納業務を代行している銀行の真意は、「ユニモ」が示した買い上げ価格を下まわらない価格を市庁が提示することである。しかし、市庁の予算は限られている。

「ここで思わぬ伏兵が現われましてね。岡田の債権者つまりあそこが経営不振におちいったとき融資した不動産業者に榊原という人物がおったんです。彼が〃ユニモ〃の意を体して横槍を入れて来た」

「榊原か、どこかで聞いた名前だな」

「伊佐の旧家です。市立図書館の館長の弟ですが兄貴とは全く性格の異なる男で、ころんでもただでは起きない……」

「待って下さい。菊池家が養子を迎えたのは榊原家からでしょう、大正の初めに、あの榊原一族ですか」

「おや、よくご存じで」

釘宮はグラスごしに伸彦を見つめた。誰からそんなことを聞いたのだとたずねた。

「横槍とはどんな意味です」

「市庁舎に改築するには莫大な経費がかかると榊原は市当局に指摘したんです。スーパー岡田を設計した当時の建築技師を抱きこみましてな。新庁舎を造った方が安くつくから税金の無駄づかいになると主張しました」

伊佐日報に榊原の指摘は掲載されたそうである。市民の反響は大きかった。前回の市長選でやぶれた西村という自動車学校の経営者が、菊興商事と市庁幹部の汚職をほのめかした。

「ぼくは腑に落ちないなあ釘宮さん。市庁舎として改築するのに費用がかさむのなら、レジャー・センターにするにはもっと手が入るんじゃないかな、ママ、お代りを」

「いや、かたじけない、ママはあいかわらず色っぽいね、ここで飲む酒は格別だ。わしはつねづね……」

「〃ユニモ〃の肚づもりはどうなんです。連中は金に糸目をつけずに空きビルを買おうという魂胆ですか」

「榊原にケチをつけさせて市庁に手を引かせ、安く買い叩こうってわけ。〃ユニモ〃の他には誰があんなボロビルを買いますか。もっとも場所はいい。中央通りから百メートルと離れていませんからな」

「榊原側の主張を反駁したのは市の誰です。黙って引き下りはしなかったでしょう」

「伊佐日報とて公器ですからな。市側の評価ものせました。つまり双方のいい分を公平に報道しました。元はスーパーだから大幅に手を入れる必要がない。各階とも仕切ってあるわけじゃなし、そのまま使えるというのです。博多にある大手の建築会社の設計技師が改築見積りを出しました」

「伊佐日報の株主に菊池さんも入ってるでしょう」

「なんだかわしの方が取材されてるような気になって来た。あなたどうして根掘り葉掘りそんなことを訊くんですか。〃ユニモ〃のまわし者じゃないんでしょうな」

「菊池家はおたくの大株主でしょう。経営にかなり発言権がある」

「わが社は御用新聞じゃありませんぜ、ちゃちな田舎新聞でもね。あんたのような都会人にはそう見えるかもわからんが。たしかに菊池氏はわが社の株を持っとります。しかしそのことと常に真実を伝えるという新聞の使命はいささかも矛盾しないのであって」

釘宮は憤慨した。伸彦は笑いをやっとのことで我慢した。この新聞記者は怒って見せなければならないときには怒りを表現できるほどの演技力を備えていた。ただの酒を飲むことでいくらかそこなわれる自尊心をそうやって回復しているつもりなのだろうと伸彦は思った。そうすると話の合間、適当にこの男を刺戟して怒らせ、自尊心を取り戻させてやるのも話を滑かにする一法というものである。

伸彦は相槌を打ちながらブランデーを味わった。全国紙といえども、かなりいかがわしい報道をしている。そこへ行くと今は地方紙の紙面づくりの方が魅力がある。伊佐日報は地方紙としてユニイクな新聞だと自分はかねがね思っていた、などと伸彦はいった。釘宮がどこまで伸彦の言葉を信じたかは見当がつきかねた。三十年あまり、地方都市の政財界を泳ぎまわった男が、額面通り伸彦の言葉を受けとったとは思えなかった。

翌日、伸彦はタクシーで菊池家へ向った。

二日酔いの頭が重たかった。

伸彦の車は昨日、菊池家の庭に置いて来ている。釘宮の話を断片的に思い出しながら仕事の順序を考えた。酒場に払った飲み代に当る分の収穫はあったように思えた。図書館長が榊原一族であったとは初耳である。スーパーの空きビルをめぐるいざこざなど、どうでもいいことだったが、取材という作業に聞きたくない余計な話が入りこむのは避けられないのは伸彦も知っていた。東京で自動車関係の業界新聞社に勤めた経験がそう教えた。

胃が痛んだ。

タクシーがゆれる度に胸がむかついた。釘宮ともう一軒酒場をまわり、別れたあと二、三軒一人で梯子した覚えがある。それからどうやってアパートへ帰ったか記憶にない。英子は先に帰って鏡台に向っていたようだ。着のみ着のままで布団にもぐりこんだ彼の耳にヘヤドライヤーの音がうるさかったことだけは奇妙に鮮明に覚えている。

釘宮を伴って二軒めの酒場へ入ったとき、伸彦は佐和子を見出した。有明企画の社長と二人してカウンターで飲んでいる。佐和子が気づくまでにしばらくかかった。カウンターが満員だったので、伸彦たちは奥のボックスについた。社長の肩ごしに佐和子の横顔が見え隠れした。社長は伸彦が酒場に入ったときから気づいていた。伸彦より五、六歳年長である。行武という。

（うちの経理にあけた穴は埋めてもらう）

と伸彦にいった男が、昨夜は彼を見てうろたえたようだった。スツールの上で急におちつかなくなり、たて続けにグラスをあおった。伸彦は行武がいつ佐和子に彼のことを耳うちするかとボックス席から見まもっていた。釘宮はへべれけに酔っ払っており、とりとめもないことを口走った。

（十年前、伊佐日報にわしが書いた郷土部隊戦記、〝百二十四聯隊の足跡〟があります。なんなら古い綴じ込みを参考までに見せてやってもいい。あれを連載した当時は評判になりましてな）

伸彦は酔いが急速に醒めるのを意識した。強い酒を飲みたくなった。佐和子はバーテンダーの冗談に笑っている。何かきわどい小咄を披露しているらしい。佐和子は口に手を当てて、肩を小刻みに慄わせながら笑った。その肩のぬくもりと手ざわりを思い出し、伸彦は欲望を覚えた。佐和子の左足はバーに届いている。右足はブラブラとゆすっている。ストッキングに包まれた形のいいふくらはぎから伸彦は無理に目をそらした。

マスターがやって来て、慇懃に伸彦の注文を訊いた。

このマスターも伸彦と佐和子の関係を知っている。秋ごろ、隣り町のモーテルから佐和子と出て来たとき、若い女を連れてやって来たマスターを見たことがあった。先方も彼らを認めた。必要以上に背をかがめ、何になさいますか、とたずねる口調が伸彦の気にさわった。マスターがカウンターの内側へ戻ったとたん、バーテンダーは軽口をやめ、せっせとグラスを磨き始めた。マスターがそれとなく注意したのだろう。バーテンダーが相手をつとめなくなったので、佐和子は行武の方に顔を向けた。上気した顔が行武に向って何か話しかけ、数秒後に伸彦の視線をとらえた。

（……だからわしは社長にいってやった。クビにするならいつでもどうぞ、といってやったよ。わが社が釘宮康麿をクビにした場合はだ、いちばん困るのは会社の側だ。編集のみならず営業の方もね。はばかりながら伊佐日報の今日をあらしめたのは社長に非ずしてわしでしてな、これは万人の認むるところなんだ。三十年、ようござんすか、三十年間わしは足を棒にして伊佐を駆けまわり、記事を書き広告をとった。学歴はない、旧制中学しかわしは出とらん。しかしだ、問題は大学を出ているかいないかということではなくて……）

老いた新聞記者は平手でテーブルを叩いた。

伸彦はテーブルがゆれる前にすばやくジンのグラスを取り上げた。釘宮はマスターが上げた有線放送の音量と張り合うために声を高めて、テーブルから身をのり出しろれつのまわらない舌でくどくどと話し続けた。

（伊佐日報の基礎を定めたのは誰か、わしだ。創業当時、自転車屋の二階に社屋を間借りして、取材編集営業いっさいを取り仕切ったのは不肖この釘宮ですよ。今の社長のおやじの代でしてな、彼が出来ることといえば伝票の整理くらいなものだった。現在、わが社の中堅幹部に記事の書き方を手とり足とりして教えたのは誰か、わしだ。幾度も経営が危機に瀕したとき、県の財政やら市の銀行から融資をとりつけたのは誰か、わしだ。いってみればこの釘宮こそ伊佐日報の大黒柱であり救世主でもあったわけだ。きのうきょう社長になった青二才の分際で……）

伸彦はジンを飲んだ。行武が佐和子の腕をとって酒場から出て行くところである。

（わしはねえ伊奈さん、自分の半生をわが社に捧げたんだ。青春は軍隊に捧げた。死ぬべき命を永らえて復員したわしは以後、悔いのない人生を送ろうと決心したんだ。自分でいうのもなんだが、わしは筆が立つ、新聞記者というのに子供の頃から憬れてましてな。生きるも死ぬも伊佐日報と共に、とこう思いつめたがゆえに粉骨砕身できたわけです。しかるになんぞや）

釘宮はまた手を振り上げた。伸彦はあわててジンのグラスを取った。

（しかるになんぞや、組合対策上、高齢者に勇退を勧告し、受入れない者は閑職にまわすんだと。性温厚をもって自他共に任じておる釘宮康麿にしても一言あるべきは当然じゃないですか。クビにしていい人物は他にもおる。彼らをさしおいてわしを棚上げにするのは、天もゆるさざる行為である。わしは断じて……）

（釘宮さんは青春を軍隊で燃焼させたんだなあ）

（乙幹あがりの伍長ですよ、グルカ兵に追いまわされて這う這うの体で逃げただけ、自慢できるような武勇伝なんてありゃしません。かりにあったところでわしは書かん。自分一人で戦争をしたような顔をして、もっともらしい戦記をでっち上げるのは、真実を追求し報道する記者の良心に反する、そうでしょうが）

（釘宮さんは菊池中尉の手記を読んだことがあるでしょう）

もしかしたら省一郎は釘宮に手記の整理を依頼したことがあったのではないかという疑いが伸彦の心にきざした。

（裏をとる、これが新聞記者の取材における常道です。ところが戦記ってものは、現場の証人がほとんど存命しとらん場合が多い）

（しかしあなた、伊佐日報に〝百二十四聯隊の足跡〟とかを連載したんでしょう）

（あれは別、あれは別です。わが町から出征した兵隊が勇戦敢闘したことを多少の潤色をまじえて書くのは、いわば何というか、そのう、戦記というより……）

（戦記というより何ですか）

（遺族が異国の山野に仆れた父兄の最期を知りたいと思うのは人情ですよ。郷土部隊かく戦えりと兵隊の功績をたたえれば、遺族としても慰められますわな）

（潤色をまじえてね）

（本当の事がいえるもんですか。そこがわしら兵隊にとられた大正生まれの人間と、戦後派である若い人との断絶ですよ）

釘宮の目は赤く血走っていた。二十一、二の血気さかんな現役兵が、と新聞記者は語った。杖で身を支えなければ歩けないほどに痩せ衰えて、屍体をまたいで越す力もなくなり戦友の足手まといになるのを惧れて首をくくった。

手当をすればたすかる負傷兵も同じく手榴弾で自決した。友軍の糧秣庫へ盗みに這入って銃殺された兵もいる。ビルマ人部落へ食糧の徴発に行って虐殺された兵も一人や二人ではない。昭和二十年夏、雨期に入ったシッタン河を渡る途中、激流に押し流されて溺死した兵隊は数知れない。

(軍法会議にかけられさえしなかったら、まあ大体は名誉の戦死か戦病死という戦死公報が届いていています。おまえのおやじは、ひとつかみの籾欲しさにビルマ人の家へしのびこみ寄ってたかって嬲り殺しにされたぞなんて書けますか。横暴な上官に反抗したばかりに、必ず死ぬとわかっている前線にやられて、喰うものも喰わずに戦って死んだと書けますか。あなたはどう思うか知らんが、同じ釜の飯を喰い、寝食を共にした戦友としては、本当の事を書くのは情においてしのびがたいんですよ)

(しかし、遺族は美化された嘘よりもむごたらしい真実を知りたいのではないかな。仏も嘘っぱちを書かれては浮かばれないでしょう)

(本当のことというのは怖しいことです。いいですかあなた。この世でいちばんこわいのは、神でも悪魔でもない、真実です。あなたは若いからそこのところが充分にわかっていない。齢をとってご覧なさい。わしのように頭が白くなり、耳も遠く目もかすむようになってみなさい。人間がみんな嘘つきで、夫婦はおろか親子といえども他人だと気づく齢になれば、わしのいったことを納得するでしょう。あなたは若い。だから真実がどうのと太平楽を並べていられるんだ)

釘宮は水割りの代りをこしらえて来たマスターに、もう要らないと手を振った。目を閉じて椅子によりかかった。目が落ちくぼみ、皺も深くなって菊池省造の顔に似て来た。真実を報道するのが記者の義務だと、たった今いったばかりではないか、と伸彦はいうつもりはなかった。話の前半はともかく後半に関しては釘宮の本心であることは疑いの余地がなかった。

二軒めの酒場では釘宮にあれこれ問い質そうとは考えていなかった。軽い世間話ていどで別れる肚だった。社長と一緒にいる佐和子をたまたま見かけて気持が動揺したために、しつこく釘宮に質問することになってしまった。一度に洗いざらいしゃべらせるのは得策ではないと伸彦は知っている。相手が調子にのってホラを吹くのは有りがちなことなのだ。これから少しずつ釘宮の知っている菊池家の事情や郷土部隊の戦史、生還者相互の関係を聞く予定でいた。釘宮を刺戟して余計な裏話をしゃべらせ、あとで後悔されてはアブハチ取らずになる。酔いが醒めればこの男は口が固くなるだろうと伸彦は考えた。

書斎のデスクに向った伸彦は、インタフォンで女中にコーヒーを頼んだ。いま、お茶を淹れたところだと女中はいった。

「けさはコーヒーにして下さい。それも濃くして」

アパートでもインスタントコーヒーを飲んでいた。何も食べていない。頭の芯に棘が埋めこまれ、身動きするつど脳を刺されるような感じがした。伸彦は女中が運んで来た熱いコーヒーをすすった。注文通りにいつもの二倍は濃くしてあるように思われた。時間をかけて飲み終ったとき、ドアにノックがあった。きのうの看護婦が書斎に這入って来ていった。

「あのう、こちらへ来ていただきたいんですが」

「社長が呼んでるの」

「いいえ、患者さんが、伊奈さんにお会いしたいと」

伸彦は立ち上がった。社長に連絡したのかと訊いた。

「はい、一応会社へ電話して、患者さんがこうおっしゃってると申しましたら、伊奈さんに会ってもらえとのことでした」

伸彦は書斎をとび出した。看護婦をおしのけて先に立ち、階段を二段ずつ上がった。

「こみいった話はさしさわりがあります。一分間だけ、いいですか、一分間だけと先生から指示が出ています」

「重富さんにも許可を求めたんだね」

「ええ当然です。主治医ですもの。きのうのようなことがあっては困ります。あたしの責任でもありますし」

伸彦は絨毯に跪いた。省造は目を閉じて苦しそうに呼吸していた。看護婦は「一分ですよ」と伸彦の耳にささやいてドアの外に出た。「伊奈です。何かおっしゃりたいそうですね」伸彦は大声で話しかけた。省造の瞼がひくついた。かすかに咽喉が鳴り、光った咽喉仏が動いた。伸彦はもう一度、同じ言葉をくり返した。

省造はうす目をあけた。

毛布の下から灰色の硬いものがそろそろと出て来た。黄ばんだ薄い皮膚に包まれた指が、空を探り伸彦の方へのびて来た。伸彦はその手をつかんだ。意外に強い力だった。省造は両手で伸彦の右手をしっかりと握りしめた。

省造は目に涙を溜めて伸彦を仰ぎ、何度も彼の手をうち振った。

仲彦は目をさました。

きょうはいつになく静かだ。

枕もとの目ざまし時計は午前七時三十分を示している。平日なら必ず一度は眠りを破られる時刻である。アパートの勤め人が裏庭にとめている車のエンジンをふかす。登校する子供たちが騒ぐ。母親が声をはりあげる。前の晩、どんなにおそく寝ても確実に目があいてしまう。

仲彦は寝返りをうってもう一度眠ろうとした。きのうは東京の古本屋から十数冊の本が届いた。神田の神保町にある戦記専門の古本屋が発行している在庫目録にG島をめぐる戦いの文献が一括して記載してあった。それを注文していたのだった。

仲彦は市立図書館にも足を運んだ。菊池省造と会った翌日である。開架式になっている書庫を調べてみた。奇妙なことにG島戦記は一冊も見当らないのである。サイパン、硫黄島、沖縄、フィリピンなどの戦記はあった。閲覧者の立入り禁止になっている奥の書庫にあるかもしれないと思って、若い女司書にたずねた。図書館が所蔵している本は全部カードにのっているのだろうか、と。のっているならばカードボックスで調べられる。女司書はもちろん書名カードにのっていると答えた。

仲彦はカードを一枚ずつめくって調べた。

見落したこともあると思って二回調べた。ソロモン諸島ではブーゲンビル島戦記があり、コロンバンガラ島戦記があった。しかしG島のそれはなかった。仲彦は女司書にきいた。

（図書の買い入れはだれが受けもっているんですか）

（あたくしが）

（いや、買い入れの選定です。どの本を購入するか決めるのはだれなんです）

（ああ、それは館長です。市民の要望をとり入れて、出来るだけかたよらないように。新聞などを参考にして選定なさるようです。何かご希望の図書でもありますか）

女司書は閲覧表を裏返して鉛筆をかまえた。すぐにでも伸彦が口にする書物の名をメモしようとするかに見えた。そこへ館長が現われた。

（伊奈さん、でしたな）

（感心していたところです。書庫を拝見してどの分野でも本が揃っているので）

（そう見えますか。乏しい予算をやりくりして購入図書の選定をした私の苦労が評価されたわけだ。お世辞でも嬉しいことですよ）

館長は伸彦を自分のデスクに誘った。司書のいる所とは衝立で仕切られている。

（菊池さんの具合がよろしくないそうですな）

館長がお茶をすすりながらきいた。

（せんだってここへうかがった折り、館長さんもG島帰りとおっしゃいましたね。百二十四聯隊の一員ということになります）

（ええ、ひどい戦争でした）

館長は飲みさしの茶碗をデスクにおいた。顔をしかめたのは戦争の記憶のゆえか、濃く淹れすぎたお茶のせいかわからなかった。

（戦史双書だけではわからない所があるのでG島に関する戦記を探しにこちらへ来たわけですが、一冊もみつかりません）

（ほう、そうですか）

館長は伸彦と目を合せずに飲みさしのお茶を少しずつすすった。伸彦もすすった。お茶はややなまぬるくなっている。G島の戦記が一冊もないのは理由があるのか、と伸彦はたずねた。伊佐市には百二十四聯隊の旧兵士が多い。市民の要望が購入図書に反映するのなら、一冊もないというのはおかしいではないか、と伸彦は重ねてきいた。伊佐日報にかつて連載された「百二十四聯隊の足跡」は好評だったと聞いているともつけ加えた。

（これを買ってくれという市民の希望があったら考慮しますよ。あくまで予算の範囲内ですが）

（じゃあ私もおねがいします。こういう本があるのをご存じですか）

伸彦は「太平洋戦史文献解題」という書物を館長に示した。先日、町の本屋で求めたものである。戦後、出版された日本人の戦記を地域別に分類し解説した本である。著者は国会図書館の職員であった。G島は目次の南太平洋地域に入り、ソロモン諸島の項に分類されていて、二十八冊の戦記が著者、出版社、刊行年月日、内容の順で解説してあった。雑誌に発表された記事も四十五篇が紹介されている。館長は伸彦がさし出した「太平洋戦史文献解題」を興味ぶかげにめくった。

（いろいろと出てるもんですなあ。しかし、ほとんど昭和二十年代から三十年代に出版されたものばかりで、注文するのはいいが品切れという返事が返ってくるだけだと思いますがねえ）

（サイパンやニューギニアの戦記があってG島のがないのはどういうわけですか）

（私の手落ちでした。これからは気をつけて買い入れるようにします）

館長は本をぱたんと閉じて伸彦に返した。立ちあがって背後の窓から外を眺め（雪になりそうだな）とつぶやいた。

（G島会というのがあるそうですね。百二十四聯隊の生還者で結成されている組織で。榊原さんもメンバーのお一人でしょう）

伸彦は館長の背中に話しかけた。

（G島会……）

（ええ、会誌も出てるとか。本部は博多にあって。菊池さんは伊佐地区の幹事だそうです）

（そういう会があることは聞いていますが、私は加入していません）

（とおっしゃると……）

（百二十四の一員だからといって加入しなければならないという義務はないでしょうが。私はこれから社会教育課の会議に出席しなけりゃならん。では）

館長は女司書に何か耳打ちして事務室を出て行った。そのとき初めて伸彦は館長が右足を引きずって歩くのに気づいた。おとといのことだ。

遠くからモーターバイクの音が近づいてくる。その音がアパートの前でやんだ。鉄の階段をのぼってくる靴音が聞える。「伊奈さん、速達です」。ドアのチャイムが鳴った。伸彦ははね起きて、パジャマの上にガウンをひっかけてドアをあけ、郵便局員から手紙を受けとった。まぶしいものが目を射た。戸外に白いものが拡がっている。ドアの前に集配人が落したらしい雪の塊がとけずに残っていた。

伸彦はしばらくドアを閉じるのも忘れて雪景色に見入った。

ひっそりとしているわけがわかった。きょうが日曜日のせいかと考えたのだが、日曜日でも子供たちはかまびすしく騒ぐのだ。降り積った雪が物音を吸収しやわらげているらしい。昨夜、彼がアパートに戻ったときには見なかった雪である。一夜のうちに下界を埋めつくしたものと見える。伸彦は身ぶるいしてドアをしめた。灯油ストーヴに点火し、布団の上にあぐらをかいて母から来た手紙の封を切った。

前略、久々のお便り嬉しく拝見しました。あなたが東京を去つてからずいぶん永い年月が経つたやうな気がします。こちらから手紙を出しても梨のつぶて、まあ便りがないのはいい便りといふから、母はあなたの身の上を気づかひながらも一応は無事に過してをることと考へ、自分をなだめてをりました。英子さんとはうまくいつてるでせうね。あなたはいつまでも若くはないゆゑ、もうそろそろ生活のことを配慮しなければなりませんよ。さういふとすぐにあなたが厭な顔をするのが目に見えるやうです。秋から仕事を変りました。前に居たビル清掃の会社は、合理化とかで年配の従業員はほとんどやめさせられ、母としてもこの齢でモップ片手に床を這ひ回るのは持病の神経痛にさはりもするので、やめさせられてちやうど良かつたと思ひます。係長さんが気をつかつてくださつて、紙器メーカーの社員寮に賄ひ婦として住みこむことになりました。お給料は減つたけれど、こちらは間代と食費が浮くからかへつて楽といへます。さういふわけであなたが旧住所へ宛てた便りは転送されて母の許に届きました。返事に時間がかかつたのはけつしてうつちやつておいたわけではないことを知つてください。

それにしても五万円という大金をあなたが送つてくれるなんて夢にも思はなかつたことです。初めてですものね。よそ様では子供が母親に仕送りをすることがあると聞いてゐても、それほど羨ましいとは思ひませんでした。私はどうやら働けるし、下谷の松太郎叔父さんもあれこれ生活のことに気を配つてくださるし、あなたから仕送りがないからといつて別に不自由は感じてをりません。しかし、正直いつて母は泪がこぼれるほどにありがたかつた。母のことを考へてくれるといふことよりも、あなたが母に仕送り出来るほどいい暮しをしてゐると思つてね。さつそく仏壇にお供へしてお父さんにご報告したのですよ。

ところでおたづねの件、どうしてあなたが今ごろそんなことを知りたがるのか見当がつきませんが、お父さんの戦死公報は昭和十八年三月十三日付になつてゐます。G島のタサファロングといふ地名を覚えてゐますが、どういふ所なのだか一度ぐらゐ訪ねてみたいと念じてをります。命日は二月七日です。

次にお父さんの形見である腕時計を、戦後わざわざ届けに来てくれた人の名前ですが、九州の人とは覚えてゐるもののどうしても思ひ出せません。松太郎叔父さんもあのとき居合せになつたから、もしや覚えておいでではないかと下谷へ電話をかけてみました。それによるとお父さんの部隊の人ではなくて、たまたまお父さんと一緒になつて形見を預かつただけといふことで、松太郎叔父さんも名前を覚えてはをられなかつた。はるばると九州から、それも見ず知らずの兵隊の遺品を東京まで持つて来てくださるとは奇特なお人ではないだらうか。お話のふしぶしでは、そのお方は将校のやうでありました。あなたはそのお方が菊池と名のらなかつたかとおたづねですが、いはれてみればそんな気がするし、さうではなかつた気もするので、はつきりとは申し上げられません。なにぶん戦後のどさくさで私たちは焼け出されて松太郎叔父さんの家にわび住まひをしてゐた時分でもあり、そのお方が復員援護局やら区役所やらお父さんの戦友の方々やらの間を足を棒にして探しまはり、やつと形見を届けてくださつたことだけでも神様のお使ひのやうに見え、ただお礼を申し上げるばかりでご住所をうかがふ気持のゆとりはなかつたことをわかつてください。そのお方はご自分のことをあまり詳しくお話しになりませんでした。

さういふ因縁のある大事な腕時計ですから質屋に入れるのは仕方がないにしても、けつして流すやうなことはしないだらうね。さいごにつけ加へれば、母は久しぶりにあなたの便りを見て驚きましたよ。なぜつて、あなたの筆蹟はお父さんのとそつくりだものね、親子の血は争へないものだとつくづく思ひました。それはともかく、形見を届けに来たお方と私よりも沢山話をしたのは松太郎叔父さんだから近いうちにまだ何か覚えてゐることはないかたづねてみるつもりです。わかつたらお知らせします。お金は定期にしてをきます。母には遺族年金と老齢年金がつきますから、生活のことはあなた本位に考へ、無理をしないやうに。英子さんにもよろしくお伝へください。

伸彦は便箋を封筒におさめた。最後の一行は抹消してあった。螢光燈にすかしてみてどうやら判読できた。（そろそろ子供ができてもいいと思ふのですが）伸彦は布団をたたんで押入れにしまった。パジャマをふだん着に着がえて顔を洗った。蛇口から落ちる水がしびれるほどに冷たく、眠り足りない伸彦にはそれがかえって快かった。歯ブラシを使うとき、いつものように軽い嘔き気を覚えた。右胸の下あたりに鈍い痛みを感じる。昨夜もウイスキーを飲みながら本を読んだのだ。菊池省一郎が香港で買ったものだといってくれたスコッチである。

仲彦は沸騰した鍋から煮干しをすくい上げ味噌を入れて溶いた。冷蔵庫に残っていた半丁の豆腐を手の平にのせて庖丁で切り崩れないようにそっと鍋に移した。ガスの火を止めネギを刻んで鍋に入れた。ひからびた食パンが一枚、戸棚にあるのを探し出してトースターで焼いた。伊佐日報を読みながらパンが焼けるのを待った。「M電機進出とりやめか」というのが一面の大見出しである。伊佐市の北郊に開発された中核工業団地に関西から進出する予定だったM電機の工場が不況によって操業短縮を強いられ、工場開設の無期延期を通告して来たという。土地を農家から買い上げ、造成させたのは市である。誘致の条件が土地の提供であった。市当局はこの通告にもっか苦慮しているという。延期あるいは中止を申し入れて来たのは、M電機が五番めである。造船業の不振で、当初予定していたK造船の下請工場がまっさきに進出を撤回した。合板製造会社がとりやめた。次が縫製工場である。反りかえったパンがトースターから持ちあがった。

仲彦は味噌汁を椀につぎ、立ったまますすった。新聞を流し台の上に拡げて関連記事に目を通した。(釘宮が書いたな)狐色に焦げたパンの上でバターの小さな塊が溶け、じわじわとしみこんでゆくのを見ながら仲彦はそう考えた。トーストと味噌汁は口に合った。記事の躍るような文体は窮地に陥った市の立場に快哉を叫ばないまでも、それ見たことかといった調子で「見通しの甘さ」をついている。

仲彦は苦笑しながら社説も読んだ。「自治体の現在と未来」と題した三枚半あまりの文章である。Kという署名が末尾に認められた。記事を書くだけではものたりなかったのだろう。市当局であれ個人であれ、他人に面倒なことが起ればにわかに潑剌となる新聞記者の一人として釘宮もその例にもれなかった。

「……不況は今に始ったことではない。早晩こういう事態が訪れることは、三歳の童児ですら予想できたといわねばならぬ。市は中核工業団地の開発を急ぎすぎはしなかったか。土地の譲渡を肯じない一部の地主に対する説得は民主的になされているかどうか。問題は山積しているのである。早急に代替企業の進出もない現在、吾人は市民の一員として憂慮に耐えないのである。工業用地を造成しさえすれば中央の企業が進出して来ると考えた当局の見通しは甘かったと指摘せざるを得ない。土木建設課と業者との間に不明朗な噂も囁かれるこのごろである。難局を市がいかにして打開するかが納税者の関心事となるであろうことを吾人は疑わない」

味噌汁はだしが薄すぎて豆腐が水っぽかった。ネギのかすかな苦みが舌を刺した。伸彦はサイフォンでコーヒーを淹れた。菊池家のコーヒーを飲みなれてからインスタントコーヒーがとみにまずく感じられ、きのうサイフォンを買ったのだ。襖をあけて六畳間に灯油ストーヴを移した。しきっぱなしの英子の布団に手をかけてたたもうとしたが、ちょっと考えて壁ぎわへ引きよせるだけにした。昨夜、帰らなかった英子が帰宅したとき眠るかもしれない。

伸彦はコーヒーをすすり、煙草をふかした。釘宮康麿がペンにみがきをくれ舌なめずりをして原稿を書いている有りさまが目に見えるような気がした。雪はやんでいたが空は暗く、地上の方がしらじらと明るい。階段をのぼってくる足音がした。廊下をだんだん近づいてくる。伸彦の部屋を通りすぎ一部屋おいた次のドアの前で立ちどまった。

伸彦は砂糖を入れないコーヒーを飲み終えて、伊佐日報の記事を読みかえした。〝譲渡を肯じない地主〟という箇所で何かが心にひっかかった。伸彦は部屋の隅に積みあげている伊佐日報の山をかきまわして一週間前の日付のある古新聞を拡げた。投書欄に目を通した。〝自然保護に名をかりた住民エゴの横行〟とやらをなげく公務員の投書である。T・A生、五十一歳とあるだけだが、彼は中核工業団地の一角で自分の土地を手放さない農民をゴネドクを狙う不心得者とののしっていた。交渉の段階では譲渡すると約束しておいて、いざ契約となったとき、そこが団地内の通路として分岐点に予定されていることを知り、他の土地と単価が同じでは引きあわないといい出した。団地は伊佐市の発展のために是非なくてはならないものである。一個人の私益に奉仕してはならない。最近はこういう事例が多い。げんに……という調子でT・A生はうっぷんを文章にしていた。

T・A生とはおおかた市庁の土木建設課職員だろう、と伸彦は思った。ちゃんと釘宮はバランスをとっているのだ。あるいは、と伸彦は新しい煙草に火をつけて考えた。このT・A生は釘宮自身かもしれない。あの男ならこんなこともやりかねない。

ドアがだしぬけにあいた。

「もう起きてらしたの」

「ああ、どうやって帰って来たんだい。この雪では車も動かないだろう」

「ゆうべはね。タクシーがみんなストップして」

「そんなことだろうと思った。朝飯はすんだのか」

「あなたは……」

「すませたよ。味噌汁がある。パンがきれてるんだ」

「ひどい雪」

英子はスカーフをとって頭を左右にゆすった。手早く布団をたたんで押入れにしまった。伸彦がかつて見たこともない素ばやさだった。英子が掃除機を使っている間に、伸彦は味噌汁を暖め卵を焼いた。鍋に味噌を少しといた。英子は電気こたつの上に並べられた朝食を見、伸彦に目をやって何かいいたそうに唇を動かしかけた。パンを買ってこようか、と伸彦はいった。英子は首を振った。味噌汁と卵だけでいいといった。

「あとでコーヒーを淹れるよ。細かく挽いてくれって頼んだのに粒が粗いんだ。定量の二倍くらいに湯を入れないと濃く出ない」

「あなた、あたしがゆうべどこに泊ったかきかないの」

「じゃあきこう。どこに泊った」

「気のなさそうないい方だわね」

「きいてくれというからきいたまでだよ。いけないかね」

「あなたに責める資格はないはずだわ。ただ、きかれるとは予想して帰ったんだけれど」

「だからきいてる」

「きいてやしないわよ。お味噌汁を暖めてくれたり卵を焼いてくれたり。けさのあなた生き生きしてるわ。あたしが外で泊ったのがそんなにうれしいの」

「ひねくれたもののいい方はやめてもらいたいな。朝から喧嘩は願い下げだ」

「昨晩、お店を閉めてから夕食に誘われたの。バイパスの所あなたも行ったことがあるでしょう、あのドライヴインの隣にステーキの専門店が開業してマスターにも案内が来てたので。行くときはまだタクシーが動いていたけれど帰りはスノーチェーンなしでは通行止めになったの。仕方がないから近くの父の家まで歩いて行って泊めてもらったの。こういうとき電話がないと不便だわね」

「毎日、雪が降るわけじゃないだろう」

「父は自分が送って行くから歩いて帰れとすすめたわ。でも父の家からここまで二キロはあるでしょう。疲れてもいたし」

「帰りが遅いからおやじさんの家にでも泊ったんだろうと思ってたよ」

英子は味噌汁を、ひとくちすすっただけでまずそうに卵を口へ入れてそれも半分残した。

「菊池さんのお仕事どうなってるの」

皿などを片づけて台所へ運びながらきいた。

「まあまあだね」

「父が菊興商事のこと気にしてたわ。毎日のように社長と会ってるんですって」

「気にしてるというとどんな具合に」

「父の銀行と取引きがあるでしょう。かなり沢山のお金を融資してるそうだわ。菊興商事の経営が気になるのは支店長として当然でしょう。本店の決済を経て貸付けたお金だから支店長に責任がない、というわけにはいかないらしいわ」

「貸付け金が焦げつきそうなのかい。それほど菊興商事の経営は苦しいのかね」

「その逆なの。取引き額はふえる一方なんですって。次の決算には県内の企業でも有数の利益が計上される見こみなんですって。不景気のさなかにあそこだけは着実に伸びてるらしいわ」

英子は自分でサイフォンに水をそそぎ、アルコオルランプに火をつけた。マッチを振って火を消そうとしたが焔が消えないので、口で吹き消した。マッチをつまんでいる親指と人さし指以外の指はぴんと立てている。その長い白い指が伸彦を刺戟した。彼はわざとゆっくり立ちあがって戸棚からグラスとウイスキーの壜を出した。

「それでおやじさんがなぜ菊興商事の経営状態を心配するいわれがあるんだ。有数の利益が計上されるのなら何もいうことはない。ぼくとしては心暖まる話だがね」

「父は銀行マンになるために生まれたような人間なの。成功した企業より百倍も多くつぶれた企業を見て来たってわけ。どんなにうまくいっている会社だってつぶれる原因を抱えてると信じてるのね。あたしそこの所を上手にいえないわ。つまりこういうことではないかしら。倒産のきざしが見えてから銀行のお金を引きあげようとしても遅いわね。そんなお金ありっこないから。かといって順調に行ってるときに銀行が手を引くわけにもいかないわ」

「菊興商事がつぶれたら、おやじさんも支店長をクビになるだろうか」

「〝スーパー岡田〟が倒産したのはスーパーの経営だけに専心しないで、有料駐車場とかレジャーランドに投資したせいだと父はいってるわ。あっちこっちに手を拡げると利益率が低下して倒産するケースが多いっていうの。とうせつ人件費はバカになりませんからね」

「菊興商事もそうだというのかい」

「知らないわ。おいしい」

英子はコーヒーに口をつけた。伸彦はグラスに浮んだ氷をゆさぶって鳴らした。中核工業団地の一角で、土地を手放したがらない地主の名前が記憶に甦って来た。T・A生が伊佐日報に投書する数日前に、その地主のいい分が記事になっていた。真鍋吉助というのは別に珍しい姓名ではないが、伸彦が手に入れた「G島会」の編集した一冊の本「生き残った者の記録」のなかに登場する兵士と同じ姓名なので印象に残っていた。その本の巻末には「G島会」の会員名簿がのっている。真鍋吉助元上等兵の名前は名簿の中には見当らなかった。

先日、榊原館長は伸彦に「G島会」のメンバーではないといった。してみると百二十四聯隊の生還者でもみながみな「G島会」に加入しているわけではないのだ。「生き残った者の記録」は四六判百八十ページの本である。奥付を見ると昭和四十七年に刊行されたことがわかる。G島で戦った将校や兵士がそれぞれ戦いを回想して文章を寄せている。長いもので四百字詰原稿用紙で十四、五枚、短いものはわずかに一行である。短歌や俳句もある。詩のようなものを寄稿している生還者もいる。

亡き戦友の冥福を祈る。

というのは、第十隊、清水重雄の文章である。伸彦は「生き残った者の記録」をひろい読みしながらウイスキーを飲んだ。第三大隊の村岡千代次はこう書いている。

わが中隊長は二十歳をいくらも出ずして戦死された。私はいまや五十一、なんだかめんぼくない気持で中隊長の冥福を祈る。

この本は伊佐にただ一軒ある古本屋山口書房で偶然見つけて手に入れたものだった。非売品と奥付にあるから、会員のだれかが払い下げたらしい。それとも会員が亡くなったので遺族が処分したのかもしれない、と伸彦は考えた。菊池省造の名前は名簿にあるだけで寄稿者の中には見当らなかった。会の本部は福岡市となっていて、発行責任者は山中広二である。百二ページから百五ページにわたって彼の文章と短歌がのっていた。所属は聯隊本部である。「聯隊長殿以下、亡き戦友達を偲ぶよすがに」と、南支、ボルネオ、パラオ、フィリピン、G島での戦いに寄せた短歌が数十首、ページに並んでいた。

伸彦はG島戦の件りを読んだ。

弾雨やみ密林に伏すわが耳にまた鳴く虫のすずろなる聞ゆ
元旦に三勺の米わたりたり飢にし兵は故国を拝む
友軍は舟艇にてG島を去りゆきぬ見送るわれら軍旗ひた持つ
防人の剣は錆びて朽ちたらむ恨ぞ深しアウステン山

「お出かけ」

立ちあがった伸彦に英子がたずねた。

「スノーチェーンなしでは走れないわよ。あちこちで警察が検問してるのを見かけたわ」

車は使わない、歩いて工業団地まで行ってくる、と伸彦はいった。英子がきいた。

「お昼食《ひる》は外で」

「ああ、帰りは夜になるかもしれない。晩飯までには帰れるはずだ。きみはきょう休みだったな」

「あなた」と英子は奇妙に乾いた声で、ドアの所に立っている伸彦に呼びかけた。彼は長靴に足を入れていた。肩ごしにふり返ると彼をじっと見つめている英子の顔が目に入った。

「いいわけをするんじゃないが、工業団地の用地に真鍋という家があるんだ。いつか話をしたろ。新聞を読んでてさ。あの男に会って話を聞いてくる。他に会う予定の人間はいないよ」

「そんなことどうでもいいの、あなた、あたしが父の所に泊ったといえばその通り信じてるの」

仲彦は立ちあがって長靴の履き心地をしらべた。レインコートを着こんでボタンをかけた。「おやじさんの所で寝たといったのはきみだよ。それを信じたといってきみはぼくを非難するのかい。ぼくには責める資格がないといったのはきみなんだし、ぼくもきみのいう通りだと思ってる。八時すぎても帰らなかったら晩飯は外ですませたと思ってくれ」


九州の冬は外套なんか要らない、と仲彦は思った。積雪は二十センチほどの深さで、道路の雪は踏み固められすべるのを用心しさえすれば楽に歩ける。風がまったくないので、寒さは感じられなかった。雪といえば北海道ですごしたひと冬のことが念頭にあり、長靴を履いたのだが、短靴でもよかったのだと仲彦はくやんだ。

鈴をふるような音をたててスノーチェーンを巻いたタクシーが通りかかった。仲彦は手をあげた。

「生き残った者の記録」に寺坂亀治という元兵長が寄せた文章があり、真鍋吉助が登場していた。記述の内容から昭和十八年一月末か二月上旬の出来事と推測される。撤退の直前である。


「命令によれば、わが軍はG島西北岸に集結して部隊を再編成し、海上機動でいっきょにルンガ海岸に逆上陸して総攻撃をかけるのだという。保有の重火器は運搬する体力がないので全部すてろといわれる。虎の子のように大事にして手入れを怠らなかった重機はもとより軽機も分解して埋没せよと命令が達せられる。

われわれは米軍の火力を知っている。いやというほど思い知らされている。第一次第二次の総攻撃が失敗したのは、ひとえに火力物量の差である。しかるになお軽機はいうまでもなく擲弾筒まで破棄せよとは。天与の銃剣と手榴弾のみを身におびて、鉄壁を誇る米軍陣地へ挑もうとする作戦は合点がゆかぬ。むざむざと死にに行くようなものである。死ぬのなら何も逆上陸までせずともアウステン山のたこつぼ陣地にしゃがんでおればいい。毎日、戦友が息を引きとってゆく。山をおりて密林をはるばる数十キロも潜行し、今、眼下に見おろしている敵陣の背後へ出る苦労を上層部は知っているのだろうか。
朝の点呼には応答した戦友が、夕方には絶命している。夕方までは敵襲に際して銃をとり手榴弾を投げていた兵隊が、朝になってこときれている。山全体が今や聯隊の墓所と化したかの如くである。包囲されたアウステンからどうやって脱出すればいいのだろう。敵は山麓に鉄条網を張りめぐらしている。わが軍の攻撃を怖れてのことだろうか。いかにせん、わが聯隊はもはや昔日の強兵の面影うせ、たこつぼ陣地にうずくまって死を待つのみである。
このごろは兵隊の外見であと何日もつか見当がつくようになった。
立つことのできる兵は、三十日間、
体をおこして座れる兵は、二十日間、
寝たらおきられない兵は、七日間、
寝たまま小便する兵は、三日間、
ものをいわなくなった兵は、二日間、
またたきしなくなったものは、一日。
しかしながら命令は命令である。動ける兵は黙々と転進準備にかかる。生きている兵がひそむたこつぼより戦死者をそのまま埋葬したたこつぼの方が多い。土を掘る体力はないので、たこつぼにしゃがんだまま死んでいる兵に浅く土をかけるだけである。ところが、重機は弾薬ともども埋没せよという。兵隊よりも兵器の方が貴重なのか。内心おもしろくない。
だれいうともなく、総攻撃ではなくて撤退だという噂が流れ始めた。半信半疑である。山口さんにきくと、本部の下士官から聞いたという。末永軍曹である。末永軍曹に確かめると、声をひそめて誰にも内緒だと念を押した上で、三十八師団の曹長から聞いたという。野戦病院からの帰りに密林内で出会ったその男が、どうやらわが軍はG

島を撤収するらしいと洩らしたそうである。将校たちもなんとなく色めいている。自分はアメーバ赤痢で呻吟している真鍋吉助のことが心配になった。担架で運ぶとしても病兵の方が数において上まわる。彼は小学校時代からの親友であるが、自分一人の力ではかついで行くことができない。かといって傍に居残るわけにも参らない。

――いよいよ総攻撃だ。

と自分は真鍋吉助に告げた。そして、

――手榴弾を置いとく。野病は突撃しない。おまえを収容に来るはずだから、それまでの辛抱だ。

というと、ありったけの手榴弾を残してゆけという。このごろわが軍の手榴弾は連日の雨で火薬が湿ったのか二発に一発は発火しなくなっていた。後送を待てといったのが、気休めにいったにすぎないことを彼は見ぬいていたのだろう。何日かたってわれわれは聯隊長以下アウステン山をひそかに脱出した。昼間、めんみつに包囲網を偵察し、一カ所だけ監視の目がゆきとどかない所を発見したのだった。自分は真鍋吉助と今生の別れを告げ、恨みぞ深きアウステン山をくだった。声なき屍と化している戦友たちの霊がわれわれを護り、無事に脱出させてくれたと思う。あれからはや三十年、月日がたつのも夢のうちである。戦友たちの頭にも白髪が目立つようになり、年ごとに一人二人と幽明境を異にし始めました。私のつたない筆によるG島戦記をこれにて終らせていただきます。ご愛読を感謝すると共に諸兄の健康を祈ります」

寺坂元兵長の職業は土地家屋調査士となっており、住所は福岡市であった。

元兵長と「今生の別れ」をしたはずの真鍋吉助が伊佐にいる。そうすると真鍋元上等兵は、聯隊本部が囲みを破って脱出したのち、野戦病院に救出されたのだろうか。自力で山をおりたのだろうか。そこを伸彦は知りたかった。

タクシーは工業団地の入り口までしか行けなかった。道路は真鍋家まで通じているのだが、雪が踏みかためられていないので乗り入れられないのである。伸彦は団地のほぼ中央にある真鍋家めざして、雪の中を歩いた。新聞によれば、真鍋吉助が所有しているのは、住居の他に三十アールそこそこの土地であるという。土地は農耕に適さない荒地なので、鶏舎を建て養鶏業で生活していると記事にはあった。近づくにつれて異臭が鼻をついた。鶏糞の臭いである。

仲彦は騒々しい鶏舎とはうらはらにしずまり返った農家の玄関に立って、声をかけた。返事はない。思いきって戸をあけた。

「だれ?」

咳と入りまじった声が仲彦に届いた。とがめるような口調である。仲彦は名のった。

「用事は何ですか」

「ちょっとお話をうかがいたいと思いまして」

「だから用事は何かときいているんだよ」

用地買収の件で訪ねて来たのではない、と仲彦はいった。目が屋内の暗がりに慣れ、土間と黒光りのする柱が見えて来た。

「土地の件でなければどんな用事かね」

声が少し穏かになったようだ。

「東京から来た者ですが」

と仲彦はいった。一年前にとつけ加えるべきかもしれないが、まるまる嘘というわけではない。襖の向う側はしばらく沈黙した。やがて襖が五センチほどあいた。その間に光っている両《ふた》つの眼に向ってG島のことをききたいのだと仲彦はいった。

「G島のことを聞きたい?」

細めにあいていた襖が大きく開かれ、その向うから頭髪の半ば白くなった男が這い出して来た。痩せた小柄な老人である。不意の来訪者をもっとよく見たいとでも思ったのか、老人は上り框にいざり寄って来て伸彦に目を凝らした。伸彦は屋内に踏みこみ、後ろ手に戸をしめた。途中の店で買って来た日本酒の壜と菓子折りを押しやった。

老人は土産に目をくれなかった。

「東京から、あんたが……」

「真鍋さんがG島で戦った百二十四聯隊のお一人とうかがったものですから」

老人は激しく咳こんだ。肩を波うたせ、苦しそうに咽喉を鳴らして咳をした。すかさず伸彦はあがりこんで老人の背中をさすった。

「気分が悪いのですか」

「もういい」

真鍋吉助は身をよじって伸彦の手を払いのけた。顔いちめんに汗が滲んでいる。懐中から汚れたタオルを取り出して汗をぬぐい、どてらの襟をかき合せた。百二十四聯隊の生き残りなら、自分の他にいくらでもいる、なぜ他の連中に話を聞きに行かないのだ、と老人はいった。

「ほう、生存者がそんなに沢山いるんですか」

伸彦は初めて知ったような顔をした。

老人は鼻を鳴らした。

「真鍋さんはＧ島会に加入しておられないのですね。どうしてです」

「わしの勝手だろうが。百二十四の兵隊だからといって、加入しなけりゃならんという義務はあるまい」

「寺坂さんの話では、アウステン山で別れたということでしたね。あのあと、お一人で山を降りて海岸まで行かれたんですか」

「アメーバ赤痢で四十度の熱があった。大腿部には貫通銃創を受けておった自分にそんなこと出来るわけがなかろう。たこつぼの底にしゃがんで唸っていたよ、わしは。アメリカ兵が来たら手榴弾を投げつけて最後の一発で自爆するつもりだった」

老人はまた咳込んだ。襖の向う側にしきっぱなしの夜具が見えた。仲彦は具合が悪いようだから寝たらどうかとすすめた。老人は素直に仲彦のすすめにしたがった。仲彦は布団がのべられている三畳間に這入り、襖をしめた。暗い螢光燈が汗ばんだ真鍋吉助の顔を照らした。見たところ風邪をひいているようである。出直して来て、Ｇ島のてんまつは日を改めてたずねることにしようか、と仲彦は考えないでもなかった。しかし、機会をのがしたら次はいつになるかわからない。業界紙記者をした過去の経験から、相手の事情なんかに構っていてはせっかくつかんだ機会をふいにすることになると考えた。

仲彦は薬罐に水を入れ、枕もとの電気コンロにかけて湯をわかした。急須には古い茶の葉がいっぱいつまっていた。土間の台所に降りて急須の中身をすて、新しい茶の葉に入れかえた。黒い塊が仲彦の足をかすめた。ネズミである。土間の天井にはクモが網を張っている。

菓子折りをあけて茶をすすめた。

「あんたは誰」

目を閉じたまま老人はきいた。名のるのがおくれたことを仲彦はわびた。

「伊奈さん、なぜわしにＧ島のことをわざわざ東京から聞きに来たのかね」

伸彦は迷った。菊池の名前を出すことは理由もなくためらわれた。かといって父がＧ島で戦死しているという事実も告げたくなかった。菊池省一郎の依頼で仕事をしていることをいま伏せておいても、いずれ真鍋の耳に入ることが考えられる。伸彦は襟衣が垢で光っている掛け布団に顎を埋め、不規則な呼吸をしている老人に嘘がつけなくなった。都会で業界新聞の記者をしていたころは、平気でつけた嘘である。思い切って菊池の名前を出すことにした。

「実は東京から来たというのは一年前のことでしてね……」

そこまでいいかけたとき、戸があいた。

応えを待たずに来訪者は靴を脱ぎ、座敷にあがって来た。襖が開いた。

「おや、伊奈さんじゃないですか」

黒い診察鞄を手にした看護婦が重富悟郎の後ろにたたずんでいる。重富は思いがけない所で会うものだといいながら、老人の胸もとをくつろげて聴診器を当てた。その顔が曇った。老人は目を伸彦に向けたまままきいた。

「若先生、この方とお知合いですか」

「うん……雪で道路が渋滞してねえ、遅くなった。どれ、熱は、と」

医師は体温計を真鍋吉助のわきの下から抜き取って明りにすかした。看護婦に目配せする。看護婦のあとから隣の間へ出て行って重富は小声で何やらしゃべっている。「空いているベッド……」「六号室の患者」「退院」などという言葉がきれぎれに聞えた。どうやらすぐに入院しなければならない病状らしい。老人は耳ざとく二人のひそひそ声を聞きつけた。

「若先生、いやですよ入院するのは。わしは死ぬときになったらうちで死にます」

「だれが死ぬなんていいました。風邪をこじらせているだけです。一人暮しでは治る病気も治りません。早く全快しないと鶏の世話も出来んでしょうが」

「鶏……」

あおむけになった病人の目に涙が湧いた。

「そうですよ、アルバイト学生を雇ったらヒーターの調節をしそこなって、五百羽もヒヨコを死なせたばかりといったでしょう。いつまでもここで唸っていては鶏が可哀そうじゃありませんか」

「何日で治りますか」

「あなたの心がけ次第です。もともと丈夫な方だから風邪なんかすぐに治りますよ。いいですか。すぐに車をよこします。さし当り必要な日用品は病院で用意しますから、あなたは養鶏場の管理をアルバイトの人なり知合いの人なりに指示しといて下さい」

「わしに知合いなんか居やせん」

「今まではどうなさっていたんですか」

伸彦は口をはさんだ。今までは毎日ひるに訪れるアルバイト学生に世話をさせて来たという。

「飼料はどの店から買っていますか?」

真鍋吉助の答を手帳にメモした伸彦は電話をそこにかけた。こういうわけでしばらく入院する。不在の間、アルバイト学生と共に鶏の面倒を見てもらえまいか。思ったより愛想のいい返事が返って来た。鶏の数はそれほど多くない。市街地からこの家までかけ離れているわけでもない。飼料を届けるついでに管理しようと請けあってくれた。

「ところで、おたく様はどなた」

電話の相手は最後になってから不思議そうにそうたずねた。

重富悟郎は病院から迎えの車をよこすまで伸彦にとどまってくれといい残した。乗って来た自動車は次の患者宅へ往診にまわらなければならないという。

「風邪をこじらせているだけというのは本当ですか」

伸彦は入り口のきわで重富にきいた。

「肺炎だとあの年寄りにいえますか。電話で往診を頼まれたのは昨晩の十二時近くでした。この雪でしょう。本人は熱があって風邪ぎみというだけだったから別の当番医に連絡したんだが、そちらも手が回らなくて。やっときょうになって駆けつけたらあの状態なんだ。飼料店は良かったな。ぼくはとてもそこまで機転が利かない。……しかし伊奈さん、なんでこんな所に居るんです。まったく、このごろのあなたは神出鬼没もいいところなんだからおそれ入ってしまう」

患者をよろしく頼む、といって重富悟郎は雪の積った庭へ出て行った。仲彦は老人の枕もとに引きかえした。茶碗は空になっている。「おかげさまで、肩の荷がおりましたよ」かぼそい声で真鍋吉助はいった。口をきくと疲れるから、黙っているようにと仲彦は命じた。

「G島で初めてマラリアにやられたときもわしは野病に入らなかった。給与は悪いしロクな手当だって受けられはせんし、病院というてもジャングルの中に天幕を張って地べたにごろ寝するだけの所でしたよ。戦友からそうと聞いてたんでわしは軍医どのから野病にさがれといわれても頑張り通したもんです」

「静かに、熱があるんですから。G島の話は退院してからゆっくりうかがいます」

仲彦は枕もとにころがっている茶碗をあらためた。一つ残らず汚れている。比較的ましな茶碗に急須の中身をついですすった。仲彦の制止にもかかわらず真鍋吉助は口を動かし続けた。

「きょう明日かとわれわれは糧秣が来るのを待っとった。上陸してから満足に定量の飯を喰うた日はなかったですからな。十月の初めごろそれが来た。たしか仙台の第二師団が上陸して来たあとだった。重砲も陣を敷いてルンガ飛行場を砲撃し始めたり、海軍も海から射ちこんだりで、これなら勝てそうだとわしは思うたな。わしだけでなく兵隊はみんなそう思うたはずですよ。そして、待ちに待った船団が来た。十隻もいたかな。糧秣と弾薬を満載しましてね。われわれは躍りあがって喜んだ。それもつかのま、目の前の敵飛行場から、グラマンとB25がやって来て、輸送船に爆弾を落すわ機銃掃射するわ、敵陣からは重砲で海岸に陸揚げした物資に弾丸を射ちこむわで、船団は火に包まれる、輸送して来た荷物は粉砕されてしまう、この世の終りでしたよ。あとで将校の話によると、それでも五割は確保したというんですが実際は二、三割しか残らなかったと船舶工兵の連中はいうとった」

「真鍋さん……」

「あんた、わしの話を聞きたいのか聞きたくないのか」

「聞きたいです、しかし……」

「なら黙って聞きなさい。あとになって話せといわれてもわしは知らん。入院したらどうなるかわしにはわかっとるのだから。この際、話しておく。わしはＰＯＷだったんです。俘虜ちゅうことです。一度は戦死公報が出て葬式までしたんですわ」

「よくある話ですよ」

「〃生きて虜囚の辱《はずかしめ》を受けず、死して罪禍の汚名を残すことなかれ〃。これは戦陣訓です、俘虜になるくらいなら自決せよということですな。もちろんわしもそのつもりだった。死ぬまでに一人でも多くアメリカ兵を道づれにしようと決心して、たこつぼに頑張っていた。気がついたら両手を縛られてベッドの上でしたよ。どうしようもない」

伸彦は自分のハンカチで真鍋吉助の額に光っている汗を拭きとった。

「殺されるならさっさと殺されたかった。おめおめと生き永らえるつもりはまったくありませんでしたよ。だから向うの兵隊が匙で口に入れようとする粥みたいなものを受けつけなかった。食べなければ死ねると考えたんですな。両手が自由だったら首を吊ることも出来たんだが。しかし、軍医がやって来て、注射をどんどんする、鼻をつままれて苦しまぎれに口をあけたら水と一緒に薬をのませる。アメーバ赤痢が回復したら猛烈に腹が減って来て、出されたものをがつがつ喰った。死ぬのはいつでも死ねると考えた。妙なもんですな。そうするうちに榊原少尉どのがやって来て真鍋よ、早まるんじゃない、米軍はけっして俘虜を殺しはせんし、戦時国際法というものもあっておたがいに保護することになっておるのだ、とこういうじゃないですか」

「榊原少尉というと市立図書館の館長をしているあの……」

「あんた、榊原さんを知ってるのかね」

「他にも俘虜になった人がいましたか」

「伊奈さん、わしは自分が俘虜だとは思うとらんのだよ」

真鍋老人はかすれた声でいった。伸彦は柱時計を見上げた。迎えの車がおそい。ＰＯＷ（prisoner of war）だといったのは自分の聞き違いだろうか、と伸彦はいった。

「アウステンにたてこもってから日ましに形勢が悪くなった。補給はない。援軍も来ない。敵が突撃して来なかったからあそこは支えられたようなもんです。そのかわり砲撃は毎日くらいましたな。われわれは横穴を掘ってじっとしとるだけでした。砲撃が一段落すると敵さんは拡声器で呼びかける。〝日本の兵隊さん、こちらへ来れば米もあります、薬もあります、おいしいご馳走が食べきれないほど用意してあります、武器を捨て両手をあげて山を降りなさい〟。その手にのるもんかと思って聞き流していた。じっさいに聯隊の兵が放送のせいでのこのこ出て行ったことは一度もない、本当の話……あの宣伝をバカにして、また始まったと笑うのがオチでした。いいですか、わしは投降兵じゃないんです」

「アメーバ赤痢で体の自由を失っている間につかまったんですね真鍋さんは」

「熱発《ねっぱつ》しておりましてな、いつアメリカ兵が傍に来たか知らなかったのだ。Ｇ島の俘虜はみんなそんな状態で敵の手におちたんです。投降兵とやむをえざる俘虜とはおのずから意味あいがちがう。そうじゃありませんか」

「どちらにしてもＧ島の状況では俘虜になることは不名誉なことだと思えませんがね」

「あんたもわかっていないな。わしは命が惜しくて俘虜になったんじゃないいったら。投降したんじゃないんだ。榊原さんにしてもだ、司令部へ連絡に派遣されてジャングルの中で道に迷ってしまい、米軍に包囲されて胸と脚を射たれ、出血多量で人事不省となった状態でつかまったんですよ」

「榊原さんもG島会に加入していないそうですね」

「同じ町に住んでいても顔を合せることは年に一度か二度でね。このあいだ、どういうわけかひょっこりうちに見えて、真鍋さんよ、せっかく生き残ったんだし老い先も短いんだから、お互いにせいぜい体を大事にしようなあっていってくれた。俘虜の気持は俘虜にしかわからないってね」

「そんなにこだわることはないんじゃないかな。昭和二十年八月十五日に、日本人の全部が俘虜になったようなものですよ」

「重富の大先生もわしにそういってくれた。アメリカ兵は俘虜になっても大威張りで国へ帰るって。つまり俘虜になるほど前線で大いに戦ったのだと。弾の来ない後方で、糧秣の張り番だけをしていた兵隊とはわけがちがうということですな。しかし、やはり……」

老人は疲れたように見えた。

伸彦は土間の奥にある風呂場をのぞいて、水を張ったたらいにつけられたままになっているタオルを石鹼で洗い、洗面器に水を満たして枕もとに戻った。かたく絞ったタオルで老人の顔と首筋をぬぐい、もう一つのタオルを額にのせた。

「つれて行ってくれと頼んだのだ、寺坂に。担架は要らん、這ってでもついて行くから置き去りにせんでくれというたんだ」

老人は早口にいった。タオルがずり落ちた。

「あとから迎えに来ると出たらめをいいおって、迎えなぞ来るもんか。いつまで待っても。しゃくにさわってわしは手榴弾を投げてやった。アメリカ兵は味方に負傷者が一人でも出たら一箇小隊も動員して収容しに来る。敵ながらあっぱれと思うたもんです。山にはわしのように熱発で動けん者や、傷兵が沢山おった。手足まといをつれて行ったら包囲を脱出でけんというのが口実です。わしは口惜し泣きにオイオイ泣いた」

「あちこちのたこつぼから一人二人と這い出して来て、これからどうするという相談になった。部隊をなんとしても追及しようという組と、迎えを待とうという組と、何もいわんで空をポカンと見上げている組に分れた。山を降りる体力なんかわれわれに残っとるもんですか。あれば聯隊本部と一緒に突破していたよ。ないとわかってるから置き去りにされたんだ。降りた連中はたとえ傷病兵でもたこつぼにとどまって抵抗していたら、アメリカ兵の注意を引きつけて脱出を気どられないだろうと踏んだのだ。わしはしかし本部の連中を恨みはしなかった。自分たちが犠牲になればいい、それで戦友がたすかるなら浮かばれる、とまあそう思ったわけですよ。自分で自分を説得したわけだ。しかし、山口がね、それならそうとなぜ初めから残留兵にそういわんのだと不満をいうのだな。命令を出してくれれば四の五のいわずにアウステン山に残るのだ、迎えに来るからとホラをふくのは罪なことをすると。彼は旧制中学を出ておるインテリで、日頃、何かにつけて不満やら愚痴ばかりいうので、中隊の者から嫌われとった。でも、あのときは山口のいうことにみんな同感という顔をしたな」

伸彦はタオルをとりかえた。つめたい水を含ませたタオルは、生暖くなっていた。真鍋吉助の饒舌は押えようがなかった。伸彦は黙って耳を傾けるしかなかった。首尾の一貫しない所もあるけれども、証言として興味深いことに変りはない。老人はうわごとをつぶやくようにとめどもなく三十数年前の戦争を語った。汗の粒が暗い螢光燈の明りをはじいている顔を見おろして、伸彦はふと、この老人が間もなく死ぬのではないかと思った。本人も自分に迫っている死期をさとっているのではないだろうか。

話の途中、にわかに真鍋吉助は言葉を切って目を開き、タオルを絞っている伸彦を見上げた。入院したら自分を見舞いに来てくれるか、とたずねた。必ず見舞いに行く、と伸彦は約束した。

シャワーの音がやんで、バスルームのドアから佐和子が現われた。白い湯気がうっすらと室内に漂ってすぐに消えた。

佐和子はバスタオルで裸体を包み、鏡の前に腰をおろした。頭を左右にゆすって髪を崩し、ヘアブラシをゆっくりと使い始めた。伸彦はベッドに横たわってそれを見ていた。ブラシを動かす手を止めて佐和子は伸彦の方に視線を向け、シャワーを浴びないのか、とたずねた。あとでいい、と伸彦は答えた。重富病院から来た車に同乗して、真鍋吉助に付添い、入院の手続きをすませたのは、午後三時ちかくだった。おそい昼食を病院の近所にある食堂ですませ、佐和子のアパートに電話をかけた。埃と汗と鶏糞の臭気をかいだあと、むしょうに佐和子の顔を見たくなったのだった。

電話口に出た佐和子は予想に反して伸彦の誘いに応じた。自分の方も会いたいと思っていたところだともいった。伸彦は伊佐から車で半時間の距離にある空港のホテルを告げた。この雪では飛行機便は欠航している。空港のホテルならすいているはずである。伸彦は先に行って待った。

「何を見てるの」

佐和子はまた伸彦の方に顔を向けた。

「いや、なんとなくきみを見ていただけだ」

「じろじろ見られるなんて落着かないわ」

「こうして会うのも久しぶりだからな」

伸彦は手をのばして窓のカーテンを細めにずらした。外は暮れかけ、飛行場の管制塔にともった灯が輝きを増し始めた。

「こうして会えるのもおしまいかも知れなくてよ」

「そうかい」

「またいつもの台詞が始ったといいたいんでしょう。そうじゃないの、本気でいってるんですからね」

「どういう意味だ」

「聞きたい？　あなた、まじめにあたしの話を聞いてくれるって約束する？」

「聞かないうちはなんのことだかわからないだろう」

「結婚の話があるの」

佐和子はヘアブラシを鏡の前に音をたてて置いた。バスタオルで包んだ膝の上に両手をついて伸彦を見つめた。

「相手は誰」

「誰だっていいでしょう。あたしたちのことを知ってる人とだけいっておくわ。何もきかないって、つまり承知の上で結婚してくれというの。そのかわり、結婚するからには伊奈さんとの関係はきちんと清算してくれというのがその人の条件なの」

「社長は人の顔さえ見ればやもめ暮しをかこってたな。ああいう男からでも、結婚しようといわれたらきみは嬉しいかい」

「ええ、嬉しいわ」

伸彦は佐和子の枕カヴァーに落ちていた髪に目をとめてつまみ上げた。左の人さし指にその髪を巻きつけた。指のつけ根から爪の方へていねいに巻いた。巻き終って再びほどいた。

「嬉しいということは社長の言葉を受けいれたということだろうな。きみは日ごろあいつのことをいけ好かない中年男だといってたはずだが」

「あたしは社長が結婚しようといったなんていわないわ」

「社長でないとしたら誰なんだい」

「それはあなたに関係ないことでしょう。あたしが知りたいのはあなたの気持だわ」

伸彦は髪の両端を指でつまんで引っ張った。かなり力をこめてもそれは切れなかった。

「ぼくの気持をたずねてどうする。結婚するなといえばきみはしないかい。ぼくがとやかくいっても始らないだろう。率直にいえばぼくは気が滅入るよ。しかし、こういってみたところできみの決心を変えられるとは思えない」

「あたしが決心したなんていついった？」

「おいおい、混乱させないでくれ」

「あなたが自分で勝手に混乱してるだけなんだわ」

「そうかも知れない」

左右の人さし指に巻きつけた髪を引っ張ると、あっけなく切れた。伸彦はベッドから抜け出してバスルームに這入った。シャワーの栓をひねって思わず叫び声をあげた。冷水との調節を忘れて熱湯を浴びたのだ。

「どうしたの、あなた」

気づかわしげな佐和子の声がドアの向う側から聞えた。伸彦は二つの栓を慎重に調節してシャワーを浴びた。熱湯のかかった皮膚がかすかにひりひりした。またドアが叩かれた。静かにしてくれと伸彦は大声で命じた。佐和子が熱湯だけでシャワーを使ったはずはないからうっかりしていたのは自分の方だとわかっていながら伸彦はいらいらした。しかし、全身にまんべんなく湯を浴びていると、いら立った気分もしだいに落ちついて来た。彼は滑らかな皮膚を伝ってすべり落ちる湯の感触をうっとりと愉しんだ。片手で石鹼を塗りつけその泡が湯と共に流れ落ちるとき、こそばゆく肌を刺戟するのを感じた。バスルームの鏡がみるまに水滴で覆われ、ぼんやりとした自分の影しか映らない。伸彦は亡霊のような鏡の中の影像を見つめた。

輪郭のぼやけた顔かたちも定かではない影は伸彦のものではなくて見知らぬ他人のそれであるように思われた。自分は今のところこの不確かな影そっくりの生活しか持っていない、と伸彦は考えた。何かに挑みかかる気持が胸中に湧いていている。挑むべき相手の実体ははっきりしていないのに、何者かに対してしきりに挑戦的になっている。

さっき、あやまって熱湯を浴びたときそうなったのではない。また佐和子が自分に縁談があるということを口にしたからでもない。さかのぼってゆけば、菊池省造と二回めに会って泪の溜った目で見上げられ手を握られたときからそうなったようである。

伸彦は手のひらで石鹼の泡をこすりつけ、シャワーで洗い流しながら胸や腹の筋肉が弾力をもって自分の手で押し返すのを感じた。彼はシャワーを止め、鏡の表面を手でぬぐった。鏡に対して横向きに立ち、腹をひっこめてみた。腹をふくらませたりへこませたりした。ベルトを締めるときは突き出ているように思われた腹も、こうして鏡に映してみるとさほど出ているようには見えない。鏡の中の男は満足そうに長々とためいきをついた。タオルを腰に巻いてバスルームの外に出た。

「ご免なさい、熱かったでしょう」

シャワーを浴びた後、熱湯だけで浴槽を洗い流すのが自分の習慣なのだ、と佐和子は説明した。自宅ではそうしないが、ホテルでは後にバスルームを使う者のために浴槽をきよめるくせがついているとつけ加えた。伸彦は佐和子が手渡したバスタオルで体を拭いた。結婚しようといったのは誰なのだ、と彼はもう一度たずねた。

毛布の下から顔だけ出していた佐和子は、毛布の端をつかんで頭の上まで引き上げた。

「菊池さん」

「菊興の社長が」

「菊池省介さん、社長の弟にあたる人なの」毛布の下から佐和子のくぐもった声が聞えた。菊池省介の名は伸彦も耳にしていた。菊興建設の社長である。中核工業団地の敷地を造成しているのは彼の会社だということを知っている。

「なるほど」といって伸彦はベッドの縁に腰をおろした。

「なるほど、ですって。感想はそれだけ」

佐和子は毛布の下から顔を出してまともに伸彦を見すえた。菊池省介が独身だとは知らなかった、と伸彦はいった。二年前に妻と離別して以来、女性関係ではかなり浮いた噂を流していたという。伸彦には初耳であった。

「そういう男と結婚してうまくゆくと思うのかい」

「社長を介して申しこんで来たの。落ちついた生活をしたいって」

「菊興商事の」

「有明企画の社長よ」

「あのたいこ持ち野郎」

釘宮と話をした酒場で行武と佐和子を見かけたことを伸彦は思い出した。初めて菊池家へ招かれ、菊池省一郎の社長就任式に列席したとき弟省介の姿を見かけたことがあった。長身の兄に似ず背が低くて猪首のがっちりとした体軀である。なんとなく蟹を思わせた。水割りのグラスを片方に話し相手の体を所かまわずもう一方の手で叩きながらしゃべり、上半身をのけぞらせて大声で笑うくせがあった。教えられなければ兄弟とは思えなかっただろう。

「あの男がねえ」

伸彦は煙草をくわえ火をつけようとした。ホテルの紙マッチは発火しなかった。数本を無駄にした。佐和子が彼の手からマッチを取り一回で点火して伸彦の煙草に火をつけた。煙草は味がなく苦いだけだ。すぐに灰皿でもみ消した。伸彦はたてつづけにくしゃみをした。鳥肌が立っている。そそくさと佐和子のわきに体をすべりこませた。

「あの男がねえ、なんていってるだけでは仕様がないじゃないの」

伸彦は佐和子の乳房をまさぐった。湯あがりのすべすべした肌が手に触れた。手を腹へ移し太腿へすべらせた。

「菊池さんでないなら結婚してもいいとあなたはいいたいんじゃない?」

伸彦はそのとき真鍋吉助がタオルに吐いた痰を思い出した。痰は錆色だった。掛け布団の襟が垢で光っていたのもまざまざと目蓋の裏に甦った。あの家の戸口で重富悟郎と立ち話をした折り、真鍋吉助がやもめ暮しをしていることを知った。アメリカの俘虜収容所から帰国したとき、彼の妻は再婚していた。戦死公報が出て一年後のことである。真鍋吉助は復員して数年たってから二回結婚している。二回とも妻と折合いが悪く離婚したそうである。

伸彦は自分が暗い螢光燈の下で垢じみた夜具にくるまり、慄えながら錆色の痰を吐いている姿を思い浮べた。

「え、いま何ていったの」

佐和子は閉じていた目を開いてたずねた。伸彦は黙っていた。「置き去りにしないでくれと聞えたわ。それ、どういう意味」

「そんなこといったかい」

「ええ、はっきり聞えたわ、憶えてないの」

仕事のことで佐和子には関係がないと伸彦はいった。ベッドから抜け出て窓のカーテンから外をうかがった。空港の標識燈はさっきよりも輝きが鋭くなっている。白一色の飛行場がターミナルから溢れた光に浮びあがっているのが認められた。除雪しているブルドーザーの明りが飛行場をゆっくりと移動していた。裸では風邪をひく、と佐和子がベッドから声をかけた。


佐和子をアパートに送ったタクシーで伸彦は行きつけの酒場に向った。妙に食欲がなかった。酒場のドアを押すと、先客が煙草の煙をすかして伸彦に目をこらし、「やあやあ」といった。グラスを持った手を左右に振って自分の席に誘った。釘宮康麿である。隣に有明企画の社長がいる。伸彦は釘宮のわきに腰をおろして水割りを注文した。

「いまあなたの噂をしてたところですよ」

釘宮が囁きかけた。

「ぼくの噂をしてたところですか」

伸彦は大声で答えて行武に目をやった。釘宮はわざとらしい笑声を発して水割りの代りをバーテンダーに催促した。今夜は行武にたかるつもりなのだろうかと伸彦は思った。

「実はね伊奈さん、おたくへ寄ったんです。一人で一杯やるのが淋しくてつきあっていただこうと思いましてね。

すると奥さんがきょうもあなたはお仕事でお出かけといわれたもので。日曜日なのにご精が出ますな」

「それほどでもありませんよ」

「ここで待っていたらいずれあなたに会えるのじゃないかと御輿をすえていたら、行武さんがやって来たってわけ」

釘宮はどういうわけかいつもより上機嫌だった。行武から酒をせしめるアテがあるために機嫌がいいのだろうか、それとも自分におごらせる目算があるのだろうか、と仲彦は考えた。いずれにせよ、二人のどちらかに提供すべき情報を持合せているらしいことは推測できた。

しかし、今夜にかぎって仲彦は菊池が与えた仕事のことは考えたくなかった。行武はむっつりとしてグラスを口に運んでいる。

「わしは明日、上京するんですよ。政府筋に緊急取材する必要がありましてね」

釘宮は仲彦の全身をなめるように見まわしてしゃべった。

「で、空港に航空券を買いに行った。欠航でなければきょう発つつもりだったんです。空模様によっては午後にでも就航するといわれたんで、ともかく空港まで行ってみました。ちょうど行武さんも空港へ行くというので車に同乗させてもらいました」

「緊急取材というのはなんです。伊佐日報は東京の通信社からニュースを買ってるんでしょう。わざわざヴェテラン記者を派遣しなければならないほどの事件でも持ちあがったんですか」

仲彦はまずそうに水割りを飲んでいる行武の顔から目を離さないでたずねた。

「伊奈さん、飛行機というものは便利なようで不便なものですな。雪がちょいと降ったくらいで飛べなくなるんですから」

「社説を拝読しましたよ。なかなかいい文章です。釘宮さんが書いたんでしょう」

「ご冗談ばかり」

釘宮は笑み崩れた。県の開発公社で事務理事をしている古賀という人物からもあれを読んだという電話があった、と釘宮はいった。

「古賀さんが」

行武が話にわりこんだ。

「市の幹部からも二、三人ね、自分の書いた文章に反響があるというのは嬉しいものです。記者冥利に尽きますな。もっともわしの新聞を購読していないお偉方もいますから明日登庁して備えつけの伊佐日報に目を通すことになるでしょう。〝市庁と業者との間に不明朗な噂〟などと書かれて涼しい顔ができるものではありませんよ」

「そうあなたがいうからには確証を握ってるんでしょうね」

伸彦はしだいにうっとうしい気分におちいった。二杯めの水割りを空にすると、すかさずバーテンダーが代りをこしらえた。今夜は一人で飲むつもりだった。日曜日の夜に釘宮が酒場でとぐろを巻いているとは予想できなかった。確たる証拠は押えている、と釘宮は嬉しそうにいい、つづけて、

「来年はあなた、市長と知事の選挙がある年なんですわ」

といった。今の市長は老体だから四選を期して出馬しても当選はむずかしい、対立候補は現市長にくらべ三十歳以上も若い。伊佐の青年会議所が市長選の鍵を握っている。会議所が対立候補を支持すると表明しているからには、現市長は苦戦を強いられるだろう……という釘宮の饒舌を伸彦はあくびまじりに聞いていた。自分がいま腰を上げたら釘宮はついて来るだろうか、と考えた。

「その対立候補というのは誰なんです」

襲って来るねむけとたたかいながら伸彦はたずねた。釘宮は意外そうに目を見はった。

「おや、知らなかったんですか。榊原輝昭氏です。榊原不動産の社長の」

「やり手ですな」

行武がそういって釘宮に目をやり、伸彦の視線とかち合ってうろたえたような表情になった。空港ターミナルとホテルは目と鼻の近さである。伸彦か佐和子かを行武はターミナル付近で見た可能性は大きい。

「であるからして現市長の惨敗は誰の目にも明白ということです。しかし榊原氏が楽勝するという予測は第三の人物が立候補しないという前提のもとに成り立つのでしてな」

釘宮は弁じたてた。立候補の届け出までにはまだ間がある。選挙は来年の四月に行われる。三人めの候補者はわかっているのだろうと伸彦はたずねた。

「噂では菊池省介氏が立つらしいんですがね。あくまで噂にすぎない。いまの段階では。でも彼はもっか独身でね、あれでは婦人層の票をつかむのが困難だな。身を固めれば別の話です。榊原氏の強敵になるでしょう」

「ははあ」

と伸彦はいってバーテンダーに釘宮の水割りを新しくつくらせた。

「これはどうも。伊奈さんにはご馳走になるばかりですな」

釘宮は如才なく水割りのグラスをちょっと伸彦にさし上げて旨そうに傾けた。行武は苦りきっている。伸彦はいった。

「保守的な婦人層が女性にはとかくの評判で知られている候補者に投票するものですかねえ。妻とした女にある種の噂があってもそれで身を固めたといえるのかなあ。独身の方が票をとりそうな気がするけれども」

「選挙で独身者が当選したという例はこの町において無いんですよ。ある種の噂とおっしゃるが、当事者が黙っていたらいいでしょう。かえって宣伝になって知名度があがることも考えられますわな」

といった釘宮の後をうけて行武がすぐに、

「当事者さえ沈黙していたらね」

といった。

第八章

ドアが叩かれた。

仲彦が顔をあげると、綾部が体をすべりこませて来て、「お邪魔します」といった。菊興商事の総務課長である。初めて見るもののように書斎の内側を珍しげに見まわし、ソファに浅く腰をおろした。

「いよいよ今年も押しつまって来ましたな。わが社はきょうが仕事おさめです」

と綾部はいった
仲彦は「戦史双書、南島方面海軍作戦(二)」に再び目をおとした。

「さっきもここへ来て見たんですが、いらっしゃらなかったようで。十一時ごろだったかな。なんでも女中の話では町の方へ行かれたとか。お食事にしてはちと早いと思ったんですがね」

「用件は何です」

「あ、なに形式的に一応確かめる必要がありまして。あくまで形ばかりのことなんで」

綾部は内ポケットから茶色の封筒をとり出し、デスクの上でさかさにして中身を拡げた。

書店、酒屋、レストラン、酒場、菓子店などの請求書である。仲彦はちらと請求書に目をやったきり黙っていた。

綾部はぎごちなく咳ばらいした。年末なのでこれらの請求書を一括して清算する必要がある。ついては請求書の内容と金額を本人に確認してもらわなければならない、といった。仲彦は紙片をかき寄せて束にし、綾部の前に音をたてて置いた。

「払ってやって下さい。請求額にまちがいはありませんよ」

「まちがいはないといっても伊奈さん。この〝ドン〟とかいう酒場の額は少しばかり法外な気が」

「多すぎるというんですか。菊池さんは調査に必要な額は社で持つといわれた。あなたも傍で聞いてたでしょう」

「ええそれは。しかしですな、毎日のように〝ドン〟で飲まなくちゃならんような調査とはどうも私には」

総務課長としての責任とか、調査に妥当な金額とか、常識的な線とかいう意味の言葉をくどくどとしゃべったが、伸彦がそしらぬ顔で「戦史双書」のページを繰っているのに気づくと、ためいきをついて請求書の束を封筒におさめた。

「綾部さん、菊池さんがぼくの調査費について不満をもらしたんですか。そうではないでしょう」

「最終的には社長がチェックなさいます。しかし総務課長には総務課長としての責任もあるんでしてね」

「菊興商事が発展しているわけが納得できたような気がしますよ。億単位の事業をやっているのに、ぼくがつかうケチな金にも目配りがゆき届く。たいしたもんです。ビジネスマンはこうでなくちゃね」

綾部は苦笑して、「あなたもお口の悪い人ですな」といった。伸彦は自分がいま「億単位の事業をやっている」といったとき、綾部の表情にふっときざしたかげりを見逃さなかった。もっともそれは瞬間的な変化にすぎなくて、すぐに元の無表情にとってかわったけれども。仕事は順調にはかどっているかと、綾部は気のない声でたずね、伸彦が黙っていると、「じゃあ、これで」といって書斎から出て行った。

綾部が来たわけを伸彦は知っていた。

調査費の金額が多すぎると異議を申し立てるつもりは彼になかったはずである。ただ役目がら、請求書を自動的に認める前に、自分という人間がいるのだということを伸彦に教えたかったのだろう。

伸彦は綾部の靴音が廊下を遠ざかってからポケットの腕時計をとり出して耳にあてがった。かすかなセコンドの音が聞えた。修理に出していた父の形見である。けさ、菊池家へ向う途中、時計店へ寄ってみたが、まだシャッターがおりていた。書斎で二時間近く仕事をしてまた時計店へ出かけたのだ。綾部が初めに来たのはそのときだったのだろう。菊池家からの帰りに寄って受けとっても良かったのだが、きょうの朝までに修理が終ると聞いてからは一刻も早く手にしたかった。

（ほう、珍しい時計ですね）

時計店の主人は伸彦が陳列ケースに置いたロンジンをしげしげと見つめた。初雪が伊佐に降った日である。真鍋吉助を入院させたあと、伸彦は時計店のドアを押した。主人は目に小さな黒い円筒《キズミ》をはめ、時計の裏蓋をあけた。そくざに伸彦をかえりみて、（これは？）とけげんそうにいった。

（ええ、長い間、使用していなかったんです。修理できますか）

（錆がひどいですなあ、海水にでもつかったみたいだ。それにずいぶん旧い型ですよ。このタイプはもう製造していません。しかし、いい時計です）

（動きさえすれば少々の狂いは我慢します）

（〃逃げ止め〃が折れてるようですね。代理店に注文してもこの部品は在庫がないはずです。しかし、うちは親の代から時計を扱っていますから倉庫にこの型に合う部品があるかも知れません。やってみましょう。部品さえあれば狂いのないように直しますよ）

〃逃げ止め〃とはどういう部品なのか、と伸彦はたずねた。主人はピンセットで時計の内部を指してあれこれと説明したが伸彦にはよくわからなかった。その晩、酒場から時計店へ電話してみた。主人が出て部品の在庫があったこと、修理にかかる日数を答えた。十日ほど前のことである。

伸彦は腕時計のセコンドにしばらく耳をすませてから、左手首に巻きつけた。新しいバンドはワニ革を選んだ。錆をおとされ良くみがきあげられたロンジンは彼の手首に快い重みを感じさせた。九州から訪ねて来たという未知の人物がこの時計を届けたとき、ガラス蓋は割れ、長針も折れていた。父の三周忌に修理はしてみたものの、新しくなったのは針とガラス蓋だけで、すぐに動かなくなった。それでも母は時計を手首に巻いて離さなかった。父がのこした唯一の形見だから、どこかにしまい忘れてしまうといけないというのだった。

母はこの時計を伸彦が英子と結婚したときに手首からはずした。なんべん修理に出してもむやみに高い料金をとられるだけで、すぐに止ってしまう時計など、質ぐさにもならず、ゆずり受けたところであまり嬉しくはなかったのだが、母がもったいぶって伸彦の手首に巻きつけるのを見ると、さすがに要らないとはいいかねた。彼はふだん安物ではあるが正確な国産の腕時計で用を足し、父のロンジンは戸棚にしまっていて、しまっていることすら忘れがちだった。

伸彦は父伸郎のことをほとんど憶えていない。

応召したのは昭和十六年夏である。伸彦は四歳、父が二十九歳になった年であった。その頃はまだ賑やかな歓送が許されていて、愛国婦人会の白だすきをかけた細君連中が、日の丸の小旗を振りながら町内会長の家の前で半円を作って、父のために軍歌を歌った情景は記憶にとどまっている。あのとき、父は隣り組の面々に囲まれ、むりに作った笑顔でしきりに頭を下げて、家の者をよろしくなどといっていたようだ。汗がこめかみからひっきりなしに滴り、おとがいの先から地面に落ちて黒いしみをつけていた。

——あかつき部隊

というのが父の属した部隊らしかった。軍事郵便という赤いスタンプが押された葉書を何回か受けとったことがある。母はそれを読み終ると神棚にあげて拝んだ。あかつき部隊というのが隊の通称で、正確には何を指すのか、今、伸彦は知っている。

防衛庁の戦史室に手紙で問合せ、それが「暁二九五三部隊」のことで、陸軍の船舶高射砲第一聯隊を意味し、父が配属されたのはその第三中隊である。主として広島、九州、大阪、加古川の兵隊で構成されていたという。

伊奈伸郎は昭和十七年夏の終りに大阪商船籍の鬼怒川丸に乗りくみ、シンガポール、ジャワ、ラバウルを経て、ソロモン諸島の北ブーゲンビル島の南にあるショートランドの港に入港している。記録によれば十月二十六日のことである。鬼怒川丸は約七千トン、商船として建造されたものを広島の宇品で再艤装し、船首と船尾に二門ずつ高射砲を据えつけている。舩橋には高射機関砲八門が装備してあった。速力は十二、三ノット、ふだんは十ノットを割っていたという。かなりの老朽船である。

十一月十三日、鬼怒川丸はショートランドを出港している。この第二次強行輸送作戦は先の十月十二日に行われた第一次作戦の失敗を補う意味を持った重要な作戦であった。前回は第二師団と第三十八師団の一部、軍直轄部隊と重砲約四十門を十八ノット級の高速船六隻でもって輸送し、巡洋艦二隻、駆逐艦八隻が護衛につき、空からも零戦、水偵、一式陸攻、九九式艦爆などが船団を掩護した。

十四日深夜、船団は予定通りG島のタサファロング泊地に到着し、ただちに積載の厖大な兵器弾薬と糧食の揚陸を開始した。十五日早朝、乗船部隊と資材の揚陸が五割がたすんだころ、敵の艦爆が泊地上空に飛来し、資材集積所に爆弾を投下し、執拗な機銃掃射を行った。

午前七時半、吾妻山に爆弾命中、九時ごろ笹子丸が大火災を起し、十一時ごろ九州丸が焔を噴出させた。ショートランド島に帰りついたのは、崎戸丸、佐渡丸、南海丸の三隻のみである。

第二次の船団は第一次より規模が大きい。参加輸送船は十一隻、護衛も第二水雷戦隊司令官田中頼三少将の指揮する駆逐鑑が十一隻に増強されている。兵員は三十八師団の残部と軍直轄部隊、五十余門の重砲、弾薬各種合計七万発、食糧約一カ月分を吃水線深く積みこんだ船団はG島へ航行した。

これに先だち重巡四隻、軽巡二隻、駆逐艦四隻で編成された艦隊が出撃して船団の入泊と資材揚陸に妨害を受けさせないようにするためG島の敵飛行場制圧を試みた。重巡鈴谷、摩耶が十三日夜二十サンチ砲で砲撃し、発射弾数は両艦あわせて約千発、飛行場は一時間にわたって火災を起し日本海軍は数十機の敵戦闘機、爆撃機を破壊したと信じた。

十四日早朝、帰路、重巡衣笠が空襲をうけて沈没する。重巡鳥海も罐室に火災が発生したがまもなく鎮火した。軽巡五十鈴は中破し、駆逐艦朝潮に護衛されてショートランドをめざした。重巡摩耶の甲板には、撃墜された敵の艦爆が激突した。半時間ていどの飛行場砲撃は重巡一隻の喪失と駆逐艦三隻などの被害という代償を支払わなければならなかったわけである。この艦隊を襲ったのはアメリカの空母エンタープライズの艦上機であった。

衣笠が攻撃されていた頃、北東を航行ちゅうの船団も同時にアメリカの陸海軍機に空襲されていた。

第一次は午前六時、船団に被害なし。

第二次は午前七時八分、被害なし。敵の艦爆二機を味方の上空直掩機零戦が撃墜。このとき南西方角に船団は敵の大編隊を視認しているが、編隊は摩耶以下、日本の艦隊を攻撃ちゅうであった。

第三次は十時五十分、船団は敵四十機の銃爆雷撃をうける。かんべら丸が火災、長良丸に魚雷が命中して浸水傾斜し、佐渡丸が航行の自由を失い、駆逐艦に護衛されてショートランドに引き返す。かんべら丸と長良丸はやがて沈没する。味方直掩機はこのとき燃料がきれ、基地へ帰っていた。

第四次は午後零時半、敵三十二機の空襲によって、ぶりすべん丸が火災を発生して沈没する。

第五次は午後一時半、船団はB17八機と艦爆三機に攻撃される。信濃丸、ありぞな丸が炎上して沈没する。このとき、ようやく引き返して来たわが零戦が艦爆を三機とも撃墜した。

第六次、午後二時十分、艦爆三機の空襲をうけるが、船団に被害なし。

第七次、時刻不明、艦爆十七機来襲、那吉丸が炎上する。

第八次、午後三時半、艦爆三機に攻撃される。船団に被害なし。この八回にわたる戦闘で護衛の駆逐艦が三機を、味方機が七機を撃墜しているが、船団は六隻を失っている。戦死者は約四百五十名、駆逐艦に救助された沈没船の乗組員と兵員は四千八百名余。船団は半数以上を空襲で喪失したことになる。

「しかし」と「戦史双書」の著書は記述している。「船団部隊の士気は強烈であった」。伸彦は一度、手首に巻いた腕時計の留め金をはずしてまた耳にあてがった。虫の鳴くようなセコンドの音に耳を澄ませて聞き入った。時計は汚れと錆を落されたために、無数にしるされた大小のきずが目立った。父はこの腕時計を手首につけて、ソロモンの海で高射砲弾の信管を切り、装塡し、射撃したのだと、伸彦は思った。


「お待ちどおさま」

といって女中が食事を運んで来た。

鯛の塩焼き、河豚の刺し身などを塗り物の膳に並べている。

「たまには和食もいいかと存じまして。脂っこい物ばかりでお飽きになったんではないですかしら」

「お客さんでも見えてるの」

伸彦はデスクの上に散らかしていた書物やノート類を片づけながらたずねた。なんとなく階下がざわついている気配である。客は夜迎えることになっている。社員のささやかな忘年会を催す予定で、そのための大掃除に女中たちがかかっていると相手は答えた。

「菊池さんの奥さんが帰られたそうだね」

「ええ、帰られはしましたけれど」

女中は目を伏せて、小さな丸い櫃から飯を赤い椀によそった。帰りはしたけれどというのはどういうことだと伸彦はたたみかけた。家族そろって正月を祝えるというのはいいことではないかともいった。女中はドアの方にちらりと目をやって口早にいった。

「奥様は空港ホテルにご滞在なんです」

「それはまたどうして」

「ご存じでしょう」

「いや、何も知らないよ。子供さんの顔を見たくないのかなあ」

「ご主人様は会いに行かれました。いろいろとこみいった事情がおありのようです。弁護士さんをつれて行かれたほどですから。それに……」

女中はドアのノックを聞いたとたん怯えた表情になって口をつぐんだ。顔を出したのは重富悟郎である。そのわきをすり抜けて女中は書斎から小走りに出て行った。

「これはこれは豪勢なお食事を召しあがっておられる」

おどけた口調には似合わない疲れきった表情でソファに身を埋めあくびをもらした。伸彦がきいてみると、昼食はすませたという。菊池省造の容態が思わしくなくて、駆けつけたのだそうである。昨夜もおそい時刻に電話で菊池家へ呼び出された。

「ふうん」といって伸彦は箸でむしった鯛を口に入れた。

「ときに真鍋さんの具合は」

「ああ、彼はどうにかもち直しましたよ。寝ても醒めても鶏のことばかりいってる。伊奈さんが見舞いに寄るのをしごく楽しみにしてるみたいですよ。鶏の次にはあなたの噂をするほどでね」

「上」のといって伸彦は目で階上を指し「患者の傍についていなくてもいいの」とたずねた。

「看護婦をつけてるから。ぼくもすっかりくたびれた。昨夜からあまり眠っていないんです。看護婦は交代で休めるけれど、医者は一人しかいないんだから」

「真鍋さんは戦後二回も嫁をもらって別れてるそうじゃないですか。何かわけでもあるのかな。見れば人もそれほど悪くないようなのに」

伸彦は河豚の刺し身の上に輪切りのレモンをしぼって汁をたらした。

「離婚したんです」

重富悟郎はいった。

「そりゃあわかってますよ。問題は身寄りのない彼がなぜ離婚したかです。鶏の世話もままならなくなるでしょう」

「人間の心って不可解なもんですよ伊奈さん。うちでもね、いつだったか肝臓をわずらって入院した患者が全快して明日退院という日に窓から身投げして自殺したことがあった。警察は一時的精神錯乱ということで片をつけてくれたけれど、今もって理由はわからない。病院としては外聞の悪い話です。商売にさしつかえますな」

「真鍋さんはいつ退院できるんですか」

「衰弱してますからねえ、年内はむりでしょう。年が明けてから。あなたの参考になるかどうか知らないが、二番めの奥さんが、真鍋さんのね、別れる前にうちのおやじに相談に来たことがありましたよ。主人は少し気がふれてるんじゃないかといってね。ふだんはおとなしいけれども、年に何回か有り金をのこらず持ってN市のいかがわしい飲み屋で大酒を飲むんだそうです」

「それくらいはだれだってやることじゃないですか。ぼくにも身に覚えがある」

「まだ先があるんです。真夜中にはね起きて、テキシュウ、テキシュウと喚きながら家の中をうろうろと走りまわる。かと思えばこれは別の日ですが、飯を喰ってるとき一粒ずつ手にのせて数え出して奥さんにも一杯の飯が何粒あるかいってみろと強制するんだというんですな。これが続けばたいていの女房は参ってしまうんじゃないかな」

伸彦は箸にのせて口に入れかけた飯を途中で止めて見つめた。にわかに胃のあたりが重苦しくなった。

「二番目の奥さんが家を出たのは、些細なことがきっかけだったんです。ちょっとした夫婦喧嘩のときに、奥さんが〝なんだ俘虜のくせに〟といったというんですな。おやじから聞いたんだけれど。そのとたん……」

「彼は烈火のごとく怒って女房を叩き出したわけですか」

「そうじゃないんです。彼は納屋にとびこんで、鎌をひっつかみ自分の首をかき切ろうとした。奥さんが慌てて制止したので傷は浅くすみましたけれどね。おやじが駆けつけて手当したんです。もう少し深かったら頸動脈に達するところだった」

生雲丹を食べかけていた伸彦は箸を置いた。

「結局、女房たちに責任はないんですよ。亭主の方がいっぷう変っているんでしてね。あれではたまらない」

仲彦は煙草に火をつけていった。

「ここの奥さんが空港ホテルに泊っているんだって」

「伊奈さんも早耳なんだなあ。いつ聞きました」

重富悟郎は呆れ顔でいった。

「たったいま、女中から。どういうことになってるんだろう」

「さあてね。……きょうは離婚を話題にしに来たようなもんだ。よその家の事情にはうとくてね。どれ、もう患者の所に戻らなければ。伊奈さん、後で病院に寄って下さいよ。真鍋さんを見舞うのはあなただけなんだから」

重富悟郎は大儀そうに腰を上げた。仲彦はドアに手をかけた医師に、何か用があったのではないかとたずねた。

「そうそう、すっかり肝腎の話を忘れてた。おやじがね、あなたに仕事の進行状況をききたいって。それを伝えに来たんだった。参考になることを話してやってもいいような口ぶりでしたよ。真鍋さんを見舞うついでにうちに顔を見せて下さい。じゃあ」

ドアがしまった。

女中を呼んで食膳を下げさせたあと、仲彦は窓の外に目をやって考えこんだ。(些細なことがきっかけだったんです)といった重富悟郎の声が耳に残っていた。英子との口論のきっかけもいわば些細なことだった。あれは三日前のことだ。

(喪服をこしらえようかしら)

と英子がいった。叔母の七周忌が近くいとなまれる。着て行く物がないのだという。その日はスナックが改装工事をするとかで、英子は休んでいた。午後十時ごろだったと思う。仲彦は浜野正男という元陸軍軍曹が書いて自費出版した「ソロモンの人形」という本を読んでいた。副題に「G島の生活」とついている。東京にある大手の建設会社で営業部長をつとめた人物が著者である。大正二年生まれと奥付にはあるから父より一歳年少ということになる。

(喪服を……)

伸彦は「ソロモンの人形」から目をはなして英子を見た。

(だって皆さんあつらえてるんですもの。あたしだけが着ないでは変に思われるわ)

伸彦は本を読み続けた。「……ただ、発射速度が問題であった。高射砲兵の操典には一分間に六発発射を最高速度と出ていたように覚えていたが、そんな発射速度では百パーセントやられてしまったろう。その操典の速度は、高射砲の航速、高度、航路角等の諸元を指示して信管が自然に切れて(操作によって)発射する速度であって……」

(あなた、聞いてるの)

(あ、うん、喪服をこさえたいんだって。いいだろう。要るものなんだし)

(厭なんでしょう)

(何が……)

(喪服をあたしがこしらえるのが厭なんでしょう)

伸彦は「ソロモンの人形」を畳に伏せた。

(正月はどうする。一週間ばかり休みがとれるんだけれど。去年はずっとうちでくすぶってたな)

(話をそらさないで)

(なんの話だ)

(喪服をあつらえたいといったら、あなた顔色を変えたわ。いいえ、そうじゃないといっても駄目、あたしにはわかるんだから。あなたは家庭というものがいつでも壊れていいと内心では思ってるのよ。そういう人なの。だから喪服のようなものは要らないと決めこんでたの。あたしが急にいい出したので顔色を変えたんだわ。ちょうど、もうすぐ死ぬことになってる病人に医者が高い薬を使おうというのを聞いた病人の家族の気持と同じみたい)

(それは考えすぎだよ。喪服と聞けば誰かの不幸を連想するのが自然だろう。妙な顔になって当然ではないかな)

夕食のあと片づけをする際に英子が皿を手からおとして割ったことを思い出した。朝から落着かない。伸彦は英子の勤め先で何かまずいことでもあったのだろうとしか考えなかった。前の晩、いつもの時刻よりおそく帰宅した英子が床についたあとかなりひんぱんに寝返りを打つ気配を襖ごしに感じていた。

(あたし、ときどき考えることがあるの。あなたと別れるのは一枚の紙ですむのに、なぜそれをしないのだろうって。離婚届に書きこんで判をついて市民課に提出するだけのことよ。あなたは反対しないでしょうから、十分もあればすむことなの。そのつどあたしは思うの、あなたと再婚したときのことを。何もかも、初めからやり直そうと決心したんだったわ。家庭というのはふつうの人が考えている以上にいいものと信じてるの。一度あたし離婚して一人で生活していたときのことを思い出すと、あのころの惨めで淋しい生活に戻るくらいなら、どんなことにでも耐えられるって気がするの。あなた、聞いてる?)

(さっさと離婚する女は多いよ。げんに……)

(あたしに別れろってすすめる人がないでもないの。その方が何倍も幸せだって。別れたら新しい生活があって、あなたより数等いい人に出会う可能性も生まれるんですって。他人のことだと思って気楽にいうわね。離婚したこともないくせに)

(きみのためを思っていう人を悪くいうもんじゃない。もしかしたらその通りかも知れないんだからね。ぼくにはきみにああしろこうしろという資格はないんだよ)

(別れるというのは一人で暮すということなんだわ。二人でいたらたとえこういう話でもおたがいに交わすことができるのよ。これはとても大事なことだわ。あたしそう思う)

戸外では風が吹いていた。雪が解けてから地面はぬかるみ、晴天が続いたあとは少しの風でも砂埃が舞いあがった。伸彦は両手を頭の後ろで組んで寝そべっていた。そうしながら窓ガラスに風で叩きつけられる砂粒の音を聞いていた。部屋のどこかに隙間でもあるのか、細かい茶色の土埃がうっすらとたちこめており、電燈のまわりにぼんやりとした暈をかけている。仲彦は自分の唇が乾いたように思って舌でなめた。

(でも、でも……)

突然、英子は叫ぶようにいった。

両手で顔を覆って小刻みに肩を慄わせた。

(別れたいって本気で思うことがあるの。本気で。……あなたと別れたら、どんなにせいせいするかと。あなたが……)

語尾は英子の口にのみこまれて消えた。仲彦は上体を起した。畳についた手がざらついた。目に見えない砂がびっしりと畳の上に拡がっているように思われた。英子はひとしきり甲高く泣いた。食卓にもする電気炬燵をこぶしで苛立たしげに叩いた。あなたが憎いとすすり泣きの合い間にいった。

(あなたが、憎い。憎くてたまらないの。殺してやりたいくらい)

英子は炬燵の板を叩きながら顔をその上に伏せて泣きじゃくった。仲彦はためいきをついて再びあおむきになった。電燈の下を飛びまわっている黒い虫が目に入った。蝿に似ていた。蝿が十二月に生きているはずがない。だとしたらあの黒い虫はなんだろうと思いながら見つめていた。


午後、仲彦は「戦史双書」からノートをとり続けた。

第二次輸送船団十一隻のうち、空襲により沈没したもの六隻、被害を受けて途中から引き返したもの一隻、計七隻が脱落している。残りは広川丸、山浦丸、鬼怒川丸、山東丸の四隻だけである。

昭和十七年十一月十五日、午前一時三十六分、四隻はG島タサファロング泊地に侵入し、海岸に乗り上げて資材と乗船部隊の揚陸を開始した。護衛の海軍艦艇は、船団の泊地侵入と同時に第三十一駆逐隊が泊地警戒に、他はサボ島付近の警戒にあたり、午前二時半、集結して北方海域に避退を開始した。夜明けまでにG島から離れていなければ、敵機の空襲をこうむるからである。

午前六時、日の出と同時に敵機のべ三十機が眼前の飛行場を離陸し、爆撃を始めた。敵陣の砲台も船団に砲撃をあびせかけ、海上からも巡洋艦、駆逐艦各一隻が砲撃を加えた。午前八時までに全船団が火災を起した。乗船の陸軍部隊は小銃機関銃、軽火砲と弾薬、糧食の一部（山砲弾薬三百六十箱、米千五百俵）をかろうじて揚陸しただけであった。兵員は約二千名がほとんど無傷で上陸した。

船団に対してわが軍は基地航空部隊が戦闘機のべ二十二機、R方面航空部隊が八機をもって上空警戒にあたったが、被害を阻止することはできなかった。米千五百俵はG島の日本軍にはわずか一日半分の食糧にしかあたらなかった。十一隻の船団を犠牲にしてG島に送りこんだのは、やがて飢えることになる二千人の兵隊と、一日半分の食糧とわずかな弾薬にすぎない。これは輸送しようとした物資の三十分の一である。以後、わが陸海軍はこのように大がかりな船団を組むことを諦めた。

輸送は高速船と兵員と資材をむざむざソロモンの海底に送りこむことに等しいからである。日本軍はうちつづく輸送作戦の失敗には耐えられない所まで来ていた。

「十一月十五日から二月七日までか……」

伸彦はひとりごとをつぶやいた。伊奈伸郎はしてみるとおよそ八十数日G島で生活したことになる。伸彦は手首で鈍く光っているロンジンに目をやったあと「戦史双書」のページを閉じて今度は駒宮真一郎という元陸軍大尉が書いた「船舶砲兵」を手にとった。第七章は〝G島強行輸送作戦の顚末〟と題されており、そのなかに鬼怒川丸事務長小倉津太一が昭和十八年七月二十二日、船舶司令部に提出した鬼怒川丸顚末報告書の枢要な部分が紹介されている。

「……本船はタサファロング沖合に到ると同時に進行しながら大発小発を全部、泛水し、揚陸作業を行いつつ前進、遂に昭和十七年十一月十五日二時十分タサファロング海岸（約南緯九度二二分、東経一五九度五二分）に擱座せしむ。これを知りてか敵機の爆撃機銃掃射いよいよ熾烈をきわめ、これに加えて海岸砲の砲撃も物凄く、文字通り弾丸雨あられと降り注ぐ中にありて、乗組員一同は沈着果敢この任務果たす迄は死すとも止まじの意気に燃え、各々その所定配置につき揚陸作業を敢行す。（略）ために作業意外に進捗、十五日五時完全揚陸作業を終了せり。（略）五時十五分退船の命を受け総員退船す。

退船に先立ち甲板部員、無線部員は軍機保持の見地より航海通信用諸器具の重要部分をとりはずし、これを機密書類と共に各人分担携行し、機関部員は船内各防水扉、天蓋をもれなく密閉、残部燃油その他の油類を引火の恐れなき様二重底槽あるいは適当なるところにこれを移し、なお再起使用を期し諸機関『磨き鋼部分』には入念に錆止塗装を施しおけり。

船員かくも必死作業に協力致しおる際、本船より陸揚げし海岸椰子林中におきたる本船乗組員用食糧衣類等盗難にあい、ほとんど持ち去られ、わずかに乾パン一箱残りおりたるのみ。余りのあさましさに一同かわす言葉もなく、憤慨落胆のきわみなり。（略）ここにて船員はただちに脇屋部隊に編入せられ、宿営地の指定をうけタサファロング川左岸海岸より一・五キロの地点に設営す。退船約二時間後、本船は敵の直撃弾数発をうけ、大火災を起し、猛火に包まれ三日間燃え続け、タサファロング沖に華と散り、一同悲憤哀惜の念おさえ難きものあり。この朝の決死作業に際し、敵銃弾あるいは至近爆砲弾により南海決戦場に華と散られたる我友は十二名なり。……」

「我友」は鬼怒川丸の船員だけを指し、乗りくみの船舶砲兵は含んでいないはずである。「ソロモンの人形」の著者は小倉事務長が記述したくだりを次のように描写している。浜野元軍曹は鬼怒川丸の船尾に位置した高射砲二門の指揮をとっていた。

「……真っ暗闇の中で船員は、ハッチをあけて荷物の揚陸作業を始める。上陸要員の兵隊は全部下船していったがまだ食糧と弾薬が残っていた。ウインチを動かすには蒸気が必要なので船員は全部船内で仕事をしていた。私らには当時この荷物が全部陸揚げされるまで船を護衛する任務が残っている。（略）随分急いで荷役をしていたようだが、あまりはかどらない。そのうち朝が近づいてくる。（略）ニューギニアのブナ上陸の時も食べる物がなく苦労したので、上陸に際しては持てるだけの食べ物は持ってあがりたかった。どうせこの島にあがれば食べる物もない。私は船の事務長に話して米や副食物を貰うことにした。（略）米三俵、味噌、醬油、副食物等を貰い、まだ戦闘が始らぬ今のうちならばと、中隊長に相談して陸に揚げた。そして戦争にあまり関係のない観測班を主とした者に、ジャングルのちょっと入った所に穴を掘らせて埋めさせ、歩哨を立て、盗まれるのを防止した。（略）

夜があけはなたれた。密林は靄とも霧ともつかず白く煙って静まり返っていた。荷役のガラガラというウインチの音と、陸で荷を受けとる兵隊の叫び声だけであった。そのうちにルンガの方向から、飛行機のエンジンの始動する音が、地面や海面を通じてきこえてくる。〃オーイ、飛行機がくるぞ〃私たちは朝食の握り飯もそこそこに位置についた。初めの奴は偵察であった。（略）偵察機が去るといよいよ攻撃してきた。海上で戦ったと同じ方法で弾幕を張ったが、今度はこの船が動いていないし、敵も攻撃角度を変えたので苦戦だった。

弾丸がだんだん少くなってくる。あとで考えると、真昼間正々堂々とG島で飛行機に対戦したのは私たちだけだったに違いない。

榴霰弾を撃ち尽し、榴弾まで込めて撃った。

敵は飛行場が近いので、くり返し波状攻撃をしかけてきた。幸い一発も爆弾をくらうことなく荷を揚げ終り、私らの兵隊は負傷者も出さず、船のタラップから陸上に（普通は海上におりるのだが）立った。

兵隊は分隊長の指揮下に入り海岸は危険なのでジャングル内に入って行った。（略）……」

この原稿は末尾に一九四八・七と記されている。分隊長の指揮下に入った兵隊の中に父はいたわけだ。伸彦は父がタラップを伝ってG島の砂浜におり立ち、暗い密林の奥へ吸いこまれて行く姿を想像した。同じころ、タサファロング海岸の南東約十五キロの位置にそびえるアウステン山の中腹に菊池省造はたたずんで、四隻の輸送船が爆撃され炎上するのを目撃している。

彼の眼下には米軍のルンガ飛行場があり、そこをグラマンが離陸するのも船団上空に殺到するのも同時に眺め得た地点である。アウステン山を占拠した百二十四聯隊の兵士たちは、この朝、一人のこらず待ち望んでいた船団が壊滅するのを間近に見とどけたのだった。

ドアがノックされたのを伸彦は気づかなかった。細めにあいたその隙間から昼食を運んで来た女中が顔をのぞかせている。

「お仕事ちゅう失礼します。先ほど、ご主人様から連絡がありまして、今夜の忘年会に伊奈さんにも出ていただくようにとのことだったんですが」

「何時から」

「七時からの予定です」

重富病院に真鍋吉助を見舞うつもりでいる。(おやじが話をしたいといってる)と告げた重富悟郎の言葉が気にかかっていた。早目に病院を切り上げて菊池家へ戻れば、忘年会に間に合わないでもないが、話が簡単にすむかどうか向うの次第である。伸彦はいった。

「せっかくですが、ぼくにも事情があるのでご遠慮したいと伝えてくれませんか」

女中が消えてから五分とたたないうちにデスクの電話機が鳴った。取ってみると菊池省一郎の声である。

「うちの手伝いから聞いたんですが、忘年会に出られないとか。どういう事情ですか」

「重富病院の大先生に会う予定です」

「延期したらいいでしょう」

「いや、実は息子さんの話では大先生の方がぼくの仕事の参考になることを話して下さるということなんで」

「おやじの加減が悪いのに忘年会をやるなどとは不謹慎だと思われるかも知れませんな。しかし、これはいわば恒例の業務のようなものなんです。パーティーそのものは簡単に終ります。実はそのあと伊奈さんに折り入って話があるんです。重富の大先生の話が終ったらうちに戻ってくれませんか」

伸彦はしばらく考えて、そうする、と約束した。

仲彦は自分の車でゆっくりと坂道を下った。

菊池家のある丘を、坂道は半ば巻くかたちでゆるい勾配をおびて続いている。

いつもならこの時刻に丘を下るときは、一日の仕事を終えた快い解放感を覚えるのがきまりだったが、きょうばかりはそうもゆかない。重富病院で真鍋吉助を見舞ったあと、院長に会わなければならない。菊池省一郎も会いたいといっている。

みちみち、仲彦は坂道を登ってくる数台の乗用車とすれちがった。タクシーもまざっていた。どの車も定員いっぱいに人がのっている。忘年会に出る菊興商事の社員なのだろう。歩いて来る人影もあった。対向車のヘッドライトが何度も仲彦の姿をとらえた。すれちがう連中はそのつど、運転席にすわった仲彦をのぞきこんだ。顔を見合せてささやきかわしたり、うなずいたりしている様子が見てとれた。

仲彦が社長の依頼で菊池家へ通っているのは、いつとはなしに社員の間に知れ渡っているらしい。(あの男がそうなのか……)顔を見合せている連中の表情は、そう語っているように見えた。

舗装された坂道を速度をあげずに下っているのに、仲彦の車はきしんだ。ドアを閉じていても細かく振動し、窓ガラスが鳴った。この中古車はただ同然の値段で手に入れてからほとんど洗ったことがない。車体はでこぼこになり、フェンダーはひしゃげ、全体に埃と泥と油がこびりついている。フロントグラスはワイパーが動いた痕だけくっきりと扇形の視野を運転者に確保している。

仲彦を見知ってはいても、彼の乗用車を見るのは初めてという社員が多いはずである。耳ざわりなエンジンの咳きこむような音を聞いた彼らは、坂道の片側に身をよけて例外なく車内に視線を向けた。

黒いアスファルトの路面に、白い粉末が舞った。車体のすきまから吹きこむ風が冷たい。また、雪か。伸彦は故障して利かなくなったヒーターのスイッチをいじった。修理するだけの費用で、もう一台の中古車が買えるはずである。菊池省一郎が、いや総務課長の綾部が、車の修理代を経費として認めてくれるだろうかと、伸彦は考えた。

坂道を降りきったところで、用心しながらアクセルを踏んだ。車体が大きく振動した。とうの昔にスクラップにされているはずの車である。ギヤの入れかた、エンジンのふかしかたにも要領が必要だった。少しでも荒っぽく扱えば、車がばらばらになるか、エンジンが火を噴きそうな感じだ。

伸彦は屑鉄とさして変りがない中古車を、だましだまし走らせるのが実は気に入っていた。(これはまるでわれわれの生活そのものじゃないか……)

スイッチを入れたワイパーがぎごちなく動き始めた。このワイパーもおかしくなっている。フロントグラスの中央あたりで突然、停止したかと思うと、次の瞬間、はじかれたように身ぶるいして片方へすべってゆく。動きは滑らかではなかった。解けた雪片でぼやけた街のネオンが、ワイパーが作動した直後につかのま鮮明になり、また次の雪片で明りを崩した。

伸彦は速度をあげずに街を通りすぎた。夕食はとっていなかったけれども、妙に食欲は起らなかった。菊池省一郎が依頼した仕事を終えるまで、この車は保つだろうかと、伸彦は考えた。同時に英子との生活を考えた。この車が動かなくなったとき、英子と自分との生活はどうなっているだろうか……

伸彦は車の渋滞が途切れた町はずれに出たとき、乱暴にアクセルを踏んだ。車は激しく振れ、伸彦は座席からとびあがりそうになった。エンジンは喘息病みの老人めいた咳きこみかたで車体をゆさぶった。伸彦は重富病院に着くまで、アクセルに加えた足の力をほとんどゆるめなかった。

「伊奈さん、よう来なすった」

真鍋吉助は両手で伸彦の手を握りしめて、上半身を起そうとした。伸彦はあわてて彼を押しとどめ、ベッドのわきに椅子を引きよせ腰をおろした。具合はどうかとたずねると、すっかり良くなった、明日にでも退院して、元旦は自宅で迎えたいと、いう。

「鶏のことが気になって気になって、おちおち療養する気になれんのです」

「鶏よりもあなたの体の方が大事ですよ。先生はなんといってますか。全快したとでも」

伸彦は病院前にある果物店で買って来た蜜柑をむいて真鍋吉助にすすめた。老人は蜜柑を手にとり、それを額と頬に当てがった。

「外は冷えてるようですな。蜜柑がこんなに冷たい」

「雪がちらついてます。天気予報では明日も雪だそうですよ。暖房の利いた病院で寝ている方が身のためじゃありませんかね。鶏の世話は飼料業者がちゃんとやってくれています」

「他人にまかせておくと心配で」

「病気だもの仕方がないでしょう。早く元気になって退院にこぎつけなければね。病気がすっかり良くなる前に退院して、また再発したらどうします」

「わしは病院という所が気に入らん。どいつもこいつも病人ばかりで」

六台のベッドはみな満員だった。老人が大声でそういったとき、隣のベッドに横たわっていた中年男がだるそうに寝返りを打って伸彦と真鍋吉助を眺めた。伸彦は体を折ってちかぢかと真鍋吉助の耳に自分の口を寄せた。

「先日うかがったお話をもう少し詳しく聞きたいんですが、よろしいですか」

「先日の話というと」

老人はうるんだ目を伸彦に向けた。吐く息が伸彦の顔にかかった。夕食にとったらしい魚と、老人独特の口臭が伸彦をたじろがせたが、彼はそのままの姿勢を保ち続けた。

「ほら、アウステン山からタサファロングの海岸まで糧秣受領に真鍋さんが行かれたときの事件ですよ」

「ああ、しょっちゅう往復しとったよ」

「昭和十八年の一月か二月の頃です。船舶砲兵の連中といざこざがあったとか。そう聞きましたがね」

「いざこざは船舶の連中とだけじゃなくて他の部隊ともありましたわな。わしがそのことで何か」

伸彦が初めて真鍋吉助を見舞ったとき、病人は高い熱を発して呻いていた。五分だけという重富悟郎の条件で伸彦が枕許にたたずんで部屋から出て行こうとしたとき、病人が呼びとめたのだった。疲れるから何もしゃべってはいけないと、伸彦はいった。三十九度以上の熱があると彼は重富悟郎から聞いていた。病人はしかし戻って来た伸彦の手をつかんではなさなかった。しばらく傍に居てくれと、せがんだ。

そういうかと思うと、飼料代が高くなったわりには卵が安いとか、伸彦のことを先生とか、隊長どのとか呼んだ。高熱による衰弱で意識が不確かになって、うわごとをいっているようだった。（かあちゃん）と口走ったこともあった。にわかに真鍋吉助は伸彦の手を引いた。点滴を受けている方の腕も自分の体にそって引いたので、点滴針がはずれそうになった。病人はベッドの上で体をまっすぐにした。軍人がする気をつけの姿勢をとっているらしかった。

（ハイ、ソウデアリマス。命ニヨリ自分ラハ糧秣受領ニ出発イタシマシタ。ワガ小隊デ足腰ノ立ツ者ハ、自分ト寺坂兵長トアトハ数名ノミデアリマシタ。指揮ハ末永軍曹ドノガトリマシタ。ハ？　携行シタ武器デアリマスカ。フダンハ海岸マデ武装ナシデユクノデアリマスガ、アノ当時ハ彼我ノ戦線ガ錯綜シテオリマシテ、米軍小部隊ガワガ前線ノ後方ニ出没ストノ情報ニヨリ、受領班ノウチ二名ガ小銃、他ハ全員手榴弾ヲ携行シマシタ。自分ハ手榴弾ヲ二発持チマシタガ、重イノデ一発ハヤブノ中ニコッソリ捨テマシタ）

伸彦は病室を見まわした。患者たちはテレビに見入ったり、雑誌を読んだりしている。隣のベッドは空であった。

一人として真鍋吉助の独白に耳をかたむけているものはいないようだった。

（ハイ、自分ラ受領班ハジャングル内ヲ一列ニナッテ進ミマシタ。先頭ニ一名、後尾ニ一名、小銃ヲ持ッタ警戒兵ヲ立テ、私語ヲ禁ジテ行進シマシタ。十日ブリノ糧秣受領ト記憶シテオリマス。出発前ニワレワレダケニ米一合ズツト乾メンポウノ支給ガアリマシタ。足腰ガ立ツトイッテモ、マラリアニヤラレタコトガナイ者ハ一名モナク、歩ケルノガヤットトイウ者バカリデアリマシタガ、ワレワレガ受領ニ行カナイ限リハ誰モ行キ手ガナカッタノデアリマス。ハイ、途中ハ山アリ谷アリノケワシイ道デ、五分歩イテハ休ミ、マタ五分ホドデ休ミヲトリツツ海岸ヘ急ギマシタ。自分ハ疲レガヒドクテ、受領班ニ参加シタコトヲ後悔シマシタガ、米ノ飯ト乾メンポウヲ食ベタアトデシタカラ、必死ノ思イデツイテ行キマシタ）

声がだんだん弱まり、途切れがちになった。伸彦は耳を真鍋老人の口許に近づけた。

（テキシュウ！　後尾ノ兵ガ叫ビマシタ。銃声ガ聞エルト同時ニワレワレハ伏セマシタ。あうすてん山ヲ二キロバカリ離レタ地点ダッタト思イマス。銃声ハ米軍ノ自動小銃デアリマシタガ、ワレワレヲ狙ッタノデハナクテ、近クヲ歩イテイタ他部隊ノ糧秣受領班ヲ襲ッタラシク思ワレマシタ。あうすてん山ノ東ニ確カアレハ名古屋ノ三十八師団ノ部隊ガ布陣シテイマシタ。

山ヲ下ルトキ、同ジ方向ヘ向ウ彼ラヲ見タコトガアリマス。ジャングルニ入ルマデハ見エ隠レニ進ミマシタ。海岸カライチバン遠イ陣ニツイテイル連中ハ可哀ソウダナト末永軍曹ドノガツブヤカレタノヲ自分ハ覚エテオリマス。ジャングル内デハ、スグ傍ヲ歩イテイテモ、ワカラナイコトガアルモノデス。ワレワレハ米軍ガ彼ラヲ襲撃シ、ワレワレニ気ヅイテイナイト判断シテ、大急ギデソコヲ離レマシタ。ナゼ、三十八師団ノ連中ヲ救援シナカッタカ。ワレワレハ自分ノ身ヲ守ルノガ精一杯デアッタカラデス。ソレガ軍隊トイウモノデアリマス。

敵襲ノタメ一時ハチリヂリニナッタワガ班モ夜マデニ再ビ集合スルコトガ出来マシタ。カネテヨリコノコトアルヲ期シテ末永軍曹ドノガ、班四散シタル折リハぼねぎ川上流ノ屈曲点ト指示シアリシ場所ニ到達シ、無事ヲ喜ビ合イマシタ。海岸ニアル糧秣交付所マデドノクライカカッタカ記憶ニアリマセン。アチコチデ散発的ニ銃声ガ聞エマシタノデ、ワレワレハ用心シテ進ミ、ヨウヤク交付所ニ着イタトキハホットシマシタ。米、罐詰、味噌ナドヲ受領シ、一晩休息シテ翌早朝、出発シマシタガ、ソノ日モジャングル内ニ浸透シタ米軍ノ威力斥候ノタメ、行進ハ遅遅トシテハカドラズ、ワガ聯隊ノ戦友ガ待チ焦レテイル糧食ヲ一刻モ早ク届ケナケレバト思イナガラモ夜ニナルマデ行程ノ半分モ進メマセンデシタ）

伸彦は当惑した。

真鍋元上等兵は誰に向って話しているつもりなのだろう。

つかまれた手から老人の指をひきはがそうと試みたけれども、病人にしては意外に強い力で指はからみついている。衰弱した患者に長い間しゃべらせると、体に障るはずである。かといってこの調子では、伸彦が居ても居なくても口を動かし続けるだろう。看護婦が現われて咎めたら、そのときはそのときのことだと、伸彦は考えた。他の患者たちは熱心にテレビを眺めていて、こちらを振り向うともしない。

（あうすてん山ノ麓ニサシカカッタトキデス。ジャングルガ切レテ草原ニ出マシタ。敵機ハ朝カラ晩マデ頭上ヲ飛ビマワリ、動ク者ヲ見レバスグサマ降リテ来テ機銃掃射ヲ加エマス。ジャングルノ中ヲ選ンデ友軍陣地ニ行ケナイデモナカッタノデスガ、ソウスレバ遠回リニナリ、荷物ヲカツイダ兵ニハコタエマス。暗クナルノヲ待ッテ草原ヲ突破シ、友軍ノ所ヘ帰ロウト衆議一決シマシタ。チョウドソノトキ、小隊長ドノガ部下ヲ率イテ現ワレマシタ。ワレワレノ帰リガ遅イノヲ案ジテ、二進モ三進モイカナクナッテイルノデハナイカト気ヅカッタワケデス。

ワレワレハ、迎エニ来テクレタ兵隊ニ荷物ヲ分ケテ持タセ、メイメイ充分ニ木ノ枝ト草デ偽装シテ草原ヲ横断ニカカリマシタ。一人アタリノ運搬物ガ軽クナッタノデ、万一、敵機ニ見ツカッテモ逃ゲラレルト小隊長ガ判断シタノデス。山裾カラ友軍ノ陣マデハ地隙ガアリ灌木モ生エテイテ上空カラ遮蔽シテイマス。ソコマデ辿リツケバシメタモノデス。

一人、二人ト間合ヲトッテ草原ヲ横切リマシタ。三分ノ一ホドノ兵隊ガ山裾ノボサニトビコンデワレワレニ手ヲ振リマシタ。ソコマデハ無事デシタ。自分ガ米俵、俵トイッテモ中身ハ一斗弱シカ詰メテアリマセンガ、ソレ以上ハ重スギテ運ベナイノデス、米俵ヲカツイデ歩キ出ソウトシタトキ、後ロデ銃声ガシマシタ。米軍ノ手榴弾ガ炸烈シマシタ。友軍ノソレヨリ音ガ若干小サイノデワカリマス。自分ハ迷イマシタ。前方ノ草原ニ出ルカ、後方ノ敵軍ニ向ウカ。

イツノマニカ、サッキハ見エナカッタぐらまんガ、草原ノ上空ヲ旋回シテイマス。出レバ機銃掃射ヲ受ケルニ決ッテイマス。ぐらまんハ地上ノ砲兵ヲ誘導シテ、猛烈ナ射撃ヲ加エルノデス。〝ツイテコイ〟ト小隊長ガイイマシタ。敵ノ兵力ハ不明デスガ、後方ノジャングルニイッタン引キ返シテ、敵兵ヲ爆破スルシカナイ。幸イ小隊長ノ一行ハ全員小銃ヲ)

(小隊長というのは誰だったんです)

伸彦はささやきかけるような低声でたずねた。俘虜の汚名を着てアメリカの収容所から帰国した真鍋吉助は、俘虜であったために、G島での出来事を他の戦友たちのようにはおおっぴらに語ることが出来なかったのだ。彼の物語はおそらくこの三十数年間、彼自身の内部で何べんもくりかえされてきたに違いない。

(菊池少尉、菊池少尉ドノデアリマス。小銃ノ他ニ軽機モ一挺アリマシタ。ワレワレハジット伏セテ敵ガドウ出ルカ待チマシタ。足音ガシテ人声モ聞エマシタ。探リ射チヲシナガラダンダン近ヅイテ来マス。糧秣ハドンナコトガアッテモ捨テルナト小隊長ドノガ命ジマシタ。自分ハ手榴弾ヲ握リシメテ伏セテイマシタ。敵ガ二十メートルホドノ距離ニ接近シタトキ、ワレワレハ一斉ニ射チマシタ。自分ハ手榴弾ヲ握リシメテ伏セテイマシタ。敵ガ二十メートルホドノ距離ニ接近シタトキ、ワレワレハ一斉ニ射チマシタ。俘虜ニナルヨリコレデイサギヨク自決シヨウト思ッテ。

シカシ、敵兵ハワレワレノ急射撃ヲ受ケテタジロイダカニ見エマシタガ、シバラクスルト前ニ倍スル弾量ノ銃火ヲ浴ビセカケ、ワレワレヲ草原ニ追イ出ソウト図ッテイルヨウデシタ。ドウヤッテソノ場ヲ切リ抜ケタカワカリマセン。敵ガ小部隊ダッタカラヤレタノデショウ。自分ハトニカク無我夢中デ小隊長ノ後ニツイテ走リマシタ。走ルトイッテモ傍カラ見タラ歩イテイルヨウニ見エタハズデス。自分ハ手榴弾ヲ捨テテ米俵ダケカツイデ小隊長ニ遅レマイトタダ懸命ニ走リ、気ガツイテミルト海岸ニ出テイマシタ。モウ夜ニナッテイマシタ。小隊長ト自分ノ他ニ、四、五名居タヨウナ気ガシマス。ソコガドコナノカ、友軍ノ勢力範囲内カ敵ノ内カ見当モツキマセン。ワレワレハ精根尽キ果テテ倒レ、眠ッテシマイマシタ）

真鍋老人の声は単調だったが、その奇妙に平板な語り口は彼が自分自身を相手に同じ話を飽くことなくくりかえしつづけた結果だと思われた。暗記した文章を棒読みするような口調で老人は話し続けた。

真夜中までに海岸へ集結したのは結局、小隊長以下九名にすぎなかった。当初、糧秣受領班として出発したのは十名、迎えに来た小隊長の一行が七名、アウステン山の裾へ草原を突っ切って辿りついた五名を除けば、ジャングル内で三名が行方不明になったわけである。米俵を手ばなさなかったのは真鍋上等兵だけで、あとの兵は敵襲から逃れるとき全部すてていた。

失った糧秣は、潜水艦が輸送したものである。G島周辺の制海権を奪われた日本海軍は大がかりな船団を編成して三万有余の日本兵に食糧弾薬を送る力を喪失していた。ドラム罐に米、味噌などを入れ、ロープでつないで甲板に積載し、深夜こっそりとG島沖に進入して大急ぎでドラム罐を海にほうりこむ。

連絡を受けて海岸に待機していた日本兵が、大発で沖へ出て漂流しているドラム罐を曳いて帰る。しかしそれもアメリカの魚雷艇や駆逐艦の妨害によって、G島の日本軍に渡る物資は、実際の輸送量の半分以下であった。暗夜、海上に浮んでいるドラム罐を探すのは時間がかかる。夜が明ければ米軍機が飛び、日本兵が見落したドラム罐を発見して機銃で射つ。

穴のあいたドラム罐に水を入れて沈めてしまう。だから、糧秣は一度、交付されると次の輸送があるまではどんな理由があっても支給されなかった。日本の駆逐艦は、優秀なレーダーを装備したアメリカ艦隊に待ち伏せされて攻撃を受ける場合が少くなかった。

日本駆逐艦の行動はネズミ輸送と呼ばれた。損害が増加したので駆逐艦のかわりに潜水艦が使われるようになった。ゴム袋に米を入れ、G島沖まで潜航して夜間浮上する。ゴム袋を海に投げこんで再び潜航する。いわゆるアリ輸送である。駆逐艦よりも格段に輸送量が少かったのでそう呼ばれた。

潜水艦もまたしばしばアメリカ艦隊に発見され被害をこうむった。餓死者が急激に増え始めたのは昭和十七年末から十八年にかけての頃である。

（ヒト寝入リシタノハ二時間バカリダッタデショウカ。付近ヲ捜索スルタメニ寺坂兵長ガ出マシタ。今イル所ガドコナノカ知ル必要ガアッタノデス。スグニ寺坂サンハ帰ッテ来テ小隊長ドノニ、友軍ノモノラシイ大発ガ漂着シテイルト報告シマシタ。内部ニハ食糧ヲツメタゴム袋ガ積ンデアルトイウノデス。ワレワレハ寺坂兵長ニ先導サレテ砂浜ヲ急ギマシタ。潜水艦ガ輸送シテ来タ食糧ヲ海上デ拾イ集メテイルトキ、あめりかノ魚雷艇ニヤラレ、兵員ダケ射タレテ大発ガ海岸ニ打チアゲラレタノデショウ。岩ノ一部ダト思ッテイタ黒イ影ハソノ大発ノ残骸デシタ。

自分ハ疲レテイタノデ列ノ後尾ヲ歩イテイマシタ。突然、列ガ止リマシタ。

何ガ起ッタカワカラナイママ自分ハ命ゼラレルママニ伏セマシタ。前方ニ敵ラシイ一団ノ人影ガ見エルトイウノデス。自分ラハチョウド大発ノ残骸ヲ敵トハサム位置ニ伏セテイマシタ。シカシ実ハ米軍ガ夜間ニ出現スルコトハ有リ得ナイノデス。冷静ニ判断シテイタナラバ。昼間、ジャングルデ敵ノ襲撃ヲ受ケ、シカモ現在位置マデ見当ガツカナクナッテイタノデ、小隊長以下ホトンド全員ガ的確ナ状況判断ヲスル力ヲ失ッテイタト考エラレマス。

マワリハミナ敵、自分モソンナ気ガシテイマシタ。ナントシテモ、アノ大発ニ積マレタ食糧ヲ手ニ入レタイ。頭ニアルノハソレダケデシタ。人影ハダンダン近ヅイテ来マス。

「誰カ」

寺坂兵長ガ誰何シマシタ。ソノ途端、銃声ガシマシタ。ドチラカラ射チ始メタノカワカリマセン。イヤ、誰何シタノモ最初ハドチラデアッタカ今トナッテハ判断ガツキカネマス。砂浜ニ伏セテイルワレワレヲ認メルト同時ニ向ウハ射ッテ来タヨウナ気ガシマス。自分ハ列ノイチバン後ロニ居マシタカラ、ソコノ所ガワカリカネルノデス。兵力ハコチラガ多イ。食糧ヲ敵ニ取ラレタクナイ。ワレワレハ必死デシタ。トコロガ敵モ頑強デシタ。至近距離デス。味方ニハカナリ死傷者ガ出マシタ。敵ハジャングルヲ背ニスル位置ニ移動シテイマシタ。ワレワレハ何ノ遮蔽物モ無イ砂浜ノ上ニ散開シ、敵カラ丸見エニナッテイマシタ。自分ハ小銃モナシ、手榴弾モナシデ、銃剣ダケヲ抜イテドウナルコトカト思ッテハラハラシテイマシタ。

唯一ノ逃ゲ道ハ海ダケデス。シカシ、コノママ夜ガ明ケレバ、敵ノ魚雷艇ガ出動シテ来テ、ワレワレハ海陸カラハサミウチニナリマス。敵ノ銃火ガ衰エマシタ。イイ忘レマシタガ、銃声ハ米軍ノソレデシタ。ワガ軍ノ三八式小銃ト米軍ノM1がーらんど銃ハ発砲音ガ違イマス。敵ト思イコンダノハソレモアリマシタ。銃声ガ小ヤミニナッタトキ、小隊長ガ立チアガッテ大発メガケテ走リ出シマシタ。ワレワレモ後ニ続キマシタ。大発ヲ楯ニ応戦スレバ有利ニナリマス。敵モトビ出シテ来マシタ。自分ガ友軍デハナイカト思ッタノハソノトキデス。敵ニシテハオカシイト交戦ヲ開始シタトキカラボンヤリ考エテハイタノデスガ。

ナゼカトイエバ、米軍ハ絶対ニ突撃シナイカラデス。ソノ上、大発ノ食糧ニ執着スル。自分ト同ジコトヲ考エタ兵モイタノデショウ。「友軍ダ、射ツナ」ト叫ブ声ガシマシタ。シカシ、アクマデ向ウヲ敵ト信ジタ兵モイタヨウデス。友軍ダロウガ米軍ダロウガ、目下ノ急務ハ大発ノ食糧ヲ手ニ入レルコトダトイウ考エガイチバン支配的デシタ。サラニ付ケ加エルナラバ、敵ヨリモ危険ナ友軍ノ存在ヲワレワレハ知ッテイマシタ。小人数ノ糧秣受領班ガジャングル内デ狙撃サレ、荷物ヲ奪ワレルコトガ再三アッタノデス。ジャングル内ニハ、米軍ノ他ニ、数回ノ攻撃時ニ行方不明トナリ自隊ヘ戻ラズニ遊兵化シタ、ツマリ戦線離脱ヲシタ逃亡兵ガ出没シテイマシタ。

彼ラハ運搬ヲ手伝ウト見セカケ、隙ヲ狙ッテ糧秣ヲ盗ミ、兵ガ抵抗スルト殺傷ヲアエテシマシタ。オソルベキコトデス。米軍ニヤラレタ受領班ハスグニワカリマシタ。糧秣ハ沼カ川ニ投ゲコマレテイマシタカラ。シカシ、友軍ニ襲ワレタ連中ガ倒レテイル近クニハ、一粒ノ米モ残ッテイマセンデシタ。同胞相射ツトイウ悲シイ事態デス。ワレワレハ米軍ヨリモコノヨウナ卑劣行為ヲスル遊兵共ヲ憎ミマシタ。

ダカラ、砂浜ヲ走リ出シタトキ、友軍ダトイウ声ヲ聞イテモ、身ニ覚エタ危険感ハ少シモ減ジマセンデシタ。彼ラノ方ガ先ニ大発ニ着キマシタ。小隊長ハ抜刀シテイマシタ。自分モ銃剣ヲ振リカザシテ大発ノ舷側ヲ乗リコエマシタ。米俵ハ砂浜ニ残置シテオイタノデス。ソノ頃ニハ、オタガイニ相手ガ日本兵同士デアルコトヲ認メテイタト思イマス。根拠ハアリマセンガ。

「ヤメロ」ト自分ハ大声デ叫ビマシタ。闇夜デモ相手ノ体ツキデハッキリト日本兵デアルトワカッタカラデス。「友軍ダゾ」トモイイマシタ。テンデニ誰モガ何カ叫ンデイマシタガ、争イハヤミマセンデシタ。大発ノ中ニ這入リコンダ自分ノ前ニ立チフサガッタ人影ガアリマシタ。ソノ男ハ小銃ノ床尾板デ自分ヲ殴リマシタ。後ノコトハ覚エテイマセン。気ヲ失ッテ自分ハ倒レマシタ。次ニ正気ニ戻ッタノハ、ジャングルノ中デシタ。戦友ハ五名ニ減ッテイマシタ。小隊長モ負傷シテ片腕ヲ首カラ吊ッテイマシタ)

結局、大型発動艇内の食糧はどうなったのかと、伸彦はたずねた。

(大発デゴム袋ヲ集メルノハ船舶兵ノ任務デス。ワレワレヲ襲撃シタノガ、一木支隊ヤ川口支隊、二師団ヤ三十八師団ノ遊兵ナノカ船舶ノ連中カ自分ニハ判断ガツキカネマス。行方不明ニナッタ大発ヲ探シテイルトキ、ワレワレニ遭遇シ、向ウハワレワレヲ憎ムベキ遊兵ト見ナシタノカモワカリマセン。アルイハ船舶兵デハナクテ、遊兵連中デアッタノカ自分ニハワカラナイノデス。自分ハ気絶シテ昏倒シタノデスカラ。起キアガッテ見マワストワレワレハゴム袋ヲ手ニ入レテイマシタ。シテミルト、自分ラヲ襲ッタ敵ヲ排シテ、スナワチ大発上デノ戦イデ勝ッタニ違イアリマセンガ、戦友タチハ何モイイマセンデシタ。

トリアエズゴム袋ノ中身ヲ取リ出シテ腹一杯食べ、体力ヲツケテカラあうすてん山ノ友軍へ運ビマシタ。小隊長ガドノヨウナ報告ヲシタカ、一兵卒デアル自分ハアズカリ知ラヌコトデシタ。ソノトキ運ンダ糧秣ガ、ワガ聯隊ニ届イタ最後ノ補給デアリマシタ)

「真鍋さん、最後の糧秣受領のとき、起った事件です。日本兵同士が大発に積んだ食糧の争奪戦を演じたとおっしゃった。そうでしたね。相手が船舶兵か遊兵かわからないという話だったんですが、それは大事な問題ではないでしょうか。菊池少尉は戦いのあと、本当に何も告げなかったのですか。海岸に集結したのが九名、それが五名に減ったのですから四名が死んだことになりますね。菊池少尉はともかく他の兵隊は相手をどこの部隊と判断したか、おたがいに確かめあうことがあったはずです」

「わたしは頭を殴られて倒れましたからなあ、見て下さい、ここに傷痕があるでしょう」

真鍋老人は左耳の上あたりを伸彦に手で示した。白っぽい禿げが認められた。

「ですから真鍋さん、気絶したのは事実だとぼくも思っています。問題はその後です。アウステン山の陣地へ帰ってから、同士射ちのことを一度も話し合わなかったのですか」

「わしは山に帰ってからまたマラリアにやられてなあ。受領班の連中も同じだよ。アメーバ赤痢、マラリア、戦闘、飢えで死んでいって、残っているのは寺坂くらいなものだな。みんな死んだ」

「もう一人いるでしょう、寺坂さんの他に」

真鍋吉助は目やにのたまった目で伸彦をみつめた。

「もう一人というと?」

菊池少尉、菊池省造が生存しているではないかと、伸彦はいった。

「あの人は将校ですよ」

「菊池さんは大発をめぐる戦いの相手は船舶兵だったと書いているんです」

「………」

真鍋吉助の表情には何の変化もなかった。伸彦が最後の糧秣受領班の遭遇した戦いの相手にこだわることが理解できかねるようだった。重富先生に仲彦の方から自分を退院させるように頼んでみてくれないかと、いった。仲彦は話をしてみると約束した。看護婦が呼びに来た。「お大事に」といって仲彦はベッドから離れた。

「伊奈さん」

病室から出かけた仲彦に真鍋吉助は声をかけた。仲彦は足早に引き返した。

「先生にきいて下さらんか。わしはもう永いことないのではないかと。生き恥をさらした身です。病気が重いなら重いと、はっきり先生にいってもらいたいんです。本当のことを。この期におよんで泣き喚いたりしませんから。覚悟はとうに出来とります」

「何をいうんです。きっと元気になって退院できますよ」

「気休めをいって下さる気持はありがたいが、いい加減なことを頼んでいるつもりはありません。あとどのくらい生きられるか、ちゃんと知っておかなければ。わしはG島で死ぬべき身だったんです。永生きしてもいいことはなかった。病気にかかった場合、考えるのはG島のことばかりです。あなたのように若い人にはわからんだろうが」

わかるような気がすると、仲彦はいった。

真鍋吉助は頭を力無く左右に振って目を閉じた。自分の真意がわかるものか、といいたげであった。仲彦の後ろまで来て、真鍋吉助のいうことを聞いていた看護婦が、廊下を彼と歩きながら、体の弱った病人のいうことはいつも同じだと、つぶやいた。仲彦はいった。

「熱は引いてるでしょう。見たところ割合に元気のようだが」

「肺炎はあんなお年寄りの体力を消耗させるんですわ。一時的に回復しても、退院してまた再発したら、今度は本当に危険ですわね。真鍋さんのようなケースは少くないんです」

といった。

病棟と医師父子が暮している住居は渡り廊下でつながれている。一階までエレベーターで降りて廊下を渡った。

階段の下に重富悟郎がたたずんでいた。からし色のセーターに茶色のカーディガンを羽織り、灰色のズボンをはいている。白衣をつけていない重富悟郎を初めて見たように思った。ふだん着姿の悟郎はいつもより五歳は若く感じられた。

患者の見舞いはすぐにすむと思っていたのに、いつまで経っても伸彦が現われないものだから看護婦を呼びにやったのだと、悟郎はいった。伸彦は色白で小ぶとりの医師からかすかにパイプ煙草の匂いがするのに気づいた。血色の良い皮膚は艶があって見るからに栄養がゆき渡っているようだった。健康、医師としての教養、財産、重富悟郎に欠けている物は何もなかった。日毎に蓄積される価値と、伸彦は考えた。つかのま、気が遠くなるほどの倦怠感を伸彦は悟郎に覚えた。倦怠感というものが羨望や嫉妬から生まれることがあるのだろうかと考えているとき、悟郎が父親の部屋のドアをあけた。

重富院長はパジャマの上からガウンを着て伸彦を迎えた。この前と同じ恰好である。目付が先日よりもやや和やかになったように見えた。どんなにいい聞かせてもいたずらを止めない子供に手こずっている教師のような表情で、伸彦に椅子をすすめた。

悟郎はサイドボードからウイスキーの壜とグラスを出し、慣れた手つきで水割りを二人分こしらえた。重富院長は骨張った両手を胸の前で組合せて目を閉じた。何かに祈ってでもいるような仕種が伸彦には意外だった。しかし、院長は閉じた目をすぐに開いて咳払いした。

「うちの患者を見舞いに寄られるそうですな伊奈さん」

「ええ」

「患者とはどういう関係で」

「お父さん、それはぼくが説明したでしょう。患者が寝こんだとき、伊奈さんは偶然、居合せただけのことです」

と悟郎は水割りをすすりながら口をはさんだ。院長は悟郎に目を向けなかった。依然として視線を伸彦に固定させ、彼の返事を促しているようである。仲彦は悟郎の言葉と同じ意味の説明をした。

「菊池君の手記を整理する仕事のために、あなたは真鍋の家を訪問したのですか」

「あの人も聯隊の兵士でしたから。G島の事情を詳しく知っておいた方がいいと思いましてね」

仲彦は水割りを口に含んだ。空っぽの胃に流しこむにはちょうどいい程度の薄さだった。話がすんだらまた菊池家へ車を運転して戻らなければならない。院長はたずねた。

「真鍋は何か参考になることをしゃべりましたか」

「別に何も。早く退院したがっていますよ。鶏のことを気にして」

「真鍋が俘虜だったということはあなたご存じですな」

「本人が、そう、語っています」

仲彦はみぞおちの辺りに不快な嘔き気を覚えた。旧職業軍人には今でも人を見下す横柄さがある。こちらの気持にはお構いなく頭ごなしに命令して当然と信じている人物である。仲彦は東京で働いているとき、そういう男に出会い、前歴を知って、なるほど旧軍人とはこんなもののいい方をするものかと、考えたことがあった。しかし、重富院長の場合は将校であっても、召集された開業医だったのだから職業軍人とはいいにくい。威圧的な口の利き方は、してみると生まれた性格としか解釈する他はなかった。

重富院長は手の甲をスタンドの明りにかざしてつぶさに眺めた。爪が伸びていないかと調べでもするように念入りにみつめた。

「伊奈さんは俘虜のいうことをいちいち信用するんですか」

「俘虜は必ず嘘をつくとでもおっしゃりたいのですか」

「自分が捕われたこと、生きていることを正当化するために嘘をいう場合があります。あなたは菊池君の手記を整理するのに、なぜ俘虜の話なんかを聞きたがるのかな」

「菊池さんは仕事についていっさいをぼくにまかせるといってくれました。俘虜の話を参考にしてはいけないという条件はありませんでした」

「息子さんは戦争というものを知らない。あなたと同じでね。省一郎君は会社のことしか念頭に無い人ですよ」

「当然でしょう」

仲彦はここで肚を立てては損だと考えた。自分と菊池省一郎との間でかわした仕事に関する一種の契約について、第三者からとやかく指示されるいわれはないというのはやさしい。しかし、ここで重富院長を下手に刺戟するのはまずいという配慮が、仲彦には働いた。ひとくちの水割りで燃えあがった仲彦の怒りはやがて醒めた。重富院長にいいたいことをいわせるのが得策というものだと、彼は判断した。

「わたしがどうしてこんなことをいうのか伊奈さんには納得できんのでしょう。若いから無理もないことです。前にもわたしは念を押したつもりですがね。G島のことでいい加減なことを書かれては迷惑する人間もいるということを忘れてもらっては困る。生存者もいるし遺族もいます。あなたの誠意は」

重富院長は手の甲から目を離してちらりと仲彦を一瞥した。あなたの誠意、といって言葉をおき、「疑いませんといった。

「ただ、三十数年も経ちますとね、昭和十七、八年には常識であったことが常識ではなくなります。そうでしょう、国のために命を捨てると今の若い者にいっても、鼻先で笑うだけだ。伊奈さんは現代の常識と通念で太平洋戦争と過去の日本人を裁くかも知れない」

「とんでもない、それは誤解というものですよ。ぼくはありのままの事実を知ればいいので、裁こうというつもりは毛頭ありません。どだい、ぼくに人を裁く資格があろうとも思っていませんから」

「そうかな」

という院長の疑わしげな言葉におっかぶせるように、重富悟郎が屈託のない声で、

「そうですとも、お父さん。伊奈さんはビジネスでやってるんです。あまり問題を重く考える必要はないんじゃないかな」

といった。

「おまえは黙ってなさい」

強い口調で院長は悟郎をたしなめた。さすがに息子は鼻白んだようだった。新しく水割りをこしらえて仲彦にもすすめた。仲彦はグラスに手をつけなかった。今夜、院長と会って収穫が少くとも一つはあった。真鍋吉助の証言が院長には具合が悪いのだ。なぜ、悪いかという理由はわからぬまでも収穫の一つには違いないと、仲彦は考えた。おいおい理由が明らかになってくるだろう。

院長はある事を隠そうと図って却ってそれを明るみに出そうとしていると、仲彦は考えざるを得なかった。興味ぶかい現象であるといえないだろうか。日本が戦いに敗れた今もなお、俘虜を蔑視している軍人がいるということは、仲彦には意外だった。

「ところで手記の整理はあれから大分はかどったでしょうな伊奈さん」

「わからないことが多すぎます。しかし、菊池さんは時間がかかってもちゃんとした記録をと、いわれるのでぼくとしてはやり甲斐があるわけです」

「寺坂に会いましたか」

「いいえ、まだです。近いうちに会うつもりでいますが」

「あなたが整理した記録とやらを拝見したいものですな。わたしが実際に体験した戦争と、あなたが考えている文字だけの戦争は差があるでしょう。決定的な差だと思いますよ。それはどうしようもない。これがわたしの戦争だったのかと、あなたの文章に目を通して狐につままれたような気分になるかも知れない」

仲彦は注意ぶかく重富院長の表情を観察し続けた。今はありありと不安が顔に認められた。

仲彦が病院の外に出たとき、雪はやんでいた。重富悟郎は駐車場までついて来て、「おやじのいうことをあまり気にしないで下さいよ」といった。仲彦は運転席におさまり、「手をはなして」といった。車のドアに手をかけて内部をのぞきこんでいた悟郎は一歩さがった。いったん閉じたドアを開き、力をこめて引いた。そうしなければガタの来たドアは走行ちゅうに開くことがあるのだ。仲彦はドアをゆすってしっかりと閉じたかどうか確かめた。

悟郎はまたドアの所へ寄って来た。外からこぶしで窓ガラスを叩いた。仲彦はドアのガラスをおろした。

「おやじは齢をとってから偏屈になりましてね。あなたに特別な悪感情を持ってるわけじゃあないんです。そこの所をわかってくれますか」

自分は何も気にしてはいないと、仲彦はいった。悟郎はほっとしたようだった。

「そうですか。ならいいんだが」

「あなたに頼みがあるんです。しかし、どうかなあ。ちょっと気がひける頼みだけど」

「なんです。ぼくでお役に立つことなら」

「いや、よしとこう。思いついただけのことです。あなたに迷惑がかかるといけない」

「そこまでいってひっこめるのは感心しませんね。迷惑はこちらで考えることです。頼みというのを聞きましょう」

「お父さんが西海印刷に頼んだ手記があったでしょう。印刷がすみ製本まぎわに引き揚げて処分したという例のあれ。病院の焼却炉で灰にしたと聞いていますが、もしかするとどこかに残ってるかもしれない。ぼくはそれを読みたいんです。前から考えていたことなんだ。あなたなら原稿を探し出せる立場にある」

「そういうことですか」

悟郎は明るい声でいった。窓からすいと顔をひっこめた。声は屈託がなかったけれども、表情が一瞬かげるのを伸彦は見のがさなかった。

「だからむりにとはいいませんよ。一応、口にしたまでです。焼却炉で燃やしたというのは西海印刷の営業主任が大先生から聞いたことです。ぼくには原稿を引き取ることは理解できても、なぜ焼却までしなくてはいけないか納得できない。まだお父さんの手許に保存してあるような気がしてならないんです」

「おやじに訊いてみます」

「それは困ります。焼いたといわれるに決ってますから。あなたが探して下さい」

「菊池さんの仕事を続けるために、おやじの書いたものがどうしても要るんですか」

隠されたものを見たがるのは人情だと、伸彦はいって窓ガラスを上げた。冷えきったエンジンを始動させるのは骨が折れた。伸彦は外で寒そうに肩をすくめて立っている悟郎に、屋内へ入るように合図したが、相手は伸彦の手の動きがわからないらしかった。数分後にやっとエンジンは唸り始めた。さし当りキャブレーターだけでも取り換えなければと、伸彦は思った。バックミラーに病院の玄関へ駆けこむ悟郎の姿が映った。伸彦は強くアクセルを踏んだ。

（あなたは土地の者じゃないからです）

院長が話の終り頃たまりかねたようにいった言葉を伸彦は反芻した。結局はそういうことをいいたかったのかと、伸彦は思った。東京生まれの人間が来て、菊池省造の手記をいじりまわすのが気にさわるのだ。伊佐出身の軍人が戦った戦いの記録を整理するのは、土地の人間でなければならないのだろうかという疑問が伸彦に兆した。

しかし、あなたは土地の者じゃないといわれた伸彦は返す言葉を失い、院長の黄ばんだ目を見つめるだけだった。菊池省一郎が自分を採用するとき、伊佐の出身ではないことを条件にしたことを今更、相手に説いても無駄であるように思われた。

確かに自分は伊佐の者ではない、伊佐の者というのが土地の生まれという意味であれば伊佐の人間ではない。しかし、院長が指摘するように東京の人間という自覚もありはしないと、仲彦は思った。道路は車で混んでいた。ふだんは午後七時を過ぎる頃から商店街はシャッターをおろし始める。歳末のせいか店々には明るい照明が施され、街路におびただしい光を溢れ出させていた。田舎の人間でも都会の人間でもない、どっちつかずの男だと、仲彦は思っているのに、院長やその息子からは都会の人間だと思われている。仲彦はアーケード街の手前で、裏通りへすべりこんだ。ぐずぐずしていると菊池家の忘年会に遅れてしまう。やっと車一台が通れるほどの狭い路地を仲彦はスピードを落さずに急いだ。重富家で飲んだたった二杯の水割りが、この頃になってまわって来た。何も腹に入れないで飲んだのがいけなかった。わずか二杯の水割りで酔うということは、めったに無いことだ。

市庁舎の裏手へ抜け、市立体育館の横に出ようとしたのを思い直して、専売公社の葉煙草乾燥工場の方へハンドルを切った。市立体育館の横に出れば、菊池家のある丘へ近まわりできるけれども、国道の交叉点を通過しなければならない。歳末非常警戒とかで交叉点では警官の検問が行われているはずであった。

葉煙草乾燥工場の裏から東伊佐駅の前に出た。国鉄伊佐駅から分岐している私鉄の駅である。やや遠まわりになるけれども、警官に出会う可能性は小さい。駅前の広場を抜けて踏切で信号機の色が青になるのを待っている仲彦の目に、山口書房という看板が映った。何かが記憶の底で動いた。

菊池省造の手記に登場する山口上等兵という名前を憶えている。伊佐に山口という姓は多い。寺坂元兵長の手記にも「山口さん」という人物が現われる。アウステン山で聯隊本部の下士官からG島撤退の噂を聞いた人物である。仲彦は山口書房で古本を買ったことがあった。G島関係の戦記が二冊ほど埃にまみれて棚に並んでいた。ごま塩頭の小柄な老人が店番をしていて、仲彦が古本をさし出すと裏の見返しに記入した値段をあらため、ぶっきらぼうに(千二百円、二冊で)といった。店主は新聞紙で古本をくるみ輪ゴムをかけた。左腕は使わなかった。右手だけ器用に動かして包装し、仲彦に手渡した。

店を出るとき、伸彦はもう一度、店内をざっと見まわした。そのとき興味深げに自分を見送っている主人の目に気づいた。視線が合うと向うはすぐに目をそらした。

信号が青に変った。伸彦は車を徐行させながら山口書房の内部をのぞきこんだ。〝古本高価買入れ〟とガラス戸に記した店の中に薄暗い明りがともっており、店主の横顔が見えた。彼は居間のテレビを見ているらしく、あさ黒い顔に赤や黄の色彩が入り乱れていた。「生き残った者の記録」を手に入れたのは山口書房である。もう一冊はリチャード・トレガスキスというアメリカの新聞記者が書いた「G島日記」という訳本だった。神保町の古本屋が発行している目録には、五千円という値がついていたのを、山口書房は六百円で売った。G島の飛行場を占領するため最初に上陸した一木支隊と交戦したアメリカ海兵隊の記録で、奥付によると昭和二十一年に刊行されたものであった。古本の需要供給に詳しい情報を持っている東京の古本屋が、五千円という値をつけているからには、トレガスキスの著書は入手困難なしろものであるはずだ。

伸彦は菊池家へ急ぎながらあの二冊が山口個人の蔵書だったのかそれとも誰かが古本屋に売り払ったものかと考えた。

山口書房を過ぎたあたりから道は登り坂になった。菊池家へ通り慣れた道路の反対斜面を走っていることになる。両わきは苔むした石垣と篠竹の生垣ではさまれ、間遠に街燈があった。かつては武家屋敷で占められた一廓である。夏のある日、このあたりを散歩したとき、古めかしい木の表札に「士族」と書かれていたのを見たことがあった。石垣の内側には庭木が深々と生い繁り、夏でもひんやりとした湿っぽい空気が澱んでいるように感じられた。

家々はどれも昔風の造りで、厚い植込みにさえぎられて物音ひとつせず、伸彦は無人の空屋ではないかと散歩ちゅう疑ったものだ。屋敷町を通り抜けたあと気がついたのだが、首筋と二の腕を数箇所、蚊に喰われていた。今夜は植込みの奥から明りが洩れていた。ひっそりとしている点は夏のあのときと同じだったが、人が住んでいることを疑うことはできなかった。ヘッドライトに照らしだされた石垣の苔が、そこだけ鮮かな緑色に光るのが伸彦の目にしみた。(あなたは土地の者じゃない)といった院長の言葉が、ヘッドライトの黄色い光芒に浮びあがる苔を見ると仲彦にはことさら耳に痛かった。しかし、迷路のように入りくんだ屋敷町の道路をたどっていると、こうした風景をどこかで一度ならず見たような気もして来るのだった。夏に散歩をしたときではない。彼が転々と移り住んだ各地で、昔、領主に治められた町なら土地のどこかに今たどっている道路と同じ道路があり、似たような屋敷町があった。旧い書体で「士族」と記した表札を門柱にかかげた家もあった。この土地の者ではないからこそ土地の者だといえるのだと、もし院長にいったらどんな顔をしただろうと、仲彦は考えた。学生同士なら通じる理屈である。六十過ぎの元軍医には、かりに仲彦の理屈が通じたとしても、通じないふりをすることができるはずだった。

菊池家の一階ホールを埋めているのは、社員だけではなかった。女中からは(ごく内輪の忘年会)と聞いていたが、ホールの入り口に立って見渡したところ、菊興商事と何らかの取引きのある会社の重立った連中も招いていることがわかった。

伊佐日報の釘宮康麿がおり、有明企画の社長行武も菊池省一郎の弟とグラスを手に談笑していた。立食形式のパーティーである。それとなく佐和子を探した。新社長の就任式が行われた夜と同じほどに会場は混みあっていた。あの日とちがうのはホステスたちが姿を見せていないことくらいだ。釘宮が仲彦を認めて手を上げた。釘宮としゃべっていたのは綾部である。人ごみをかき分けて仲彦の方へ近寄って来た。

「遅かったですな伊奈さん。社長が二階でお待ちかねですよ」

「二階の……」

「書斎です」

といって綾部はくるりと背中を向け、元のテーブルにとってかえした。階段を足早にのぼりかけた仲彦に釘宮が下から声をかけた。あとで話があるという。社長との話が終ったら降りてゆくと仲彦は答えた。釘宮はウイスキーをついだグラスを大事そうに捧げ持って綾部の方へ戻って行った。

仲彦は書斎のドアをノックせずにあけた。習慣でついそうした。毎朝、彼が書斎へ這入るときは中に誰もいない。ドアをあけてみて、菊池省一郎がデスクに向っている姿を見出し、いつもの部屋とはちがったもうひとつ別の場所へ踏みこんだような気がした。

菊池省一郎は回転椅子から立ちあがった。

「重富先生のご用というのはすみましたか」

「ええ」

省一郎はソファに腰をおろした。仲彦は回転椅子ではなく、省一郎と向い合せの位置にある長椅子にかけた。女中がドアから顔をのぞかせて、「もうお運びしてよろしいですか」と訊いた。

「伊奈さん、食事はまだでしょう」

省一郎にたずねられてにわかに仲彦は空腹を覚えた。

「外は降ってますか」

「今はやんでるようです」

「今夜は冷えこむような気がする。粉雪がちらつくと寒《かん》がきついんです」

省一郎はサイドボードからグラスを取り出し、仲彦の前に置いてウイスキーをついだ。彼が現われる前から飲んでいたと見え、スコッチの壜はかなり中身が減っていた。新しく封を切ったものだ。省一郎はいった。

「水にしますか、ソーダ水もあります。適当にやって下さい」

仲彦はウイスキーを少量の水で割った。

重富家で口にした鉄錆のような味のするウイスキーとはちがっていた。嚙みしめるようにして味わった。スコッチ特有の乾いた刺戟的な匂いが咽喉の奥から鼻孔にかけて拡がった。夕方から今まで自分を支配していた無力感が消え、筋肉に力がみなぎるように感じられた。階下のどよめきがかすかに伝わって来た。伸彦が煙草をくわえ、マッチを探していると、ライターの火が目の前に立ちのぼった。

省一郎は内ポケットから分厚く膨んだ白い封筒を取り出して伸彦に押しやった。賞与と印刷してある。伸彦はきいた。

「これは?」

「ほんの気持です。受取って下さい」

「しかし、今月分の謝礼は先日、綾部さんからいただきましたよ。費用の清算もすませましたし」

「あれとは別です。おやじの仕事を頼んでおきながら、ふだんは忙しくてゆっくりとお話も出来なかった。あなたをないがしろに扱っていたと思われても仕方がないんです。そうではなかったんだという私の気持をわかっていただきたくて、ほんのしるしですが用意しておきました」

伸彦は礼をいって封筒を自分のポケットにおさめた。

「重富先生の用件というのは、どういうことだったんです」

「ぼくが手記の整理と浄書をしているのが気に入らないようですね」

「ほう、なぜだろう」

省一郎は自分のグラスにウイスキーをつぎ足しながら、「大先生がねえ」とつぶやいた。しかし、なぜだろうとはいってもその理由を深く心にとめてはいないようだった。省一郎は父親の手記とはまったく別のことに気を取られているようだった。いつもの彼とはちがうのである。書斎に一歩足を踏み入れたときから伸彦はそれを感じていた。伸彦と話しながらあることを思案している。省一郎を悩ませている気苦労にくらべると、手記のことなど、まして重富院長の干渉など省一郎には一顧の値もないようだ。(ほう、なぜだろう)というのは、伸彦に対するお座なりの返事にしか聞えなかった。伸彦は書斎に這入ったとき、机の上に彼が清書した原稿も省造の手記も見当らなかったことを思い出した。

「九州へ来られてどのくらいになりますか。冬の寒さは東京とたいしたちがいがないでしょう。九州といえば椰子が茂る南国と思いこむ人が多いのだが」

と省一郎はいった。

「そろそろ一年になります。ようやく慣れて来ました」

女中の運んで来た前菜がテーブルに並べられた。

「キャビアはいかがです伊奈さん」

「けっこうですな」

「お口に合いますか。ぼくはこのキャビアってしろものが嫌いなわけじゃないんですがね、それほど旨いとも思わない。出されれば食べるけれど」

「同感です」

「にせものも出まわっているという話ですよ。日本人には区別が出来ませんからね。本物はチョウザメの腹子でしょう。色と形がそっくりの、ええとあれは何という魚だったっけ。それを加工してキャビアのレッテルを壜に貼って法外な値をつける。ふらちな商人もいるもんです。しかし、こいつは本物ですよ」

省一郎がキャビア談義をするために伸彦を書斎へ呼んだのでないことは確かだった。伸彦はブルーチーズを食べ、スコッチを飲み、ピクルスをつまんだ。気ながに相手の出方を待つしかなかった。


半時間後に伸彦は階下へ降りた。

社員はあらかた帰ったようだ。女中たちやホテルから来たボーイたちが後片づけを始めていた。

「どうしたね伊奈さん、冴えない顔をして。仕事のことで社長とひと悶着あったみたいな感じだが」

釘宮が階段の下から声をかけた。

彼のテーブルには行武と菊興建設の社長がついている。さっきのように立ってはいなかった。パーティーのときには奥の部屋にしまいこまれていた椅子にかけてテーブルを囲んでいる。話があるということだったが次の機会にしてくれと、伸彦はいった。

「残念だなあ、今夜は飲み明かすつもりでいたのに。あなたを菊池省介さんに」

といって釘宮は片目をつぶってみせ、紹介する予定だったといった。

「タクシーを呼んでるんです」

「タクシーはすぐに来やしませんぜ。待つ間にどうです。一杯つきあってくれたっていいでしょう」

といったときにはもう釘宮は伸彦の腕をとらえ、テーブルの所まで引っ張って来ていた。

「紹介します。こちらは社長の弟さんで菊池省介さん。この方は伊奈伸彦さん、東京の方です。もっか社長の嘱託というか秘書というか、そういう仕事をまかせられて……」

嘱託でも秘書でもないと打ち消して伸彦は省介に目礼した。省介は飲みさしのグラスを大儀そうに置き、ゆっくりと立ちあがって伸彦にうなずいて見せた。行武は階段のきわにある鉢植えの棕櫚に目をやって薄笑いを浮べていた。釘宮は女中に新しいグラスを命じた。

「今夜はどこも忘年会です。タクシーはすぐに来てくれやしません。いまあなたの噂をしてた所ですよ」

「選挙の話もね」

とつけ加えて行武は伸彦を一瞥し、すばやく目をそらした。

「そうそう選挙の話も」

釘宮は伸彦のグラスにビールをついだ。

「東京からどうして九州なんかに」

菊池省介は不思議でたまらないとでもいいたげにそういって頭を左右に振った。こんな田舎町は都会人の住む所ではないともいった。

「東京の方といっても半分は伊佐の人といっていいでしょう」

釘宮は仲彦の義父がJ銀行の支店長であることをさりげなく二人に思い出させ、話題を変えようとした。仲彦はむっつりとビールを飲んだ。ビールはなまぬるかった。省介は目鼻立ちこそ兄の省一郎にやや似てはいたが、押しつけがましい口の利き方や絶えず動いている目などは兄に無いものだった。省介は楊子に刺したチーズを歯でそぎ取ると、皿の上にぽいと楊子をほうり投げた。口に運んだグラスを叩きつけるようにしてテーブルに置いた。

佐和子のことがなかったとしたら、自分はこの男にどの程度の嫌悪感を覚えるだろうかと、仲彦はぬるいビールを飲みながら考えた。そう考えることで不快感を鎮めようとつとめた。

「ぼくに話があるということでしたが」

たまりかねて仲彦は釘宮に訊いた。

「ええ、ありますとも。だがね、こういう場所ではどうも」

釘宮は目でホールの後片づけをしている女中やボーイたちを示した。どうせ二次会をやるのだからそこでゆっくり話すつもりだとつけ加えた。

「しかしぼくはタクシーで帰るんですよ」

「そのタクシーにわれわれも同乗させてもらおうかな。仕事はもう終ったんでしょう、たまにはつき合ってくれてもいいじゃあないですか。伊奈さんのためを考えて提案しているのですよわしは」

「釘宮さんは伊奈さんが呼んだタクシーで行けばいい。われわれはハイヤーを用意してるから」

行武政憲がいった。せっかくだがと、仲彦はいって立ちあがった。表玄関の方からタクシーの鳴らすクラクションが聞えた。

「話は聞かせてもらいたいのはやまやまですが、ぼくには仕事があるんです。失礼します」

釘宮は両手を前に突き出し泳ぐような恰好で伸彦に抱きつこうとした。伸彦が身をかわしたので釘宮は背中にしなだれかかった。タクシーがまたクラクションを鳴らした。

伸彦は釘宮にかまわず玄関にむかった。釘宮はなおも追いすがって低声でささやいた。

「今度は二人だけで、な、伊奈さん。よろしいか、釘宮康麿があっと驚く情報を提供しますぞ。明日わが社に電話をくれるでしょうな」

年末も出勤しているのかと、伸彦はきいた。

「もちろん、新聞記者に休日なんぞあるもんですか。実をいうと、わしも今夜ではない方が都合が良かったんだ。あの二人がいるので伊奈さんを引きとめるふりをしただけのことですよ」

「釘宮さんも念の入ったことをする人ですねえ」

伸彦は初めて笑った。二人は玄関を出て車寄せに立った。タクシーのドアが開いた。

「社長の話というのは何でした」

伸彦は体を半ば車に乗り入れていた。特別な話などしなかったと、釘宮に答えた。運転手がいらだたしげに咳払いした。

「あんなことというんだから。わしを見くびるのはよしてもらいたいな。社長が伊奈さんに頼んだ一件のあたりはついているんですよ。ご苦労な仕事です。同情しますよ」

釘宮は両手を半開きのドアについていた。そのわきの下からガラスごしにホールの二人が見えた。菊池省介がグラスを手にのけぞるようにして笑っているところだった。行武もこちらをうかがいながら口許に笑いを浮べていた。

「あたりがついているなら、ぼくに訊かなくてもいいでしょう。釘宮さんは策士だからな。見くびるなんてとんでもない」

「策士だなんてとんでもない」

「明日、電話をします。じゃあ」

「待ってますよ。社にいなくても連絡はつきますからな」

釘宮はわざとらしく大仰に体を折って、前庭を出て行くタクシーを見送った。伸彦がリヤウインドーごしに振返ると、車寄せに突っ立った釘宮は片手を上げて振り、意外にしっかりとした足どりで玄関の内側へ消えて行った。してみるとホールを立ち去る伸彦にしなだれかかったのは、酔ったふりをしていたのだと思うほかはなかった。

伸彦はシートに深くもたれて目をつむった。さきほど菊池省一郎とさし向いでウイスキーを飲んでいるとき、女中がビーフステーキの焼き加減を問合せて来た。省一郎は（ミディアム）といった。伸彦は（ヴェリイ・レア）と答えた。

（あなたは十二年でしたな。私と二つしかちがわないわけだが、つくづく自分の齢を感じますよ。ヴェリイ・レア、か。私も若いときは焦げ目のついた肉は嫌いだった）

（好みの問題ですよ。肉の焼き具合と年齢は関係がないでしょう。きょうはたまたまレアを食べたかっただけのことで）

（私もね、四十になったときにはまだ若いと思うことが出来た。人生はこれからだと意気ごんだりしてね。つい、きのうのことのような気がするのに、もう四十二、年が明けるとまもなく三です）

（お仕事が忙しいから疲れるんでしょう。ぼくなんか遊んでいるようなものです。社長にくらべたら）

社長がこの調子では肝腎の用件をついに口外しないのではないかと、伸彦は思った。自分自身のことを社長が他人に語るというのは珍しい。あるいは伸彦が他人だから語っているのかもしれないが、個人的な打ち明け話など、かりに年齢についての感想でも伸彦を落着かない思いにさせた。事情はつかめないが菊池省一郎は自己を語るほどに気が弱くなっている。折り入っての話というのがキャビアの品定めやステーキの焼き加減についてでないことは明らかな以上、省一郎は何かを自分に話したくて、それを切り出せないでいるのだと思われた。伸彦は初めて菊與商事の社長に漠然とした好意を感じた。

有能な実業家としての省一郎に対してではなく、内心の屈託を持てあましている自分とほぼ同世代の男に対してである。階下から拍手が聞えた。社員が余興でもやっているらしい。拍手の次にどっと笑い声が響いた。二人は黙りこんでステーキをたいらげた。伸彦の手にしたナイフがすべって皿に触れ、音をたてることがあった。省一郎が黙々と食べているので、その音がとてつもなく大きく聞えるように感じられた。

(先日、ロサンゼルスから来たアメリカ人とうちで食事をしたんですがね、こんなに旨いステーキは食べたことがないといって驚いてましたよ。半分はまあ外交辞令でしょうがね。日本の牛肉の値段を教えたらまたびっくりしてた。今度は本当に驚いたふうだったな。目を丸くしたっけ)

(ロサンゼルスあたりからもお客があるんですか。それもやはり会社の関係で?)

(彼は香港と韓国に弱電機と繊維の工場を持ってるんです。人件費が桁ちがいに安いでしょう。うちも彼の工場にささやかな投資をしています。大学時代の友人でしてね)

省一郎は葉巻をすすめた。伸彦はそれを断って自分の煙草に火をつけた。咽喉のあたりを煙がじわりと刺戟した。肺の奥まで一気に吸いこんだ煙をゆるゆると吐き出しながら伸彦はいった。

(いろいろと、大変ですねえ)

そういってみて自分の言葉が相手に局外者のあまりに気楽そうな感想だとうけとられはしなかったかと少し気になった。二つ以上の会社につながりを持ち、国内だけではなく国外にまで仕事を拡げている男を前にすると、いつものことながら伸彦はからかってみたくなるのだった。伸彦にしてみれば真似の出来ない才覚であり、真似をしようとも思わなかった。省一郎はJ銀行の支店長の名を口にした。

(お義父《とう》さんとはお会いになりますか)

（いや、めったに）

（つい先日、商工会議所の例会で立話しをしましたよ。会えば必ず伊奈さんのことを私に訊かれます）

（そうですか）

（篠崎さんも来年の夏あたり本店へ帰るという専らの噂ですよ。帰れば重役の椅子は約束されているようなものです。伊佐に篠崎さんが赴任して以来、取引額が二倍に増えたそうですから）

（ははあ）

（うちもＪ銀行とおつきあいを願っています）

（菊池さん。ぼくと義父《ちち》との関係はあくまで私的なもので、融資とかなんとか、そのうなんと申し上げたらいいか、娘がぼくの家内だからといって、ぼくは銀行のことについては全く無力なんで）

省一郎は伸彦のしどろもどろになった言葉をけげんそうに聞いていたが、途中から苦笑して手を振った。伸彦を通じてＪ銀行に融資を依頼する肚づもりは全然ないのだといった。


タクシーは踏切りを越えるときぐらりと揺れた。

伸彦は目をあけた。

「お客さん、パークサイドホテルだったね。バイパスをまわっていいかね。本通りは渋滞してるんだ」

「ああ、早く着ける方を選んで」

伸彦は内ポケットを押えた。省一郎から預かった封筒のかさばった手ざわりを確かめた。二つの封筒を伸彦は渡されたことになる。一つは彼のものである。もう一つの封筒は省一郎が指定した女性へ渡さなければならない。賞与と印刷してあったのは社用の封筒であった。

書斎で話が途切れた折り、省一郎は椅子から立ちあがって、パークサイドホテルのありかを知っているかとたずねた。市の東郊にこの頃新しく出来たホテルである。

（あそこの七〇三号室に三好美穂子という女が泊っています。本人にこれを手渡してもらいたいのです）

伸彦は封筒を受けとった。

（渡せばそれでいいんですか。ぼくは……）

省一郎は窓から外をのぞいていた。

（渡すだけなら何もあなたを使う必要はあるまいと思うでしょう。そういうことはわかっています。私が伊奈さんに頼むというのは筋が通っていないかもしれない。しかし、これは私と三好の問題です。あなたが最適だと考えたのは私です。行ってくれますね）

省一郎はタクシーのチケットをポケットから出して二枚をちぎり取り、封筒の上に重ねた。三好という女性が何か苦情をいったらどうするのか、ただ封筒を手渡しさえすればいいのかと、伸彦はたずねた。自分がホテルへ向うことを、本人には連絡してあるのだろうか。思いつくままに伸彦は質問した。先方が受けとらずに突き返したら、自分はどうすればいいのか。社長以外の人物がよこしたと思われても仕方がないではないか……

（三好がパークサイドホテルに泊っていることを知っているのは私だけだということを彼女も知っています。たぶん、そんなことはないと思いますが、受けとるのを拒んだら封筒は持ち帰って下さい。もちろん何度かすすめた上でね）
一、二度、受けとるのを拒むかもしれないが、あっさり引き下ってはいけないと、省一郎は念を押した。伸彦はいった。
（受けとった証拠になるもの。たとえば領収証のようなものは要りませんか）

（それは封筒の中に入れてあります。サインをすればいいようになっていますから）

省一郎はソファにかけた。目の縁に疲労が濃い隈になって現われていた。ネクタイをゆるめ、チョッキのボタンをはずすと、両足をだるそうに机のへりに上げた。あおむきになった顔を手で覆った。天井の明りがまぶしすぎるとでもいうように、両手で目に蓋をした。パークサイドホテルに行き、三好美穂子に会ったら首尾を電話で報告してくれと、省一郎は頼んだ。

書斎から出るとき、ドアの所で伸彦はソファの主を振り返った。菊池省一郎は彫像のように動かなかった。


タクシーは山口書房の前を通りすぎた。

ガラス戸には白いカーテンが引かれ、店内の明りは消してあった。

さっき、反対方向へ山口書房の前を通ったときに見かけた店主の姿を伸彦は思い出した。老人は肩膝を立て、奥の居間にすえてあるテレビの方へ顔を向けていた。背後から明りをあびているために、くっきりと横顔の線がうかがわれた。居間には家族がいるらしかった。先日、古本を買った折りも、肉と馬鈴薯を煮る匂いが店内に漂っていた。一人暮しではないようだ。しかし、膝を立て上体をねじってテレビを見つめている老人の姿勢は孤独でどこか頼りなげに感じられた。伸彦はクモの巣だらけの真鍋家を思った。

真鍋吉助は正真正銘のひとり者である。

彼の孤独は明らかだが、家族と暮している山口の姿勢にも、真鍋と同じほどの孤独感が滲み出ているように思われた。老人ならだれでも身辺に漂わせている寂寥感とは別種のものに見えた。伸彦は博多にいるという寺坂元兵長にも会わなければと、思った。その前に山口書房の主人にも会ってG島の話を聞く必要がある。もっとも話しに応じてくれればである。真鍋吉助が故意に嘘をついてるとは思わないが、記憶ちがいということもありうる。一つの事件には、それに関係した複数の人間の視点がある。

真鍋吉助が本当のことを語ったとすれば、現場にいた戦友たちの証言で彼の報告の真実性を確かめることができるだろう。

タクシーは伊佐の市街地から郊外へ出た。

進行方向に十二階建てのホテルが見えた。どの階の窓にも明りがともっており、黒い夜空を背景に白く輝く砦のように見えた。ホテルの宿泊客は多いのかと、伸彦はタクシーの運転手にたずねた。

「ええ、多いようだね。空港のホテルに泊りきれない客があっちへまわってくるよ。新幹線のターミナルがこの辺に出来るという計画が発表されてから、大阪や東京からの客がふえたよ」

「ただの観光客は」

「それは少いんじゃないの。伊佐には何も見るものないんだから。昔のお城址なんかどこにでもざらにあるもんだしさ、ほとんど商用だね」

ホテルの一階には四方に投光機が設置してあって、壁面と最上階の広告塔を照明していた。タクシーが近づくにつれて、ホテルはだんだんせりあがる感じだ。駐車場にはぎっしりと乗用車がとめてあった。

「きみ、用事は十分ほどですむから、待っててくれないか」

「十分間ですね」

運転手はタクシーから降りる伸彦の背中に向って念を押した。伸彦はロビーの電話を使って七〇三号室の客を呼び出した。相手はすぐに出た。菊池省一郎の使いだが部屋へあがってもいいかと、訊いた。数秒間、女は沈黙した。

「あなたはどなた」

「菊池さんからそちらへぼくがうかがうことは連絡が行っているはずです」

話しながら伸彦はロビーに目をやった。フロントの前には人が群がっており、椅子はみなふさがっていた。ロビーの奥からバンドの演奏が聞えた。どうぞ、女は乾いた声でいって受話器を置いた。伸彦はエレベーターで七階へあがった。七〇三号室をノックする前に二つの封筒を取り出し、賞与と印刷された自分のそれは右のポケットに、三好美穂子という女性に渡さなければならないものは左のポケットに移しかえた。それからドアをノックした。返事はなかった。

自分はこんな所で一体なにをしているんだろう。ちらとそういう思いが伸彦の頭をかすめた。得体の知れない怒りがこみ上げて来た。とうとつに屈辱感が伸彦をさいなんだ。疲労と苦悩に打ちひしがれた省一郎に対して覚えた憐れみをこっけいなものとさえ考えた。自分はドアの前できびすを返して立ち去ってもいいのだと思った。

もう一度ノックしようとしたとき、ドアが開いた。

女は伸彦を認めて一歩ドアの後ろにさがった。伸彦は七〇三号室に這入った。腕時計を見た。すでに五分経過している。

「三好美穂子さんですね。これにサインをして下さいますか」

伸彦は封筒を手渡すなり前もって抜き取っておいた領収証に自分の万年筆を添えてさし出した。三好美穂子は二十代の終りに見えた。黒いワンピースの腰に黄金色の鎖を巻いている。同じ形のネックレスが襟もとに光っていた。蒼白い皮膚をした小柄な体つきである。唇だけに濃く口紅を塗っていた。

女は封筒をすばやくテーブルの上にほうり出した。万年筆と領収証に目を落し、それから顔を上げて伸彦を見つめた。

「サインはします。しますけれどあなたには渡しません。省一郎さんにおっしゃって下さい。自分でこのホテルへ来るようにと伝えて下さい」

仲彦はここに来るまでのタクシーのなかで、女の対応をあれこれと推測していた。金を受けとるか、受けとるのを拒むか、あるいは金額の多寡に異議をとなえるかと、思いめぐらした。サインを拒むことも推測には含まれていた。しかし、サインをしはするけれども、本人にしか渡さないというのは予想のほかであった。仲彦はしばらく女を見つめて突っ立ったままでいた。

三好美穂子は痩せぎすの薄い胸をした女である。目だけが大きい。口をあけて立っている仲彦に向い、いらだたしげに手を振って、

「省一郎さんに話したいことがあるんです。電話でもそういったのに」

といった。

「社長がかけてよこしたのですね」

「ええ」

「社長はあなたになんといいましたか。このホテルへ来るようにと社長にあなたはいったんですね。社長の返事は?」

「使いの者をやったからと、それだけ。こちらが話をしかけたときには切れてしまったんです。あなた、会社の方?」

「いいえ」

「省一郎さんのお友達」

「いいえ」

「じゃあ、いったい……」

「社長とは知りあいです」

話しながら仲彦はこの場をどのように収拾しようかと考えていた。くわしい事情はきかされなかったが、だいたいのさっしはついた。省一郎に女の要求を伝えるのは易しい。しかし、本人に来る意志がないことはほぼ確かである。女に会うつもりがあれば、初めから仲彦を代理によこしたりはしなかっただろう。彼は椅子に腰をおろした。目の前のテーブルに分厚い封筒がのっている。白いものが視野の端からのびて来て、すいとテーブルの封筒をさらい取った。

仲彦は顔をあげた。

女は手にした封筒をベッドカヴァーの上にのせ、窓を背にして向き直った。

「省一郎さんにここへ来ていただくこと。あたしはそういってるのです。お帰りになって」

「彼が来ないといったらどうするつもりです」

「来なかったら……そのときどうするかはあたしの決めることでしょう。あなたは省一郎さんにそう伝えさえすればいいんです。煙草はやめて下さらない。あたし、嫌いなんです」

仲彦はいつもの癖で、知らず知らずポケットから煙草を取り出し、火をつけようとしていた。このような状況に直面するのは彼にしても初めてだった。それでいて、ずっと以前に何度も似たような事態におちいったことがあるような気がするのが不思議だ。きょうは昼間、菊池家で仕事をし、重富病院に真鍋吉助を見舞い、院長父子と話し、再び菊池家にとって返して省一郎や釘宮たちと話した。気疲れのせいか妙に五体がだるく、椅子からすぐに腰をあげるのがもの憂かった。空港のホテルに滞在しているという菊池省一郎の妻のことをふと思い出した。

「外はひどい寒さですよ。夕方は粉雪が舞ってたっけ」

「車があるでしょう」

タクシーには十分間といっておいた。今頃はしびれをきらせて町へ戻っているだろう。チケットは先に渡しておいた。歳末の稼ぎどきを運転手がむだにするわけがない。

「菊池さんがぼくをよこしたというのが一つの意思表示だと思ってもらいたいな。彼は来ませんよ。かりに来たところで、あなたの思うように事は運びそうに見えない。いろいろと事情がおありなのは心得ているつもりです」

伸彦は言葉をえらびながらゆっくりとしゃべった。（あそこの七〇三号室に三好美穂子という女が泊っています）といった省一郎の暗い顔が脳裡をよぎった。事情を心得ていると女に対してわけ知り顔にいったものの内実はまったく知らない。しかし、ここでおめおめと引きさがる気にはなれなかった。省一郎の意を体して来たからには、使命を首尾よく果して彼を満足させたかった。他人のもめごとに立ちいるのはわずらわしかったが、その反面、気楽さがあった。

「社員でもない、友人でさえないあなたをなぜ省一郎さんはここへよこしたのかしら。あなた、本当に彼の使いなの？　榊原さんの身内の方ではないの」

「単なる知人というわけではありませんよ。それに榊原さんとは関係がない」

伸彦は小説に登場する人物のせりふをしゃべっているような思いがした。重富家や菊池家では味わったことのない非現実的な世界にいるような気分である。ホテルの一室という舞台に登場して、定められた役割を定められた台本通りに演じている役者を彼は想像した。女と話を交し始めたとき、同じ状況をいつかどこかで経験したことがあると思ったのは、どうしてだろうと考えた。舞台に登場する端役に自分をなぞらえてみて、過去の生活を思い返した。世の中に出て以来、たえず伸彦につきまとっていた奇妙な感覚、それは菊池省一郎の依頼で働くようになってからは遠のいていたが、それまでは伸彦に親しいものだった。どこで何をしていても、自分の生きている世界が実体のない空虚なものに思われて仕方がなかった。我を忘れて夢中になるものが、ついぞ現われたことがない。ごく稀な場合を除いて伸彦は、是が非でも生きたいという執着を人生に覚えたことがないと信じている。

咽喉が渇いているときに飲むビールはいいし、腹をすかせて食べるライスカレーは旨かった。仕事を終えて帰るときに見上げる夕空は悪くなかった。女と共に味わう官能の歓びというものも人並に知っているつもりである。

「伊奈さんとおっしゃったわね」

三好美穂子は窓によりかかる姿勢で声をかけた。

「彼と二人きりで話したいの。あたしたちの事情をご存じなら、第三者をまじえずに話しあいたいというあたしの気持もわかっていただけるはずだわ」

「ところが彼にはあなたと話しあいたいという気はないんです。お二人のことで、ぼくはとやかくいえる立場ではないんですが、話してもムダということだけは、はっきりいえます。あなたの気持もわからないではないんです。彼だって苦しんでいますよ」

「省一郎さんが……」

「ええ、初めは彼自身がここへ会いに来るつもりだった。あなたは話せばわかってくれる方だから。彼がぼくを代りに寄こしたのは、あなたのためを思ってのことです」

「あたしのためを思ってですって。よくまあそんなことが」

「話をしてどうなるというのです。あなたは若いし、これからの生活がある。やり直しができる。彼は一度、決心したら気持が変らない男ですよ。彼の性格はあんたの方がよくご存じでしょう。ぼくをよこしたというのが彼の誠意と思って下さい」

「あなたがおっしゃることを聞いてると、まるで……まるでなんというか、あたしの方が一方的に、省一郎さんは」

女は混乱したように見えた。伸彦が与えた万年筆で紙片にサインをし、その紙片を小さく折りたたんだかと思うと、ていねいに拡げてサインが消えていないかを確かめでもするようにじっと見つめた。こわばっていた表情から張りが失われ、肩の力が抜けたようだ。女にしゃべらせることが伸彦の狙いだった。三好美穂子が胸の裡にためこんでいた思いを吐き出してしまえば、態度が軟化するのは予想できた。

女は力なくベッドの縁に腰をおろし、上体を二つに折って両手に顔を埋めた。混乱し、その次に当惑し、最終的には折れて出るだろうと、伸彦は考えた。省一郎に対して漠然と敵意を感じた自分に伸彦は驚いた。女をうまくいくるめることが出来ると、省一郎は伸彦を見こんでいたのだろうか。自分には、三好美穂子のような立場の女を、あしらう才能はまったくないと信じていたのだ。佐和子との関係を省一郎は知っていて、それで自分を美穂子に会わせたとも考えられる。

ベッドの縁に浅くかけて両手で顔を覆っている女の肩胛骨が黒いニットの背中に浮きあがっているのが見えた。ワンピースに包まれた体の線がくっきりと伸彦の目に映った。女の手は形が良くて、細長い指はいかにもしなやかそうだ。痩せた女は猥褻だといった詩人の名前を思い出そうとした。菊池家の書斎を出るときに見た省一郎の姿が、美穂子の姿態に重なって甦った。机の上に両足をゆだね、椅子の背に後頭部をあずけて彼も両手で顔を覆っていた。

美穂子は上体をのろのろと起した。体のどこかにある痛みをこらえているような表情でいった。

「省一郎さんはあたしのことを他に何かいってませんでしたか」

「理性的な女性だと聞きました。つまり、話のわかるお人だと。それから……まあ、これも同じような意味ですが、自分の感情に溺れない人でもあるといってました。あなたなら自分の、というのは菊池さんのことですが、自分の立場を理解してくれるにちがいないと信じているような口ぶりでしたよ」

「あなたも口がお上手な人なのねえ。そういわれると、半分くらいは本気にしてしまうじゃない」

美穂子の膝からサインのすんだ紙片が床に落ちた。伸彦の位置から女の正面にある壁にはめこまれた鏡が見えた。女は顔を上げて、鏡に映った自分の姿に気づいた。かるく顎を突き出すようにして鏡のなかの自分を見つめた。諦めと自己憐憫がないまぜになった表情である。女はハンカチで目もとを押えた。

「奥さんが帰っておられるんですってね」

ハンカチを太腿の上で拡げ、折り目に沿ってたたみながら美穂子はさりげない口調でそういい、ちらりと仲彦に流し目をくれた。

「そんなことはない。ぼくはきょう一日じゅうあの家にいたけれども、奥さんが帰ったという話は聞いていません」

仲彦は立ちあがって窓辺に近より、カーテンをあけて外をのぞいた。伊佐の市街がある方向におびただしい光の点が見えた。カーテンをきちりと引きあわせ、あと戻りする直前に床の紙片に初めて気づいたふりをして素早く拾いあげた。菊池省一郎の妻が自宅に帰っていないのは本当だ。空港のホテルに滞在していることを美穂子に告げる必要はなかった。仲彦はわれ知らずためいきをついた。

「お待ちになって」

後ろから声をかけられて仲彦はふり向いた。

「あなたは今、省一郎さんのお宅にずっといたとおっしゃったわね。菊池さんの身内の方なの」

「いや、菊池家とは別に。あの家で仕事をしているだけです」

「帰ったら省一郎さんにお会いになる?」

「きょうはどうかな。一応、連絡はしますがね。これを」

といって仲彦はしわくちゃになった受けとりを指でつまんで女に示し、「これを渡さなくては。会うのは明日になるかもしれません。彼に何か伝えたいことがあればうかがっておきましょうか」

「あたしの気持は変らないといって下さる?　それから」

美穂子は言葉を切って宙に視線を泳がせた。その目が鏡のなかの自分を認めた。数秒間、美穂子は鏡に映った自身の顔と向いあった。思い直したように身がるに立ちあがって仲彦の方へ歩みよった。首を左右に振っていった。

「いいわ。伝えてもらいたいことはそれだけ。いつまでもあたしが省一郎さんを待っているといっても仕方のないことですものね。こんなことになるのを、あたしはずっと前から予想して不安でたまらなかったの。もう、きょうからは怯えずに生きてゆけるんだわ」

仲彦は美穂子の顔から目をそらして、自分の靴に視線を落した。返事のしようがなかった。女が首を横にふったとき、頬のあたりにかぶさっていた髪の間から、耳たぶにつけた黄金色の粒が燈火を反射して彼の目を射た。英子の顔が美穂子の背後に浮んだ。

「それではこれで」

仲彦はぎごちなくいってドアの握りに手をかけた。不意に女はくるりと背を向け、手で顔を押えた。肩が小刻みにふるえ始めた。嗚咽が聞えた。仲彦はドアをあけて七〇三号室の外に出た。エレベーターのボタンを押してその場にうずくまった。一階にとまっている函が各階の表示燈を順に明滅させて昇ってくるのが、とてつもなく長い時間に思われた。

一階のロビーで菊池家に電話をかけた。女中が出て省一郎に取りつぐまで、しばらくかかった。仲彦は三好美穂子に封筒を渡し、サインを得たことだけ手短に報告した。

「そうですか。三好は受けとりましたか」

省一郎の意外そうな口ぶりに仲彦は肚を立てた。

「受けとらせるためにぼくが使いに立ったわけでしょう」

「いや、いいんです。とにかくご苦労でした。三好は一人でしたか」

「というと?」

「部屋には女の他に誰もいませんでしたか」

「一人でした。受けとりはどうします」

「今夜はもう遅いから明日にでも社の方へ来てもらえますか。そうそう、あなたにいうのを忘れていた。父の原稿の件ですが、年の暮れですからあなたも他にすることがおありのはずだ。明日から三日まで休んで下さい」

会社の方へ来いといっても、菊興商事は休みに入っているのではないかと、伸彦がいうと、社員は休んでも自分には仕事が残っているのだと省一郎はいって電話を切った。明日の午後三時に会う約束をした。

アパートの前でタクシーをおりた伸彦は重い足どりで二階へ通じる鉄の階段をのぼった。タクシーの窓から自分の部屋を見あげたとき、カーテンの内側に灯がともっていないのに気づいた。まっ暗な部屋に戻るのが、きょうに限って億劫だったが、町へ引き返して酒を飲む気になれなかった。パークサイドホテルのロビーでタクシーが来るのを待つ間、伸彦は煙草の残りをすい尽していた。咽喉がいがらっぽくなり、舌までゴムのようなものに変ってしまったように感じられた。自分が演じたのはこっけいな道化の役割にすぎなかったが、芝居が終ってしまうと一度に疲労が押しよせた。美穂子に禁じられたために抑えていた煙草をのみたいという欲望がたてつづけに煙草をすわせてしまった。タクシーが着いたという合図に、ソファから立ちあがったとき、めまいを覚えたほどだ。

伸彦は頭の芯が鉄の階段を一段ずつあがるたびに痛むのを感じた。

鍵を取りだしてドアをあけた。

手さぐりで壁のスイッチを押した。ひやりとした空気の澱んでいる部屋を見まわしたとき、台所のテーブルにのっている細長い白封筒を認めた。「伸彦様」という宛名は、英子の筆蹟である。彼は灯油ストーヴに点火し、電気こたつのスイッチを入れた。上衣とズボンを脱ぎ、ネクタイをむしり取るようにはずしてシャツをパジャマに着換えた。ガウンをまとって風呂場で顔を洗った。歯も磨いた。上衣のポケットから三好美穂子の受けとりを出し、画鋲でカレンダーの明日の日付の上にとめた。

何気なく手を顔にあてがってみた。伸びた髭がざらついている。電気剃刀機を風呂場へ取りに行ったついでに、テーブルの上から封筒を取りあげて、こたつの上に置いた。英子が使っている小さな手鏡をのぞきこみながら念入りに顔をあたった。

立て膝をして前かがみの姿勢でテレビを見ていた山口書房の主人の姿を、また思い出した。寝しずまったアパートの一室に、電気剃刀機の音が高く響いた。剃り終ってからストーヴの焔を調節するネジをまわした。封筒を裏返してみると、端の方に小さく英子と記されてあった。部屋はしだいに暖まって来た。伸彦は封筒の口を切り、手紙を引きだした。

「まえまえからあなたとゆっくり話しあいたいと思っていましたが、なかなかその機会がありませんでした。本来なら二人さし向いで話すべきですが、手紙を書くことにします。この手紙をあなたがお読みになる頃には、私は伊佐におりません。しばらく帰らないつもりです。父の所へ戻っているのではありません。なるべくなら私がこうして家をあけたことは父に告げない方がいいでしょう。父も私の居場所を知らないのですし、ただ心配させるだけですから。

手紙をいざ書きだしてみますと、考えがまとまらずにかえってあなたを当惑させることになりそうな気がします。けれど、今まで何度もあなたに話をしようとしたのですが、あなたはまったく私の相手になってくれず、別のことに気をとられているみたいです。菊池さんの仕事のこと、それにもちろん佐和子さんのことに、私にはわかっています。まるで私とあなたとの間には、ガラスの厚い壁が立ちふさがっていて、姿は見えても声が届かないような感じさえします。それで、手紙でならば私のいいたいこと、考えていることをわかってもらえるのではないかと、こうして書いているのですが、果して十分の一いや百分の一でも伝わるかどうか、もどかしい限りです。

もどかしい、この言葉がすべてをいい尽しているように思えます。あなたに対する私の気持をです。といっても、あなたにわかるかどうか。それがもどかしい。この言葉にゆき当って私は何枚も便箋を無駄にする必要がないと思いましたが、やはり説明しなければわからないでしょう。しかし、説明したところで私の気持を十二分にいい表わすことができるという自信はありません。

ことわるまでもなく私はあなたを憎んでいません。私のような我儘な女と一緒になって下さったことには感謝しています。若い頃とちがって、若い頃というのは前の夫と暮していた頃を含めていっているつもりですが、あの当時より私はいくらか冷静に世間を見ることができるとうぬぼれています。最初の結婚に失敗したとき、私はもう二度と男なんかと一緒になるものかと思いました。月並な女が考える月並なことです。自分の欠点は棚に上げて、男を責めました。彼には私をすてる理由があったのに、そのことなぞ考えに入りませんでした。

どうしてこんなことを書いているのでしょう。前の夫のことを話題にするのは二人の間でというよりも私が自ら禁じていたことなのに。忘れないうちに書いておきます。冷蔵庫におせち料理を入れておきました。汚れ物は明日までにクリーニング店が届けてくれるはずです。浴槽の底栓がゆるくなっていましたから、新しい栓を買っておきました。時間がないので、取りかえることができません。父の所にはお歳暮を届けておきました。ひとまずいっておかなければ、あなたがいくらか気にするかもしれないので。

つまらないことを書いて、肝腎のいいたいことから遠ざかってしまいました。旅行はしますけれど、年が明けたら帰って来ます。身勝手なことをするものだと、われながら気がとがめないでもないのですが、あなたは許して下さるに決っています。一人で行くのか、誰か男と行くのではないかとあなたは気をもむでしょうか? 決して。

あなたは私が誰かと二人で旅行しているかどうかを考えるどころか、私の旅行先を想像することさえしないでしょう。そういう人なのです。あなたはなぜ私を追い出さないのでしょうか。なぜ私に別れてくれといわないのですか。別れる価値さえない、あなたはそう思っている。まさか、そんなことはないでしょうね。あなたは結婚する相手が誰でも良かったというわけではないでしょう。すくなくともあなたは選ぶことができた。私はあなたに望まれて再婚する気になりました。

こんなことを書いていても、あなたが退屈するのが目に見えるようです。いいたいことが際限もなく出てくるのに、一番大事なことがいえない。わかってもらえない。あなたはごく当り前の男性だと思っています。私が平凡な女であるように。平凡な女ですから平凡な生活がもたらす幸福を期待していました。つい過去形で書いてしまいました。本音がもれたのかもしれません。年が明けたら旅行から帰ってくると約束したのに、それを破ってしまいそうな気がします。私は市役所へ行って離婚届の用紙をもらって来ました。あとは判をつくだけです。

簡単なものですね。人間の生活がたった紙きれ一枚で変るなんて。もちろん届にはあなたの判も要ります。私はこれを戸籍係に出すと二回目になります。男と二度も別れた女のことを世間ではどのようにいうでしょう。さんざん陰口を叩かれるに決っています。かといって、決心したわけではないのです。

きょう、あなたはいつものようにアパートの部屋から出てゆきましたね。

覚えていますか。ふだんはあの時刻に寝ていた私が、けさはいつもより早く起きて、お味噌汁をこしらえたのを。あなたはネギが好きでした（また過去形）。あいにく買いおきがなかったので、坂下の八百屋まで急いでおりて行って新しいネギを買って来ました。何本か台所にあったのは古くなっていたのです。せめて、最後の朝だけはあなたにまともな朝食を食べさせてあげたかった。

私が仕事をするようになってからあなたに朝食を作ってあげなくなったこと、あなたは一言も愚痴をもらしませんでした。夜がおそいからまだ寝ているようにといってくれたのをいいことに、あなたをほうっておきました。

新しいシャツと新しいネクタイ。あなたは気がつかないようでしたが、あれは昨日、私がボーナスで買ったものです。カトレアで店員からあなたのサイズをきかれ、すらすらと答えられる自分に実のところびっくりしました。そして、私がまた同じサイズのシャツを買うことは二度とないだろうという予感がして、淋しかったのも事実です。

アパートの階段を降りて、あなたは振り向きもせずに車の方へ歩いて行きました。あなたのそうした姿を見送るのも、もしかしたらこれで終りになるのでは、と思いました。

まるで別れることを決めてしまったようないい方をしてご免なさい。あなたの同意なしでは離婚が成立しないのはわかっているくせに、一人で勝手にいろんなことを決めて、あなたを不愉快にさせたと思っています。でもこうするよりほか仕方がなかったんです。とりとめのない手紙になりました。なぜ別れてくれといわないのだと、私は書きました。私はこう書くべきでした。私の方こそ今までなぜ別れなかったのだろうと。機会は何べんもあったのに。私は疲れました。旅行に出るのは、ただそれだけの理由です。疲れがとれたら帰って来ます。しかし、いや、もう書くのはやめます。

読み返してみて、結局、いうべきことを何もいわなかったような、いってしまったような、たよりない気持です。手紙なんか書かずに旅先から電話をして安心させる程度でよかったのではないかと考えましたが、せっかく書いたものですし、これで私の気持も少しはわかっていただけるかと思って残してゆきます。年始の挨拶のため父を訪問する必要はありません。父が客嫌いであることは知っているでしょう。あなたも父に会うのは気が重いでしょう。スナックには連絡しておきました。私が旅行することです。ではのんびりと休日をすごして下さい。あなたは一人で居るのが好きでしたね。お雑煮のだしを作って冷蔵庫にしまっておきました。赤いタッパーが下段に這入っています。鍋でだしを暖めてお餅を入れればいいのです。濃い目にしていますから適当に薄めて下さい。クリーニング代は払ってあります。ストーヴの芯を取りかえておきました。油煙が出るので前から気になって、あなたに新しいグラスファイバーの芯を買って来てくれるように頼んでいたのですが忘れていたでしょう。きょうスーパーへ行って私が買って来たのです。取りかえるのに手間どって、お部屋の掃除ができませんでした。

十二月二十八日　　　英子」

仲彦はストーヴに目をやった。

赤く熱せられた半球状の金網が、いつもは煤でむらができるのに、きょうはまんべんなく白熱して輝いている。焰の強さも均一にゆきわたっているように見える。彼は手紙を封筒におさめ、大儀そうにこたつから脱け出て台所の戸棚をあらためた。ウイスキーの壜とグラスを出し、冷蔵庫のチーズを切って皿に盛った。製氷器からアイスキューブをどんぶりに移した。盆の上にそれらを並べて、こたつに戻った。アパートへ向ったタクシーのなかでは、帰ったらすぐ眠るつもりだった。英子の手紙を読んだいま、一時に目が冴えてしまった。

伸彦はどんぶりの角氷を指でつまんでグラスに落した。硬質の涼しい音が彼の耳を搏った。ウイスキーを氷の上にそそぎ、水で割らずにすすった。

封筒をさかさにして、もう一度、中身を取りだして拡げ、思い直して封筒におさめた。本棚の端に、買いおきの煙草があった。封を切って新しい煙草に火をつけた。これで、きょうは三箱めになる。煙は荒れた舌と咽喉の粘膜を刺戟するだけだが、のまずにはいられなかった。煙の行方を目で追いながら、三好美穂子の顔を思い浮べた。

（あたしの気持は変らない）

今さらそんなことを省一郎にいってみても始らない。伝えると約束したからには、約束を果すべきだが、省一郎がどんな反応を示すか予測するのはたやすかった。ストーヴは虫がすだくような音をたてて燃えた。電気こたつの目盛は強にしている。それでも背筋にしのびこむ冷気は感じられた。

煙草をのせていた本棚に、うっすらと埃が積っていて、煙草のあった箇所だけ四角形の痕が認められた。グラスの角氷がもろい音を発して崩れ、錆色の液体に沈んだ。伸彦はチーズをかじり、ウイスキーを飲んだ。

（あなたは一人で居るのが好きな人だから）という意味のくだりが英子の手紙にあったことを思い出した。今、伸彦は菊池省一郎が与えた仕事のことも、自分たちの生活のことも考えなかった。深夜、こうして自分のほか誰も居ない部屋でウイスキーを飲み、煙草をふかしているのが、充実した一刻のように感じられた。伸彦は焦点のあわないまなざしで部屋の調度を眺めながらグラスを口に運んだ。何も考えないことが、これほどの安らぎを自分にもたらすとは意外な発見だった。考えまいとすれば伸彦は意識を空白の状態に保つことができそうに思えた。英子が（もどかしい）と表現したのは、伸彦が無意識のうちに日常生活で示しているこうした特性を指しているのかもしれなかった。

次の日、目が醒めたのは正午に近かった。

伸彦は起きぬけに渇きを覚え、水道の水を何杯も飲んだ。食欲はまったくなかった。

念入りに髭を剃り、歯を磨いた。執拗な嘔吐感がこみあげて来て、歯ブラシを使う手を止めさせた。身支度を整えるのに一時間あまりかかった。胃の右側に鋭い痛みを感じた。

伊佐日報社へ電話をかけた。釘宮は不在だったが、若い記者が出て、空港ホテルのラウンジにいると告げた。伸彦から連絡があることは聞いていたという。アパート裏の空地に出てみて、自分の車を菊池家に置いて来たことを思い出した。伸彦はタクシーをひろって菊池家へ向った。もし、省一郎が在宅しているなら、美穂子がサインした領収証を渡しておくつもりだった。きょうはなんとなく省一郎とゆっくりと話をする気になれない。

運転手はハンドルを急角度に切り、乱暴にアクセルを踏んだ。そのつど伸彦はこみあげてくる吐き気とたたかわなければならなかった。わきの下に冷たい汗が滲んだ。

菊池家の前庭に省一郎の乗用車はなかった。

片隅に乗りすてておいた自分の車に体を入れてエンジンをかけた。昨夜の冷えこみのせいか、エンジンがかからない。伸彦はガソリンタンクから少量のガソリンを空罐に抜いた。こういう場合に備えていつも用意している物である。フードをあけ、キャブレーターの蓋をはずしてガソリンを移した。もう一度、エンジンをかけた。今度は力強い振動が返って来た。庭で車の向きを変えて、門の外へ出ようとしたとき、見慣れた車が這入って来た。重富悟郎が運転席にいる。後ろの座席に看護婦が乗っていた。悟郎は伸彦を認めて車をとめた。伸彦は窓ガラスをおろした。悟郎もそうした。目で菊池家の二階を指していった。

「先代がまた……この頃は持ち直していたんですがね」

「いつもの往診かと思ったんですが、そうでもないんですか」

「こんなことがあるからうちに入院するようにとすすめたのに。年末だといってのんびりできもしない」

「社長が入院させないんですか」

「いいや、本人の意志なんです。病院で死《シユテルベン》ぬのは厭だといい張るんですな。だから電話一本であたふたと駆けつけることになる。医者ってつらいもんです」

「真鍋のおじいさんも入院を厭がってましたね」

「そうなんだ。兵隊時代の恐怖があるのかなあ。きょうもお仕事だったんですか」

「車を取りに来ただけです」

女中が玄関から現われた。悟郎は「じゃあ」といって伸彦の車から離れた。悟郎が呼ばれるくらいだから、省一郎にも病状が悪化したという連絡が行くだろう。午後三時に彼が社にいるかどうか心もとなかった。伸彦の車は半時間後に空港ホテルに着いた。ホテルの裏手に増設ちゅうの新館は、鉄骨が組みあげられたところで、ドリルの音がけたたましく聞えた。完成すれば十二階建ての収容人員は伊佐市でもっとも多いホテルになるという話を伸彦はボーイから聞いたことがあった。土地の値段は彼がこの町へ引っ越して来てからほぼ二倍にあがっている。

ラウンジの入り口で伸彦は釘宮と出会った。

高価そうな生地で仕立てたスーツを着こんだ恰幅のいい初老の男に寄り添うようにして釘宮はラウンジから出て来た。伸彦は釘宮の目くばせで二人をやりすごし、鉢植えの棕櫚ごしに彼らがホテルの玄関で別れるのを見まもった。釘宮はなれなれしく相手の腕をとってさすり、肩を叩いた。大柄な男はそうされることに慣れているように見えた。釘宮に腕をさすられながら、顔をあらぬ方に向けて平然としていた。

タクシーが車寄せにすべりこんで来て、男は乗りこんだ。釘宮はふかぶかと頭を下げた。体を起してしばらくの間は笑いが釘宮の顔に貼りついていたが、タクシーが見えなくなった頃合に、ふっと元の顔に戻った。両手をぶらぶらとゆすりながら伸彦の方へ引き返して来た。

「お待たせ。あっちへ行きましょうや」

先ほどとは打って変って不機嫌そうな表情である。伸彦をうながしてラウンジの一角にあるカウンターに足を運んだ。

「あれは何者です」

伸彦は水割りを注文した。空港ホテルと市街を結ぶ国道に検問ちゅうの警官が出ていないのは確かめていた。

「東京から来た代議士です。多々良という衆議院の議員でね。選挙区がこの二区、つまり伊佐出身ということです。やっとこさ当選してるくせに最近は頭《ず》が高くてねえ。このあいだ上京したときも面会の約束をとりつけるのに苦労しましたよ」

「何期ぐらいつとめているんです。面構えだけは相当なものに見えたけれど」

「これで四期、しかし次の選挙はどうかなあ。本人は確実だと自負しとるがね、どうだかわかったもんじゃない」

「多々良という男をぼくに引きあわせるつもりではなかったんですか」

「どうして」

「彼も百二十四聯隊に属していた一人として」

「あなたにかかったら皆そう見えてしまうのかもしれないな。彼は部隊が別です。それはそうと、昨晩は大変な仕事を菊池さんからおおせつかったもんですな。同情しますよ」

釘宮は空にしたグラスをカウンターにすべらせた。

「大変な仕事というと?」

「しらばっくれないで。わしはなんでも見通しなんだから。水臭いことといいっこなしにしましょう。あなたは社長の女に会いに行った。菊池さんの手紙を持って。いや手切れ金か、それとも慰謝料の額について話しあいをするためか。図星でしょう」

「まあ、想像するのは自由です」

「うまくゆきましたか。さんざ手こずったでしょうな。女はいざとなったら理屈もへちまもありはしないからね。ははっ」

釘宮は嬉しそうに笑って、水割りにむせた。推測が的中したことを知り、満足しているらしかった。伸彦は水割りを少しずつ口に含んだ。話があるとゆうべ告げたのはどういうことかと質したいのをこらえた。釘宮の方からしゃべり出すのを待つしかない。伸彦がききたがると、かえって話をそらす癖がこの老いた新聞記者にはあった。

伸彦はいった。

「社長には顧問弁護士がついてるでしょう。菊池さんのような立場の人物が、人の使い方を心得ていないはずがないと思うんだが」

「それそれ、理の当然というものです。しかし、若社長は絶対に顧問弁護士をホテルへやるわけにはゆかなかった。ことをまるくおさめるためにはね。なぜだと思う伊奈さん」

「さあ」

釘宮は歯をむき出して満面に笑みを浮べた。笛を短く吹き鳴らすような音が咽喉の奥からもれた。

「もちろん顧問弁護士は若社長にいますとも。すご腕の切れ者が。榊原というんです。奥さんの実兄ですよ。これでおわかり?」

「なるほど」

「若社長の奥さんは」

といって釘宮は手のグラスを持ちあげてみせた。「ここに滞在している。よりを戻すために帰って来たので、女との縁を切る必要があった」釘宮は横目で彼をうかがいながらしゃべった。伸彦はうなずいた。

「と思うでしょう伊奈さん。実はそうじゃないんですよ。奥さんは若社長と離婚するために帰って来たんだ」

釘宮は伸彦の反応を確かめて再び低く笑った。

「釘宮さん、あなたの耳が早いのにはつくづく感心しますよ」

「ノオノオ、早耳といわずに地獄耳といってもらいたいな。わしはこの耳のおかげで食べて来たんだから」

といって釘宮は指で自分の干からびた耳たぶをつまんで得意そうに二、三度ひっ張った。

「ではその耳に乾杯」

「ありがとう」

釘宮はグラスを高くかかげ、一口すすってからカウンターに置いた。伊佐のような地方都市に住んだのはまちがいだ、釘宮がもし若いときからジャーナリストとして東京に出ていたならば、今ごろはひとかどの記者になっていただろうと、伸彦はいった。意外なことに釘宮は真顔になった。

「年寄りを慰めてくれるあなたの好意はお受けしておくよ。よくいって下すった。お世辞とわかっていても、いわれてみれば満更でもない。いや本当の話。わしが十年若かったら今の言葉を本気にしただろうな」

「本気ですよ」

「ますますよろしい。そこまでいわなくちゃあ。うん、上出来。わしのいい方が悪かった。お世辞といえばあなたに失礼にあたる。わしの生き方に対する一つの評価、ね。これでいい。あなたはわしを高く買ってくれたわけだ」

伸彦は警戒した。一筋縄ではゆかない老記者が、見えすいたお世辞を聞いて、にわかに涙ぐんだりするのがわからなかった。釘宮ががらにもなく、しみじみと（わしを高く買ってくれたわけだ）というのを聞くのは片腹痛い思いがした。話があるといって呼びだしたのは、三好美穂子との会見がどういう首尾に終ったかをききたいためだったのだろうか。釘宮のことだからある種の情報を見返りとして提供する用意のあることはわかっていた。その情報は伸彦にとって充分に価値のあるものでなければ意味がない。伸彦は当面、菊池家での仕事に関する知識以外の話題には興味がなかった。釘宮は口を開いた。

「あなたはいつ発つんですか」

「いつ、というと」

「正月の休みをどこかの温泉ですごすんでしょう、奥さんと。きのう、ここで奥さんを見かけたから、ははあ、伊奈さんは先に奥さんをやって仕事がすみしだい後から行くつもりだと思ったんですがね」

と釘宮はいった。

「初めは家内と一緒に行くつもりだったけれど、年末年始の休みを遊んですごす気になれませんでね。今まで百二十四聯隊の生存者から談話をとろうとして、仕事が忙しいのを理由に断わられて来たんです。正月ぐらいはあいてるでしょう。ぼくは伊佐に残ります」

と仲彦はいった。

「なるほど、そういうわけだったんですか。道理で奥さんが浮ない顔をしていた理由がのみこめた」

釘宮は仲彦から目をそらしてつぶやいた。仲彦の説明をまったく信じていないのがわかった。信じるふりを装うことすらしなかった。仲彦はしみの生じた釘宮のひからびた顔をつくづく眺めた。自分と英子の関係など、この新聞記者にはどうでもいいことの部類に属する事柄である。釘宮が英子の話を持ち出したのは仲彦が彼をおだててやった後だ。〝ひとかどの記者〟といった。釘宮はおだてに乗ってある種の情報をもらす気になった。しかし、老獪な記者の本性が自制心を目醒めさせ、話題を別の方向へ導かせた。それには仲彦の私生活に話をそらすのが一番なのだ。

とはいうものの話があるといったのは釘宮の方である。菊池省一郎の顧問弁護士が細君の実兄であるという程度の情報なら、何も伊佐市から車で半時間もかかる空港ホテルへ呼びつけるまでもない。伊佐日報の株主でもある菊興商事の社長に、妻以外の女がいたところでニュース価値があろうはずはないのだ。

薄くなった水割りをのみながら仲彦は口をつぐみ、釘宮が話し出すのを待った。三好美穂子とのいきさつを釘宮はききたいのだろうか。仮りにそうであったとしても仲彦は何もしゃべるつもりはなかった。

仲彦が沈黙して暗に話の本題に入るのを催促しているのを、釘宮も察したらしかった。

「あの多々良という代議士、どんな人物に見えますか」

おもむろに咳払いをして釘宮はいった。

通りすがりに見ただけの人物評をしろというのは無理な話だと、伸彦はいった。どこかで聞いたような名前だが、初対面の男なのである。

「第一印象というのがあるでしょう。あれはわしの経験では案外に的を射るものですよ」

釘宮はホテルの玄関の方へ首をねじった。タクシーで去った代議士がまだそこにとどまっているかのように鋭い目で人の出入りを調べた。せんだって上京したのはあの男に会うためだったと説明した。

「経企庁の長官をつとめたこともあるなかなかのやり手です。新幹線のターミナルを伊佐に持ってくるのは内定しています。問題は伊佐のどこになるかですな。来年の知事と市長選挙ではそれぞれ思惑がからむわけ。内定の段階ですから。中核工業団地の造成に失敗した市長は、ターミナルを伊佐に誘致して点を稼ぎたい。公約の目玉ですよ」

「それはおかしい。伊佐に内定しているのなら市長の手柄にはならないでしょう」

「失礼、わしの説明が不充分だった。知事は伊佐市内にターミナルを建設するよりもN市側の海面を埋立てる案をとったんです。おわかりかな。土地よりも海の方が安いという常識です。ただし、路線は延びます。国鉄は今のところノオコメントです。知事と市長は立場がこと新幹線のターミナル選定に関しては異なるのです」

どうもよくわからないと、伸彦は不平をいった。釘宮ともあろう老練な記者が、わざわざ上京して取材したにしては、問題の要点が自分のような部外者にはっきりしない。ターミナルを伊佐市に持ってくるのがなぜ市長の死活問題になるのだろうかと、いった。案の定、釘宮はムキになった。思うつぼというものだ。有能であると自認している新聞記者の口を割らせるには、そういって刺戟するのが最適だった。

「にぶい人だなあ伊奈さんも。ここには空港がある。中国と条約が結ばれれば国際空港に昇格する。拡張工事はそれを見越して始っています。九州横断道路も通る。それに新幹線です。N市は港を囲む山のてっぺんまで宅地になっていて、土地にゆとりはない。伊佐は県下で発展する可能性というか未来性というか、それを持っている唯一の町です。わしがいう未来性というのは金のことですよ。多々良が会いに来たのは、表向きは県知事です。しかし本命は菊池の若社長なんだ」

「まだよくわからない。ぼくはよそ者だから、この辺の政界の事情にうといんです」

と伸彦は目を伏せていった。

釘宮はますます昂奮した。憐れむようなまなざしで伸彦を見つめ、バーテンダーに水割りの代りをつくらせて一口のんだ。

「現市長はご老体です。三期つまり十二年もつとめています。しかし人間としをとるとますます権力の味がこたえられなくなるもののようですな。榊原輝昭という不動産会社の社長が今のところ有力ですが、手腕は未知数ですな。そこがいいという人もある。三番めの菊池省介、これも何がやれるかわからない。ただ省一郎氏の実弟だから金がある。榊原よりも運動資金を持っているが、青年会議所の支持層は薄い。つまり現市長は有権者の票を彼らに共喰いさせてあわよくば四選をかちとろうという魂胆です。そうは問屋がおろさないという事情が出て来た。多々良先生がですよ、菊池省一郎氏と手を握ったら勝敗はおのずと明らかでしょうが」

釘宮は一気にまくしたてて水割りをあおった。伸彦は田舎政界の入りくんだ内幕がぼんやりと見えて来たように思った。

「待って下さい釘宮さん。多々良氏は知事に会いに来たと今いわれた。そうでしたね、知事と市長はターミナル建設予定地をどこにするかで立場が同じではない。菊與と手を握るということになれば知事が得をするんですか。二区選出の議員でしたね彼は。そうすると現知事の後援というか支持がなければ次の選挙で苦戦することになる。両者の利害が一致するから手を握るわけだ。知事は伊佐市にターミナルを造らない方針でしょう。菊與は伊佐市に造った方が儲かる。二人が結託するいわれはないじゃありませんか」

「いい線です。そこまでわかっていたらあとはいうことなし」

「ぼくは何もわかっちゃいませんよ。半分いや三分の一しかね」

「多々良先生の第一印象をまだうかがってはいなかったな。どうです、あの人物」

ころんでもタダでは起きそうにない代議士の典型だと、伸彦はいった。釘宮は面白そうに「それだけじゃないでしょう」といった。自分の役に立たないとわかったら、どんな人物でもどたん場であっさり見すてる男のようでもあると、伸彦はつけ加えた。

「代議士ってみなそんな手合です。伊奈さんが彼に面と向ってそういっても相手は顔色ひとつ変えやしませんぜ。まだあるでしょう。ピンと来たものが」

「さあね」

「ワンヒント。国会は会期が延長されています。予算審議の常任委員をつとめている人物が忙しい最中に選挙区にやって来るにはそれ相応の理由がなければね。選挙に必要なものはなんですか」

「ははあ、多々良は自民党の有力な派閥に加わっていないということですね」

釘宮は満足そうに微笑した。

「伊奈さん、うちの社に入りませんか。デスクにしてあげられますよ。おっと、これは冗談。あなたは今の仕事がすんだら菊興の社員になるということでしたな。わが社のごとき田舎新聞にはもったいない」

ある不安が伸彦にきざした。黙って釘宮の目を見返した。釘宮は自分の言葉の効果を量りでもするようにじっと伸彦を見つめている。ようやく釘宮が伸彦を呼び出したわけがつかめかけた。推測はしかしはずれているかもしれなかった。ここでひと押ししておくのもよかったが、そうすると釘宮にかわされる惧れがあった。

「握手しよう伊奈さん。わしが失うものは何もありはしないんだ。ある意味で、わしと伊奈さんは似たような境遇にあるわけだ」

伸彦は老記者の手を握った。肉の薄い乾いた皮膚は温かかった。意外に強い力で釘宮は伸彦の手を握り返した。

「コヒマでね、ほら印緬国境の北にある山の中でね。塹壕にしゃがんでた頃のことをよく夢に見るんだ。齢をとると朝早く目が醒めるようになる。連日の雨で塹壕は水びたしだった。外へ出るわけにはゆかない、ちょっと鉄帽をのぞかせただけで目標になる。機関銃と迫撃砲の集中射撃を受けるんですわ。あの頃、わしは思った。弾丸の来ない家の中で乾いた布団に寝ることができたら何も要らない。白米の飯と味噌汁を食べられさえしたら思い残すことはないとね。毎日、中隊の連中がアメーバ赤痢やらマラリアやらで死んでいった。生きているのはイギリス兵に射たれた。塹壕から這い出して敵陣の方へ歩いた兵がいましたよ。そいつはもろに重機で頭を吹っとばされて即死です。覚悟の自殺なんですよ。飢えと病気と恐怖に耐えかねて人間はどんなことでもするものです。われわれは彼を羨みましたよ。楽に死ねたから。どうせやられるのなら苦しまずに成仏したいと思うほどだった。それが戦争です」

釘宮はハンケチで顔を乱暴に拭った。酔って感傷的になり涙を浮べたのを恥じているように見えた。

「なんの話をしてたんだっけ」

ハンケチを畳んでポケットにしまってから釘宮はたずねた。戦争の話と伸彦はいった。

「そうそう戦争の話。わしとしたことがつい昔話をして。わしは戦争の回顧談なぞ好かんのだ。思い出したくもない。なぜあなたにしたのかを考えてたんだ。するつもりはなかった。老いぼれは気が弱くなるとどうもいけない」

「続けて下さい。興味がないわけじゃないんです。ぼくが菊池さんの家で何をやっているかご存じでしょう」

退屈しているのではないかと、釘宮は気づかってみせた。伸彦はゆっくりと頭を左右に動かした。

「わしがいいたかったのはこうです。昭和二十年八月に戦争は終った。二十代のわしは平和というものがどういうことかわからなかったけれども、少くとも鉄砲を射ちあったりジャングルで野宿したりする苦労はこれでおしまいになったと信じましたよ。英印軍に寝返ったビルマ兵に駆り立てられて右往左往した惨めさといったらなかった。食糧がなくなってビルマ人の部落に籾を徴発に行ったら待伏せをくらって五人の戦友のうち四人がやられた。

氾濫したシッタン河を竹の筏で渡るとき、三十人以上いた仲間が、両岸から機銃で掃射されてね、四、五キロも下流に流されてやっと向う岸に着いたのは、たった二人です。あとはインド洋まで押し流されて溺死したか、弾丸に当って絶命したかです。インパールの敗戦以来、ビルマではまけいくさが続きました。で、終戦の詔勅を聞いたとき、わしは正直ほっとしましたよ。後方の兵站基地にいて毎日三食喰ってた将校は泣いてましたがね、泣く気力なんかわしにありはしなかった。わしだけじゃない、他の兵隊もそうだった。シッタン河を首尾よく渡れたのは百人に一人の割でしたからな。ほとんどの将校下士官兵が明日から敵機に追われて逃げまわらずにすむと安心したはずです。ありていにいえば嬉しかった。戦争は終ったのだ、生きていて良かったとつくづく思いました。何カ月ぶりかで米の飯にありついた後でね。しかし……」

釘宮はまたハンケチで顔を撫でまわした。

「平和というのも戦争みたいなもんです。たしかに今はどこからも砲弾なんか飛んで来やしません。野っ原に眠っていて土民兵に寝首を掻かれることはない。戦車に包囲されて十字砲火をあびることもない。その日の飯をどこでどうやって調達するか、朝おきたときから考える必要もない。タイムレコーダーを押して、決められた仕事をするかぎり、三度の食事と雨露をしのぐ場所に不自由はしません。しかしね、伊奈さん、わしはこの頃しきりに思う。今だって戦争は続いておるのだと。困ったことに平和な時代の戦争は敵が敵とひとめで区別できるような制服を着ておらん。弾丸も見えん。ビルマでは弾幕射撃をあびても、タコ壺にしゃがんでいたらどうにか直撃をくらわずにすんだ。地形には死角というものがある。実戦になれた兵隊は、砲撃が開始されると、将校が黙っていても本能的に安全な地形をえらんで隠れたもんです。迫撃砲には迫撃砲のきまった発射音と弾道がある。榴弾砲も戦車砲も耳で聞き分けられる。わしが生きのびられたのは逃げ方が旨かったからです。ところが、平和な現代は、弾道がわからない。敵と味方の区別がつかない。ビルマ時代よりかえって生きるのが厄介になって来た。そりゃあタコ壺を掘るという手もありますよ。兵隊の知恵です。戦闘になったらまず何はさておき自分用の穴を掘る。今もそれが出来る。ただし、穴にすっこんでいると、直撃弾からは安全なかわりに友軍が撤退するとき、置き去りにされる可能性もある。部隊にはぐれた兵隊の運命は悲惨です。たいてい野たれ死にですな」

　釘宮はおちついて来たようだった。

　水割りをのむ速度もおそくなった。

　逃げ方がたくみだったというより、機を見るのに敏だったから釘宮はビルマから生還できたのだ。その上、勇敢な兵士でもあったはずだと、伸彦は指摘した。

「がらにもなく昔話なんか仕出かして、伊奈さんをうんざりさせたとわかっています。女房子供にビルマの話をしたことはないんです。あなたには通じるような気がしましてね。こんなつもりではなかった。町に帰って飲み直しましょうや」

　伸彦はあわてて釘宮の提案をしりぞけた。

　年齢とウイスキーのせいで涙もろくなっている老記者とこれ以上つきあう気はなかった。自分の車で伊佐の街まで送ってゆこうと伸彦はいった。釘宮はそれは都合がいいとつぶやいて、定まらない足どりでラウンジから出て行った。伸彦は二人分の勘定を払った。

　飲み直そうというのは次の勘定は自分が持つから、ここはお前が払っておけという含みだったのだろうかと、伸彦は考えた。


　菊興商事は伊佐市の中央通りに面した五階建てのビル内にある。

　釘宮を伊佐日報の社屋の前でおろし、中央通りの裏へまわって、車を駐車場にとめた。菊興商事専用の駐車場である。約束の午後三時にはまだいくらか時間があった。佐和子のアパートへ電話をかけて、会いたい、といった。

「困るんです、あたし都合があって」

「今すぐじゃない、四時か五時ごろでいい。もう一度、電話をするよ」

「今どこから」

佐和子の口調がいつもとはちがっていた。どことなく他人行儀である。自分の居場所を告げてからそこに客が来ているのかと、伸彦は声を落してたずねた。

「ええ」

「土建屋の親方かい」

「いやだわ、そんないいかた」

「部屋から叩き出してしまえ、あんなやつ」

「あの人だとはいってないでしょう」

佐和子は肚だたしげにいった。行武だろうと、伸彦はいった。憶測が的中したしるしに沈黙が返って来た。

「あいつが訪ねて来た用件は察しがつくよ。きみは自分で決めることができるわけだ。何もかも承知の上でと先方はいってるそうだから、きみも気が楽だろう。ぼくはきみにさしずする資格なんかありはしない。資格はないが、今夜、食事をしないかと誘うくらいはいいだろう。じゃあまた」

佐和子の返事を待たずに伸彦は早口でそれだけいっておいて電話を切った。

菊興商事のあるビルに這入り、エレベーターで社長室のある五階へあがった。ドアをノックすると省一郎の声が返って来た。社員が出勤していない五階はひっそりとしていて、路上の騒音はここまで届かなかった。省一郎は広いデスクの上に帳簿と書類の山を築いていた。手早くそれらを片づけながら、目で壁ぎわのソファを指した。昨夜は眠っていないのか、両眼が充血している。皮膚の艶も失せているように見えた。

伸彦はポケットから三好美穂子がサインした紙片を出してデスクの縁に置いた。

省一郎はかるくうなずいて紙片をつまみあげ、チョッキのポケットにおさめた。サイドボードから二つのグラスを取り出した。スコッチをそそぎ、氷がきれているからといいわけをして、伸彦にソーダ水の罎をすすめた。自分のグラスはソーダ水で割らなかった。伸彦はソーダ水をスコッチに加えた。

「面倒な用件をあなたに頼んでしまいました。とにかくありがとう」

省一郎はグラスを心持ちかかげるようにした。そうして一気に咽喉の奥へほうりこむようにして中身を飲み、顔をしかめた。伸彦は佐和子のアパートに来ている行武のことを考えた。昨晩、自分が果した役割りと似たような事を行武がやろうとしているのだ。伸彦は陰気な歓びを覚えた。佐和子が行武をどのようにあしらうか見当はつきかねた。菊池省介との縁談に、それほど乗り気でないことは確かだったが、女というものは相手が誰であれ結婚そのものに憬れるのだといったのも佐和子自身の言葉であった。

伸彦は形だけ口をつけたグラスをサイドボードの上に置いて立ちあがった。

「じゃあ、ぼくはこれで」

「もう帰るんですか。何も話を聞いていないのに」

省一郎が不審そうにいったので、伸彦は答えた。仕事があるようだから遠慮したのだ、それに三好美穂子は受取りにサインをした。自分に与えられた仕事は終ったと思う……

「今から誰かと会う予定でも?」

と省一郎はグラスにスコッチをつぎながらたずねた。予定は夕方までないと伸彦は返事をした。

「三好はすぐにサインをしなかったでしょう」

「じかに会って話をしたいとか、その他いろいろと」

伸彦はソファに座り直した。省一郎は向い合せの位置にあるソファに浅く腰をかけ、上体を前かがみにしてうなだれ、床に目を落している。伸彦が黙りこむと顔をあげて、「その他にいろいろとは?」と沈んだ声できいた。サインさせるまでのいきさつを伸彦は詳しく語る気にはなれなかった。

「そうですねえ、奥さんが帰っておられるのをあの人は知ってるようでした」

「帰っています」

省一郎は今初めて重大な事実を肯定でもするかのように重々しくうなずいた。まずそうにスコッチを飲んで、唇をかたく結んだ。

「それから？　もっと何かいったでしょう」

旅行鞄を下げて空港のロビーを歩いている英子の姿が目に浮んだ。

「ええ、それから三好さんは最後にこうもいいました。きょうから、つまりきのうのことですが、きょうから安らかに生きてゆけると」

「安らかに、といったんですか」

省一郎の表情がかすかに歪んだのを、仲彦は見のがさなかった。正確にいえば（怯えずに生きてゆける）と美穂子はいったのだ。正しく伝えるべきだっただろうかと、仲彦は考え直した。安らかにといった方が省一郎は傷つかないと判断したのだが、いずれにしても三好美穂子の言葉を聞いて省一郎が手ばなしで喜ぶとは思われなかった。

どんな服装だったか、髪は、装身具は、鞄はと、省一郎はしつこく前夜の模様をたずねた。

「ネックレスはどんな色で、形は？」

「黄金色の小さな鎖をつないだものです。イヤリングと対になっているようでした」

省一郎はそのネックレスの中央に何か飾りがついていなかったかと、たずねた。

「ネックレスです。飾りがあればペンダントでしょう。あまり気をつけて見なかったもので……」

仲彦はわずらわしさをこらえながら説明した。省一郎がこれほど美穂子の服装にこだわるのだから、二人が近い将来会うのは確実であるように思えた。この男は自分の決心を伝えるためにわざと仲彦を身代りに仕立ててホテルへやったのだ。その後で後ろめたい気持になったのだろう。美穂子に対してである。仲彦を使いに出したのが省一郎の意思表示であった。省一郎自身そうやって美穂子を傷つけ、思い切って未練を絶とうとしたのだ。受取りなどどうでもよかったはずである。

しかし、今になって省一郎は伸彦をホテルへ向わせたのを後悔している。

「わかりました」

省一郎はきっぱりといった。

沈みこんだそれまでの口調とは打って変って決然とした声音に伸彦の方が驚いた。省一郎は知りたいことをみな聞き出してしまうと、たちどころに帳簿を調べていた実業家の顔に戻った。伸彦は立ちあがった。年末をどこですごすのかと、省一郎はたずねた。新年の宴会を自宅で三日に催す。よかったら来ないかと招待した。伸彦はあいまいな答をしてドアの外に出た。

招待はお座なりのようであった。後ろ手にドアを閉めながら振り返ると、省一郎は彼の返事を気にとめないふうで、もうデスクに向って書類にきびしい視線をそそいでいた。


伸彦は菊興商事の近くにあるレストランでおそい昼食をとった。

注文したサンドイッチが運ばれてくるまで二回席を立って、佐和子のアパートへかけた。二回とも話ちゅうである。コーヒーとハムサンドをたいらげてからもう一度ダイアルをまわした。今度は通じた。

「やつは帰ったかい」

「ええ」

「中央通りの〝明治屋〟にいる。十五分もあれば出て来られるだろう」

「きょうは何日だと思って？　あさっては大晦日なのよ。することが沢山あるわ」

佐和子はヒステリックに答えた。女の一人暮しでも年末には掃除とか片づけものがある。元旦の準備もしなければならないという意味の言葉を、かん高い声でいった。

「十五分、もしタクシーを拾えなかったらバスがある。半時間なら待つ」

仲彦は電話を切った。佐和子が何かいっているのに耳をかさなかった。釘宮と行武は昨夜、菊池家でテーブルを共にしていた。英子を空港で見かけたことは二人の話題になったはずである。行武が佐和子に対してそのことを告げないはずはない。十五分が経った。佐和子は現われなかった。半時間たってもレストランに這入ってくる客の中に佐和子の姿はなかった。

電話をかけてからちょうど一時間、仲彦は〝明治屋〟の奥まったテーブルに座ってドアを眺め続けた。時計の針は五時を指そうとしていた。仲彦はしばらくためらってから電話機に近づいた。ダイアルをまわした。ベルが十五回鳴るのを聞いて受話器を置いた。バスに乗れないとしても、アパートから中央通りまで一時間もかかりはしない。

仲彦は街路へ出た。

鳴り響く電話機の傍で、部屋の掃除をしている佐和子を想像した。家具調度に埃がつもっているのを仲彦は見たことがない。佐和子は会社の仕事がどんなに忙しくても、毎日掃除をしなければ気がすまない性分である。仲彦が部屋で何気なく自分の頭髪に櫛を入れたとき、鏡台に戻したその櫛を元の正しい位置に佐和子が置き直したことがあった。食器戸棚におさめた皿小鉢の位置もきまっていた。

(まるで、いつ死んでもいいみたいだ)

と仲彦がきちんと整理された部屋を見まわして妙な感想をもらしたことがある。

(そうよ、だから何もかも整頓しておくの)

佐和子がまじめな顔でいったので、仲彦は今のは冗談だとおどけた口調であやまった。戦記ばかり読んでいると、つい人間の死を考える癖がついてしまったと弁解した。佐和子はこわばった横顔を見せてベッドカヴァーのしわを手でのばした。彼のいいわけを信じていないのは明らかだった。自分はいつ死んでもいいのだと諦めきった声音でつぶやいた。水色のカヴァーをかけたセミダブルベッド、三面鏡、本箱、小さな机、食器戸棚、白いテーブル、伸彦は佐和子の部屋にある調度をありありと思い描くことができた。

行武が一つしかない椅子に座っていたとしたら、佐和子はベッドに腰かけていたはずだ。伸彦はあから顔をした馬面の客が、せまいアパートの一室で佐和子と向いあっている図を脳裡から追い払おうとした。

「これ、もらいます」

伸彦は古本を三冊、山口書房の主人にさし出した。アーサー・スウィンソンというイギリスの陸軍中佐が書いた戦記「コヒマ」、伊佐市教育委員会編著「伊佐のあけぼの」、副題として「史料による伊佐の歩み」とある、三番めは古賀惣一著「ある衛生兵の戦い、シッタンの海嘯」である。

「千百五十円」

と主人はいって伸彦の方に顔をあげ、「いつだったか、うちに見えたお客さんですね、千円いただきます」といった。経費で落すのだからと伸彦は千円札に百円硬貨を二枚そえて、釣りは受けとらなかった。

「年の暮れはどうですか、古本屋さんも忙しくなるんじゃないですか。どの家も大掃除したついでに要らなくなった書物を持ちこんだりして」

「だといいんですがね。かさの張る古雑誌ばかりで、いい本はめったに出物がありません。おたく、ときどき見かけますが、伊佐の人じゃないようですな。どちらから」

山口は番茶をついですすめた。東京から来たと、伸彦はいった。

「ほう、で、おつとめは」

「古賀惣一さんという著者は伊佐の人なんですね」

伸彦は「ある衛生兵の戦い」の奥付を山口に示した。著者の自費出版である。昭和四十九年二月に西海印刷が印刷している。大正四年九月二十日N県伊佐郷伊佐町に生まれている。奥付の上に著者の略歴が数行で紹介されていた。軍帽をかぶった著者の顔写真までついている。古賀という名前をどこかで聞いたように思ったが、どこで聞いたか思い出せなかった。略歴は昭和二十一年十一月復員、佐世保港に上陸で終っており、現在の職業は記されていない。

山口は古賀がかつて市の助役をしたことがあると教えた。今は県のさる機関にはいっている。それで古賀の名前をいつ聞いたか思い出した。伸彦は釘宮が上京する前に酒場〝ドン〟で会った。行武と一緒だった。伊佐日報に自分が書いた記事を、たしか県の土地開発公社の専務理事をしている古賀とかいう人物が読んだと吹聴していた。

伸彦は米粒大の活字で印刷された略歴を読んだ。昭和十七年六月百十三聯隊に応召という文字が読みとられた。福岡で編成された部隊である。百二十四聯隊とちがう所は、開戦そうそうサイゴンに上陸し、その地からビルマへ向っていることだ。菊池から依頼された仕事に直接の関係はないが、手に入れておくことにした。

山口は三冊の古本を茶色のハトロン紙でくるんだ。伸彦はさりげなく声をかけた。

「百十三は雲南で戦った部隊でしたね」

「拉孟《らもう》、竜陵《りゅうりょう》、騰越《とうえつ》」

山口は小声でつぶやいて古本の包みに輪ゴムをかけた。

「ご主人も軍隊にとられて苦労なすったんじゃありませんか」

一瞬、山口はけわしい目つきになった。自分の世代は、五体正常な男ならほとんど兵隊に行ったものだと答えた。台所の流し台を丹念にみがいている佐和子の姿を想像した。合鍵は持っている。佐和子があけなくても、入ろうと思えば踏みこむことができる。そこまでしたくなかった。夜までがとてつもなく長い時間に思われた。

いずれ、山口元上等兵の話は聞くつもりでいたのだ。菊池省造の手記に登場した兵士の姓名は手帳に控えている。G島西北海岸に上陸した第二大隊の一員であり、密林を行軍ちゅう、疲労のあまり岩波文庫版の万葉集二巻をすてた兵士のはずである。剣道二段の猛者という描写もあった。真鍋の話では、山口元上等兵は旧制中学卒業の学歴を持つインテリで、日頃、軍隊生活について不平をいうことが多く、何かと戦友にけむたがられていたという。伸彦は煙草に火をつけた。

「伊佐には百十三の他にも百二十四の生存者もかなりいらっしゃるそうですね」

「私は百二十四です」

思いのほかあっさりと山口は答えた。百二十四はG島で全滅同然の打撃をうけ、次は北ビルマへ派遣された聯隊ではないかと、伸彦は水を向けた。

「私はビルマに行っとりません。戦友が英印軍と苦戦しているとき、ニューカレドニアでたらふく喰って遊んでいました。私はG島で米軍に捕獲されたんです」

嚙んで吐き出すように山口はいって顔をそむけた。伸彦は言葉につまった。山口は頑固に沈黙するか、話をそらすかすると予想していたのだ。

「G島の戦いはぼくも知っています。戦死者より病気や飢えで死んだ兵隊の方が多かったそうですね」

「南洋の島というとバナナや椰子の実がとれ放題で、野生の獣もわんさといて食糧にはこと欠かない所と思っていましたよ。現地に行ってみるまでは。それがあなた何もないんですな、まったく何も。第一、私がいた半年間、晴天の日は数えるほどでした。毎日、雨が降ってねえ、ジャングルの中で毛布をかぶって慄えていた日が多い。南緯十度ぐらいだったかな、熱帯ですよ地理的には。そんな島で兵隊は半年暮すうちに皮膚が蒼白くなるなんて考えられますか、寝るときはおたがい身を寄せあって暖をとったもんです。私はめったにG島の戦記を読みません。読むと肚が立ってね。いくさのことは書いてある。しかし、兵隊がどんな思いでいくさをしたか、死んでいったか書いてある戦記にはお目にかかったことがないんです」

山口がこれだけの言葉を流暢に語ったわけではない。

一つのフレーズから次のフレーズまでは長い沈黙があった。山口は片膝を立てて前かがみになり、膝頭に顎をのせて目を閉じたまましゃべった。沈黙しているとき、伸彦は口をさしはさまなかった。何をいっても山口の耳に聞えそうになかったからである。山口はG島の深い密林と同じほどに厚い自分自身の回想に一人で閉じこもっているように見えた。

「私の戦友でね、末永というのがおりました。百姓の三男です。米俵一俵をかついで走って息も切らさない男です。現役で入隊した活きのいいその男がね、アウステン山の横穴壕で砲撃を避けていたとき、天井が落ちて来て私が掘りださなかったら窒息死するところでした。壕といってもあなた、地隙の上に板をのせて薄く土を盛っただけのしろものです。体重が十八貫あった彼が、土砂をかぶったくらいで自分の力では這い出せないほどに弱っていた。他の連中も似たようなもんですよ」

アウステン山というと、米軍が占領したルンガ飛行場の南にあって、百二十四聯隊がさいごまで死守した山のことだろうと、伸彦はいった。

山口はうなずいたあとで、けげんそうに伸彦を見た。

「お客さん、若い方のように見えるけれど、どうしてG島のことに詳しいのかね」

知合いがG島で戦死したので、多少の知識はあると、伸彦は告げた。山口は疑っていないようだ。

「私は腕をやられて移動できなくなってたところで米軍につかまったんです。俘虜だということを隠そうとは思いません。捕えられたときは意識がなかった。気がついてみると簡易寝台《コット》の上です。輸血されているのを知ってびっくりしました。アメリカ人の血ですよ、私の体の中にどんどん這入ってくる。わきに二世の通訳がいましてね、G島の日本軍は島から撤退したと教えてくれました。あのときの気持はなんともいえません。これで自分は永久に日本人ではなくなった。日本が勝ったら、俘虜になった私は軍法会議にかけられて即銃殺だと考えたわけです。お客さんのように戦後育ちの人にはバカな話だと笑われるでしょうな」

笑わないと、仲彦はいった。興味深い話だとつけ加えた。

「私の息子は笑いましたよ。だって笑うのが当然です。G島で日本軍が惨敗したのは、島にいた私たちみんなが知っていたんです。そのくせ、日本軍が大東亜戦争に勝ったときのことを考えて自分の先行きを心配しているんです。こんな阿呆らしい話がありますか。でもね、昭和十八年二月にG島の俘虜収容所《ヘット》にいた私には切実な問題だったんです。よしんば銃殺刑をまぬがれても国外追放にはなるだろうと俘虜仲間と話しあったのを覚えています」

「仲間というと真鍋さんですか」

きいてしまって仲彦はくやんだ。山口元上等兵は奇妙な表情に変った。真鍋のことを知っているのかと、たずねた。自分は鶏の飼料を世話している関係で、本人から少しばかりG島での思い出を聞いたことがあると、仲彦はいった。

「鶏の……そういえば彼は重富病院に入院しているそうですな。見舞いに行こうと思ってるんですが、寒くなると腕の傷痕が疼いてねえ。そうですか、おたく飼料店の方ですか」

「真鍋さんもぼくにG島のいくさがどんなにひどかったかをよく語ってくれるんです」

と仲彦は嘘をついた。高い熱にうなされてしゃべった密林での遭遇戦と彷徨のてんまつを思い出した。

「彼は産みたての赤卵《あかたまご》を滋養になるからといって、ときどき持って来てくれますよ。奥さんに逃げられてからますます偏屈になってねえ」

日本の潜水艦がG島へ輸送した食糧を受領に行ったことがあるだろうと、仲彦はいった。タサファロング海岸の集積所へ、山口が真鍋と共に使役に行ったことを思い出させようとした。

「糧秣受領なら何べんも行きました。こう見えても負傷するまでは他の兵隊よりましな体力があったからです。なにせあの頃は若かったからなあ。使役に出ると壕に寝ている兵より余計に食べられます。余計にといっても一合か二合の米です。そのかわりいつグラマンにやられるか知れたもんじゃなかった。朝から晩まで上空を敵機が旋回していましてね。煙を上げようものなら、すかさず突っこんでくる。あれでやられた戦友が大勢います」

一月の中旬ごろ、使役に出たことがあるはずだ、真鍋から聞いたと、伸彦はいった。

「一月中旬？　さあ、どうかな、正確な日どりは覚えていないけれど、出たような気がしますなあ。真鍋さんがそういうのだったらたしかでしょう。私は軍隊手牒をアウステン山でたきつけ代りに燃しちまったんで。あれが残っていたらわかるんだが。でも、それがどうかしたんですか」

密林内で米軍の斥候隊と出くわさなかったかと、たずねた。山口の顔から目をはなせなくなった。

「米軍の斥候ですって？　おかしいな、真鍋さんがそんなことといってましたか。私は一度もぶつかったことはなかった。おかしいですよそんな話。米軍は臆病でねえ、骨と皮になって壕にしゃがんでいるわれわれを、一挙にアウステン山から追っ払うことができなかったんです。砲撃はたっぷりとあびせかけましたよ、一分間に千発くらいの割合で。かりに逆の立場つまり日米が攻守ところを替えたら半日もしないうちに米軍をアウステン山から駆逐できます。いや本当の話。視界のきかないジャングルに、日本兵がうようよという所にですよ、米軍が斥候を出すわけがない。出したこともあったでしょうよ。私は出さなかったとはいいません。しかし、私は一度もジャングル内で米軍にぶつからなかった。前線後方のジャングル内では。遭遇した日本兵はよっぽど運が悪かったんですな。海岸には出ましたよ、ただし、魚雷艇でのりつけて海岸一帯をさっと捜索して引きあげるのが関の山でね。あちらさんはへっぴり腰でした。どこに日本兵がひそんでいるかわからないんだから。……そうですか、真鍋さんは糧秣受領に行ったとき、米軍の巡察隊と交戦したんですか。私は初耳だな」

と山口はいった。

店に這入って来た客が、「ニンニクの効用」と「徳川家康」を本棚から抜きとって、店主の前にある小机に置いた。

山口は裏の見返しを一瞥して「五百円」とぶっきらぼうに値段を告げ、片手で器用に古本を包装した。「徳川家康」は第三巻である。一巻と二巻はないのかと、客はたずねた。山口は千円札を受けとり、釣りを渡しながら物憂げなまなざしで本棚を見まわして首を横に振った。客は去った。戸外はうす暗くなりかけていた。

ニューカレドニアの俘虜収容所から次はどこへ移動したのかと、伸彦はきいた。

「米軍の貨物船に積みこまれて太平洋を横断しましたよ。十八年の初夏だったと思うな。もう夏になっていたかもしれない。詳しい日付は忘れたけれど。カリフォルニアから列車でロッキー山脈を越えて、着いた所がウイスコンシン州のマッコイ・キャンプです。敗戦までマッコイにいました。日本が戦争にまけたのを知ったのは八月十日頃じゃなかったかな。それでも国へ帰れるという実感はしばらく湧きませんでした。俘虜ですもんね。つかまった戦友の何人かは、お国のためにせめてアメリカの支給品を喰いつぶして、前線に送られる物資を減らそうと考えたのもおりましたよ。トイレットペーパーを一回で丸ごと使ったり、支給された作業服を破いたり、しかしそれが何になります。アメリカ側に打撃を与えるのが目的でも、向うは痛くもかゆくもありませんよ。ばかばかしくなってやめたようです。まだ戦争ちゅうの話ですがね。初めはほんのひとつかみの仲間しかいなかった。そのうちおいおい撃沈された海軍艦艇の乗組員やら飛行機の搭乗員やら、全滅した島の守備隊の生き残りやらが送りこまれて来て、連中からわが軍の形勢を聞きました。どこもかしこもまけいくさですわ。ニューギニア、ソロモン諸島のコロンバンガラ島、ベララベラ島、ブーゲンビル島などでとれた兵隊と一緒になりました。新しい俘虜が入ると取り囲んで前線は一体どうなっておるんだと質問ぜめにするんです。一応はアメリカ側から戦況の進展について情報が達せられるんですがね。やはり日本人から聞かないと信じられんのです。マキンとタラワ、サイパンの守備隊が玉砕したのも知っていました。十八年までは俘虜も兵隊らしい兵隊でしたな。ところが十九年の後半になると体格が貧弱になってねえ。昔だったら乙種どころか丙種もおぼつかないような兵隊が送られて来るようになった。まけいくさのニュースより新しい俘虜の恰好を見て私たちは戦況を如実に知ったわけです。こんな日本人を召集しなければ戦争ができないのかと内心、暗澹たるものでした。銃後つまり国内に壮丁が足りなくなったんですな。手足が満足についている者は根こそぎ動員して戦場へ送るような状況になっていることがわかりました。私は俘虜仲間と話したもんです。こんな男に銃を持たせていくさをさせなければならん有り様だと、日本は勝ってもまけても滅びるんじゃないかと。内地に残っているのは女子供と老人だけじゃあないですか。アメリカの植民地になる日本へ帰りたくはなし、かといってアメリカが戦後も我々の面倒をみてくれるはずはなし、お先まっ暗という心境で二年半をすごしましたよ。目先の利く俘虜は、これからはデモクラシーの世の中だと〝リンカーン伝〟なんか勉強していましたがね、とてもそんな気持にはなれなかった。日本が滅びる以上、生きている意味はありゃせんでしょうが。アメリカに帰化することを本気で考えた俘虜もいましたよ。収容所の所長にこっそりと血書の嘆願書を出したりしてねえ。大学出の見習士官ということでしたが。もし彼の帰化願いが受けいれられたら、我も我もと続いたでしょうな。そりゃあ一方には神州不滅、皇国必勝といきまいている連中もいましたよ。自分が俘虜になったくせに、敗戦を信じないんですな。さいごのどたん場で新兵器、たとえば見えない飛行機とか殺人光線が発明されて、戦況がわが方に有利に逆転するといい触らしていました。連合艦隊が太平洋の秘密基地に無疵のまま隠れていて、進攻して来たアメリカの機動部隊をいっきょに叩くのだというんです。海軍の二等兵曹でしたがね。G島沖で沈んだ戦艦霧島の機関部員だったと思います。がいして海軍の方が威勢は良かった。連中は陸軍の兵隊がジャングルでどんな暮しをしておったか知りませんからね。毎日、定量の飯を喰って勝ちいくさのニュースを聞かされるだけなんだからむりもない話です。同じ海軍でもおかの上にいた陸戦隊員はまけいくさと承知していました。彼我、物量の差を身にしみていましたから」

仲彦は短い相槌をうちながら山口の話に耳を傾けた。初めて聞く話であるのにどこかで同じ話を耳にしたように思えて仕方がなかった。肺炎の熱にうなされた真鍋老人が、重富病院のベッドでえんえんと語り続けた口調に似ていると思い当った。声色は違っても単調で平板な抑揚がそっくりである。仲彦に向って語るというより、自分自身に話しかけるような調子で、聞き手の思惑にはいっさい無関心であるように見えた。

山口はしゃべり疲れたのか肩を落してうつろな目でガラス戸の外を眺めた。

コンクリートの床から冷え冷えとした冷気が仲彦の足に伝わり、下半身に這い登って来た。仲彦は立ちあがった。いい話を聞かせてもらって、有り難かったという意味の言葉をつぶやいた。質問したいことは山ほどあったけれども、せっかく向うの方から話してくれた今、下手に刺戟したくなかった。次の機会を有効に利用するには質問を控えるにしくはないと判断した。

「もう帰るんですか」

山口は膝頭に顎をのせた姿勢で、すがるような視線を仲彦に向けた。

「またおうかがいします。話の続きをそのとき聞かせてもらいます」

「私の話がそんなに面白いですか。退屈したでしょう」

「とんでもない。いろいろと参考になりました」

「参考に?……お客さん、忘れ物です」

仲彦はハトロン紙でくるんだ三冊の古本を机のわきに置いたままにしていた。慌てて包みを手に取った。外へ出ると寒気が頬を刺した。夕方になって気温は急激に下ったようだ。商店街の明りが輝きを増しているのがわかった。日没にはしかしまだ間があった。

仲彦は菊興商事のあるビルの裏手へまわった。駐車場に戻って自分の車に腰をおちつけた。これからどこへ行くというあてはなかった。誰もいないアパートへ帰る気は起きない。菊池家へ通うのが日課になってから、休暇を与えられてみてにわかに心細くなった。駐車場が面した裏通りにも、買い物をかかえた男女が溢れ、ゆるんだ表情に解放感がうかがわれた。

伸彦はビルの五階を見上げた。省一郎のいる社長室の窓は、うっすらと明るかった。菊興商事の社長は仕事に没頭しているらしい。

「帰っています、か」

伸彦は省一郎の口調を真似してつぶやいた。さも重大な事実であるかのように、そういって重々しくうなずいた省一郎の深刻な表情を思い浮べた。三好美穂子と会見した模様をこと細かに問い質すようでは、別れるのは不可能であるように思われた。ヒーターが故障した車の内部は、凍えるほどに冷えきっていた。

伸彦はエンジンのスイッチを入れた。

あてどのない気分におちいっている自分が肚立たしかった。街をゆきかうすべての人間にある目的地が、自分だけに無いと感じられた。帰るべき家さえも。エンジンは咳きこみ、車体を振動させ、すぐに止った。細心の注意をこめてキイをひねり、アクセルを踏みこんだ。五回めにようやくエンジンがかかった。駐車場をすべり出たとき、伸彦は行く先を決めていた。佐和子のアパートである。渋滞した街路を徐行しながら、英子がどこへ行ったのかを考えた。

空港で英子を見かけたといった釘宮の話が本当なら、かなり遠くへ旅したはずである。二人でかつて旅行したことがある温泉地を数えあげてみた。伊豆、裏磐梯、山口県の湯田、阿蘇の杖立、いずれも英子が行きそうな所であり、行きそうにない所でもあった。山奥にある鄙びた温泉宿の二階で、英子のいった言葉を思い出した。

(そうしているあなたってふだんとは別人みたい。満ち足りてくつろいでいますという感じだわ)

伸彦が英子と結婚したのは、東京で業界紙の記者をしていた頃である。「兜町ジャーナル」と称する株と証券に関する情報を売り物にする週刊のタブロイド版新聞であったが、社長の下にはお茶くみの女子社員と伸彦がいるきりで、伸彦は広告取りから編集まであらゆる雑用をこなさなければならなかった。六十歳すぎの社長はめったに社にはいなかった。あから顔をした小ぶとりの男で、彼が伸彦に広告をくれそうな会社や銀行を告げた。伸彦が出向くと必ず広告がとれた。社長は社にいるとき、電話を手ばなさなかった。ささやくような小声で、ひっきりなしに電話をかけた。

それが体質らしく、冬でも汗をかいた。片手にハンカチを、片手に送受器を握りしめ、空間の一点に目をすえて猫撫で声で哀願するようななだめるような口振りで話をした。雑居ビルの三階にある日当りの悪い一室である。声だけ聞いておれば酒場の女を口説いているかのように思われる。しかし、話の内容はとびとびではあったが伸彦の耳に入った。どこから仕入れてくるのか、社長は銀行の支店長や証券会社の重役の動静について詳しかった。ほとんどがスキャンダルである。浮貸しや背任横領などを嗅ぎつけては、いんぎんな口調でそれを匂わせ、口止料がわりに広告を出させてくれと要求するのである。「兜町ジャーナル」の発行部数は、公称二万部ということであった。伸彦にしても正確な部数は知らない。せいぜい五千部どまりではなかったかと推測している。

電話でのやりとりが一段落すると、社長は赤い格子縞のハンカチで、顔と首筋に滲んだ汗をごしごし拭いて、メモ用紙に走り書きした会社名と人名を、ぽいと伸彦に投げてよこすのだった。（柳橋に馴染みの店があるから芸者をあげてひとつぱあっとやろうなあ）というのが、首尾よく広告を取って帰って来た伸彦にいうきまり文句だった。柳橋が深川に変ることもあった。赤坂ということもあった。

芸者どころか、ささやかな宴会さえ社長はついに催したことがなかった。

社長がいるとき、得体の知れない男たちがよく訪ねて来た。暴力団の組員にしては腰が低いし、興信所の調査員にしては態度がぞんざいであった。素姓がつかめない男たちは社長と衝立の向う側で額をつきあわせてひそひそ話をかわし、何やら書類を交換しては社から出て行った。雑居ビルは、国電中央線の水道橋駅ちかくにあった。戦災後まもなく建てられ、所有者が取りこわすというのに居住権を主張して立ちのきを拒んでいたのである。

終日、日が射さない六畳ほどの一室が「兜町ジャーナル」の部屋で、衝立ひとつで社長のデスクと仕切られていた。仲彦は社長が何をし、誰と密談しようと知ったことではなかった。衝立の向う側の出来事に口をさしはさむ気になれず、知ろうとも思わなかった。月々の給料さえもらえればそれでいいと割りきっていた。社長がどこでどうやって記事を拾ってくるのかも興味がなかった。社長の正体にとどまらず、世界の出来事がすべて衝立の向う側で進行するように思われた。二年満期の自衛隊を一年でやめて、ふつうの仕事についてから、仲彦は何事にも身を入れる気が失せた。だから、ある日、出社したとき、社長のデスクに見慣れない初老の男がいて、抽出しをかきまわしているのを見ても、さほど驚かなかった。やくざの風体をした若い男が三人、仲彦と女子社員のデスクに積みあげた書類を段ボールにほうりこんでいた。刑事たちが来たのは午後である。

仲彦はその日の夕方、女子社員とお茶を飲んで別れた。

英子と一緒になったのは社長が雲がくれする一カ月前のことである。

猿楽町にある小料理屋の二階で、かたちばかりの式を挙げた。英子は両親を呼ばなかった。手紙を挙式の日に書いてしらせたという。再婚だから派手なことをしたくないといった。

かわりに学生時代の友人夫婦を招いた。仲彦の母は、式をそういうかたちで挙げると聞いて気色ばんだ。嫁が再婚でもおまえの方は初めてではないか、簡素にすませることに異議はないが、せめて双方の親戚知己を七、八人は招くのが筋ではないかというのである。

母の主張はもっともであったが、英子の側が二人きりなのに、仲彦が母を入れて七、八人では、つりあいがとれなかった。結局、小料理屋では母と松太郎叔父を加えて、四人が列席することになった。下谷で呉服店を経営している伊奈松太郎は、変則な結婚にいい顔をしなかった。相手が二度めであることにとやかくいうつもりはないけれども、両親不在の結婚式でたとえ形式的とはいえ仲人をつとめたくはないと、最初の依頼を拒んだ。

折れて出たのは、伸彦の母が再三たのみこんだからである。伸彦としては式そのものを挙げる必要がないと思っていた。母親のたっての願いで（ねえおまえ、一生にこればかりは一回きりのことだから……）しぶしぶ同意せざるを得なかったのである。

立てるつもりのなかった仲人も、母が松太郎叔父を口説いて用意してくれた。社長に伸彦は結婚することを告げなかった。告げればまがりなりにも祝いを包んだことだろうし、式に招かねばならない。それがわずらわしかった。挙式の翌日、伸彦は出勤した。新聞の校了日であったから、休むわけにはゆかなかった。校了明けの代休日を利用して二人は伊豆へ旅行したのだった。

宿の二階は、障子をあけるとまぢかに山肌が迫っていた。渓谷のふちに建てられた旅館は六月の半ばという季節がら、泊り客は二人の他に一組しかいなかった。伸彦は朝食後温泉に入って、糊の利いた浴衣の感触を楽しみながら寝そべって外を見ていた。英子は足の爪を切っていた。

縁側から手をのばせば届きそうな所に対岸から張り出した木の枝があった。くろずんだ濃い常緑樹の緑のなかに若々しい浅緑の葉が、まだらになって浮んでいた。むせかえるような樹木の香りが、しめっぽい大気にまざって部屋に流れこんで来た。岩を洗ってほとばしる渓谷の水音と同時に、英子の切る爪の音が規則的にひびいた。

（……満ち足りている……）

伸彦は肘で支えた頭を英子の方に向けた。浴衣を着た英子は片膝を立て、下半身をねじるような姿勢で爪を切っていた。濡れた髪がたれ下るのをときどきかき上げて爪先に目を凝らした。英子の指摘が意外だったのは、自分が（満ち足りている）ように見えたということである。青臭い木の芽の匂いを嗅ぎ、なまなましいほどに肉感的な眼前の繁みと向いあっているとき、伸彦はあるうっとうしさを感じた。自然の無際限な生殖力がくろずんだ緑になって立ちふさがり、自分を圧倒しているかに思われた。

前日の夜おそく宿に着いて、とりあえず湯につかった。

部屋に戻ると、二人分の食膳がととのえてあった。結婚したという実感が湧いたのは、奇妙なことにそのときである。うす暗い燈火の下に、山菜を盛った皿小鉢がにぶく光っていた。箸も盃もみな二人前である。当然のことながら、それが伸彦には異様に映った。つかのま、襖の前で棒立ちになって食膳を見おろした。いかがわしいとさえ感じた。所帯を持つなどということが、自分にはもともと許されていないのに、禁を犯して結婚したかのように思われたほどである。英子がまもなく這入って来た。

…………………

車は数メートル徐行しては止った。

歳末の混雑にバイパスの工事が重なって、道路の渋滞は平日のそれに倍しているらしかった。

伸彦は歯をかみしめて胴震いをこらえていた。ガソリンと潤滑油と砂埃がいっしょくたになった匂いが車内に充満し、目にしみた。あの六月、伊豆の山峡にある旅館で英子のいった言葉が、折りにふれて甦って来る。混みあった街路で、寒気と苛立ちに慄《ふる》えている今もどうしたことか、執拗に思い出される。

首を曲げて自分の方へ目をやった伸彦に、英子はいったものだ。

(あたし何か変なことといった？　気にさわったかしら)

爪切鋏を持った手の動きを止めて、けげんそうに伸彦を見まもった。気にさわったわけじゃないけど、伸彦はいった。昨夜から自分が味わっている倦怠感を説明しようとは思わなかったし、説明できようとも思えなかった。しかし、英子はこだわった。伸彦の顔をよぎった不可解な翳りのようなものを知ろうとした。自分に不満でもあるのか、あればこの際、包み隠さずいってもらいたいと詰め寄った。もしかしたら結婚したのを後悔しているのではないか……

(後悔？　そんなことじゃない)

(じゃあ何、満ち足りているとあたしがいったら、どうしてそんな変な顔なさったの)

（変な顔したかい。きみが爪を切るのを見ただけさ）

（そうじゃないわ、あなた何かをあたしにいいかけておよしになったじゃない。いつもそうよ。あたしはバカな女だけれど、話をすればわかろうとつとめるだけの気はあるわ）

（こんな所でヒステリーを起さないでくれないか。ぼくは満ち足りているともさ）

英子は足の下に敷いた新聞紙をそろそろと持ち上げて、屑籠に切った爪を捨てた。鏡台の前に座り、ブラシをかけ始めた。伸彦は縁側の籐椅子にかけた。

（今なら礼金の半額は返していただけるわ。契約して十日と経っていないし、不動産屋はあたしの知合いですから、敷金と家賃は一カ月分払っているんだし、あのアパートは一人で住むにはもったいないでしょう。あなたが住む気ならどうでもいいけれど）

髪にブラシをあてながら英子はゆっくりといった。別れたいというのかと、伸彦はいった。英子は顔を傾けて縁側の方へ目をやり沈んだ声でいった。

（だってそうでしょう。新婚旅行そうそう、あなたがふさぎこんでいるのを見るのはやりきれないわ。別れるのは早ければ早いほどいいんじゃなくって）

考えごとをしていただけだと、伸彦はいった。

（あたしと別れたいと考えていたんでしょう。顔に出てたわ。男の人の気持が女にはわかるの、黙ってらしてもたのむからもうやめてくれと、伸彦はいった。結婚したことを悔んでもいないし、まして別れたいとも思ってはいない、自分が考えていたのはまったく別のことだといった。

（それは何、何を考えてらしたの）

（何も……）

（別のことだとたった今おっしゃったじゃないの。それをうかがいたいわ）

（とりとめのないことだよ。きみには関係がない）

二人分の食膳を見出して異様な感じがしたことなぞいえるものではなかった。子供の頃のことや、母のことを考えていたといってその場をつくろおうとした。英子は伸彦に向って正座し、膝に手をおいて（それだけ？）とたずねた。

（学生時代に熊本の阿蘇へ修学旅行に行った。ちょうどここそっくりの温泉宿に泊ったよ。谷間にあって古びた木造の旅館で。そんなことも考えてた）

（他には……）

（ええと、そうそう、仕事のことも考えてたな。今までとは生活が違うからよそに移ろうかと思ってる。いつまでもあんな仕事をしてはおられないし。大手の出版社が新しい週刊誌を創刊するんだそうだ。その社外記者をやらないかとすすめてくれる人がいる。不安定な仕事だけど、今よりましなんじゃないかな）

伸彦は懐に手を入れて胸をさすった。腹にも手をやった。湯あがりの肌がもうじっとりと汗ばんでいた。英子はいったん鏡台に置いたブラシを取り、柄を持ってくるくるとひねっている。目をブラシの歯に落してしばらく黙りこんだ。渓流のせせらぎが耳についた。

山菜料理というのは一晩で沢山だと、伸彦はいった。

（ほら、どこに行ってもきまった旅館の晩飯ってのがあるだろう。申し合せでもしたみたいに、天ぷらと刺身と吸い物、里芋の煮ころがしなんかついててさ。今夜はあんなものを食べたいよ。きみが女中さんに交渉してくれないか）

伸彦はわざと陽気にいった。

英子は思いつめた表情で顔を上げた。

（あたしのこと考えていらっしゃらなかったの）

（きみの分も用意してもらえるだろう）

（そうじゃなくってよ。お料理のことなんかどうでもいいわ。あたしがいってるのは……ひどい人）

英子は両手を顔に押しあてた。肩が小きざみに慄えた。伸彦は呆然として英子がすすり泣くのを見つめた。自分のことを考えていたと、ひとことでもいってくれれば良かったのにと、英子は涙ながら途切れ声でいった。

伸彦は籐椅子から腰を上げて英子の肩を抱いた。浴衣を透して弾力のある女の肉体が手に感じられた。泣くのはよせ、隣に聞えたらどうすると、伸彦はいった。昨晩よりも強い倦怠感がこみあげて来た。伸彦の言葉を聞いた英子は子供のように上半身を左右にゆすり、声をあげて泣きじゃくった。

発作的に伸彦は手をあげようとした。殴りたいという衝動をけんめいに押えた。英子の乱れた髪を撫でつけ、唇に接吻した。嘘でもいいから、自分のことを考えていたといってくれれば気がすんだのだと、英子はいって伸彦にとりすがった。

（あたしにはあなたしかいないの。本当よ、あなた一人なの）

（わかってる）

（わかってやしないわ）

（まっぴるまから泣いたりして。困るじゃないか）

（あたしには大事なことですもの）

伸彦はとうとつに父のことを思った。母から聞いた話である。母と結婚する前から父には女がいたらしい。水商売の女というだけで、母は女の名前も当時住んでいた所も教えなかった。父が女と別れたのは、伸彦が生まれた年である。父の秘密を知って、一時は死ぬことさえ母は考えたという。（だまされていたのだ）と高校生であった伸彦に母はいった。

伸彦は単純に母のいうことを信じた。

今はちがう。伸彦が生まれたのは父が母と所帯を持った二年後のことである。すくなくとも三年は女とつきあっていたことになる。父には別れられない理由があったはずである。英子をなだめながら、若い父がちょうどこうして女か母に同じ言葉をささやいたこともあっただろうと考えた。

母が父の過去を息子に打ち明けたのはそのときだけだ。伸彦が二十歳をすぎ、なんとなく興味を持って再度、父のことをたずねても母は口をつぐんで語ろうとはしなかった。

伸彦と佐和子は波打際の濡れた砂の上を歩いた。

厚い雲が水平線の上で切れて、そこだけ細長く紅色の隙間ができている。夕日は半ば海に沈もうとしていた。

佐和子のアパートに着くまでは吹きつのっていた風が、今はすっかり絶えている。佐和子はひるのそっけない応答とは裏腹に、伸彦の誘いに応じて、車に同乗した。ブーツを履き、赤い外套に黒いベレー帽という恰好で、両手をポケットの奥深くに入れて、うつむき加減に歩いている。

夕日が佐和子の白い頬を染めた。

打ち寄せる波がブーツのくるぶしを浸すことがあった。伸彦は佐和子がいつもよりきれいに見えるといった。伊佐市の西十キロほどの所にある海岸にアパートからやって来たのだった。海岸へ行くのを提案したのは、佐和子の方である。

風があるし、吹きさらしの浜辺は寒いにちがいないからと、伸彦はやや渋った。夕方は風が凪ぐものだと、佐和子がいい張ったので、仕方なしに車を向けたのだ。佐和子のいった通りだった。松林で覆われた小高い丘の麓に車を止め、二人して砂浜へ降りた。雲の裂け目から光を溢れさせる夕日のせいで、暗い部屋から戸外へ出たような錯覚にとらわれた。

「あたしね」

前を歩いていた佐和子が、くるりと振り返って話しかけた。年の暮れはホテルも混むだろうと、伸彦が思案していたときである。

「学生時代にここを散歩するのが好きだったの。向うの海岸は」

といって佐和子は丘の方へ顎をしゃくった。伊佐市の北の方にも海が拡がっている。干潟の海である。外海の潮流が流れこむのは、西に面した唐船浦というこの入り江だけだ。岬のつけね、二人の背後に漁村があった。北にある伊佐湾は遠浅の泥海なので、海岸に打ち寄せられるのは海苔ひびくらいなものだが、外海に面した唐船浦の砂浜には、種々雑多な漂着物があると、佐和子はいった。

「初めはかたはしから拾い集めたの。ガラス玉の浮き、今はゴム製だけれど十年前は木かガラスだったの。折れた櫂、しゃもじ、水にさらされてつるつるになった、船簞笥の抽出し、位牌まで流れ着いてた。台風があって四、五日たつと漂着物が浜一面に打ち揚げられるのでわくわくしたものよ。だから天気図を読むのが旨くなって、熱帯性低気圧が発生したなどというニュースを聞くと、どんなものが拾えるか楽しみにしてたの。思いがけないものが見つかるんですもの」

「位牌がねえ」

仲彦は歯の根も合わないほどの寒気に閉口していた。凪は絶えていても、海辺の空気は冷たかった。

「墨ってなかなか消えないものなのねえ。戒名が薄れかけてはいたけれど、ちゃんと読みとれたわ。明治の半ばに亡くなった人のお位牌。それから葡萄酒の罎とか重箱とかハマユウの種子とか椰子の実」

佐和子は砂浜を躍るように歩いた。黒い砂に印された足痕には、すぐ水が溜まった。椰子の実までが、と仲彦はきき返した。

「そうよ、フィリピンから九州まで二カ月もあれば、黒潮に乗って流れつくらしいの。椰子といっても種類が沢山あるのをあなた知ってる」

「そりゃああるだろうな。百種くらいか」

「残念でした。三千二百種ございます。椰子の他にも果皮の剝がれたいろんな木の実の種子が流れてくるわ。ホウガンヒルギ、マンゴー、ドリアン、フクギ、モダマ、ナンテンカズラ、オオミナンキンハゼ、アダン、ジュズダマ、ゴバンノアシ……」

佐和子は漂着植物の名前を節をつけて歌うように告げた。

「きみにそんな趣味があったなんて知らなかった。コレクションはどうしたんだい。一度、見せてもらいたいな」

「黒潮の速度は一定じゃないのね。玄海灘から北海道まで三カ月かかるの。空壜を流して実験した人の報告で知ったわ。熱帯と温帯とでは、海水の比重がちがうからかしら。あたし、実験じゃないけれど、高校生のときにお酒の空壜に手紙を入れてここから流したことがあるの。この手紙を拾った人は便りを下さいと書いて。そしたら一週間めに手紙が来たじゃない。びっくりして開封してみたら、同級生の男の子なの。あの岬の突端で拾ったんですって。がっかりしたわ」

海に長くのびた岬は夕闇にとけこもうとしていた。赤い標識燈が岬のはずれでかすかに明滅するのが見えた。

「コレクションはね、学校を卒業するとき生物の先生に寄付したわ。欲しがってたんですもの。大事にするって約束でね。今も高校の教室に標本として展示してあるはずだわ」

伸彦は佐和子に寄り添って、腰に腕をまわした。佐和子は伸彦の腕に手をからめ、再びポケットに入れた。身辺に家具什器がたまらないように心がけていると、佐和子はいった。いつ、どこへでも身がるに引っ越すことができるように、持ち物を制限している……

「でも、厭になってしまう。ふやすまいと気を配っているのに、きょう整理してみると、去年より多くなってるの。捨てられる物はポリ袋に入れて出したり、人にあげたりした。それでもやはり残る物は残るの。ジューサーとかコーヒーセットとか」

今すぐ引っ越しをしなければならないのかと、伸彦はいった。日が沈み、海は藍色の輝きを失って急速に暗くなった。風が立った。黒い海に獣の牙のような白い波が走った。岬の赤い標識燈が鋭いきらめきを放った。伸彦は寒気で痛みを感じていた両手が、無感覚になったのを知った。女には何があるかわからないから、身辺を整理しておきたいのだと、佐和子はいった。

「子供の頃からあたしはそうだった。たいせつにしていた漂流植物の種子標本、あれは先生が寄付してくれないかといわなくたってあげてたでしょうね。大事な物であればあるほど失うのがこわい。だから失う前に自分で始末しておく気になるんだわ、きっと。あたし生まれつきとっても臆病なんだ。ええ、そうよ」

佐和子はおとがいを外套の襟に埋め自分で自分にいい聞かせるように「臆病なのよ。損な性分だわね」とつぶやいた。伊佐の外へ出て行くのかと、伸彦はきいた。さきほどまでは海と磯の見分けがつかなかった岬のあたりが白い条でくっきりと縁取られているのがわかった。波の音が高まった。伸彦は松林の裾に移動した。潮が満ちる時刻である。砂浜に人影は認められない。

「出て行くっていってやしないわ」

「引っ越すような口振りだった」

佐和子は伸彦の腕からするりと自分の腕を引き抜いて、大股に先を歩いた。伸彦は後を追った。伝馬船が一艘、船底を上にして砂浜に引き揚げてある。そのかげに佐和子はうずくまった。背を丸くして両手で膝をかかえた。

「子供のときにね、浜で漂流物を拾うのが楽しかったといったでしょう。フィリピンとか台湾とか行ったことのない海の向うから流れ着いた物がとても珍しかったの。遠くの国に憬れていたわけ。伊佐の外ならどこでもよかったわ。スペイン産の葡萄酒の空壜を拾ったときはそれを抱いて寝たこともあってよ。おかしい?」

佐和子はわきにしゃがんでいる伸彦をちらりと見た。目を海に戻して話し続けた。

「だれだって子供の頃は外国に憬れるでしょう。外国でなくてもいい、日本国内でも遠くの街なら。大人になった今はそうじゃない。伊佐からよそへ旅行するのは気晴しにいいかもしれないけれど、知らない土地で暮したいとは思わない。心細くもあるし、こわくもあるわ。喜んで出て行くわけじゃないの。かんちがいしないで」

仲彦は砂をつかんだ。しめりけのある砂は冷たかった。握りしめると、指の間から砂は音もなくこぼれて落ちた。水平線は夜空にとけこみ、腰をおろしている仲彦の目の位置からは、海が上空へせりあがったかのような圧迫感を与えた。

仲彦は手の砂を払って立ち、佐和子の腕をつかんで立たせた。

「寒い」

と佐和子はいった。そのとき初めて仲彦は自分だけでなく佐和子も慄えているのを知った。潮と魚のはらわたの匂いのする風に包まれていた頰に手をやると、気のせいか皮膚がべたつくようであった。佐和子の顔は冷たく、かすかに湿っていた。髪が砂粒といっしょになって貼りついていた。

仲彦は闇に仄かに白く浮んでいる佐和子の顔から指で髪を剝がし、慄えている唇に自分の唇を合せた。ひび割れた冷たい唇が彼を待ちうけて開いた。佐和子と会うのもきょうが終りであるように思われた。午後、訪れた行武と、どんな話をしたのかほぼ推測できた。会うたびに、これが最後と思うのが常であったが、佐和子がいつもとちがって子供の頃の話をしたので、確信が深まった。

仲彦は佐和子の肩に手をまわして、車の方へ歩いた。


「ここで待ってる、それともあたしの部屋で」

アパートの前で車を止めると、佐和子がきいた。寒いから部屋に入れてもらうと、仲彦はいった。砂がついているから着換えたいと佐和子はいったのだ。ホテルで一緒に食事をしたいという仲彦のたのみに佐和子は応じた。仲彦は台所の椅子に腰をおろして、襖の向う側でする衣ずれの音を聞いた。食器戸棚の上にお供えの餅を見た。交譲木《ユズリハ》と羊歯の上に小さな橙の実がのせてあった。流し台はみがきあげられている。

襖があいた。

「肌がべたついて気持が悪いの。お風呂に入ってからじゃ遅いかしら」

「ホテルで湯をつかえるだろう」

佐和子は微笑を消して真顔になり、しばらく伸彦を見つめて手荒く襖をしめた。伸彦は先に部屋を出た。エンジンをかけたままにしておいた車に乗りこんだ。鉄の階段を降りてくる佐和子の姿を窓ごしに見まもった。赤い外套のかわりに今度はスエードの焦茶色をしたコートを着こんでいた。空港のホテルに着くまで、二人はおたがいに口を利かなかった。気温が上ったわけでもないのに、ホテルへ向って車を走らせているとき、体の慄えは止んでいた。それとなくうかがうと、佐和子も慄えてはいないようだった。

案じていたほどホテルは混んでいなかった。

部屋をとって、まずシャワーを浴びた。伸彦がうっとりと熱い湯の下にたたずんでいるとき、ふいにドアがあいて佐和子が這入って来た。腰のまわりにタオルを巻きつけただけの裸体である。手にシャンプーの容器を持っている。アパートから用意して来たものだといった。伸彦の頭髪を洗うために。

伸彦はシャワーを止めて床に座った。頭を佐和子にゆだねた。ねっとりとした液体がふりかけられ、ついで佐和子の指が髪をまさぐり頭の地肌に爪を立ててシャンプーを泡立て始めた。

バスルームには白い水蒸気がこもっていた。伸彦は目を閉じて暖い湯気が火照った裸体に這いまわるのを感じた。背中に佐和子の脚がさわった。佐和子がシャワーの栓をひねった。

「もういい、あとは自分でやる」

伸彦はシャワーの下に頭を持っていってシャンプーを塗りつけた髪を洗った。泡が目に入ったらしい。ゆすいでいるときに目が痛くなり、あけていられなくなった。佐和子の笑い声が狭いバスルームに大きくひびいた。

「ちょうどいいわ。あたしは見えないでしょう」

伸彦は手探りで洗面台に歩み寄って水道の冷水をほとばしらせ、大急ぎで顔を浸した。水につけたまま目をぱちぱちさせてシャンプーを洗い落した。顔を上げると、目の前にはびっしりと水滴をつけた鏡があった。手で表面を拭った。浴槽に身を沈めている佐和子の体が映った。

鏡はすぐに曇って、佐和子の姿をぼやけさせた。伸彦は陶製のつるつるした洗面台の縁につかまって上体を支え、水が渦を巻きながら底の丸い孔に吸いこまれてゆくのを見つめた。十二月のなかば、同じホテルに佐和子とすごした日がついきのうのことのようでもあり、ずっと遠い日のことのようにも思われた。あの夜もこうして洗面台の水がおもむろに減ってゆくのを見まもったものだ。

「どうかした」

後ろから佐和子が声をかけた。

振り向くと、うす桃色に上気した佐和子の顔があった。

伸彦は黙って石鹼を体に塗りつけた。

廃油ボールとビニールと発泡スチロールの白い破片が散らばっていた砂浜の光景が目に浮んだ。砂浜には沖を通る船が捨てた廃油で、帯状の黒っぽいしみが拡がっていた。佐和子は靴の爪先で発泡スチロールのかけらを蹴とばして歩きながら、かつてその海岸に打ち揚げられたスペイン産葡萄酒空壜について語ったのだ。伸彦は体にまんべんなくこすりつけた石鹼をシャワーで落した。再びもうもうと白いものがバスルームに立ちこめた。自分の顔を佐和子に見られたくなかった。にわかに訪れた虚脱感のせいで、不機嫌な表情ととられる惧れがあった。(今、何を考えてるの)というのが、黙りこんだ伸彦に問いかける佐和子の口癖であった。

「何を食べたい。今夜はなんでもご馳走するよ」

湯気の向うにかすんでいる浴槽の女に、伸彦はしいて陽気な口調でいった。ホテルという所はどうしてこんなに安っぽい香料を使った石鹼を置くのだろうと肚立たしく思いながら、念入りに体の泡を落した。

第十四章

仲彦と佐和子は、午後十時をすぎたころ空港ホテルを出た。

道路は昼間よりずっと混みあっていた。市街地の方へ車を走らせながら、仲彦は佐和子がホテルでいった言葉を反芻していた。（あなたは品物をまるで売る気のない商人のようだった。勤めに出るサラリーマンの顔は、夕方わが家へ戻る顔とちがっている。どんなに怠惰なサラリーマンでも。あなたは有明企画に出勤するときでさえも、夕方、自宅へ帰る勤め人の顔をしていた。菊池さんの仕事をするまでは）

そうだろうか、自分では変っていないつもりだがと、仲彦はいって服をつけた。佐和子は二つ重ねた枕に上半身でもたれ、乳房の上に毛布を引きあげて、仲彦を見まもっていた。

（菊池さんの仕事にかかってから、あなたは生き生きとして来たわ）といったのは英子であった。シャツのボタンをかけながら仲彦は妻がそういったときの表情を思い返した。自分では意識しない変化が生じたのだろう。二人の女から指摘されてみれば、そう思うしかなかった。いったん結びかけたネクタイをほどいた。きょうはアパートへ帰って眠るだけだ。

仲彦が身支度を終えてからも佐和子はベッドに身を起したまま立とうとしなかった。先に帰ってくれと仲彦にいった。もの憂げで、いくぶん投げやりな口調でもあった。自分はまだしばらくこうしていたい……

先に帰ってもいいが、タクシーを呼んでも来てくれはしない。バスの便はもう絶えているのを知らないのかと、仲彦はいった。

（煙草、ちょうだい）

仲彦が手渡した煙草に火をつけて深々と吸いこみ、軽く咳きこんだ。両膝を抱きかかえるようにしてベッドに座り、煙草をはさんだ手の甲を額にあてて目を閉じた。（あなたはどうしようもない人だわね）姿勢を変えずに目だけあけて伸彦を見た。（きみは百遍も同じことをいったよ）伸彦は椅子に腰をおろした。（あら、そうかしら。あたしは今はじめていったつもりだけれど）佐和子は頭を左右にゆすって、垂れ下った髪を後ろへ払った。電気スタンドの光線を背後から受け、乱れた頭髪の一部が光った。指で支えた煙草の灰が長くなったのに気づいて、佐和子は体をねじりテーブルの灰皿でもみけした。毛布がずり下って片方の乳房が露わになった。

背後にある電気スタンドと、前方、鏡の横にある電気スタンドの光に浮きあがった乳房は、濃い翳りを宿し重い量感も感じさせた。向き直った佐和子は、伸彦の視線をとらえて毛布で胸をくるんだ。

（いっておきたいことがあるの）

伸彦はただうなずくだけにとどめて、まっすぐに伸ばした脚の爪先を見つめた。

佐和子は両手を自分の脚に回し、顎を膝頭にのせた。

（そうねえ……やめておくわ。今さらあらためていうこともないし。いわなくったってあなたわかるでしょう）

伸彦はホテルの駐車場に止めている自分の車のことを考えた。エンジンは冷えきっている。わかるような気がすると、伸彦は答えた。椅子の背にたたんで掛けたスリップを頭からかぶり、身をくねらせて裾を下に引きおろしながら、佐和子は再び顔にかかった髪を後ろへ手でやってたずねた。

（わかるような気がするって、何がわかるの。いってみて）

佐和子の位置は、椅子にかけている伸彦よりやや高い。（いってみて）とうながしたとき、佐和子は下顎を心もち突き出し、目が伏し目になっていた。伸彦はむっつりと黙りこんだ。佐和子は床に降り立ち向うむきになって下着をつけた。スカートをはき、ジッパーの鋭い音をたてた。肩ごしに振り返って（いいたくない？）と訊いた。

（いいたくないどころか、考えるのも厭だ）手早く身仕舞をする佐和子がしだいに遠い存在になってゆくように感じられた。いつものことだ。女は一度ベッドから抜け出すと、何事もなかったかのように振舞うと、伸彦は考えた。

佐和子は鏡の前に腰をおろした。両手を頬にぴたりとあてがって、首をさしのべて鏡の中をのぞきこんだ。小さな櫛をハンドバックから取り出して、髪をととのえた。

（厭になってしまう）

といった佐和子に（同感だよ）と伸彦はつぶやいた。佐和子は低く笑った。かん違いしないで、このごろ髪に枝毛がふえたので厭になったといっただけといって、（語るに落ちるとはこのことだわね）といった。くしけずる手の動きを速めた。女がすばやく服を着たり、手慣れた様子で髪を直したりするのを見ると、伸彦は妙に気圧されてしまう。

（いいの、あなたもわかっているようだし。おたがい子供じゃないんですものね。自分のことは自分で考えなくちゃならないわ。そうでしょう）

伸彦は曖昧に咽喉の奥で唸った。

佐和子は立ちあがってスエードのコートに腕を通した。部屋を出るとき一瞬、歩みを止めて室内を見渡した。忘れ物があるのかという伸彦に首を振って否定してみせ、エレベーターにのってから、ああいう所へ一緒に行くのは二度とないと思ったので何となく振り返ったまでだと、告げた。諦めと自己憐憫のいりまざった穏かな口調だった。エレベーターは二人だけだった。伸彦は衝動的に佐和子の唇に接吻しようとした。佐和子は思いがけない敏捷さでハンドバッグを両手で顔の前にかざし伸彦を避けた。それ以後、二人は口を利かなかった。

市街地に通じる坂道の上で、伸彦は車を止めた。前方に火が見える。菊池家が建っている丘の頂である。それまでダッシュボードのあたりにうつろな視線をそそいでいた佐和子が顔を上げて伸彦を見、次に前の方へ目をやった。赤い焔が小さくなったかと思えば、すぐに大きくふくれあがる。

社員の忘年会がすんだら屋敷の大掃除をすることになっていると告げた女中の言葉を、伸彦は憶えていた。市の回収車がゴミ袋を集めるのはきのうで終っている。それにしてもこんな遅い時間にと怪しむ伸彦に、夕方も煙が立ちのぼっているのを自分は認めたと、佐和子がいった。

「大きいお家ですもの、燃やさなければならない物が沢山あるはずよ」

直線距離にしてゆうに五百メートルは離れていると思われたが、黒い空を背景に火はまぢかにゆらめいているように見えた。後ろでクラクションが鳴った。伸彦はギヤをつかもうとした。左手が佐和子の太腿に触れた。そくざに佐和子が身じろぎして、体をドアの方へ押しつけた。

「元旦はどこで何をしている。いや、ただ訊いてみただけなんだ」

「きれいだったわね、さっきの火。去年も見たような気がするわ。来年こそなんて思いながら」

「願いごとをしたわけかい」

「願いごとをしない女がいて?」

「三日に社長宅で新年宴会があるそうだ。ぼくは招待されてる。きみんちの社長も呼ばれてるだろうな。きみはどうだい」

「どうだったかしら。年の初めくらい一人ですごしたいわ」

「じゃあ、アパートにいるわけか」

佐和子はきっぱりと「駄目よ、もう」といい、電話をしても無駄だと念を押した。伸彦は佐和子をアパートの前でおろした。佐和子はコートのポケットに手を入れて車の横にたたずんだ。伸彦は体をかがめて二階をうかがった。窓の内側に灯がともっている。誰か来ているのではないかとたずねた。佐和子は二階の部屋をちらと見て、暗い部屋に戻るのは厭だから、出がけに明りをつけておいたのだと説明した。

「そうか、じゃあ」

伸彦は把手を回してガラスを上げた。「じゃあ、おやすみなさい」アパートの階段ぎわにともっている螢光燈が蒼白い光を佐和子の顔に投げかけ、ホテルの一室で見たときとちがった陰翳を帯びさせた。急に十歳も齢をとったように見えた。伸彦は車を出した。角を曲る直前に振り返った。佐和子はまだ階段の下にたたずんでおり、ポケットに手をさしこんだ恰好で車の行方を見つめていた。淡い光に照らされた女の姿が、にわかに弱々しいものに見えた。

もうこれっきりだとは今までに何遍もくり返しては、どちらからともなく破った約束である。ほとんどの場合、伸彦が強引に約束を反古にしたのだが佐和子の方から誘ったこともあった。くどくどといわなかったけれども、佐和子の決心は堅いと思わなければならなかった。きょうはいつもとは感じがちがっていた。佐和子はつとめて優しく振舞い、それとなく決意の堅さのほどを伸彦にしらせていると受けとれた。

伸彦は車のエンジンを切った。飲みさしのウイスキーがどのくらい残っているかを考えながらアパートの階段をあがり、暗い部屋に這入った。澱んだ冷たい空気はかすかにネギの匂いを含んでいた。電燈のスイッチを押したとき、ドアの内側に落ちている白い物が目にとまった。母からの速達便である。伸彦は灯油ストーヴに点火し、電気炬燵のスイッチを入れておいてパジャマに着換えた。階段の下にたたずんでいる佐和子の姿が、なぜ奇妙に儚く目に映ったのかを伸彦はしきりに考え続けた。

アパートに着くまで（なぜ）という疑問が、伸彦の頭にこびりついて離れなかった。今までの佐和子に感じられなかったものである。今度こそ別れることを心に決し、二度と会うまいと伸彦に告げたのは佐和子であった。その当人が支柱を抜かれた天幕のように張りを失った感じを自分に与えるとは思ってもみなかった。伸彦は母の手紙を炬燵の上にのせ、戸棚からウイスキーの壜とグラスを、冷蔵庫から氷を出した。製氷皿に水をかけて流し台の上でさかさにした。けたたましい音をたてて角氷がころがり落ちた。

その音は静まりかえった部屋に、伸彦がぎくりとするほど高く反響した。

とうとつに悲哀感が湧いた。伸彦は流しに散らばった角氷をグラスに拾い集めながら、自分を満たしている哀しみの正体がどこから来たものかを思案した。佐和子と別れたことではなさそうであった。英子の不在が原因であるともいえないようである。

突然に襲った哀しみのゆえんをつきとめることで、それを忘れようとした。悲哀の根源は佐和子にも英子にもなく、あるいは当面の生活そのものにあるとも考えられた。菊池から依頼された仕事を首尾よく果せば、菊興商事の社員に取りたてられる可能性がある。しかしそれはあくまで可能性があるという域を出ず、契約を交したわけではないのだから省一郎の一存でどうにでもなる。先ゆきの不安定な生活の予測から来た怯えが、漠然とした哀しみとなって伸彦を支配したのかもしれなかった。

伸彦は炬燵の上に水と角氷を用意し、どてらを羽織ってその中にもぐりこんだ。速達便の封を切って読み始めた。

拝復　お歳暮けふいただきました。過分な心やり有りがたうございます。先日お送りしてもらつたのがお歳暮のつもりでしたので、またまたいただこうとは予想してゐませんでした。そちらの方は大丈夫なんだらうね。母が気づかふ必要はあるまいと思ひながら、ついつい考へてしまひます。人様並にちやんとした暮しが出来るやうになつたあなたの身の上を、お父様が生きておられたら、どんなにお喜びになることか。何はともあれお仏壇にお供へしたのですよ。清掃会社をやめて本当に良かつたと思つてゐます。十二月になると、体が二つあつても足りないくらゐ忙しくなるものでした。年末の仕事をさめに大掃除をしますからね。それにくらべて賄ひ婦は寮に残つて正月をすごす独身社員におせち料理をこしらへすればいいのだから、天国のやうな楽な気分です。九州のお料理はよろづ関西風と聞きましたが、お雑煮はこちらとどう違ふのだらうね。英子さんはあなたの生計に見通しがついたら、わたしを呼んでくれる、一緒に住はせてくれるといつたことがありました。親子三人、水入らずで一つ屋根の下に暮せたらと正直思はないでもありませんが、まだまだ母は元気で自活してをりますからご安心ください。もつとも六十をすぎると神経痛やら肝臓やら、あちこちに障りが生じるのもやむをえません。母より十も若いのに寝たきりで嫁の世話になつてゐる友達のゐることを思へば、母は仕合せと考へます。さうさう肝腎なことを忘れてゐました。

つい余計なことばかり書いてしまつて。母はいつもかうなんだから。

お父様の腕時計を届けてくれた人について、その後、松太郎叔父さんにたづね詳しく思ひ出してもらひました。母の記憶と正確に一致しない点もありますが、左の通りです。

松太郎叔父はそのお方が陸軍の将校だといひます。階級章だけ取つた将校の制服を着てをられましたから。ところがお名前は九州の肥後のお方のやうであったとしか憶えてゐないのです。なぜ、肥後のお方と記憶してゐるかといへば、お名前が肥後にゆかりのある姓であつたからといふのですが、そこの所が母の記憶と喰ひ違ひます。賄ひ婦をしてゐる仲間に肥後出身の方がゐますけれど、その方の訛は母が耳にしたお客様の訛と異なります。お客様にも九州弁の訛がありました。しかしどうも肥後訛のやうではなかつた。どこの訛か判然としませんが。次に母はお客様が一度だけ訪ねて見えられたと思つてゐましたが、叔父によると二度ださうです。いはれてみればそんなことが母の留守にあつたやうです。福島に買出しに行つたときのことでせう。あの頃はかつぎ屋をしてゐましたからね。不在ちゆうにお父様の戦友が訪ねていらしたとは聞きましたが、そのお方が形見の腕時計を届けてくれた同一人物とは思ひませんでした。戦友と称する方がよく見えたものですよ。中には線香をあげてから、電車賃を貸してくれとかサッカリンを買つてくれといひ出す人もある始末で、母は〃戦友〃の訪問に内心びくびくしていたといふのが実情です。お父様の供養もさることながら、戦後のインフレーションを女の細腕でどうやつて切りぬけるか、念頭にはそのことしかありませんでした。あなたを一人前に育てあげるのがお父様に対する唯一の供養と信じてをりました。それゆゑ形見を持参して下すつたお方のことも、明瞭に憶えてゐない次第です。おゆるし下さいね。

二度めは軍服でなく立派な背広を着てをられ、何か占領軍関係のお仕事をなさつてゐられる口振りであつたとか。こんなことがあなたのお役に立つかどうかわかりませんけれど一応記します。ご訪問はお父様の命日に近い日であつたさうです。二月上旬といふことになります。焼香して下さつて当時としてはかなりの額になるご香典を包まれました。さういふことを母が憶えてゐないとは理不尽ですが何分、事情が事情で毎日、生きるだけで精一杯といふ情けない有り様、心苦しいことです。叔父も七十を過ぎて物忘れが甚しく、これだけのことを聞出すのがやつとでした。ついでに申し添へますと、二度めにお立寄りになつたのは、ジーエイチキューにお仕事で出頭する途次のことだつたさうです。腕時計は船砲連隊のある兵隊さんがお父様の形見として預かり、その方が亡くなるとき遺族へ渡してくれとお客様がまた預かることになつたとうかがひました。ですからそのお方はお父様からぢかに腕時計を受取つたわけではないのです。

東京は雪が降りました。道路に積つてはゐないが、屋根はうつすらと白いものをかぶつてゐます。九州は南国ゆゑ、雪など見ないでせうね。では英子さんにくれぐれもよろしくお伝へ下さい。いつか折りを見て、英子さんとども上京し、母に元気な顔を見せ安心させて下さいね。齢をとつたせゐかあなたがきかん気のやんちや坊主だつた頃の夢をよく見ます。

母より

十二月廿七日

伸彦様

寄席の常連であった松太郎叔父が、菊池という姓を中世肥後の豪族菊池氏に結びつけ、熊本県人と思いこんだこともありうる。その土地の北部には菊池市がある。客の言葉に熊本弁の訛は感じられなかったという母の記憶の方が正しいだろう。復員した菊池省造は、駐留軍の宿舎を建設する仕事に従事したことがあった。伊佐市は県の中央部に位置するという地理的条件のため、市史によれば一箇連隊のアメリカ陸軍部隊が駐屯していた。約四千名である。加えて海兵一箇大隊。

県庁のある都市は戦災で焼失していたから五千名あまりの兵隊を収容するのは、既存の建物では足りなかった。駐留軍命令で調達された資材を利用して、菊池省造が宿舎建設に手腕をふるったことは容易に想像される。朝鮮戦争が終結した年に、彼は施設の払い下げを受けた。市史にその値段まで記載されてはいないが、高い価格でなかったことは彼のめざましい才覚からして推測できることである。
母の手紙で明らかになったことは、「客」が二度も訪ねて来ており、腕時計はその持主から直接に預かったものではないと告げていることだ。してみると、父の最期をみとった兵隊は、「客」に形見を渡すとき、父の住所をもほぼ正しく告げていたのでなければならない。

昭和十八年二月七日といえば、G島から日本軍が最終的に引き揚げた日付である。公刊戦史には、整然と「統制ある」撤退が行われたように記述してあるけれども、その当時G島の西北端カミンボとエスペランス周辺に集結した日本軍を挟撃するために、米軍は集結地のさらに西方海岸に上陸していた。撤退とは予知しないまでも、日本軍の戦線が急激に縮小されたのを知り、追撃に移ったのであった。撤退にともなう混乱がまったくなかったとは考えられない。

G島所在の軍司令部は、撤退という企図を隠すため日本軍兵士たちに総攻撃に移る前の部隊再編成と告げていた。前線の壕やジャングルにいた兵士のうち、負傷兵や病兵は攻撃に参加する体力がないと自ら諦め、後退する部隊を見送ったのち手榴弾の安全栓をはずしたのがほとんどであった。少数の生存兵が米軍の俘虜になった。

伊藤正徳著「帝国陸軍の最後・決戦篇」には、「駆逐艦浜風（神浦少佐）のごときは艦首を砂底につくまで接岸し、『残った者はいないか』とメガホンで呼びかけ、動ける兵隊の全部を拾って」と述べてある。「以上合計一万三千五十名は、足腰の立つ兵隊の全部であった。それが、追い詰められた戦場の一隅から、三回にわたって、暗夜一人も残さず運び去られたのは、太平洋戦争中の奇跡的戦果というほかはない」と続く。公刊戦史では一万六百五十二名が生存者である。G島における戦病死、行方不明の総計は約二万八百名、上陸人員のおよそ七割にあたる。このうち、じっさいに戦闘行為による死者は五千名から六千名と軍司令部は報告している。一万五千名前後が、栄養失調症、マラリア、下痢及び脚気で病没した計算になる。

伸彦はG島についての文献を漁るうち、二月七日という父の命日を今は信じなくなっていた。撤退の詔勅がG島の第十七司令官に伝達されたのは一月十五日であった。ラバウルに駐留していた三十八師団の補充兵七百名が、撤退を掩護するためにG島へ送りこまれた。海軍は連日、爆撃機で米軍基地上空を制圧した。ラバウル港とショートランド島の泊地に増加した日本軍の艦艇や、激化した日本機の空襲を、米軍は新たな総攻撃の前ぶれと判断した。日本軍は撤収を「ケ号作戦」と呼称した。

G島に造成された飛行場の争奪戦が、昭和十七年八月七日に始って以来、唯一の戦略的成功が撤収作戦であったとは、その後の日米戦の帰趨を暗示しているかのように見える。

せっかくG島から脱出したものの、引揚地であるブーゲンビル島で、衰えた体力を回復できずに病死した兵士は少くなかったと戦記には綴られていた。

伸彦は母の書いた便箋を封筒におさめ、ウイスキーを飲んだ。酔いが体の下の方に溜った感じで、快い酩酊からは遠かった。妙にしんとした気分である。彼は畳の上に散らばっている数冊のG島戦記を重ねて枕にした。灯油ストーヴを消し、電気炬燵にすっぽりと体をもぐりこませて目を閉じた。すぐに眠りが来た。

翌朝、子供たちの騒ぐ声とテレビの音で、伸彦は目ざめた。

時計の針は午前十一時を指そうとしている。すくなくとも十一時間は眠ったことになる。肩と背中の筋肉がこわばっていた。枕にした書物は崩れて畳に乱れている。吐く息が白く凍った。戸外は晴れているらしく、カーテンの隙間から明るい光がさしこみ、炬燵の上にあるウイスキーの壜を照らし出した。中身は底にわずかしか残っていない。かるい嘔き気を覚えた。ためいきまじりに上半身を起そうとしたとき、頭の芯が疼いた。いつのまにか手がウイスキーの壜をつかんでいた。中身をグラスに傾けて一気にあおった。手首でこめかみをとんとんと叩き、頭を左右に振って立ちあがった。

顔を冷たい水で洗った。髯も剃った。窓をあけ放って、澱んだ室内の空気を入れ換えた。そうするうち次第に頭がはっきりして来た。伸彦はつとめて活潑に部屋の内部を片づけた。しみいるような外気の冷たさが快かった。ひととおり整頓をすませてから、きょう初めての煙草に火をつけ、朝刊を開いた。全国紙には格別、目を惹く記事はなかった。伊佐日報を手にした。二面の市政欄に小さなコラムがあり、都市計画用途地域を変更、という見出しがついている。

紙面の上をすべっていた伸彦の目はそこで釘づけになった。

「市街化区域内は伊佐市の都市計画法に基く用途地域（住居地域、商業地域、工業団地など）を指定し、秩序ある都市を作るよう市当局は努力する方針といわれている。県側は先の指定より五年が経過したので、次の方針で変更することを検討ちゅうである。

一　現在の用途地域をもとに部分的な変更を行う。

二　主要幹線道路の沿線は、沿線と周辺の土地利用の動向を考慮して検討する。

三　住宅地の環境を保全しつつ、日常生活の利便を図るため、地区中心地を合理的に検討する。」

伸彦はうっかりすると見すごしかねなかったこの小さな記事を、念入りに二回読み返した。釘宮の顔に空港ホテルのラウンジですれちがった多々良という代議士の顔が重なって浮んだ。菊池省一郎の沈鬱な表情も思い出した。どうということはない記事のようであるが、何かがひっかかった。この記事に深い関心を持つ市民は多いはずである。伸彦は鋏で新聞紙の一画を切りぬいて、手帖にはさんだ。

空気の入れ換えがすんだ頃を見はからって窓を閉じ、カーテンも引いた。明りをつけ、灯油ストーヴに点火した。封を切っていないウイスキーが一壜、戸棚にあったのを氷と一緒に用意して炬燵に向った。本棚の上にのせておいたハトロン紙の大型封筒をさかさにして、菊池省造の手記を取りだした。省一郎には無断で持ち帰ったものである。年末年始の短い休暇を、手記の整理と浄書にあてるつもりだった。

父親の記録にさして興味を示さない省一郎が、書斎のデスクを点検して有無を確かめようとは思えなかった。昨日も社長室で仕事に没頭していたほどだから、伸彦が手記を持ち出したかどうかまで調べる心のゆとりはあるまい。原稿用紙を拡げ、薄い水割りのグラスをときどき口へ運びながら伸彦は仕事を始めた。文章の内容から昭和十七年十月の戦闘を叙述したものと推定される。日本軍の戦力がまだ比較的充実していた頃である。

当初二十二日と決せられ、二十三日と延び、三たび二十四日と変更されし総攻撃開始の日は来れり。去る十九日よりわが砲兵は飛行場西方の台地上に位置せる米軍のトラ、シシ陣地を射撃し始む。殷々たる砲声、ジャングルにとどろく。発射音より類推するに十加あるいは十五榴ならんか。この島に上陸してこの方、絶えて聞かざりし重砲の響きなり。アウステン山西北麓に集結せるわが聯隊は、攻撃目標としてサル陣地を指示せられたり。マタニカウ河口右岸を扼す馬蹄形の小丘陵なり。

海へ向つて開きたる形のU字状をなせる隆起あり。堅固に防備されたるは隆起の両北端なり。第一大隊をして東方陣地を、第二大隊をして西方の要害を奪取せしめるがごとく令せられたり。

十九日、わが聯隊は勇川上流の渓谷にありし野営地を徹し、大迂回してアウステン山を目指す。高地より眺むれば平坦なるがごとく見ゆる密林も、いつたんわけ入れば急峻なり断崖あり、地隙あり、行進遅々として渉らず、一日の行程およそ一キロに満たず、聯隊長焦慮す。二十日、見晴台西南の山麓に至る。二十一日、地図になき無名渓谷を渡渉し、見晴台南方の屋根に野営す。兵らの疲労、歴然たり。地形錯雑し、大木路上を塞ぎ、棘ある竹、藤かづらのごとき藁草、足をすくふ。

上空、梢をかすめて飛来せる敵機しきりなり。わが聯隊の潜行を察知したるならんか、盲目掃射をなせり。被害皆無。二十二日、見晴台南方に野営す。終日、行進してわづか一キロ、将校、兵らを叱咤督励すれども、完全武装をなして密林を啓開する苦労いはんかたなく、虫の歩みに似たり。我らは海岸と平行して東進すること三日、この日より米軍陣地めざして北進を始む。海岸方面すなはちマタニカウ川左岸には四聯隊の中熊部隊あり。わが聯隊と相呼応して、右岸を守備せる米軍を撃破せざるべからず。

二十三日、アウステン山頂を右東方に望見す山麓に至る。心は矢たけに逸れども行程伸びず。中熊部隊は既にマ川左岸に展開終了すとの報入る。同部隊には戦車一中隊配属せられたる由、心強し。されど戦車は密林内を行進すること不可能なれば、海岸よりの平闊地沿ひに攻撃前進する手はづならん。我に百倍する米軍重砲陣の砲火をついて、突破すること果して可能なりや否や。海軍航空機の写真偵察によれば、九月に比して飛行場周辺の丘陵地帯は、道路四通八達し、樹林は伐開せられて往時の相なしといふ。兵らはこの変化を知らず、無心に武器の手入をなす。密林内の湿気にて、きのふ磨ぎたる銃剣もけふは赤錆にまみれたり。

仄聞す、某中隊長、内地にて歩兵学校の教官たりしが、配布せられたる航空写真を一瞥して顔色無かりきと。あるいは然らん。重掩蔽壕は機銃座にして左岸を掃射するに死角生ぜざるやう設置しあり。砲座、連絡壕、自動車道、一目瞭然たり。地の利をたのむ敵陣に肉弾突撃するの愚、旅順二〇三高地を想起すと彼ひそかに私語せり。

至言なれどもここにおいて何をかいはん。ただ天佑を信じて攻撃あるのみ。赤誠、神も見そなはし給はん。午前十時、アウステン山北端に進出完了、遅れたる後続の将兵らも逐次到着、眉宇にみなぎりたる決意の情たのもし。将校合同あり。わが部隊は重点を右に保持し、一大隊をもつて一本橋東南（マ川右岸）のイヌ陣地を攻略し、爾後一大隊を右に増加し、サル陣地を左側背より攻撃せんといふ。

イヌ陣地の敵は大ならざるも、サル陣地には鉄条網あり。その兵力は確実ならねど一大隊を出でざるもののごとし。海岸地帯に布陣せるわが重砲隊、正午を期して米砲兵陣に射撃開始す。砲撃およそ四十分間つづく。百雷一時に落つるがごとし。

米軍砲兵陣も間髪を入れず応射す。

我の一発に対し、彼は百発を返す。双眼鏡にて望見すれば敵陣の各処に爆煙生ず。集積せられたる米軍の燃料弾薬に命中したるか、大地鳴動して火焔天に沖すを認む。兵ら雀躍す。しかれども敵砲火いつかうに衰へず、殷々たる砲声天を圧す。グラマン及び水偵、わが砲陣の所在を探知すべく、上空を乱舞せり。

わが砲兵、射撃をマ川右岸の敵陣に移し、制圧射撃することその間およそ二十分、一基また一基、敵砲火の直撃を受けたるならんかつひに沈黙す。砲側に死処を得たりし将兵の敢闘を謝す。暗然として彼らの冥福を祈る。

二十三日午後一時半、攻撃前進開始。

不要品を残置し各人、軽装となせり。予、ボルネオにて求めたるゲランの香水を、新しき肌着に振りかく。暫時、思案したるのち、携帯嚢の中より長男省一郎を抱きし家妻の写真を取出し、胸ポケットに収む。たのむは拳銃と三尺の剣、伊佐神宮の護符これあるのみ。写真を身につけたるは、万一、G島の露と消えしとき、米兵の目に携帯嚢とまり、写真を玩弄せらるるの惧れ無きにしもあらずと思考したるゆゑなり。予、愛すべき家族と共に戦場に散らば本望なり。

ゆくほどに密林やうやく疎となり、地形依然として峻険なれども地面乾燥して昨日のごとく泥濘に没することなし。上空よりの偵察にそなへて、予、部下に密なる偽装を命ず。午後四時半ごろ、マ川方面より銃声聞ゆ。中熊部隊の渡河なりたるか。敵砲声しきりなり。兵ら分隊長の顔色をうかがひ、分隊長ら予の顔色をうかがふ。状況不明なりしとき、兵が上級者の表情より戦況進展具合を知らんと欲するは通常のことなり。予、動ぜず。兵ら黙々と前進す。

総攻撃は三方面より企図しあり。すなはち飛行場西方マ川左岸の中熊部隊（主力歩四）、右岸上流のわが岡聯隊（三大隊欠）、両隊を合して住吉支隊となせり。

遠くアウステン山南麓の丸山道を迂回して飛行場南方より川口少将率ゐる歩百二十四第三大隊、歩二百三十聯隊ほか迫撃砲、独立速射砲大隊、山砲及び工兵中隊、その左翼に那須少将麾下の歩二十九聯隊、迫三大隊、野砲及び独立山砲聯隊、あひたづさへて突撃する予定と聞く。

一敗地にまみれたる九月の総攻撃に比して兵力、装備、格段の差あり。帝国陸軍の面目を賭けて米軍を撃破せずばやまじ。再び破るれば何の顔《かんばせ》あつて郷党にまみえんや。伊佐駅頭に十数旒の幟をなびかせ、歓呼の声をもつて予の壮行を祝せし家族朋友知己を思ふ。

尖兵停止す。どうやら道に迷ひし模様、旅団本部より交付せられたるガリ版刷りの地図はあてにならず。磁石、誤差甚しく壁のごとき密林内に行き暮るること珍しからざりき。時刻を案ずるにイヌ高知東方に進出すべき頃ほひなれども、地形、状況と合致せず。尖兵長予のもとに来りて地図を見んと欲す。大隊長、小隊長以上の集合を命ず。

兵力、各処に分散して将校ら大隊本部に集合せしは既に日没時なり。部下の掌握ままならず、大隊長の面上に苦悩の色ありありと浮ぶ。右翼隊の連絡途絶す。一発の銃声もなし。将校斥候帰還す。「ただ一面のジャングルで何もわかりません」といふ。「わかりませんとは何事か」某中隊長いきりたつ。

「いやしくも将校たる者が斥候に派遣せられて、敵情、地形いつさい不明とは情けなき限り」と叱責す。斥候は若き少尉にしてその中隊長の部下なり。聯隊長の前で面目を失ひたりと思ひしか、声を荒らげて部下を罵倒す。彼、陸戦の常識をわきまへざりしか。予、思ふに、あやまてる敵情報告より「何もわかりません」が部隊行動に益す。

陸士を出でたる某中隊長、そのことを百も承知の上にて、故意に部下を叱責し、上官の不満をやはらげんものと考へたるならんか。聯隊長、瞑目してただ一言、「ご苦労であつた」とのみ。幕舎を出て、さる大樹の下かげに先刻の中隊長、少尉とならび立つを見る。彼、煙草を与へ、「何もわかりません」少尉をねぎらひつつありしなり。予、二人をかたへに見て過ぐ。思ふこと多々生ず。軍隊といへども俗世間の一部なり。かけひきあり、情実あり。予の人間観察、当らずとも遠からじ。

煙草を与へられし少尉の感激、思ひ半ばに過ぐ。彼、この中隊長のために一命を捨つるとも悔いなしと決意するは必定なり。陸士は部下懐柔の法も教授する所ならん。兵といふものときには子供のごとし、隊長の些細な心やりに接し、わが上官のために死せんと望む。当番の設営せし天幕内に仰臥し、けふ一日、無事なるを喜ぶ。螢、樹間に明滅す。

漂ふがごとく弾かるるがごとく螢は闇に浮びて光る。テナル川畔を朱に染めて散りし一木支隊の将兵、螢に化身して飛来したるか。戦友の仇を討つは明日に迫れり。

仲彦はここまで筆写して万年筆をおいた。

粗悪な軍用便箋に書かれた文章は、インクの色も褪せ、文字はところどころ薄れていた。日付や時刻、部隊名は数回にわたって塗りつぶされ、訂正されていた。記録は戦場で書かれたのではなく、省造が戦後、帰還してから作られたらしい。訂正された日付の下には疑問符がつけられた箇所もあった。

仲彦は空腹を覚えた。

冷蔵庫に用意されている料理を食べる気にはなれなかった。アパートの近くに中華料理の店がある。コートを着て、ドアの握りに手をかけたとき、靴音が外で止った。ドアをあけると目の前に山口書房の主人が立っていた。きょうは古い背広にきちんとネクタイをつけている。ノックする寸前にドアが開いたので山口はうろたえたふうであった。仲彦の肩ごしの室内をちらとのぞき、お出かけですかと、たずねた。炬燵の上には省造の手記を拡げたままにしている。仲彦は山口を外へ押し出すようにして、後ろ手にドアをしめた。

「飯を喰いに出るところなんです。よろしかったら一緒にどうですか」

「いや、私はその辺まで来たもんだから、ちょっと、つい……」

山口はしどろもどろになった。知人から仲彦のアパートが近所にあることを聞いて立ちよったまでだと弁解がましく告げた。

「腹はそんなに空いていないんです。お茶でも飲みながら、お話をうかがいたいですな。いい店がありますよ」

まさかラーメンをすすりながら用件を聞くわけにはゆくまいと、仲彦は考えた。そこまで来たついでというのは嘘のはずである。仲彦のアパートへ大晦日が近いというのに訪ねて来るには、それ相応の理由があるに決っている。

仲彦は山口の先に立って大股に坂を下った。自分の名前と住所を山口に告げた覚えもなかった。部屋に請じ入れれば、手記を浄書した原稿が彼の目にとまるだろう。それは今のところ何となくはばかられた。

「ぼくの住まいがよくおわかりになりましたね」

喫茶店で椅子にかけるなり仲彦はさりげなくいった。山口はぎごちなく咳払いして、真鍋を見舞って仲彦のことを聞いたと、説明した。住所は重富の若先生が教えてくれた。

「ほう、で、真鍋さんの具合はいかがでした。持ち直したようですか」

コーヒーが運ばれて来た。山口は暗い表情になって首を横に振った。

「若先生はあからさまに回復する見込みなしとはいいませんよ。医者ですからな。様子を見ているところだとしかいわないんです。あの分ではどうもね」

仲彦は返事に窮した。おざなりに同情の言葉をもらすのもそらぞらしいし、さりとて山口を慰めるのも当を失しているように思われた。仲彦は黙ってコーヒーを匙でかきまわした。店内にいるのは高校生と大学生ばかりである。濃い化粧をした女子大生が大口をあけて男友達の冗談に笑った。音量を上げたロックミュージックが壁をふるわせるほどに鳴り響いた。

「いい店ですな」

明らかに若干の非難をこめたまなざしを向けて山口は仲彦にいった。まわりがそうぞうしいから、話を人に聞かれる惧れがないのだと、仲彦は答えた。厚化粧をした若い女は、仲彦とテーブルを一つだけへだてた位置に腰をおろしていた。けたたましく笑うときにのけぞってみせ、セーターに包まれた胸を突き出した。同じアパートに住んでいる顔見知りである。

「ああいう連中を見ると、自分が齢をとったものだとつくづく思いますよ伊奈さん」

若い女を見る山口の目には憎しみの色があった。自分が噂の対象になっていると思ったのか、その女はつと立ちあがってカウンターへ両肘で寄りかかり、挑発するかのように腰を折った。きっちりと下半身の線が浮きあがったデニム地のズボンを女ははいていた。伸彦は佐和子がこれまで一度もジーンズをはいたことがないのを思い出した。

若い女はカウンターの内側にいるマスターとしゃべりながら伸彦の方へ視線を泳がせた。

「菊池さんの書いたものを本にする仕事だそうですね」

山口はテーブルから身をのり出した。伸彦はうなずいた。

「隠さなくてもいい、みんな聞いて知っているんです伊奈さん。本当のことを書いて下さい。ただ小隊長の手記を丸写しするのではないんでしょう。この際、洗いざらい真実をおおやけにしてもらいたい」

山口はまだコーヒーに手をつけていなかった。

第十五章

仲彦は艶の失せた山口元上等兵の顔を見まもった。

山口は体の力を抜いて椅子の背に寄りかかった。嘘を書くつもりは自分としても毛頭ないと、仲彦はいった。しかし、まとめられた原稿を本にして刊行する費用は、菊池家が負担するのだから、真実を洗いざらい公にするというタテマエには、おのずから限界があると、仲彦はつけ足した。

「山口さんはぼくに本当のことを書けとおっしゃる。ぼくは菊池省造さんの手記でしか実情を知らないのです。たとえ真実を書こうと心がけても、知らないではどうしようもないでしょう」

真実を書くと約束することはたやすいことであった。仲彦がわざと言を左右にしたのは、気が乗らないふりを装って山口を刺戟して一気に「本当のこと」をしゃべるように仕向けたのだった。山口はまずそうに冷えたコーヒーをすすった。

「夕べ何十年ぶりかでG島の話をしました。見ず知らずのあなたにね。戦友とたまに会ってもめったにしない話を他人のあなたにはすることができた。そのあと、店を閉めてから妙に気持が落着かなくなってじっとしていられなくなったんです。食事もすませた、風呂にも入った、あとは寝るばかりという段になってからもそのう、何というか、いつもは十時ごろまでに寝てしまうんですがね、昨晩だけはそうもゆかなかった。あなたにG島の話をしたのが尾を引いたんですな。しなけりゃ良かったと後悔してみたり、話してしまった以上は仕方がないと思い直してみたり。結局、外へ出たんです。どこへ行くというあてはなかったけれど」

電気スタンドの黄色い光を横からあびて濃い翳りを帯びていた乳房が目に浮んだ。空港ホテルで佐和子とすごしていたころ、山口は戸外を歩いていたのだ。とうとつに甦った昨夜の記憶を、仲彦はつとめて忘れようとした。

「どうかしましたか」

山口の目にけげんそうな色があった。伸彦はそそくさと煙草を取りだしてすすめた。相手が自分自身のことにのみかまけているのではないのが、伸彦の動揺をそくざに見抜いたことでわかった。「旧制中学を出たインテリ」という言葉が、ある兵隊の手記にあったのを思い出した。

「暗くなってから街を散歩するなんて国鉄を定年でやめて以来なかったことです。夕べは冷えましたな。寒い晩は体のあちこちが疼くんです。わたしの体は手榴弾の破片がいくつか残っていましてね、G島でやられたんですわ。米軍の野戦病院で手当をうけて、あらかたの破片はとり除いてもらったんですが、ごま粒ほどの破片は残っているらしい。そいつらがあちこちと移動するもんでね。ふだんは痛まないけれど、寒い晩や季節の変りめにはしくしくと痛む。一度、手術をうけてはとすすめられるんですが、小さな鉄片を探すにはメスで筋肉を切りきざむわけでしょうが、とてもじゃないがその気になれるもんじゃない。……いつのまにか北陽町に、ご存じですか、伊佐の北に戦後できた町です、その北陽町に出てた。一時間ばかり歩いたかな。体もほど良く暖まって痛みは薄れたし疲れもしたしで、もう帰ろうと思ってまわれ右しかけたら、向うの方に赤い火が見えました」

伸彦は昨夜、ホテルから帰る途中に見た火を思い出した。ギヤを入れかえるとき、伸ばした左手が佐和子の太腿に接触しようとした。佐和子はドアの方へ体を押しつけた。山口は舌で乾いた唇をなめた。

「菊池さんの家はあなたもご存じのように小高い丘の上に立っている。火はその頂で燃えとりました。私の立っている所から一キロは離れているのに、夜のことだからすぐ目の前で燃えているように見えましたよ。兵隊時代に教育されたものです。煙草の火だって夜間は一里先からも見えるもんだって。これと同じ情景を私は思い出しました。三十四年前にG島のアウステン山で、われわれは火を焚いたんです。つまり昨夜は私は火を見る側だったけれど、G島では火を焚く側という違いがあったわけだ。菊池少尉は総攻撃のためにエスペランス方面へ健兵を引率して先発するといわれた。そこで部隊を再編成し、大発で海上機動してルンガ飛行場に逆上陸する予定と聞かされとった。

傷病兵が参加できるもんじゃないでしょう。ところが、噂によるとどうもそうじゃないらしい。兵隊というのは情報に敏感ですからな。三十八師団司令部の衛兵が勇川に水汲みに来ていて、うちの兵隊に総攻撃じゃない、撤退だぞと教えてくれた。衛兵がいうには師団司令部は空っぽだと。それを聞いてもまさかわれわれを見棄てて本部が後方へ下ったとは思えなかった。必ず迎えに来ると、菊池少尉は約束してくれましたから。友軍が近ぢか新たな攻勢に出る気配は、われわれも感じとりました。海軍の重爆がやってくるのを見たのは久方ぶりのことですよ。わが軍にはもう航空機は消耗してしまったのだと思いこんでいたんだからタコ壺の底で空を見上げて嬉し泣きしたもんです。夜になると、海軍の駆逐艦が飛行場を砲撃する。それ以前に私がアウステン山をおりて麓の勇川に蟹とりに行ったとき、あれは一月の上旬だったか、本部が下る前のことです。軍司令部勤務の通信兵が電池を背負って来るのに出会いました。潜水艦が運んで来たものです。司令部の無線装置も電池が切れていて、ラバウルと連絡とれずにいた。あれやこれや考えあわせると、総攻撃が本当らしいと思うのも当然でしょうが。少くとも撤退以外の何かをやるらしいと察しとりました。こんな話を若い人にするのは初めてです。退屈でしょう」

そんなことはないと、伸彦はあわてて打ち消した。若い人という表現が皮肉のように聞えた。山口から見れば若いといえるだろうが、いわれてみて伸彦は自分が若さを失ったことを今あらためて思い知った。山口はスプーンでコーヒー茶碗をかきまわしながら、戦争の話を聞いて退屈しない人間はいないと、ひとり言のようにつぶやいた。

「戦争というのはあなた、生きるか死ぬか、殺すか殺されるかです。命がけだってことですよ。若い人にはしかし一時代前に私たちが直前した戦争より、新型自動車のガス消費率とか、ロックグループが解散したのしないのということが大事なんです。私から見ればどうでもいいことなんだが、そうじゃないらしい。退屈するなという方がまちがっているのかもしれませんね」

山口は肩を落し、コーヒー茶碗の中をのぞいた。自分は若くないのだし、G島戦に関しては大いに興味があると、伸彦はいった。

「興味がある」

山口はおうむ返しに伸彦の言葉を口にして陰気な笑いを浮べた。その瞬間、顔がゆがんだ。体内にひそんでいる鋼鉄のかけらが神経に触れたようだった。ときどきこうなのだと、いまいましげに説明して肩のあたりをさすった。

「ええと、どこまで話しましたっけ。いや、その前に肝腎なことを訊くのを忘れていた。菊池さんは丘の火のことを手記に書いていますか」

にわかに山口の目が鋭くなった。

「書いています。しかし……」

伸彦はいいよどんだ。しかしとはどういうことだと、山口は喰い下った。

「菊池さんの手記は断片的なもの、つまり一貫していないのです。アウステン山の一角に火を認めたくだりはありますが、前後の事情がくわしく記述してないので、それにぼくはあれをざっと読んだきりなので、山腹で焚かれた火にどういう意味があったのか、まだはっきりとわかっていないのです。そこを山口さんから説明してもらえれば参考になるのですが」

山口はスプーンで空になったコーヒー茶碗をかきまわした。いぶかしそうな表情になって考え込み伸彦の答を吟味しているように見えた。

「待てど暮せど迎えが来ない。敵の包囲網はだんだんせばめられる。小隊長が約束したのだから、必ず迎えは来ると信じていました。山をおりるときに戦友たちが弾薬をのこしていってくれたので、それまでとちがって活潑に応戦しました。アメリカ軍はむり押しをしないから持ちこたえられたんです。味方に死傷者が出ると、さっさと攻撃をやめて退却する。だから充分に敵をひきよせて隊長クラスの男を狙撃し、時間をかせいだわけ。しかし、いつまでも長続きするもんじゃありませんわね。敵もわが軍の主力がアウステン山をおりたらしいと察したようですな。一人や二人、指揮官がやられてもひるまずに攻撃を続行するようになりました。われわれとしてみれば気が気じゃない。友軍に救出されるか、敵に殺されるかの瀬戸ぎわです。ひょっとしたら小隊長はわれわれが全滅したと思いこんどるのじゃないかと真鍋さんがいった。無人の山に帰って来たところで仕方がないでしょう。だから迎えをよこさないのではないか。われわれがまだここで、いや、あそこで」

山口は瞬きした。「ここで」というのはもちろんアウステン山を指しているのだった。彼自身は真鍋吉助の言葉で語っているからには、「ここで」というのは当然だ。しかし、聞いている伸彦のことを考えて「あそこ」といい直し、こことあそこの違いに当惑したらしかった。

「ここで戦っている、と」

伸彦はいって先を促した。

「そうです。ここで頑張って米軍を喰いとめ、救援を待っているというしらせを後方に伝えようじゃないかというんです。なんらかの形でね。本部の壕へ行ってみると、通信器材は破壊されている。伝令は出せない。そこで、敵側の反対斜面に火を焚いたんです。軍司令部の壕の上あたり。飛行場からは見えない位置を選定しましてね。タサファロング方面からは見えたはずです。毎晩、九時ごろ、きまった時刻に。われわれが生きておるというしるしを見てもらいたかったんです。かわるがわる焚火をやりましたよ。大がかりに燃やすと敵に気づかれて砲撃されるから、細心の注意を払って火をつけました。祈るような気持でね」

俘虜になる前日まで焚火をしたものだと、山口は語ってわき腹をさすった。店内は前よりたてこみ、音量を上げられたロックミュージックが鳴りひびいた。この音のせいで痛みが増すのだと、山口がいうので、場所を変えようかと、伸彦は提案した。

「年末はどこへ行ってもこんなものでしょう。あまり人目にたつ場所へ行きたくないのですよ。あなただってそうじゃありませんか。私と話している所を菊池さん一族か誰かに見られるとまずいのじゃないかな」

「それはまたどうしてです」

伸彦は意外そうにきき返した。

「あたり前のことだ。菊池さんの部下だったG島の俘虜があなたに何をしゃべるか、先方はいい気がしないに決っています。俘虜の分際で余計なたわごとをぬかすのは許せないと、こういうでしょうよ。まあ、ついでだからもう少し我慢して老人の愚痴を聞いて下さいますか」

山口はそれから半時間あまり軍人恩給法について語った。伸彦は山口と別れたあと中華料理店に入ってラーメンを注文し、彼が話したことの要点を手帖にメモした。昭和二十八年に復活した軍人恩給法は、戦地で十二年間、軍務に服した下士官兵に恩給を支給すると定めている。准尉以上は十三年間である。日中戦争の開始は昭和十二年七月だから、開戦と同時に召集された兵は敗戦の年まで勤めても内地にいた限り支給の対象にならない。そこで後方にいた将兵と前線で戦った兵を区別するために、地域によって戦時加算が定められた。従軍期間一カ月を三カ月と計算するのである。

山口久寿男が入営したのは昭和十四年である。その年の六月に中国大陸に派遣されている。すなわち六年二カ月を政令が定めた戦地で勤務したのだから、十八年六カ月に対して恩給が支払われることになる。(ところが伊奈さん……)山口はにがにがしげに説明した。(軍人恩給を申請に行ったらね、係の者が俘虜は戦地にあって軍の戦闘力を構成していた者とは認められないから、抑留期間ちゅうは加算できないと、こういうんですわ。平たくいえば、俘虜になるまでの勤務年限しか考慮されない。お役所の杓子定規というか頭の硬さというか。私は初めあちらのいうことがのみこめずに、ぽかんとしとりました。アメリカ本土の俘虜収容所に抑留されていた期間は戦務手当がつかないというのです。そりゃあそうでしょうな。俘虜は戦闘力構成に参加したとはいえませんから。役所の定義ではね。で、私の勤務年限は俘虜となってアメリカへ送られた昭和十八年四月までの約四年間を三倍した十二年ということです。正確にいえば十二年に一カ月足りんのです。ゆえに恩給は支給されない。キツネにつままれたような思いで、その日はひとまず帰りましたよ。だんだん肚がたって来た。何も好きで俘虜になったわけじゃない。最前

線にいたからこそPOWになったんです。納得できない)

山口はこぶしでテーブルを叩いた。

その音はレコード音楽のひびきに圧されて店にいた客の誰にも気づかれなかった。

政令が定めた戦地とは、中国大陸、南鳥島、南洋諸島、新南群島、元仏領インドシナ、タイ、ビルマ、マレー半島、インドネシア、ビスマルク諸島、オーストラリア、フィリピン諸島、ハワイ諸島、太平洋、印度洋上の島々である。これらの地域に従軍していた将兵は、じっさいに戦をしなくても三倍の手当が加算される。

(上海のキャバレーでね伊奈さん。女給の尻を追いまわしていた兵隊でも私と同期の連中はりっぱに恩給の支給対象となるんですぜ。おかしな話だと思いませんか。私は日本軍に愛想をつかして投降したんじゃない。ここのところが問題の要点です。友軍は迎えに来なかった。その結果、やむをえずして俘虜となった。みずからの意志に反してということです。戦って負傷して、長途の転進に耐えられなかったので、友軍の後退を掩護するためアウステン山に残った。わかりますか。われわれをおき去りにした連中には恩給が下る。しかし、伊奈さんにわかってもらいたいのは、ここから先の話です。たんに恩給のことだけならG島で死んだと思ってまだしも諦めがつく。私は戦後、復員して出征前の勤務先である国鉄に戻ったんです。腕は多少、不自由だったんですが仕事にはさしつかえがないと認められましたのでね。俘虜になったのは悪い夢だと思うことにして、いちからやり直しの気持で働きました。ところが同じ復員兵でも昇進するのは私よりあとから採用された面々です。同期に這入った職員は助役になり駅長になったりしたのに、私はついにひらのままで定年になりました。復職したときに加入した組合とも肌が合わず、まもなく脱退したんだから、昇進しなかったのは組合活動のせいじゃない。組合からは労働者の敵とにらまれる。上司からは俘虜とさげすまれる。立つ瀬がないじゃありませんか)

山口はこれだけのことを一気にしゃべると、テーブルに置いてあった伸彦の煙草から一本抜きとり、いただきますといって、火をつけようとした。マッチを支える手が慄えてなかなか火は煙草の尖端と一致しなかった。見かねた伸彦は、自分でマッチをすってつけてやった。

(国鉄にお戻りになって途中でやめたいと思われたことがあるでしょう)

(サラリーマンなら一日に一回は考えますよ)

胸に鬱積したものを吐きだしたあと、山口は気落ちしたようだった。語調もよわよわしく投げやりになった。菊池省造に会いに行こうとしたことがあるだろうと、伸彦はいった。山口は表情をこわばらせ、しばらくその問いに答えなかった。

(菊池さんが伊奈さんにそういったのですか。私が面会を求めたと)

(いや、ご本人は病気で、ほとんど口がきけない状態です。あなたが職場で面白くない状況に直面した場合、退職して菊興商事に雇われたいと考えたってふしぎではありませんからね)

(よくおわかりですな。一度だけ会いに行ったことがあります。小隊長は、いや、菊池さんは会ってくれました。昭和二十九年ごろだったかな。私が組合を脱退した年です。二年早かったらといわれました。朝鮮戦争の特需景気が沈滞した時分で、人員整理を考えているような状態では、とてもむりだと、まあそんな話でした)

(なぜ自分たちを見棄てて引揚げたのかと責めなかったんですか)

煙草の煙が目にしみたのか、山口は手の甲を目蓋にあてがった。意外にも手のかげに隠れた山口の顔には薄い笑いが浮んでいた。照れとも羞恥ともとれる微笑である。ゆるゆると煙を吐きだして、憐れむように伸彦を見た山口は、就職の依頼に行ったんですよ、といった。

(それとなく撤退の件を匂わせはしましたがね。命令だといわれればそれまでです。事実、菊池さんは命令だから仕方がなかった。わざと置き去りにしたんじゃない。アウステン山をおりるときは再度、迎えに戻るつもりでいたといいました。予想した答ですから黙って帰るしかありませんでした)

(軍医の重富さんとは?)

（会って何になります）

山口はにがにがしげにいった。重富兼寿がＧ島戦記を書いて、製本まぎわに焼却処分したことを知っているかと、伸彦はたずねた。山口は気がなさそうに首を横に振った。

（おおかた、自分のしたことを弁解したかったんじゃないですかな。アウステン山を下るとき、希望した病兵に昇汞液を注射して殺したいいわけを書いたんでしょう。それも命令であればいたしかたなかったと。注射する必要なんかありゃあしませんよ。ほうっておいても死ぬのにね）

（重富の大先生が注射してまわった……）

（私はあの人を責めようとは思わない。軍司令部からの通達に忠実であっただけのことなんです。第十七軍の参謀長宮崎中将が「行動不如意にある将兵に対しては皇国伝統の武士道的道義をもって万遺憾なきを期すること」という命令を起案しています。わが聯隊が属していた三十八師の佐野忠義中将も、「独歩し得ざる者を敵手に委せざるため武士道見地より非常処置を講ずべし」と師団命令を出していたことが、戦後わかりました。命令通りに重富さんが実行していたら私の現在はなかったわけです）

重富軍医は壕内を巡視して、回復不能と診断した重傷病兵にのみ、それも希望する者だけに昇汞液を注射した。楽になりたいために注射をせがむ兵が多かったという。残置された全員には射たなかった。さすがに医師としての良心がとがめたのだろう、と山口はいった。

（ひととおり注射が終ったあとで、重富さんは土をかきむしるようにして泣いていましたよ。私のタコ壺の傍でしたがね。泣く気力は残っていたわけだ。栄養失調の私らはことごとく無感動になっていて、戦友があけがた冷たくなっとっても、おや、こいつは死んどるわいと思うだけ。私は珍しいものを見るような感じで軍医を見ていました）

戦後、ビルマから復員した重富兼寿は聯隊の生存者、とくに俘虜であった元兵士には献身的であった。健康保険がゆきわたる以前から、ただ同然の治療費で面倒をみた。真鍋吉助の結婚に二回とも仲人をつとめたのも重富である。生活が苦しい元俘虜には、金銭的な援助も惜しまなかった。

（山口さんは重富先生から治療をうけたことは）

（一度だけ。急性胃炎で痛みがひどいとき往診してもらいました。他の医院がなんのかのと口実をもうけて来てくれなかったもんだから。先生はじきにやって来ました。真夜中の三時ごろじゃなかったかな。注射一本で痛みはうすれましたがね、ふと、腕を見ると、注射針が刺さっている。この針が戦友をあの世に送ったんだなと、考えたもんです。そして私をのぞきこんでいる先生の目と私の目と合った。二人共じいっとおたがいの顔をみつめてね。私の考えていることが先生にはわかったんじゃないかと思います。山口よ、何もいうてくれるな、といいたそうに見えました。考えすぎかもしれませんが）

木彫りの黒い鳥に似た重富兼寿が、土をかきむしって慟哭している状態を想像するのはむずかしかった。三十四年前のことだから、彼が二十代のころである。患者の命を救うべき立場にある者が、命令とはいえ命を奪わなければならない役割を果すのは心苦しかったにちがいない。

伸彦が山口の話したことの要点を手帖に書きとめてしまったとき、ラーメンは冷え、伸びきっていた。


朝のうちいくらかあった風も、午後二時をすぎた今はすっかり絶えていた。

空には一点の雲もなく、晴れわたった天から降りそそぐ透明な冬日が、家々の窓ガラスをきらめかせた。伸彦は中華料理店を後にして、自分のアパートとは反対の方角へ歩いた。乾いた大気が肌に快かった。山口久寿男の話を聞いた直後に、アパートへ戻って仕事の続きにとりかかる気にはなれそうにない。青い陶器のような空を頭上に仰ぎ、日のぬくもりを頬に感じながら、足は自然に丘の方へ向った。菊池家のある丘と向いあう位置に隆起する丘である。そこへたどりつくには、いくつかの小さな丘を越えなければならなかった。

街なかとちがって、住宅地である丘のあたりでは、人通りが少い。歳末の喧騒とかけはなれ、ふだんよりひっそりとしていた。伸彦は一定の歩幅で急がずに歩いた。青空を実に永い間、見たことがないことに思い当った。アスファルトの路面にのびた自分の長い影も淡い冬日の下では濃くなかった。

丘というものが伸彦は好きだ。

山とちがってどこからでも気がるに登られるというだけではない。丘には家々がひしめき、ゆるい傾斜を帯びた道路をすぎるとき、それらの住居を眺めることができる。ただ、平地よりいくらか高まっているということで、日常とは別の光があり陰鬱があるように思われる。

丘の頂上でいったん立ちどまると、目は必ずもう一つの丘へ向けられる。

丘から眺める丘の景観というのもいい。東京で暮していたころ、伸彦は中央線沿線のだだっ広い空間を窓外に見ていつも気の滅入る思いを味わった。それは電車の中からはのっぺらぼうで平板な風景に見えても、地上に降りてば起伏に富んだ地形であることはわかっていた。

にもかかわらず彼は吊革につかまって窓の外に目をやり、胃の付近からこみあげてくる嘔き気のようなものをこらえなければならなかった。沿線の建物はおびただしく群生し増殖した灰色の苔類を思わせた。伸彦の生とは無関係にふくれあがり、拡がる世界が目の前を流れた。電車の不規則な振動さえ彼には不快だった。ともすれば灰色の苔にのみこまれようとする自分を感じた。

御茶ノ水界隈のように、まぢかに丘があり、視界がさえぎられている場所では、その奇妙な不快感を覚えることが少かった。身を護るよすがとなるものを、丘の陰に求めることができた。

伸彦はポケットにつっこんでいた両手を外に出し、気ままに動かしながら斜面の石垣に添って歩いた。みじんに砕かれたガラスの粉のような日光を、額に感じた。つかのま、幸福の感覚に浸った。昨晩、彼に訪れた漠然とした悲哀が、今となってみれば嘘のように思えた。今、味わっている幸福は、英子や佐和子によって得られたことがないものであった。

仲彦は丘を登りつめた所で、そこに積みあげられたコンクリートブロックに腰をおろした。肌がかすかに汗ばんでいた。菊池家の書斎から眺めた丘である。階段状に造成された宅地が目の下に続き、裾を迂回するバイパスと接しているのが眺められた。正面の丘には白い漆喰を塗られた菊池家の建物が、東南に面した正面玄関に日をあびて立っていた。南欧風のアーチをめぐらした一階の回廊に人影が動いた。二階の窓には白いレースのカーテンがかかっていた。

仲彦はあるかないかの風に揺れている目の前の萱を見つめた。英子も佐和子も念頭から消えていた。菊池省一郎が与えた仕事のことさえ考えていなかった。さっき瞬間的に来た幸福感が、何に由来するのかも考えなかった。ただ、冬日のぬくもりと丘を支配している静寂を感じるだけで充分だった。茶褐色に枯れて葉身も硬くなっているはずの萱が、しなやかに揺れるのはなぜだろうということだけを考えた。

アパートに帰りついたとき、自分の車のわきにベージュ色の乗用車がとめてあるのに気づいた。見覚えのある車である。階段に足をかけると同時に短くクラクションが鳴って窓ガラスが半ばおりた。

「きみの帰りを待ってたんだよ」

窓から顔を出した行武は大声で呼びかけ首をひっこめて、ドアを開いた。仲彦は動かなかった。行武はドアの外に降りてせかせかと歩いて来た。仲彦は車の内部をうかがった。もう一人同乗者がいるようであるが、ガラスの反射光でさえぎられて顔かたちを見定められない。

「かれこれ半時間も待ったかなあ。きみの車は置いてあるし、遠くへ行ったのではあるまいと思ってね。話をしたいんだよ」

仲彦はむっつりと行武の顔を見おろした。部屋に戻ったら、菊池省造の手記を整理する仕事にかかるつもりであった。山口の話を聞いた今、新しい興味がわいたところなのだ。有明企画の社長が、どんな用件で話したいというのか、ほぼ察しがついた。行武は仲彦にとり入るような作り笑いを浮べ、車の方をちらちら見ながら話しかけた。

「どうかね、今夜はひとつ食事でも一緒にして相談したいと思ってるんだが。最近、いい店が東小路町にできたんだ。とれたての魚を天ぷらにしてくれる、もう予約してあるんだよ」

「話があればここでうかがいましょう」

「きみも強情だなあ、おい」

行武はふっと作り笑いを消して目を細めた。自分のいうことを相手がきかない場合に、この男がよく使う手である。おおかたやくざか手形のパクリ屋とつきあう間、身につけた芸だろうと、仲彦は思った。笑いがこみあげた。その笑いを承諾と見てとったのか、行武は頬をゆるめた。

「きみも一人で晩飯を喰ったってまずいだろう。な、悪いようにはしないから。きみが経理にあけた穴についてはなかったことにしてもいい」

行武は階段の手すりに置いていた仲彦の手にぶ厚い手のひらを重ねた。片方の手を仲彦の腕にからませて車の方へ押しやった。経理にあけた穴とは、仲彦が有明企画の社員であった当時、商店連合会から一年契約の広告をとるために、接待費をつかい果したことをさしている。会の理事たちをもてなさなければ契約はとれないと仄めかされ、料亭や酒場で接待したのだが、結局一件も広告はとれなかった。きちょうめんに領収証をとっておけばよかったのだが、仲彦はそれをしなかった。金額は仲彦の二カ月分ほどの給料にしか当らなかったのだが、何かにつけて行武はそれを持ちだしてなじった。

（いいかね、領収証のない出費は経費と認められんのだ。子供にだってわかることじゃないか。税務署には何といえばいいんだよ。きみが行ったという店に関口君をやって領収証をかき集めたがね。それでも半分がとこ足りないんだ）

仲彦も半分の使途を詳しく思い出せなかった。理事たちをタクシーで送迎したり、土産を買うのにつかったことは確かだった。酔ったはずみに自分のために費消した額も含まれていたはずである。接待費をまるまるつかったことを責めはしない。一件でも広告がとれればきみの努力を評価すると、行武は伸彦を面詰したものだ。その間、佐和子は黙って下を向き、電卓を指で叩いていた。社長が部屋を出た直後、佐和子は顔を上げ、伸彦に目くばせした。髪を左右に払って声もなく笑いかけた。

……

車の内部には案の定、菊池省介がいた。

当惑とも歓迎ともつかない曖昧な微笑をたたえて伸彦を誘いこむように体をずらした。

「さ、さ、どうぞ」

行武は伸彦が逃げだすのを防ぐかのように後ろに立ちはだかり、身をかがめて車内をのぞきこんだ伸彦を、強引に後部座席へ乗りこませた。すばやく運転席に体をすべりこませ、車をスタートさせた。

「兄貴の仕事でお忙しいところなのに、どうも」

省介は「兄貴の」というくだりに力をいれて、ぎごちない咳をした。

「きょうはいい天気でしたな」

行武がわざとらしい陽気な声で後ろに声をかけた。

「ああ、夕べは冷えたからね。寒《かん》の夜は明けて晴れと土地の百姓はいうとるよ」

「ほほう、寒の夜は明けて晴れ、ね。何かのＣＭに使えそうな文句だな。百姓の知恵というものは月にロケットが飛ぶ時勢でもバカになりませんよ。ねえ、社長」

「まあな」

菊池省介は鷹揚に相槌をうった。

「〝むら竹〟のおかみはね、社長をつれて来るといったら喜んでましたよ。市長さんに来てもらうより嬉しいといってましてね。商売がら口がうまい」

「〃むら竹〃はきみが名づけてやったんだってな」

省介は細身の葉巻をとりだして仲彦にすすめた。仲彦がことわって自分の煙草をくわえると、あっさりひっこめてかわりにライターをさしだした。車は街の中央通りを抜けて、かつて遊廓があった一帯のせまい通りに這入った。

「わが宿のいささむらたけ吹く風の、ですよ社長。万葉集にあるでしょう。大伴家持の歌、あれからとったんです。伊佐の高級料亭には由緒ある名歌からとった言葉でなくてはならないとおかみに説明してやったら感心するまいことか。ちょっぴり面目をほどこしました」

「面目と来たか。いくらもらった」

「へへ、お見通しですか。心付ていどはね。ただでは気がすまないとおかみがいい張るもんだからやむなく」

「音のかそけきこの夕べかも」

「おや、よくご存じで」

「おかみは下の句を知らなかったんだろう。知ってたらためらっていたかもな。音のかそけき、じゃあ縁起が悪い」

「気にしない、気にしない」

「あんたもやるねえ」

掛合漫才に似た二人のやりとりを傍で聞いているうちに、車は水を打った門の前に着いた。絵提灯を吊した庭木が白塗りの土塀ごしに見えた。門のかげから走って来た若い男が行武と入れかわりに運転席にすべりこんだ。和服姿の中年女が踏み石の上で腰を折った。折りながら顔だけは三人を見ている。

「お待ち申しあげておりました」

菊池省介は床の間を背に脇息にもたれた。

省介と向いあって座った仲彦の隣に座を占めた行武は、腰をおろすやいなや立ちあがって廊下に出て行った。渡り廊下を経て三人が通されたのは六畳の離室である。ふるい武家屋敷のところどころに手を入れて料亭としたものらしい。仲彦を前にして省介は視線を合せず、落着かない目付で室内を見まわした。行武はすぐに戻って来た。障子の間から顔をつきだして、「ビールにしますか酒にしますか」ときく。

省介はうんざりした面持で、「そんなことは女中が来たときに決めたらいいだろう。きみは何かい〝むら竹〟じゃ仲居の代りをつとめる気かね」といった。

「ほい、これはしたり。私としたことが」

「行武君、いいかげんにしないか」

仲彦は佐和子がここで待たされているのではないかと、懸念していたので、三人だけの会合とわかった今、ほっとした。妙にはしゃいでいる行武の言動も仲彦の緊張をほぐすのに力があった。おかみが女中をしたがえて挨拶に来た。まもなくビールが運ばれ、皿小鉢が膳に並んだ。

「伊奈さんにはご足労ねがって。ま、とりあえず乾杯といきましょう」

省介はおもおもしい口調でそういって、グラスをかるくさしあげた。障子にはたそがれの色が映っていた。建設会社の社長らしく振舞うことに努力し、いつのまにかそれが身についた男は咽喉を鳴らしてビールを飲み干した。行武は四十五、六歳のはずである。この男が省一郎の弟より八歳は年長でいて、しきりにご機嫌をとっているのが仲彦には興味深かった。省介にとり入るにはそれだけの見返りをあてにしているに決っている。うまそうにビールを飲んでいる行武を横目に見やって、仲彦は自分のグラスを口に運んだ。

省介がついだビールは苦かった。

「夏場はビールが一番というけれども、冬だってやはりなんともいえませんな」

行武は重大な真理を告げるかのようにおもむろにいった。

「おっと、失礼」

伸彦がつごうとしたビール壜を目ざとく見つけて行武はグラスを満たした。「ゆき届きませんで、今夜は伊奈さん、あなたがお客だから」

伸彦は黙りこくってビールを飲んだ。省介と行武は合せた視線をじきにはずした。

「兄貴もおたくに厄介な仕事を依頼したもんですな」

今度は「厄介な」に力を入れた。伸彦が返事に窮して省介の顔を見返したとき、行武が口をはさんだ。

「伊奈さんには適役じゃあなかったのかな。外まわりをして広告をとって歩くより楽な仕事なんだし」

余計なことをいうといわんばかりに省介は行武をにらんだ。行武は省介の視線に気づかないようだった。たてつづけにビールをあおりながら菊池省造の戦記ができあがるのは愉しみだといった。

「もうそろそろじゃないですか。ほぼめどがついたでしょう」

省介は箸でフグの刺身を掻き寄せ、七、八切れを口に頰張った。目鼻立ちも顎の形も弟は兄と似ていなかった。面長な省一郎は父親似らしい。角張った顎、薄い唇、細い一重目蓋の下で光っている小さな眼などは、どれをとっても省一郎と共通の特徴ではなかった。しかし、うつむいている顔の、明りからは影になった頰からおとがいにかけては、省一郎とそっくりだった。

行武はフグ刺しを一切れ箸でつまんで口に入れ、大げさに唸った。

「高麗青磁の大皿に盛られたフグの白さが何とも目にしみますなあ。おかみは客が客だから容器にも気を配ったんだ。ええ、きっとそうですよ」

省介の眉が吊りあがった。顔を伏せたまま上目づかいに行武を一瞥した。当の本人はいっこうに気づかない。刺身の色艶を見ると処女の肌を連想するだの、フグの肝は猛毒といわれているけれども体質に個人差があって、アタル人間とアタラナイ人間がいるそうだのとしゃべった。

「行武さんよ、おたくはだいじょうぶの口じゃないかね」

「だいじょうぶというと?」

行武は刺身をつまみながら省介とにが笑いしている伸彦に目をやった。

「板前にいって肝をとり寄せようか。あんたは特異体質じゃないかと思うよ。フグの毒を張消しにするくらい強い肝臓を持っているだろう」

「へへっ、きついご冗談を」

首尾よく道化を演じた満足感が行武の顔に拡がった。省介はみるまに大皿の半分ほどの刺身をたいらげ、片肘をついて、ふうっとためいきをついた。

「伊奈さん、兄貴の仕事が終ったらどうするんです」

「さあ」

「さあといわれるのは、まだ次の仕事がないとうけとってよろしいのですな」

伸彦のグラスに省介はビールをついだ。当面の仕事に没頭しているので、次の仕事を考えるゆとりなぞないのだと、伸彦は答えた。

「兄貴はついこのあいだまで、あなたを社に入れたがっていました。篠崎さんの娘婿だからという理由じゃありませんよ。菊興商事も業績が上って人員を拡充する必要が生じたからです。頭数を揃えるのじゃない、仕事ができ、信頼に値する人物となるとざらにいるものじゃありませんしね。思うに、これはぼくの独断でまちがっているかもしれないが、兄貴がおやじの手記を本にするためあなたを雇ったというのは表向きの口実で、手記なんかどうでも良かったんだ。あなたという人物が使いものになるかどうか確かめてみたかったんだと思いますよ」

「なるほど」

伸彦はきょう二人に出会ってから初めて味わう意外感を言葉にした。省介の指摘が独断であると考えられないでもなかったが、そういう可能性を考慮したことはなかった。作り笑いは省介の顔から拭われたように消えていた。曖昧さのない決然とした表情で省介は正面から伸彦を見つめた。

「あなたが兄貴の下で働くことについて私に異存のあるはずがない。ところが社内でとやかくいう輩が出てきましてね、おやじの代からいわば子飼いの社員が、気心の知れないよそ者を入れるのは面白くないといいだしたんです」

伸彦は彼らの気持はよくわかると省介にいった。

自分はどうしてこんな所にいるのだろうと、伸彦は思った。久しく忘れていたあの親しみ深い感覚である。子供のときからそうだった。〝むら竹〟に来たのはふしぎでもなんでもない。行武に誘われたまでである。むり強いされたので断わるのが面倒だったということがある。いるべくしている所で、省介の話を聞いているのだが、もう一人の伸彦が別にいて、伸彦自身を見つめている。有明企画の社員であった当時、伊佐市の商店をめぐり広告をとって歩いているとき、店主と話をしているさいちゅうに彼自身の外にもう一人の伸彦がいて冷やかにその交渉を観察していると思うことがあった。

東京で働いているころも同じであった。

物事にしんから熱中できないのは、そういう自分の性癖によるのではないかと、考えたことがある。仕事に没頭しようとして半ばうまくいきかけたとき、必ずもう一人の伸彦がかたわらに現われて嘲るような視線をそそいでいる。

（どうかしたの）

有明企画が発行している「タウン伊佐」という月刊誌の割付や校正をしている伸彦に、佐和子が問いかけた。伸彦が赤鉛筆を手にぼんやりとあらぬ方を見ていたからというのであった。一度や二度のことではなかった。（もしかしたら）と伸彦は思うことがある。仕事にかまけている自分を見つめているもう一人の自分が本当の自己ではないか。

（おまえは一体そこで何をしているのか）省一郎から頼まれて三好美穂子に会ったホテルの廊下でも同じ問いが来た。内心に時として生じるうつろなものの中に、本来の自分が存在するのだろうかと、伸彦は考えた。うつろなものを意識しなかったのは、十九歳のころ武山の教育隊ですごした二カ月だけだ。まったく意識しなかったわけではないが、夏草に覆われた営庭で、歩兵としての基本訓練をうけている間は例の奇妙な感覚に悩まされることが少なかった。七月の太陽にあぶられた小銃や機関銃の銃身は、素手で握れないほどに熱かった。

M1型ライフルを手に二百メートルのコースを四通りの姿勢で匍匐前進し、次の百メートルを仮設敵の標的めがけて突撃の早駆けに移る。入隊前は築地の魚市場で働いていて、大抵の荒仕事には慣れていた少年も、この突撃訓練を二回くり返すと、魚市場の方がましだったと、ぼやいた。昭和三十二年当時は、自衛隊の下級幹部に旧軍の経験者がざらにいて、仲彦の区隊長は予備士官学校の卒業生であり、中隊の先任陸曹は中国大陸から復員した元軍曹であった。

あるいはと、仲彦は思う。かくべつ自衛隊が好きでもない自分が応募したのは、日ごろ彼自身を悩ませるもう一人の自分の冷たい目を忘れるためではなかったろうかと。自分がここに確実に存在するということを、何の疑いもなくうけ入れたかったのではあるまいかと。二カ月間は座学と訓練のうちにすぎ、新しい任地へ配属されると、またぞろ仲彦はもう一人の自分を厭でも意識するハメになった。彼の内部にあったうつろなものは、過度の肉体的疲労によって一時的に忘れられていたにすぎなかった。

英子もそのことに気づいている。

結婚して半年あまりたったころ、窓のカーテンを取りかえることで口論をしたのがきっかけだ。生地も柄も選んだのは英子であった。仲彦が新しいカーテンを気に入らないようだと英子はいった。そんなことはないと仲彦は抗弁した。(たかがカーテンだろ。何を選ぼうときみの勝手だよ)(だって、あなたは厭な顔をしたじゃない。わたしにまかせておくといったくせに。それなら初めから自分の好みをおっしゃればいいんだわ。あなたの厭なカーテンをこしらえて、わたしだけいい気でいられると思って)(ぼくが厭な顔をしたかい)(したわよ。顔にちゃんと出てるわ。カーテンのことだけじゃない。絨毯や戸棚を買うときだってそうだったわ。まえまえから考えていたことだからこの際いわせてもらうわ。わたし、なぜ、あなたが厭な顔をするのか見当がついてるの。あなたは家具や食器や敷物とかいうあたりまえの生活に要る物を揃えるのが億劫な人なのよ。そうだわ。あなたは何もかも仮りの生活なの。仮りの暮しには絨毯だの家具だの、いい物を揃える必要がないんですものね）

仮りの生活だとは思っていないと、伸彦はいった。

英子はハンカチで顔を覆った。

（怖しいことを聞いたわ。あなたからその言葉をうかがうまでは、仮りの生活なんかじゃないときっぱり否定して下さると信じてたの。その言葉をあなたの口から聞いて確かめたかった）

否定したじゃないかと、伸彦はいった。

（ええ、口ではね。ところが……）英子はすすり泣いた。伸彦の言葉をじっさいに聞いたとき、彼が否定したのは実は肯定だと思う他はなくなったのだと、英子はいった。（そんなばかなことが）伸彦はいらだった。（わかるのよ。女だからわかるの。聞かなければよかった。わたし、とんでもないことをいってしまったわ。じゃあ、ついでだからわたしにもいわせていただくわ）

英子はハンカチを膝の上で折り畳み、手のひらできつく押えてその皺をのばした。大きく息を吸って彼を見すえた。何かいいかけたが、思い直したように口をつぐんだ。いいたいことがあればいうがいいと、伸彦は促した。

（やはり、よすことにするわ。いったら後悔するにきまってるんですもの）

（そこまでいって先をいわないのはどうかと思うよ）

（でも……）英子はなおもいいよどんでいる。大儀そうに腰をあげて台所へ行き、冷たい水で顔を洗って戻って来た。伸彦は読みさしの夕刊をとりあげた。元の場所に座った英子は、新聞をめくっている伸彦にじっと視線をそそいだ。彼が煙草をくわえてライターに手をのばしたとき、（わたしの考えていること聞きたい？）とたずねた。

（いいたくなければ聞かなくてもいい。いいたけりゃあ聞くさ。どちらでもいい）

（じゃあ、いうわね。どちらでもいいがあなたの口癖だわ。それをうかがって決心がついたの）

仲彦は（どちらでもいい）が自分の口癖であるとは、指摘されるまで知らなかった。煙草をくゆらしながら、新聞記事を目で追っていたが、内容は頭に入らなかった。英子がいつになくヒステリックなものの いい方をするのは生理が近づいているせいではないかと考えていた。（いうわね）とは口にしたものの英子はそれから二分あまりためらって、ハンカチを拡げたり畳んだり動作を続けた。

（怒らないで聞いて下さる?）

仲彦は新聞をわきへ投げすてた。思わせぶりな口をきいて一体どういうつもりだ。声がつい高くなった。英子の顔が蒼白に変った。

（あなたは、あなたは抱くでしょう。わたしを。なぜなの）

英子は唇をふるわせた。頬がけいれんしている。仲彦は意外な質問に呆然とした。（なぜって、そりゃあきみ、ぼくはつまり……）

（なぜ、わたしを抱くかとたずねているのよ）

（あたりまえじゃないか）

（夫婦だから）

（……うん、まあ、そういうことになる。しかし、きみがぼくに向ってなぜときくのもおかしなもんだな）

（あたしねえ）英子はため息をついた。仲彦から視線をそらし、畳の縁を見つめた。（わたしのきき方が悪かったかも知れないけれど、きかずにはおられなかったの。初めからそうじゃないわ。以前は抱かれるのが嬉しかった。最初のころだけは。わたしはこの人に、あなたのことよ、わたしはこの人に愛されていると思って安心したの。当然でしょ。だけれど、このごろ、ふっと、違ったことを感じるの。わたしを抱いているのがあなたじゃないみたいな。誰かあなた以外の別の男の人のような。かん違いしないでちょうだい。わたしには他に好きな男性はいないわ。わたしの方がどうかしていると考えたの。いけないことだと。でも、どう仕様もないの。確かにわたしは抱かれて

いる。でも、いったい誰に？　わたしを抱いているあなたの他にもう一人のあなたがいるような気がして仕方がないの）

英子は話すにつれて語気が弱々しくなった。いいたいことをいい尽してしまうと、隣室にとじこもった。嗚咽する気配が襖ごしに伝わって来た。伸彦はもくねんとして煙草をふかした。その晩、英子は伸彦を求めた。二人がようやく眠りについたのは、窓が白み始めたころだった。

「時代は今や変りつつある。ニュー・エイジの到来ですよ。新幹線のターミナル、県庁の移転、県央中核工業団地が造成される、九州横断道路がわが町を通る。まだあります。伊佐空港が国交開けた中国大陸へ通じる国際空港に昇格することも時間の問題です。時代の動きに先代社長の腹心は鈍感というより無関心なんですわ」

行武はかなり酔っていた。省介と伸彦を等分に見やってまくしたてた。

「そりゃね、現社長の気持というか苦衷も察しがつかないではありません。なんといってもあの連中は菊興商事の創設期から艱難をともにしたんですからな。会社が朝鮮戦争後のひどい不況でつぶれかかったとき、先祖代々伝わった手持ちの山林を売り払って、銀行取引が停止させられた社に資金をつぎこんだ人がいましたっけ。あれは常務の徳永氏でしょう。菊興の株は少く見つもって四割をあの連中が握っている。現社長の持株より多いんじゃないんですか」

「きみ……」

省介は目顔で行武をたしなめた。酔いがまわった行武は、苦りきっている省介を意に介さないふうだ。

「今の社長はですな、新時代に即応すべく就任したあかつきには思い切った人事の刷新をはかりたいという抱負をもれうけたまわりましたよ。草創と守成といずれが難き。これはむずかしい問題です。しかし現実は、守成に徹することを許さない。菊興はもはや一地方都市の小企業をもってべんべんと甘んじていられる情勢ではない。そこの所が重役たちにはわかっとらんのですわ」

　行武は目がすわっていた。

「伊奈さん、まあ一杯」

　省介は行武を勝手にしゃべらせておいて伸彦に酒をすすめた。自分としては是が非でも、菊興商事に入社したいという気持などありはしないのだと、伸彦はいった。そううけとられているのであれば、いい機会だから明瞭にしておきたいとつけ加えた。行武は伸彦の言葉を聞いていなかった。

「総務の綾部氏が伊奈さんを採用するについてとやかくいったそうですな。彼には人を見る目なんかありゃせんのです」

「行武さんよ、酒が足りなくなったようだ」

　省介のこめかみに蒼い筋が浮きあがった。行武は「酒なら持って来るように電話でいいつけましょう」と床の間へいざり寄ろうとした。

「きみがおかみの所へ行ってくれ」

「あたしが」けげんそうに省介を見返した行武は、省介の気持がわかったのかそそくさと部屋を出て行った。省介は行武の乱れた足音が廊下の向うへ遠ざかるまで黙りこんだ。行武を追い出して、二人きりで話したいことがあるのだろう。膳に伏せていた目をあげて省介は話を始めた。

　T岳の中腹に、カトリック系の修道院が経営する病院があって重症心身障害者を治療している。用便もままならず、ほとんどが半身不随の患者である。入浴させるには看護人が抱きかかえて風呂にはいる。なかには兇暴な患者もいて、看護婦に乱暴をはたらくのもいる。看護人を襲うのもいる。だから病院の職員で二年と続いた者はいない。伸彦は省介がいう修道院を知っていた。有明企画をやめてぶらぶらしていたとき、T岳へ登ったことがあって、通りすがりにくすんだ赤煉瓦塀をめぐらした古めかしい建物を見た。

「重富の若先生から聞いた話ですがね伊奈さん。あれほど看護人のなり手がなかった聖ルチア園に、雇われたいといって来るのがひきも切らないそうですよ。庶務係の机には履歴書が山ほど積んであって、人選に苦労しているのが現状です。造船関係が中高年層をどしどし整理しているでしょう。看護人の希望者は長崎や佐世保の造船所をクビになった連中ばかりだそうです。たった三人とるのに応募者が二百人」

ざっと七十人に一人の採用率だと、省介はいった。

菊興に入社したいと思っているわけではないといった伸彦の言葉を、相手はまったく信じていなかった。中年男の再就職がどんなにむずかしいかをくどくどと説明することで、菊興へ入るには自分の推挙がぜひとも必要であるとわからせたがっているようであった。ということは重役たちの反対を彼なら押し切ることができるという仄めかしでもある。話題を就職のことにのみ限定した相手の肚も伸彦には察しがついた。おまえのためにこれほど骨折ってやるのだぞといって、伸彦が諦めなければならないものを言外に指摘しているのである。

省介は目を光らせて伸彦を見ている。自分には仕事があるから、これで失礼したいと、伸彦がいい、腰を浮かせかけたとき、行武が戻って来た。両手を拡げて伸彦の前に立ちふさがり、今夜はつきあってもらわなくては困るといいたてた。

「けれど話のあらましはもう聞いたから」

「わたしが席をはずしている間にどんな話が進行したか知らんが、これからきみをつれて行きたい所がある。ねえ社長、伊奈さんを引合せたい人物がいる。仕事仕事というが年の暮に働く道理はないよ。今夜はぱあっと愉快にやろうじゃないの。かたいことはいいっこなし」

女中たちが銚子を運んで来た。省介は行武をもてあましているらしかった。女中にタクシーを呼ぶよう命じ、酒場〝ドン〟へ先へ行って待っているようにといい渡した。「このわたしに水臭いことをおっしゃいますなあ」とぼやきながら行武は飲み足りなさそうな顔付で離室から姿を消した。省介の肚づもりは、行武に伸彦を〝むら竹〟へつれこませることだけであったようだ。

「単刀直入にいいましょう。ぼくはあなたに兄貴の下で働いてもらいたい。理不尽な提案ではないと思っています」

「ぼくの能力を買いかぶられては困ります。有明企画でも西海印刷でも、ぼくがどんな社員であったかは、今さらいうまでもないでしょう」

黒いゴム引きの作業衣を着て、脳性麻痺の少年を抱きかかえ、浴槽に浸そうと躍起になっている自分の姿を想像した。

「兄貴は妙な、いや独特のというべきか人を判断する基準を持っていましてね。文章が書ける人間は仕事もできるというのです。稟議書だの起案書については、あれでもうるさいんですよ。西海と有明でどんな仕事を伊奈さんがしてたか先刻承知です。兄貴は伊奈さんが書斎を出て行ってから、書き直されたおやじの原稿を熱心に読んでいたようです。知らなかったんですか。文章にうるさいのはおやじゆずりなんですかな。おやじときたらぼくの学生のときから作文やリポートに目を通して文章が体をなしていないと口やかましく文句をいったもんです。兄貴はぼくにくらべてお覚えがめでたかった。失礼、つい余計なことに話が脱線したようですな」

父は俳句一つ作ろうとしない無風流な男だと、省一郎がいったのを伸彦は思い出した。してみれば、あれは反語だったのだろう。省一郎がそういういい方をする男だということを今、知ったわけだ。その癖は省介にもあるのではないか。（あなたが篠崎さんの娘婿だからという理由じゃありませんよ）と目の前にいる男はさっきいった。J銀行支店長の娘婿という立場を伸彦は伊佐市で暮すようになってから、さほど考えに入れていなかった。省介が弁解がましくいったその言葉がにわかに伸彦の気にかかった。人は往往にして否定形で本心をもらすことがある。

伸彦はまだ省介の真意をはかりかねた。よそ者を社へ入れることに反対する重役連がいては、どうにもならないではないかと省介に指摘した。

「実はそこなんですよ。おやじがビルマの何とかいう戦場、ええとあれは……」

「コヒマでしょう。インパールの北にあった町です」

「そうそう、コヒマといったっけ。二カ月あまりコヒマで戦って、弾丸も食糧もなくなったので撤退することになりました。小隊長になっていたおやじは、太腿と肩に重傷を負って歩ける体じゃなかった。ところが師団長命令とかで、負傷兵は全員つれて帰れということになったそうですな。ひとくちにつれて帰れというのは易しいが、おやじの話では一人の負傷兵を担架で運ぶには四人の兵隊が要る。交代を入れると計八人。負傷していない兵隊だって飲まず喰わずで戦ったんですからな。戦友の足手まといになるのを厭がって手榴弾で自決する負傷者が続発したそうです。おやじも自決しようとしたが、幸い手榴弾が発火しなかった。当時の部下に芹尾という准尉がいましてね。彼がおやじの拳銃や軍刀をとりあげ、自殺させないためです。兵隊を督励して後方へ下げた。芹尾は今、菊興の常務になっています」

百二十四聯隊はG島を撤退してブーゲンビル島で休養し、ラバウルに引揚げ、昭和十八年五月末その地を発って六月十五日サイゴンに上陸した。G島で戦歿した将兵の慰霊祭はサイゴンで催された。兵員の九割をG島で失った聯隊には、新たに千二百名が送りこまれた。福岡、久留米、小倉、大村で編成された補充兵である。聯隊長として島根県出身の宮本薫大佐が任ぜられ、第三十一師団通称「烈」兵団の指揮下に入った。G島で全滅にひんした百二十四聯隊はふたたびG島にまさるとも劣らない苦戦を強いられることになる。

省介は会社の内情を説明し、菊興建設の新規事業についてもとくとくと語った。伸彦は省介の話をほとんど聞いていなかった。これまで渉猟した各種戦史で、「烈」兵団の運命は知っている。瀕死の重傷を負うた菊池省造が担架で運ばれるさまを想像した。昭和十九年六月、ビルマは雨期に入っている。雨の降りしきる密林内の道路は、膝まで没するぬかるみと化していた。泥から脚を抜くことができず、立ったまままこと切れている兵士もあった。雨がやむと、上空には英軍機が飛来して爆弾を投下し、機銃で掃射する。

（おれたちは帝国陸軍でいちばんツイてない聯隊だ）と兵士たちはぼやいた。G島で敗れた百二十四をビルマに派遣したのは、大本営の意向である。敗北した軍隊を内地に帰還させると、国民の士気がおとろえる。防諜上の理由もあったといわれる。同じくG島で戦った第二師団もビルマへ投入された。当時、兵隊がいいかわした言葉に（ジャワは極楽、ビルマは地獄、生きて還れぬニューギニア）というのがある。事情はまさしくその通りであった。菊池省造と重富兼寿はともに六十二歳である。じっさいの年齢より十年は老けて見える。二つの苛烈な戦場で傷つき病んだせいとしか思われなかった。

翌日、伸彦は正午すぎに目ざめた。

上衣がドアの前に落ちている。ズボンははいたままであった。頭の芯が棘でも埋めこまれたように疼いた。身につけている物を全部脱ぎすて、新しい肌着の上にパジャマを着た。きょうは外出するつもりはなかった。歯ブラシを口へ入れたとき、胸がむかついた。みぞおちのあたりに痛みを感じた。食欲はまったくなかった。パジャマの上にどてらを羽織り、電気炬燵に下半身をすべりこませた。省造の手記と原稿用紙が拡げたままになっている。

伸彦は右乳の下に手のひらをあてがった。鈍い痛みを覚えた。昨晩は〝むら竹〟を省介と一緒にタクシーで出て、行武が待っている酒場へ行き、十二時まで飲んだ。釘宮がいた。多々良政幸がいた。伸彦と会わせたいと行武がいった人物である。省介は多々良を先生と呼び、親しげに談笑した。伸彦は何のために自分がこの代議士と引合せられたのか、さっぱりわからなかった。省介は伸彦のことを兄の秘書として紹介したようだった。釘宮はカウンターの端にもたれていて彼らの話に耳をそばだてていた。

行武はへべれけに酔っ払っており、ろれつのまわらない舌で何かくどくどと酒場のマダム相手にしゃべり続けた。〝ドン〟を後にして二、三軒のみ歩いたようだが、行武はいつのまにか姿を消した。釘宮はさいごまで一行につきまとった。勘定を支払ったのは省介だったと思う。頭痛はいっこうにおさまらない。断続的に嘔き気がした。異様な臭いが漂ってくる。部屋のすみに脱ぎすてたシャツ類が発する臭いのようだ。

仲彦は浴槽に水を入れた。体を動かすつど頭が痛んだ。シャツと下着を洗濯機にほうりこみ、湯が沸いたところで浴槽に身を沈めた。最初に這入った〝ドン〟では、一行から離れた所にいた釘宮が、次の酒場では四人のテーブルについて、行武をからかったり、省介をおだてたりしていた。多々良とはあたりさわりのない話しかしなかった。その場の情景が断片的に仲彦の目によみがえった。

脂ぎった顔をてらてら光らせてホステスの胸もとに手をさしこもうとしていた行武。笑みを絶やさずに、しかし目だけは鋭く光らせて四人の男たちへかわるがわる話しかけた釘宮。多々良は行武と釘宮を無視していた、省介が話しかけたときだけ耳を傾けるふりを装った。仲彦は黙って飲んでばかりいた。多々良は仲彦に対してどのような態度をとればいいのか迷っているふうであった。おざなりに仲彦の出身地をたずね、上京する機会があれば、永田町の議員宿舎へ寄ってもらいたいといって名刺をくれた。

話題は次期市長選挙のことになり、現市長が囲っていたホステスが噂にのぼった。新幹線のターミナルがどこになるか、伊佐空港が国際空港に昇格する時期、中核工業団地の拡張問題、郊外に新設されるニュータウン用の土地買収問題と、話は尽きなかった。多々良はさすがに代議士らしく、話がそれらの時期や資金のことになると肝腎の点では口をつぐんであいまいに言葉をにごした。そのつど、釘宮は仲彦に片目をつぶってみせた。

仲彦は浴槽のふちに後頭部をもたせかけた。きれぎれに浮んでくる昨夜の光景を反芻した。汗が顔からしたたり落ちた。湯はふだんより熱く沸かしている。体内のアルコオル分が汗とともに滲み出てゆくように感じられた。みぞおちの鈍痛がうすれたようだ。あれはどの店であったか、二軒めか三軒めの酒場でドアをあけて登場した客に、省介と釘宮が目をやった。二人がじっと見つめているので、仲彦もその男を見た。どこかで一度、会ったことがあるような気がしたけれども思い出せない。上背のあるがっちりとした四十代半ばの人物である。省介たちを認めて、愛想よく手を振った。彼らがいるボックス席には近づいて来なかった。三十代と二十代の青年たちがなだれこんで来て、その男をとり囲んだ。

釘宮が肘で伸彦のわき腹をこづいた。

（あれですよ、あの人物）

長身の男は榊原輝昭であるという。若い男たちは青年会議所の役員なのだそうだ。

どこかで見たことがあると思ったのも道理、榊原輝昭は市立図書館館長の弟なのだった。釘宮からささやかれて素姓が知れた。「市政五十年史」によると、大正の初めに榊原家の次男省吾が菊池家の婿に入っている。省造の父にあたる。してみれば、輝昭と省介は血筋において薄いつながりとはいえない。

伸彦は釘宮にその点を指摘したような気がする。そうではなくて、釘宮の方が伸彦に対して説明したようでもある。自制していたつもりでも、〝ドン〟を後にしたときは酔いがまわっていた。誰が何をいったのか、はっきりと記憶していられなかったのだ。

（血は水よりも濃い）

と口走った伸彦に、（血が濃いゆえに憎しみが強くなることもある）と釘宮はいった。省介は酒で乱れなかった。すくなくとも、酔いが顔には出ないたちのようであった。多々良に向ってしきりにグラスのお代りをすすめ、本人も平然としていた。

伸彦は浴槽から出て、冷水を浴びた。熱い湯に浸ったあと、しびれるほどに冷たい水を浴びるのは爽快だった。少しはものが考えられるようになった。頭痛と嘔吐感は嘘のように消えた。二度三度、たてつづけに水をかぶった。また浴槽につかり、今度はすぐにあがった。乾いたタオルで全身をこすり、肌着をつけた。快い空腹感が訪れた。そのときになって、省介が昨日、佐和子のことに全然ふれなかったことに初めて気づいた。

伸彦は英子が冷蔵庫に入れておいた重箱のおせち料理を食べて、朝昼の食事に兼ねた。

晴れわたった青空を窓ごしに眺めて、煙草を一服し終ったとき、ドアがノックされた。伸彦は居留守をきめこもうとした。きょうは誰にも会いたくなかった。ガスや新聞代などの集金人ではないはずである。返事をせずに、ノックの数を九回めまで数えたとき、「伊奈さん、榊原です」という声が聞えた。伸彦はドアをあけた。黒っぽい外套の襟を立てた図書館長がたたずんでいた。

「年末だから在宅されていると思いましてね。実は私、重富病院からこちらへ来たんです」

「真鍋さんが……」

榊原康弘は靴の爪先に目を落した。伸彦はセーターの上に上衣を着てアパートを出た。榊原が待たせていたタクシーに乗りこんでから伸彦は真鍋の病状をきいた。

「私がきょう見舞いに行きましたらいつもの大部屋にいませんでね、ベッドが空になっている。昨夜、個室へ移されたというんです。どういうことかわかるでしょう。肺炎で熱発、失礼、発熱のことです。軍隊の用語がつい出るもので、我ながらうんざりしてしまう。熱が高い状態が続いたでしょう。あれは心臓を衰弱させるそうですな。齢も齢だし」

「重富の若先生がぼくを呼んだのですか」

「若先生の意向でもあるし、真鍋さんの希望でもあります。うわごとにあなたの名前を呼んでいました。鶏のこともね」

「きのう、山口さんに会いました」

榊原は窓の外に視線を向けたままであった。考えごとに気をとられて、伸彦の声が聞えなかったのかもしれない。山口久寿男が会いに来たと、伸彦はくり返した。榊原はゆっくりと首をねじって伸彦を見た。

「ほう、山口さんがね」

「真鍋さんの戦友だそうですね」

「戦友、か。若い人の口からそういう言葉を聞くのは初めてです。山口さんがあなたにいったんですか。自分は真鍋の戦友だと。彼は一度も病院へ見舞いに行ったことがない」

「そんなことはありません。ぼくのアパートへ寄ったのは病院へ真鍋さんを見舞った帰りだと聞きましたから」

「なるほど」

タクシーは重富病院に着いた。二人は五階にある個室へ通された。看護婦が重富悟郎を呼びに行った。

「きょうは何日ですか」

真鍋吉助は思いのほかしっかりした口調で榊原に話しかけた。顔の下半分を覆っていた酸素吸入用のマスクをわずらわしそうに取りのけて、タオルで口のまわりを拭った。

「何日ですかって」

榊原は途中までいいかけた言葉をのみこんだ。真鍋は伸彦に骨の浮いた腕をさしのべ、しっかりと手を握りしめた。病人とは思えない強さであった。

「鶏のことは大丈夫ですよ。飼料店の人がちゃんと面倒を見ていてくれます。退院なさったら一言お礼をいわれた方がいい。卵もスーパーが引きとっているそうです」

つとめて快活に伸彦はしゃべった。個室へ移れたのは榊原のおかげだと、真鍋はいった。まえまえから大部屋を出たいと願っていたが、個室のベッドがふさがっているという理由で入れてもらえなかった。榊原に口を利いてもらえば、大抵の願いがかなえられる。真鍋は自分が個室に入れられた本当のわけを知らないのだ。重富悟郎が這入って来た。それとなく伸彦に目くばせして、首を横に振ってみせた。真鍋がはずしていた吸入用のマスクを再び元の所にあてがってやりながら、元気になりたければ医者のいうことに従うべきだとさとして言葉を継いだ。

「真鍋さんはいいなあ。二人も見舞客があって、年の瀬だというのに誰一人見舞いに来ない可哀そうな患者さんだっているんだよ」

真鍋は口をもぐもぐさせ、手を吸入マスクにのばした。重富はそれを制した。

「だめだめ、話を聞くのはかまわんけれど、しゃべるのは疲れるから。退院したら顎がはずれるほどしゃべっていいからね」

真鍋はうなずいた。部屋が翳った。榊原は音もなく窓を背にする位置へ歩みより、真鍋の視界外へ移っている。ベッドの男を見おろしている榊原の目から涙が落ちた。彼はくるりと窓の方へ向き直って、ポケットのハンカチを出し、顔を拭いた。伸彦は肩を叩かれた。重富悟郎が目で患者をさしている。真鍋は片手を床頭台にのばし、何かとろうとしていた。看護婦が水差しを手にして、咽喉が渇いたのかとたずねた。真鍋はかぶりを振った。人さし指で台の抽出しを示した。

「これですか」

看護婦は一冊の大学ノートを抽出しから取りあげた。真鍋は大学ノートにさした指を伸彦に向けた。

「看護婦のさしずをよく聞くんですよ。点滴針を勝手にはずしたりしたら、また大部屋に移しますからね。元気にならなければあなたの鶏が可哀そうじゃないの」

重富悟郎はベッドの枠に両手をつき、真鍋に顔をよせて優しくいいきかせた。

「また近いうちに来るよ。何かあったらいつでも私を呼ぶんだ。いいな。私にできることがあれば何でもする。来春は城山で梅の花でも眺めながら一杯やろうじゃないか」

榊原が重富悟郎の次に真鍋の手を握った。透明なプラスティック製の吸入用マスクは患者の吐く息で曇っていたが、唇がかすかに動いたのは見てとれた。「梅の花」と、真鍋はいったようだった。

個室を出て、エレベーターの前まで三人は黙って歩いた。榊原が口を開いた。

「持ち直すということは考えられませんか」

「体力が落ちてますからね。心臓にくるともう手のほどこしようがない。今夜が峠です。今日は大晦日でしょう。患者の意識がしっかりしているうちに一目会ってもらっておいた方がいいと判断したわけです」

「本人は体力の衰えを自覚していないようですね」

といった仲彦に、榊原がいった。

「それはどうですかな。自覚していたからこそ、あんな芝居をしたんだと私は思いますよ。真鍋さんはG島で仲間が大勢、死んでゆくのを見た男です。人間が死にぎわに何をいい、何をするものか知らない人物じゃない」

榊原の目は仲彦が丸めて上衣のポケットにつっこんでおいた大学ノートにそそがれていた。

「きょうは何日だときかれて、あなたが口ごもってしまわれたのはどういうわけです」

と仲彦は榊原にいった。

「いったでしょう。私はきょう二回、真鍋さんを見舞っているんです。初めのときも日付をきかれたので答えた。私がいったん引き返しておたくへうかがう間に彼は昏睡状態におちいったらしい。日付をたずねたのを忘れたのか、あるいは夜が明けて次の日になったかとかんちがいしたのかもね。私があなたをつれて来たのだと彼が悟ったら、先は永くないと知ることになる」

エレベーターのドアが開いた。榊原が先に乗った。重富悟郎が続いた。

「できる限りの手は尽したんですが、肝機能が年齢にしては低下しているので、どうしようもないんです。戦地でマラリア防止のためにキニーネを常用していたんですな。あれをやると肝臓に良くない副作用がある。父もそうですよ。榊原さんも用心なさらないとね」

「用心しろといわれたところで、何をすればいいんですか。命が惜しくないとはいわないけれど、遮二無二永生きしたいとは思わないんです。G島で私は一度死んだと思っています。あとは余生みたいなもんです」

榊原の口調は沈んでいた。兵隊仲間を失うのは淋しいものだとつけ加えた。アメリカの俘虜収容所から戦後、内地へ復員してみたら、自分のためにりっぱな墓標がたっていたと、榊原はいった。

「墓をとりこわすようにすすめた人もありました。私はそのままにしています。昭和十七年十二月十五日、G島に於て戦死、功五級勲七等故陸軍中尉榊原康弘、戒名まで刻んでありましてね。義烈院忠款勇往居士と来た。月並もいいところです。坊主は戦死者の戒名にヴォキャブラリーを使い果したのでしょう。似たような戒名がいくらでもありますよ」

榊原は自嘲ぎみに薄い笑いをうかべた。戒名を変更しようとは思わないのかと、重富悟郎がたずねた。帰国直後は変えようとしたが、今となってはどうでもいいことだと考えるようになったと、榊原は答えた。真鍋吉助にも墓がたっていたのかと、伸彦はきいた。

「ええ、しかし彼は縁起でもないといって取りこわしたといってました」

二人は病院の受付で重富悟郎と別れた。真鍋には身寄りがないと聞いているけれども、死去した場合、墓は誰がたてるのだろうという疑問を、伸彦は榊原と肩をならべて歩きながら口にした。

「入院した彼の世話をしてくれるほどの身寄りはいません。重富さんの話では、彼を見舞ったのは私と伊奈さんだけ、いや、山口氏もとあなたがおっしゃった。その程度です。でもね。彼は工業団地の中央にわずかながら土地を持ってるでしょう。死後には必ず我こそは故人の財産を相続する正当な権利があるといって名のりをあげる遠縁の者が現われますとも」

伸彦はそれを知りたかったのだった。病院から自分を呼びに来てくれた労に礼をいって伸彦は十字路で榊原と別れた。

「伊奈さん」

数歩、行きすぎた所で伸彦は呼びとめられた。榊原は外套のポケットに両手を入れて元の場所に立っていた。

「あなた、どう思います。戦争はまるでなかったみたいですな。このごろの若い人は、三十数年前に我々がした戦争のことを忘れているんじゃないんですか。あと十年かそこいらで、兵隊はみな死んでしまいます。戦争なんか起りはしなかった。後世の歴史家がそう書いても日本人は信じるのではないかな」

榊原は真顔だった。

それは考えすぎというものだと、伸彦はいった。

「老人の世迷言ですか。私はこのごろしきりにそう思えてならんのです。戦前の日本と現代の日本と比較して、何が変っています。何も変ってやしません。時代は悪くなる一方です」

榊原は造花と色とりどりのテープで飾られた歳末の商店街を眺めた。見知らぬ町で迷い子になった小児のような表情であった。菊池省造の書いたものを本にする仕事にかかっていると聞いたが、いつごろ完成する見こみなのかと、榊原はたずねた。自分の知っていることで参考になることがあればいつでも役に立ちたいともいって、自宅の住所を記した名刺をくれた。

「戦争はね伊奈さん。じっさいに銃弾の下をくぐった者でなければわからないところがあります。百の記録に目を通してもつかめない戦争の真実があるんです。知るべき価値のない真実。今の若い人には二度と経験してもらいたくない。どうやら矛盾したことを私は申しあげているようですな。真実という言葉がふさわしくないようだが、それ以外に表現のしようがないから。つまりね、戦争というものは人間を堕落させるのです。実戦に参加したことがない人にはそれがわからない」

堕落という抽象的いい方ではどういうことかわからないと、伸彦はいった。いずれ近いうちにぜひ話をうかがいたいといって別れた。伸彦はしばらく歩いて振り返った。榊原はまだその場に突っ立って彼を見つめており、伸彦が顔をひねったせつな、あわてたように背中を向けて歩み去った。

アパートへ戻った伸彦は、真鍋吉助がくれた大学ノートを開いた。

第一ページは飼料代を計算した数字で埋められている。ボールペン書きの乱れた書体が目に映った。鶏舎を保温する重油代、電気代、アルバイトの学生に支払ったと思われる日当、鶏卵の相場、スーパーの売り値などが書きつられてある。二ページめ、三ページめもそうだった。年度末の確定申告にそなえてか、今年の収支についての心覚えらしい数字も読みとることができた。ページはやがて空白になり、十ページめからはまったく別の文章が始っていた。

「一兵卒、真鍋吉助物語」と題されている。

仲彦は榊原がいった言葉の正しかったことを知った。本人は死期が迫っているのを覚悟していたのだ。ボールペンの痕はところどころかすれて滲み、いったん書いた文章の上に棒線を引いて抹消した箇所もあって読みにくかった。真鍋吉助は病床で自分の物語を綴ろうとしたのだ。仲彦は炬燵の上に拡げていた菊池省造の手記をわきへ押しやり、真鍋のノートを読み始めた。

「私は大正六年四月十七日巳年の生まれである。当年とって数えで六十一歳になる。出生地は伊佐郡奥野郷字輪内、先祖代々その地の一町三段を所有していた。曾祖父は伊佐公の家来である。私が六歳のときまで曾祖父は生きていた。父も祖父もすでにこの世を去っている。私も老い先は永くないだろう。過ぎ越し方をふり返ってみれば、自分は男子としていうべき事業を何一つしとげていない。平々凡々たる生涯である。世が世であれば、いくたりかの孫に囲まれ、何不自由ない余生を送っていて不思議ではないのであるが、今や老残の寄る辺ない身を病床に横たえ、明日をも知れない命である。凡人であるがゆえに諦めてはみるものの淋しさは筆につくせない。しかし、平凡ではあるが五年有余の軍隊生活は自分の心に強く刻みつけられている。G島における半歳は忘れようとしても忘れられるものではない。病床のつれづれに非才をかえりみず筆を持つ決心をするに至った」

第十七章

百ページの大学ノートは、ほとんど真鍋吉助の文字で埋められている。少からぬ精力を費して書いた物語と思われた。真鍋の死期を早めたのは、これを綴ったためではないかと、伸彦は考えた。熱をおしてペンをとるのは並大抵のことではない。看護婦に見つかったらとがめられるに決っているから、真鍋はおそらく就寝時間にこっそりと筆を走らせたにちがいない。字体はしっかりしていて、病人が書いたもののように見えなかった。

「今となって、あれをすれば良かった、これをしてはならなかったと、いってみた所で詮ないことであるが、曾祖父がつれづれに語り聞かせようとしたことに耳を傾けるべきであった。当時五、六歳の私にしてみれば、老人の昔話にはとんと興味がないのであった。子や孫はなおさらであったろう。したがって曾祖父は年はもゆかぬ私を相手に戊辰戦争に従軍したみずからの体験談を語ってうまなかったのである。伊佐公は佐賀鍋島藩の家中であった。明治元年、陸路数百里を旅して会津へおもむいた際の見聞や、江戸は上野で彰義隊と一戦をまじえたくだりなど事こまかに聞かされたのであるが、大部分は忘れてしまった。ただ、憶えていることが一つだけある。会津において組頭として先陣をおおせつかった曾祖父が、手兵をひきつれ、とある川を半ば渡りかけた折り、無人と見えた対岸の草むらにひそんでいた伏兵がいっせいに身を起して弓矢鉄砲をさんざんにあびせかけたという。手負い、討死に、数知れずであったそうだ。

援軍の到来によってからくも打ちやぶり、なおも進んでゆくほどに、道ばたといわず畑の中にも、わが方の矢玉にあたってこと切れた敵の鎧武者が仆れ、夏のさなかゆえ屍臭鋭く、息苦しいほどであったとか。味方を討たれた兵は、通りすがりにその屍体を足蹴にしようとしたが、曾祖父は叱りつけて朝敵といえども死したるのちは仏の身とて片手拝みに拝みつつ歩を進めた。いずれも人の子、親兄弟妻子ある人間同士ではないか。曾祖父は自分の膝に抱いたわが曾孫が、そのときから二十年とたたないうちに戊辰戦争の敗兵と同じ運命をたどろうとは、よもや思わなかったであろう。曾祖父がいくさをした時から七十四年後に私はG島で辛酸を味わうことになる。これをしも、歴史はくり返すということであろうか。万物の霊長といわれる身が、しのぎを削って殺しあう戦争というものは愚かさのきわみである。どんな大義名分があった所で、私は二度と戦場に立ちたくない。生まれかわることが出来るとしても、兵隊にとられるのであればこの世に生を享けるのは願い下げというのが私の偽らぬ心境である。曾祖父も同じ気持だったのではあるまいか。華ばなしい武勇譚など一つもなかった。いくさというものが、どんなにむごたらしいかを語るばかりであった。子や孫が真剣に聞いてくれなかったので、ずいぶん淋しい思いをしたであろう。もの心つかない幼児であったために聞き流してしまったのであるが、曾祖父の話は日本の黎明期に肥前の侍が何を見、何を考えて戦ったか記録するに足りる。ひるがえってわが身を思えば、小身といえども組頭格であって一隊の長であった曾祖父にくらべ、私は一銭五厘の兵隊である。ことさら記録にとどめる価値のある手柄を立てるどころか、虜囚のはずかしめさえうけている。このまま黙して冥途へ旅立つのが元俘虜の分というものであろうが、しかしながら物いわねば腹ふくるるの心地して、思いちぢに乱れ、あえてG島におけるいくさを綴ろうとするのである。私がG島で米軍の手に落ちたことは知らない者はない。しかし私は決して投降したのではなかった。この事実を書きつけ、明らかにしておかないうちは、死んでも死にきれない。曾祖父は一片の文章も残さずにみまかった。その話を憶えている者は私以外に誰もいない。私がいなくなれば曾祖父のいくさもなかったと同然だろう。私の書いたものを読んでくれるのは誰であろうか」

伸彦は立ちあがって明りをつけた。

戸外には夕闇が漂っていた。かすれたり滲んだりしているボールペン書きの文字をたどったために、目が痛くなった。真鍋の文章は前置きが長く、もったいぶっていて、肝腎のG島へいつ到達するのか、ていねいに読んでいるかぎり見当がつきかねるのだった。

(私の書いたものを読んでくれるのは誰であろうか)という一行が仲彦の心に残った。自分が真鍋の前に登場しなかったならば、このようなノートを書こうとは思い立たなかったはずである。あからさまに伊奈仲彦と指定していないために、かえって身を入れて読まなければならない義務感が生じた。

仲彦はポケットに小銭があるのを確かめておいてアパートを出た。近くの煙草店でハイライトを買い、そこの公衆電話を使って重富病院へかけた。真鍋吉助の病状を問合せた。聞き憶えのある看護婦の声が返って来た。今はよく眠っているという。仲彦はたのんだ。

「重富先生の手がすいていたら、出てもらえないでしょうか」

「しばらくお待ち下さい」

仲彦は受話器を耳にあてがったまま、ぼんやりと空を見上げた。西の山ぎわに固っている雲へ日が没し、その上に紫がかった光が拡がっている。空はよくみがかれた青い陶器の色を思わせた。茶褐色と灰色のスモッグで覆われた東京の空を見なれた目には、初めて目のあたりに見る冬空のようであった。

看護婦の声が遠のいたかと思えば近づき、やがて重富悟郎の声が耳に届いた。患者はずっと昏睡状態が続いていると答えたあとで、やや声を落して、「脈拍《プルス》が結滞してるんでねえ」といった。

「それはそうと伊奈さん、例のあれ見つかりましたよ」

「例のあれ……」

「たのんだ本人が忘れているんじゃあ困ってしまうな。おやじの原稿ですよ。なんとなく気になったもんだから休診日にあちこち探してたら、金庫にしまってあった。〝南十字星の下に〟というしろものでしょう。でもね、おやじの金庫に入れてあるから、持出すわけにはゆかんのです。焼却したのではなくて、保存してあるということだけひとまず教えとこうと思いましてね」

金庫は重富兼寿が用いている書斎と寝室を兼ねた一室に置かれている。体調が思わしくなくなったこの秋いらい、父親はめったにその部屋をあけたことがない。年末の大掃除にかこつけて外へ出したすきに金庫を調べて発見したのだといった。

「パラパラと読んで見たけれど、ありきたりの従軍記のようでしたよ。あんなものを本にしたって、どうということがないから西海印刷から引き上げたんでしょう。深い事情はないと思うんだが」

「だったらなおのこと他見をはばからなくてもいいじゃありませんか。今すぐとはいわないけれど、一度は見たいものだな」

仲彦は西の空と向いあって話をしていた。

雲を縁どった紅色の光は薄れつつあった。たった今まで空を満たしていた青紫色の微光は、たそがれの仄暗い闇に溶けこもうとしていた。一年が終る……とうとつに仲彦は思った。終るのは一年ではなくて、もっといろいろあるようだった。佐和子のこと、英子との生活、菊池家での仕事。しばらく茫然と暮れ方の冬空に目をやっていた仲彦は、重富悟郎の呼びかける声で我に返った。

「どうかしたんですか。急に黙りこんだりして」

「重富さん、今夜は予定があるんだろう」

「晦日の晩だから。でも、短い時間で良かったら外出できますよ。手伝いの医者が来てくれてるし」

仲彦は九時に酒場〝ドン〟で重富悟郎と会う約束をした。アパートへ帰るなり、真鍋吉助のノートを再び読みにかかった。長い前置きに反して、「一兵卒物語」は時間的な順序を追って書かれたものではないことがわかった。印象に強く残ったことを、真鍋は思い出すままに記していったらしかった。その意味でこれは、菊池省造の断片的な手記と共通している所があった。G島戦の経過をひととおり知っている仲彦は、ここは上陸直後のこと、これは第二次総攻撃後のことと、推察しながら読むことが出来た。初めて省造の手記に接した当時とくらべて、大きな相違である。

仲彦は聯隊が門司港を出発して各地で転戦したくだりの十ページあまりをとばし、G島に記述が及んだ箇所から読み始めた。


「夜になると蟹が動きだす。横たわっている兵隊の体の上にも這いあがってくる。払っても払っても取りつく。ある夜、いつになく蟹が多かった。皮膚に蟹の脚がもぞもぞすると妙に寝つかれない。一晩じゅう両手で蟹を追いやって、睡眠不足になったのであった。隣に寝ていた戦友も舌うちしながらどうして今夜は蟹が多いのだろうと、ぶつくさいった。朝のしらしら明けに、まわりを見て驚いた。海岸道から波打際まで、何万という蟹で埋めつくされ、いつもは白い砂浜も今朝は暗い紫色に変っている。おたがいの間隔は十センチあまりの密度で、人間が通ると横に避け、通りすぎれば元に戻る。ゆえに我々の足もとを中心に直径一メートルほどの円内だけは白い砂地がのぞき、人間が移動するにつれてそれを中心に白い円もゆれ動くのであった。あたかも暗い舞台に立つ俳優の動きをスポットライトで追うかのように。

南海の空は青く、折りからの朝日は光を樹々に投げ、万物は輝いている。にもかかわらず見わたす限りの浜辺は無数の蟹によってその太陽のまぶしいきらめきを吸いとられ暗紫色に沈んで見えた。これらは正午すぎには一つ残らず姿を消した。夜から朝にかけて蟹の大移動は、おそらく産卵のためと思われる。

私はいっとき戦《いくさ》の庭にある自分を忘れ、自然の摂理に思いをこらした。日米いずれが勝つにせよ、G島での戦いはやむときが来る。しかし、蟹どもは人間たちの争闘にはおかまいなく、年に一度この海浜を埋めて白い砂地を暗紫色に変えるだろう。

……………………………

砲撃は午前十時に始る。

時計を見たわけではない。分隊長がそういったのである。わが小隊でまだ動いている時計を所持しているのは、分隊長の上田伍長と小隊長菊池少尉のみである。私が出征するとき、父が記念にくれた精工舎の腕時計は、昨年九月上旬、Ｇ島に上陸したとき以来、故障している。海上機動ちゅうに潮水が入ったのであろう。今はそのガラス蓋をはずして火を起すレンズ代りに使用している。二回めの砲撃は午後一時半である。およそ二時間、榴弾砲と迫撃砲でアウステン山の中腹から頂上にかけてしらみつぶしにうちまくる。よくぞ弾丸が続くものと感じ入るばかり。四時までには終る。われわれはタコツボの底にうずくまり、どうせ命中するなら直撃弾をもろに受けたいものだと願う。破片で負傷してじわじわと死ぬのはまっぴらである。Ｇ島での負傷は死を意味する。

ときどき、のびあがって掩蓋の銃眼から山裾を監視する。

砲撃に膚接してアメリカ兵が山を登ってくることが稀にあるからである。もうもうたる爆煙で視界はせまい。壕にちぢこまっていると、すぐそこまで敵が接近して来ているのに気づかないでしまう。かつては樹木に覆われた山腹も、今はうち続く米軍の砲爆撃でいちめんに耕され、赤茶けた地肌がむきだしになっている。炸裂する砲爆煙のかなたに、ちらちらと動くものが見える。砲撃によってわれわれを壕の中にへばりつかせておき、山腹を攻略する意図であろう。一列になってゆっくりと登ってくる。約一ケ大隊。

〝敵襲〟

右隣のタコツボから声があがる。上田伍長も銃眼から見張っていたのである。

〝充分ひきつけておいて射て。無駄弾を射つな〟

後方の壕から声がする。

保有の弾丸はあますところ三十一発。補給は期待できない。

左隣のタコツボを占拠していた城山一等兵は、おとといの朝、点呼をしたとき冷たくなっていた。したがって私が受持つ防禦正面はその分だけ広くなったわけである。（きょうがおれの命日になるか）ふと、そう思う。

〝敵の指揮官を狙え〟

また後ろから声が来る。

〝承知〟

と上田伍長が答えた。陣前、百メートルまで、われわれは待った。敵兵の先頭に立った指揮官は、服装で見分けられない。兵と同じ身なりで小銃を持っているからである。日本軍のように軍刀や長靴のごとき将校らしい特徴がない。砲撃がやんだ。われわれはいっせいに射った。何人かの指揮官を倒したと思う。その場に伏せたり、弾痕にとびこむ兵は、勇敢な方である。わが方のいっせい射撃をあびたせつな、小銃をとりおとして腰をぬかす者、くるりと背中を向け、山を駆けおりる者さえいる。

しばらくして赤十字の印をつけた貨物自動車が山裾に到着し、担架をかついだアメリカ兵が登って来て死傷者を収容した。われわれは発砲をさし控えた。担架の数を目算して戦果を知ることができた。わが方の野戦病院が赤十字の旗をかかげているにもかかわらず、再三、爆撃されたことを思えば、報復として彼らを射ってもさし支えないが、あえて見のがすは武士の情というものである。

〝異状はないか。損害を報告せよ〟

菊池少尉の声がする。

〝上田、真鍋、甲斐、山口、鳥越……鳥越上等兵、どうした〟

私は壕の外に這い出した。小隊長が歩きまわってタコツボの部下にいちいち声をかけている。山口兵長の隣の壕にいた鳥越上等兵の返事がないのである。

〝鳥越はやられました〟

山口兵長が小隊長に答えている。攻撃のつど、かくの如くわが中隊は一人二人と減ってゆく。攻撃がなくても飢えとマラリアで死ぬ。アウステン山からすべての友軍が消え去るのも遠くないであろう。よしわが軍が消滅しようとも、魂魄はア山にとどまって米軍を迎え撃つ気概はある。敵が死傷者をかつぎおろしているすきに、われわれは壕の掩蓋を補強した。直撃には耐えられないが、破片くらいなら受けてもつぶれないように厚く土をかぶせ、枯枝と草で偽装するのである。砲撃の振動で崩れ落ちた内壁の土をも、外にすくい出し、より深く掘る。鳥越上等兵は砲弾破片で額を削り取られていた。即死である。われわれはみな彼の幸運を羨んだ。敵の攻撃を見こして、銃眼に顔をよせていたためであろう。鳥越上等兵が持っていた二発の手榴弾と四十数発の小銃弾はわれわれに分配された。

上田伍長は鳥越の小指を帯剣で切り、形見とした。伍長の飯盒は、亡き分隊員の遺骨で一杯である。二百名をこえた中隊が、今や残る者、三十七名、わが上田分隊も五名にみたない。それでも他隊にくらべ多い方である。まるごと分隊が全滅したところも珍しくない。

私は壕の補強がすむと咽喉を水でうるおし岩かげで小銃の手入れを始めた。

上田伍長が残弾の数を報告せよといったので、数えてみると三十一発である。分配された鳥越の弾丸と私が射った弾数とちょうど同じである。突撃一番――衛生サックすなわちコンドームのこと――に入れておいた油布で遊底を拭う。この突撃一番を本来の用途に使用したことは一度もなかった。マッチ、キニーネの錠剤、金米糖、塩など、水をいとう物品はみなこの袋に収納した。小銃の次に大事なものである。これを支給されたのは、輸送船団が門司を出港した日のことであった。

ラバウルで、鳥越上等兵が慰安婦を買いに行こうとしきりに私を誘った。床を高く上げた掘立小屋は鉄条網で囲まれ、入口には守衛が立っていて切符を買わねばならない。五十銭であった。ここまで記して思い出した。ラバウルではなく、パラオ島である。なぜならば、五十銭はインドネシア系の女で、一円が内地の女という区別があったからであった。ラバウルには原住民の慰安婦はいなかった。すでにして兵たちが長蛇の列をなしており、熱帯の烈日に照らされてもくもくと順番を待っていた。私は初め五十銭の切符を、次に思い直して一円の券に買いかえた。

ようやく順番が来たので小屋に這入ってみると、朝顔を紺に染めた浴衣姿の女がベッドにすわっていて、私に冷たい一瞥をくれた。私は女にどこの出身なのか、いつからこんな仕事に従事しているのかとたずねたが、女は面倒くさそうに二言三言ことばを返したきりで、多くを語りたがらなかった。ことばには明らかに半島の訛りがあった。浴衣の肩が痩せてとがっているのやら、貧血ぎみの蒼い顔色やら見てしまうと、初めの意気ごみはどこへやら、それに戸外から他の兵隊が大声で催促をするしまつで、私はとうとう何もせずに切符を渡して慰安婦の部屋から退散した。

女はベッドのわきの机にのせてあるガラス皿からゆで卵をとって爪で殻を剝ぎ、しずかに口へ運んでいた。その横顔、卵を頰張ってゆっくりと口を動かしている表情がいつまでも目に残った。女を抱かなかったことについて後悔はしていない。あの慰安婦はぶじに内地へ帰ったであろうか。

ことさら道心堅固でもない私が、女に一指も触れなかったのは自分でもわからない。順番を待ちこがれている戦友がいてもいなくても、私は抱かなかったような気がする。俘虜収容所で、また内地へ復員してからも折りにつけ私はあの痩せた無口の慰安婦を思い出した。ゆで卵の殻を爪で剝いでいた女、食べるのさえもの憂げに顎を動かしていたその横顔、年のころは三十一、二歳と見えたが、実際は二十代の初めであったろう。あの女のことを思い出すとなぜか私は胸が一杯になるのである。つまりは女を憐れむことができた私の血気さかんな時期を懐しんでいるだけのことかもしれないが。

〝真鍋、ぶじだったか〟

思いがけなく菊池少尉が傍に立っていた。私はすわったまま姿勢を正した。ふつうならそくざに起立して不動の姿勢になるべきであるが、将も兵も痩せおとろえたアウステン山では立たなくてもいいことになっていた。

〝小隊長どの、援軍はいつ来るのでありますか〟

〝近いうちに必ず来る。それまでの辛抱だ。米軍の手榴弾は着火時限が短いから、タコツボの中に投げこまれたもの以外は、拾って投げ返すようなことをするなよ。きのう、西村が拾おうとしてやられた〟

〃はい、投げ返しません〃
〃おまえは物もちがいいのう〃
菊池少尉は私が壕の外に並べて乾燥させている装具を見ていった。壕内は湿っているので、ときどき日に当てるのである。
〃小隊長どの、わが方の聯合艦隊は去年の十一月に来たきりですが、どこで何をしているのでありますか〃
〃海軍も一所懸命だ真鍋。敵が集結したのを見はからって一挙に叩く。われわれがここにがんばっておるかぎり、敵は動けん。物資と兵員をどんどん送りこんで来る。われわれだけじゃない、米軍も苦しいのだ。弱音を吐くものではない〃
菊池少尉は私の横にしゃがみこんでいた。その長靴の片方は、膝から下三分の一あまりが切られて見えなかった。おおかた削って食べようとしたのであろう。私も靴の革を細かく切って煮て食べようと試みたことがあるからわかる。どんなに長く煮ても靴の革はやわらかくならなかった。しかし、しゃぶっている間は物を食べているような気分になれた。
〃小隊長どの、友軍の飛行機がこのごろさっぱり来ませんが、なぜでありますか〃
〃ラバウル航空隊は健在だ。今に大編隊で来襲する。ラバウルの友軍はなあ真鍋、G島だけじゃなくニューギニア、オーストラリアと広範囲に作戦しておる。そっちを片づけたらG島へ来る。なにしろ敵は落しても落しても新手をつぎこんで来るからなあ、航空隊も必死だ。われわれをけっして忘れとるわけじゃない〃
上等兵の分際で少尉と口をきくのはめったにないことである。戦闘直後の昂奮がわれわれに話をさせた。銃の手入れをしながら指がぶるぶるとふるえるのがわかった。G島に、いや、アウステン山に置き去りにされたような気がするとさえ私はいってしまった。私だけの不安ではない。戦友たちはことごとくそれを怖れている。大本営は、われわれがここにいることを忘れたのではあるまいか。覚えているのなら、なぜ、糧食と弾薬、医療品を送ってくれないのか。なぜ、野戦病院に充満している瀕死の重傷患者を後方へ下げないのか。〃援軍は来る〃と少尉はいった。

〃近いうちに駆逐艦が糧食を補給するというしらせがあった。聯隊で足腰が立つ者は、タサファロングの集積所まで受領に行かねばならん。おまえ、ご苦労だが小隊の分を取りに行ってくれ〃

米兵がこのごろは密林に浸透しているという情報が達せられているから、途中、警戒を厳にするようにと、小隊長はいい残して自分の壕に帰って行った。

すぐに戦友たちが集って来た。

〃小隊長は何ていわれた〃

口々に彼らはたずねた。私が菊池少尉と話しているのを、遠くから見まもっていたのである。つんぼ桟敷にひとしい前線で戦っている兵隊は、将校が現状をどのように把握しているか知りたいのであった。もっと平たくいえば、ほんの少しでも希望の持てるような耳よりの情報を得たいのだ。私はいった。

〃海軍も来る、航空隊も近日ちゅうに大編隊で来襲するとぞ〃

〃来る来るというて、ちっとも来んではないか。来るのは敵さんの艦隊と輸送船団ばかりじゃ。ちえっ、小隊長の私物情報を本気にしたって始らんわい〃

上田伍長がいまいましそうにいった。ルンガ河口の沖合には、常時、アメリカの船団が停泊していて、その数は十隻をわったことがない。山腹から見えるのである。いずれも八千トン級以上の貨物船で、浜辺と船の間を水すましのように無数の舟艇がゆききしている。〃糧食受領に出ろといわれた。もうすぐ月明は終るから、駆逐艦隊が夜間輸送を始めるそうだ。おれは行くぞ。作業員には特別給与がつくからな〃

といった私に、上田伍長が、

〃やれやれ聯合艦隊は闇夜しか行動でけんようになったのか。情けないのう〃

とぼやいた。それでも、遠からず糧食の補給があると知って、彼らの表情はやや明るくなった。去ってゆく戦友の姿は一つとして満足な恰好をしていない。軍衣は肘のあたりでちぎれ、軍袴もまた同じ、泥と垢にまみれて黒っぽく変色している。髪もひげも伸び放題である。乞食より惨めな姿といわなければならない。

かつて、われわれがG島へ上陸したとき、密林から現われた海軍設営隊の生き残りが、このような身なりであった。親や妻子が見たら泣かずにはおられないだろう。肉は落ち、骨の上にひからびた皮を張ったような体つきである。これで小銃を射ち、手榴弾を投げてアメリカ兵を寄せつけまいと山にこもっている。内地の人々には想像できないはずである。

(物もちがいい)と菊池少尉は私の装具を見て感心した。いかにもその通りだ。

銃剣、帯革、弾薬盒、防毒面、軍帽、垂れ、鉄兜、軍衣、軍袴、襦袢、袴下、脚下、脚絆、地下足袋、編上靴、雨外被、偽装網、飯盒、水筒、天幕、支柱、杭、紐、毛布、防蚊網、円匙、防蚊手袋、手入袋、小刀、糸巻、針、鋏、手入刷毛、靴刷毛、保革油、雑嚢、認識票、背嚢。

以上が官給品である。

歩兵はいわば移動する陣地である。甲羅を背負った蟹であり、かたつむりにも似ている。いっさいがっさいをひっかついで二本の脚で歩く。右の品名を仔細に点検するならば、注意ぶかい読者は一つの事実に気づくであろう。私は、弾薬盒と書いて弾丸を書かなかった。平時は体の前後につけた盒に三十発ずつ計六十発を入れている。もう一つ、飯盒と書いて糧食を記述しなかった。保有していないからである。ふつうは米、罐詰、乾麺包、乾燥野菜、味噌に塩などを支給される。

まだある。

三八式小銃である。銃番号は⑦五二四六三、ついでに、いわゆるごぼう剣の番号も書きつけておく。いいえ一六一二五。

ふしぎにも、戦後三十年以上たった今でさえ私は憶えている。以上が官給品であるが、他に私物の千人針、腕時計、日章旗、手帳、征露丸、万年筆、護符などがあった。私は身のまわりの品について、あまりにもくだくだしく述べたかもしれない。上陸してより二回にわたる総攻撃に、私はこれらを身にまとって行動したのだが、戦友たちは上官の目をぬすんで背嚢の中身を次々と処分して身軽になろうとした。まず、私物から、たとえば書物や手帳、こわれた腕時計、日章旗、一本の針も重いと感じるほど体力は低下していたのだ。私物を棄てた後、官物に目をつけた。防毒面を棄てると次は防蚊網、ついには見さかいがなくなる。今、兵隊が持っているのは飯盒と水筒のみである。小銃、帯剣はさすがに手放すわけにゆかない。

私は敗残の設営隊員や一木支隊の生存者を見たとき、かたく心に決した。

官給品と私物とを問わず、いったん、わが物となった品々を放棄してはならぬ。武器を棄て、装具を手放した哀れな姿に接して、いいかえれば帝国陸軍の兵士としての誇りを失った様を目撃して、おれはどんなことがあっても装具を棄てるまいぞとひそかに誓ったのであった。

一兵卒には一兵卒の意地がある。もし自分が装具を棄てるような時がくれば、それは真鍋吉助という日本人にとって何もかもおしまいになることを意味する。私は内務の成績もわるく、銃剣術の技倆は中隊で下位、射撃といえばお話にならなかった。かくいえばとて帝国軍人のはしくれである。菊の御紋章をきざんだ小銃を陛下よりいただいている。一寸の虫にも五分の魂という。八貫もの重さで肩に喰いこむ装具を負うて、密林を行軍する際、正直、何度これらを棄てようかと思ったことか。戦友たちは私に不要品を処分しなければ、本人がくたばるとおどした。装具が命よりも大事なのかとさえ冷やかしたものだ。

私は歯を喰いしばって装具の重みに耐えた。

靴刷毛一つにすら銃後の国民の魂がこもっている。不要なものを軍が支給するはずはないのである。私は戦友たちのすすめに耳をかさなかった。敗残兵になるくらいなら自決した方がましだ。軍人としての誇りなしには生きられるものではない。誇りすなわち意地である。私は軍が支給した物品をたずさえて内地へ帰還するつもりなのであった。

意地を失った兵隊は弱い。

私は自信をもっていえる。昭和十八年一月、G島にあった全日本陸軍の兵卒のなかで、完全軍装をなしえたのは上等兵真鍋吉助一人であると。

この晩、砲撃は昼の仕返しか、ふだんより一時間ながく続いた。甲斐兵長が腕に破片を受けたほか、わが中隊に損害はなかった。米軍はけっして夜襲をかけないから楽である。私は壕のまわりで炸裂する砲弾を百七発まで数えてやめた。うち、不発弾が十五、六発あった。

マタニカウ川の上流で露営したときのこと。マ川ではなくボネギ川であったか、正確な地名は思い出せないが、わが部隊の近くに大尉を長とする一団が幕舎を張っていた。どこの部隊であったろう。百二十四聯隊の兵でなかったことは確かだ。彼らは大尉以下全員、負傷していた。第二師団の野病であったと思われる。甲斐兵長は二百二十八聯隊の稲垣大隊の一部と推測した。やや開けた草原があり、大木が枝を拡げて上空から遮蔽している。総攻撃で傷ついた兵隊が前線から後退して療養しているのであろう。大尉は左腕を三角巾で吊っているだけであった。私が飯盒で米をといでいると（十日ぶりに二合五勺の米が配給された日である）いきなり、
〃おい、当番〃
という声を聞いた。私は菊池少尉の当番を下番したばかりであったから、ぎくりとした。当番兵は将校の身のまわりの世話をする。ろくに喰う物とてないG島では、内地や大陸とちがって心労が多い。わが身一つもままならぬのに将校の面倒まで見るのである。大尉は隣に張られた天幕の中にいる部下に声をかけたのであった。その兵隊は三十歳すぎの一等兵で、呼ばれて頭を少し上げるが、熱発しているのか、すぐに顔を伏せた。負傷はしていなかったから、大尉の当番兵として選ばれたのであろう。

〃具合がわるいのか、よし、少し休んでからにしろ〃
大尉は私が米をとぐのをじっと見つめながらいった。私はその当番兵を可哀そうに思ったが、他部隊のことである。どうすることもできなかった。大尉の他の部下はどういうわけか知らんぷりで、軽傷者はめいめい飯盒炊さんにかかっていた。まもなく大尉がさっきより大声でどなった。
〃おい当番、起きんか。炊事をしろ、米はあるではないか。熱くらいがなんだ〃
と激しい口調である。当番兵は必死にもがいて起きようとしている。たまりかねたか、大尉は一等兵のえりがみをつかんで上体を起させた。
〃元気を出せ。おまえが国を出たときは父母や妻子に送られただろう。大体、マラリアにかかるのがなっとらんのだ。キニーネを苦いといってのまなかったんだろう〃
一等兵はうなだれて、大尉からこづかれるたびに頭をぶらんぶらんさせるだけだ。大尉が手を放すと、一等兵はぐらりと地面に突っ伏した。目は開いているが、うつろだ。私たちは米をとぐ手を止め、なりゆきを見まもっていた。
〃貴様はこの俺がこれほど励ましているのにわからんか。故郷の家族は今おまえが軍務に精励していると信じているのだぞ。しかるにこんなざまで申しわけが立つと思うか〃
一等兵の胸はせわしなくふくらんだり縮んだりしている。口をぱくぱくさせているのは何かいいたいためらしい。しかし、ことばにならない。その時になって初めて気がついた。大尉の部下たちが知らんふりをしていると思ったのはまちがいであった。彼らはうわべでは無関心を装いながらその実、耳をそば立てて大尉の言を聞いていたのである。私の前で米をといでいた軍曹は一兵卒から叩きあげた歴戦の下士官らしい風貌であったが、蒼白になって肩をふるわせていた。さぞや彼はつらかったであろう。〃もう、やめて下さい。当番兵は重症であります。休ませてやって下さい〃
と。これが意見具申というものである。名目として階級が下の者でも実行してさし支えないが、往々にしてこれは反抗もしくは上官侮辱と見なされ、ぶん殴られるのがおちなのだ。軍曹は大腿部に負傷していた。陸士出の若い将校（私には二十七、八と見えた）に意見具申しても無駄と承知していたのであろう。

その夕方、一等兵は横たわって黙って死んでいった。大尉は顔色も変えなかった。もちろん悲しんだ様子さえなかった。あの軍曹が五、六名の兵を指揮して、大木の根方に浅い穴を掘らせ、一等兵を埋葬した。大尉は天幕から出て来なかった。将校もピンからキリまでいる。第二次総攻撃の際、敵前で重傷を負って倒れた部下を、わが聯隊のある中尉はわざわざ引き返してかついで帰った。中尉はその時に射たれた傷から出血が止まらず翌日、死んだ。救出された一等兵もガス壊疽で三日後に絶命した。中尉は陸士出であった。まだ二十四、五歳ではなかったろうか。菊池少尉は遺体にとりすがって慟哭していた。無二の親友であったと聞いている。小隊長は陸士を出ていない。高専卒で幹候あがりの将校であるが、あの大尉にくらべ人間として数等できが上であるかとその時は思わぬわけにはゆかなかった。

翌朝、われわれが露営地をひき払う時、大尉は新しい当番兵に炊かせた飯を旨そうに食べていた。

私は心の中でいってやった。

〝大尉どの、自分も軍人でありますから、お国のために戦います。大尉どのにどんな仕打ちを受けようとも反抗はしますまい。しかし、あなたの部下となり、あなたと一緒に断じて死にたくはない〟

あの可哀そうな当番兵を埋めた土の上には僚友が墓標がわりの若木をさしていた。指折り数えればすでに三十有余年、若木は亭々たる大木に育っていることであろう。河畔に露営した私の戦友二百数十名のうち、生きながらえているのはわずかに一割あまりである。私もG島の土になるべきであった。生きていて良かったと思うことは何一つなかった。

生き残りの設営隊員（といえば体裁はいいが実は飛行場造成の土工要員）がしてくれた話を思い出す。

G島が米軍に急襲され、あえなく飛行場が奪取されたときというから八月上旬から中旬にかけてのことである。

わが海軍の雷撃機がルンガ沖に停泊ちゅうの米輸送船団を襲った。その折りの攻撃ぶりは実に果敢であって、熾烈な対空砲火を冒し、一機また一機と、海面すれすれに接近し、目標へ魚雷を放つと見るまに翼をひるがえして退避した。設営隊員は密林にひそみ、手に汗握って見物していたそうである。厚い弾幕にはばまれて翼をちぎられる機、胴体をみじんに砕かれる機、火を吹いて海面に激突する機もあった。しかしながら輸送船団も無傷ではすまず、魚雷を受けて爆沈するもの、目撃しただけでも三隻を下らなかったという。

ところが、その船が火災を起して傾斜しつつある時、船上にあって飛来するわが雷撃機一式陸攻に向って、さかんに手をふり、万歳していた者が多数見られたというのである。彼らは、武運つたなく俘虜となった陸戦隊員と設営隊員で、その船で運び去られるまぎわなのであった。

私には雷撃機に歓呼していた俘虜たちの気持がよくわかる。どうせ、俘虜の汚名を着せられて生きるより、友軍の雷撃によって死にたい。そう思ったのではあるまいか。私は暮夜ひそかにベッドで輾転反側する時、燃える船の甲板で咽喉も裂けよと友軍機に声援している自分の姿を想像するのである。

右の情景に今度は次の場面がかさなる。これは私自身が見た光景である。

昭和十七年十月の半ばごろ、ラバウルから大輸送船団が来た。聞く所によると、えりすぐりの高速船をそろえたとのことである。私は狙撃して仆した米軍将校の双眼鏡で、海岸を見ていた。一万トン級の優秀船が少くとも七、八隻はいたようだ。入泊するやただちに人員と物資の揚陸作業が開始された。浜辺と椰子林にはおびただしい梱包が積まれた。

双眼鏡をルンガの飛行場に移すと、敵の飛行機が早くも砂塵を巻いて滑走し、離陸する所である。夜明けと共に爆撃が始った。日本の輸送船団は海岸近くに錨をおろしている。その上空にむらがった敵機が、一機ずつ急降下して爆弾を投下する。輸送船も甲板にすえつけた高射砲でけんめいに防戦した。椰子林内にある高射機関砲も弾幕を張った。

舷側に水柱が高くあがる。

空襲のさなか、揚陸作業は続けられる。爆弾を落した敵機は、マストをすれすれにかすめて、機銃掃射を加える。飛行場は目と鼻の先である。弾丸を射ちつくすと敵機はとってかえして新たに銃弾を積み、またもや船団上空に戻ってくる。投錨ちゅうの大型船を狙うのは、どんなに新米の操縦手にもできることである。無数にばらまかれた爆弾の一つが輸送船に命中した。どす黒い煙が噴き出した。火が甲板をなめたかと見る間に、船は大爆発を起した。船底に格納した重砲弾に引火したらしい。

ここに至って、輸送船は浜辺めざして船首を進めた。沖で物資もろとも沈むよりは、浜に擱座して一個でも多くの梱包を揚陸しようと意図したのであろう。しかし、上空には敵の大型機が来襲し、集積した資材の山に爆弾の雨を降らせる。高射砲弾が破裂する時、火花は見えない。ぐわっと空気をおし拡げるような炸裂音が聞えるのみである。

物資の揚陸を終えたらしい一、二隻は、全速力で沖へ避退している。擱座しつつあるのは三、四隻。いずれも黒煙に包まれている。突っこんで来たグラマンが火を噴いた。海面で機首を立て直そうとしたが時すでに遅く、高々と水を白く盛りあげて海中に没した。われわれは〝やった、やった〟と叫んでこおどりした。七、八機は射ち落したと思う。一隻の大型船が燃えている。私はその船から目が放せなくなった。もうもうたる黒煙と火焔が、船橋の前後から立ちのぼり、甲板上には多数の兵士、船員が火を避けて右往左往している。奇妙な情景といわなければならない。揚陸はほとんどすんでいるのだから、乗船者はとっくに船をおりているはずである。逃げまどう人員があまりに多いのはどうしたことだろう。疑問はやがて解けた。九州山丸（とあとで判明）には、今朝からの空襲によって生じた負傷者が収容されていたのである。後日、耳にしたことだ。救助艇が舷側のタラップについて、負傷兵を移乗させようとしていた。その小舟にもグラマンが執拗な機銃掃射をあびせかけた。火勢はさかんになる一方である。

タラップのまわりも煙と火でふさがれている。甲板上の兵員は動ける負傷者である。船室内には重傷者がもっと多く横たわっていたであろう。燃え拡がる火焔で、船首と船尾に追いつめられた兵員は海へとびこみ始めた。焼けた甲板の熱さにたまりかねたのであろう。上甲板に吊ってあったボートは、ロープが焼け切れて落ちた。私は双眼鏡の焦点を船橋に合せた。その屋根の上に、白い覆いをつけた船員帽を正しくかぶり、純白の上着とズボンで盛装した人影（おそらく船長）が見えるではないか。威儀を正し、直立不動で毅然たる姿の後ろには、同じ服装の高級船員が二人、突っ立っている。

私は双眼鏡を甲斐兵長に渡した。彼も船橋の光景を見とどけて声をあげた。山口兵長も上田伍長も順ぐりに双眼鏡を手にした。船長たちは船と運命を共にする気だろうか。あの強烈な印象は、自分の脳裡に刻みつけられている。一生、忘れえないであろう」

第十八章

伸彦は重富悟郎と会う場所を〝ドン〟と指定してあとで後悔していた。釘宮とそこでよく顔をあわせていたから、出くわす公算が大きかった。真鍋吉助の病状が危険な状態におちいった今、悟郎を呼びだしたこともくやんでいた。時計の針が八時をまわったころから、伸彦は今夜の予定を変えようか変えるまいかと思案にくれた。ボールペンで書かれた細かな字をたどったために、目が痛んだ。伸彦は炬燵板に両肘をついて、指で目頭を押えた。階下と両隣の部屋から、賑やかな笑い声が伝わって来た。テレビから流れでるかん高いコマーシャルのせりふ、皿小鉢のかちあう響きも聞えた。皿に盛られた料理は、暖かい湯気を立ちのぼらせている。湯上りの子供たちの火照った肌が、明りをうけてつやつやと輝く。父親は晩酌をかたむけながら夕刊を拡げている。母親は台所で正月料理をこしらえるのに忙しい。

アパートの各部屋にこもった濃密な生活の匂いが、伸彦が住んでいる二間だけ稀薄になっているように感じられた。壁板がそのため内側にふくれあがったように思える。近所の物音を耳にして、伸彦は息苦しくなった。手ばやく服を着換えて身支度をし、外へ出た。いったんは病院へ電話して約束をとり消そうかと考えたのだが、思い直した。大晦日の晩、一家で紅白歌合戦をたのしもうとしている悟郎を呼びだすのは気がとがめたけれども、この機会をのがしたら次はいつのことになるか見当がつきかねた。

もっとも、東京で生活していた頃は、相手の都合をかえりみない習慣であった。伊佐に来てから伸彦は先方の事情をやや考えるようになった。夕方、悟郎に電話をした煙草屋で、今度は〝ドン〟へかけた。釘宮が来ているかどうかをたずねてみた。

「ええ、つい今しがたまで。菊興建設の社長さんと飲んでいらっしゃいました。伊奈さんもお寄りになって下さいな」

「ぼくあてに何か電話はかかってこなかったかい」

突風がおこった。煙草屋のガラスごしに弱々しい光が路上を明るくしていた。伸彦が目を落しているその円形の明るみで、つむじ風が埃を舞いあがらせ、たちまち消えた。

「ありましたとも、たった今。女の方から。電話番号をおっしゃいました。名前はいいんですって。かけてくれればわかると。そのことを先に申し上げようと思ってたんです」

暖かい屋内から外へ出てみて、今夜の寒気が異常にきびしいのを知った。伸彦は足踏みしながら送話器からもれる声を聞いていた。伸彦は重富悟郎が会う気をなくして、〝ドン〟へ断わりの電話をかけているのではないかと、予想していた。悟郎のかわりに名前をいわない女が電話をしていた。今夜、〝ドン〟へ行くのを知っているのは、伸彦と悟郎だけである。もしや佐和子がと考えて、すぐにうち消した。英子だろうか。英子ならば、伸彦が大晦日におとなしく部屋にこもっているとは思わないだろう。〝ドン〟が行きつけの酒場であることも知っている。

風はまともに吹きつけた。

伸彦は強い風圧に耐え、前かがみになり、風によりかかるようにして歩いた。寒気が肌を刺し、耳は無感覚になった。風にもたれて歩いていると、自然の巨きな力に身を預けた感じで、奇妙な快感があった。にわかに風向が変った。伸彦は体の安定を失って前のめりによろめいた。ちょうど、〝ドン〟の前にさしかかったところだ。九時までにまだ十五分ほどあった。

酒場は色とりどりの紙テープと豆ランプで飾りつけがしてあった。

「よう、伊奈さん」

しわがれた声が伸彦を迎えた。カウンターに釘宮がついている。客は他に若い男女が一組、ボックスに肩を寄せあっているだけである。

「来ると思ってたよ。わしの予想が的中したわけだ。女の人から電話があったそうじゃないか」

釘宮は酔っているように見えたが、だからといって油断してはならなかった。この男は酔うふりをするのがうまかった。三十数年の記者生活で自然に身につけた芸なのだろうと、伸彦は思った。悟郎とは二人きりで会いたいのだが、仕方がない。酒場の女主人が、電話番号をメモしたコースターを手渡し、カウンターの下から黒電話を出した。〇五五八の次に五桁の数字が並んでいる。伸彦はカウンターの端に腰をおろしてダイアルをまわした。「ホテル修善寺でございます」女の声が返って来た。

「そちらに伊奈英子という人が泊っているはずですが」

「しばらくお待ち下さい」

それとなく目の端でうかがうと、釘宮が女主人の話に生返事をしながら伸彦の方へ注意を向けているのがわかった。ドアがあき、重富悟郎が現われた。釘宮にさし招かれて隣に腰をおろした。伸彦は舌打ちした。

「もしもし」

受話器の奥からざわざわと潮騒のような物音にまざって英子の声が聞えた。

「あそこに泊ったのか」

ホテル修善寺は二人が新婚旅行の折り、泊った旅館である。ホテルとは名ばかりで、着いてみたら純日本式の建物だったので、肚を立てたりおかしがったりした記憶がある。

「きょうは大晦日だわね」

英子の声は沈んでいてどこか投げやりだった。そんなわかりきったことをいうために、静岡から電話をかけたはずはなかった。黙っている伸彦に英子は手紙を読んだかとたずねた。

「ああ、読んだ」

「そう」

「こちらは寒い。明日は雪になりそうだ」

釘宮と重富が居あわせている所で、立ち入った話を伸彦はしたくなかった。重富悟郎はともかく、釘宮は他人の私事について貪欲な好奇心を持っているのだ。もつれた細い針金をほどくような騒音が断続して耳に入った。

「お客さん、近くに居る?」

「あたりまえだ」

「ごめんなさい。黙って家をあけたりして。でも、旅行したかったの。本当は二人で」

「誰と」

「あなたと」

「帰りはいつになる」

「わからないわ」

「まあ、のんびりしてくるんだな。こちらはなんとかやってるから」

「元旦はどこにいらっしゃるの」

「アパートだよ。例の仕事がある」

「あなた……」

英子は声をのんだ。一瞬、口ごもっていおうかいうまいかためらうふうだった。

「あなた、佐和子さんと結婚なさったら。あたし考えたの。それがいいわ。あたしもいずれ結婚するつもりなの。あなたもあたしが一人でいるよりそうなれば気楽でしょう。アパートの内田さんに電話の呼びだし頼まなかったわけ、わかって下さるわね。〝ドン〟だったらあたしの方からの話はさし支えないし。一時的な気まぐれで、こんなことというんじゃないわ。あたしたちのこと、解決法はこれしかないと思ったの」

「電話で話しあうのはむりだよ」

「いいえ、電話がいいの。もう、あたし自分のいい出したことをひっこめないつもり。旅行に出て決心したことなの」

わかったといって、伸彦は電話を切った。コースターをちぎって灰皿に入れた。投げやりな英子の口調は、終りごろ急にかん高くなり、まるで悲鳴をあげているように聞えた。釘宮が耳をそばだてている所で、佐和子と別れたと告げる気にはなれなかった。ちょっと、と悟郎にいって、伸彦は目で奥のボックスをさした。釘宮は伸彦の返事だけで、電話の内容をつかんだらしい。いつもならすかさず立って二人の席に割りこむのだが、きょうはそうしなかった。

「くつろいでいる所をこんな場所に呼びつけてすみません」

「彼にも用事があったんじゃないんですか」

悟郎は釘宮の方に顎をしゃくった。偶然、一緒になっただけだと、伸彦は説明した。

「どうかしたんですか」

悟郎は医師の鋭い目つきで伸彦を見すえた。顔色が悪い上に元気がないと指摘した。ただ、疲れただけだと、伸彦はいって手で自分の頬にさわった。髯がのびていた。若い医師は伸彦の一挙一動を見まもっている。たった今、英子とかわした話が気にかかっていて、とっさに用件を切り出せなかった。伸彦はぎごちなく咳払いした。〝あたしたちのこと、解決法はこれしかない〟と英子はいった。別れて何が解決するというのだろうか。英子とのやりとりを佐和子に告げたら、佐和子は？　いや、佐和子とは二度と会うことがないのだ。

伸彦はふしぎそうに目を光らせている悟郎に気がついて我に返った。

「あの原稿のことでしょう」

「ええ、なんとかして持ち出せませんか」

伸彦は相手にさとられないようにゆるゆるとため息をついた。

「実は伊奈さん、まずいことになったんです。ぼくが原稿を読んだこと、おやじが気づきましてね。保管場所を手文庫に変更して鍵をかけちまった。常時、ベッドのわきに置いています。鍵は身につけてね。持ち出そうにもああ

れていた。

大掃除がすんでから、重富兼寿はすぐに金庫を点検したという。悟郎が大急ぎで目を通したので、原稿用紙が乱れていた。

「おやじさんから叱られませんでしたか」

「べつに。しかし、こういわれましたよ。おまえが読んだってわかりはしないって」

「何か特別なことが書かれてありませんでしたか。一応は終りまで目を通したんでしょう」

「ぼくは戦争に興味がないんでねえ。G島での戦闘経過がゴタゴタ書いてあっただけのようでした。軍旗がどうの、撤退命令を伝達するやり方がどうのって」

悟郎は水割りのグラスに手をつけなかった。早く帰りたがっているのがわかった。

「菊池少尉のことは、菊池省造氏について触れた箇所があったでしょう」

(あなた、佐和子さんと結婚なさったら)といった英子の声がまだ耳の奥に残っていた。

「ううん、そりゃあ菊池さんのこと、書いてありましたがね。同じ部隊でしたから。しかし、読んだことと、報告することはおのずから別問題で、困ったな」

「ぼくがむりなことを要求しているのは承知しています。要点は撤退命令が達せられたくだりです。おやじさんは聯隊司令部付の軍医だった。一月中旬に軍司令部はG島から撤退するよう大本営の命令を受領しています。しかし混乱が生じないように下級部隊にはエスペランス付近で再編成した上で海上機動によって飛行場北部の海岸に逆上陸すると思わせたわけです。ところが百二十四の岡聯隊長はそれをうのみにしたらしい。軍旗をアウステン山に埋めて、あとでまた掘り返すつもりで部下を率いて撤退した」

「どうして軍旗を持って行かなかったんです。撤退ではなく逆上陸と思いこんでも、軍旗を埋める必要はないでしょう」

いう状態ではむりのようですな」

軍旗は旧帝国陸軍においては天皇から聯隊長へ手ずから下賜される神聖なもので、たんに部隊の象徴というにとどまらず、将兵が死を賭して護るべき旗なのであった。乃木希典は明治十年の西南戦役で、軍旗を奪われたことを、終生の重荷にしていたという。G島へ昭和十七年八月中旬に上陸した一木支隊（主力は旭川の歩兵二十八聯隊）は、二十倍のアメリカ軍と衝突して全滅した。大佐一木清直はイル川とテナル川ではさまれた海岸で自決、旗手伊藤少尉はかねて用意のエレクトロン焼夷剤を使って軍旗を焼き、手榴弾で自決した。

この年の十月二十四日夜、第二次総攻撃のおり、歩兵二十九聯隊の長、大佐古宮正次郎は豪雨をついて突撃し、ついに生還しなかった。遺体はアメリカ軍の手で埋葬された。軍旗は生存者の証言によれば、剣で裂き、竿も寸断して土に埋められたといわれている。このとき、第二歩兵団長那須少将も戦死している。

「軍旗を敵の手に渡すことは最大の不名誉であったわけです。おもてむきは、撤退命令をうけて聯隊長以下、軍旗を持ちアウステン山を降りたことになっています。海岸へ急ぐ途中、アメリカ軍の待伏せ攻撃で聯隊本部は旗手の小尾少尉を残して全員戦死した。少尉だけが軍旗を腹に巻いて脱出し、海岸で待ちわびていた聯隊の生き残りと合流することができた。実際はそうではなくて、さきにもぼくがいったように、岡大佐は逆上陸つまり攻撃準備と解釈したらしいのです。でなければ軍旗をアウステン山に埋没するはずがない。聯隊本部は途中で他部隊の将校から撤退と聞き、あわてて小尾少尉が山へ引き返した。軍旗を掘りだして元の場所へ帰ってみたら、岡大佐の一行は全員やられていた」

「伊奈さんは菊池さんの手記を読んだでしょう。その辺の事情は明瞭に書いてあるんじゃないんですか」

「ところが、菊池少尉の手記は肝腎の所が抜けているのです。少尉は聯隊本部に所属していなかったから、詳しい事情を知っているかどうか、ぼくとしても心もとないんですが、同じアウステン山にこもっていたので、何も知らないということはありえません。それに、ぼくがおやじさんの原稿を読みたがっているのは、菊池さんが自分の手記の一部をおやじさんに渡した形跡がうかがわれるからです。ぼくが調べた省造氏の手記は断片的なものですが、前後がつながらない。ちょうど、撤退するくだりです」

「それはないと思いますよ。ぼくは金庫の中におやじの原稿しか見なかった。ほかは有価証券のたぐいで、菊池さんの書いた原稿があれば気がついたはずです。ちっぽけな金庫ですからね」

「焼却炉で灰にしたという原稿は、菊池さんのものではなかったのかな」

悟郎は初めてグラスの中身を口に含み、まずそうに顔をしかめた。どうして父は菊池省造の原稿を焼かなければならなかったのかと伸彦に反問した。

「現場を目撃したわけじゃないから、ぼくの推測にすぎませんよ。気を悪くしないで下さい。菊池さんの手記のなかに、時と場所がわからない原稿綴りが四部ありました。ぼくは初め、それはビルマのコヒマで戦った記録だと思いこみました。そう考えて公刊戦記と対照させてみると符合しない点が多い。むしろG島戦記の一部と見なした方がいい。ただし、ある部分を補えばの話です」

悟郎はわけがわからないという風に首をかしげた。伸彦が菊池省造の手記を整理しているのは父も知っている。省造から借りた手記があれば返却するのが当然ではないか。

「おやじにたずねてみましょう。それが一番てっとり早い方法です」

きっぱりと悟郎はいって、席を立とうとした。返事は聞かないでもわかっている、菊池省造から手記を借りはしないという答が返ってくるだけのことだと、伸彦はいった。

「じゃあ水かけ論じゃあないですか。おたがいに何の証拠もありはしない。省造氏はあの通り口がきけないんだし。でもね、おやじはなぜ手記を借りたとあなたは推測するのですか。その根拠を聞かせてもらいたいな」

悟郎はやや気色ばんでいた。伸彦は説明した。省造の手記で時期不明の原稿がある。その余白にあす午後二時、重富氏来訪予定と走り書きがしたためられている。日付と思われる数字も認められた。5／9・45。インクの色と筆蹟から、昭和四十五年九月五日と自分は推定した。悟郎は笑いだした。

「たったそれだけが根拠になるんですか。おやじは省造氏の主治医ですよ。囲碁仲間でもある。ひんぱんにゆき来してました。昭和四十五年ではなくて一九四五年とも読めるでしょう」

「一九四五年には、お二人ともビルマの俘虜収容所に抑留されていました。ひんぱんにゆき来していたのなら、何も来訪予定を原稿にメモすることはないでしょうが。省造氏はおやじさんが訪ねてくる理由を知っていたんです。だから前もって原稿に目を通して心覚えを書きつけた。貸した手記は手もとに戻ってこなかった。原稿が門外不出となったのはそういうことがあったからです」

省造氏は父に催促すればよかったのにと、悟郎はいった。自分のものを返してくれとはばかることなく要求していいではないか。

「おやじさんは自分もG島戦記を書きたいからといって、省造氏の手記を参考にした。記憶に自信がないのは戦後二十五年もたてばあたりまえです。おやじさんは省造氏が手記を書いているのは知ってたんですからね。もちろん省造氏はしばらくたって返してくれるように頼んだでしょう。しかし、おやじさんは自分の原稿がまだ完成していないからという口実をもうけて返却をおくらせた」

「なぜ返さなかったかと訊いてるんです」

「省造氏の手記が個人的な思い出として家蔵されるものであれば返したでしょう。おおやけにされると迷惑をこうむる人々のことを思ってうやむやにしたかったのではないかとぼくは推測するんですがね」

「また推測、ですか。だれが迷惑するんですか、戦後三十年以上もたっているのに。伊奈さんがあげた根拠というのは不確かですよ。あくまで可能性の域を出ないようだな。いいでしょう、ぼくもそれとなくおやじに事の真偽をただしてみますよ。はっきりさせないと不愉快ですからね。そりゃあ、おやじだって……」

悟郎の口調は、最初は強かったが、終りごろ次第に弱々しくなった。ある事実に思い当って、自分のいうことに自信が持てなくなったようだった。迷惑するのは生存者だけではない、G島で戦死した将兵の名誉という問題があると、伸彦はいった。重富兼寿が顧慮しているのは、むしろ死者の方であろうと、言葉をつづけた。

「お話はどうやらすんだようですな」

釘宮がいつのまにか近くに来ていた。悟郎の肩を親しげに叩いて、そのわきに腰をすえた。悟郎は釘宮がわりこんで来たのも意識していないようだった。伸彦にしてみれば、相手を不愉快にしようと思ったわけではないが、悟郎が動揺して、父親の書いたものにもっと注意を向けるようになるとしたら思うツボであった。

「さあさあ、せっかくのニューイヤーイヴにそんな不景気な顔をしてないで、ここはハデにゆきましょうよ」

釘宮は女主人に手を振った。悟郎はゆっくりと立ちあがった。もう、帰らなければ……伸彦は疲労がニカワのように自分の五体にはりつくのを感じた。釘宮のわざとらしく陽気な声が、耳にわずらわしかった。

「おや、若先生、帰るんですか」

釘宮は心細げな声を出した。悟郎に今夜の払いをもたせる気でいたのだろう。医師が酒場から姿を消したあと、伸彦はぐったりと椅子によりかかった。口を利くのも大儀だった。反対側のボックスにいた男女は見えなくなっていた。こんな晩に店をあけるのではなかったと、ぼやきながら女主人はドアの錠をおろし、ウイスキーボトルを持って伸彦たちの席に来た。これは自分のおごりだから飲んでくれ……釘宮は相好をくずした。

「いいぞ、さすがに〝ドン〟のマダムだ。話せる。あれ、そっちに座るのかね」

女主人は伸彦の横に腰をおろした。去年の今夜は客が多くて、朝まで騒いだものだ、不入りとわかっていたら、温泉にでも行ってのんびりするのだったといいながら、アイスペールの氷を三つのグラスに落した。

「温泉へね、マダム、今からでも遅くはない。わしとどうだね」

「あら、いいわね」

女主人は如才なく調子をあわせた。伸彦は釘宮がさっき菊池省介とここで飲んでいたという事実を思い返した。省介と別れて、〝ドン〟に舞い戻って来たのは、それ相応のいわれがあるからだろう。伸彦に何か告げたいことがあるらしかった。女主人とふざけている釘宮の表情には何の屈託もなかった。仲彦は自分のわき腹と肩に女主人がかるくもたれかかっているのを意識した。そろそろと身をずらして、女の体重を避けようとした。バスタブに浸ってうっとりと目を閉じていた佐和子の顔が見えた。ホテル修善寺の浴室で、体を洗っていた英子の姿態が目をよぎった。一つずつ失ってゆく……仲彦は自分が四十年の人生で何を獲得したといえるだろうかと考えた。

「マダム、不景気をぼやくのも永いことではないよ。ここ当分の辛抱さえすりゃあ、先は明るいよ」

釘宮は自信ありげに断言した。

「先生はいつも口あたりのいいことばかりおっしゃるから。ソロバンを弾いている身にもなって下さいな」

「おいおい、わしのツケのことをいっとるのかね。そのうち清算するって」

「いいえ、先生の分なんかあてにしてやしませんよ。ほんのちょっぴりですからね」

釘宮は女主人のあてこすりに平然としていた。この男は妙に察しが早いかと思うと、あからさまな皮肉にも反応しないでとぼけることができるのだと、仲彦は思った。

「選挙がすめば景気は好転するよマダム。伊佐で大がかりな土木工事が始る。うけあってもいい。目はしの利く経営者なら今のうちに設備投資をするんだね。これはと思う上客にうんとサーヴィスしておいてだ、お得意を確保しておく。ツケも財産ですよあなた」

釘宮は仲彦に目くばせした。サーヴィスしているではないかと、女主人は釘宮にいった。

「わかっとる、マダムはいい人だ。わしは惚れたよ。度胸といい色気といい、非のうち所がない」

「まあ、先生ったら、いつもこうなんだから。ねえ、伊奈さん」

釘宮は女主人に聞かれてさし支えない範囲で、あることを仲彦に告げようとしている。景気の動向にかこつけて、省介とどんな話をしたか教えているのだった。（選挙がすめば）といった口調に力がこもっていた。女主人が店をしめずにカウンターの内側にいたのだったら、洗いざらい報告するつもりだったのだろう。

「戸外で、巨きな厚い布のはためくような気配がした。ふと、頭をもたげた伸彦に、釘宮は「風、風の音ですよ」といたわるような声をかけた。酔っ払っているように見えた釘宮の目は意外に穏かな光をたたえていた。ジッと自分をのぞきこんでいる老いた新聞記者のまなざしが、今夜は妙に優しいのに気づき、なんとなく伸彦はうろたえた。他人の優しさを意識するほど、自分の心が弱くなっているのだと考えたからである。伸彦はそれから二時間あまり女主人をまじえて釘宮と話した。

誰かが執拗にアパートのドアを叩いている。

伸彦は掛け布団を額の上まで引きあげた。カーテンを閉じ忘れた窓から、まぶしい光が流れこんでいる。ドアはつづけざまに叩かれた。その音が二日酔いの頭にこたえた。しだいに意識がはっきりして来た。ノックされているのは彼の部屋である。返事をして上半身を起したとき、頭の芯が疼いた。嘔き気がこみあげて来た。

「重富病院の者です。先生がすぐいらっしゃるようにとおっしゃってます」

女の声だった。伸彦は上衣を脱いだだけの恰好で布団にもぐりこんでいた。洗面器の水に顔をつっこんだ。車を待たせていると、女の声は告げた。「急いで下さい、真鍋さんが危篤です」

ドアの外には、いつか菊池省造の部屋で見かけた若い看護婦が立っていた。両頰が紅く上気している。伸彦は上衣の袖に手を通しながらアパートの階段を駆けおりた。運転は看護婦がした。重富悟郎は、昨夜から真鍋につきりで、一睡もしていないという。ルームミラーに映った看護婦の鼻の頭も少し紅くなっていた。

「患者さんがぜひ伊奈さんに会いたいといわれるんです。あけがた、意識を回復してうわごとばかり。わたしには何のことかわからないんですが」

看護婦は白衣の上に紺のカーディガンを着こんでいた。車の運転に慣れていないらしく、ハンドルを両手で抱えこんで前かがみになり、進行方向から目をそらさないで伸彦にいった。

「若先生は昨晩からずっと」

「ええ、大先生とご一緒に」

看護婦は早口だった。元旦の道路は車が少かった。制限速度をこえる速さで、看護婦は車を走らせた。悟郎が往診用に使っている乗用車である。こみあげてくる吐き気を伸彦はけんめいに耐えた。昨夜彼が、〃ドン〃で飲んだくれていたときから、真鍋の病状は悪化し始めたのだろう。車はブレーキをきしらせて、重富病院の前庭にすべりこんだ。エレベーターの昇ってゆく速度がいつになく遅いように感じられた。看護婦は廊下を小走りに急いで、伸彦の先に立ち、病室のドアをあけた。

伸彦は間に合わなかったことを知った。

ベッドわきの椅子にかけていた重富父子が伸彦を見た。悟郎が立ちあがって首を横に振った。真鍋吉助は両手を胸の上で組みあわせ、すべての表情を失った顔は別人のように見えた。あと、せめて十分もってくれていたらと、悟郎がつぶやいた。臨終は十時四十七分であったという。

「真鍋さんは息をひきとる直前に意識がはっきりして、伊奈さんのことをいいましたよ。自分の書いたものをあなたが読んでくれただろうかと、しきりに気にしてました」

伸彦は真鍋の両手を自分の手で包みこんだ。皮膚には仄かなぬくもりが残っていた。

「ですからぼくは伊奈さんが確かに読んだと告げてやりました。鶏のことには一言もふれなかったな。いつも気にかけてたのに不思議なことだ。あまり苦痛はなかったと思いますよ。静かな臨終でした」

伸彦は悟郎の疲れきった声を聞きながら重富兼寿の横顔を見ていた。目が落ちくぼみ、頬に濃い憔悴の色が認められた。兼寿は窓ごしに冬日が溢れた裏庭を眺めていた。伸彦を日ごろ威圧していた精悍な表情はぬぐわれたように消えていて、齢より老けて見える老人の横顔にすぎなかった。しんかんとした庭には裸木の淡い影が落ちていた。

「真夜中にときどきうわごとをいいましてね。おやじを軍医どのと呼んだり、分隊異状なしといってみたり、糧秣受領班集合と、とてつもない大声をだしたり……」

「やめなさい」

兼寿がきびしい声でさえぎった。

「お父さん、お休みになって下さい。葬儀はいずれ身寄りと称して名のり出る人が出てくるでしょうし。あとのことはぼくが処理しますから」

兼寿はベッドに手をついて立ちあがった。仲彦と視線をあわせずにいった。

「真鍋はね、あんたがノートを読んだと聞いて安心したようですよ。あれを書くことで体力を消耗して死期を早めたようなもんだ。わたしが知っていたらやめさせたんだが」

「そんなことをいったって仕様がないでしょう。看護婦に二六時ちゅう監視させるわけにはゆきませんし」

ふだんは従順な悟郎が父親にとげとげしいものいい方をするのは珍しかった。人間はしたいと思ったことは、周囲が制止しても必ずしとげるものだと、悟郎はいい添えた。ドアの方へ向った兼寿が立ちどまった。仲彦は兼寿へ目をやり、ついでその肩ごしに榊原康弘を見た。図書館長は黒い外套に中折れ帽子をかぶっていた。ドアを後ろ手にしめ、死者の横たわっているベッドへつかつかと歩みよって来た。しばらく呆然として真鍋の顔に見入り、思い出したようにあわてて中折れ帽子を脱いだ。気になったので、見舞いに訪れたのだと、誰にともなくつぶやいた。悟郎が死亡時刻を教えた。

「十時四十七分……」

榊原はその時刻に重大な意味でもあるかのように一語ずつ区切っていった。骨張った手をのばし、仲彦がしたように真鍋の手をしっかりとつかんだ。

「真鍋君よ、辛かったろうなあ。もう楽になれたわけだ。きみが先に行くとは思わなかった。ぼくもそのうち行くよ。待っててくれ」

榊原はとぎれとぎれに語りかけた。悟郎は窓ぎわに背中を見せてたたずんでいた。重富兼寿はドアの握りに手をかけたまま、ベッドを見ていたが、伸彦の視線に気づいて静かに病室を出て行った。榊原康弘は厚ぼったいラシャ地の外套を脱いで椅子にかけ、膝の上にたたんだ外套をのせた。その袖口がほころび、襟のあたりがすり切れているのを伸彦は見た。

「伊奈さん、あなたも虫のしらせでこちらへいらっしゃったんですか」

榊原は伸彦の存在に初めて気がついたようであった。伸彦は悟郎に呼ばれたとはいわなかった。真鍋が自分に会いたがったと告げるのは、生死をともにしたかつての戦友に残酷であるように思われた。伸彦も臨終に間に合わなかったのだと、悟郎が説明した。榊原はハンカチを出して鼻をかんだ。白毛まじりの口髭にひっかかった洟水が冬日に白く輝いた。

「真鍋君が何かいい残したことはありませんでしたか」

「別に。安らかな臨終でしたよ。肺炎の場合は末期に苦しむものですが……お世話になりましたと何べんもお礼をいわれました」

悟郎は一夜のうちにのびた髯を手のひらでなでまわした。目が充血していた。死者にかるく目礼して悟郎は部屋を出た。入れかわりに銀色のトレイを持った看護婦が二人、這入って来て、つつましい声で「ご遺体の処置をさせていただきます」といった。看護婦の一人はガーゼと脱脂棉を手にしていた。榊原はもう一度、真鍋の体に手をやり、肉の落ちた頬をさすった。

伸彦は廊下に出た。

榊原はハンカチで目がしらを押え、鼻を鳴らした。一人ずつ死んでゆくと、小声でつぶやいた。口調には哀しみよりいまいましさのようなものが感じられた。

「今夜がお通夜ですな。伊奈さん出席しますか。元旦の夜にお通夜とはね。身寄りの一人くらい末期をみとってやってもよかったのに、薄情なもんだ。死んだと聞いてあちこちから名のりをあげるだろう」

榊原は伸彦の答を待たずに非難がましい口調でつぶやき続けた。喪主に誰がなるかで内輪もめがあるだろう、そいつが土地を相続する権利を主張するだろうから。真鍋が残した土地は中核工業団地のほぼまん中にあるので、高い値段で売れる。遺族はもとより団地造成にあたって買収をもくろんで果せなかった業者も邪魔者がいなくなって喜ぶことだろう……

「業者というのは菊興建設ですか」

「菊興の一味ですよ。真鍋があそこを売らずに居すわっていたので、連中は手を焼いていたんです。金なんか億とつまれても土地を手ばなすのは厭だと真鍋はいっていましたからね」

エレベーターを後にして玄関ホールで、榊原は手の外套を拡げ、肩を左右にゆすりながら腕を通した。黒い鳥が翼を開いたように見えた。

「伊奈さん」

後ろから看護婦が呼びとめた。榊原は片足をひきずるようにして外へ歩み去った。けさ、車で迎えに来た頬の紅い看護婦である。若先生が自室で待っているという。伸彦は渡り廊下を通って母屋の方へ行った。悟郎は一人で長椅子に寝そべっていた。白衣を脱ぎ茶色のセーターとグレイフラノのズボンを着こんで伸彦を認めると上体を起した。テーブルにはポットについだコーヒーがのせてあった。

「朝食がまだでしょう、今、お手伝いさんに運ばせますから、一緒にやりましょう」

「まだなんだけれどもいいんですか、ご家族と水入らずの方がいいんじゃないかな。元旦なんだし」

「うちの者は慣れていますよ。医者には盆も正月もないんです。それに大そうなご馳走を用意したわけじゃない。榊原さんは?」

「帰りました。通夜には出るとか。おやじさんは昨晩ずっと真鍋さんについておられたとか」

「ええ、ぼくが看てるからいいっていうのに、つききりでした。体にさわったんじゃないかな。医者の不養生というもんです。昔の部下となると、ああしなければ気がすまないたちでしてね。患者の傍で汗をぬぐってやったり、水を飲ませてやったり。夜勤の看護婦が二人いたけれど、寄せつけませんでした」

六畳ほどの洋間である。二つの壁には作りつけの書棚があり、片方には医学の専門書がもう一方には小説類が並んでいた。両袖つきの机には医学雑誌が山積みに重ねられ、その横に開かれたロートレックの画集が置かれてあった。伸彦はコーヒーをすすった。食欲はなかった。あまり煙草をのまない悟郎が、たてつづけにピースをふかすのが不思議だった。眉間にたてじわを寄せて何やら考えにふけっている。

「夕べね、思い切っておやじにきいてみました。患者の枕もとで」

そういって悟郎は上目づかいにちらと伸彦を見やり、また目をスリッパーのつま先に落した。菊池省造の手記を一部、借りたままではないかとたずねた。伸彦の推測だとはいわなかった。伸彦は黙って悟郎の顔を見つめた。そういいたのは真鍋の意識が混濁しているときだった。

「おやじはあっさり肯定しました。ぼくは拍子ぬけがして、それ以上きくことができなかった。あんなに簡単に答えるとは思わなかったんで」

「わかりますよ」

「どうしてそんなことをきくのかとか、つまりそのう、おやじがね、あれこれときき返さなかったので、ぼくとしても言葉が続かなくて。いやあ、驚いたな。ふだんなら喧嘩になるところだった」

女中が朝食を捧げ持って来た。トーストとプレーンオムレツ、野菜サラダ、コーンスープの皿などを二人がはさんでいるテーブルに並べた。黄金色に焼けて反り返っている薄いトーストを見たとき、信彦は食欲を感じた。

「で、どうします、伊奈さん」

悟郎はトーストにバターを塗り、音をたてて頰張った。口を動かしながら鋭い目付で伸彦を見ている。焼却されていないのなら、見たいものだと、伸彦はいってパンにバターの塊りをのせた。焼きたてのパンの上で蜜色の脂肪が溶け、じわじわとしみこんでゆく。

「読みたいでしょうな」

悟郎はスープを匙ですくって飲んだ。もちろんと、伸彦はいってオムレツを食べた。ひと口ずつ食べるほどに食欲が出て来た。悟郎も忙しく顎を動かしている。

「おやじを説得するのはぼくの役目かもしれないな。まあ、仕方がない。スープの味はどうですか」

結構だと、伸彦は答えた。塩味が足りないようだが、悟郎が医師らしく摂生しているのだろう。案ずるより産むがやすしということもあると、悟郎はいって野菜サラダを食べた。省造の手記に何が書かれてあるにせよ、重富兼寿に迷惑をかけるようなことはしないと、伸彦は約束した。

「夕べは伊奈さん、あれからどうしました。釘宮さんと愉快に飲んだのではないんですか。ぼくはあの男が苦手でね。ふざけているかと思えば本気だったり、妙に醒めている所があったりして」

「取材意欲が旺盛な人物でね。どこにでも現われて首をつっこむ。困った男です」

「〝ドン〟のマダムに気があるという噂ですよ」

「それはどうかな。彼は酒場では女を口説かなければ相手に礼を失すると考えているふしがあるから」

皿はみな空になった。白いレースのカーテンで漉された冬の日が柔らかな光になって悟郎の片頰にあたっていた。机の花瓶にさされた半開の赤い薔薇が目にしみるようだ。この日ざしを、ほころびかけた赤い薔薇を、もう二度と見ることがない死者のことを伸彦は考えた。朝食らしい朝食をこのところ初めて食べたように思った。ふっくらとしたオムレツ、ほど良く焦げたトースト、湯気を立てている香ばしいコーヒー、そういう朝食をとらなくなってから長い月日がたったようだ。初めて哀しみが来た。真鍋の死を見とどけたときでさえ味わわなかった感傷である。人間の幸福というものは毎日、おいしい朝食を食べることだといった英子の言葉を思いだした。結婚してまもなく、不規則な生活を余儀なくされる伸彦にそういったのだ。午前二時ごろ帰宅して、正午すぎに伸彦は出社していた。東京で暮していた頃のことだ。

「もっとも、釘宮氏は何やかや取材した所で、自分の利害に基づいて記事を書くわけじゃないから、あれは記者の本能というもので、考えようによっては純粋な人間ということもできますよ」

悟郎の声で伸彦は我に返った。

「伊佐日報が菊興に都合のわるいニュースを掲載するわけがない。それに部数も知れたもんです。釘宮氏はただ自分の知らないことがあると気分を害するたちなんだな。生まれながらの新聞記者というわけだ。伊奈さんはどう思います」

「書きたくてたまらない記事を書けずに、うずうずしてるんじゃないかな。彼のいい所は厳正中立の立場を守っている所です。少くともぼくにはそう思わせている。たいしたもんです。ぼくは彼から実害を受けていないから弁護するのかもしれないが」

「脂っ気がもう少し抜けたらつきあい易い男になるような気がするけれど、肚の底では何を企んでいるかわかりはしない」

「給料だけで彼は生活してるんですか。伊佐日報のサラリーはわずかなもんでしょう」

「他に仕事を持っているという噂は聞きませんな。菊池氏からたまにボーナスのようなものをもらっているという人もいます」

菊池省造の病状を伸彦はたずねた。悟郎は顔を曇らせた。春までもてばいいが、しかし万全の手当はつくしている、きょうも午後に往診する予定だと、悟郎はいってコーヒーをすすめた。

「榊原さんが見えるとは意外だったな」

「よくあることですよ伊奈さん、ぼくは医者だからけさのような偶然を何度も経験しています。しかし、榊原さんがあんなに悲しむとは思わなかった。そっちの方がぼくとしては意外だったな」

「戦友だからでしょう。俘虜同士というよしみもある」

「戦友、ね、ときに、いちはちちつにのこさずも、という歌はありゃあ一体なんです」

「軍歌でしょう。夕べ釘宮氏が酔って歌ってました。一髪《いちはつ》土に残さずも、誉《ほまれ》に何の悔いやある。……題は知りません。それがどうしました」

「おやじがね、夕べ、小声で歌ってました。へえ、軍歌ですか、真鍋さんの手を握ってしわがれ声で子守唄みたいに歌うんですよ」

第十九章

仲彦は重富病院を後にした。

ちょうど通りかかったタクシーが、仲彦の前で徐行し、彼が立ちどまらなかったのでまた速度をあげて去った。元旦の街は物音が絶え、人通りも少かった。日射しがけさはふだんより澄みきっているように感じられた。仲彦は寝不足で疲れてはいたが、タクシーに乗りたくはなかった。真鍋吉助の死に顔を思い浮べ、アスファルトの路面に落ちた自分の淡い影を見ながらゆっくりと歩いた。明るい光が目にまぶしかった。

昨晩、吹きあれていた風はおさまっていた。

大気は冷えていたが、風がやんでいるので、それほど寒さは感じなかった。

金属性の噪音にまざって自分の耳に届いた英子の声を思い、佐和子のことを考えた。真鍋の死によって、何かが始ったとも思った。〝終りの始り〟。ふと、そういう句を思い出した。菊池の仕事をするために読んだ戦史の中にあった言葉である。何が終り、何が始るのかは自分でもわからなかった。

アパートへ帰ると、灯油ストーヴに点火しておいて、真鍋の手記を読みにかかった。通夜に出席するつもりはなかった。このノートを読むのが、死者に対するせめてもの供養と思われた。腹に一物ある親族たちと顔を合せるのは願い下げにしたかった。榊原康弘はたぶん参列するだろう。話があると彼がいったことを今になって思い出した。

仲彦はノートの一ページを目で追っていながらさまざまな思いに妨げられ、内容がまったく頭に入っていないのに気づいた。重富兼寿が焼却した菊池省造の手記、重富自身の原稿、その二つに書かれてあったことは何だったのか。死者のノートと向いあっていると、心が乱れた。仲彦が病院を出たのは、看護婦が悟郎を呼びに来たからである。菊池家に詰めている看護婦から、省造の具合が思わしくないという連絡が入ったという。悟郎は驚いたふうではなかった。大儀そうにうなずいて車の置き場所をきいただけであった。仲彦を同乗させ、アパートへ送り届けようと提案したのだったが、それをことわって一人で帰ったのだ。菊池家へ向う途中、アパートへ寄ればずいぶん遠まわりすることになる。

仲彦は灯油ストーヴの芯を調節したついでに、残りすくなになったウイスキーで水割りをこしらえた。真鍋のノートを閉じてわきへおしやり、しばらくは何も考えないことにして水割りを飲んだ。気持がしだいに落着き、気力も充実してくるのがわかった。こんどは身を入れてノートを読むことが出来そうだと思った。

二杯めの水割りをあけた仲彦は、ノートを炬燵板の上に拡げて読み始めた。

「糧秣受領者には特別の給与が支給されることは前に書いた。アウステン山から交付所まで、往きに二日、帰りに二日の道のりである。ただし、敵襲がない場合のことで、途中、アメリカ兵におそわれたら往復四日が五日になり六日になるのは珍しくなかった。交戦するのはよほどのことでなければ禁じられていた。要は食糧を運搬することにあるからである。二斗の米と若干の副食物を、マラリア気味に加えて栄養失調の体で背負うのはむずかしい。ために、とっておきの糧食四合を配給されて、出発前に食べ、体力をつけるのである。二斗は三十キロの重さがある。帰りはさらに一升の米が支給される。この四合と一升の米を欲しさに、誰しも受領班に加わりたいのであったが、四合の米を食べても慢性の下痢に悩んでいる兵隊にはそれが体力とならないのであった。

危機に際しては三十キロの米を背にしてジャングルを迂回しなければならないのである。一升四合分の栄養よりも、敵の目をくらますために河谷と密林と草原を踏破するために失うエネルギーの方が大きい。戦友の何人かはこうして糧秣を背負ったまま急激に体力を消耗し、ジャングルで絶命したのであった。不意に敵から射たれて驚きあわて、背中の糧秣をほうりすてて逃げ走る兵もいないことはないが稀である。多くはアウステン山の山腹にしがみついて一日千秋の思いで内地の米を待っている僚友のためを思い、腕や脚の一、二本を失っても、貴重な糧食を送り届けんものと負傷にめげずよろぼいながら運搬するのであった。私もその一人である。一升と四合をむだにしてはならない……」

文字をたどるうちに伸彦は初めの関心をとりもどした。英子や釘宮の話を頭から一掃することができた。真鍋の物語に没頭したとはいいかねたが、さきほどのように心を乱されはしなかった。死を前にして懸命に書き綴っている真鍋の文章に、心をむなしくしてつきあっている自分を意識した。ボールペンの文字はややもすれば崩れ、大小不揃いになることがあった。病状が悪化するにつれて文字の形がゆがむのが見てとれた。むりもないことである。伸彦は電気スタンドの明りを点け、ノートの上にかざして一字一句見おとしのないようにていねいに行を追った。

重症の身で文を綴るのは、体に良くないことであるのは、真鍋自身知りぬいていたであろう。にもかかわらず書き続けたのはそうせずにはいられない願いがあったからだと推測するしかなかった。ノートはいわば真鍋の生命とひきかえに残されたようなものである。

伸彦は菊池省造の手記と、まだ目にしていない重富兼寿の手記とを真鍋のノートと比較した。ちがいといえば両者が将校で、真鍋が一兵卒という点にしかなかったが、内容に大きな差はないように思われた。

真鍋吉助は結果として自分の命をちぢめることになったとしても、他人に訴えたい記憶があったのである。ページにはところどころ汗が滲んでいた。伸彦はいったんひきこまれると、時のたつのも忘れた。もはや英子の言葉にも佐和子の顔にもわずらわされなかった。彼は昭和十八年初頭のＧ島を、真鍋と共にさまよっている気にさえなった。

われわれは月の無い夜を待ち望んだ。暗夜を利して駆逐艦隊が糧食を輸送するからである。内地ではしみじみと仰ぐ月が、アウステン山ではなんとも恨めしく見えて仕方がなかった。月明の夜は飢えなければならぬ。私はこのとき、人間の情緒が胃袋に左右されることを思い知った。

夕方、われわれはア山を降りた。敵の砲爆撃で、樹木は倒れあるいは焼きはらわれて遮蔽すべき物かげがない。昼間、山腹を移動すると、上空を飛行している敵機がただちに舞いおりて来て掃射するのである。密林にたどりついたときはさすがにほっとした。真夜中をすぎた頃で、沖を航走する魚雷艇のエンジン音が風にのって聞えてくるほどであった。海岸の近いことが知れた。夜というのに魚雷艇が走りまわっているのは、昨夜、駆逐艦が糧食を運んで来たことを知っているからである。ふつう敵魚雷艇は昼間しか行動しない。駆逐艦は甲板上にロープで固縛したドラム罐をつみ、G島沖にそれらを投下する。停泊して大発に荷を移すゆとりはないのである。

あらかじめ待ちうけたわが軍は、海面に浮んでいるドラム罐を大発で曳いて帰る。

魚雷艇はその大発を襲撃した。ドラム罐を機関砲で射った。わずかな浮力しかないドラム罐は二、三発の弾丸が命中しただけで、あっけなく沈んだ。敵に沈められるか、わが軍が手に入れるか、おたがいにけんめいである。苛性ソーダ溶液で洗浄されたドラム罐内には、米とかつおぶし、油紙で包装したマッチ箱、塩、ローソク、粉味噌などが入れてあった。粉味噌は三センチ角の袋が数箇で、湯でとけば味噌汁になる。魚粉のだし入りでなかなか美味である。もっとも今は食べられたものではないかもしれない。十五センチくらいのローソクは二本を一括りにしてあった。マッチは赤、黒、黄の三色で描かれた福助の商標と日本の文字が非常に懐しかったことを憶えている。

私は木の間がくれに見える沖の魚雷艇に目をやり、心の中ではア山の裾で見た一つの情景を思い浮べていた。四合の米を食べて、いくらか人間らしい気持をとり戻したのであろう。いつもはああいう光景を目にしたところで心を動かされないのであるが、おそらく敵兵に狙撃されたのであろう一人の日本兵が山裾の岩かげに倒れていた。正確にいうなら日本兵の白骨である。近くに砲爆撃の痕がなかったし、グラマンの機銃によるものでないことも推量できた。もしグラマンであれば、十二・七ミリの直撃をうけた体は甚しく損壊するのである。頭は砕け、腕はちぎれる。ほとんど完全に近い白骨で、手足の指の骨までそろっていた。ものかげにひそんだ敵に狙い射たれ、傷者のつねとして岩のかたわらを流れる小川まで水をのみに這って来てこと切れたらしい。武器や装具はおろか被服もなく白骨のみであった。生きている兵が持ち去ったのである。ほとんど完全に近い白骨は実は去年の暮までであって、たまに岩かげを通るとき、しだいにばらばらになり始めた。昼間なら避けて通るのであるが、夜しか行動しないわれわれの足が踏みつけるのだ。腕の骨、脚や肋骨も砕けて土に埋れ、ついには頭蓋骨と骨盤と大腿骨が残った。

赤土の上にまるで理科の標本のように白く浮きあがっていた五体も、とうとう丸いされこうべだけになってしまった。しかし、それはなかなかこわれず、ある日は岩かげにまたある日は椰子の根方に、われわれの足の当るがまま、転々と場所を変えた。夜道を水汲みに降りるとき、つま先にかたい物がぶつかることがあり、そのつど私は心の中でつぶやくのである。「今、けとばしたのは頭蓋骨ではない。あれはただの石ころだ。でなければ椰子の実なのだ」と。

ある夕方、沢蟹をとるために岩かげへさしかかったとき、道のまん中に下顎のとれた頭蓋骨がころがっていた。いつもはすぐ目をそらすのだが、そのときは正面にまるで誰かが据え置いたかのように位置しており、しかも顎骨がはずれたためにやや上向きになったされこうべの二つの眼窩と私の視線がぴたりと一致したのだ。私は立ちすくんでしまった。ようやく我にかえった私はそれを岩かげに運んだ。浅い穴でも掘って埋めるべきだったろうが体力がなかった。

糧秣受領のためア山を出発して例の岩かげを通過した際、私はされこうべを置いた箇所に目を走らせた。白いものが見えたような気がした。闇夜のことだから定かではない。白いものは日章旗だったかもしれない。死者は息をひきとるまぎわに肌身離さず携えていた日の丸を傍に拡げ、四隅に小石をのせていたのだった。白骨は解体して位置をかえたが、旗は元の場所にあった。どういうわけか、誰も日の丸の旗は足にかけなかった。あたかも白骨より国旗の方が大事なものであるかのように。と思うのは考えすぎであろう。ただ通り道に拡げられていなかっただけのことだ。私は人間の遺体より旗が長もちするのがふしぎだった。

大休止が終った。

われわれは立ちあがって歩きだした。

前を歩く僚友を見失わないようにめいめい背中にホタルゴケをなすりつけた。腐木にこびりついている苔で、燐光色を発するしろものである。正しい名前は知らない。螢が放つ光に似ているのでその名をつけたまでだ。九月と十月にした総攻撃のおりもこれを体につけて目印にしたことを思い出した。暗夜、密林内では自分の手さえ見えないのである。前方にちらちらする蒼白い光を見ていると、あの晩、決死の思いで敵陣へしのびよった自分のことが思い出された。当時の兵隊で生存しているのは三割にみたない。寝不足と疲労のため私は半ば眠りながら密林の下生えをかきわけて歩いた。

九月の総攻撃においてはどうやら命拾いしたものの、十月下旬にしかけた総攻撃の際は、今度こそG島の土になるだろうと予想した。しかしそれも命令が下達されるまでで、攻撃発起線に展開するため密林を潜行し始めたときは、ものを考えるゆとりとてなかった。帝国陸軍の面目に懸けてと、訓示にはあった。九月攻撃で敵弾に仆れた戦友の仇をうつのだともいわれた。けっきょくは言葉にすぎない。私は闇の奥にぼんやりと光るホタルゴケを見失わないよう、ただがむしゃらに歩いた。頭の中にあるのは一刻も早く楽になりたいということだけであった。百発あまりの弾丸、二箇の手榴弾、小銃と帯剣、鉄帽などの重みが肩にくいこんだ。背のうは後方に残置し、身軽になったとはいえこれだけは歩兵としてぎりぎりの装備である。定量の食事をとっている健康体ならどうということはないのだが、あけがた三日ぶりに一合の米を粥にして食べたばかり、マラリア熱がひいて一週間とたっていなかった。

私だけではない。戦友のほとんどがアメーバ赤痢かマラリアにやられていたと思う。帯剣の鞘をすてた者があった。鉄帽を投げすてた兵もいた。さすがに小銃弾だけはすてなかった。補給が困難であることを知っているからである。手榴弾もすてなかった。一発は攻撃用、一発は自決用にとっておかなければならない。

樹木の間隔が大きくなり、部隊はやがて草原に出た。「停止」の号令が達せられたとき私はその場にひっくりかえった。肩にかかった小銃と弾丸手榴弾の重みが消えたせつな、気が遠くなるようであった。菊池小隊長が後ろから現われて、手を左右に振った。休憩するひまなどありはしなかった。昭和十七年十月二十四日という日付を私は頭にきざみこんだ。自分の命日だからである。小隊長の白い手袋が夜目にも鮮かであったことを憶えている。横に散開するよう合図をする前に、分隊長集合を令したような気もする。それとも散開してから分隊長を呼びよせて攻撃要領を再度、指示したのであったか、そこの所は記憶があいまいだ。

　敵陣はひっそりとしていた。

　われわれは足音をしのばせて攻撃位置についた。展開するのにしばらく時間がかかった。密林を縦隊になって行軍して来たのだから、先頭が予定の位置についても、後尾はまだずっと後ろの方を急いでいたのだ。

　部隊は密林が草原にかわる地点に展開した。

　私のななめ前に砲弾が炸裂した穴があり、菊池少尉が穴の底にうずくまって、赤い布で覆った懐中電燈を地図に向け、部隊が所定の位置に到着したか確かめようとしていた。中隊長もわきに居た。二人は小声で前方に見える小丘がアメリカ軍の占拠した陣地であるかどうか、周辺の地形と見くらべて標定を急いでいるらしかった。闇夜である。磁石をたよりに行進して来はしたけれども、見当ちがいの場所へたどりつく公算も少くない。

「中隊長どのはどこにおられる」

　見れば大隊本部の下士官である。私は弾痕の二人を指した。伝令は中隊長に小声で報告している。大隊長も気が焦っているのであろう。東の方ですさまじい銃声が起った。迫撃砲の斉射も始った。

「森崎、大久保、堀。今から前方の敵情を偵察する。おれについてこい。横に十メートル間隔をとれ。鉄条網を発見したら各個にさがってよし。いいな」

　森崎曹長は支那事変で金鵄勲章を拝受した剛の者である。大久保軍曹は去る九月、海岸に逆上陸したアメリカ兵を沈着に迎え撃って少尉の覚えがめでたかった。堀伍長は小柄ながら剣道三段の猛者である。その中に私が加えられた理由はわからなかった。

銃砲声はますます激しくなった。菊池少尉はわれわれに目標を示した。

前方にゆるやかな勾配をおびて小高い丘が見えた。草に覆われたナマコ状の丘で、暗い空を背景に不気味にしずまりかえっている。そこに至るまで、身を隠す地物は何もない。発見されたらいちころである。昼間、ア山の裾から密林の梢ごしに望見した丘と、似ているようでもあり、似ていないようでもあった。敵はマイクを草むらに隠しているという。犬を放っていることも聞いている。マイクは線を切り、犬が吠えついたら帯剣で刺殺するようにと、少尉は命令した。

「歩哨はどうしますか」

森崎曹長がたずねた。

「犬と同じ要領でやれ。発砲してはならん」

菊池少尉は草の中を這い進んだ。少尉をはさんでわれわれも丘へ向って這った。密林の底を前進していたときから、私の全身は夜露でぐっしょり濡れていた。草の丈は膝に達するほどで、銃をひきずって匍匐していると歯の根が合わなくなった。そのくせ、寒さは感じなかった。気が立っていたのだろうか。平坦な草原と見えたのが、じっさいに調べると起伏があり、弾孔や地隙がゆくてに待ちかまえていて、匍匐するのは楽ではなかった。

私の左は森崎曹長が、右には堀伍長が、その隣には菊池少尉と大久保軍曹がいるはずであった。草を分けるかすかな音が続いた。私は目を地面に近づけ、空と土の境界をたえず確認して這った。敵が東方、すなわち飛行場付近の戦況に気をとられ、私たちの方へ注意を怠っていることを祈るほかはなかった。

私はどきりとした。

右の方からいきなり黒い頭がのぞいたからである。十メートル離れているとばかり思っていた堀伍長が、いつのまにか私の横に来ていた。方向を誤ったのである。伍長は「何か見えるか」といった。私は闇をすかした。草よりも高く棒のようなものが前方に林立しているのが見えた。

「鉄条網か。おれには見えんぞ」

枯木ではないかと堀伍長はいって上半身を少し持ちあげた。そのとたん、目の前が明るくなった。赤と白と黄の光が滝のように丘の頂上から流れ落ちた。私は堀伍長が射たれたと思った。わっといって突っ伏したからである。私も地面にしがみついた。五分か十分、じっとしていたように思うけれども本当は数秒間であろう。手で伍長をゆすってみると、「こりゃたまらん。さがろう」といった。

「小隊長どのは敵が射ちだしたら、その場に遮蔽しておれといわれたではないか」

私がいいかえすと、

「貴様、アホか。ここでじっとしとったら敵弾の餌食になるだけだ。おれはさがるぞ」

といって伍長はじりじりと斜面を這って下った。私もそうした。往きは五百メートルもの距離と感じられたのに、逃げ帰る際は百メートル、いや、もっと短い距離に思われたから妙だ。スコールを横にしたような弾丸をあびて私は平たくなっていた。後ろの地面がやや高まっていて、そこへあがれば地を這うような弾道にさらされるはずであった。高まりを右へよけるか左へ迂回するか私は迷った。

夜は弾道が高いのに、この夜は地面すれすれに弾丸が流れた。敵兵が満を持してわれわれを迎え撃っているしるしである。私は顔を横にして目前の草を見ていた。草の尖端に火がつき、ちりちりと焔をあげて燃えあがった。灼熱した弾丸が草の葉をかすめているのである。曳光弾の火がついたのかもしれない。

燃える草を認めて私は観念した。

菊池少尉は無事に後退しただろうか。森崎曹長は、大久保軍曹は。私は意外に冷静だったと思う。これで前方の丘に敵がひそんでいることが判明したのだ。われわれの偵察はむだではなかった。味方もだまっていなかった。私の後ろで聞きなれた九二式重機のたのもしい射撃音が起った。軽機も射ちはじめた。私はあらたな危険を感じた。友軍は私がここに伏せているのを知らない。斜面にしがみついているので、敵側からはあるていど死角をなす位置といえるけれども、足もとから射ちあげる味方の銃口には無防禦である。

私は丸太棒のように体をころがして出発点に帰りついた。

血の臭いがした。あちこちで呻いている兵隊がいた。私の上に弾丸がなぎ払った枝葉がぱらぱらと落ちて来た。友軍は射撃をやめた。斜面の途中まで前進せよという命令が出た。「重機分隊はあそこまで出ろ」中隊長がうわずった声で前方を指した。私がまごまごしていた先ほどの地点である。斜面がほんの少し高くなっているこぶ状の箇所に銃座を設定して、友軍の突撃を掩護しろというのだ。

重機分隊は命ぜられるまま私のころがり降りた斜面を這いのぼって行った。われわれが射撃を中止したゆえか、敵も射つのをやめた。かわりに照明弾があがって、地上をまひるのように照らした。草が一本ずつはっきりと目に映った。頭の上で輝いた白銀色の火の玉はゆらゆらとゆれながら落下し、その光がまだ消えないうちに次の照明弾がうちあげられた。

九月の総攻撃から一カ月以上たっている。

敵陣はおびただしい土木資材で強化されているはずである。毎日、ルンガ沖に停泊して物資をおろす輸送船をわれわれは見ている。丘の要所要所はトーチカでかためられ、重掩蓋つきの交通壕でつながれているだろう。トーチカの前には鉄条網が、二重三重に張りめぐらされ、さらにその前方には地雷が埋めてあるだろう。

私はしかしどうしたことか恐怖を感じなかった。数日らいの疲れもねむけも消えていた。敵が沈黙したのを機に、われわれは丘の途中まで這いのぼった。

「甲斐、あれが射てるか」

中隊長は上空の照明弾を顎でしゃくって甲斐兵長にたずねた。白昼さながらの明るさをもたらす照明弾をうち砕くことができればずいぶんたすかる。まばゆいほどの草原を突撃するのは損害が大きすぎるのだ。「やってみましょう」甲斐兵長は聯隊一の名射手であった。

大隊副官が後ろから這いあがって来た。本部から早く突撃するようにとせき立てているらしい。中隊長と副官は小声でいい争った。他の中隊は突撃したのになぜわが中隊だけがもたもたしているのかと大隊長が責めているのだ。そういえば丘の向う側でさっき激しい射撃が起ったようだ。昼をあざむく光の下で突撃するのは、さあ射ってくれといわんばかりである。

二人の間でどのような話がかわされたものか、私にはききとれなかった。副官はぶつぶついいながら草むらに姿を没した。甲斐兵長は私に山口が持っている十一年式を借りて来てくれといった。私は甲斐兵長が渡した九六式軽機を持って七メートルほど横に這い、山口兵長の軽機と交換した。十一年式の方が命中率は高いのである。しかし九六式より重たくて故障しやすい。古兵はみな九六式を持ちたがった。射ちながら突撃できるからである。めったに作動不良にならなかった。それを甲斐兵長が十一年式ととりかえたのは、照明弾を撃砕するためである。

甲斐兵長は雨水がうがった地隙に降りてしゃがみ、軽機の脚を縁に立てた。照準を空で輝くものに合せた。二百メートルそこそこの距離である。照明弾には小さな落下傘がついてゆるゆると降下するから必ずや命中するだろう。そのときこそ中隊全員が立ちあがって丘を駆けあがる機会である。

照明弾がまた輝いた。すかさず軽機が鳴った。五、六発めにあたりはまっ暗になった。われわれは立ちあがって走った。敵陣まで百メートルとなかった。中隊長が抜刀した。私の前を走る菊池少尉も軍刀を抜いた。露を含んだ草むらはすべりやすかった。われわれは喚声をあげなかった。頭上に白銀色の光が走った。後ろで軽機がはためき、すぐに闇が降りた。同時に丘の頂が燃え立った。火の渦にわれわれは巻きこまれた。迫撃砲弾が絹布をしごくような音を発して前後左右に飛んで来た。止るな、止ればやられるぞと叫んだのは中隊長であったか、菊池少尉であったか。

あのとき私が感じたのは恐怖ではなかったとくりかえしておく。かといって勇気があったわけでもない。どうせやられるのだ、今うたれるか、後でうたれるかのちがいだと思っていたようだ。頭の中はからっぽで、周辺のすさまじい銃砲声も耳に聞えなかった。けんめいに走っていたつもりだが、脚の方がいうことをきかず、よたよたと歩いていたような気がする。地面は寒天のように震え、皮膚を剝がれたように顔がひりひりした。われわれは鉄条網を手榴弾で破った。第一線の鉄条網から突っこんだ直後、「中隊長戦死」と叫ぶ声が聞えた。続いて森崎曹長がやられた。

「指揮班はどこだ」

「手榴弾をくれ」

「中隊のう、指揮はあ、菊池少尉があ、とる」

「衛生兵、衛生兵」

「軽機は何をしてる。早く敵の銃眼をつぶせ」

「かたまるな、散れ散れ」

あまりに敵陣へ近接したために迫撃砲弾が落ちてこなくなったが、銃火はいっこうに衰えなかった。「三分隊全滅」という声がした。丘を占領できなかったら、夜が明ける前に後退しなければならない。大久保軍曹が戦死者の手榴弾を集め、針金でたばねた。敵のトーチカ前にもう一線、鉄条網が張りめぐらされている。大久保軍曹は軽機に掩護を命じて鉄条網ににじりよった。爆破音がとどろいた。中隊で生き残っているのは半数しかいなかった。

「くそっ」と叫んで堀伍長が立ちあがった。私も彼の後に続いた。破れた鉄条網から敵陣にかけこんだ。私の足が宙を踏んだ。次の瞬間、壕の底にひっくりかえった。もう一人だれかがころがりこんだ。悲鳴をあげたのは米兵らしい。そいつは壕の奥へ逃げた。「待て、この野郎」私は着剣した小銃で米兵を追った。

今にして思えば、そのアメリカ兵が日本語を解するわけがないし、解したとしても待つはずのないことは当然だ。トーチカの銃眼はもう火を噴かなかった。

丘のいただきはうっすらと明るくなった。壕の底に黒人兵が倒れていた。どうやら敵は丘をすてて逃げたらしい。

そいつは黒人兵ではなくて頭を黒く塗った白人兵だった。私は彼の水筒を腰からもぎとって水を飲んだ。断末魔の声が各所で起った。逃げおくれたアメリカ兵たちが殺されているのであろう。私は死体のポケットをさぐって煙草とチョコレートをつかみだした。堀伍長が仆れていた。顔見知りの兵隊が何人かアメリカ兵の死体にまじって絶命していた。生き残りは罐詰と煙草を自分のポケットにつめこんでいた。

「敵はすぐ逆襲してくるぞ。逆襲にそなえろ」

その声で菊池少尉が生きていることを知った。壕の内壁が崩れた。砲撃が始った。迫撃砲ではなくて重砲である。トーチカが直撃弾をうけてつぶれた。中には指揮班の連中がいたはずだ。砲弾の破片が鋭い擦過音を発してとび交った。伝令が丘を登ってきた。中隊長の位置を聞いたので戦死したことを告げ、菊池少尉の声がした方角を指さした。私は口をきくのも億劫だった。伝令は肩と腕から血を流していたが気づいていないようだった。

一分後に後退命令が伝えられた。

砲撃のあいまをぬって丘からさがるのはむずかしかった。私は膝に貫通銃創をうけた宮本上等兵を背負って降りた。山口兵長は上田一等兵に肩をかした。菊池少尉は柳本兵長を支えた。重傷者はわれわれが丘を下るのを待って手榴弾で自決した。つれて行ってくれと叫ぶのもいたが、どうすることもできなかった。手榴弾をつかい果した重傷者にたのまれて、菊池少尉は拳銃で彼のこめかみを射った。密林へもぐりこんだとき、中隊は二割くらいの兵力しか残っていなかった。

ふりむくと丘の頂上にはまだ敵の砲撃があびせかけられていた。死にきれないでいた味方の重傷者も、あれでとどめをさされたことだろう。丘は黒煙を立ちのぼらせた。草は燃えつくして褐色の地肌がむきだしになった。鉄条網にひっかかった死体が、おりからの朝日にうかびあがった。

菊池少尉は各隊の死傷者数を報告するようにと命じた。われわれは残弾と兵器の損害もあわせて報告した。少尉の軍刀は尖が折れ、中ほどからまがっていた。鞘におさまらない軍刀を少尉は抜き身のまま手にして歩いた。中隊の攻撃のみならず、大隊の攻撃もうまくゆかなかったことが、どこからともなく伝わってきた。聯隊は敵陣を占領することができなかった。飛行場へ突撃した第二師団も破れてさがったことを聞いたのは数日後のことである。私の前を歩く菊池少尉は何度も隊列をふり返った。二割強に減ってしまった、中隊とはもはやいえない中隊の兵員を数え直しているようだった。少尉の顔は目が異様につりあがり、頬もけいれんがやまなかった。昂奮しているのであろう。小休止のとき、菊池少尉は大木の根元にうずくまっていたが、いきなり立ちあがって先任下士官に人員点呼を命じた。何べん点呼しても同じことだ。死者がよみがえるわけはなかった。

「これだけか。本当にたったこれだけか」

菊池少尉はどうしても信じられないというふうに呆然と部下たちを見まわした。硝煙でまっくろにすすけた顔でわれわれを一人ずつ見つめた。この場にいなければならない部下を探し求める目の色であった。少尉はやがて木の根にうずくまり、両手で頭をかかえた。その汚れた頬をつたって涙がしたたり落ちた。私は敵兵からとりあげたチョコレートを戦友たちと分けて食べた。唾液が出ずに石を嚙むような味がした。昂奮と緊張がゆるんで初めて少量の唾液が生じた。入れかわりに忘れていたねむけと疲れを覚えた。照明弾を軽機で狙い射った甲斐兵長が、迫撃砲弾をうけて即死したことを、そのとき聞いた。

山口兵長は左腕を三角巾でつっていた。

私は彼に水筒の水を飲ませた。

われわれは失った戦友の話をしなかった。敗退した日本軍を探しているらしく、密林の上空を飛びまわるグラマンの爆音がした。ぶあつく茂った枝葉をこのときほどありがたいと思ったことはなかった。

「出発」

菊池少尉が傍に控えた先任下士官にいった。

「小休止終り。行くぞ。さあ立て、立たんか、おまえら」

われわれは銃を杖に立とうとしたが、腰に力が入らず、中腰の姿勢で尻もちをつくしまつだ。先任軍曹にどやされても体がいうことをきかないのである。

「このざまは何だ。戦闘は今はじまったばかりだ。こんなことでどうする。立て、この野郎」

軍曹はへたりこんでいるわれわれを靴でけって歩いた。私は彼の巻脚絆にかぎ裂きのあとがないのに気づいた。一線の鉄条網から突入した連中はみな有刺鉄線にからみつかれて軍袴と巻脚絆にかぎ裂きのあとをつけていた。口先では威勢のいいことをいっている軍曹は鉄条網の手前で弾痕にひそんでいたのだろう。私が軍曹といって姓を記さないのは右の理由による。彼はぶじ内地に生還した。

ようよう立ちあがったわれわれは、菊池少尉を先頭に歩きだした。中隊で歩行可能な将校は彼だけであった。中隊長以下二人が戦死した。重機は二挺とも失われた。とりわけ痛かったのは戦闘上手の森崎曹長が仆れたことだ。この先予備士官あがりの菊池少尉が中隊長に昇格するのだろうか。山口兵長も同じことを考えていると見えて、私にこっそりと、「森崎さんは惜しいことをした」と耳打ちした。

将校は勇敢なだけがとりえではない。血気にはやって手柄をたてたがる将校は、部下にとっては迷惑である。菊池少尉は勇敢であり、機を見るに敏なところもある。戦闘指揮もけっして下手ではない。しかし何といっても実戦経験が足りないうらみがあった。われわれが森崎曹長の死をいたんだのは、彼ならば最少の損害で敵陣を攻略できると思ったからである。いってみれば、わが身可愛さのゆえに曹長を惜しんだのだ。

われわれは木の枝を切って携帯天幕を張り応急担架とした。衛生兵の持っている三つの担架だけでは、負傷者を運べなかった。食糧弾薬はいうまでもなく、医療品も九月の総攻撃でつかい果してから補給皆無であった。「殺してくれ」と訴える負傷者の傷口に早くもウジがわいた。熱帯の烈日は傷をすぐに化膿させた。

殺してくれとたのむうちはまだいい。口にそう出すことで痛みをがまんできるのである。本ものの重傷者はだまっている。殺せという元気はないのだ。ただかすかな声で水をねだる。水筒に水を残しているのは一人もいなかった。一人の負傷兵を担架で運ぶには四人要る。四人の小銃をかつぐのに一人、計五人が必要となる。負傷していないのは数えるほどで、担架を持つ兵とてもどこかに傷を負うていた。ていどの差があるだけだ。したがって行進は遅々としてはかどらなかった。

このとき敵に追撃されていたら部隊はひとたまりもなかったであろう。われわれがたすかったのは丘にとどまって死をえらんだ戦友たちの加護と信じたい。ゆくてに水の音がした。マタニカウ川の支流と思われた。担架を投げだすように横たえ、中隊はわれがちに水辺へ駆けよった。

負傷者も水を欲しがった。出血した上に酷暑の密林で半日をすごしたのだからむりもないが、水は与えられない。死を早めるからである。私は澄みきった川の水を腹這いになって心ゆくまで飲んだ。全身の細胞に冷たい水がしみわたるようであった。よみがえる心地がした。私が上衣をぬぎ、顔と手を洗っている間に、菊池少尉は大隊本部へ行った。

私は草の上にあお向きになった。

密林のきれめ、梢の上にひろがる青空が目にしみた。

白い雲が東の方へゆっくりと流れた。

双発の大型機が編隊をつくって雲の下を飛行した。編隊はつぎつぎときれめに現われては消えた。私はそれがどちらの飛行機か、考えもしなかった。戦争は遠い世界のできごとのように思われた。チョコレートをひとかけら食べただけなのに、空腹を感じなかった。咽喉の渇きをいやして私はすっかり満ちたりた気持であった。木の葉が高い所で日をあびてみどりに輝き、日光が黄金色の縞になって密林に射しこむのを見ていればよかった。

ずっと離れた地点で機銃が連射された。音からして友軍のそれではなかった。

飛行場を占領するのに失敗して逃げおくれた友軍の残兵が狩りたてられているのかもしれない。まひるの草原に隠れ場所はあるまい。機銃の音は初め米軍のものばかりであった。私は孤立した友軍(たぶん第二師団の兵)を気の毒に思わなかった。きょうはたすかってもいずれ私は死ぬのである。私が確実に生きながらえると信じていたならば、重囲におちいった味方の兵をあわれむことができたであろう。

しばらくして聞き覚えのある機銃の音が伝わって来た。今まで鳴りをひそめ包囲から脱出するすきをうかがっていた友軍の小部隊が、囲みを破れないと判断し今はこれまでと決死の反撃をくわだてたようだった。われわれは寝ころがったまま双方の射ちあいに耳をすませた。密林にいるわれわれとちがって、日をさえぎるものとてない草原では、さぞ咽喉が渇くだろう、私はそんなことを考えていた。

交戦している方角から、グラマンの急降下する独特の音が聞えた。ついで、爆弾が破裂した。依然として友軍の機銃は鳴りやまなかった。二発、三発、私は数えた。とうとう味方は沈黙した。米軍の銃火もおさまった。風が梢をゆすった。頭上で交錯した枝が、かすかにきしった。私は渇きを覚えてふたたび小川のへりまで這って行き、水を飲んだ。川面に髯もじゃの痩せこけた男の顔が映った。それが自分であると気づくまでにしばらくかかった。泥と血と硝煙で汚れた顔に獣めいた兇暴な目が光って私を凝視した。顔を今しがた水で洗ったのに、汚れは落ちていなかった。水をかきまわすと、底に沈んでいる青と白の砂が浮いてゆれた。蟹が小石の下から這いだした。水の上に樹が涼しい影を投げた。私はそこにしゃがんで透明な川底を眺めた。伊佐の町を流れる伊佐川の上流へ子供のころしばしばハヤをとりに行ったものだ。

小川だけ見れば、郷里の伊佐川上流とよく似ていた。

夏の日、下帯ひとつで朝から晩まで水につかって蟹や蝦を探した少年時代を思いだした。一時間以上は水に浸れなかった。冷えた体を岩の上に横たえて暖まった。熱い岩を背中で感じるのは気持が良かった。

伊佐川を見ることは二度とないのは確かだった。私は胸をしめつけられた。思いだしてはいけないものを思いだしたことになる。私は手拭いを水に浸し、負傷兵の唇を湿らせた。手拭いをくわえて、水を吸いとろうとする負傷兵もいた。どうせ死ぬのだから、腹一杯水を飲ませてくれという兵を、何といって励ませばいいのか。「きっと助かる。後方へさがれば野病があるから充分な手当てをうけられるさ」というしかなかった。

野戦病院でさえ薬が払底し、入院すれば死を待つだけの状況であることは、当時、私は知らなかった。薬だけでなく食糧の配給もないのだから、前線よりもっとひどい。ちがいは戦闘しなくてもいいことくらいだろうか。

しかし、待遇の悪さに驚いて病院をぬけだし、軍医の許可なしに前線へ戻ってくる兵がひきもきらないほどであったから、前線の方がましといえなくもない。ともあれ、そのとき私にできることは動けない兵の顔を清め、唇をちょっぴり湿らせてやることだけであった。彼らが夜までもつかどうか心もとなく思われた。

「真鍋よ、すまんのう」

宮本上等兵は顔をくしゃくしゃにした。堀伍長と同年兵でありながら、態度が粗暴なのと上官を上官と思わない言動から上等兵以上に進級しなかった人物である。私が初年兵であった当時、銃の手入れが悪いとかベッドの毛布がたるんでいるとか難くせをつけて、私の頬が二倍にはれるまで革の室内靴で殴ったものだ。恨みを恩で返すという殊勝な心がけは私になかった。腹部盲管銃創の宮本上等兵はまもなく死ぬだろう。私もやがて戦死するであろう。その意味でわれわれは同じだった。このときになって恨みも憎しみもありはしなかった。雑のうにキャラメルがとってある、おまえにやると、宮本上等兵はいった。

菊池少尉が大隊本部からむっつりとして帰ってきた。

「皆その場で聞け」少尉はいったん口をつぐんでわれわれを見まわした。

「あすまた総攻撃をかけることになった。皆、おれと一緒に死んでくれ」

ディストリビューターのアームポイントはすりへっているし、キャプレーターのノズルにはごみがつまっている。仲彦は冷えきった車のエンジンを始動させるのに手まどった。電気系統の故障も考えてみた。埃だらけのボンネットをあけて、砂や紙屑が黒い油にまみれてこびりついたエンジンを点検した。オイルはさほど汚れていない。回線にも異状はないようだ。運転席に戻ってもう一度スイッチを入れてみた。ようやく手ごたえのある爆発音が返ってきた。

座席が不規則に振動した。かたく閉じている窓ガラスまで鳴った。

「三ヒゴゼン一一ジ　ウンゼンホテルヘコラレタシ　シノザキ」

という電報がアパートに届けられたのは二日の午後であった。仲彦が真鍋吉助のノートと菊池省造の手記とを照合し、公刊戦史と首っぴきで両者の異同をしらべていたときのことである。雲仙は伊佐から車で二時間かかる。ヒーターがこわれた車を駆って標高千メートルの町へ登る道中はともかく、英子の父に会う気うとさが先に立った。せっかく仕事にうちこんでいたのだ。何者にもわずらわされることなく公刊戦史を読み、ノートをとり、省造の手記を浄書して休日をすごしたかった。

篠崎英孝が来いという意向は察しがつく。

英子は旅行のことを他人に告げてはいないといったけれども、釘宮が知っている以上、せまい伊佐市で内緒にしておけるものではない。年始の客をさけるために雲仙のホテルへこもった篠崎は、同じ目的で投宿した伊佐の誰かに噂を聞いたのだろう。

仲彦は車が一定の速度を保つようにアクセルを踏み続けた。ギヤを変えるごとに車は身ぶるいした。山頂ちかくにある温泉町まで、長い坂道を登りきれるか心もとなかった。途中でエンジンが止ってしまったら、正月三日のことだから誰も修理に来てくれはしない。にもかかわらずタクシーやバスを利用せずに自分の車に乗りこんだのは、そのときはそのときだという気持があったからだ。車の故障にかこつけて、ホテルへ到着する時刻を遅らせることもできる。義父と対座する時間は短くなるほど良かった。あるいは心のどこかで車が動かなくなるのを祈っていたのかもしれない。

通りには晴れ着を着た娘たちが目立った。

朱や緑の振り袖に黄金色の帯をしめた姿が、けさはなぜか目に痛かった。まがまがしくさえあった。娘たちは三人か四人つれ立ってことさらゆっくり歩いた。伸彦には若い女たちの原色がかった身なりが、正月の祝い着というよりも女であることの誇示のように感じられた。飾られた子宮、ふと、そう思った。

しかし、すぐに思い直した。正月そうそう義父に呼びだされたのでなければ、娘たちの晴れ着姿は自分の目を慰めただろうと。伸彦は厚でのセーターを着こんで上衣のボタンをとめ、さらにレインコートで身をくるんでいた。セーターは英子が編んでくれたものだ。編んだのは結婚した年であった。新婚所帯の様子を見に上京した義父は、英子が編み棒を動かして三分の二ほど編み上げたのを見ている。

アパートを出てから、伸彦はまずいことになったと思った。義父が万一、このセーターを覚えていたら、いい顔はしないだろう。これ見よがしに着てきたと思いはしないだろうか。伸彦がえらんだのは他意あってのことではなかった。他にふさわしいセーターがなかっただけのことである。歳末に降った雪が雲仙岳の頂にはまだ積っているのを知っていた。

伊佐市内では、家並にさえぎられて見えない雲仙岳も、町はずれに出ると千々石湾に浸った裾から山頂までの全容を目に入れることができた。県庁所在地のN市や伊佐の実業家たちが、元旦を雲仙の温泉町ですごす習慣を伸彦は知っていた。フロントグラスごしに見る娘たちの表情はどれもしまりがなかった。毒々しいまでに厚化粧をほどこした顔は娼婦のように見えた。ゆるんだ表情でありながら視線はおちつきがなく、笑いをたたえたまま四周に動いた。

かんざしを刺され羽二重で包まれた子宮、紅白粉と香水をまぶされた子宮が歩いてゆく、と伸彦は考えた。英子が畳にすわっていっしんにセーターを編んでいた姿を思いうかべた。注意を編み棒に集めてめまぐるしく動かす指を見ていると、息苦しくなったものだ。なぜか脅威すら感じた。編み機があるのだから、それを使えばいいではないかと、伸彦がいうと、英子は手の動きを止めずに上目づかいに伸彦をちらりと見てかすかに笑った。

(編み機を使った方がいいの？)

(同じことだろう。はやく仕上がるんじゃないのかい)

(それはわかってるわ。でも、これだけは手で編みたいの。時間がかかっても)

おしつけがましいぞという言葉が出かかったのを伸彦は我慢していわずにおいた。週に一回あるかないかの休日を、些細なことで口論してダメにしたくなかった。畳についた肘で頬を支えてぼんやりと英子のよく動く指先を眺めていたあのときも、セーターを編んでいるのは一個の子宮だと考えていたようだ。脂肪と筋肉の層でくるまれた女の体内の奥深い箇所で、ひっそりと息づいているゆがんだ球形の臓器、暗い下腹部に女が持っている桃色のつややかな袋を、伸彦は思い描いた。

(あたしと一緒になったのを後悔してらっしゃるの)

午後は雨になりそうだとでもいうようなさりげない口調で英子はいった。

(どうして、そんなことを考えるんだ)

(ちがうとはいわないで、質問で答えるのね)

(いいがかりはよせ。びっくりしただけだよ)

(今になって考えることじゃないわ。ずっと前からそう思ってた。あなたはなぜあたしと結婚する気になったのか

しらって)

依然として英子は編み棒に目をおとしたままだった。毛糸玉が英子の膝からすべり落ちて伸彦の方へころがってきた。彼はそれをつかんで英子へおしやった。来週の末にはセーターができあがると、英子はつぶやき、編み物の両端を持ち上げて目の前にかざした。

(来週の末か。しかし、急ぐことはないぜ、きみも仕事があるんだしな)

(ほらほら、そうやって話をそらすのがあなたの悪い癖だわ。わたしのきいていることに答えてちょうだい)

(下らない質問はやめてもらいたいな)

(答えになっていないわ。下らない質問ではないつもりよ)

(ぼくが後悔しているように見えるのかい。なぜだ。どうしてそんなことをたずねる気になったんだ。ぼくの方こそききたいよ)

(質問に対して質問ではぐらかすつもり? いつもこうなんだから。あたしはあなたのお母さんが好きだわ。余計な干渉をなさらないし、世間一般のお姑さんより数等できてらっしゃるわ。あなたを一人で育てた方とは思えないくらい。ふつうは口うるさく生活にあれこれと世話をやかれるものよ。あたしはそう覚悟してたの。だってあなたをお母さんから奪ったようなものですからね。ところがいっさい差し出口をきかれない。よろしくお願いしますといわれただけ。あっさりしてらして。でも、あなたはちがう。母一人子一人の家庭で育った男の人にありがちなわがままさというか、他人のことを考えない思いあがりというか。お母さんがいい方だからなおさら気になるの。ごめんなさい、ひどいことをいって。後悔していないと、一言いって下さればいいのに)

英子はいっそう速く編み棒を動かした。毛糸玉がまたころがってきた。今度は伸彦は手を出さなかった。生き物のように部屋のすみまで回転してゆく白い毛糸玉を目で追って、子宮というものはあの玉よりどのくらい大きいだろうかと考えていた。

(こんなことをいうあたしが厭になったでしょう)

英子は涙声になっていた。厭になんかなりはしないと、伸彦は答えた。まったく別のことが頭にうかんだのだ。母一人子一人の家庭という表現を英子はした。父が生きていたら自分はどんな人生を送ることになっただろうと思った。出征する日、国防婦人会や在郷軍人会の連中に囲まれて、気まり悪そうに突っ立っていた父の顔が妙に鮮明によみがえった。励ましの言葉をうけたからには軍人として相応の働きをするつもりだと、気負った表情はまったく見られず、一刻も早く歓送の儀式が終るのを願っているような顔であった。四歳の子供であった伸彦は、町内から戦地へ出てゆく青壮年を何人か見ている。現役の若者も、予備役や後備役の男たちも、駅頭では晴れがましさと緊張でみないちように昂奮し、銃後のことはお願いします、などと声を上ずらせるのだった。

父にはそういう所がなかった。わきにしたがった伸彦は近所の人たちにバツの悪い思いがした。遊び仲間から(てめえのおやじさん、まるで気合いがはいってねえじゃねえか)といわれるのが怖しかった。そして、事実、仲間たちは伸彦が予想した文句とそっくりの非難をあびせかけたのである。子供にもわかったのだから、隣組の在郷軍人会の面々はありありと父の心中を見てとったに決っている。紋切り型の祝辞を述べながら、彼らも内心は歯がゆい思いであったろう。

父は留守がちだったから、伸彦は一家団欒のときをすごした記憶がない。統制経済になる前の時代は、穀物相場に手を出して、かなり荒っぽい儲け方をしていたらしい。伸彦がもの心ついたときは十五年戦争のさなかであったから、父は若い頃のように相場を張ることなどできなくなっていたのだが、兜町に出入りしてほそぼそと株の仲買いをやることで気をはらしていたのだ。

伸彦は父が結婚するまで何をしていたか具体的に知らない。二十歳をすぎる頃おいにようやく気になって、母にこまかく問いただしたのだが、納得できるほどには教えてくれなかった。断片的な答から推測するしかなかった。昭和七年ごろ、わずかなもとでを小豆の取引きにつぎこんで莫大な利益をあげたのが病みつきになったらしい。儲けを土地や家作に代えず、次の取引きに用いて損をしたかと思うとまたそれを埋合せるていどの利益が生じたりで、結局、父は地道なつとめ人の生活をえらばなかった。

（あれがわざわいの始りだよ。なまじあぶく銭が手に入ったものだからねえ）

かいつまんだ話をこの文句でしめくくるのが母の癖だった。穀物相場が廃止になってからは、株の仲買いだけで食べてはゆけず、軍需工場が必要とした物資の横流しに一枚加わったり、工場経営者たちと軍部の間をとり持って、おこぼれにあずかったりしたようだ。一、二カ月、家をあけることは珍しくなかった。父の行く先は大連やハルピンであった。満鉄のだれそれがどうしたとか、関釜連絡船で憲兵と口論したとかいう話を、父が母とかわしていたのを覚えている。

ヨコチンの〇〇大佐は融通がきかない、それにひきかえ麻布の〇〇中佐は話がわかるなどという会話を、えたいの知れない来客が父とやりとりした日に、ヨコチンとは何のことだと母にたずねて叱られたことがある。子供が盗み聴きするとはもってのほかというのだった。ヨコチンが海軍の横須賀鎮守府をさすのはまもなく知った。伸彦にしてみれば、父が大佐や中佐を呼びすてにするのが子供心に誇らしかった。高級軍人とひとしい地位に父があるように思われたのだ。

ところが、出征する日になって父が後備役の一等兵にすぎないことを知り、ずいぶん情けない思いをしなければならなかった。隣に住んでいた清次という同級生の父親はじじむさい代書人であったが、出征する日は尉官の刀帯をつけ、軍刀を手にしていて伸彦を驚かせた。代書人は後備役の陸軍中尉であった。軍人の階級というものに子供までが敏感だった時代である。大佐とまではゆかずとも中佐か少佐と伸彦はひとりぎめにしていたのだ。家のどこかに父の軍刀がしまわれていると思いこんでいた。

ただの一等兵というのを教えたのは、叔父の松太郎であったような気がする。

照れたような薄笑いをうかべている父を見て、伸彦は目のやりばに困った。妻子と視線を合せるのをつとめて避けているようであった。バツの悪そうな、しごく曖昧な表情はどう見ても軍人らしくなかった。あのとき初めて、現実というものに自分は直面したのではないだろうかと、仲彦は考える。

——おやじはあまりやる気がなかったんだ。

仲彦はアクセルを強く踏んだ。車の振動が激しくなった。海岸が目の下にしりぞき、まがりくねった上り勾配の道路がせりあがった。

父にやる気があれば二十代後半までに妻子が暮してゆけるだけのたくわえを残すことができたはずだ。闇のブローカーをしていたからには、召集令状がくることくらいわかっていただろう。戦地へ自分がかり出されたあと、妻子がどうやって生活するかは考えることがあっただろう。来客と万単位の金額をこともなげに話題にしていた父が妻に与えたのは、敗戦の年まで喰いつなぐわずかな貯金であった。

大きいことばかりいって、父がたったその程度の財産ともいえない貯蓄しかするゆとりがなかったのかと、憐れむことができたのはずっと後のことである。

歓送の列に面と向って父が居心地悪そうにしていたのはと、今になって仲彦は考える、少額のたくわえしか与えられない腑甲斐なさを、父は恥じていたのではあるまいか。ただ、心細かっただけのことではないのか。見送りの連中に対してはどうでもよかったのだ。父は自分が軍隊にとられた後、妻や子がどうやって暮すかが気になっていただけなのだろう。あのときの父よりも自分は齢をとっている。もし自分に妻子があって、充分な生活手段をこうじてやれないまま戦地へ旅立つことになれば、やはりあのような顔をしただろう。

仲彦は自分の想像に満足した。

心の中にたえずちらついていた父の表情の裏にひそむものを見ぬいたように思った。

(お父さんはね、出征なさる前の晩におっしゃったものだよ。今度の戦争はアメリカが相手だから大変なことになる。ゆく所までゆかなきゃあ終りはしないってね。支那とは相手がちがうって。ピッツバーグの鉄鋼生産高がどうの、テキサスの油田がどうのって細かい数字をあげたって、あたしにはさっぱりわからなかったけれど、大変なことだとお父さんがおっしゃる意味はうすうす察しがついたね。で、ひどいいくさになるだろうが、お前たちのことを考えると死んでも死にきれないって。どんなことがあっても生きて還ってくるから待っててくれって、そうおっしゃったわよ。あたしもお父さんと所帯を持った時分は苦労したけれどねえ、あの言葉を聞いて苦労した甲斐があったもんだと思ったものさね。そうじゃないか、女は夫のためにさんざ苦労しても一言で救われるということがあるんだよ）

伸彦が聞きたいのは父の生活の具体的な細目であって、母の述懐ではなかったが、歳月で浄化された回想を何回も聞かされるうちに、その言葉のはしばしから父がどんな男でどんな生活をしていたか推測することができるようになった。父は少くともピッツバーグの鉄鋼生産高と、テキサス油田の産油量くらいはわきまえた男であったわけだ。軍需工場に出入りしていたのだから、そのくらいの知識を持ちあわせていて不思議ではないが、代書人の陸軍中尉のように見送り人たちに向って神がかりの演説を一席ぶつようなことはしなかった所が救いといえばいえる。

坂道の勾配はしだいに大きくなった。

伸彦はスライドを上映するように記憶にある父の顔を一つずつ点検した。考えてみると、父は喜怒哀楽の情を露骨にあらわしたことは一度もなかった。遊び友達の父親たちのように、伸彦を殴ったり強く叱責したりすることがなかった。そのかわり、可愛がられたという記憶もない。子供の頃はものたりない感じがしたのだが、肉親らしい愛情の示し方は抱きあげて頬ずりすることだけではないと、今ならいうことができる。

（お父さんはもの静かなお人だったよ）

という母に、実は株式市況が気になっていたのだろうよと、母をからかってもよかったのだ。伸彦は母の前で父をたっぷりこきおろしたいと思った。母は真顔で抗弁するだろう。ムキになって父をかばうだろう。しかし、やがて伸彦の真意に気がつく。伸彦はこの日頃、自分の中で色濃くなってゆく父の影像に、かつてない親しみ深さを感じた。

けたたましいクラクションの音で、伸彦は我に返った。車はセンターラインをこえていて、あやうく対向車とぶつかるところだった。わきの下に冷たいものが滲んだ。伸彦は運転に専念した。かなりの高みまで登ったことは車内に吹きこむ冷えた空気でわかった。山の稜線に樹氷で覆われた頂が見え隠れした。車の往来がひんぱんになった。暗い杉林を通りぬけると町が現われた。伸彦は雲仙ホテルの駐車場に車をすべりこませた。エンジンのスイッチを切って初めて自分が一度も寒さを意識しなかったことに気づいた。

篠崎英孝は別館の和室で伸彦を迎えた。

休んでいる所を呼びだしてすまないとわび、まずひと風呂あびてはどうかとすすめた。とがめ立てするような気配はどこにも感じられない。風邪気味なのでと、風呂をことわるとむりにはすすめなかった。伸彦が意外だったのは、テーブルにうず高くつまれた書類や帳簿のたぐいである。篠崎は元旦から仕事をするためにホテルへ来たのだろうかと、けげんに思わざるをえなかった。年賀の客をさけてのんびりとくつろぐためと、英子はいったはずだ。テーブルにとり散らかされた紙片はどれも細かな数字で埋められていた。さっきまで、篠崎は書類を前に仕事に没頭していたようだ。

女中がビールを運んできた。

「くどいようだが、隣は空室だね。まちがいないね」

篠崎はグラスにビールをつぐ女中に念をおした。女中は伸彦を見てたずねた。

「こちらのお方がお泊りになりますか」

「そうじゃない。今から明日にかけて空いてたら、わたしの方で都合がいいのだ。子供づれの客でも来た日にはおちおち眠れやしない」

「さっき、そうおっしゃいましたから、フロントに確かめておきました」

「そうか、すまないね。ここはもういいから」

女中の足音が聞えなくなるまで、篠崎は耳をすましていた。ほとんど泡の消えたビールを手にして、篠崎は「おめでとう、今年もよろしく」といった。伸彦はあわてて居ずまいを正し、「おめでとうございます」とぎごちなく挨拶を返した。

「英子のことできみ、手を焼いているのではないかな」

伸彦は返事に窮した。かたちだけ口をつけたグラスをテーブルにおくと、篠崎は罎をとってつごうとした。二時間もすればアルコオルの気はぬけてしまう。だいじょうぶだといってすすめた。新年の挨拶がすむなり英子の名前が出ようとは、予期したことではあっても単刀直入でありすぎると思わないわけにはゆかない。

「英子のやつ、一人で旅行してるんだって。しょうがないなあ」

「いや、実は……」

「ひどいじゃないか。きみをおいてけぼりにして、元旦だというのに。ひとつ、わたしにもついでもらおうか」

さしだされたグラスにビールをそそいだ。なんとなく様子がおかしかった。伸彦の行状をたしなめる口ぶりではないのだ。娘のために呼びだしたのなら、もっと表情がかたいはずだと、伸彦は思った。たしなめるどころか義父はまるで、娘婿におもねるような口調である。廊下で足音がしたとたん、篠崎は口をつぐんだ。女中が料理をテーブルに並べた。

「ただ今、社長がN市から帰りまして、さっそく支店長様にご挨拶をしに参りたいと申しているのですが」

「あとにしてくれ、あと」

篠崎はそっけなくいった。女中が立ち去ると、当節旅籠《はたご》のあるじふぜいで社長気どりはお笑いぐさだとひとりごとをもらした。

「きみ、昼飯はまだなんだろ。英子がいないと正月料理にもありつけんのじゃないか。困ったやつだな。あいつが帰ったらわたしはうんと説教してやるつもりだ。とりあえずわたしからおわびをいわせてもらう」

篠崎英孝は英子が十八歳のときに妻を病気で失っている。いらい家政婦が家の中のことを取りしきってきた。なぜお父さんは再婚しなかったのだと伸彦がたずねたおり、英子は鋭い目で彼を見すえてたじろがせた。再婚という言葉に英子が神経質になっているのを知ったのはそのときだ。伸彦はまったく気にしていないのだが。

「英子さんは……」

「夫婦喧嘩をやるなとはいわんよ。胸に一物あってしんねりむっつりしているより、派手にやりあう方がいい。夫婦だからこそ喧嘩ができるのでね。しかし、元旦に家をあけるというのは感心しない。わたしの育て方が至らなかったのだ。すまないね」

どうとでもなれと、伸彦は思った。鯛の骨蒸しに箸をつけた。義父に英子の旅行を告げたのは誰だろうと考えながら、鯛の目玉をえぐりだして口に入れた。

「いろいろと不満があるかもしれないが、英子のことはよろしくたのみますよ。あれもきみをたよりにしているのだと思う。気が強いように見えて人一倍さびしがりやなんだ。なにしろ子供のときから母親が病気続きでね。わたしは仕事で忙しいからろくに面倒を見てやれなかった。だから学校を出るとすぐ十五も年長の男と結婚する気になったのだろう。早く別れてくれてよかった。大人になったということだからね」

伸彦は鯛の頬肉を箸先ですくいとって口に運んだ。篠崎が英子の旅行を知ってはいても修善寺のホテルから伸彦にどんな電話をしたかは知らないようだ。それを今ここで明かしてみたところでどうしようもない。いずれ英子が帰ってくればわかることである。すべてを父親に告げるならばだが。

「菊池の仕事はうまくいってますか」

「ええ、どうにか」

顔をあげると探るような目が伸彦をとらえた。診察してみて癌だとわかった患者を見つめている医者のような目の色だった。——この男、自分がどんな病気にかかっているか心得ているのだろうか。それによって病状の説明を考えなければならないとでもいいたげな。急にあらたまった篠崎の口調が気になった。同時に、自分が二時間もかかる温泉町まで呼びだされた本当の理由がわかったように思われた。鯛の身を箸でほぐして、おもむろに舌へのせた。

「わたしは省一郎氏を子供のときから知っている。二代目らしくないやり手だよ彼は、亡くなったわたしの家内の教え子なんだ。小学生時代のね」

篠崎は料理にほとんど箸をつけなかった。伸彦から目をそらさずにしゃべり続けた。

「で、あれだって。きみは彼の自宅で仕事をしているそうだが」

「ええ、書斎で。応接間と兼用の」

「すると、省一郎氏とひんぱんに顔を合せるわけだ」

「そうでもありません。忙しい人でしてね。あの部屋でさし向いになる機会はあまり。あったとしても数えるほどしか」

「じゃあ進行状況はいちいち会社へ行って報告するのだね」

いちいち報告してはいないと、伸彦は答えた。篠崎はハンカチで目を拭った。眠らずに仕事をしたのか、義父の目はやや充血しており、目の縁が赤くなって深い皺が刻まれていた。ひと頃よりずいぶん白髪がふえたようだ。

「報告をしていない。彼はきみにたのんだ仕事がどの程度はかどっているか気にしていないのだろうか」

全然、報告をしていないのではないと、伸彦は説明した。あらましを省一郎に告げたことがある。向うがうるさくたずねないだけのことだといった。伸彦が書斎をあとにしてから、しようと思えばいつでも原稿を点検できるのだ。自分にたずねるまでもないのである。

「この頃、あの家で変ったことはなかったかね」

「変ったこととおっしゃると」

「たとえば見慣れない客が訪ねてくるとか、省一郎氏の出勤時刻が不規則になるとか、女中がひまをとるとか、どんなことでもいい」

「ぼくがあの家に出入りするようになったのはごく最近ですから、見慣れない客といっても見当がつきかねます。出勤時刻はそういえば以前より少し遅れているようです。しかし帰宅するのが女中の話では遅くなったそうですから、そのせいではないでしょうか。ひまをとった女中の心当りはありません」

仲彦に疑念が生じた。英子に関して篠崎は何もかも知っているのではないのだろうか。知らないふりをして自分をほっとさせ、菊池家の内情をしゃべらせるつもりではないのか。

「ふむ」と鼻を鳴らして篠崎はまずそうにヒラメの刺身を食べた。眉間にたて皺をよせてテーブルの一点を注視している。

「わたしがおかしなことを根掘り葉掘りきくと思ってるだろうな。このさい、いってしまおう。わたしは菊興商事の現状が気になっている。あそこのメイン銀行として責任がある。支店長としてだよ。わたしの裁量でできる額はぎりぎりの範囲内で貸付けている。本店の審査部が決裁するときの資料もわたしが用意している。今年は本店に戻るという内示をわたしは受けてるし、英子がいわなかったかね、まあ一応は栄転だが、次の支店長は融通のきかない男で、いってみればわたしと仲の良くない人物なんだ。菊興の経営が順調にいってるのであれば、誰が次期支店長になろうとかまやしないが、どうも気になることが多すぎる」

篠崎はうるみがちな目をハンカチで拭いた。

「しかし、菊興は利益率も上昇して、県下で有数の企業だと聞きましたが」

篠崎はハンカチで顔をぬぐいながら、あいている手を左右に動かした。四十年近く銀行につとめた者の勘だといった。

「勘で心配していらっしゃるのですか。ちゃんとした根拠はないんですね」

「根拠があればきみを呼ぶまでのことはないよ、社長に来てもらう」

「ぼくは何も知りません」

篠崎は頬をゆがめた。片肘をテーブルについて、障子にはめられたガラスごしに庭の築山を眺めた。三好美穂子という女性と会ったそうだがと、ものうい口調でつぶやいた。反射的に伸彦は釘宮の顔を思いうかべた。

「会いました。使いを頼まれまして」

「交渉は成立したかね。つまり、別れる条件を先方は納得しただろうか」

「それは彼のプライヴァシイに属することではないでしょうか。ぼくには申しあげられません」

「かまわないんだよ伸彦君。きみも甘いね。省一郎氏がなぜきみを使いに立てたか、わかっていないようだね。彼に義理立てすることはない。わたしにきみから女の一件を報告させるのが彼の狙いだったんだから。だから彼はきみを使いにえらんだのだ。女と別れたとわたしにしらせる手段だったのさ」

篠崎は書類の山をかきまわして週刊誌大のファイルを伸彦に手渡した。黒い表紙には白い小さなラベルが貼ってあり、「取引先業態推移表」と読めた。その下にもっと小さな字で「K〇〇一・七七」と記入してあった。

「早くいえば得意先管理表。そういってもわからなけりゃあ、企業のエンマ帳とでもいおうか。部外者の閲覧は厳禁だから、ここで見たとはもらさないでくれよ。菊興商事の事業歴、株主構成、業界のランク、売掛債権、述済実績、資産内容、経営者の人柄、資本回転率まで書いてある。K〇〇一というのは菊興の符号だ。七七は今年いや去年、新しく作製したものだからその年度を入れたわけだ。いくら融資するかはこの表で決める。金利や返済期限などの融資条件もね」

「重要な表だということはわかりますが、こんなものを拝見してもぼくには」

「わからない？　ま、そうだろう。かんじんなことは経営者の人柄という項目なんだ。事業を決定するのは人間だからね。指導力、組織力、経営手腕、思想、人格、事業観。銀行としては経営者の一挙一動でさえ興味の対象になるわけだ。彼は健康だろうか。精神的にぐらついていはしないだろうか。女のことで問題をおこしているのではないだろうか。女をこしらえるのは勝手だ。私生活に干渉しようとは思わないよ。だがね、経営の上でのるかそるかの選択にせまられている人物は安定した家庭の主人であってもらいたいね」

篠崎は伸彦が返した「取引先業態推移表」を床の間にほうり投げた。汚い物でも扱ったように自分の指を見つめハンカチで拭いた。菊池省一郎が三好美穂子と別れたことを知っているのなら、自分がいえることは何もないと伸彦はいった。省一郎が義父に告げさせるため故意に自分をえらんだのだとは、まだ半信半疑だった。

「その後、三好とは会ってないのかね。三好は手を切りたいといわれて、すんなりと引きさがったのだろうか。わたしには腑に落ちないのだが」

「さあ、どうですか。あれ以来ぼくは何も聞いていませんし」

篠崎は省一郎が本当に三好美穂子と縁を絶ったのか疑っているのだ。別れたように見せかけて、こっそり会っているのではないかと。もし、そうだとすれば、業態推移表のどの欄にどういうふうに記入されるのだろうかと、伸彦は考えた。指導力か、いや、経営手腕、でもないだろう、人格の欄かもしれない。

「三好のことはさておき、多々良という代議士をきみは知ってるだろう」

伸彦の目にまたもや釘宮の顔がひらめいた。確かな証拠はないのだが、釘宮しか考えられないのである。多々良という国会議員とは、一、二度会ったことがあると伸彦は答えた。

「多々良が菊池家へ来たことはないかね」

自分は二階の書斎にこもりきりだから、よく知らない。省一郎は会社ですごす時間が長いから、訪ねるとすれば会社だろうと、伸彦はいった。

「会社にも入りびたっている」

篠崎はにがにがしげにつぶやいた。どうしてそれを知っているのかという伸彦の問いには答えなかった。

「銀行はなんでもお見通しじゃないですか。菊池家に通っているぼくが知らないことでも。呆れてしまうな」

菊興商事の内情をつぶさに把握している篠崎が、なぜ自分にきくのだとほのめかしたつもりであった。つかのま、篠崎の表情がこわばった。伸彦はいいすぎたことを後悔した。篠崎は噛んで含めるような口調で話しだした。頭の悪い生徒に向った教師の言葉つきにそれは似ていた。

「きみねえ、数字というのはごまかしがきくんだよ。うちが取引きしている企業は何も菊興だけじゃない。決算書を目を皿のようにして調べてもつかめないものがある。貸借対照表では主要科目の、損益計算書では売上高と利益の増減を見るだけだ。ヴェテランの公認会計士なら、いくらでも数字をあやつることができる。このことはわかるね。それじゃあ銀行も公認会計士に菊興のバランスシートを調べさせたらいいじゃないかと思うだろう。時間と金があればわたしもそうしたいよ。また相手側にバレなかったらね。現実問題としては不可能だ。万一、そのことが取引先に知れてご覧な。向うにやましいことがなかった場合、とびあがって喜ぶと思うかね。来年いや今年、S銀行の支店が伊佐に開設される。大口小口の企業に工作して、今から預金集めにけんめいだよ。わたしは菊興の経営内容が不安で仕方がない。帳簿上はツジツマが合っている。合いすぎているといってもいいくらいだ」

篠崎は考え考えしゃべった。伸彦が自分のいうことを理解しているかどうか確かめてでなければ話を先へ進めなかった。あらかた料理をたいらげた伸彦は、煙草に火をつけた。

「歳末からきょうまで、わたしは手に入る限りの資料を集めて検討した。ドレッシングの形跡は、失礼、粉飾のことだ、そういう事実はわたしが分析した数字にはうかびあがってこなかった。ドレッシングしたとすれば、よほどのくせものだろう。わたしも平行員からたたきあげた男だがね」

伸彦は綾部のぬけめなさそうな顔を、次に歳末、一人で出社して帳簿ととりくんでいた菊池省一郎の顔を思いだした。粉飾した事実がなかったのなら、結構なことではないかと伸彦はいった。

「そうだ、結構なことなんだ」

篠崎の語調は投げやりだった。座椅子によりかかって欄間のあたりをぼんやり見つめた。二人はしばらくだまりこんだ。ウィンザーという学者を知っているかと、篠崎はたずねた。有名な金融論の著者であるそうだ。

「そのウィンザーがね、こんなことを書いている。バランスシートには一番たいせつな資産が隠れている。経営者に対する評価が現われていないと。まったくその通りだ。数字の上で菊興は優秀な企業だ。非のうち所がない。ところでわたしはこの齢になるまで倒産した会社をごまんと見て来ている。経営者が返すアテのない借金を申しこむとき、どんな顔をしてどんなウソ八百の書類を持ちこむものか、飽き飽きするほど見て来たものだ。みな同じ顔だ、同じでっち上げ方の数字だ。人間って知恵がない動物だと思うよ。で、わたしがいいたいのは、倒産に至る兆候には一定のパターンがあるということだ。銀行がもっとも怖れるのは融資をこげつかせることだというのは、きみもわかるね。菊興がいい企業だという先入観がわたしにはある。本店にもある。なまじ先入観があるために、たくみに操作された数字のカラクリを見破れないことも考えられる。わたしは自分が省一郎氏になったつもりでつまり銀行をだます側にまわり、菊興の資産をゼロと仮定して分析してもみた。あらゆる場合を想定して数字を調べたんだが、結果は同じだ。しかし」

篠崎はテーブルのわきにつみあげた書類をいまいましそうに平手で軽く叩いた。

「数字が示すことと、わたしが菊興に見てとったパターンは矛盾するんだよ。この場合きみならどちらを信じるね」

「パターンとおっしゃると」

「数字がウソであることを知っているのは経営者ご本人だ。まず顔に出る。ふつうの人にはわかるまいが、わたしにはわかる。この間、省一郎氏と銀行で会った。何気ない世間話をかわしてみた。ゴルフの話とか猟の話とか、わたしは彼と鴨撃ちに行くことがある。いろいろ話したんだが、そのさいちゅうにふっと別のことに気をとられてもしたように目がうつろになった。瞬間的な放心状態というのかな。誰にもあることだが、わたしは以前の彼を知っている。それだけならまだいい。女のことを考えている程度ならね」

伸彦の目を義父はのぞきこんだ。穏かな悲哀がたたえられた目のように思われた。ああ、佐和子のことも、〃ドン〃にかかってきた英子からの電話も知っているなと、伸彦は思った。二人は同時に顔をそむけた。篠崎はわざとらしく咳払いをした。

「この男、損益計算書のからくりを見破ったのだろうかと彼が考えたとしても不思議じゃない。殺人犯が自白する寸前の兆候というのをロータリークラブの例会で友人の弁護士に聞いたことがある。真犯人は取調べちゅうしばしば瞬間的な放心におちいるのだそうだ。自分が殺害した人間の顔を思いだすのだろう。自白するまぎわになると必ず咽喉仏が上下に動く。それを見ると、刑事はほっとするんだってね。銀行は警察よりむずかしい。容疑者を連行できないから。それとなく相手を観察するしかないわけだ。やましい内情を隠しているお得意はわたしの視線を不必要においかける。不自然にはずそうともする。きみも知っての通り、彼を正面から見た顔は精悍だが、話しているとき何気なく壁のカレンダーに目をやった省一郎氏の横顔は別人のように淋しそうだった。個人的な印象にすぎないときみはバカにするかもしれないが、会社の動向をつかむには個人的な印象もバカにならないのだよ」

自分はそのような印象をうけていないというのはやめることにした。篠崎は自分の推測と印象を語る相手として自分をえらんだのだと伸彦は思った。菊興商事に対する不安を語ることで、確認したかったのだろう。支店長という立場上、語っていい相手は限定されてくる。英子のことは伏せておくと匂わせて伸彦にさし当り恩を着せ、もっかの懸念を吐きだして相手におとなしく傾聴させ自分の胸にわだかまっているものを抹消しようとしたのだろう。一定のパターンというのは、篠崎はしゃべり続けた。役職者の退職が多い、経営規模を拡大する。出入りする人間にいかがわしいのが増える。関連会社との取引きが急にふえる。借入れ金が過剰になる。支払い方法が変る……

「いかがわしい人間に代議士の多々良も含まれるとおっしゃりたいのですか」

「経営者が政治づくのは歓迎しないね。政治家を援助するのはザルで水を汲むようなものだ。あり余った利益の一部を献金するのならさし支えないが、倒産しかかった企業が起死回生の妙薬を手に入れたさに、街の金融業者から高利の金を借りて融通するのはどうかと思う」

篠崎の目が暗い光を帯びた。それは菊興商事のことをさしているのかと、伸彦はたずねた。

「もちろんだとも」

篠崎はきっぱりといった。義父が自信をもって断言した言葉を聞くのは、きょう初めてだった。

第二十一章

午後三時半ごろ、仲彦は雲仙ホテルを出た。

篠崎英孝は別館の車寄せで仲彦を見送った。前庭を埋めている十数台の乗用車は、どれもワックスをかけて入念にみがきあげられているので、仲彦の車はいっそうみすぼらしく古びて見えた。二人して車寄せまで出てきたとき、篠崎が仲彦の車に目をとめて、嫌悪ともさげすみともつかない妙な表情をうかべたのに仲彦は気づいた。顧客の生活状態、どんな店舗を作り、何年型の車に乗り、どのような家に住んでいるかなどということに、気を配る習慣が身についてしまった義父が、泥と埃にまみれた傷だらけの中古車を見て、何を考えたかわかるのだった。

「明日は出勤する。裏の通用門は三時すぎでもあいてるから。守衛にわたしの名前をいえば通してくれる」

「明日はぼくも出勤です」

「五時すぎになってもいい。きょう、わたしとここで会ったことは内緒にしてくれなければ。今夜の宴会に集る顔ぶれはほぼ見当がついているんだがね」

仲彦は運転席に腰をおろし、ドアをあらあらしく閉じた。菊池家で催される新年宴会に出席して、どのような連中が顔を出すか、篠崎のために覚えておくことを、仲彦は約束させられていた。（まるで、スパイではないか）仲彦は気が滅入った。篠崎はついに佐和子の名前を口にしなかったが、三好美穂子と省一郎の関係や、仲彦が使いに立ったことまで知っているからには、英子がなぜ旅行したのかという理由をわきまえていないはずはなかった。

午前ちゅうは空を覆っていた雲がほとんど消えて、さえざえとした青空が拡がっていた。

雲仙岳の山腹に通じたS字形の道路を、仲彦はゆっくりと下った。いったん、アパートで着換えて、菊池家へ向う時間のゆとりはあった。篠崎のいうことが正しければ、仲彦が今の仕事を終えてから菊興商事に就職する可能性は、まずないと考えなければならない。

島原半島と野母半島によって抱きかかえられたかたちの千々石湾が、傾きかけた日に照り映えて、伸彦の目を射た。篠崎の話をきいて、伸彦は自分ががっかりするよりも、ほっとしたことに、我ながら驚くほかはなかった。内心はちゃんとした仕事をアテにしていたくせに、一方ではきまった時間にきまった仕事をすることを億劫がる気持もないではなかった。

（妙なものだね。支店長としての立場からわたしは自分の勘がはずれていることを望みたい。省一郎氏がドレッシングなぞしていない方がたすかるのだ。それでいて、わたしは自分の見方に狂いがないと考えてもいる。こんな気持は、伸彦君にわかるまい）

篠崎は剃り残した髯が気になるのか、指先で頬のあちこちをおさえた。わかるような気がすると答えた伸彦に対し、顔をしかめて見せた。本店へ戻ればやがて定年を迎えることになる。伊佐市の銀行で大過なく勤めることが篠崎には必要なのである。融資をこげつかせでもしたらよくいってもちっぽけな会社へ出向させられるハメになろう。クビになる可能性は無視できないのだ。

日はフロントグラスの正面に輝くことがあった。海と山と丘と平野を、山腹から見おろしこのように大きな空間を視野におさめるのは何年ぶりのことだろうと、伸彦は思った。菊興がつぶれたら伊佐市を出てゆくことになる。一年前の自分であったら、なんの未練もなく出てゆけたのだが、どうしたことか今になってみれば、伊佐を去るのが心残りだった。佐和子のせいではない。英子の郷里であるからともいえない。ありふれた地峡の町が一年たつうち肌になじんだ古いシャツのように感じられる。東京にせよ、あるいはよその町にせよ、再び生活をやり直すというのが、途方もない精力を伸彦に要求するようだった。

伊佐市のある平野が、おもむろにせりあがった。

できることなら、この町から離れたくないと、伸彦は思った。そのためには篠崎の菊興に対する評価と予測が的はずれであることを祈らなければならない。篠崎が（妙なものだ）と前おきして、彼自身の矛盾した気持を表現したように、伸彦も自分が二つの相反する気持を持っていることを、認めないわけにはゆかない。

菊興の存続すなわち定職にありつくこと、同時に今まで通り気楽にくらすこと。

車が急カーヴを折れるとき、伸彦の体は右や左に傾いた。矛盾する二つの願いを、伸彦は他人のそれとして検討することができた。子供のわがままとさして遠くない願いである。どちらの方をより強く願っているのか、伸彦にはわからなかった。気楽なくらしはあくまで夢想の領域にぞくする。望んだところでかなえられるものではない。

千々石湾の海岸線が上昇し、渚に砕ける波の動きも見わけられるようになった。車はしだいに伊佐市へ近づきつつあった。下界へおもむろに下降してゆく感覚は、前に味わったことがある。菊池家のたっている丘の頂上から夕方、仕事を終えて町へ下ってゆくときに覚える解放的な感覚である。

——菊池の仕事も、もうすぐ終る……

その先に何が待っているのか、伸彦は予想することができなかった。ただ、自分が省一郎にたのまれた仕事の大半をすませていると気づいたのは、今が初めてであることを奇妙に思った。

伸彦が伊佐市へ着いたとき、日は水平線に沈み、町には夕闇がおりていた。のびた髯をもう一度あたり、髪に櫛を入れて、着換えをすませた。濃紺の地に赤い縞のチェックが入った背広をえらんだ。空色のネクタイをしめて鏡をのぞきこみ、この身なりが去年の十一月に初めて菊池家を訪れたときのものであることに気づいた。伸彦は手をネクタイの結び目にかけて思案した。結局、思い直してそのまま出かけた。

「やあ伊奈さん、今夜は見えないのかと気をもんでいましたよ」

釘宮が人ごみをかきわけて現われた。新社長就任のパーティーが催された夜よりも甚しい混みようである。ホールの入り口にたたずんで宴会場をぼんやりと見まわしていた伸彦を釘宮は目ざとく見つけた。伸彦の腕にするりと自分の腕をからませて、ゴムノキの鉢植えのある階段下へひっぱっていった。

「伊奈さん、きょうはどちらへ」

「というと」

「しらばっくれちゃいけない。午後は留守にしてたでしょう。ぼくはアパートを訪ねたんですよ。隣の人の話では、車で出かけたとか。正月の三日にどんな用事があったのかな」

近づいて来たボーイからすばやく水割りのグラスをとって伸彦に渡した。

「黙秘権の行使ですか。この釘宮に水臭いですぞ」

伸彦は集った連中を順ぐりに眺めた。伊佐商工会の役員たち、J銀行の次長、菊興商事のおもだった社員、N市にある民間放送局の専務、伊佐の市長と市会議員、釘宮は伸彦の知らない顔を小声で説明した。多々良の姿は見えなかった。榊原輝昭がいた。菊池省介は重富悟郎と談笑していた。行武政憲は省介により添って満面に笑いをうかべ、省介が何かいうたびに顎を上下させた。省一郎が話しこんでいる恰幅のいい老人は県知事だと釘宮が教えた。

出席者の名前と身分をいちいち説明する釘宮の真意が、伸彦にははかりかねた。たのんだわけではないのである。J銀行から支店長のかわりに次長がくるとはおかしいと、釘宮はつぶやいた。本来は篠崎が来て当然だと指摘して意味ありげな笑いをうかべた。

「さあ伊奈さん、きょうはどこへ行ってたんです」

釘宮は伸彦の腕をかるく叩いて返事をうながした。

「お見通しじゃないのかなあ」

「ははあ、やっぱり空港ホテルへ」

釘宮の目はかたときも休みなく参会者の男や女に動いた。伸彦は苦笑してポケットから煙草をとりだした。火をつけようとしたとき、釘宮が身をかがめて床に落ちた小さな紙片をつまみあげた。雲仙へ行くとちゅうに支払った有料道路の領収証である。釘宮はふんと鼻を鳴らし、それをまるめてかたわらの灰皿に入れた。

「雲仙ホテルの別館は、篠崎さんがひいきにしてるんです。毎年、元旦はあそこですごすきまりなんだ。この際、わたしに隠しだてすることはないでしょう」

「みんな知っているのなら、ぼくにたずねることはないでしょう」

仲彦は不機嫌になった。釘宮が出席者を一人ずつ教えたとき、もしかしたらこの男は自分が篠崎から依頼された内容を承知しているのではないかと、やや落着かない気持になったのだ。有料道路の領収証を見なくても、釘宮なら仲彦の行く先をかぎ当てる嗅覚を持っているのである。釘宮の察しの早さに感心すると同時に、なぜか憐れみの念を覚えた。伊佐という小世界で、あちこちに首をつっこみ事情通であることを誇っても、それがどうしたという気持が、今の仲彦にはあった。

釘宮は仲彦に目くばせした。

県知事の広い肩にさえぎられて見えなかった人物が目に入った。佐和子がこちらに背中を向けて三十代の男としゃべっている。仲彦がたずねる前に、省一郎の顧問弁護士だと釘宮が告げた。仲彦はたずねた。

「ぼくのアパートへ来たのはどういう用件で」

「実はそのことですがね」

釘宮は目で合図をして壁ぎわへ移動した。人に聞かれてはならない話のようだった。いちばん近いグループまで三、四メートル離れた場所である。壁を背にして二人は会場を眺めた。重富悟郎が仲彦を認めてグラスをさし上げて見せた。省一郎も仲彦に気づいたようだった。

「今夜は盛会ですな。県知事までかけつけるとはね。去年の新年宴会とはくらべものになりませんよ。伊奈さんは知らないでしょうが」

くらべものにならないというのは、今年の方が段ちがいに賑やかという意味だと、釘宮はつけ加えた。

「最後の新年宴会になるかも知れないな」

といった伸彦に釘宮は鋭い視線を向け、また会場に視線を戻して、肉が旨いのは腐りかける直前だとつぶやいた。倒産のパターンを義父は語った。その一つに（いかがわしい人物が出入りするようになる）というのがあった。自分も（いかがわしい人物）と見られても仕方がないと、伸彦は思った。

「釘宮さん、もってまわったいい方をしないで、ぼくを訪ねた用向きを教えてくれませんか。おたがい、水臭い話はなしにしましょうや」

「そうこなくっちゃ」

釘宮は水割りを飲み、唇を舌でなめた。伊佐日報は近く廃刊することになるだろうと、早口でいった。発行部数はとうに採算線を下まわっている。融資をうけられる所からはみな借りつくした。年末に取引銀行は最後通告を発した。この不景気に職を失う社員の中高年層は惨めだ。若い社員はつぶしがきくけれども、年配の記者たちはたやすく再就職できない……

「いずれそういう事態になることは予想していたんじゃないのですか。釘宮さんは伊佐日報がつぶれることをぼくに打明けてどうするつもりだったんです」

釘宮は残念そうに首を振った。

「お若いなあ、若い。あえていわせてもらえば冷たいですな。いつものあなたとは違う。わしはながねん献身した新聞が消えるので、淋しくなって飲み友達が欲しくなっただけのことです。伊奈さんに打明けたところで、新聞がどうにかなるというもんでもないことくらい知ってまさあ」

釘宮ほどの記者であれば、伊佐の企業がほっとくわけはないだろうと、伸彦は慰めた。勤め口の一つや二つないわけではあるまいと水を向けた。

「でもおかしいな。廃刊はいつ決定したんですか。年末には何もいわず、正月三日になって決ることは納得できない」

「今の所、知っているのは社長とわしだけです。うすうす予想してた事なんだが、こんなに早いとは思わなかっただけのことでね。他人にはいわんでもらいたいな」

老後を年金と退職金でのんびりくらすというのは悪くないではないか、あくせく働くばかりが人生ではないと、伸彦はいった。釘宮はやるせなさそうにため息をついて、退職金が出ればの話だなあと、つぶやいた。伊佐日報社の資産は、二重三重に抵当に入っている。とても退職金を工面するゆとりはないだろうといった。

「資産といえば、菊興はおたくの筆頭株主だったでしょう」

「まあね」

「菊興もみすみす伊佐日報が倒れるのを見送るというわけですね。廃刊の理由は読者数の減少だけですか。読者は今になってガタ減りしたのではないでしょう」

「赤字がたまって、銀行に借入れ金の利子も払えなくなったんです。いわゆる累積赤字。伊奈さんもしつこいねえ」

累積赤字だとすればますますわけがわからないと、伸彦は喰いさがった。去年の暮れまで、廃刊をおくびにも出さなかったではないか。地獄耳をもって任じている釘宮が、社の経理状態に無知であるはずがない。廃刊は他に理由があるのだろう。水臭いことはなしにすると約束したばかりだから、この際、洗いざらい……

「参ったな。率直に内幕をいうとるのですよ。新聞記者のくせによその家庭事情には通じていて、自分のうちがどうなっているのか知らないのがいるもんです。燈台もと暗しというのはぴったりはしないが、年始の挨拶に来た経理担当の社員からあらましを聞いて、わしがびっくりしたと思って下さい。今までもったのが不思議なくらいです。わたしは今度の選挙で部数をのばすつもりだった。見通しが甘かったな」

さっき取りかえたグラスを釘宮はもう空にしていた。彼の饒舌には慣れているつもりだったが、心が不安定になっているせいか、釘宮はとめどなくしゃべり続けるように見えた。篠崎の話を聞いていなかったら伸彦は釘宮のいうことを面白がることができたろう。今は雲仙ホテルの一室で義父の語った言葉が伸彦の中に充満し、他人の話に耳を傾ける気持にはなりにくいのだ。伸彦は意気銷沈している体の釘宮を眺めた。このしぶとい老記者が、勤め口を失うくらいでこれほどに打ちしおれるとは信じられなかった。底意があって、わざとしょげたふりをしているのではないかと伸彦は想像した。

演技しているのは釘宮だけではない。

グラス片手に県知事と親しそうに談笑している省一郎の晴れやかな顔は、もし篠崎のいうことが本当だとすれば、倒産に瀕した会社社長のものではない。省介はシャンデリアの下で角張った顎をがくがくさせて来客としゃべっている。翳りというものがまったく見られない中年男の陽気すぎる顔は獣じみていた。行武は省介の後ろにくっついて来客の間を歩きまわった。省介がグラスを空にすると、そくざに行武が取りかえた。兄の会社がどのようになっているかを省介が知らないわけではあるまい。兄が演技をしているのなら、弟もそうである。「この中で」と伸彦は考えた。演技をしていない人間は、誰がいるだろう。

関口佐和子か。

伸彦は佐和子の姿を客の中に追い求めた。

県知事の後ろに立っているのは、和服の中年女で、数軒の美容院を経営するかたわら、サラリーマン金融業に投資しているという噂が流れていた。佐和子が演技をしていないといえるだろうか。女房持ちの男とつきあう女の役割を演じただけではないのか。伸彦はざわざわ揺れ動く人ごみに視線をさまよわせてむっつりとした表情になった。雲仙岳の中腹から見おろした千々石湾のなだらかで丸っこい海岸線に、佐和子の裸体を連想した自分がうとましく思われた。

（そういうお前はどうか）

という声がする。佐和子の演技に対して自分自身は演技をしなかったといえるだろうか。おあいこなのである。伸彦は火妻でない女を愛するふりをしただけだとなじられた場合果たしてそれを否定できるかどうか心もとない。

の消えた煙草のフィルターを歯で噛んでいた。英子はどうだろう。夫に浮気された妻の役割を演じている女ということになる。泣いたり笑ったり愚痴をこぼしたりする英子を、一人の俳優と仮定して眺めることはできた。仲彦は釘宮がかえてくれたグラスの中身を口に流しこんだ。省一郎や省介、釘宮や行武をたくみな俳優として眺めることはできても、二人の女を彼らほどに芸達者の俳優として、心の負担からとり去ることはむずかしいのだった。

道化役者、と自分を見なしたことがある。

三好美穂子に省一郎の依頼で金をとどけたときである。今にして思えば、あの晩、美穂子は省一郎にいい含められて、もっともらしい演技をしたような気がする。裏切られて捨てられる女という役割を、美穂子は巧妙に演じて、仲彦にまんまと信じこませたことになる。美穂子のわざとらしい哀しみ、装われた怒りの表情を仲彦はにがにがしく思い返した。

(どいつもこいつも……)

仲彦はテーブルのまわりでひっきりなしに笑っている人群れに目をやって、心の底で舌打ちした。

演技をしないのは、せっぱつまった状況に余儀なく直面するときだけのようであった。戦うときである。菊池省造や真鍋吉助の手記に登場する兵士たちは、演技する人間からは遠かった。生と死のはざまに追いやられた場合にのみ、人間は演技をやめると、仲彦は考えた。

「失礼」

といい残して、釘宮がそそくさと離れていった。仲彦は我に返った。人ごみをかきわけて悟郎が近づいてきた。

「盛会ですな」

悟郎のさぐるような視線に気づいて、仲彦はおちつかない気持になった。患者の顔色や肌の色艶から、健康状態を推定するのが習慣になっている医師の目は鋭かった。盛会ですなと声をかけて、悟郎はまじまじと仲彦の目をのぞきこんだ。左手の親指をかるく上衣の襟にかけて、告別式の身なりのまま新年宴会に出るとはねと、唇の端をゆがめてみせた。

「真鍋さんの」

「そう、入院ちゅうは一度も見舞いに来なかった親類が出てましたよ。榊原館長と古本屋の山口さんも見えてました」

「故人の地所を相続する人は、やすやすと手ばなすだろうな」

「手ばなしたくない理由はありませんからね。これで中核工業団地の造成は軌道にのるわけだ」

「すると、真鍋さんの死で利益を得るのは彼の親類と菊池省介氏ということになる」

「まあね」

今夜、新年宴会の席で、悟郎に会えるとは意外だったと、伸彦がつけ加えると、悟郎はあたりを見まわしてから小声でささやいた。

「宴会のために来たのじゃないんです。省造氏の容態がかんばしくない。今もうちの看護婦がつきそっています。今夜は冷えこみそうだから、どうかな」

悟郎は腕時計にちらりと目をやった。長わずらいの患者が、息をひきとる時刻は干潮時が多いとつぶやいた。呼吸、血圧、脈搏などすべての徴候が、さし迫った死を示しているというのである。悟郎は省造の病状を、天気図の解説をする専門家の口調で、淡々と告げた。

「おそらく今夜がヤマでしょう。おやじもそういってました。きょうまでもったのが不思議なくらいです。看護婦が傍についてるから、ぼくはこうして酒を飲みながら待ってるわけ。不謹慎ないい方だが、事実だから仕方がない」

省一郎兄弟も、まぢかな父親の死を予期しているという。二人はシャンデリアの下で大口をあけて笑っている省介の赤黒い顔を眺めた。悟郎は何かいいかけて、口をつぐんだ。釘宮は省一郎の肩を叩きながら顔をくしゃくしゃにして話しかけている。伸彦は伊佐日報がつぶれるらしいということを悟郎にしゃべった。悟郎は「へえ」といったきり、かくべつの反応は示さなかった。

省介は伸彦の方を、さっきからしきりにちらちらと見ていた。一、二度グラス片手に近づこうとしかけたけれども、そのつど別の来客に腕をつかまれてその場にひきとめられた。伸彦は甘酸っぱい臭いのする澱んだ空気が充満した部屋に横たわった省造のことを考えた。

「干潮時に呼吸がとまるというのはどうしたわけです」

「さあね。合理的な解釈はぼくも聞いたことがありません。ただ、医師としての経験で知っている事実です。女の生理が月の満ち欠けに支配されるのと同じ理屈じゃないのかな。自然の摂理というものでしょう。真鍋家の告別式が終ってここへ来るとちゅう、遠まわりして川沿いの道に出てみた」

悟郎の顔には濃い疲労の翳りが宿っているように見えた。川の水位を見て、潮の動きを考えたという。今夜の干潮は、午前一時半に終ることを新聞の気象欄でたしかめたといった。

「潮がひくとき地上の命が一つ消える。そして潮が満ちるとき、新しい生命が生まれる。出産の時刻は満潮時が多いそうです。つじつまがこれで合う。よくしたもんです」

悟郎はしかし潮の干満と人間の生死が相関関係にあるという現象とは別のことをいいたがっているように見えた。伸彦の表情をうかがうようにして話し続ける悟郎の顔付は、いつもとちがっていた。悟郎はぎごちなく咳払いをして伸彦に、いつまでこの町にいるつもりかと、たずねた。省造の手記を本にするまでは動けないと、伸彦は答えた。

「菊池さんの仕事が終ったあと、伊奈さんの予定はあるんですか」

「いや、べつに」

伸彦は悟郎が菊池家の内情を義父よりも早く察しているのではないかと思った。伸彦が菊興商事に就職する可能性を、悟郎は知らないはずがない。その可能性がフイになったからこそ、伸彦の予定をたずねているのである。伸彦は苦い胃液に似たものが口中にたまったような気がした。重富病院の事務長が、年末に病気でやめた。代りをさがしているけれども、適当な人物が見つからない。伸彦さえその気になれば、事務長として重富病院に勤めてもらえないだろうかと、悟郎はいった。

「経理の常識があれば、仕事はじきに覚えられますよ。即答はしてもらわなくてもいいんです。一応、考えといて下さい」

「ぼくがずぼらな人間だと知っていってるんですか」

「おやじは了解しています。伊奈さんの返事一つで決るわけだ。菊池さんの仕事はいつ終るんですか」

「そうだなあ、今月の末頃には目鼻がつくんじゃないかな」

「伊佐に腰をすえたらどうです。余計なお節介かも知れないが、住めば都です。奥さんの里でもあるし、まんざら縁もゆかりもない土地じゃない。東京へ戻って一からやり直しするより気楽だと思いますよ」

「考えてみます。ありがとう」

「奥さんも賛成なさるんじゃないかな。夕方、見かけましたよ」

「だれを」

「おや、まだ会っていないんですか。奥さんをです。旅行鞄を下げて、バス停の近くを歩いておられましたよ。車の中から見たんですが、たしかに奥さんだった」

関口佐和子が二人の正面にたたずんで、口もとを手でおさえながら客と話しているのが見えた。悟郎も仲彦も佐和子を眺めた。佐和子の相手は和服姿の女性らしいということしかわからない。省介の体にさえぎられて見えない。今夜、佐和子が目に入るときは必ず近くに省介がいた。佐和子のはればれとした表情はかつて仲彦が見たことのないものだった。明るいシャンデリアの下では、その濃い化粧もよく映え、白粉気のない佐和子を見慣れた仲彦の目には別人のように感じられた。

仲彦はふと、どこからか自分にそそがれている視線を意識して、会場を見まわした。

こちらに背中を向けた省一郎と向いあった釘宮が、あわてて目をそらした。釘宮が伊佐の内幕に精通していることとは、少しも奇妙ではなかった。しかし、悟郎が釘宮と同じていどに情報通であることは、伸彦にしても思い及ばなかったが、医師ならば各家庭の内情をわきまえているのが当然である。場合によっては、釘宮よりも詳しく伊佐という土地の模様に通じているのかもしれなかった。悟郎がさっきから話したがっていたのは、英子の帰宅だけではないようだ。空になったグラスをもてあそびながら悟郎は佐和子から伸彦に目を移し、伸彦から佐和子に視線を戻した。

伸彦は氷のかけらを口の中でころがした。

重富病院の事務長というポストは予想外のものであった。ただ帳簿の数字を合せておけばいい仕事なら、何も伸彦を雇う必要はあるまい。中小企業か官庁を定年でやめた人物が、いくらでもいるはずである。帳簿をつけるのはかえってそのような老人たちがうまいだろう。人は自分の利益にならない行動はとらないと、伸彦は思っている。重富父子が伸彦を雇うことで得る利益というのは何か。

伸彦はとけて小さくなった氷の破片を嚙み砕いて飲みこんだ。

「おやじさんの原稿は、いつ見せてくれますか」

悟郎の表情をつかのまかすめた狼狽の色を伸彦は見のがさなかった。そのうち、と悟郎はいった。そのうちでは困る、なるたけ早い機会に見せてもらいたいと、伸彦は無遠慮な口調で要求した。

「ぼくの一存ではどうもねえ」

悟郎は煮えきらない返事をした。原稿を見せようといったんは決意したものの、意をひるがえしたのかもしれないと、伸彦は想像した。父親と原稿のことで相談したとも考えられる。悟郎は見せてもさしつかえないと判断し、父親は反対した。とどのつまり、空席になった事務長の椅子を伸彦に提供する見返りに、原稿の閲覧を諦めさせようと企んだこともあり得る。おそらく悟郎は、父親の手記を見せると約束したのを後悔しているはずである。

「省介氏のことは伊奈さんもご承知でしょうな」

市長選挙に立候補することなら知っていると、伸彦は答えた。

「それだけですか」

悟郎は疑わしい表情で伸彦をみつめた。半ば呆れた顔付でもあった。関口佐和子と菊池省介のことだと悟郎はいった。

「ああ、そのことなら」

「そのことですよ。なあんだ、ちゃんと知ってたじゃないですか。とぼけないでもらいたいな」

話題を首尾よく変えることができて、悟郎は機嫌がよくなった。伸彦はさりげなくたずねた。

「で、式はいつです」

「なにしろ四月には選挙ですからね。省介氏は急いでいるという噂ですよ。来月、挙式する予定だという話です」

とうとつに伸彦はアパートのうす暗い自分の部屋を思い出した。天井に下った螢光燈が古くなって、不規則に明滅するのも思い出した。取りかえようと思って、外出する度に新しい電燈を買い忘れるのだ。ちかちかと瞬く螢光燈の下に座っている英子の姿を想像した。まもなく英子と別れることになれば、あの螢光燈を取りかえる必要はなくなるわけだ。たぶん、英子はアパートに残るまい。自分もどこか新しい住居へ移るだろう。

家具調度を取りはらってがらんとなったアパートの一室を想像するのはたやすかった。しかし、明滅をくり返す螢光燈は依然として天井に下っており、その下に正座した英子の姿も元のままだった。英子を説得して、初めからやり直そうというのは伸彦にとっても億劫だった。やり直してもいいという気持はあったけれども、英子がそれに応じるとは考えられなかった。

「あ……」

悟郎はかるい叫び声をあげた。彼の視線は階段の上の方へ向けられている。見覚えのある若い看護婦が悟郎に手で合図した。悟郎は伸彦に目くばせしておいて、階段の方へ人ごみをかきわけて行った。伸彦は潮がひいた磯に、くろぐろと光っている濡れた岩を目にうかべた。思わず深いため息を吐いた。煙草を一本、吸い終えないうちに女中があわただしく階段をおりて来て、省一郎の方へ近づいた。女中に耳うちされて、省一郎はうなずいた。表情は仲彦の立っている所からは変ったように見えなかった。

省一郎がさあらぬ体で二階へ消えてから三分ほど経って、省介がゆっくりと階段をのぼって行った。

来客は何も気づいていないふうだった。行武はテーブルの皿に盛られた料理をわき目もふらず貪り食べていた。薄切りのトーストにキャビアをぬりつけて頬張りながら手は忙しく動いて次のトーストにキャビアをのせ、誰かにとられるのを怖れてでもいるのか、左手でキャビアの鉢をしっかりとつかんだ。右手はキャビアをのせたトーストを支えて、いっしんに口を動かしながら目の前にかざしていた。

信彦は壁ぎわから客が密集しているホールの中央に移動した。目はかたときも佐和子から放さなかった。まわりで談笑しているのは知らない顔ばかりである。佐和子の方へ少しずつ近づいて声をかけた。話がある、外へ出ようと、小声で告げた。

佐和子はすばやくふりむいた。顔はうっすらと上気しており、目もうるんでいた。

「あなた、だったの」

「ここではまずい。ポーチへ出よう」

「なあぜ」

佐和子は明るい浮き浮きとした口調できき返した。隣にいた中年女が、ありありと好奇心を浮べて二人を見くらべた。仲彦は佐和子の腕をつかんだ。手の中に弾力のある女の肉が感じられた。佐和子は仲彦の手をつかんだ。

「放してよ。痛いじゃないの」

行武がこのとき佐和子の声を耳にしてテーブルから顔をあげた。周囲の客たちは話をやめ、二人に視線を集めた。仲彦は佐和子を引っ立てるようにしてポーチへつれ出した。

「おい、伊奈君、何をするんだ」

行武が後ろから追いすがった。佐和子は体をよじって伸彦の手をはずそうとした。強く握られた手首が痛むのか、佐和子は唇を半開きにし、眉根を寄せていた。まぢかにその表情を認めて、伸彦は気がたかぶり、いっそうあらあらしく佐和子を戸外へひきずり出したのだった。

「おい、きみ。暴力はよさんか」

行武は伸彦の手から佐和子をもぎとろうとした。伸彦は手を放した。「いいんです。二人だけにして下さい」

意外に平静な声で佐和子は行武にたのんだ。大勢の前ではしたない真似をしてもらっては困るだの、おたがい子供ではないのだからだの、行武はいいたいことをいってしまうと、「いいんだね、私は知らないよ。なかで待ってるから、話がすんだらすぐ戻るんですよ」といい残して、ホールへ去った。佐和子は伸彦がつかんだ腕と手首をさすった。省介とのことは本気なのかと、伸彦はたずねた。

「ええ、本気だわよ」

「きみがそんな女だとは思わなかった」

服の隙間から、寒気がしみ入った。夜気は鋼《はがね》のように冷たかった。佐和子は両腕を胸の前で組みあわせた。伸彦と視線をまじえずにガラス戸ごしに屋内の来客を見つめた。こういう話はよしてもらいたいと、早口でつぶやいた。自分たちは別れたのだ、おたがいに何をしようと自由ではないかと佐和子はいった。唇がふるえた。

「省介だけはよせ」

「あたしのような女とでも結婚してくれる人よ。そんなことを命令する資格が、あなたにはあるの」

初めて佐和子は伸彦と目をあわせた。ある、と伸彦はいった。佐和子は声を出さずに笑った。肩をすくめて寒いという身ぶりを示し、早く室内に戻りたいとでもいうように手で腕をこすった。むきだしの二の腕に鳥肌が立っているのを、伸彦は認めていた。次の瞬間、伸彦は自分が、結婚しようという声を聞いた。

佐和子は声を出して笑った。

「何がおかしい」

伸彦は気色ばんだ。

「だって、おかしいものはおかしいんですもの」

佐和子はますます高い声をあげて笑った。あげく体を二つに折って咳きこんだ。ガラス戸の内側に行武が突っ立ち、笑いこける佐和子と、呆然としている伸彦を、眺めて妙な顔をしていた。

「ご免なさい」

佐和子はハンカチで目もとを拭った。

「ある人がね、あたしと菊池さんのことをあなたが聞いたら、きっと結婚してくれというにちがいないと予言したの。その通りあなたが口走ったので、思わず笑ってしまった。あなた、気を悪くしたでしょう。ご免なさい」

「ある人というのは菊池省介かい」

佐和子は首を横に振った。釘宮ではないかと、伸彦はたずねた。佐和子の視線をたどって、ある人が誰であるかわかった。ガラス戸の内側に行武が立ちはだかって、伸彦をにらみつけていた。伸彦は「じゃあ」といった。

「奥さんは帰られたんですってね。これからは何もかも旨くゆくわ、きっと」

「旨くゆくともさ」

「ひねくれたものいい方をなさるのね」

佐和子は沈んだ口調でいって背中を向け、室内へ戻った。その肩に行武が手をまわしてホールの中央へ去った。伸彦は刺すような寒気に身ぶるいした。アパートの机に拡げた真鍋吉助の手記が目に浮んだ。帰宅した英子の目にはとまっても注意を払いはしないだろう。英子と佐和子を失い、内心アテにしていた菊輿の仕事が実のないものとわかった今となっても、伸彦は真鍋の手記に関心を持っている自分を意識した。

「伊奈さんらしくもないじゃありませんか。まあ一杯」

ゴムノキのかげから現われた釘宮が、水割りのグラスをさし出した。伸彦は自分がいつのまにかホールのすみに帰っているのに気づいた。

「痴話喧嘩というものは、失礼、つい下世話ないい方になって。どたん場におちいった男女のやりとりはとでもいい直しましょうか、紋切り型になりがちですな。わしの友人で、家庭裁判所の判事をしとるのがいましてね、仕事がら話をいろいろ聞くけれども、夫婦の争いというのは貴賤を問わず同じ文句に終始するそうですよ」

伸彦は会場をぎっしりと埋めている男女がひそひそ声でささやきかわしながら釘宮と自分をぬすみ見ているのをぼんやりと見返した。五体の関節から力が抜けて、立っているのさえ苦痛に感じられた。水割りを一気に呷った。苦く熱いものが胃へすべり落ちると、やや脱力感が稀薄になり、力がわいた。

「伊奈さんは若い」

伸彦は釘宮の顔に見入った。本気でいっているとは信じられなかったが、釘宮は真顔であった。

「愚にもつかんせりふを口にできるのは、せいぜいあなたの齢までですよ。わしがこういったからといって肚を立てんで下さい。あなただって自分が途方もなくばかげた喧嘩をしたことは認めるでしょう。気が滅入るほど平凡で月並な言葉を使ってね。あんな男のどこがいいとか、お前を見そこなったとか、ね。わしには聞えなかったけれど、ここから見ていて、大体の察しはつきますわな。あなたが今夜のように取り乱すとは、正直いってわしには意外でしたよ」

自分も意外だったと、伸彦は心の中でつぶやいた。二つおいたテーブルの向う側に佐和子は行武と肩を並べて立ち、何事もなかったかのような明るい顔色で小皿にとりわけた料理を食べながら話に興じていた。その屈託のない表情を眺めていると、たった今、自分が佐和子をむりやりひきずってポーチへつれ出したことがあったとは信じられなかった。

釘宮はいたわるように伸彦の肩に手をかけて、かるく叩いた。

「わしはつくづく羨ましいよ。この齢になると、あなたのような真似はでけん。世間態とかそんなものを気にしてるんじゃない。嫉妬を感じない。女に対してですよ、怒りや憎しみもない。あなたが今、感じているものはまったく消えてしまう。老年が円熟だというのはまやかしです。生きながらの死、これが老齢というものです。いや、柄にもないお説教をやらかした。まあ、わしに免じて許して下さるでしょうな」

釘宮は目じりの涙を赤いハンカチで拭った。水割りのグラスを伸彦の手にしたグラスにかちあわせた。菊池省造は今しがた息をひきとったところだと、小声でささやいた。伸彦が佐和子とポーチに出ていたときだという。

「故人の冥福を祈って、乾杯」

釘宮は天井に向ってグラスをさしあげた。

二階はひっそりとしていた。

第二十二章

菊池省造の告別式は、伊佐市の南郊にある春徳寺で催された。

寺の本堂に入りきらない参列者のために境内に天幕が張られた。伸彦は山門からいちばん遠く離れた天幕のすみに目立たぬよう腰をおろした。

午後一時に告別式は始った。

奏楽はテープの音らしかった。折り畳み椅子にかけた伸彦の位置からは、菊池省一郎の姿を認めることはできなかった。緋や紫の法衣に金襴の袈裟をまとった僧侶たちの背中が見えた。おびただしい花環が祭壇にそなえられていた。朝から空は暗く、寒気が身を凍えさせた。それとなく天幕の内側を見まわすと、釘宮がおり、行武が来ていた。山口書房の主人も憂鬱な面もちで読経に耳を傾けていた。三日の新年宴会に列席した顔ぶれは、ほとんど参列しているようだ。佐和子の姿だけが見られなかった。義父はきょうも現われず、次長を代理によこした。

読経がやみ、僧侶が故人の経歴を妙な節をつけて朗読した。それらの声は、本堂内に設けられた拡声器を通じて境内に流れた。再び奏楽の音が起った。天幕が風ではためいた。その間も境内に入ってくる参列者はひきもきらず、足音をしのばせて天幕内のあいている椅子を探して腰をおろした。伸彦は故人が生前どのていど伊佐市の内外に力をふるっていたか、目のあたり見る思いであった。境内に集った会葬者だけでも、三百人は下らないだろう。拡声器が耳ざわりな音をたてた。

「弔辞および弔電披露」

という声が聞えた。どこかで一度、耳にしたような声である。市立図書館長である榊原の声に似ていたが、声はもっと若々しかった。伸彦は椅子から腰を浮かして本堂をうかがった。悟郎にわきを支えられて、重富病院の院長が進み出た。足どりはおぼつかなかった。重富兼寿はおもむろに咳ばらいした。

「弔辞」

しわがれた声が境内に聞えた。その文言は漢語まじりで、耳をそばだてていても切れ切れにしか理解できなかった。重富兼寿はときどき咳きこみ、痰を咽喉にからませた。感情が激して言葉がとぎれることもあった。白いものが宙に舞った。冷気が足から膝へ伝わった。天幕の下で外気にさらされている会葬者は、いちように水洟をすすりあげ、ぎごちなく咳ばらいした。

弔辞の朗読は終った。弔電が読みあげられた。また読経があり、ようやく献花の段になった。一般焼香が始るまでに、まだ間がある。伸彦はアスピリンの粉末に似た雪片をぼんやり見つめていた。雪を見たとき、どうしたことか、寒気がしのぎやすくなったように感じられ、長たらしい読経や奏楽で苛立った気持がしずまるのを覚えた。告別式がたとえ夜まで続こうとも我慢できるように思われた。虚空で不規則な分子運動を思わせる粉雪の動きに目をやっていると、数日間の記憶がとりとめなくよみがえった。

英子が帰ってから三日たっている。

あの晩、疲れきった伸彦がアパートへ戻ると、窓から明りがもれていた。伸彦は鉄の階段を一段ずつ踏みしめてのぼった。これで何もかも終りになる……何が終りになるのかはっきりといえないまでも、昨年の秋から続いているある種のうっとうしさから解放されることは明らかであった。彼がドアにさわる前に、それは内側へ開いた。英子が微笑を浮べて目の前にたたずんでいた。

(お帰りなさい)

(ああ、ただいま)

彼はまぶしそうに目を細めた。室内の螢光燈が強い光を放った。切れかけていたのが以前から気になっていたから、帰る途中、電気店で新しい螢光燈を買って、つけかえたところだと、英子はいった。部屋のすみには、鞄と紙袋があった。帰宅するなり英子はまっさきに明りを替えたらしい。

（だって次にこのアパートに入る人に悪いでしょう）

（まあ、そうだな）

（お茶を淹れるわね。その前に着換えをすませますから）

英子は部屋を掃除するのに古いセーターとスラックスという身なりになっていた。伸彦が炬燵の上に拡げた真鍋のノートには手をつけていなかった。野菜の切れ端や、インスタントラーメンの紙袋がもりあがっていた流し台は、きれいにみがきあげられ、ふくれたゴミ入れのビニール袋が台所の一角に並んでいた。他人の家に踏みこんだような落着かなさを感じた。佐和子とのことはまったくなかったことで、結婚した当初の屈託のない日常をつかのま思い返したほどだ。

（どう、このお茶。おいしいでしょう）

英子は薄化粧をほどこしていた。張りのある目は、旅行に出た当時より五、六歳は若く見えた。修善寺からの帰りに、静岡の友人宅に寄って、土産にもらったお茶だと、英子はいった。短大の学生時代から親しかった友人は、いま東京で小さな婦人服地店を経営しているという。修善寺で、その友人をふと思い出して電話をかけたところ、先方は大変な喜びようで、ぜひ遊びに来るように誘われたのだと、英子はいった。

（ご主人と別れてから始めたお店が旨くいって、今年は青山にブティックを出すというの。資金も静岡にある実家が援助してくれるそうなの。で、あたしに手伝ってくれないかって。経理のことならいくらか明るいから。向うはあたしが電話をかける前に、なんとか連絡をとろうとしてたらしいわ）

（きみなら実務の経験があるから先方も安心だろう）

（友達ってありがたいわね）

（すぐに上京するのかい）

(彼女はさしあたり麻布にある自分のマンションに同居して、気長に東京の住居を探せばいいとすすめてくれるの。五つになる娘さんと二人暮しですって。彼女どうしてるかなあって、あたしがときどき考えてたみたいに向うもあたしのことを気にかけてたんだって)

(話が旨すぎる気がしないでもないいんだがな)

(でも、物事がこれ以上わるくなることはないわ。目の前がぱっと明るくなった感じ。それまではお先まっ暗という気持だったけれど。あなたも喜んで下さると思うわ)

(ぼくが喜ぶ?)

(そうよ。当然でしょう)

伸彦は飲みさしの茶碗を炬燵板の上に音をたてて戻した。英子の表情がこわばった。今夜、菊池家で自分が佐和子を戸外へ拉致し、省介との結婚を難詰した醜態を演じたことなど、英子は知らないのだ。今のところは。しかし、いずれ知るだろう。英子の明るい表情は装われたものであった。どうかしたはずみに顔が見苦しくこわばった。

(煙草ちょうだい)伸彦の返事を待たずに一本抜きとってくわえた。慣れない手付で火をつけ、のみこんだ煙にむせた。

(あたしたちねえ……)

一口二口すっただけの煙草を灰皿に押しつけて英子は低い声でいった。自分たちはやり直すことが可能だ。今からでもその気になりさえすれば。自分はお前を責める気はない。まして憎んでもいない。

(そういう関係だと思うのだけれど、あたし、まちがってるかしら)

灰皿の中でくの字形に折れまがった煙草から目をあげて伸彦を見た。まちがっていないと、伸彦はいった。

(どうしようもないほど憎みあっているわけではないと思うの。おたがいに。だから別れるのは今をおいてないと考えたわけ。変な理屈かもしれないけれど、わかってもらいたいわ。世間では、相手を憎むあまり離婚に同意しな

い夫婦もいるんですもの。ああなったらおしまいだわ）

佐和子が菊池省介と結婚するのを、英子は知らないはずだと、伸彦は思った。今も彼が佐和子との関係を保っているると信じているのである。伸彦は自分が佐和子の腕をねじったとき、苦痛にゆがんだあの表情を一瞬、思い浮べた。

（菊池の仕事が終ったら、いくらかまとまった金が払われると思ってるんだがね。今のところは持ちあわせがない。きみもいろいろと必要な支払いがあるとはわかっているけれども）

（いいの、それは。スナックで働いた金のうち、少しはたくわえにまわしていたから。おかしなことをいうと笑わないで下さらない。あなたのこと、無関心になれるまでに時間がかかりそうな気がするわ。……かといって気持が変るわけでもないけれど。正直にいってあたしは……）

（もう、よしてくれないか。ぼくとしては何もいう資格なぞありはしないんだから）

（資格といえば、あなたを責める資格があたしにあるとも思っていないわ。仕方のないことですものね。あなたは佐和子さんを選んだのだから。結局、男と女は対等だと思うの。出会ったり別れたり。あたし、悟ったことというわねえ。自分でもおかしくなってしまう）

英子は新しい煙草にせかせかと火をつけた。話を続けているとしだいに心の底の苛立ちが表面に現われるようだった。伸彦は取り換えた螢光燈で明るく照明された居間を見まわしていて、鏡台と戸棚の上の花瓶に薔薇が活けてあるのを認めた。本棚の縁は塵ひとつないまで拭ききよめられてあった。

英子はけむたそうに眉根をよせて煙草をすった。口紅のついた吸い殻をもみ消す指の爪にはマニキュアが塗ってあった。ふだんは目立つほどに化粧をしないのが英子の習慣である。あなたは変ったと、英子はいった。菊池の仕事をするようになってから感じがちがってきた。あなたが仕事にうちこむのを見るのは今度が初めてだと、英子は指摘した。

（修善寺で、あたしが別れようと決心したのは、それがあるからなの。口はばったいことをいうようだけれど、菊池さんの仕事にかかるまでのあなたは、なんだかふわふわとして頼りがなかったわ。仕方なしに生きてるみたい。あたしから見ると、そういうあなたは自分がついていなければやってゆけない感じなのね。この人はあたしを必要としてるんだって錯覚を起してしまう。女のまあ、母性本能とでもいうのかしら。ところが、去年の秋から、あなたは一人で生き始めたわ。どうしてでしょう。菊池さんの仕事は、今まであなたがたずさわった仕事と、どこがちがってるのかしらね。G島で戦死なさったお父さんの消息を得るため？　それだけではないと思うわ。女のあたしには、戦争を書いた菊池さんの手記のどこにあなたが惹かれたか、見当がつかないの。もしかすると、菊池さんの仕事は二の次で、佐和子さんのことがあるかもしれないと思うときがあった。どうなの、教えて）

佐和子のことではないと、伸彦はいった。

（こうなった以上、隠さなくてもいいんじゃない。あなたを責めはしないって、くり返しいってるでしょう。今夜、父に会ってあたしたちのこと告げるつもりだわ。心配しないで。あなたのことを悪くいいはしないから。佐和子さんと結婚するとしても、おめでとうといってあげるだけの気持はあるつもりよ。あたしが知りたいのは、佐和子さんの何があなたを変える力になったかということ。あたしと佐和子さんは、どこがどういうふうにちがっていたかということ。男の人から説明してもらいたいものだわ。何もあなたに要求しませんから、せめてそれだけはいいでしょう。佐和子さんて、きれいな人ですものね）

英子はますます饒舌になった。

伸彦は去年の秋から自分が変ったと思っていないと答えた。今夜、義父に会って話すとすれば、英子はまもなくアパートを立ち去ることになるのだ。伸彦は話しあうのが苦痛だった。何か一言いい返せば、その十倍も英子が反論するのは目に見えていた。

（あら、変ったわよ。自分では気がつかないだけ。秋までのあなたは、目的を持たない人だったの。水の上に漂う木切れみたいな、風の吹きぐあいでどこにでも行きつく人だったわ。この伊佐市に来たのも、あたしの里だからというので無理に誘われて来ただけじゃないの。田舎は好きじゃないけれども、反対する口実もなかったので、ただなんとなく。ところが、菊池さんの仕事に手をつけてからは、自分が何をしており、どこへ行こうとしているか、わきまえている感じになったわ。あたしの本心をいえば、佐和子さんのせいじゃないと思いたいわ）

（ぼくは……）

英子はもの問いたげに顔をあげて、伸彦の口もとを見つめた。自分が変ったと明瞭に意識しているわけではないが、仮りに変化したように受けとられるとしても、佐和子のせいではないと、伸彦はいった。

（そう、うれしいわ）

伸彦はすんでの所で、佐和子と別れたというせりふが口から出そうになった。それをのみこんだのは、別れを告げても英子の決心がゆるがないことを知っていたからだった。

（菊池の先代が亡くなったよ）

うつろな視線を戸棚に向けていた英子は伸彦が二度めにいったことばで我に返った。仕事はどうなるのかとたずねた。

（さあ、どうなるかな）

（だいじょうぶ。あなたはもうこれから一人でやってゆけるわよ。何があっても。たとえ、菊池さんの仕事が打ち切りになっても。その意味で安心してるわ。父のこと、心配しないで。あなたを呼びつけて叱るようなことはさせませんから）

（すまなかった）

英子の頰がひきつった。唇がゆがんだのは微笑しようとしてできなかったのかもしれなかった。衣類や身のまわりのこまごまとした品物は、あとで取りにくる。台所用品は伸彦が要るだろうから残しておく。アパートの敷金四カ月分のうち三カ月は返してくれることになっている。それは伸彦が出したのだから彼が受けとっていい、などということを英子は語った。まだ何かいい残したことがないか思い出そうとでもするように室内のあちこちへ目をやった。

「よく冷えますな」

伸彦はわき腹を軽く肘で突かれた。いつのまにか釘宮がとなりの椅子に来ていた。鼻の頭が赤くなっている。

「弔電披露のとき気がつきましたか」

「というと」

「多々良氏の名前がなかったでしょう」

釘宮はわびしそうに目をぱちぱちさせた。伸彦は読みあげられる氏名を聞き流していたので、多々良の名前がなかったことを気にとめていなかった。

「あいつは伊佐にほんのちょっとしか滞在していなかったんだが、菊興がどのような有りさまか把握したんですな。ふん、見上げたもんだ。利用できないと見きわめたらさっさと手を切る。弔電一本くらい打っても良さそうなものなのに。代議士とは絞れるだけ絞って、あとは知らん顔ですよ」

釘宮は頭を伸彦に近よせ、本堂の方へ顔を向けたまましゃべった。葬儀委員長は榊原輝昭だという。館長の弟である。声が似ていると思ったのも道理だった。

「市長選挙の対立候補でしょう」

「そこが田舎というものです。重富の大先生が本来なら適役なんだが、健康状態が思わしくない。省介氏の差し金じゃないかというもっぱらの噂です。榊原を支持する青年会議所の票は、省介氏がそっくりいただくことになったのは初耳ですか。今年の夏に伊佐へ進出する大手スーパーをしめ出すと公約してからね。榊原氏は具体的な政策をうち出さなかったから、省介の公約は地もとの商工会にも魅力的でしょう。どれ、そろそろわれわれの番が来たようだ」

釘宮は伸彦をうながして焼香者の列に加わった。白いものが喪服を着た参列者の肩に落ちた。列は少しずつ動いた。釘宮はあたりに目をくばりながらしゃべり続けた。現市長は高齢だから、実績をもとにして立候補したところで四選を狙うのは無理がある。斬新な公約をうち出していない。すると残りは、菊池省介と榊原の争いになるが、青年会議所と商工会が菊池省介の支持にまわったからには、榊原の敗北は火を見るより明らかだ。なんといっても省介の強みは、菊興商事の身内ということで、中核工業団地の造成その他、他県の企業を誘致して伊佐の経済活動をさかんにできる政治力を背景に持っていることにある。本堂の階段にさしかかるまで、釘宮は口を動かし続けた。

伸彦は花環でかこまれた祭壇の中央にすえられた菊池省造の遺影と向いあった。

写真がとられたのは五十代の初め頃と思われた。病みおとろえた省造しか知らない伸彦には、精悍な面がまえをした壮年期の男が、省造と同一人物であるようには思えなかった。写真の顔は、唇のあたりにかすかな笑みを含み、鋭い目でカメラを見すえている。皮膚には艶と張りがあった。

伸彦は写真に一礼し、形通り焼香をすませた。祭壇のわきに控えた菊池省一郎と目があった。省一郎はつかつかと伸彦の方へ歩みよって来て、会葬の礼をいい、あとで自宅に電話をするようにと頼んだ。釘宮は数間はなれた所で二人を見ていた。省一郎は元いた場所へ去った。痩せた長身の女性がつつましく目を伏せて、焼香者に頭を下げていた。省一郎が腰をおろしたのはその女性のとなりである。靴紐を結び直して釘宮は身を起していった。

「省一郎氏の奥さん、帰ったようですな」

「一体どうなってるのやら」

義父の話が真実であれば、省一郎は三好美穂子と別れたと偽ってこっそり会っていることになる。省一郎のとなりに妻を見出したとき、伸彦はにぶい倦怠感を味わった。年末に手切れ金を持ってホテルへ使いをしたとき、省一郎が顔に浮べた懊悩の色が、演技であるとは今も思えないのだった。

「この分では積りそうだな。冷えこみがきびしいからね。伊奈さん、よかったらつきあってくれませんか」

仲彦は省一郎がいった「あとで」はいつを指すのか考えていた。英子が持ちだした家具はわずかな数だったが、雪の降る午後、妙にがらんとした感じのアパートへ戻りたくなかった。

仲彦と釘宮は伊佐駅の近くにある伊佐ホテルにタクシーで乗りつけた。地階にある酒場の奥まった椅子に腰をおろした釘宮は、注文した水割りを旨そうに飲みほした。

「多々良が菊興と手を切れば、省介氏の前途も多難なのじゃないかな」

仲彦はさっきから覚えている疑念を口にした。釘宮は二杯めの水割りを胃に流しこんでやっと人心地がついたようだった。

「菊興の資金繰りが苦しくなっているのはあなた、事実です。しかし、あそこはちっとやそっとのことでつぶれやしませんぜ。省一郎氏の才覚というものが残っている。全資産を抵当にとられても、社長の手腕まで封印することはできませんわな。省介氏がもし市長に当選すれば、菊興は再起しますよ。榊原を籠絡したのは省一郎氏だといいますからな。企業の浮沈は長い目で見なければ」

菊興商事の先行きに楽天的な見通しをのべている釘宮のことばを聞いて、仲彦は思いあたることがあった。釘宮は新年宴会の夜に、伊佐日報がつぶれることを打ちあけ、世をはかなむ口ぶりであった。自分の身のふりかたが決ったので、菊興の将来にも明るい見方ができるのではないかと仲彦は推測した。省介が市長に成りあがったとき、釘宮に約束できるポストは何だろう。

仲彦は釘宮が先ほど榊原輝昭の名前を発言したとき、微妙なものが表情にゆれたのを見のがさなかった。市立図書館は社会教育課の管轄である。館長は退職した小中学校の校長が任命される場合が多い。必ずしも現職の公務員でなければならないということはない。屈託の失せた釘宮の顔を見ていると、仲彦はあえて自分の推測を本人にただしてみる気になった。

釘宮はにんまりと笑った。

「すてる神あれば拾う神ありということです。榊原館長は病身でしてね。かねて辞意を表明しておられた。厳正中立をひょうぼうして今日に至ったわしが、この期に及んで省介氏を応援することになるとはね。落ちぶれたといわれても仕方がない」

「釘宮さんが省介氏を応援するとなれば、百万の味方を得たようなもんでしょう」

「伊奈さんもきつい皮肉をいうよ。そりゃあ、わしが何票か取りまとめをしないとはいいませんがね。選挙の頃には伊佐日報はつぶれているんだから、菊池省介を掩護する論陣を大っぴらに張るわけにはいかない。ま、わしとしてもできるだけのことはやるつもりですがね」

釘宮は伸彦と目をあわせなかった。市立図書館長の地位を得るのと引きかえに、省介の陣営についた自分を恥じているように見えた。伸彦は微笑を禁じ得なかった。ホテルの酒場へ伸彦をいざなったのは、その件を告白したかったのかもしれない。地階の照明は、ところどころに電気スタンドが置かれていて、光はテーブルの周辺をわずかに照らすだけである。ひっそりとしてうす暗い酒場の椅子に身を沈め、水割りをすすっていると、けだるい解放感が訪れた。雪がちらつく境内で、たっぷり二時間すごした体にはホテルの暖房が快かった。

「篠崎さんは見えませんでしたな。次長は来てたけれども」

「そうかな、ぼくは気がつかなかった」

四日の午後おそく、J銀行へ義父を訪問したときのことが思い出された。新年宴会に出席した客の顔ぶれを命ぜられたままに報告したのである。篠崎は県知事が顔を出したことには興味をそそられなかった。市長もまた客としてはとるに足りないと見なしたようだ。多々良が出席しなかったことを（たしかだね）と念を押して、それ以上、他の客について問いただそうとはしなかった。デスクについた両肘の手を重ねあわせ、その上に顎をのせてひとり言のようにつぶやいた。（多々良が見切りをつけたとはね）。支店長室にはひっきりなしに行員が顔を出した。来客もあった。二人は客がとぎれた合間に話をした。

（じゃあ、ぼくはこれで）

（仲彦君……）

立ちあがった仲彦を呼びとめた篠崎の表情で何をいいたがっているのか悟った。二人だけでゆっくり話をしたいが、夜まで会議がある。明日のスケジュールもつまっている。篠崎は椅子から離れて仲彦に歩みより、まぢかに向いあった。

（英子から話を聞いた。大体は察していたけれども、わたしは残念だよ）

（申し訳ありません）

（話しあいの余地はないのかね。わたしは英子を説得しようとしたが、英子はいったんこうと思いつめると気をひるがえさないたちなんだ。でもねえ、せっかくなんとかやって来た生活を今になってご破算にすることはないと思うよ。完全な人間なんて世の中にいはしないんだ）

（ぼくが悪かったんです。英子さんからお聞きになった通りです）

（わたしはきみが悪いとか、英子がどうのとかいってるんじゃないよ。勘ちがいしないでくれ。わたしがいってるのは、生活をやり直そうと再考する余地はないかといってるんだ。くだらないことで二人が離婚するのはどうかと思うよ。きみはやすやすと英子の要求をいれたのか）

篠崎のこめかみに青い筋が浮きあがった。佐和子とのことを、篠崎はくだらないことと表現した。初老の支店長が娘婿の情事を、くだらないことと見なしたのが意外であった。

（ぼくの過失というか落度が原因ですから、英子さんが別れるといったとき、ひきとめられなかったんです）

篠崎はドアから顔を出した行員に顎をしゃくった。こめかみの青筋がくっきりとふくれあがった。

（きみの過失はね、英子のわがままな要求を黙ってのんだことだよ。きみが関口という女性と何をしたか、わたしはほぼ承知してるさ。永い人生では一つのエピソードにすぎない。その当座はのっぴきならない行為に思えるだろ

うが、時間がたてばどうというこたあない。関口は菊池省介氏と結婚するのだから、ことは結着がついてるじゃあないか）

（ええ、でも英子さんの気持は変らないようですし）

（きみの気持をわたしは確かめておきたいんだよ。英子が翻意すれば、二人して元の生活をやり直す気はあるかね）

仲彦は自分の靴に目をおとした。彼は篠崎が本気で二人を別れさせまいとはかっているとは思えなかった。菊輿の内情が予想通り危機にひんしていることを知り、その処理に頭を悩ましているさいちゅう英子が別れ話を持ちこんだのである。一人娘がまた離婚すると告げたので度を失い、怒りも手伝って仲彦を非難するかわりに無理な提案をしているのだと解釈することができた。篠崎はもののわかった年長者の助言をするふりをして実は（この野郎、娘をひどい目にあわせやがって）といっているのだった。

仲彦にしてみれば、あからさまにそういわれたほうが、気は楽だったのである。


「やっぱり、ここだと思った」

重富悟郎が鉢植えのかげから現われた。告別式はもう終ったのかとたずねた釘宮に、父はふつうの体ではないから途中で自宅へ送り届けたのだと悟郎は説明した。

「おやじさんの弔辞、あれは名文でしたな。先代も浮かばれたでしょう」

「ぼくも水割りをもらおう」

釘宮の言葉には耳をかさず、悟郎はボーイに飲みものを注文した。

「ねえ先生、わしは記者という仕事がら告別式でよまれる弔辞はかなり聞いて来たんですがね。大先生があれほど筆が立つお方とは思わなかった。脱帽しますよ」

「故人はいわば竹馬の友でしたからね」

悟郎は釘宮へ顔を向けなかった。雪をついてわざわざホテルへ酒を飲みに来たのは悟郎の性分に似つかわしくはなかった。伸彦は悟郎が自分に用があったのではないかと思った。釘宮と同席しているのを見出して当惑しているように感じられた。伸彦は聞きなれない漢語まじりの弔辞を釘宮のように手ばなしで名文と持ちあげる気にはなれなかったが、釘宮の指摘をダシにして悟郎がここへ訪ねて来た真意は探れると思った。伸彦はいった。

「だから重富さん、名文家が記録したG島戦記を拝見したいと思うのは人情でしょう」

「おだてないで下さい。カビの生えた紋切り型の弔辞ですよあれは。年寄りは紋切り型にこだわるものなんだ。あなた方は春徳寺を出てまっすぐここへ?」

悟郎は話題をそらそうとした。三人はしばらく天気の話をかわした。去年から今年にかけて雪が多い。伊佐では年に一、二度雪が降るていどなのに今年のように不順な天候はめずらしいなどと、悟郎がいい、釘宮も熱心に相槌をうった。見たところ悟郎は釘宮ぬきで話をしたいらしかった。釘宮はそれを承知で居すわっているのである。天気の話がすむと悟郎は黙りこみ、水割りのグラスをのぞきこんだ。

伸彦は春徳寺の境内をこまめに歩きまわっていた行武のことを思い出した。釘宮が菊池省介に忠誠を誓う代償として、老後の保障を得たのならば、行武の見返りは何だろうと考えた。市が発行する広報紙の編集を有明企画が請負うのか。そのくらいのみみっちい報酬で行武が満足するとは思えなかった。

報酬は省介が市長に当選したあかつきの愉しみとして今のところ懸命に奔走しているだけなのだろうか。伸彦は四月の選挙まで伊佐市にとどまるつもりはなかった。すべてを見届けたいと思わぬでもないのだが、英子と別れ、佐和子を失って、この町にくらす意味はないと思われた。

予想外のできごとは佐和子が省介と結婚することであった。伸彦は海岸に流れついた漂着物を高校時代に蒐集したという佐和子を好ましく思った。空港ホテルで、バスタブを念入りに洗わなければ気がすまない潔癖さ、じみな服装の好み、部屋をいつもきちんと整頓する習慣、世間話をする折りも言葉をえらび、けっして大げさな表現をしない癖、アクセサリー類に対する女性らしくない無関心などが佐和子に惹かれた理由の一つでもあった。よもや菊池省介のごときがさつな男の妻になることはあるまいと思っていたのである。佐和子がベッドの上で示す激しい昂奮を思い出し伸彦は胃の付近が疼いた。

佐和子が省介をえらんだという結果からいえば、伸彦の佐和子に対する評価がまちがっていたことになる。伸彦は省介に今、覚えている強い嫉妬が、時がたつにつれて薄れることを知っていた。そう考えて自分をなだめようとしたが、内心にわだかまっているにがにがしい思いはいっこうに消えず、胃の不快な疼痛は彼をいためつけた。それでいて英子との生活を破壊し、どうやら安定の兆しが見えかけた将来に訣別するハメに至ったことをくやんではいなかった。先ほど覚えた解放感はそこに由来しているようだった。

釘宮は手洗いに立った。

「このたびは、なんというべきか」

悟郎は釘宮がテーブルを離れたのを見送ってから口を切った。英子と離婚したことを指しているのである。伸彦は黙っていた。

「さしあたり何かと不自由でしょう。お節介かもしれませんがね」

「まあね。しかし、どうにか」

「うちの仕事をひきうけてもらえば、三度の食事は病院ですませられますよ。入院患者の食事を調理する賄婦がいます。伊奈さんの分を用意するのはわけないことなんだ」

「事務長の件は大先生も了解ずみですか」

「そりゃあもう」

「条件を一つ出してもいいですか」

「どうぞ」

「大先生が書かれた〝南十字星の下に〟というG島戦記の原稿を読ませてくれること。削除なしの原文をです」

「あれは」

悟郎は絶句した。目を伏せてグラスの中身を見つめた。

「古本屋の山口さんが告別式に来てましたね。ぼくはあの人から大体の事情は聞いているのです。何も隠す必要はないでしょう。隠すから逆にぼくは気をそそられる。大先生に迷惑をかけようとは思っていません。原稿のここは公にしてもらいたくないという件があれば、約束をしますよ。戦争が終ってから三十三年たっているんです。今さら秘密もへったくれもありゃしない。どうしても内緒にしたいなら、ぼくはたぶんこうであったろうと推測を書くしかありません。それでもいいんですか。真実はこうだったと、原稿を見せるのが大先生の、ひいてはG島で戦没した兵隊のためになることじゃないですか」

伸彦は二、三杯の水割りで饒舌になっている自分を意識した。

「実をいうとぼくも伊奈さん、おやじがなぜ原稿を見せたがらないかわからないんですよ。撤退命令が出たとき後送できないマラリア患者や重傷を負った兵隊を処置したという件りはありましたがね。G島だけの事件ではないし、おやじは一介の軍医にすぎなかったんだ。今もって罪の意識を感じているらしいんですが、あの場合はやむをえなかったことでしょう」

重富軍医が聞いたのは、撤退命令ではなかったのだと、伸彦はいった。

アウステン山にこもった岡明之助大佐の聯隊に届いたのは、G島の西北端に部隊を集結させて、海上から米軍陣地へ突入するという作戦計画であった。だからこそ岡大佐は軍旗をアウステン山に埋めたのである。ジャングル内を潜行ちゅうに本物の撤退であることを知り、あわてて軍旗を掘りだしに戻り、岡大佐の一行は米軍に襲撃されて全滅する。軍旗はある少尉が発掘して、撤退まぎわに海岸へたどりついた。部隊によって、命令の受けとり方はちがっていたらしい。初めからG島を撤収するのだと知っていた部隊がある。岡聯隊のように逆上陸をするのだと思いこんでいた部隊もある。軍命令をまともに解釈した部隊はまだ歩ける兵も、戦闘に参加するのは不可能と判断して自ら命を絶つのが続出した。

「百二十四聯隊が、命令をうのみにしたのは軍司令部から地理的に孤立していたからでしょうね。他の部隊では、末端の下士官でさえG島を撤収するのだと知っていたのですから。結局は不運だったんです。岡聯隊長までが軍命令の裏を見ぬけなかったのに、非戦闘員である大先生を責められるもんじゃないのは理の当然でしょう」

手洗いから現われた釘宮は、酒場に降りて来た顔見知りと出会って伸彦たちのテーブルからやや離れた場所にすわりこんだ。告別式に参列した数人のグループである。

「ただね伊奈さん。あなたがおやじの気持を一つだけ見おとしている所がある。昭和十七年といえば、おやじが医師の免許をとってまもない頃です。まだ使命感に燃えた二十代の医師ですよ。ユータナジー、失礼、安楽死のことですが、いかに戦争とはいっても、人命を救うべき医師がそれを幼い頃から顔馴染みの兵隊にほどこさなければならなかった苦痛というのは考えてみたことがありますか」

「説明してもらったから今はよくわかる。それが文章になり、記録に残されたら、同胞の手で死ななければならなかった軍人も成仏するでしょう。大先生の口癖は、戦闘を体験しなかった者に何がわかるか、です。そういうことでは困るんだなあ。あなたが説得して下さいよ。事務長の仕事という餌でぼくを丸めこもうとしたって、そうはゆかない」

「はっきりいうんですな」

悟郎は苦笑した。

釘宮は座の中心になり身ぶり手ぶりをまじえて笑い興じていた。伊佐日報がつぶれたあと、定職にありつこうとしている釘宮がすっかり上機嫌になっているのを見ると、伸彦の気はふさいだ。つい、自分の行く末へ思いが走るからである。釘宮が立ちあがってこちらへふらふらと近づいて来るのをしおに伸彦は悟郎と別れた。菊池省一郎の言葉が気になっていた。告別式は終った時刻である。ホテルの電話を使って菊池家の番号をまわした。やがて省一郎が出た。自宅へ今すぐ来てくれないかと、省一郎はいった。声に疲れが感じられた。

ノックに応えて書斎のドアをあけたのは省介であった。省一郎はデスクにかがみこんで書類を読み耽っていた。仲彦はいつも自分が使っている回転椅子に省一郎が腰をおろしているのを見て、本来の持主がそこに居たのにすぎないのに場ちがいの部屋へ這入りこんだ感にとらわれた。省一郎が立ちあがり、仲彦をソファに誘った。省介は所在なさそうにうろうろしていたが、兄に目くばせされて書斎を出て行った。

省一郎は会葬に参列したことで手短に礼をいい、水割りをこしらえてすすめた。

粉雪が窓の外に降りしきった。丘はうっすらと白い膜でおおわれたようである。しずまり返った邸内に居るのは自分たち二人だけであるように感じられた。仲彦はあらためて菊池省造の死におくやみをのべた。

「永わずらいで体力がおとろえてましてね、息をひきとるときは意識がはっきりしていませんでした。眠りこむような。苦しまずに往生したのですからまあ、家族として気休めにはなりますな」

省一郎は仲彦に水割りをあけるよう促して自分も口をつけた。きょう、仲彦を呼んだのは他でもない。亡父の四十九日を来月に営む。法要の席で参列者に香典返しを贈りたいが、それは「G島戦記」がふさわしいと思う。西海印刷に問いあわせてみると、印刷製本に一カ月はかかるという。間に合うように手記を完成させられるだろうか、というのである。

法要は二月二十日の予定だと、省一郎はいった。

「できたら一月十七日ごろ原稿をいただきたいと、西海印刷はいってます」

「きょうは七日ですから、あと十日しかありませんね。やってみます」

「よかった」

「重富の大先生が朗読された弔辞、あれをさし支えなかったら拝見したいものですが」

伸彦は省一郎が新しくこしらえた水割りに口をつけてからいった。弔辞は故人の経歴をのべ、業績をたたえ、霊を慰めるという順序で書かれていることしかわからなかった。釘宮を感心させた文章がどのような内容であったかということよりも、重富元軍医と故人との関係がどのように記述してあるかが知りたかった。

省一郎はインタフォンで階下の女中に仏壇にそなえられた弔辞を持ってくるよういいつけた。

「そうですか、釘宮氏が感心していたんですか。ぼくにはお経よりもいくらかわかりやすいという程度だったな」

奉書紙の巻紙に毛筆で書かれた弔辞を、伸彦は拡げて目を通した。

弔辞

時維《これ》昭和五十三年一月七日、重富兼寿、菊池省造君の逝去を悲み、知友に代り謹《つつしん》で白《まう》す。

夫れ生者の死、自然の理と雖《いへど》も豈《あ》に之《これ》を悼ざるを得んや。伏《ふし》て回顧すれば、君幼少より兼寿と学を同うし、這般大東亜戦役初頭より踵を接して軍に従ふ。

万里波濤を渡つて南冥の島嶼へ遠征すること即ち一千一百里。殊《こと》に過ぐるG島に於ては、克《よ》く難苦欠乏に耐へ、軍紀を格守し、夙夜励精《しゆくやれいせい》、その担《にな》ふ所に任ぜり。敵軍頑抗を逞うす。弾雨を冒して堅塁に迫り、剣花を散して陣営を衝き、能《よ》くその任を尽さざるなし。

兼寿、軍医として君と行を偕にし、つぶさに君の奮闘奔馳、勇往敢為、以て遺憾なく軍人の本分を遂行せしを見届たり。

君は大日本帝国陸軍中尉なり。

苦闘半歳、G島を撤し、北緬に戦ふ。戦役我に利あらず。海南の炎毒惨烈にして、飢餓疾病の軍旅三歳有余、忠勇なる将卒空しく異土に果つ。

幽顕冥々嗚呼《ああ》哀いかな、死者復《また》起つべからず。国運の変遷に際会して復員するや、君は経世の志を抱き、身を挺して郷里伊佐市の復興に努めたり。其《その》功績、あまねく市民の瞻仰《せんがう》する処なり。今日、伊佐市の益《ますま》す其《その》規画を大にし、日に繁昌を加へ、一大都とならんは、是れ即ち君の為《な》す所大に与《あづか》つて力あり。

亡《すなは》ち往時を追懐し、君の本市における勲労の大なるを感謝す。君の遺業を継成すべき遺族ならびに新旧の友、群り来つて君が柩前に哭す。尚《こひねがは》くは乞ふ少しく其目を瞑せよ。茲《ここ》に蕪辞を陳じて以て聊《いささ》か弔意を表す。

第二十三章

菊池省造が息を引きとった夜に降り始めた雪は、翌日も降り続けた。

四日の夕方までに積雪は十センチの深さになった。白一色になった家並は物音が絶え、別世界に変ったようであった。英子は午後、実家から戻って来て、押入れや戸棚の中にしまってあったこまごまとした品物を、段ボール箱に詰めた。伸彦が外出しようとすると、きょうはアパートに居てくれなければ困るといった。二人で使った日用品の要らない物はこの際、処分しようと思っている。伸彦が居なければ、要るか要らないかわからないと告げた。

義父は関口佐和子と菊池省介の結婚を話題にしたはずである。一も二もなく英子の離婚に賛成したとは思えなかったが、英子は佐和子のことを口にしなかった。別れる決意のほどが思いやられた。伸彦は窓ぎわにうずくまり、膝をかかえてつくねんと外を見ていた。降りつもる白いものが家々と道路を覆った。年末の降雪よりもこの日の雪が激しいように思われた。伸彦は省造の死を期して雪が地上へ落ち始めたのだと想像した。街を中核団地を丘の宅地造成現場をホテルを空港を、すべてを埋めつくさなければやまない勢いで降りしきる雪を眺めているとき初めて省造の死が実感として迫って来た。

茶褐色のしみが点々と浮いた艶のない皮膚が生命を失い一箇のむくろと化したのだと思った。雪はいわば省造のために降っているのだろう。伸彦はつとめて英子の方へ目をやらず、これからの仕事を考えた。すべてを隠す雪、すべてを浄化する雪、この思いつきは伸彦を慰めた。

罪、というものを伸彦は考えた。

高校時代に近所のカトリック教会へ級友につれられて出かけたことがある。神父は英会話を教えた。級友が誘ったのは英会話のレッスンを受けられるからという口実であったけれども、神父はカトリックの教義を説明して聖書の講釈をすることにあった。一回めで伸彦は退屈し、翌週から出席しなかった。

原罪という語が伸彦の頭にこびりついている。

人間が持って生まれた罪という考えは十七歳の伸彦を納得させなかった。神が人間を愛しているのであれば、無垢の嬰児がなぜ罪を負わされなければならないのか。重たげに沈んで来る雪を眺めて、伸彦は干からびた省造の肉体を思い出した。老人特有の饐えた体臭と寝具にふりかけられたオーデコロンの匂いが混ざりあった室内の空気には、足を踏み入れたせつなたじろいだものだ。あれは罪の臭いではなかったか。

自分が佐和子にしたこと、省一郎の頼みだとしても三好美穂子にしたこと、英子を裏切ったこと、何もかも罪の臭いがする。釘宮、省介、多々良と省一郎、篠崎、無垢な者がどこにいるだろう。英子はどうか。伸彦は化粧品を段ボール箱に入れている英子の横顔をぬすみ見た。表情は落着きはらっており、スーパーマーケットから帰って、肉や卵を冷蔵庫におさめているときの顔付と大差なかった。英子を罪深い女と見ることができれば、伸彦の気持はいささか軽くなるのだが、何事もなかったような顔で乳液の壜を耳もとで振って中身が残っているかを確かめては箱に入れている英子がどのような罪を犯したか考えることはできなかった。

(齢をとるってことはねえ伊奈さん、汚れるということだよ。馬齢を重ねて堕落しない人間などいるもんか)

あれはいつだったか、酒場で上機嫌になった釘宮が声をひそめてささやいたことがある。話の前後がどのような脈絡であったか伸彦は覚えていない。市長選挙のかけひきか、多々良の中央政界における実力か、たぶんそんな噂話であったと思う。伸彦は二人の女のことを考えていて、釘宮の話には上の空であった。

(あら釘宮さん、ただしご自分は別だとおっしゃりたいんでしょう)

酒場の女主人がやりこめると、(わしはこう見えても齢をとったと思うとらん。まだまだ若い者には負けんからな。嘘だと思うなら一晩わしとつきあってみればわかる)といった。(実はそのことをおっしゃりたかったのね)

(マダムは察しがいいなあ)などというたわいのないやりとりがあってまたぞろ釘宮は、土木課長の汚職だの女子高生の売春だのをえんえんとしゃべり始めたようだった。

英子は台所用品にはほとんど手をつけなかった。ときどき、窓ぎわへ近よって、夕方までに雪はやむだろうかとつぶやいた。部屋の隅には荷づくりをすませた段ボール箱が積みあげてあった。天気予報では、明日は晴れるそうだと仲彦が答えると、じゃあ運送会社に連絡して荷物をとりに来させるのは明日にするといった。二人は肩を並べてしばらく雪に見入った。

(お茶を淹れるわね)

(ああ)

積みあげた段ボール箱さえなければあたりまえの夫婦と変らない、台所で茶碗のかちあう響きを耳にしながら仲彦は思った。こうしてあっさり別れるのが妙に非現実的な気がした。七年前に英子が前の夫と離婚するときも同じ具合だったのだろうか、衣類や家具を二人で分けたあと、お茶をさし向いで飲んだのだろうかと、仲彦は考えた。

(東京での暮しが軌道にのったら葉書を書くわ。もしあなたがわたしのことを気にしてくれるのなら)

(そうしてくれ)

(たまに二人して食事したっていいわ)

(今はきみが本気で食事くらいはと思っていること認めるけれどね、新しい生活を始めたらぼくと会うのは億劫になるさ。かるがるしくそんなことはいわない方がいい)

英子は茶碗を両手で包みこむようにして持っていた。前の夫とは別れてから二度と会っていないし、会う気もなかったが、仲彦には気がおけないから、軽い気持でいったのではないのだといった。

(こうして雪を見ながらお茶を飲んだこと、当分あたしは忘れることができないと思うわ)

仲彦は熱い茶が苦かった。英子の感傷的な口調を聞いて不機嫌になった。この女は「新しい生活」を期待して浮きうきしているのだと思った。雪が深くなる前に帰ってはどうかとすすめた。篠崎の家までかなりの距離である。

タクシーは町を走っていないだろう。

（一つだけあなたにいっておきたいことがあるの）

英子はためらいがちに口を開いた。伸彦はむっつりとして茶をすすった。英子はいおうかいうまいかと迷っているふうであった。やはりいわないでおくことにすると、伸彦の顔色をうかがいながら告げて座を立とうとした。

（思わせぶりなことをいわれるのはいやだな。何をいいたかったんだい）

伸彦は自分の口調がとげとげしくなっていることを意識した。雪を見ながらお茶を飲んだことを忘れないと英子のいったのがわざとらしくしんみりとしているように聞えたとたん目の前が暗くなるほど肚が立ったのだ。自分の表情がこわばったのが英子にもわかったらしいと思った。けんめいに穏かな語調で促したつもりでも声が高くなった。一瞬英子の目に怯えが浮んだ。英子は空になった茶碗を流し台に置き、伸彦からやや離れた場所に座った。段ボール箱によりかかって螢光燈を見つめた。

（男の人って死ぬまで女の気持がわからないものではないかしら。そんなにいらいらしないで。二度結婚した女の感想として聞いて下さらない。あなたのためを思えばこそいうんですから。つまり……）英子はまた口ごもった。

伸彦はまばらになった本棚を見ていた。書物の大半は英子のものであった。英子の蔵書を抜きとった本棚に残った書籍はわずかであった。「ハワーズ・エンド」がなかった。「人間の絆」が見えなかった。「ダロウェイ夫人」と「灯台へ」も消えていた。伸彦は本棚にない書物をうつろな空間に探した。「ハウスマン詩集」「ブライトンロック」「ギルバート・ピンフォールドの試練」「水夫帰る」どれ一冊として伸彦が読み通した本はなかった。それでいて背表紙の文字は覚えているのだ。英子はひまさえあれば本を読んだ。

（……つまり女が何かいったりしたりするでしょう。本気じゃない場合が多いのよね。男の人の反応を見るため、心にもないことを女はいう場合があるの）

（わかってるさ、そんなの）

戸外はうす暗くなりかけていた。本棚に生じた空っぽの箇所と同じほどのうつろな部分が自分の心にあって、(わかってるさ)となげやりにいった声がその中で不快に反響したように思われた。(あなた、わかってないわよ。佐和子さんが菊池さんと本当に一緒になると思ってるの)伸彦は英子を見すえた。(ほうら、口をぽかんとあけたその顔、意外という感じだわ。佐和子さんはね、省介さんと婚約の口約束を交したそうよ。けれど結婚するかどうか怪しいものだわ。あなたとのつながりを絶つため思い立ったことかもしれなくってよ。根拠がなくてこんな話はしないわ)

菊池省介も婚約は世間に対する見せかけと承知しているのかと、伸彦はたずねた。

(そこまではどうかしら。あたしは佐和子さんとごく親しい女性から昨晩聞いたの。佐和子さんは社長の弟と結婚する気は毛頭無いそうだわ。結納はまだなんだし。女っていざとなったらどんなことでもするものなの。どう? 驚いたみたいだわね。あたしと離婚することを、佐和子さんに教えてあげたら)英子は前にのばした両脚の膝頭を左右の手でこすった。(あなたってひどい人よ。佐和子さんを苦しめたりして。あたしはもういいの。夕御飯の支度はすませてます。台所の棚にラップをかけて用意しときましたから。お吸物は召しあがる前に暖めてちょうだい)(ありがとう)(じゃあ、あたしは、これで)

英子は立ちあがった。

ハンガーの外套を着こみ、ぐるりと室内を見まわして軽くうなずいた。伸彦は腰をあげた。三和土でオーヴァーシューズをはいた英子は向き直った。

(東京から葉書を出すの、よすことにするわ。ごめんなさい。もう二人とも会わない方がいいのよ)

(そうだな)

英子は両腕を伸彦の背中にまわし、頬を彼の胸に押し当てた。英子の髪が伸彦の目の下にあった。英子はすぐに身を離した。ドアが開いたとき冷たい外気が流れこんだ。伸彦の前でドアが閉じられた。アパートの廊下と階段を英子の足音が遠ざかっていった。足音は階段を降りたところで消えた。佐和子について英子の指摘したことが本当とは思われなかった。かといってそっくり否定することも伸彦にはできかねた。(手のこんだ真似をする)伸彦は三和土の縁で我に返り、六畳間に引き返した。佐和子と交渉を持って、これまでくやんだことはなかった。関係を絶てなかったことも自分にしてみればやむをえなかったと思っている。英子に対する後ろめたさはあっても誘わずにはいられなかった。佐和子の苦しみには思い及ばなかったのである。ある程度、想像はできても。まさか菊池省介をダシにして決定的に手を切る工夫をするような女だとは思いにくいのだ。そこまで考えて伸彦は英子の話を半ば信じかけていることに気づいた。

佐和子に漠然とした憐れみを感じた。

あのとき、別れると宣言した後になって自分が性懲りもなく佐和子とヨリを戻そうとするだろうことを見はからい、省介との結婚で諦めさせようと考えたのだろうか。

伸彦はカーテンを引く前に戸外をのぞいた。

雪はやんでいた。心の奥にわだかまっていた佐和子への思いが急速に薄れてゆくのを意識した。にわかに食欲を覚えた。伸彦は吸物の鍋を火にかけた。炬燵板の上に電気釜をのせ、英子のこしらえた料理を並べた。

英子が立ち去って一週間めに篠崎家で働く家政婦が訪ねて来た。下駄箱に英子の靴が残っているのを取りに来たのだった。黒いパンプスを新聞紙でくるみ中年の女に手渡してからきいた。英子はまだ篠崎家に居るのだろうか。

「きょう、飛行機でお発ちになりました。荷物は後で東京へお送りすることになっています。あのう……」

家政婦は汚れた皿小鉢が重ねられた流し台へちらりと目をやり、篠崎が伸彦に用があると告げた。銀行へ電話をかけてもらいたいというのだ。伸彦は真鍋吉助の手記を読んでいたところだった。英子は日傘も忘れていたので、それを家政婦に託した。

「なんだかお急ぎのようでしたけれど」

「わかりましたと伝えて下さい」

伸彦はさっさと六畳間に戻った。急ぐのは篠崎の勝手である。出たくもない菊池家の新年宴会に顔を出し、参会者の氏名を報告するといういやな役目を引きうけたのは、義父に弱みを握られていたからだ。英子とのことは本人が上京した以上けりがついている。篠崎はまた菊興の件で自分に何かを依頼する肚なのだろうかと伸彦は考えた。とりあわないでいると、家政婦はドアの外へ去った。原稿の締切りは一月十七日である。あと六日しかない。

真鍋の手記はページを繰るにつれて文字の乱れがひどくなった。後半はとくにそれが甚しかった。五、六行を判読するのに一時間かかることもあった。手記の最初の頃は月日を追って書かれていたが、後になると、G島での出来事を思い出すままに前後のつながりを無視して書いたように見られる。その点では菊池省造の手記と共通していた。昭和十七年十月二十四日の夜襲に失敗した翌日から、伸彦は読み始めた。大隊本部から帰った菊池少尉が「皆、おれと一緒に死んでくれ」といったくだりである。省造はそのとき「あすまた総攻撃をかける」と告げている。真鍋の思いちがいであろう。夜襲の翌日の「あす」なら二十六日ということになる。公刊戦史では二十五日である。こういう記憶ちがいはざらにあることだ。


小隊長の命令を聞いてどう感じたか今になっても思い出せない。

たぶん何も感じなかったのだろう。ごくあたりまえのこととして聞いたようだ。昨夜のうちに占領すべき敵陣を占領できなかった。再度そこへ攻撃をかけるのは当然の道理である。だれしもそう考えたと見えて平静な面持で小隊長の言葉を耳にしていた。わずかな米も乾パンもどうせ戦死するのだからと、われわれは昨晩食べつくしていた。敵陣を奪取すれば、たっぷりルーズベルト給与にありつけるから、携帯口糧を残す兵隊はいなかった。

夕方、飯盒炊さんをしたことを覚えている。後方から若干の糧食が補給されたのだろう。一人あたり米二合、イワシの罐詰が三人に一箇ずつ支給された。煙をあげると、上空を飛びかうグラマンがすかさず降下して来るので、大木の根方に穴を掘り、煙を小枝で煽いで散らした。日が落ちるまでに炊さんを終えなければならなかった。

攻撃は午前二時と達せられた。

菊池少尉は大隊本部から帰ったかと思えばすぐにとって返した。打合せに忙しいのだろう。当番兵が炊いた飯をすわって喰うひまもなく、突っ立ったまま搔きこんでいた。最前線部隊の小隊長は兵隊より忙しいものである。夕食後、中隊は再編成された。中隊とは名ばかり、実質は一コ小隊にみたない。昨晩、マラリアが癒えず、あるいは事故で落伍して攻撃に参加できなかった兵隊が追及復帰して来たのを入れて、ようやく一コ小隊を編成することができた。われわれは小銃の手入れをした。スピンドル油をしみこませた布で、遊底を拭きながら兵器の手入れをするのもこれが最後になるだろうと思った。

驚いたことに甲斐兵長が戻って来た。

草むらをかきわけてふらふらと近づいて来るのは紛れもなく甲斐兵長である。戦死したと思っていたので、初めは亡霊ではないかと疑った。迫撃砲弾が炸裂したとたん仆れたのを見た兵隊がいたのだ。聞けば石くれで頭を強打されて失神したという。

甲斐兵長はわれわれが撤退した後で意識を回復し、アメリカ兵が戦場整理にかかる前に草むらから弾痕へ、弾痕から草むらへ、じりじりと這って後退したという。「水をくれ」というなり甲斐兵長は頽れた。彼は軽機を手ばなしていなかった。頭の打撲傷はたいしたことがなかった。攻撃前進を開始するまでにわれわれは眠らなければならなかった。一コ中隊が三分の一に減っている。この割でゆけば、わが大隊も三分の二の兵力を失っているだろう。

軍隊の常識では全員の三分の一が死傷すれば戦闘力を喪失することになっている。われわれは三分の二すなわち十人のうち六人は死傷者なのである。左手に貫通銃創を受けた山口兵長は攻撃に加わるといった。右手で手榴弾を投げられるからである。

やっとの思いで運んで来た重傷者はしきりに苦痛を訴えた。衛生兵はモルヒネをつかい果してしまった。各分隊長は木かげに横たわっている負傷者の傷をたずね、「そのくらいの傷がなんだ、お前は参加せい」といった。「脚をやられたのであります」「ばかやろう、前線から歩いてここまで下れたではないか。ちゃんと歩いて来たのが今度は歩けんということあない」とどなりつけた。「貴様、それでも軍人か」

彼は次の負傷者にお前はどこをやられたときいた。「自分は肩をやられました」「どれ見せろ。なんだ、かすり傷じゃ。擲弾筒を持ってついて来い」「弾がないのであります」「弾は一筒あたり十五発、さっき後方から補給された。いいな、擲弾筒をぶちこまにゃ鉄条網を破れんからな。お前はなんだ」彼は次の兵隊にかがみこんだ。毛布をかぶってガタガタふるえている一等兵が「自分は、マラリア熱発、であります」とかぼそい声で答えた。「マラリアかあ」分隊長は自分もかかったことがあるので、その一等兵には何もいわなかった。

彼はわれわれを見まわして「今のうちに眠っておけ。今夜は早めに前線へ移動するぞ。あしたは戦友の弔い合戦だ」といった。

「おい真鍋」

山口兵長がにじり寄って小声で話しかけた。

「友軍の砲兵は一体なにをしとるんだ。われわれが叩かれているときに一発も射たんじゃないか」

「射てば位置を測定されてお返しをくらうからだろう。情けない話だ」

「あしたの攻撃は成功するだろうか」

「命令だからな」

「敵の火力にはたまげたよ。ホースで水を撒くような勢いじゃないか。弾丸の雨にとびこむようなもんだ。後方の司令部でわれわれに突撃せえ突撃せえといっとる参謀だの旅団長だのは敵が重火器をぎょうさん揃えて待ちかまえてるのを知ってるのかなあ」

「お前は弾丸を何発持ってる」

「薬盒に二十五発しか残っとらん」

「重機分隊は全滅したようだな。小隊には軽機が二挺しかない」

「命日が一日延びただけのことだな」

「山口よ、愚痴をこぼしたって仕方がないよ。あしたはお前と一緒に死のうなあ」

「おれは死にたくない」

「みんなそうさ」

「――軍曹は突撃しなかったぞ。砲弾の穴底に這いつくばって、われわれが後退するとき、のこのこ出て来よった。おれは見とったんだ。日ごろ内務班では軍人精神が入っとらんといっておれを目の敵にしてビンタをとった野郎がだ。敵前では腰を抜かしたあんばいだ。奴は重傷者につき添って残るようなことをいうとる」

「小隊長どのは軍曹が突撃しなかったのを知ってるさ。だからつれて行っても役に立たんから衛生兵がわりに残すんだろう」

「大久保さんはようやったな。おれは内地であの人から一回も殴られんかった」

「おれもだ。堀さんは長男が生まれたといって喜んでいたがな。崎戸と中城もやられた。ひとり者はいいが女房持ちはどうなる。崎戸は新婚そうそうだ。おれに女房の写真を見せてのろけてばかりいたのに。中城のおっ母さんはな。出征まぎわにほらあの面会日のときだ。おれに頭を下げて、くれぐれも息子のことをよろしくと頼まれたんだ。あいつが初年兵のとき、おれがよく面倒みたのを知ってたんだ。おれは中城が勇敢に突撃して戦死したことを、おっ母さんに報告する義務がある」

「中城は次男だとかいってたな」

「崎戸が次男坊だ。中城はひとり息子だったよ」

甲斐兵長が来た。わが小隊の指揮はだれがとるのかとたずねた。大隊本部から新しい小隊長が来るのだろうかというので、菊池少尉らしいと答えた。戦死した中隊長の形見として、当番兵がはずして来た軍刀を菊池少尉は折れた軍刀ととりかえていた。

「あの照明弾さえあがらなければなあ」

と甲斐兵長はぼやいた。真昼のように明るくなる戦場では、夜襲の効果がないのである。

「おれが下るとき敵陣を見たら、アメ公は破壊された鉄条網を張り直してたぞ。同じ正面からまた攻撃しても失敗するだけだ」

「甲斐さん、そのことを小隊長に報告したんか」

「一応はな。小隊長はそうかといったきりだった」

せめてもの願いは、敵が明朝われわれの攻撃を予期していないことだった。大きな損害を受けて退却した日本軍が再び突撃してくることはあるまいと敵が油断しているのを祈るしかない。はかない願いである。わたしは眠ろうとしたが、気がたかぶって目はいたずらに冴えるばかりである。山口兵長も甲斐兵長も寝苦しそうに体の向きを変えていた。

「おい、真鍋よ、眠っているのか」

山口兵長がまた話しかけた。こんなありさまで戦争に勝てるのだろうかといい始めた。

「日本の砲が一発射ったら、たて続けに敵さん射ち返したのを見ただろう。きのうアウステンの山裾を迂回しているときにあの砲撃戦を眺めて、おれは心細くなった。物量がくらべものにならん。向うには重砲が百門以上あるんじゃないだろうか。われわれがあした突撃して目的の丘を占領してもだな、そこへ待ってましたと砲弾がどかどか落ちてくる。友軍にも重砲がたっぷりあって敵を制圧してくれれば突撃の仕甲斐があるとも。けどな、白兵戦で高地の一つや二つ占拠したところでどうなる。敵は痛くもかゆくもあるまい。重砲と爆撃機でもって、高地をつぶしてしまうくらいわけのないことだ。そう思わないか」

「うるさいな山口、兵隊がぶつぶついったって仕方がないだろう。眠れやしないじゃないか」

甲斐兵長は山口兵長をたしなめた。肚を立てているのは、山口兵長と同じ思いであったからのようだ。わたしも山口兵長のことはもっともだと思わないでもなかったが、先のことを考えても仕方がないのである。

「山口、死ねばいいんだよ死ねば。戦争がどうなるかは大本営の偉い人たちが考えるのさ。くよくよ考えないでお前も早く寝ろ」

「しかしだなあ」

「しかしもくそもあるか。そんなに心配なら兵団長閣下の所へ行って意見具申してこいよ。まったくうるさいな。だいたいお前、初年兵のときから小理屈を並べて班長に殴られてばかりいたじゃないか。軍隊じゃまっとうな道理は通用しないってわかっとるだろうが」

甲斐兵長に文句をいわれ、山口兵長は携帯天幕をかぶった。二つ折りにした天幕を落葉の上に敷き、その上にわれわれは体を横たえていた。何百年も積り積った腐葉土はやわらかかった。熱帯というのに、夜ともなれば密林内の湿った空気は冷え、毛布をかけなければ肌寒さを覚えるほどである。出発までしばらくまどろんだ気がする。

わたしは野営地点から敵陣まで行軍したときのことを覚えていない。寝ている間に、何組かの斥候が派遣されたと後で聞いたのだが、わたしはどうしたことか選ばれなかった。前夜の失敗にこりて、敵陣の地形をくわしく調べるためであろう。

わたしが覚えているのは、翌日の午前二時ごろ、敵陣地を目前にした草原に伏せたときからである。前夜の台地を別の方角から攻撃したのだと思う。地形は平坦であったから。小隊は広く散開しているようであった。わたしは左右に小声で呼びかけた。たった一人で草原にひそんでいるような不安を感じたのだ。

「しいっ、声を出すな」

右側の草むらから返って来たのは寺坂兵長の声であった。

左側には山口兵長が伏せていた。草の上に頭をもたげて見ると、三百メートルほど前方に黒いムカデ状の丘が見えた。星明りの下で、それは無気味に静まりかえっていた。先にわが部隊が攻めたのは丘の北側斜面である。今度は西側へ迂回して攻撃をかけるわけだが、初めに西側正面を攻めなかったのは護りが堅固と判断されたからであろう。

「前へ」

分隊長が声をおし殺して命じた。

「後方に逓伝、音をたてるな」

「逓伝、音をたてるな」

われわれは腹這いのまま進んだ。棘のある草が顔を払った。つる草がからみついた。地面は夜露で湿っていた。草は冷たかった。二発の手榴弾、三十数発の小銃弾、帯剣と三八式歩兵銃、身につけている武器はそれだけだったが、連日ろくに食べていない体には重さがこたえた。草の底を匍匐しながらわたしは喘いだ。

左右の兵隊がぜいぜい咽喉を鳴らしているのがわかった。演習の折り、わたしは完全武装で五百メートル匍匐して平気だった。体力には自信を持っていた。食べるべき物を食べていないということは、なんという辛さだろう。突撃すれば集中砲火にさらされる。死ねば楽になる。だから、この苦しみも突撃するまでの辛抱だとわたしは考えた。攻撃が成功するかどうかは念頭になかった。

百メートルほど、われわれはしゃにむに草原を前進して、いったん停止した。

敵陣は依然として鳴りをひそめている。

もぬけの殼になったのではあるまいか、ふとそんな気がした。人っ子一人いない所を攻撃しようとしているのではないだろうか。ムカデの背中に似た丘陵は近づいたように見えなかった。わたしはまぢかの草に宿った露をなめて、乾いた咽喉をうるおした。水滴は甘い味がした。伏せている兵隊はみなそうしているらしかった。草がさらさらと鳴った。

これは演習ではないか……

寝不足のぼんやりした頭で、つかのまわたしは考えた。ここは内地の練兵場だ。われわれは夜間演習をしていて、もうすぐ指揮官が「状況終り」と号令をかけることになっているのだ。兵営に戻って装具をはずし、ひと風呂あびて乾いたベッドに休むことになっている。加給品のヨーカンを食べ、キャラメルをしゃぶり……わたしの空想は破れた。

「前進」

小隊長は前方二メートルの位置を這っていた。わたしの上衣は袖が裂けていた。軍袴もぼろぼろになって、棘のある草がじかに肌を刺した。わたしは小隊長に遅れまいと必死について這った。小隊長はときどき後ろをふり返り、左右に目を配った。次の百メートルは千メートルほどに感じられた。小銃が重機のように重たくなった。わたしは肩で息をした。小隊長も腹這いになって苦しそうに肩を波うたせた。

攻撃要領は前回と異なっている。

重機の掩護射撃はないから、鉄条網までしのびより、手榴弾で一角を破って突入するのみである。成功するか否かは、敵に察知されずにそこまでたどりつけるかどうかにかかっていると、小隊長は出発前に説明した。きょう、味方の砲兵は一発も射たなかった。丘の向う側で重機が射ち始めた。友軍の九二式の音ではなかった。迫撃砲の発射音が聞えた。太鼓を連打する音に似ていた。飛行場の南か東かに迫った友軍が射たれているのだ。

やられてるなあ、わたしが考えたのはそれだけで、弾幕をかぶせられた友軍の将兵を別に気の毒とも哀れとも思わなかった。ただ無性に一杯の水を飲みたかった。水筒の中身はとうに飲みつくしていたのだ。

東の空がぽっと赤くなった。

たれ下った雲に砲口から出る焔が映えているのである。十門や二十門ではああならない。わたしは米軍が揚陸したおびただしい重砲を思い知ったが、さほど恐怖は感じなかった。疲れと飢えであらゆることに動じなくなっていたらしい。一門だろうと百門だろうと、命中する砲弾は一発でこと足りるのだから。

小隊長はいら立っていた。

落伍した兵隊がいて、全員が散開するのを待っているのである。闇をすかしてみると、かすかに鉄条網が見えた。自分の部下を掌握した分隊長は菊池少尉の所へ這って行って小声で「第二分隊集合終り」と報告した。指揮班の金谷曹長が「第一分隊はまだか」と怒気のはらんだ声でいった。「分隊長が見えません」「どこへ行った」「さっき巻脚絆がほどけたのを巻き直しておられました」「くそったれ、上田、お前さがしてこい」「しいっ、声が高い」菊池少尉が金谷曹長を制した。

銃砲声はますます激しくなった。

わたしの腕時計はこわれていたから何時であったか知ることができない。予定の時刻より早く到着したようだ。五、六人の斥候が帰って来た。敵陣の弱点すなわちトーチカの間隙をさぐって来たのである。まっ暗闇の中でどこにトーチカがあり銃座があるか、見分けられるものかどうか。

斥候の報告を聞いていた小隊長は、右の方へ移動するよう命じた。どのくらい時間がたったか、わたしはこのとき一杯の水が飲めたら片腕をやってもいいとさえ思っていた。草の葉にたまった露をなめることはできなかった。草をしゃぶり続けたために舌がひりひりした。丘の向う側でとどろく銃砲声に友軍のそれがまざり始めた。喚声が聞えたように思うけれども、そら耳のはずだ。夜襲するときは無言のきまりである。わたしは突撃命令を待った。

再び左右に声をひそめて呼びかけた。

金谷曹長が答えた。

左側の兵隊は上田一等兵だった。

「あっ、あっ」

菊池少尉が叫んだ。

ざわざわと草を鳴らして、左翼の一隊が立ちあがったのだ。「命令はまだだ」金谷曹長が身を低くしてそちらの方へ走り去った。左翼に展開した部隊が、なぜあのときいっせいに立ちあがったのか今でもわからない。突撃命令が聞えたと錯覚したのだろうか。それとも敵前で長い間、待機しているうちに緊張のあまり分隊長が立ちあがり、つられて部下が立ったのであろうか。わたしは右翼の方へ首をめぐらした。暗い草原にゆれ動く影が認められた。

ついに菊池小隊長は号令を発した。

「突撃い、前へ」

わたしは握りしめていた手榴弾の安全栓を抜き、鉄条網めがけて投げた。次の瞬間、敵陣が燃えあがった。手ぐすねひいて待ちかまえていた米軍が射ち始めたのである。わたしが覚えているのはそこまでだ。投げる前にしっかりと握っていた手榴弾が手のひらで汗ばみ、ぬるぬるするのが気になった。うまく発火すればいいがと念じていた。そのようなことは微細に覚えているのに、攻撃が開始されてからのことはすっかり忘れている。

闇の草原を亡霊の群のようにふわふわと進んでゆく左右の兵隊たち、うちあげられた照明弾の光をあびて大きく目を見開いた小隊長の表情（菊池少尉は命令もなしに突撃した部下の行為に愕然としたようだった）はわたしの脳裡にやきつけられている。

それからどうしたか。

後日、アウステン山にこもってから、山口兵長や甲斐兵長と、あのときはこうだった、ああだったと語りあい、わたしの脱落した記憶を補った。それによれば初め左翼の部隊が立ちあがったのはやはり命令が聞えたという幻覚が生じたかららしい。左翼がいっせいに進み出したので驚いた右翼の部隊も立ったのである。

攻撃はまたもや失敗した。

第一線の鉄条網は突破した。しかしその後方に第二線の鉄条網があった。われわれが追っぱらったのは、一線と二線の中間に掘られた壕内の米兵であった。上田一等兵によると、わたしは壕から身をのり出して逃げようとしていた大男を銃剣で刺殺したという。そうだろうか。わたしは目の前でちらちらする黒い影のようなものを小銃で叩いたのは、かすかながら覚えている。突くように訓練されたにもかかわらず、いざとなったら小銃を棍棒のようにふりまわしていたのだ。それが人間の本能だろう。

（戦闘とはやけにまぶしいものだ）

そんな思いが頭をかすめたのも記憶にある。写真のフラッシュを焚いたような光が、しょっちゅう頭上にとどまっていた。

アウステン山の横穴壕でシラミをとりながら、わたしたちはよくしゃべったものだ。攻撃前夜に食べた二合の米の飯はうまかったと。イワシの罐詰は顎が落ちるほどに美味だった。米軍の第二線をわれわれが突破できなかったのは空腹だったからだ。弾薬もありったけを射ちつくしていた。

われわれが敵のトーチカや壕を占領してまっ先にしたのは、食糧あさりだった。米兵の死体からチョコレートや煙草を奪った。わたしは水筒をとりあげた。わが軍用の水筒より平べったいが型はひとまわり大きい。わたしは心ゆくまでその水を飲んだ。いずれ敵の砲撃がその壕へ集中するだろう。死ぬ前に腹一杯、水を飲みたかった。菊池少尉は刃こぼれのした軍刀を片手に第二線の鉄条網をうかがい、金谷曹長に生き残りが何人いるかたずねたという。

小隊長どの、だいぶやられました。また突撃したら全滅ですと、金谷曹長は進言した。

（おれたちは金谷さんのおかげでたすかったようなものだ）というのが山口兵長の口癖である。金谷曹長は菊池少尉が現役初年兵として入営した当時の助教であった。小隊長が星一つの二等兵であったとき既に彼は伍長だったのである。小隊長も彼にはいちもく置かざるをえなかったのだ。

（しかし、命令だからなあ）

菊池少尉はなおもためらった。部隊がかなりのいたでを受けているのは知っていたはずだ。指揮官とは辛いものである。少数の兵で台地を占拠するのはできない相談である。甲斐兵長の話では、このとき、小隊長は（命令だからなあ）を七、八回もくり返したという。

（小隊長どの、早く下りましょう。友軍の銃声は聞えなくなっとります。この壕にはじきに敵の弾が降って来ます。すくなくとも敵の第一線を突破するという戦果はあげたのですから、残った兵隊をいったん下げてたて直すべきです。やれるだけのことはやったんです）まったく金谷さんはうまいことをいったものだと、山口兵長は感心した。

伸彦は横になって煙草をくわえた。

若い将校が（やれるだけのことはやったんです）と、古参の下士官から説得されて、無謀な突撃を中止した心の動きがわかった。金谷といういくさ慣れのした曹長がひき止めなかったら省造はひとつかみの部下に突撃を命じていたかもしれない。（弾雨を冒して堅塁に迫り、剣花を散して陣営を衝き）と重富病院長は弔辞で述べている。古色蒼然とした紋切り型の美文を読んで以来、伸彦は重富兼寿の手記に興味を失っていた。

あのようなていの弔辞を書く人物が、G島戦を具体的に語るはずはないと思われたからである。真鍋の文章は、山口兵長が感心したくだりで途切れ、十行の空白があって次の記述になる。

タサファロング付近の海岸に近い密林で野営していた頃はまだ米の支給があった。粉味噌も粉醬油も切らしていたので、われわれは塩分が足らずに苦しんだ。海水で飯を炊けばいいのだが、真水と混合する割合が問題である。最初は海水のみで炊さんし、ニガリのせいでひどい味になった。最適の割合は真水二海水一である。塩をとらないと体力はすみやかに失われるのをわれわれは経験で承知していた。ひとくちに海水を汲むといってもこれはむずかしい。波打ちぎわは砂まじりの水である。膝以上の水深まで這入って行かなければ澄んだ海水は汲めない。ところが兵隊はほとんどマラリアにかかっている。水で体を冷やすと、治った兵隊も再発する。わたしはあちこちうろついて、海中に倒れたひと抱えもある大木を発見し、その上を伝って先の方へ這ってゆき、濁りのない海水を汲むことに成功した。

ある晩、わたしがいつもの場所で飯盒に海水を汲み入れていると、沖合を敵の魚雷艇が通った。幸い一キロほど離れた海岸に沿って航行しており、日本軍がひそんでいると見当をつけたのか、密林内へ機関砲を射ちこんだ。黄色い曳痕弾が黒い岸辺へ吸いこまれるように飛んでゆく。艇がゆれて砲口が定まらないためであろう、水面をかすめる弾丸もある。わたしは阿呆のように口をあけて見物していた。

水面に弾着した弾丸は跳ねあがって空中に飛び、密林の上空へ弧を描いた。二つの弾道があった。水面に平行して連続的に射出される弾道と、いったん水面にはじかれて急角度に空へかけあがり、ゆるやかな放物線を描いて落ちる弾道である。両者の対照が実に得もいわれぬ美しさとしてわたしの目に映った。まがりなりにも米の飯を食べていた当時だから、そのような光景にも感動したのであろう。

まっすぐに進む曳痕弾が、水にあたるや否やたちまち柔らかい円弧を描くさまに、わたしはいつまでも見とれていた。

第二十四章

仲彦は朝の十時ごろ目を醒ます。

パジャマの上にガウンをひっかけてドアの所へ新聞をとりに行く。全国紙一紙と伊佐日報である。灯油ストーヴに点火しておき手ばやく顔を洗う。コーヒーを淹れる。夜具を二つにたたんで壁ぎわに押しやり、炬燵に向って新聞を読む。全国紙は県内版だけ念入りに目を通し、伊佐日報はすみずみまで読む。市長選挙の予測記事は省介に不利である。伊佐日報は大手スーパーが進出した際、地元商店が受ける影響をかなり誇張した筆致で書いていた。どうしたわけか釘宮は市長選挙について得意の才筆をふるっていない。

仲彦は正午ちかく即席ラーメンで昼食をすませる。仕事にかかるのは午後一時からで、前日にのびた無精髭をまさぐりながらその時刻まで煙草をくゆらしてぼんやりと窓外の冬空を眺める。晴れた空を風に流される白い雲の行方を飽きずに見まもっていたりする。英子が出て行ってから部屋は一度も掃除をしていない。かつて英子の箪笥があった畳はそこだけ長方形の痕が残っている。炬燵に入って書きものをしているとき、目が何気なく色褪せていない畳へ向くことがある。自分の荷物を運び出したとき、英子は室内を掃除していたのだが、いつのまにかおびただしい塵があちこちにつもっている。台所は即席食品の空袋やスチロール製のカップで足の踏み場もない。

午後七時まで仲彦は休みなしに仕事をする。夕食は即席ラーメンに卵の目玉焼きである。ラーメンがやはり即席のギョウザに変ることもある。空腹が癒やされればいいのだ。隣室のテレビが歌謡番組を放送し始めるとき、仲彦はペンを置く。夕食をすませてからは炬燵板の上のものを片づけ、水割りをこしらえて飲む。明日は残り少くなった灯油を注文しておかなければとか、清掃舎に連絡して汲みとりに来させなければとか、少しずつ酔ってゆく頭に去来するのは瑣末な家事である。ゴミ袋をアパートから二十メートルほど離れた十字路に出す曜日は決められている。伸彦はこれで二回、ゴミを出し忘れており、台所には四箇のゴミ袋がすえた臭いを放っている。家事のわずらわしさに伸彦は閉口し、そのわずらわしさを同時に好都合とも感じた。日常の瑣事にかまけていると、他のことに思い悩むゆとりが生じないからである。

晴れた日が続いた。

伸彦は菊池省造が息をひきとった夜から激しくなり、翌朝、地上に厚く降りつもった雪のことを考えた。ほとんど白一色になった戸外を見たとき、これで何かが終ったと、思った。終ったのは省造の戦いであり、省造の人生だけでなくて、伊佐市における自分と英子との生活も含まれているように思われた。

雪は省造の手記の上に降った。

真鍋吉助が書いたノートの上にもつもった。伸彦が佐和子と砂浜にしるした足跡も覆い隠した。菊興建設が造成している丘の宅地も白いもので包まれた。伸彦は灯油ストーヴにのせた薬罐からしゅうしゅうと噴き出る蒸気の音に耳を傾けながら雪によって浄化されないもののあることを考えた。

まる五日間、アパートにこもりきりで仕事に没頭したせいか、体のふしぶしがこわばり腰も痛んだ。篠崎の次に来た重富悟郎の招待も伸彦は無視した。他人と顔を合せるのが億劫だった。悟郎の用件はほぼ察しがつく。招待に応じれば目下の仕事にさし障りが生じるにきまっていた。重富兼寿の時代がかった弔辞を読んでから、本人の手記を読みたいと思っていた気持が、急速に醒めてゆくのを感じた。あのような弔辞をものする人物が、菊池省造や真鍋吉助の記録に新しくつけ加えられる事実を書いていようとは思えないのである。その後、重富家からは何もいって来なかった。伸彦はピーナッツをかじり水割りを飲んだ。一人ですごすようになってからぶつぶつと独り言をつぶやく癖がついた。真夜中、座椅子にもたれてうつろな目を宙にすえ、省造が書いた語句を前後の脈略もなく思い出すかと思えば真鍋の文章を口にのぼせたりしている自分に気づくのである。

けさ、伸彦は風呂をわかした。

湯ぶねに浸って髭を剃ろうとしたとき、安全剃刀の刃を去年から替えていなかったことを思い出した。買いおきは使い果している。切れ味の悪い刃をもてあましながら丁寧に髯を剃った。冷蔵庫は空になっている。即席料理にも飽いたので、久しぶりに外で食事をするついでに買い物をしようと思った。菊池省一郎と約束した原稿を渡す期限は目前にせまっている。

伸彦は全身に石鹼をこすりつけて湯をかぶり、浴槽で体を暖めてまた石鹼を使った。呆れるほどにきりもなく垢が出た。年が明けて初めて入る風呂である。一カ月も体を洗わなかったような気がした（ひねくれたやりかたを思いついたものだ）スポンジでわき腹をこすりながら伸彦は考えた。佐和子が彼に思い切らせるために省介と婚約しようとは。今まで何度も別れてはよりを戻したので、佐和子としてはこうまでしなければ、いずれまた伸彦が接近するとと考えてのことだろう。年の暮に別れたとき、伸彦は今度こそ最後だと思ったのだが、女はそうとらなかったのだ。英子の友人が指摘したことがもし正しければ佐和子は大胆な行動をあえてしたことになる。ダシに利用されたと省介が知ったらどう思うだろう。伸彦は佐和子にひねくれたやりかたを強いた自分の責任よりも、省介の反応をおもんぱかった。アパートの六畳間にとじこもり三十五年前の出来事を比較照合するのに熱中している最中、空港ホテルの一室で見せた佐和子の肢体がよみがえる瞬間があった。真鍋も菊池省造もG島の椰子の木に言及していた。十メートルもの高みから熟れた茶褐色の椰子の実が落ちてくる。砂地に当って鈍い音を発する。飢えた日本兵は音をたよりに実を探し出して帯剣で割る。握り拳大の堅い中身がつまっている。さらにそれを割ると胚乳が満ちており程良い甘みがある。二人とも椰子の実について微に入り細にわたって描写していた。椰子の梢にある葉茎の付根に埋れている木の芽は筍そっくりの味である。未成熟の果実につまっている胚乳は白い半透明で寒天に似ており、ナイフで刺身にして食べる。地上に落ちた実の中には黄色の小さな球ができる。やわらかな林檎の味に似ている。日本兵はこれに椰子林檎と名づけた。

真鍋はこれを次のように記述する。伸彦は戦闘報告よりもこのくだりに心を惹かれた。佐和子が女子高生であった当時に海岸に出て蒐集したという漂着物に椰子の実もあったことを思い出した。

「地上に落ちた実の付根から根が生えてくる。芽よりも根が先に出る。椰子の実の外皮を突きぬけて白い紐状の根が数本、地上にのびる。ついで実の基部から青い芽が上向しやがて細長い葉となり相互に重なりあい包みこむようにして伸びる。水を含んだ核内に変化が起り始める。内側の胚乳に塊りが生じるのである。最初は黄色の球ができ、根と芽が伸びるにつれて中の水と胚乳（コプラ）はへり、逆に黄色の球は太くなる。食べると軽い歯ごたえがあり、薄味の林檎を思わせる。これが殻の中一杯の大きさになるのは、芽の青葉が四十センチくらいに成長する頃である」

省造も同じような観察記録を残していたが真鍋吉助の農夫らしい偏執的詳細さには及ばなかった。真鍋の文章に見られないのは省造の感慨である。

「夜更けて椰子の実、地に落下せる音を聞きし時あり。その音響、地質によりまた幕舎からの遠近により異なるといへども、うるし流したるが如き暗黒の樹林に横臥して耳にすれば、異郷に在る身を思はざるべからず。望郷の思ひやみがたきを如何にせん。兵ら音を聞くや怱卒として実を拾ひに走れり。皇軍の威武、地を払つて数旬、今や餓鬼の群となり果たり。一顆の木の実を争ひ、狂喜して貪り喰らふ兵を叱咤する我ながら〝隊長どの食ひませんか〟とさし出されれば拒むことかなはず、余もまた歯を鳴らして喰らふ。あさましきかな」

伸彦はスーパーマーケットの地階食品売り場へ降りた。

牛肉四百グラム、玉葱、キャベツ、ピーマン、グリーンピースの罐詰、ジャガイモ、サツマ揚げ、ソーセージ、チーズ、バター、食パン、卵などを買い物籠につめこんだ。陳列棚の間を伸彦は足ばやに一巡した。午後二時をまわった時分で、客は少かった。けばけばしい赤や緑の紙で包装された菓子類の袋がうず高くつまれた棚の前を通りすぎるとき胸がむかついた。罐詰の派手な色どりとてらてらとした肌がさらに嘔き気を催させた。同じような気分におちいった日があったのを思い出した。伸彦は買いこんだ食糧品を大きな紙袋に入れて抱きかかえ、スーパーマーケットの外に出た。隣にある化粧品店で安全剃刀の替刃を買いながら、そのイヤな感じを反芻した。つい先頃のことだ。義父に呼ばれて雲仙のホテルへおもむいた日である。正月の晴れ着を着た若い女たちをフロントグラスごしに見たときの印象が、今あとにした地階食品売り場の雰囲気に似ていた。原色の鮮かな色あい。食糧品の色彩が女たちの衣裳を連想させたのだと気がついた。

着飾った女がなぜ自分を不快にしたのだろうと、伸彦は考えた。

おちつかない視線を周囲に配る女たちは不自然にはしゃいでいた。結婚したい、顔面にほどこされた厚化粧がそう叫んでいた。男と所帯を持ちたい、着物の裾模様がそう語っていた。車の中から娘たちを一瞥したのはつかのまのことである。伸彦の気を滅入らせるのに充分だった。見ず知らずの他人同士であった男女が生活をともにする。結婚とは、衣食住と性を共有することであるという定義を伸彦は覚えていた。そこから何がうまれるのか。「シェイヴィングクリームを」と伸彦はいった。釣りをポケットに入れた。

まともな家庭、あたりまえの生活を伸彦は手に入れたいと願い、英子と一緒に暮したのだ。それがこうなった。生活を大事にしたいという気持があったにもかかわらず、佐和子と別れることができなかった。おそらくまともな生活を維持する資格と能力に欠けていたのだろうと思うしかなかった。

化粧品店の二階にレストランがある。

伸彦は紙袋の底に両手をあてがい、胸の前で支えて狭い階段をあがった。レストランのドアが開き、ベージュ色のコートを着た女が現われた。階段を二、三段おりかけた佐和子は、伸彦を認めて立ちすくんだ。伸彦が一段のぼると、佐和子は後ろ向きに一段のぼった。体を横にしなければすれちがえない狭さである。階段のあがりはなで二人は向いあった。自動ドアが開いた。

「このあいだはすまなかった」

「お買い物?」

伸彦は顎で紙袋を押えてみせた。街路を見おろすテーブルに席をとった。佐和子はテーブルの傍でもじもじしている。伸彦は彼女がドアの前で立ち去ると予想していた。なんとなく物問いたげなそぶりが感じられる。

「すわったらどう」

佐和子はためらいがちに椅子へ腰をおろしすぐに立ちあがってコートを脱いだ。伸彦はビールを注文した。佐和子にすすめた。

「あたしはいいの」

じっと伸彦に目をすえている。

「聞いたわ」

「うん」

聞いたというのは離婚したことにちがいない。

「どうしても別れなければならなかったの」

佐和子の口調は非難がましかった。伸彦は通りすがりのウェイトレスにハンバーグステーキをたのんだ。「こちらは」ウェイトレスは佐和子にたずねた。佐和子は伸彦がついでいたビールのジョッキに手をのばして首を横に振った。

「あんなことになると思っていなかったわ」

「もうやめてくれないか。ぼくは菊池さんの家できみにしたことを謝りたかった。ここで会えるとは期待していなかったけれどね。ぼくたち、つまり英子のことだが、きみがとやかくいう必要はない」

「あたしとは無関係だといいたいの」

「まったく関係がないわけではないが、きみと別れても別れなくても、ぼくたちはこうなる定めだったんだ。責任というか至らなかった点というか原因はぼくにある」

「あなたは最後の最後まであたしをバカにするのね」

「とんでもない」

「思いあがりだわ。あなたがそんなに傲慢だとは知らなかった」

佐和子の頬がひきつった。伸彦は運ばれて来たハンバーグステーキにナイフを入れた。自分が離婚の原因になっていないといわれて軽んじられたと佐和子は思ったのだろう。レストランの入り口ですれちがうこともできたのに伸彦と話をする気になったのは、伸彦に二度とよりを戻す意志がないと見定めたから安心しているのだ。挽き肉の塊りは熱いだけで味気なかった。伸彦は皿に目を落してナイフとフォークを動かした。

「ビーフシチューを注文すればよかったのに」

伸彦は顔をあげた。佐和子は視線をそらしてガラス壁ごしに通りへ目をやった。絵をはずされた額縁のようにうつろな表情だった。伸彦はそのとき初めて英子の告げた話が事実であると確信した。しかし、佐和子に対して抱いていた甘い気持は、噂話を聞いたときに醒めて以来、今も変らなかった。伸彦は佐和子の横顔にそそいでいる自分の視線が冷たいものであることを意識した。見つめられていると気づいて佐和子は伸彦の方へ振り向いた。つかのま二人の目がからみあった。伸彦は数秒間、佐和子の目をのぞきこんだ。無関心と冷淡さと幾分のうとましさが自分の目に現われているのを知っていた。佐和子はそれを見てとったはずだった。

「あなたって人は……」

佐和子の語尾がふるえた。

仲彦は人参のソティをフォークで刺したまま、次の言葉を待った。沈黙が続いた。顔をあげると、佐和子はハンドバッグをあけてハンカチをとり出し、すばやく目にあてた。仲彦はソティを口に入れた。

「男の人は皆そうかもしれないわね。あなただけが別だと思う方がどうかしてたわ」

仲彦はハンバーグステーキを三分の一食べ残して煙草をくわえた。

「あたしにもちょうだい」

佐和子はふかぶかと煙を吸いこんだ。目を閉じて指先でこめかみを押え、頭を軽く振った。

「ごめんなさい。お食事をお邪魔して」

「いいんだ」

佐和子は立ちあがった。仲彦も立った。

「じゃあ」

二人はどちらからともなくいった。自動ドアが佐和子の背後で閉じた。仲彦は街路に目を移した。コートの袖に腕を通した佐和子は化粧品店の前で立ちどまり二階を見あげた。遮光ガラスの壁は外側から内部をのぞかれない。うつむいて遠ざかってゆく佐和子の後ろ姿を仲彦は見送った。くわえた煙草の灰が長くなってテーブルに落ちた。


アパートに帰り、卵や牛肉を冷蔵庫にしまっているとドアが叩かれた。隣家の主婦である。留守ちゅうに菊池家から使いの女中が来たという。会社の方へ来てもらいたいという言付があった。仲彦はアパート近くの煙草店へ出向き、公衆電話を使って燃料店に灯油の配達を依頼し、清掃舎に汲みとりをたのんだ。三番めに菊興商事のダイアルをまわした。

「何かご用ですか」

「今どこから？　うちに見えないから旅行でもしてるのか、それとも風邪でもひいて寝こんでいるんじゃないかと心配してたんだ」

「仕事なら予定通り進捗しています。自宅でやってかまわないといわれたでしょう」

「その仕事のことなんだが、法事の日どりね、わたしは急用で二月十五日から一週間、上京せにゃならん。で、くりあげて二月十四日に父の四十九日をすませることにした。だからその日までにぜひ父の本を完成させたい。一月十七日という期限は動かせないのだよ。だいじょうぶだろうか」

「承知しました」

「西海印刷は十七日がぎりぎりだといってる。きみが旅行するか病気かで、原稿が延びると間に合わなくなると心配したわけだ。ああ、それから」

省一郎は言葉を切った。

「もしもし」

「はい、聞いています」

「きみがうちで仕事をしてると思った人がいる。きょう、東京から電話があったんだそうだ。きみの、そのう、奥さ、英子さんから。女中が出た。格別の用事があるわけではないということだったけれども、一応つたえておくよ」

「それはどうも」

「待ってくれ、ここに釘宮さんがいる。きみと話したいそうだ。代るよ」

「やあやあ、しばらくですな。伊奈さんが〝ドン〟に見えないから、どこへ雲隠れしたのかと噂しとったところです。なんですかアパートにこもって仕事してたそうですな。いや、ごりっぱ。今どこ？　アパートの近く。話があるんですがね。時間はとらせん、どうです、ちょいとつきあって下さらんか」

「今どきあいてる酒場はないでしょう」

伸彦は省一郎にさえ会いたくなかったから電話ですませたのである。釘宮は会えばまたぞろ田舎記者の不遇をかこち、わけ知り顔にこの町の情報を提供するだろう。伸彦は一人で仕事をしたかった。釘宮の話にはやや食傷ぎみだったのである。

「伊佐ホテルのラウンジはそこからすぐでしょう。わしはタクシーを拾って五分で行ける。あなたには興味ある話なんだがな」

「聞いてたでしょう。ぼくには期限までに仕上げなければならない仕事があるんです」

「伊奈さんは重富先生に呼ばれたのに応じなかったそうですな。大先生がじかにあなたと話したい用件があったんです。省造氏の主治医であり親友であり G島で行動をともにした軍医があなたに語りたい、うちあけてもいいと決心した。省造氏が亡くなられたことでもあり、故人の原稿を整……」

「待って下さい」

伸彦はあわてて十円硬貨をつぎ足した。

「大先生はあなたが来なかったので気を悪くしていますよ。老人は気むずかしい」

「伊佐ホテルのラウンジで待っています」

「地階がいいな」

「じゃあ、地階の酒場で」

伸彦はかすかに汗ばんでいた。アパートに急ぎ足でとってかえし、まとまった額の紙幣を上衣のポケットに用意した。釘宮の自信ありげな口調では少々の酒ですみそうにないと思われた。とっておきの話であることを彼はほのめかしていた。

伊佐ホテルの地階へ降りて来た釘宮は、濃紺のスーツにえんじ色のネクタイをしめており、いつものくたびれた灰色の背広姿を見慣れた目には別人のように若やいで映った。

「遅れてどうも。タクシーをすぐに拾えなかったもんで」

「社長に特別の用事でもあったんですか」

「ここはいつ来ても客が少い。ボーイのサーヴィスがなっとらんからだ。水割りをもらおうかな」

かんじんの話までに釘宮はたっぷり飲むつもりらしかった。伸彦は重富家の招待を無視したのをくやんだ。釘宮は水割りをすすっておもむろに咳ばらいした。「お義父《とう》さん、失礼、支店長に最近会いましたか」

「いいえ」

「ふうん」

釘宮はべっ甲のカフスボタンをいじりながら首をかしげた。支店長がどうかしたのかと伸彦はたずねた。あい変らず思わせぶりなものいいかたをする釘宮に肚がたった。

「省一郎氏は二月に上京するとあなたにいったでしょう。法事の日どりを変更してまで上京して会わなけりゃならん人物が誰であるか察しがつきませんか」

釘宮は旨そうに水割りを飲んだ。伸彦は黙って先の言葉をうながした。

「わしは戦時ちゅう輸送船で南方へ運ばれるとき、たった一発の魚雷をくらってあっけなく海にほうりだされたことがあるよ。大正五年建造の老朽船でしてね。船長は一発くらい当っても復元力があるというとったが、気がついてみたら海の中だった。つまり復元力ゼロのボロ船だったわけ。幸い救命胴着《カポック》をつけとったからわしは浮いとられたけれども、あれは二十四時間しか浮力がないんですわ。駆逐艦に拾われるまでは生きた心地がしなかった。わしは何をいいたいか伊奈さん。菊興商事の復元力を知ってもらいたい、とまあこういうことです」

「J銀行が新たに融資するというんですか」

「篠崎さんは支店長権限で五百万、まあ一千万までの手形を割引くことはできるでしょう。菊興が必要としとるのはその程度のはした金じゃないんでね。億単位の融資が要る」

「東京の銀行が金を貸してくれるとでも」

「早まっちゃいけない。田舎の企業に東京の銀行が融資するものかね。しかるべき保証ですよ保証、あるいは信用というか。融資していい条件がととのいさえすれば銀行は喜んで金庫をあける。省一郎氏はやり手ですぜ」

釘宮は両手をすり合せた。老人の乾いた手のひらが乾いた音を発した。釘宮のまわりくどい話に苛立っている表情を伸彦は隠そうと努力した。だしぬけに釘宮はいった。

「新幹線のターミナル用地が決っていないのはあなた知っとるね」

「ええ」

「菊興が持ってる土地は全部抵当権が設置されている。中には二重三重に抵当に入っとる土地もある。評価額は時価のまあ四分の一くらいだ。だがね、ターミナル用地に指定されたらどうなると思う。海岸寄りの湿地で、宅地にもならず工場も建てられない地盤の軟弱な荒地がある。道路がないから今まで見すてられとった場所だ」

工場を建てられない立地条件は、ターミナル用地として不適当ではないかと、伸彦はいった。

「用地の候補は三カ所あがっている。N市とO市、それに伊佐市。N市は国鉄のターミナルでもあり最有力だけれども造船所とその付属施設がひしめいてて新たに新幹線駅を建設するには工場を撤去しなけりゃならん。O市は海面を埋立てる案が出てる。いいかえれば海面を埋立てなければターミナル用地ができんわけだ。伊佐市の場合、広大な湿地帯がある。現代の土木技術をもってすれば、海面を埋立てるよりこちらの地盤を強化する方がコストは低くなる。内内の話だが伊奈さん、菊興の土地に白羽の矢が立てばどえらいことになりますぞ」

「まだ決ったわけではないでしょう」

「だから決めさせるんだよ。拱手傍観しとったって棚ボタにはならん。裏にまわって工作する。人を動かす。すなわち伊佐市にターミナルを誘致するんです。今の市長は中央にコネがないから話にならん。省一郎氏は」

「多々良氏は菊興を見限ったそうじゃありませんか」

「政治家はねえ女に似とるよ。甘い汁を吸える間は尻尾を振ってまつわりつく。落ちめになるとさっさと離れる。連中は敏感だねえ。しかし、こちらの景気が良くなればまた顔色をうかがいにやって来る。すべては取引きだからその点、御し易い。見返りを提示すればいいわけだ。多々良氏は菊興の話にのるとわしは見ている。用地を決める権限を持っている審議会のメンバーは彼一人じゃない。省一郎氏が多々良氏の政敵に話を持ちこむのもあり得ることだからね。わしは離婚したよ」

仲彦は依然として微笑を絶やさない釘宮の顔を凝視した。

「失敬、まるで縁のない私ごとをしゃべっちまった。気分がいいものだからつい口がすべったのさ。ええと、どこまで話したっけ」

釘宮は上機嫌だった。家庭の内情について愚痴めいたことを釘宮がもらしたのをこれまで何度か耳にしたのは覚えていたが、いかにも唐突なので、仲彦は返す言葉がなかった。釘宮はネクタイと同系色のハンカチで目もとを拭った。昂奮したあまり泪ぐんでいたのである。仲彦はあらためて釘宮の身なりを点検した。ネクタイ留めに珊瑚の粒が光っている。靴はよく磨かれ塵ひとつ付着していない。紺のストライプが入ったワイシャツは新しかった。子供も成人したことだし、親としてつとめは果したと思っているから、このあたりで別れて暮す方がお互いのためにいいと話しあい、納得づくで離婚したのだと、釘宮は語った。

「妙な顔をしなさんな、あいた口が塞がらないといった感じだよあなたの顔は。伊奈さんに離婚ができてわしにでけんという法はないでしょうが。結婚して二十五年になります。ええ、四半世紀か、長い歳月でしたよ。一人になってみると、生まれ変ったような気がするなあ」

「そうですか」

「そうだとも。わしはかねがねあなたにいうとったつもりだよ。釘宮康麿はむざむざと朽ち果はせんと。六十歳すぎてもやれることがある。わしは証明してみせる。釘宮が何者であるかを証明する。わしと専門学校で同期だった連中は市庁やら県庁で閑職にしがみついていつやめさせられるかびくびくしながら暮しとる。地方公務員に定年はないからね。会社づとめしとった輩はとうに定年よ。あなた定年後の平均余命を知っとりなさるか」

仲彦は黙って首を横に動かした。

「二年半、人によっては半年でがっくり来てあの世へ行っちまう。情けない話じゃないか。世の中が自分を必要としないと思い知らされた男は気力が衰えるもんだ。可哀そうにね。ボーイさん、お代りを」

仲彦が二杯めに口をつけない間に釘宮は五杯めの水割りを飲んでいた。

「〝ドン〟でね、市の収入役と飲んだことがある。同期の男です。マダムはわしがあいつと同じ齢だというても信用せんのよ。収入役の方が老けて見えるのだと。これはマダムのお世辞じゃない。わしはいつだって齢より若いといわれてきた。失礼」

釘宮はネクタイの結び目をゆるめた。この調子では話がいつ本題に入るのかわかりかねた。仲彦はソファに深くもたれて脚をのばした。釘宮のようなすれた新聞記者が若いとおだてられたのを本気にしたのが不可解だった。仲彦の正面にカウンターがある。その内側でグラスを磨いていたバーテンダーが、二人の話がとぎれたのに気づいてか顔をあげた。バーテンダーの表情がいぶかしそうに変った。目は釘宮に向けられている。仲彦は首をひねって隣の新聞記者を見た。

釘宮はネクタイの結び目に指をさしこんだまま顎をがくがくさせている。ふいに上体をのけぞらせた。短い呻き声が咽喉の奥から洩れた。のけぞったはずみに、後頭部が壁にぶつかり鈍い音をたてた。

仲彦はあわてて立ちあがり釘宮にかがみこんだ。老人は目を半ば閉じ、苦しそうに喘いだ。水割りのグラスが床に落ちた。仲彦はバーテンダーに救急車を呼ぶよういいつけた。

まがまがしいサイレンを鳴らして到着した救急車に仲彦は同乗した。釘宮は担架の上で腕をわななかせ、虚空をつかむ手振りを示した。仲彦はその手を握った。意外に強い力で釘宮はしっかりと仲彦の手を握り返した。重富病院が救急指定病院になっていることを、車が着くまで伸彦は知らなかった。

　担架ごと釘宮は診察室に運びこまれ、空の担架を持った白衣の男たちが現われて救急車にのりこんだ。待合室の赤電話を使って伸彦は伊佐日報社に釘宮が倒れたことを告げた。「弱りましたなあ、夕刊の締切りまぎわなんですよ。病名は何ですか」若い記者は迷惑そうな口調で応えた。病名は知らない、ひとまず連絡だけしておくといって電話を切り、次に省一郎の会社へかけた。

「倒れた？　重富さんの所ですか、そうですか。あの人はこれで二度めなんだ」

　省一郎は驚かなかった。釘宮は一昨年、軽い脳溢血で倒れたことがあるという。

「酒をつつしむのが当り前なのに彼は酒なしでは生きられないと医者のいうことに耳をかさなかったからなあ。うちの女中をそちらへやります。彼は目下、独り身なんですよ。事情がありましてね」

「離婚したという話なら聞きました」

「別れた奥さんを呼び戻すわけにはゆかんでしょうしね。S市にいると聞いてるけれど。子供さんはみな東京だし急場の間には合わない、ま、重富さんなら安心です」

「突然だったのでびっくりしましたよ」

「伊奈さん、さっきは釘宮氏が同席していたので詳しく話せなかったけれど、英子さんは電話で例のブティックの件はご破算になったといわれたそうです。仕事の条件でお友達と折合いが悪くなったとかで、それだけ伝えてもらえればわかるという電話だったそうです。英子さんはあなたがうちの書斎で仕事してると思ったらしいですな」

「お世話さまでした」

「ご老体とどんな話をしてたんですか」

「途方もない夢物語です」

「彼は独り身になってから、はしゃいでましたからな。うちの女中が行くまで付添ってやって下さいますか」

仲彦は付添うと約束して送受話器を置いた。まもなく診察室から悟郎が現われた。目で応接室を指した。仲彦は悟郎のあとからその部屋に這入った。

「脳卒中です。今までもったのが奇蹟みたいなもんだ。あれほどしつこく禁酒を命じたのに、やっこさんどこ吹く風でしたからね。諦めて黙ってたらいい気になってがぶ飲みする始末だ。当然です再発するのは」

悟郎はにがにがしげにいった。容態はさほど重症ではないという。「家族を呼びよせるほどの容態じゃないという意味ですよ。しかし彼はもう再起不能でしょう。自業自得です。みずから招いた帰結ですからねこれは」

患者の不摂生が悟郎には肚だたしかったらしい。仲彦は釘宮と大事な話をしていたところだったと切りだした。

「伊奈さんと何か重要な話をしてるうちに彼は昂奮したんですか。なるほど」

「大先生に関する話です」

仲彦は悟郎の表情に注意した。

「彼がおやじの？　ああ……」

「ぼくはお宅から呼ばれたのに行かなかった。菊池さんの原稿を急いでたもんだからつい失礼してしまった。あのことです」

悟郎はまた「ああ」といって、スリッパーのつま先に目を落した。

「おやじは菊池さんが亡くなってからめっきり弱くなりましてね。今、寝こんでいます。葬儀に出られる体じゃなかったんだ。どうしてもといい張るので仕方なしに。あの後で心境の変化を来たしたのでしょう。伊奈さんに話したいことがあるといい出したんです。でも今は無理です。血圧がやけに高い。昂奮すれば釘宮氏の二の舞いになってしまう」

「大先生はぼくに何をいいたかったんです。うかがいたいな」

「あなたはおやじがせっかく呼んだのに来なかった。年寄りは気が短い。おかんむりですよ」

忙しかったのだ、悪いと思っている、自分の方にもたてこんだ事情があってと仲彦は弁解につとめた。

「菊池の先代は仕事の上ではつきあいが広かったけれど、心を許せる友達というのはうちのおやじだけだったんです。約四年間、生死をともにした仲ですからね。細君に話さないこともお互にうちあけてた。伊奈さんが整理している省造氏の手記を最初に読んだのはおやじです。あれに触発されておやじもG島戦記を書いたんじゃないかな。おやじは医者だから自分がもう長く生きられないと判断してるらしい。省造氏の臨終に立ちあえなかったことをしきりに残念がってましたよ」

「死にぎわに何か」

「いや昏睡状態が続いてましたから。苦しまずに息をひきとりました。うわごとめいたことはつぶやいてましたけれどね、ぼくには何のことかわからない」

「おやじさんがぼくに何を告げる気でいたか、あなたは知ってるんでしょう。隠す必要はないと思うけどな」

看護婦が悟郎を呼びに来た。すぐ行くと悟郎はいった。そういえば仲彦が帰るとふんだらしい。仲彦は本棚に並べられた医学の専門書を眺めて黙りこんだ。悟郎はぎごちなく咳ばらいした。容態の悪化した入院患者をみてくると悟郎はいった。

「ここで待たせて下さい」

「時間がかかりますよ」

悟郎は渋い顔付になった。かまわないと仲彦は答えて、煙草をとり出した。釘宮の世話は誰がするのだろうか。長女は結婚して東京に住んでいる。いつか問わず語りに釘宮は話した。長男は去年大学を卒業して東京の保険会社に就職したそうだ。次女は東京の大学生である。別れた妻が面倒を見てくれなければ釘宮はものをいえず体の自由がきかないまま重富病院で入院生活を送ることになろう。仲彦は釘宮の運命が他人事と思えなかった。釘宮は我慢に我慢を重ねてきたと語った。彼が何に耐えたのか、おぼろげにわかるような気がする。三人の子供を育てあげ、彼の表現によれば「これから」という段になって舌がまわらなくなり半身あるいは全身不随の状態におちいって病院のベッドに横たわることになったのだ。釘宮は自分が生きてきた人生で失ったものを取り返そうと企てたのではないかと、伸彦は想像した。人生は彼から奪うだけで何物をも与えなかった。妻子、それが何だ、新聞記者という職業、地方都市の情報通、嗤うべき肩書きである。あらゆるものをなげうって釘宮は再出発をはかろうとしたのだ。もしかしたらと、伸彦は想像した、釘宮は田舎町の政財界を泳ぎまわる道化師を以て自ら任じていたのではないか。その役割りに飽き飽きして人生を初めからやり直そうと心がけたのだと考えられないだろうか。

伸彦は右乳の下あたりを手で押えた。

圧迫感と鈍痛を覚えた。釘宮にまけず劣らず伸彦も酒びたりの毎日を送っている。ときどき覚えるむかつきと胃の疼きは、アルコオルのせいにちがいなかった。

悟郎が戻って来た。釘宮は意識を回復していないという。

「再起はおぼつかないということですか」

「あの分では再起どころか、いつ転帰をとるかわからない状態です」

「てんき？」

悟郎はひややかな視線を向けた。死の転帰、医師が使う言葉だと説明した。昨晩、自動車に轢かれた少年の外科手術に長い時間がかかって充分な睡眠をとっていないとつけ加えた。

「医者の不養生といいますな。われわれの平均寿命は一般の人より短いんです。皮肉な統計が出てますよ」

悟郎は両手を組合せて目蓋にあてがい、ソファにもたれた。疲れているのは承知してるけれども、重富兼寿の話を聞くまでは帰れないと、伸彦はいった。

「困りましたな」

たしかに自分は父親が何を語りたいかを聞いている。しかし、G島戦について予備知識がないから、父の話を正確に伝えられるという自信がないのだと、悟郎はいった。

「おやじがじかにあなたと話をするのが一番いいんです。ぼくは気が進まないんだがな。そうでしょう、ぼくは伝聞をしゃべることになる。誤解が生じると困る」

「G島のことを良く知っているのは大先生でも菊池の先代社長でもなくてぼくです。誤解が生じる余地はないとうけあいますよ」

「おやじが真鍋さんの面倒を見てたのは知ってますね」

「ええ」

「彼は元軍医であるおやじとよくG島戦の思い出話をかわしてました。なんでも食糧補給のときに味方うちをしたそうですな。彼はそのことをしきりに気にしてました。米を奪いあって日本兵同士が殺しあいを演じたとはね。菊池の先代社長も気に病んでいたと聞いています。手記を省造氏が書いたのはその事件がやむを得ない偶発事であったと弁明したかったのがそもそもの動機です。もちろんおやじも見解を同じくしています。責任は補給不可能であるG島へ軍隊を送りこんだ大本営にあり、法的にいえば味方うちは一種の緊急避難だと解釈しているんです。しかし、事実の記憶は重荷だったようですな。おやじは事件に直接、関係していませんが、省造氏の行動を弁護する目的で自分も手記をものした」

「印刷して刊行するのを断念なさったわけがわからない。初めは焼却したとまでおっしゃった」

「焼却したのは菊池省造の手記です。味方うちのくだりを記述した手記の一部。原稿を最初に読んだのはうちのおやじだといったでしょう。公刊戦史にはいうまでもなく味方うちなど記録してありません。記録がないということは、そういう事実がなかったことになります。省造氏は友人の処置を妥当と認めましたけれども、さすがに自分の書いたものを一部ではあれ焼却炉に投げこまれて懲りたんでしょうな、原稿をおやじから取り戻してからは門外不出ということにしたんです。おやじは自分の立場から事件を記述し、やむを得なかったことと釈明したものの、世間にどう誤解されるか気がさして活字にするのを諦めたという次第です。元軍人の心理はぼくにどうものみこめないんですがね、ぼくはおやじの話をなるべくありのままに語っているわけなんで」

大事なことをいい忘れていたといって悟郎は姿勢をあらためた。

「真鍋さんのノートを読んだでしょう。あれを書かなければ死んでも死にきれないといってたノート。おやじは読んでいます。あなたを呼んで語っておきたいというよりむしろたのみたいというのは、省造氏の物語に真鍋さんの手記をつけ加えないでくれということなんです。あの事件はなかったことにしてもらいたい。死者のためでもあり、生存者のためでもあるというんです」

やはり、菊池省造の手記を重富兼寿が焼いたのだ。道理で記録のつながり具合がわからなかったのだ。省造が夜の海岸で真鍋とともに行動した詳細は永久に失われてしまった。

「大先生の話はそれだけですか。菊池の先代社長とした思い出話がもっとあったでしょう。真鍋さんの手記は使わないと約束しますから、焼却した先代社長の手記の内容を教えて下さい。できるだけ詳しく」

「ううん、焼いてからかなり経ってるからなあ。お互に敵と錯覚したんでしょう。避けられない突発事……」

「そのことはいいんです。ぼくも一種の緊急避難だという見解に賛成したいな。事件を裁こうという気は毛頭ないといっておきます。ぼくが知りたいのは、戦いが終ってからのことです。相手の日本兵で氏名のわかっているのが一人か二人いたんじゃないでしょうか。あるいは所属する部隊名であるとか。手記にはちゃんと書いてあったんでしょう」

「氏名ねえ、おやじからは聞いてませんね。ただ相手は船舶兵とかいう部隊だったことは聞いてるけれど、なんですか船舶兵というのは」

「船舶工兵ですか船舶砲兵ですか」

「区別があるんですか。さあ、どちらだったかな、工兵も砲兵も発音が似てるし。なぜあなたは知りたがるんです」

第二十五章

翌朝、いつもの時刻に伸彦は菊池家の玄関に立っていた。

呼びリンを鳴らすと顔なじみの女中がドアをあけた。ホールに続いた階段に足をかけたとき、奥の方から藍色の和服で身を包んだ女性が現われた。伸彦は階段にかけた足をおろして菊池省一郎の妻に挨拶した。顔色の蒼さを念入りな化粧で隠しているように見えた。背の高い痩せがたの女性である。

「支店長さんはお義父《とう》さんですってね」

早口の語調に訛りは少かった。伸彦は否定も肯定もせず「お世話になります」といった。書斎に入ると、女中が省一郎の机をあわただしく片づけていた。帳簿や書類が堆くつみ上げられている。

「すみません、きょういらっしゃるとわかってたら整理しておくのでしたけれど」

「旦那さんは自宅じゃあ仕事をしない方ではなかったの」

「今まではそうだったんです。ところがこの頃はいつもお帰りになってから夜おそく仕事をなさるようです」

「お手伝いさんも夜ふかししなけりゃならないわけだ」

「いいえ、お夜食の支度は奥様がなさいますから」

「お客様も多いんだろうね」

「なんですか、年末から年始にかけていろんな方が見えました。去年はそうでもなかったんですが。お仕事の関係でしょう。わたし共にはよくわかりませんが、つきあいの広いお方ですもの」

女中は帳簿類をがらあきの本棚にしまった。書類はそのわきに重ねた。伸彦が菊池家へ来たのは英子の電話があったと聞いたからである。東京の友人が経営するブティックの手伝いは駄目になったと英子は省一郎に告げている。それ以上の何かをいいたかったのではないかと伸彦は想像した。アパートに電話はないので英子からの連絡を待つには菊池家しかない。何をいいたかったのだろう。伸彦は女中が去ってから封筒の中身を机にあけた。省造の手記、真鍋のノート、自分自身のメモ帳などである。

東京の友人が手伝いという言葉で英子に期待したのは、ブティックの運転資金を出資させることではなかったのだろうか。英子はただの従業員と予想していたら、かなりまとまった額を提供するように求められ、アテがはずれたのかもしれない。しかし、それにしてもと、伸彦は思う。わざわざ、そのくらいのことを電話で報告してくるとは、どういうつもりなのだろう。

ドアがノックされた。

伸彦は机に頬杖をついてボンヤリと灰皿に目を落していた。女中が朝のコーヒーを運んで来た。

「お邪魔、ですかしら」

伸彦は驚いて顔をあげた。香水の匂いが漂った。省一郎の妻は二人分のカップを机に並べ、銀製のポットからコーヒーをついだ。

「クリームは?」

「いや結構、砂糖も要りません」

「まあ、胃にさわりますよ」

省一郎の妻は自分のカップにたっぷりとクリームをそそぎ入れ、受け皿ごと両手で支え、ソファに腰をおちつけた。机の横からソファの所まで移るのに流れるように軽やかな身ごなしであった。伸彦はつかのまためらった。椅子にかけている彼の位置は、ソファにくらべてやや高い。夫人の前に移動しなければならないような気がしたけれども、そうすればあらたまった雰囲気になるし、彼には自分の方からこみいった話をするのをはばかる気持があった。

「そこにそのままでいらして」

仲彦の躊躇を察したかのように相手は声をかけ、コーヒーをすすって微笑した。唇の両端が軽く反った。そういう表情をこしらえるのに慣れているらしかった。目はまったく笑っていない。仲彦もコーヒーに口をつけた。

「主人の話では、そのお仕事もまもなく終りになるとか申しておりましたわ」

「ええ、もうじき」

「大変に面倒な仕事をお願いしましたわね」

「いや、それほどでも」

省一郎の妻は仲彦の目をしっかりととらえて話した。

「まえまえから主人はその原稿のことを気にしておりましたの。しかし、いざどなたかにお願いする段になると、ふさわしい方がなかなかいらっしゃらないと困っておりまして、ようござんしたわ、伊奈さんは信頼できる方ですものね」

仲彦は緊張した。話がようやく本題に入ったかのように思われた。彼は省一郎の妻が何をほのめかしているか考えようとした。

「何人か候補者はございましたの。でも、ただ文章が書けるというだけでは適格といえませんものねえ」

「そうですか」

「家族の一員とまではいわなくても、安心してまかせられる方でなくては。つまり気心の知れた友人同様の方と主人は伊奈さんを判断したのですわ。だからこそ他人を入れない書斎をおたく様に使っていただいているわけなんですのよ」

相手は自分の言葉が仲彦にどうとられるのか一句ごとに反応をうかがうようなものいい方をした。言葉を区切ってぎごちない微笑をうかべた。点滅する信号機にそれは似ていた。青、黄、赤。受け皿を支えている左手の指に二箇の指環が光っていた。その一つに大粒のダイヤがはまっている。インタフォンから女中の声がした。仲彦に電話だという。彼は受話器を耳にあてた。省一郎の妻はゆっくり立ちあがって窓の方へ歩いた。香水の匂いがした。

英子の声は遠かった。

「あ・た・し」

「……」

「電話なんかしてご免なさい」

「仕事、うまくいかないんだって」

「あれはいいの、ていよく利用されそうになっただけ。早く気がついてよかったと思ってるわ」

「旨い話は用心した方がいい」

「今、おひとり?」

「でもないけれど、どうしたんだい」

英子は口ごもった。受話器の奥から賑やかな街の音が聞えた。高架線をすぎる電車の気配も感じられた。ひっきりなしに硬貨を流しこんでいるようである。

「そこにどなたかいらっしゃるのだったらいいにくいわ。社長さん、それとも」

「かまわないじゃないか」

「思い切っていうわね、あたし……考え直したの。自分がまちがってたような気がして仕方がないのだけれど。おかしいかしら、あたしのいってること」

「聞いてるよ」

「なんですって、よく聞えないわ。ここ騒がしいの」

「おかしかないさ」

「じゃあ、いうわ。あたしたち、やり直せないものかしら」

英子はそれが癖である語尾をのみこむようなもののいい方でゆっくりといった。伸彦はしばらく黙りこんだ。思いがけない提案である。予定していた職がふいになったので、英子がまとまった金を自分に要求するのかと思っていたのだ。生活を再び共にすることを英子が口にするとは考えていなかった。硬貨のぶつかりあうかすかな音が耳にとどいた。送受話器を握りしめている手が汗ばんだ。

「あなた、何もおっしゃらないのね」

「そういわれてもあまりに突然だから答え様がない」

「突然だからはっきりした返事ができるものじゃない」

何年ぶりかで味わう都会での孤独な一人暮しに耐えかねた悲鳴のようにそれは聞えた。提案はまともに受けとめるべきではないように思われた。しかし、伸彦は自分が「じゃあ、そうしよう」という声を聞いた。

「はっきり答えてちょうだい」

「本気で答えてるつもりだ」

「いいのね」

「もちろん」

「あたし田舎に帰らないわ。東京にあなた出てらっしゃい」

「わかった」

「じゃあ」

電話が切れた。伸彦は汗ばんでいた。ソファにいつのまにか省一郎の妻が戻っており、本棚に積みあげた書類の方へ視線を向けている。退屈そうな表情であった。奇妙なことに生きた表情らしい表情を認めたのはそのときが初めてだ。電話でどのようなやりとりが交されたのか何もかも知りぬいている顔付に見えた。失礼しましたと、伸彦はいった。自分は席をはずしておくべきだったと相手は答えた。目に見えない重苦しいものが肩にのしかかって来たように感じられた。

「主人のことをお話してましたわね」

目だけを本棚から伸彦に移した。

「主人が伊奈さんを信頼してるのですから、あたくしも伊奈さんが嘘をおっしゃるような方ではないと思いますわ」

伸彦は返事に窮した。相手が何をいおうとしているのか、ようやくつかめたと思った。

「主人はあたくしに何でも話してくれるんですの。伊奈さんは三好に会われたんですって」

伸彦は曖昧にうなずいた。省一郎が果してすべてを妻に語っているかどうか疑わしく思われた。相手は言葉を続けた。

「そのときの様子を細かく話していただけません」

有無をいわせない口調である。目付が鋭くなった。省一郎が何でも話しているからには自分のいうことはないと、伸彦は口ごもりながら答えた。

「そうおっしゃるだろうと思いましたわ。でも、逃げ口上はおよしになって。あたくし、伊奈さんのお口からありのままをうかがいたいのです。三好に金をお渡しになった、そうでしたね。三好は何かいったんじゃありません？」

「不服そうではありましたがね、仕方がないと諦めたように見えました」

「金額について不満をもらしたのですか」

伸彦はすっかりさめたコーヒーを飲んだ。三好美穂子の思いつめたまなざしが目にうかんだ。省一郎が自分を使いに立てた意味がおぼろげにのみこめてきた。妻に対して証言をする役目も負わされていたわけだ。思わず笑いだしたくなった。金額の不満だけではなかっただろうが、省一郎の別れるという意志を結局は認めたようだったと、伸彦は答えた。

「一回きりでしたの。三好とお会いになったのは」

「ええ」

「三好の消息をご存じではないんですか」

「さあ、何も聞いていませんが」

「三好はその場で受けとりにサインをしたのですね」

伸彦はうなずいた。とり乱した美穂子の表情、彼を見すえて詰問した目の強い光などをつい今しがた見たように思った。佐和子の表情がそれに重なった。伸彦は知らず知らず省一郎の妻の指環を見つめていた。目をそらしてコーヒーの残りをのみ干した。冷たく苦いコーヒーが咽喉の奥へ流れ落ちた。省一郎の妻はソファに深くよりかかり、両の爪先を揃えてうつろな視線をそこに落していた。窓から射しこむ光が顔の厚化粧を醜く感じさせた。張りの失せた表情は、伸彦の答を吟味しているようでもあり、何も考えてはいないようにも見えた。眉間に漂っている暗い翳りがはれたようには思えなかった。思案に暮れている顔付である。省一郎の妻は深い息をついて立ちあがり、トレイにカップをのせた。

「いろいろと失礼なことをおたずねしてご免なさい。気を悪くなさらないで下さいな」

「知っていることはみな申し上げたつもりです」

伸彦にしてみれば、こういう尋問はまっぴらであった。蒼ざめた顔色の痩せがたの女に対して憐れみの気持が動くのを覚えた。ドアが女の後ろで閉じられた。省一郎の妻が満足な答を何ひとつ得なかったのは明らかだ。伸彦は上衣を脱いでソファの背にかけネクタイをゆるめた。万年筆のキャップをはずして原稿用紙に向った。アパートですませた下書を浄書するだけである。しかし彼は万年筆を手にしたままの姿勢でもの思いに耽った。文字を書きつらねる気持にはいっこうになれないのだった。

英子が去り、これで何もかも終ったと考えたのはまちがっていたのだ。不本意な終り方ではあったけれども、終ったという事実は動かしがたいのだからどうしようもないことだと思い定め、ある解放感さえ覚えたほどであった。英子は初めからやり直すという。何をやり直すのか。英子の提案に伴ううっとうしさと解放感を伸彦は秤にかけた。秤は不安定にゆれ、うっとうしさをのせた皿の方が沈んだ。

かといって伸彦は英子の言葉をしぶしぶ受け入れたのではない。むしろ逆である。省一郎の妻が聞き耳を立てていたからそっけない返事しかできなかったのだが、彼ひとりだったら甘い言葉を返していただろう。ドアをノックして女中がはいってきた。こわばった表情でまっすぐに本棚へ歩みより、書類を集めた。どうかしたのかと、伸彦はいった。大事な帳簿だから階下の金庫に収めなくてはと、女中はいった。

「社長にぼくが来たことを伝えたんだね」

「いえ、奥様が電話なすってたようです。伊奈さんがお見えになるとは旦那様もご存じではなかったようで」

「なるほど」

伸彦との問答を省一郎の妻が逐一報告したのだろう。省一郎は机に出しっぱなしの重要書類に気づき、伸彦の目に触れさせないために金庫に収納しておくようにいいつけたと想像すれば辻つまが合う。嗤うべき懸念であった。会社の帳簿など伸彦が見たところで何もわかりはしないのだ。女中は両手で書類と帳簿を抱きかかえ、目顔で一礼して書斎から出て行った。仕事をする気がますます減退した。かんぐれば省一郎が作為をほどこした帳簿類を自分の目にさらすためわざと放置したとも見なされるのだが、複式帳簿と単式の区別さえつかない自分が数字を検討しても仕方のないことであった。

インタフォンが鳴った。

「旦那様からお電話です。受話器をおとりになって下さい」

さっきの女中が告げた。伸彦は白塗りの電話機を見つめて息を大きく吸い、そして吐いた。かかってくると予期していたのだ。受話器を耳に当てた。省一郎の声が流れ出た。きょうは風が強くて寒さがきびしい、書斎の暖房は充分だろうか、調節スイッチがドアの近くについている、夕方はもっと冷えるだろう、省一郎の前おきは長かった。

「ときに、家内がきみの仕事の邪魔をしたそうだね」

「そんなことはありません」

「きみには迷惑をおかけした。すまないと思っている」

「ぼくとしてはありのまま答えるしかなかったんです」

電話は省一郎の妻が階下で聴いているはずであった。省一郎は妻に聴かせるためかけたのかもしれない。伸彦は用心して言葉をえらんだ。

「本当のことを答えてもらって良かったんだよ。隠すことは何もないのだからね。きみがきょう、うちに見えるとわかってたら、机の上も整理しておくのだった。夜ふかしが続いてるものだから」

「ぼくは経理に暗いので帳簿を見てもさっぱりです。ご心配には及びません。書斎に入ると女中さんがすぐ片づけましたし、その後は奥さんが来られて話をなさったわけです」

「仕事は順調にはかどっているだろうか」

「予定の期日には原稿をお渡しできると思います」

「ありがとう、たのむよ」

仲彦は電話がそこで終ると思っていた。省一郎は切らなかった。数秒間だまりこんでからまた口を開いた。

「本にまとめるにはおやじの原稿だけを使うのだったね」

「とおっしゃると」

「つまりわたしがいってるのは、余人の文章をまじえず、おやじの書いた文章だけを整理して浄書し一冊の本にするということなんだが」

話がちがう、省造の手記だけでは脈絡がないから公刊戦史の記述その他、不分明の箇所に補って完全なG島戦記をまとめるのが自分の仕事だと思っていた、最初からその約束だったではないかと、仲彦はいった。省造の手記のみとは聞いていない。かすかな金属音が伝わった。省一郎の妻が盗み聴きをやめたらしい。話に興味を失ったのだろう。

「公刊戦史はさしつかえないとも。しかし真鍋さんの手記を加えるのはどうかと思うんだ」

「真鍋さんの文章を使うことをどうしてご存じなんですか」

仲彦は省一郎の言葉じりをとらえた。下書き原稿を彼に見せてはいる。しかし、去年の暮までに見せた原稿には真鍋の名前はなかった。省一郎は当惑したふうであった。仲彦はしつこく喰いさがった。誰が真鍋の手記について口外したか知りたいものだと迫った。

「伊奈さん、どうかね、わたしのつまり依頼者としてのわたしの要求を考慮してもらえないものだろうか。今、下書き原稿を浄書ちゅうだといったね。その中に含まれた真鍋さんの文章を削除すればいいわけだ。本にするのは、あくまでおやじの戦いであって、真鍋さんの戦いではないのだから」

「おっしゃることはわかりますが、真鍋さんの文章をそっくり使ってるわけじゃありませんよ。一人称は三人称に改め、記述も大幅に整理しています。とくに戦闘場面の描写はお父さんの文章にないものです。これを補わなければ戦記として体をなしません。お父さんの戦いであって、真鍋さんの戦いではないといわれますが、お父さん一人が戦ったわけでもないでしょう。重富先生の差し金ですね」

仲彦は一気にまくしたてた。省一郎は重富兼寿の意向であることを、否定も肯定もせず「弱ったな」といった。

「何も弱ることはないじゃありませんか。ぼくが解せないのは、あなたが重富の大先生の指し図に唯々諾々としたがわねばならない理由です。ご存じですか、大先生はお父さんの手記の一部を焼却したんですよ」

「知ってる。おやじは釈然としないようだったがね、戦友の立場もあるしとかいってた。一人で戦争したわけじゃないからね」

「さっきはおやじさんの戦いで、真鍋さんの戦いじゃないといっておいて矛盾することをいわれますね。故人の気持を尊重するのが最善じゃないでしょうか。おやじさんは欠落した部分を真鍋さんの文章で埋合せるのに反対なさらないと思いますよ」

「きみ、そんなにいきり立たないでくれないか」

「いきり立ってはいません。当初の約束とちがうことを指摘しているだけのことです。筋の通らないことを主張してるつもりはないんですがね」

「きみも案外に強情だね」

省一郎は大声で笑った。いかにもわざとらしく空虚な笑声である。依頼者はわたしなんだがなあとさりげなくつけ加えた。依頼者の立場を尊重してもらえないだろうかともいった。故人の立場を自分は尊重したいと、仲彦は答えた。省一郎は電話を切った。菊興商事が街のあやしげな金融会社から高利の金を借りているという噂が事実ならば、もしかすると重富兼寿がその保証人になっているのではないかという疑いが、仲彦の頭にきざした。省一郎が重富に弱みを握られていないのなら、いうことをきくいわれはないのである。

依頼するとき、省一郎は完全な戦記をといい、細かい指示は与えなかった。完全な戦記というのはありえないと仲彦は思っている。完全にやや近い戦記があるだけだ。

きのう、船舶工兵か船舶砲兵かとただした仲彦に（さあ、どちらだったかな）と悟郎はいった。仲彦は腕時計の秒針が時を刻むのを見ていた。顔を伏せて悟郎の返事に耳をそばだてた。（なぜあなたは知りたがるんです）思いあまったように悟郎はいった。工兵か砲兵かを確かめなければならないわけがあるのかと反問した。

（大事な点なんです。そこの所だけでも大先生にうかがいたいんですがね。五分間と時間を切ってもいい。じかにお会いして確かめたいんです）

（あなたが大事だといわれるのなら大事なんだろうな）

（真鍋さんが生前ぼくに語った所では、大発の負傷兵つまり船舶兵と二大隊の食糧輸送班の兵隊を治療するため、大先生が現場に急行されたそうなんです。事情は大先生もご承知なんだから覚えておられると思いますよ。氏名はともかく所属部隊名ぐらいは）

（いいでしょう、おやじに話しておきます。きょうは駄目です。会いたくないといってる偏屈な年寄りの気をそこねては逆効果になる。体調が好転したとき、それとなくあなたに会うよう仕向けてみます）

伸彦はきのうしたやりとりを反芻した。真鍋の手記をあのときは使わないと約束したのだが、取引きの口実にすぎなかった。悟郎は真鍋の手記の重要性に気づいていないから、伸彦の約束を覚えているかどうかあやしいものだ。しかし、重富兼寿が大発で治療した負傷兵の身もとを明かす条件として、真鍋の手記を使わないように求める可能性は残っている。

女中が昼食を運んできた。コーンスープにエビフライとカニコロッケである。

「奥様の手料理なんです。コロッケのおかわりをなさると喜ばれますわ」

「以前も料理は奥さんがしてたの」

「いいえ、お帰りになってから」

「きみたちも何かと大変だねえ」

「いいえ、そんなことはありません。よくして下さいます」

女中は用があればインタフォンで命じてくれといい残し、そそくさとドアの外へ立ち去った。しゃべりすぎたと思ったらしい。表情にそれが出ていた。伸彦はスープを平げた。即席ラーメンにはいいかげんうんざりしていたのだ。舌にスープの味がしみ渡った。コロッケをナイフで切って口に入れると、ほど良く焼けた皮がひしゃげ、そこからとろりとしたクリームに包まれた蟹の身が流れ出た。今や伸彦の念頭には菊池夫妻の顔も重富父子の姿もなかった。彼は一心不乱にコロッケを味わい、エビフライを咀嚼した。

昼食後、伸彦は気をとり直して仕事にかかった。一時間に一回、回転椅子から腰を上げて窓辺で煙草を吸った。窓ガラスにはびっしりと水滴が付着しており、外気の冷えているのが察しられた。伸彦は手で水滴を拭きとった。窓の向うに宅地を造成ちゅうの丘が見えた。コンクリートブロックが晴れた空の下で目に痛いほど白く光った。書斎は静かだった。伸彦は原稿用紙に文字を並べるとき、万年筆のペン先がかすかな音を発するのを聞きとった。その音は伸彦を落着かせた。快感すら覚えさせた。怖れることは何もないのだ、万年筆を走らせながら伸彦は考えた。何ものかに怯え、ゆれていた不安定な心が動じなくなったようでもあった。

下書きは二百六十七枚である。浄書したのはすでに二百枚を越えている。きょうは午すぎから始めて十九枚めに達した。伸彦は下書きの一部を削って二百四十枚以内におさめる肚づもりだった。この調子で進めば、明日か明後日は完成するだろう。

ちょうど三時に、女中が紅茶を運んできた。一服しようと思っていたところだ。

「あのう、お客さんが見えてるんですけれど、お通ししてよろしいものかどうか。奥様が伊奈さんのご都合をおうかがいするようにとおっしゃってますので」

行武が階下に来ているという。伸彦は浄書した原稿の枚数を調べ、ちょっと思案して、ここで会いたいと答えた。階下のホールでは省一郎の妻に話を聞かれそうに思われた。行武の用件にロクなものはないのだ。

「新年そうそうご精が出ますな」

行武は意外にも上機嫌だった。千鳥格子の背広の下から緑色のシャツがのぞいている。襟には赤ネッカチーフを巻いていた。広告代理店の社長というよりはバンドマネージャーという恰好である。伸彦は身構えた。佐和子のことであらぬ疑いをかけられるかなじられるかを覚悟していた。

「いい部屋だ、このソファ、かなりするだろうな。座らせてもらうよ」

行武はもの珍しげに室内を見まわした。用というのはと、伸彦はたずねた。机の前から動かなかった。仕事をしているさいちゅうだと暗にほのめかしたつもりである。行武はおもむろに煙草をくわえマッチで火をつけた。燃えさしのマッチを手に灰皿を探した。机の上に灰皿はあったけれども伸彦は知らん顔をしていた。行武はうす笑いをうかべた表情を変えずに中腰になって机に近づき燃えさしを灰皿に入れた。灰皿へ手が届くソファの上に座り直した。

「わたしがここへ来たからにはどんな話か見当がついてると思うんだがね」

女中がカップをもう一箇運んで来た。行武は大げさに恐縮してみせた。女中が去るのを待って口を開いた。

「一時はねえきみ、どんなことになるかとわたしは気をもんだものだよ。若社長はコケにされたわけだからね。あの人が怒ったら何をするかわからない」

「若社長というのは誰のことです」

「きまってるじゃないか、省介氏のことだよ」

「ぼくには何のことかさっぱりわからないな。単刀直入に話して下さい」

「こちらの奥さんは美人だねえ。口をきいたのはきょうが初めてだ。上品で教養があってその上きれいで。何が不足で社長は浮気したのかな。まあ元の鞘におさまってめでたしめでたしというわけだ」

行武はカップに砂糖を入れスプーンで何回もかきまわした。念入りに角砂糖をつぶし終ると、スプーンをひきあげてカップの縁に叩きつけ、しずくを切った。

「わたしが来たのもそのめでたい話と関係があるわけでね」

行武は音をたてて紅茶をすすり、旨そうに舌を鳴らした。

「どういう形できみの耳に入ってるか知らんが、関口君のことなんだ。事情を聞いたときわたしは椅子からころげ落ちそうになったよ。近ごろの若い人はやるねえ。きみはだまってるけれど、顔を見れば関口君が何をしようとしてたか承知していたことがわかる。ああ、弁解する必要はない。きみを責めやせん。それにしても若い女の考えることはすごいよ。きみとの関係を絶つために省介氏と見せかけの婚約をするとはね。いってみれば、きみと関口君はそれほど深い関係だったわけだ。わたしが十歳若かったら思い切り破廉恥な色恋をしてみたいと思ったな。まったく羨ましいよ。いや、これは余計な話。家内が友達から関口君のたくらみを聞いてわたしに教えてくれた。女って同性の友人には何でもしゃべるものらしいな。わたしは仰天してここ数日関口君を探しまわったよ。気をひるがえしてくれるよう説得するためにね。会社は去年いっぱいで退職してることはきみ知ってるだろう。関口君をつかまえられずやきもきしていたら昨夜ふらりと本人がやって来た」

「式の日どりをはやめたいというのでしょう」

「おや、よくご存じですな」

行武は唇をなめた。

「めでたいと大騒ぎしてるから察したまでですよ」

「わたしも察したさ。きみたちの間でどんなことがあったかを想像したな。しかるべきケリがついたわけだ。かくなる上は、わたしは老婆心から忠告するんだが、そのう、関口君に関してはだ、今後いっさいかかわりを絶ってもらいたい。きみの将来のためを思っていうとるんだ」

「結婚式はいつに決りました」

「善は急げ、いい言葉だな。来月の半ば」

「選挙に間に合せなくちゃあいけませんからね。あなたも肩の荷がおりたでしょう」

「うん、まあな」

行武はおもおもしくうなずいた。一瞬、子供のように素直な表情になった。

「わたしが何しにここへ来たか、わかってくれたろうね」

「ええ」

行武はネッカチーフの具合を指で直し、ソファから立ちあがった。ドアの前で足をとめて伸彦の方へふり向き何かいいかけたけれども、思い返したか軽く手をあげて室外へ出て行った。伸彦は行武の足音が消えてから浄書を再開した。午後五時までわき目もふらずに万年筆を動かし続けた。

菊池家の外へ出ると、針を含んだような大気が伸彦の肌を刺した。頬がこわばり耳もしびれた。伸彦はコートの襟を立てて坂道を下った。夕日が伊佐の市街地をあかく染めている。伸彦は丘の中腹にたたずみ、夕暮れの街を眺めた。仕事の目鼻がついた以上、こうして伊佐の街を見る機会もなくなるだろうと考えた。東京へ出てらっしゃいと、英子はいった。新しい生活がどのように展開するか、かいもく見当はつきかねたが、伸彦は原稿を仕上げたら伊佐をひき払うつもりであった。

けさ、車のエンジンはかからなかった。だましだまし動かしていた車がついにいうことをきかなくなったのだ。伸彦が後にした伊佐の街で車は解体されるだろう。彼はきのう佐和子と出合ったレストランに行き、夕食をすませた。本屋をのぞいた後、パチンコ店で五百円分の玉をはじいて、時間をつぶした。銀色の鉄球がめまぐるしく釘の間を走りまわった。パチンコ玉の動きを目で追いながら伊佐ですごした一年あまりの歳月をふり返った。英子との生活が崩壊し、また再び元通りになろうとしている。しかし果して元通りになるかどうか、伸彦としては心もとないのである。

五百円分の玉は十五分とたたない間に消えてしまった。伸彦はライターが壊れているのを思い出し、パチンコ店の斜め前にある時計屋へはいった。去年、父の腕時計を修理させた店である。ライターは簡単に直った。

「いかがです、時計の具合は」

店主は伸彦を覚えていた。動くことは動くけれど二日に四、五分ほどの割合で進むようだと伸彦は答えた。

「おかしいな。ヒゲ留めは交換したんだし狂うはずはありませんのにね」

「今なんとおっしゃいました、逃げ留めではなく」

「ヒゲ留め」

腕時計の狂いを正そうという店主の申し出をしりぞけて伸彦は重富病院へ向った。タクシーのシートにもたれ、左手首を耳にあてがった。秒針の澄んだ音が聞えた。彼は無心にその冴えた規則的な音に聴き入った。ヒゲを逃げと聞き誤るとは……まったく、あの頃はどうかしていたと、伸彦は思った。現実のあらゆる物事を回避し、逃げることだけしか念頭になく、しかも自分が逃げていることを意識し心やましかったのだ。省一郎が依頼した仕事に没頭できるようになるまでは。タクシーは伊佐の繁華街にさしかかった。車の内部に明るい光が流れこんだ。伸彦は新宿の街頭に溢れている色とりどりのおびただしいネオンを思った。むしょうに東京が懐しかった。

重富病院の前に見覚えのある黒塗りのリンカーンが駐車していた。省一郎の乗用車である。伸彦は病院の隣にある花屋で黄薔薇を買って受付にいた看護婦に釘宮の容態をたずねた。きのうよりはややもち直したという。面会していいかときくと、看護婦はしばらくお待ち下さいといって、インタフォンのスイッチを押した。小声で伸彦のことを告げている。「先生が見えますから」インタフォンから顔をあげた看護婦は「実はまだ面会謝絶だったんです」伸彦にいった。数分たって悟郎が現われた。白衣のポケットに両手をつっこみスリッパーを鳴らしながら近づいて来て、目でエレベーターを指した。

「お客さんがあるようですな」

六階に止ったエレベーターの外へ出て伸彦は話しかけた。悟郎はうなずいただけである。「いいですか、患者を昂奮させないで下さいよ。ちょっとした刺戟で泣いたり笑ったりする状態なんです。五分間、いいですね。ぼくが合図したら引上げること」

悟郎が先に立って五〇六号室にはいった。六つの寝台はみなふさがっている。釘宮は衝立をめぐらした窓ぎわの寝台に横たわっていた。頬がおちくぼみ、義歯をはずした口もとにはしわが寄っている。釘宮は悟郎を認め、次に仲彦へ目を移した。ひびわれた唇が開いた。咽喉の奥から小さな呻き声がもれた。しゃべってはいけないと、悟郎が鋭い口調で釘宮に命じた。毛布の下から茶褐色の骨張った手がそろりとのぞいた。仲彦はその手を握った。ぬくもりのある乾いた手が仲彦の手をよわよわしく握り返した。目じりに泪がたまった。悟郎が仲彦の肩に手を置いた。枕頭台の花瓶には何もさしてなかった。

「花は看護婦に活けさせます」

悟郎にうながされて仲彦は衝立の外へ出た。見送っている釘宮と目が合った。釘宮は顎を上下に激しく動かした。何かいいたそうな表情である。悟郎に体を押されて仲彦はドアの方へ歩いた。釘宮の長広舌を二度と聞けないのだと思うとやや心残りだった。考えてみれば伊佐の住人でいちばん屈託のない話し相手は釘宮だったのである。

「彼の奥さんは見舞いに来ましたか」

「とりあえず連絡はしましたけれどね。そうですかといって別に驚いたふうでもなかったな。新聞社から若い人がパジャマやら湯のみ道具やら当座の身の回り品を持って駆けつけましたよ」

「ぼくは個室に入れられてると思った」

「満室なんです。空いてたとしても差額を負担するのは患者にむりなんだし。再発したらとり返しがつかないとあれほど口やかましくいってたのにこのざまだ。みずから墓穴を掘ったようなもんです」

先に立って廊下を歩いていた悟郎がくるりと向き直り仲彦の前に立ちふさがった。

「菊池さんが来てます。おやじとの話はすんだ所でしょう。会いますか。二人とも伊奈さんが見えるのを心待ちにしてたんです」

願ってもない機会だと、仲彦はいった。

別棟の二階にある洋間に仲彦は通された。

重富兼寿は低いテーブルをはさんで省一郎と向いあっており、伸彦にわざとらしく装った無表情の視線をそそいだ。省一郎はテーブルに拡げていた書類をそそくさと鞄にしまった。

「先ほどは失礼」

隣に座を占めた伸彦に省一郎が話しかけた。吐く息にウイスキーの匂いがまざっていた。悟郎は新しいグラスを出して水割りをこしらえた。濃褐色のガウンをまとった兼寿は伸彦と省一郎をかわるがわる見つめている。悟郎は三人の横手に座り、水割りをすすりながら省一郎の鞄へ目をやっていた。兼寿が咳払いした。三人は同時に顔をあげて兼寿の口もとを見つめた。院長は何もいわず、レモネードのグラスをとりあげて少し飲んだ。悟郎が口を開いた。

「伊奈さんがお父さんにたずねたいことがあるそうです。菊池さんの遺稿に関係があるとか。そうでしたね伊奈さん」

「例の事件なんですが、あなたが焼却なさった菊池さんの手記に書かれてあったことをうかがいたいと思いまして」

伸彦は切りだした。兼寿は苦い表情になった。焼いたのはずいぶん前のことだから細部は覚えていないと兼寿は答えた。

「お忘れになったことをなんとかして思い出して下さいませんか。昭和十八年の一月頃、タサファロングの海岸で味方うちがあった。不慮の事故です。戦場の錯誤とぼくは解釈します。知りたいのは事件の経過ではなくて、敵と思いちがいした相手の日本兵がどの部隊であったかということです。船舶兵であったそうですね。船舶工兵か船舶砲兵か。全員が死亡したわけではないでしょうから、彼らを治療なさった先生なら覚えていらっしゃるはずです」

「わたしは真鍋君の手記をざっと読んだのだが、味方うちのくだりは覚えとらん。見落したのかな」

「手記にそういうくだりはありませんが、本人がぼくに語ったのです」

真鍋が相手を船舶兵と断言したのではなかった。ただの遊兵かもしれないといいそえてはいた。しかし悟郎はきのう父から聞いたこととして、船舶兵と指摘している。省一郎が口をはさんだ。味方うちをした相手の所属をなぜ知りたいのかとたずねた。伸彦は自分の腕時計を見つめた。

「そんな不祥事を菊池君の遺稿につけ加える必要があるのかね。たしかにわたしは故人にたのまれて現場へ急行した。負傷兵の手当はしたよ。手当といっても医薬品なんかありはせんからお座なりの処置をしたにすぎん。真鍋君がなんというたかわたしは知らんが、味方うちというほど大げさな事ではなかったよ。初めのうちはおたがいに相手を敵と信じて格闘したらしいが、日本兵同士とわかってからは話しあいで食糧を分けあったと聞いている。真鍋君のいうことを丸ごと信用してもらっては困る。第一、彼はあのとき、大発の外に昏倒してたそうじゃないか」

すかさず伸彦はいった。

「おや、詳しくご存じですね」

兼寿は不用意に口をすべらした自分に当惑したようである。省一郎が首をねじって伸彦を見た。

「話のとちゅうに割りこむようでなんですが伊奈さん、その部分は父の本に収録しないで下さい。お願いしているのではない、要求しているのです」

第二十六章

終った。

伸彦は万年筆を置いた。両手に顔を埋め、しばらくじっとしていた。軽いめまいを覚えた。心臓が不規則に搏っているのもわかった。二百四十五枚、ほぼ予定通りの枚数である。下書きは二百六十七枚に達していた。かなり削ったつもりだが、結局こうなった。清書する段階で、つけ加えなければならない箇所がいくつか生じたのだ。終った、と自分にいいきかせても、終った気がしなかった。気がたかぶっていた。めまいを覚えなくなってからも、胸の不快な動悸は去らなかった。まだ何かし残したことがあるように思えた。

伸彦は体を後ろに倒した。し残したことが何であるかを考えた。窓の外に目をやると、すみれ色の夕空が見えた。日が沈んだばかりである。なまこ形の雲が浮び、その下縁が夕日に映えて淡い桃色に染まっている。窓はアパートの住人が車をとめる空地に面している。子供たちの叫び声が聞えた。伸彦は体のすみずみに疲労がゆきわたっているのを意識した。お茶を飲みたい、水割りがあればもっといいなどと思いながら、体を動かすのさえ億劫であった。

じゃがいもと牛肉を煮る匂いがうっすらと漂って来た。子供たちを母親が呼んだ。雲をいろどった桃色は褪せた。空の色が濃くなった。

二百四十五枚。伸彦は清書した原稿に目を移した。炬燵板の上にそれはあった。菊池省一郎の意向にさからって、書きたいように書いた原稿である。（お願いしているのではない、要求しているのです）と省一郎は一昨日いった。（ははあ）伸彦は承諾とも拒否ともとれるあいまいな返事をした。（そうですか、なるほど、わかりました）と答えたときには決心していた。省一郎が何を要求しようと容れるつもりはなかった。

重富兼寿は仲彦の（わかりました）を、承諾ととったらしかった。肩の力を抜いてソファに深くもたれ、表情をやわらげた。悟郎は新しい水割りをこしらえて、仲彦にすすめた。しかし省一郎だけは釈然としないふうで、仲彦と老院長の顔におちつかない視線を向けていた。（三十数年も昔のことだからね）と兼寿はいった（撤収するときに書類はみな焼いた。われわれは壕の中に穴居しとったし、書類は湿って火のつかんのもあった。きれぎれに裂いて壕の底に埋めたものだ。軍旗もそうだ。聯隊旗手が戦後、発表した回想記を読むと、彼は初めから撤退と承知して軍旗を腹に巻き、アウステン山を降りたと書いている。わたしの記憶とは喰いちがう。同じ本部に居た将校なのにだよ。われわれはG島西北岸に集結して、海上からルンガ河口つまり敵の飛行場へ逆上陸をしかけると信じこんでいた。命令がそうなっとったのだ。だから足手まといの病人や負傷者はアウステン山に残置し、軍旗も壕を深く掘って埋没した。撤収と知っていたなら聯隊の象徴である軍旗を敵中に残すようなことはせん。またアウステン山に帰って来れると思ったからこそ軍旗もそのように処置したわけだ。この点が伊奈君、きみに理解してもらいたい所だがね。聯隊旗手の回想記が発表された当時、わたしは彼に電話をかけた。本部付の将校ともあろう人物がなぜあんな歪曲した事実を公表したのか解せなくてね。ところが彼はがんとして自分が正しい、記憶は誤っていないと主張するのだ。わたしは混乱したよ。彼の人柄はよく知っている。故意に嘘をつく人物ではない。しかし、撤収をわれわれが知ったのはアウステン山を降りてからだ。黒崎とかいう参謀と途中で出くわして、軍旗を残置したと告げたら、やっこさん蒼くなって掘りだしてこいと命令したのだ。それであたふたと旗手が山へ引きかえした。いいかね、こういう重大事件でさえも当事者の記憶は一致しない。ましてだ、わたしが手当した負傷者の所属や氏名をどうして正確に覚えていられるかね。そうだろう）

仲彦の返事に気をゆるした兼寿は饒舌になった。悟郎は退屈そうに生あくびを嚙み殺した表情で父の話を聞いており、省一郎といえば兼寿の話に耳を傾けているふりをして内心ではまったく別のことを考えているようであった。

兼寿はレモネードで咽喉をうるおして続けた。

(味方うちをした相手が船舶兵だといったのは、友軍の潜水艦が夜間、タサファロング沖に浮上してゴム袋入りの糧秣を海面に流す、それを大発で収集するのが船舶兵だったからだ。きみは船舶兵でも船舶工兵か船舶砲兵か知りたがっている。それが省造君の手記とどこでつながるのかわたしは不可解だね。手当ての甲斐がなく、死亡した船舶兵がいたことを隠そうとは思わない。早まらないでもらいたい、真鍋君がうわごとでしゃべったように、あのとき大発で息を引きとった船舶兵は日本軍の銃弾ばかりあびたのではなかったのだ。潜水艦がこっそりと糧秣を輸送しに来るのはアメリカ軍も知っておった。それで彼らは魚雷艇を出動させて、わが軍の大発を襲わせた。ゴム袋を拾い集めている大発を二十五ミリ機関砲で射ちまくるのだ。こちらはろくに小銃さえない。初めから勝負になりはせん。真鍋君たちが海岸で遭遇した大発というのは、敵の魚雷艇にやられて沈没だけはまぬがれ漂着した一隻だった。何人も重傷者がいた。小銃と機関砲の傷くらいわたしだって見わけがつく。息を引きとった船舶兵は二、三人いたような気がする。氏名も聞いたと思う。しかしわたしは先にもいったように一切の記録を撤収のさいに破棄したからね。覚えているわけがない。工兵か砲兵かも記憶にないのだよ。わたしは包み隠さずしゃべっている。それというのも、射ちあいのとき現場に居あわせなかったから、事態を冷静に把握できたんだろう。おかしなことだが、真実は局外者がつかんでいる場合がえてしてあるものだ。真鍋君は味方うちを死ぬまで気にやんでおった。自分たちが友軍兵士を殺したんではないかと。そうではない、沖でアメリカ軍の魚雷艇に射たれてから流れついたのだとわたしが説明しても、一応は納得するのだが心の奥ではもしやと疑っていたようだ。省造君にしても同じだ。味方うちの件を手記にとりあげてけんめいに釈明しようとした。あの頃は米軍のパトロールが海岸付近に出没していたから判断を誤ったとか、暗夜に射った弾だから、命中しなかったはずだとか。わたしにいわせれば余計なことだ。事件に触れさえしなければいい。自己弁護がかえって疑いを招く。省造君も気がとがめていたようだ。死者の形見をわざわざ遺族に届けに行ったくらいだからね)

兼寿はしゃべり疲れたか目を閉じた。

（遺族というのはどこの人でしたか）

仲彦はさりげなくたずねた。左の手首がにわかにずしりと重たく感じられた。

（大先生は父にも死者が米軍魚雷艇のしわざだと説明して下さらなかったんですか）

省一郎が口をはさんだ。

（したとも。機関砲弾が炸裂した破片で連中は傷ついておったんだ。小銃弾は炸裂しないから、しんまいの軍医だったわたしにも傷口を見ればそのていどはわかる。省造君の部隊は機関砲など持っとらんかった。明白な証拠じゃないか。わたしがいくら口を酸っぱくして説明しても省造君の気は晴れなかった。わたしが気休めをいうとると思ったらしい。相手が信じない以上、わたしに何ができるかね。あの事件を省造君は自分なりにやむをえなかったことだと正当化する文章を書いた。わたしは彼を説得するかわりに手記のその部分を焼いた。省造君はもちろん肚をたてたさ。わたしは覚悟の上だったから平気だった。しかし、あまりに省造君が苦情をいうもんで、わたしもG島戦記を書いた。焼かれた手記を彼が復元するのは簡単だからね。本当はこうだったのだといいたかったわけだ。軍旗について旗手とわたしの記憶の相違があったように、味方うちについても解釈のちがいがあったといわなけりゃならん。わたしにいわせれば真実はつねに一つしかないんだが、真鍋君や省造君が信じていた事実もある。戦争というのは宿命的にそうしたものだ。一人の患者を五人の医師が診察して、五人とも異なった診断を下すことはめずらしくない。このたとえはふさわしくないけれどね、つまりわたしはこういいたいのだ、戦争はいくつもの顔を持っており、自分の見た顔だけが本当だと思いこみがちだと）

（お父さんはせっかく書いたG島戦記を、製本まぎわになぜ引っこめたりなさったんです）

悟郎がたずねた。兼寿の長い話にややうんざりして早く切り上げさせようとしているらしかった。

（省造君の病状が悪化したからだ。わたしは彼が手記を公刊するのにそなえて、自分の戦記を書いた。すると去年の、あれは五月だったかな省一郎君）

兼寿は省一郎に問いかけた。

（は？）考えごとをしていた省一郎はうろたえた。

（おやじさんが倒れたのは五月の終りごろだったと思うが）

（いえ、六月の終りでした。わたしが香港へ旅行した月でしたから）

（おまえは学会で上京ちゅうだった。駆けつけて診察したとき、今度はいけないと思った。今だからいうのだがね。むりをおして働き続けたことがたたったのだ。戦地で何度もマラリアにやられて、肝臓をいためつけられている。わたしにできるのは死期をおくらせることだけだった。年あけまでもったのが不思議なくらいだ。省造君が回復して手記を執筆する可能性はないとわたしはみた。そうであればわたしの戦記も意味があるまい。誤解を招くのがおちというものだ。まさか省一郎君が誰かにたのんでおやじさんの手記を本にしようとは予想しなかったな）

父の強い意志だったからと、省一郎は弁解がましくつぶやいた。病床で、省造はしきりに手記の完成をあせったという。

（ですからわたしは手記をまがりなりにも本にすれば父の気も休まるし、その結果、病状も好転するのではないかと考えて伊奈さんにたのんだのです）

（肉親として当然だよ。そのことできみを責めているんじゃない。とにかくわたしは自分の戦記を刊行しないことに決めた。無用な誤解が生じたら困るし、わたしの本を読んで誰がどんな疑惑を持つか知れたものではないだろう）

先ほどの話に現われた遺族はどこに住んでいたのか、形見というのは何だったのかと、伸彦はたずねた。

（さあてね、戦後まもなくのころで、わたしは詳しく知らないんだ。省造君から聞いただけのことで。遺族に形見を届けてほっとしたとかいってた。なんでも東京の人らしかったが……形見？　万年筆か時計だったと思う。遺族を探しあてるのに苦労したとかいってたな）

悟郎が少し腑に落ちないといいだした。傷の手当をしたのが兼寿だったら、形見も彼が預かったはずではないか。

（現場への道案内をかって出たのは省造君自身だったのだ。ジャングル内をわたしが一人で急行できるわけがあるまい。省造君が何を形見として預かったか、残念ながらよく覚えていない。ポケットに入るような小さな物だったことは確かだ。わたしは注意を払わなかった。聯隊の戦死者さえ千を下らない状況だ。戦友の形見を十人分ほど持っているのはざらにいたけれども、その当人がある日冷たくなっているしまつだよ。わたしは生きて内地へ還ると思わなかったから、G島で預かった形見はぜんぶアウステン山に埋めてしまった。たいてい、万年筆とか時計だったな、寄せ書きをした日章旗もあった。自分がいつ死ぬかわからないのに、形見を持っていても仕方がない。省造君はしかし形見を遺族に届けて重荷をおろすというか、責を果したわけだ）

兼寿の口調が重たくなった。疲労が色濃く艶のない顔に滲み出ていた。

（では、この辺で）

悟郎は省一郎に目を向けて立ちあがった。待ちかねたように省一郎は黒い鞄を手に腰をあげた。

空は夜の色に変った。

伸彦は急須に茶の葉を入れ、灯油ストーヴにかけていた薬罐の熱湯をそそいだ。両手で茶碗を持ち、濃いお茶をゆっくりとすすった。（では、この辺で）悟郎があの日、最後にいった言葉を伸彦は反芻した。省一郎に依頼された仕事が終ったからには、もう伊佐市にいる理由はないわけだ。自分は同じ言葉をこの町に投げて立ち去ることになるだろうと伸彦は思った。原稿は五十枚ずつホチキスでとめた。それをハトロン紙の封筒に入れ、菊池省一郎殿と宛名を書いた。

伸彦は二杯めのお茶を飲んだ。

何か考えなければならないような気がしたけれども頭のなかは空っぽで、何も思い浮ばなかった。

クリーニング店が届けたシャツが洋箪笥の前に重ねられていた。伸彦はガウンとパジャマを脱ぎ、新しいシャツとプレスのきいたズボンを身につけた。腕時計に目をやった。七時をまわった時刻である。原稿をおさめた封筒を持って彼はアパートの階段を降りた。いつもの煙草店で菊池家へ電話をかけた。省一郎が帰宅していることを確かめておいて大通りに出た。タクシーはすぐに来た。

伸彦は省一郎の書斎に通された。

ソファに腰をおろして彼は待った。机の上は片づけられていた。二本めの煙草に火をつけたとき、省一郎が現われた。目がテーブルにのせた封筒へゆき次に伸彦に移った。

「できあがったんですな。ご苦労をかけました」

省一郎は心もち頭を下げた。封筒からむぞうさに原稿をとり出し「二百四十五枚か」とつぶやいた。原稿に目を落したままたずねた。

「これで何ページの本になるものかな。わたしには見当つかんのだけれど」

「私家版ですから五号活字でゆるく組んで二百ページくらいですか。地図と写真が十点あります。それに半ページをあてて二百五ページという計算です」

「費用は」

「部数によります。西海印刷に問いあわせたら、簡単に見つもりを出してくれるでしょう」

「なるほど」

省一郎は原稿をぱらぱらとめくった。いぶかしげな表情に変った。真鍋の手記を引用したくだりである。原稿から顔をあげて伸彦を見すえた。重富家では、真鍋の手記を使わないと約束したはずではないかと、なじるような口調でいった。

「約束した覚えはありませんよ。大先生とあなたの意向は了解しました。しかし、清書は大半すんでいたんです。今さら真鍋さんの手記を使うなといわれてもむりな話です。当初の方針は好きなように書くことでしたからね」

省一郎は伸彦を非難するよりも呆れ果てたふうで、しばらく口をきかず、黙って伸彦の顔を見まもった。原稿をテーブルに戻し、煙草ケースからピースをとってライターで火をつけた。

「伊奈さん、あなたは依頼主の気持を無視したんですよ。わたしは重富さんのうちであなたに念を押したつもりだ。この原稿はわたしがたのんだ原稿とはちがう」

声がしだいに高くなり、語尾が慄えた。ピースを買おうとして、ハイライトをよこされたようなものだとつけ加えた。

「真鍋さんの手記を使うと、なぜさしさわりがあるんです。その部分は大先生が焼却したくだりに当るのです。詳しい事情は大先生からお聞きになったでしょう。約束約束といわれますが、ぼくたちが去年のあき、この仕事を始めるにあたってとり交した約束の方はどうなりますか。ぼくの好きなように自由に書いてよろしいとおっしゃった。あれも約束です」

省一郎は口を開きかけたが、女中が紅茶を運んで来たので黙りこんだ。女中が立ち去ってから「困りましたな」と苦い表情でつぶやいた。

「原稿と引きかえに謝礼の残額を伊奈さんに払うつもりでしたがね。これではちょっと」

省一郎は右手で原稿の隅を持ちあげてはじいた。謝礼の残りをもらおうとは期待していないと伸彦はいった。これまで受けとった額で充分だ。

「充分だといってすむものでもないでしょう。わたしは意に添わない原稿に対して支払ったわけだ。これを受けとらないといえばどうなります」

伸彦はだまって省一郎の顔を見返した。もらった謝礼を返却する用意があると答えた。アパートを引き払えば三カ月分の敷金が戻ってくる。これまでに受けとった謝礼の残りもある。省一郎はこわばった表情をやわらげ、逆上しないでくれといった。

「どうです伊奈さん、おたがいここでゆずり合いませんか。あなたは原稿から真鍋さんの手記を削除する。わたしはその手間に対して謝礼の残額を支払う。妥当な解決案だと思いますがね」

「ぼくの責任は原稿をお渡しすれば果されたことになるんです。真鍋さんの手記を削除なさりたいならばそうされたってぼくは何もいえません。削除はたやすいことでしょう」

省一郎は口もとを歪めて笑った。どこからどこまでが真鍋の手記かわかっているなら今すぐにでも自分で削りたい。それがわからないからたのんでいるのではないかといった。

「父の手記と真鍋さんの文章とを区別できるのは重富の大先生だけです。これを大先生に見せたら、どこを削ればいいか教えてくれるかもしれません。しかし、大先生はあの晩から寝こんだままです。とても原稿について相談できる状態じゃあない」

伸彦は省造の手記があるではないかと指摘した。手記と原稿とを比較対照したら、どの部分が真鍋の手記であるかは明瞭になるはずだ。

「おっしゃるまでもなくそのことは考えましたよ。しかし、あなたは父の手記をいったん分解し、防衛庁戦史室の公刊戦史やその他の資料とないまぜにして、父の文体で全体を統一しているじゃありませんか。父の手記と見くらべたってわかるはずがない。ただし、真鍋さんのノートがあれば別の話です。伊奈さんがお持ちでしょう」

持っているけれども肝腎のくだりはノートに記述されていない。真鍋が高熱を発したときしゃべったものだと、伸彦はいった。省一郎はもう一度「困りましたな」といい、さめた紅茶に口をつけた。気まずい沈黙が流れた。伸彦が煙草を一本吸い終るまで、省一郎は口を開かなかった。

「三好のことであなたには厄介をかけたと思っています。家内が先日うるさい質問をしたんじゃありませんか」

「いや、それほどでも」

「だからわたしとしてはあなたにいささか恩義を感じなければならない立場にあるわけです。依頼主だといって大きな顔はできません。たった今、あなたに選択を迫っているのでもないんです。まだ時間的なゆとりはあります。きょうのところはお引きとり願って再考してくれませんか。わたしはむりな要求をしているとは思えないんだが」

終りの言葉はひとりごとに近かった。下手に出られると、伸彦は我を張ることができにくくなった。明後日また会いたいと省一郎はいい、原稿を封筒におさめて伸彦に手渡した。「一つだけうかがいたい。あなたはなぜ真鍋さんの手記にこだわるんです。彼がしゃべったこと、つまり味方うちのくだりを原稿にとりあげてもとりあげないでも、あなたにはどうでもいいはずじゃあないですか。そこの所がわたしには不可解でならんのです。わけを教えてくれませんか」探るような目が伸彦に向けられていた。すんでの所で伸彦は父のことを話したい衝動にかられた。封筒の重みが彼を思いとどまらせた。

「真鍋さんの手記にこだわっているんじゃないんです。故人の焼却された記録を、真鍋さんの言葉で復元しようとしただけなんです。どうせなら少しでも完全な記録をと思いましてね」

「そうかな」

「じゃあ明後日にまた」

「いい返事を期待しています」

省一郎は初めて微笑した。取引きに成功した事業家の顔になった。しかし、その変化があまりに急だったのでいかにもとってつけたような不自然さが感じられた。伸彦はふくらんだ封筒を小わきにかかえて丘の坂道を下った。寒々としたアパートの部屋へ帰る気にはなれなかった。夕食をとっていないことを思い出し、町の繁華街へ向った。重富父子の機嫌をそこねてはならない省一郎の立場は推測できた。重富兼寿は味方うちの件を闇に葬りたがっている。省一郎は兼寿の気持をないがしろにできないのだ。いくばくかの融資をうけたか、あるいは重富父子のいずれかが融資の保証人になったためであろう。

仲彦は佐和子と会ったレストランでチキンカツを食べた。肉はかたくて水っぽかった。ナイフとフォークを使いながら目がときどきテーブルにのせた封筒に吸いよせられるのはどうしようもなかった。明後日までに考え直せと省一郎はいった。考えなければならないのは返却すべき謝礼金の工面をどうするかであった。菊池家でとっさに考えたのはアパートの敷金だったが、これは実は東京移転の費用にあてていたのだ。敷金を使い果したら、身動きができなくなる。家具と日用品、衣類などをぎりぎりに減らすことを考えた。荷物の運賃もばかにならない。引っ越しは身一つで出来ることだ。チキンカツを半分残してポテトサラダにとりかかった。唯一のたよりがアパートの敷金しかないとはわびしい限りだった。

仲彦は紙ナプキンで口もとをぬぐった。

目がドアのきわにたたずんでいるウェイトレスにとまった。客の入りは少かった。ウェイトレスは所在なげに仲彦を眺めており、目が合ったとき顔をそむけた。レストランの壁紙は緑がかった灰色で、赤い絨毯とよく調和していた。店の中央に水槽が置かれ、色とりどりの熱帯魚が泳いでいる。ここで食事をするのも最後だと仲彦は思った。菊池家の書斎を訪れる機会も二度とないだろう。水槽は下方から照明が施され、熱帯魚の黄や赤を鮮かにきわだたせた。この町に暮しているのではなくて、どこか遠い町から旅して来たばかりのように感じ、旅情すら覚えた。

ウェイトレスが皿を運び去り、コーヒーを持って来た。

仲彦は旅行者の目でレストランの壁紙を、鉢植えのゴムノキを、熱帯魚を眺めた。

魚たちはひれをそよがせてかるがると泳いだ。停止したかと思うと、すばやく身をひるがえした。仲彦は熱帯魚の動きを目で追って飽かなかった。自分はとてもああはいかないと思った。

レストランを出た仲彦の前には伊佐の繁華街があった。初めて見るもののように彼は商店の飾窓やネオンサインを眺めた。見なれた光景が今は妙に新鮮であった。まだ八時をすぎてまもない時刻で、人通りは多かった。仲彦は封筒をかかえてアパートの方へぶらぶらと歩いた。東京で暮していた頃は、伊佐市に住むことなど夢にも思わなかった。自分がこの土地を去ってからも、町のネオンサインは明滅し、商店は大売出しの看板をかかげるだろうと、仲彦は思った。何も変りはしないのだ。酔った男が彼にぶつかって過ぎた。若い女たちの一群が彼のわきを通った。仲彦はすれちがう男女にこすられたり、蹴られたりした。彼らは仲彦に無関心だった。商店から流れ出すおびただしい光が通行人の顔を明るくし、影を奪った。仲彦は歩きながら舗道に目を落した。足もとにのびているはずの影も消えていた。彼は水槽の内部で静止していた熱帯魚に自分が変身したように感じた。無重力状態の空間を遊弋するのはこんな気分だろうかと考えた。

しかし、幸福感はつかのまに過ぎた。

東京へ帰れば新しい仕事にたずさわることになろう。それは覚悟の上として英子との生活があった。初めからやり直すことが、口でいうようにたやすく出来るものだろうか。何事もなかったように英子はふるまおうとするだろう。かといってすべてを忘れてしまうわけではあるまい。些細なはずみに佐和子とのことを英子がとりあげ、彼を難詰する。そういう機会がないとはいえない。一度は彼との生活に見切りをつけた英子が、よりを戻して新しい生活を回復しようと努力する。その努力が信彦には目の前が暗くなるほどにうっとうしく思われるのだ。

いつのまにか酒場〝ドン〟の前に来ていた。彼はためらわずにドアを押した。前後不覚に酔うのが彼の望みだった。酒場はほぼ満員で、カウンターに一つだけあいたスツールがあった。マダムがきょう重富病院に釘宮を見舞ってきたといった。

「おや、面会謝絶ではなかったの」

「五分間ならいいと許可されて。釘宮さん、思ったより元気そうでしたわ。ママは病院にまで掛けとりに来るのかと厭みをいうくらい。あの分では持ち直すのではないかな」

「厭みとへらず口が彼の取りえだよ。もう一杯」

「でも仮りに退院できたとしても、これからどうなさるのかしらね。空元気も元気のうちというけれど、釘宮さんぐっと老けこんだみたい。口だけ相変らず達者だからそれが目立つの」

「明日あたりぼくも見舞いに行ってみるよ。お代りを」

「あら、おめずらしい」

マダムの視線を追って伸彦がふり返ると、悟郎が立っていた。隣の客が払いをすませてカウンターから離れた。悟郎はそのあとにわりこんだ。水割りをたて続けに二杯あけて伸彦は気持がおちついていた。悟郎とここで会うのを内心、予期していたように思った。釘宮の容態をたずねた伸彦に渋面を作って見せた。マダムの見舞いを許可したではないかというと、この際、会うべき人には会わせておかなければと答えた。

「そんなに悪いのですか」

酔客の声が酒場に充満していたから、二人が肩をよせ合って話せばまわりに聞える懸念はなかった。

「伊佐日報の社長がきのう見舞いに来ましてね、そのあと治療費の件でぼくと会いました。一日分の入院費を聞いて蒼くなってましたよ。若い頃から社のために貢献した人ですからね釘宮さんは。何とか面倒を見たいという気はあるようだが」

釘宮はのんびりと療養できる境遇ではないようだった。

(老兵は死なず、消え去るのみ)いつか釘宮が〃ドン〃でつぶやいた言葉を思い出した。明日は我身と思わないわけにはゆかなかった。こういう場合に配偶者が必要なのだと伸彦は思った。半身不随になったら、どんな強がりも通用しなくなる。男と女が一緒に暮す前提として愛情の有無を考えに入れるのは蒙昧の一種とすら思われた。この発見は苦かった。

「ぼくのアパートに行ったんですか」

「え？」

悟郎はややうろたえた。

「菊池さんが電話をかけてよこしたんでしょう。ぼくの原稿のことで。あなたに説得をたのんだのじゃないかな。ぼくを丸めこめなかった彼自身の弁解もかねてね」

「ここに来れば伊奈さんをつかまえられると思って」

悟郎はまずそうに水割りを飲んだ。

事務長の後釜は見つかったかとたずねると、悟郎は首を横に振った。

「釘宮さんがあんなことにならなければ事務長に適任だったかもしれないな。率直に告白しますと、ぼくも食指が動かないわけではなかったんです。でも交換条件つきではどうもね」

「二、三、候補者があがっています。伊奈さんが最有力だったんだがな」

買い被られて悪い気はしないと仲彦はいった。

「省造氏の戦記を本にしても実害が生じるわけでなし、目くじらを立てる方がどうかしてる。ぼくの原稿に神経をぴりぴりさせるのなら、いっそ本にするのをやめたらどうなんです。それが最善の解決法でしょう」

「省一郎さんはできたらそうしたい所でしょうな。しかし、先代の手記を本にするのは自分のつとめだと思っている。故人の遺志は尊重しなければならないし、おやじへの思惑もあるわけで、板ばさみになっているんです」

「ぼくを選んだのがいけなかったんだ」

「あるいはね」

悟郎はそっけなくいった。

「ぼくはこの町に一年ほど暮したことになる。けれどね、もう十年あまり住んだような気がしてきたな」

「しつこいようだけれど伊奈さん、あの件を考え直してくれませんか」

仲彦は去年の十二月、菊池省造の手を握ったときのことを思い出した。省造は何かいいたそうであった。乾いた熱っぽい手で仲彦の手を握りしめたのだ。何かにつけてそのときの情景がよみがえってくる。考え直すつもりはないと悟郎にいった。

「これからどうするんです」

「さあ、いずれにしろどこかで就職しなきゃと思ってますよ。菊池さんの仕事は終ったわけだし、遊んでいられる身分じゃない」

「省一郎氏のたのみをあなたが聞き入れれば、菊興で仕事につけるんでしょう。悪くないポストを用意しているという話でしたよ」

「その話はもうよしましょう」

悟郎は水割りを一杯あけてしまうまで黙りこんだ。よそから伊佐に移り住んだ連中は住み心地がいいという、しかし生まれたときからここに居る自分はと悟郎は二杯めの水割りをちびちび飲みながら語った。病院の窓からT岳が見える、日によって山の眺めが厭でたまらないときがある、隣県との境界になっているT岳は西北から東南へ数十キロにわたる稜線を見せて屏風のようにそそり立っている。

「何かあの山で伊佐の町が隔絶されているような気がするんです。ふだんはそうじゃない、ただの標高千メートルの山にすぎないんですがね。患者の具合がはかばかしくなかったり、税務署と喧嘩してくさくさしたときなんかT岳までが田舎の象徴に見えてうんざりする。ところがこのあいだ学会が東京で開かれて一週間滞在したあと飛行機で帰って来たとき、あの山を窓の向うに見て、しみじみと自分の町はいいなあと思ったんだから世話がない。伊奈さんが羨ましい。行きたいと思う所に行ける自由があるから」

仲彦は自分に他人から羨望されるものがいささかもあろうとは思っていなかったので、悟郎がためいきまじりにいったこの言葉が意外であった。

「田舎の厭な所はその土地に生まれた人間にしかわからんものです。離婚できない状態で女と暮しているようなものですからね。嫌いだといって別れられるものじゃない。伊奈さんが一年間、住んだくらいではまだこの土地の真髄をつかんだとはいえないんじゃないかな。ぼくだって身の回りを整理して都会へ出たいと思うときがありますよ」

悟郎の愚痴を聞くのは初めてだった。水割りのグラスをあけるにつれて悟郎はとめどもなく伊佐の町をののしった。伸彦は適当に相槌を打って耳を傾けた。原稿の件を執念ぶかく持ち出されるよりは、おとなしく愚痴につきあうのが楽であった。遠からず後にする町である。悟郎が田舎の住みにくさについて何とこぼそうと伸彦にはどうでもいいことだ。

「失礼、自分だけいい気になってしゃべっちまった。ええと、何の話をしてたんだっけ」

悟郎は焦点の定まらない目を伸彦に向けた。「明日、ぼくは釘宮さんに会いたいんですが、面会を許可してくれますね」「短時間なら。こみいった話はしないでしょうな」「別れの挨拶をするだけです」「彼はがっかりするかもしれない。彼のヨタ話を親身になって聞いてやったのは伊奈さんしかなかったんだから」

「彼に黙って伊佐から出て行くのは気がとがめるんです」

「もう帰って来ないんですか。いや、帰るというべきじゃないかもしれない。あなたが帰ってゆくのは東京なんだから。何かのついでに伊佐へ来ることがあれば、ぼくに声をかけて下さい」

そうすると伸彦は約束した。しかし、伊佐を後にして悟郎と再会することは二度とないように思われた。

翌日のひるすぎ、伸彦は目ざめた。

カーテンの隙間から射しこむ光が目に痛かった。乱雑に脱ぎ散らかった衣服が枕もとにあった。頭の芯が疼き、嘔き気がこみあげた。伸彦は起きるなり風呂場へ行ってガスに点火した。昨晩のことを少しずつ思い出した。悟郎と別れたとき、かなり酔っていたと思う。〝ドン〟を出てタクシーを拾うために大通りへ向うとちゅう、道ばたにしゃがんで嘔吐した。胃のなかのものをすっかりあげてしまうと爽快になった。冷たい夜気さえ肌に快かった。口がねばついたので彼は自動販売機のレモンジュースでうがいをした。タクシーはなかなか通りかからない。伸彦は電柱にもたれて待った。

それからどうしたか。

伸彦はぬるい湯に浸って目を閉じた。電柱からあの映画館まで二百メートルは離れている。記憶が次に始るのは映画館の売店で自分が罐ビールを買っている場面である。なぜ映画館へ行ったかといえば小雨がぱらついて来たのだ。裏通りにオールナイトの映画館があるのを目にとめていたのだろう。伸彦は椅子に体を埋めて罐ビールを飲んだ。スクリーンには裸の女が男ともつれあっていた。団地の一室である。男はテーブルの上に女を押し倒してのしかかった。伸彦は闇に目がなれてから周囲をうかがった。客席は七分の入りであった。隣の椅子に白髪の老人がかけ、深刻な表情でスクリーンに見入っていた。黒い外套の襟に顎を埋めた横顔は端正で、医師か大学教授のように見えた。老人は伸彦の視線に気づいていないふうだった。

女は男の下になって大げさに喘ぎ、顔を歪めた。

伸彦は男女の姿態よりも、背景になっている室内の調度に気をとられた。箪笥、鏡台、本棚、衣紋かけにかかっている和服、どれも濃厚な生活の匂いがした。スクリーンでのたうちまわる男女の動きがわざとらしく非現実的に感じられるのにくらべて、それらの品々は人間よりも生臭い存在感を伸彦に与えた。映写機が古いのかスクリーンは暗く、ピントが合ったりずれたりした。労務者の一団が伸彦の前にいて絶えずみだらな野次をとばした。二列おいた斜め前に中年の男女が肩を寄せてスクリーンを見ていた。女は蜜柑の皮をむいて男の口に入れてやった。画面は台所に変った。冷蔵庫、食器戸棚、電子レンジ、鍋類が異様な艶を帯びてせまい空間にぎっしりつめこまれている光景を見た刹那、伸彦はまたもや胸がむかついた。

記憶はそこで途切れている。

おそらく映画館を出てタクシーを拾ったにちがいない。伸彦は浴槽の中で髯を剃った。充分に暖まってから冷水をかぶった。しびれるような快感が背骨を走り抜けた。風呂からあがり、新しいパジャマを着て台所に立った。きのうの味噌汁が鍋に残っていた。それに火を通しネギを刻んで入れた。煮立った味噌汁を椀についで立ったまますすった。ネギの鋭い匂いが鼻をついた。

伸彦は午後四時までかかって身の回りの品物を整理した。台所用品は管理人が喜んでもらうといった。衣類は必要な数着を残して処分することにした。アパートの階下には廃品回収業者に雇われている男がいた。本棚の書物は山口書房の主人を呼んで売り払うつもりだった。生きてゆくのに本当に必要なものはごくわずかなのだと思った。管理人は家主に連絡して敷金のことは手配すると請けあった。伸彦は干からびた食パンをトースターで焼いておそい昼食をすませた。冷蔵庫に卵が二箇残っていた。いつもは必ず失敗するのにきょうの目玉焼は形が崩れなかった。

伸彦は炬燵板の上に堆くつみあげた書物をずらし、便箋を拡げた。省一郎宛の手紙を書いた。こんな結果になって不本意ではあるが、原稿に再度、手を入れる気持はない。しかし、原稿はけっして故人の名誉を傷つけるものではないし、生存者に迷惑を及ぼす箇所もないと信じている。期待にたがうものを書いた点はおわびしたいが、自分は初めの約束にしたがって作業をすすめたつもりである。これまでに受けとった謝礼は全額に満たないけれども近日ちゅうに返却する。残額はもちろんいただくいわれがない。故人のため、原稿がこのままの形で本になることを自分は希望する。

伸彦は二枚の便箋を読み返し封筒に入れて原稿の一枚めにクリップではさんだ。それを包装して菊池家の住所を記した。郵便局は重富病院へ行くとちゅうにある。小包は書留便にした。受取りの小さな紙片を伸彦はていねいにたたんで胸ポケットにしまった。市内とはいえ配達は明後日になるらしかった。年始ゆえまだ郵便は混んでいるのだ。もっけの幸いであった。省一郎が手紙を読むのは明後日の夜になる。そのときはもう伊佐を発っているのだ。

伸彦は受付を経ずに釘宮の病室へ入った。

釘宮は片頬をよわよわしくひきつらせた。笑おうとしているように見えた。手が毛布の下から現われて仲彦の手に触れた。仲彦はその手を両手で握りしめた。釘宮の口が動いた。耳を近づけ、何度もきき返してやっとわかった。

「薔薇をありがとう」

「元気そうに見えますよ」

「新聞が読みたい」

「浮き世の苦労を忘れて療養に専念するんですね。新聞なんかいつでも読めます」

「どこか遠くに行くのじゃあるまいね」

「行くもんですか」

「ひまなときは寄ってくれませんか。いつでもいい。きのうは〝ドン〟のママが来た」

話している間、釘宮はしばしば苦しそうに喘いだ。仲彦は彼の手を毛布の下に入れてやり、また来るといって衝立の外に出た。伊佐を立ち去るとはついにいえなかった。

アパートに帰ると、郵便受けに葉書がのぞいていた。速達のスタンプが押された葉書の裏面には大きく英子の住所が記入してあり他に一言も添えられていなかった。杉並区下高井戸二―一九―三六コーポ浜井。仲彦は鞄を居間の中央に置いた。赤みがかった茶色をした牛革の大型鞄である。重富病院からの帰路、鞄屋の前を通りかかって目に入ったものだ。ひと目で欲しくなり、むりをして買ったのだった。手持ちの鞄はたび重なる移転で縫い目がほころんでいた。伊佐を出てゆくのには新しい鞄がどうしても必要に思われた。

仲彦はその鞄に下着と数着の背広を詰めた。ヘアドライヤーと目覚時計をタオルにくるんで入れた。使いなれた辞書、真鍋のノート、東京の区分地図をおさめた。売り払う予定の書物の間から伊佐の市街地図が現われた。それを鞄につっこんで考え直し外に出した。当座に必要なこまごまとした日用品は結構かさばるものであった。鞄はほとんど一杯になった。伸彦は暗くなるまで荷物の整理に没頭した。

アパートの裏庭には孔のあいたドラム罐が置いてある。ゴミの焼却に使われている場所に伸彦は段ボール箱を抱いて歩み寄った。

ドラム罐の底には赤い燠が残っていた。さっきまで誰かが使っていたらしい。焼却場の端は切り立った崖になっていて、燈火をちりばめた伊佐の市街が見えた。はっきりとは見定められないが、菊池家のある丘もこの方向にあるはずだ。伸彦は段ボール箱の中身をドラム罐に投げこんだ。去年のカレンダー、英子がつけていた家計簿などを引き裂き、ライターで点火した。焔が立ちのぼった。顔が橙色に染まるのがわかった。

崖の下から吹きあげてくる風が伸彦を包んだ。彼は一束の原稿を火にくべた。菊池省一郎に送った原稿の下書きである。火掻棒で紙の山を突つき、まんべんなく火がゆきわたるようにした。いちどきにほうりこんだのがまずかった。燃えあがった焔は勢いを弱め白い煙に変った。煙は伸彦を息づまらせ咳こませた。伸彦はドラム罐の中からくすぶっている原稿をつかみ出した。紙屑の量をへらし、重なりあっている箇所を火掻棒で崩した。

衰えた火勢はいっこうに回復しない。

伸彦は泪を流し、ハンカチで口と鼻を覆って火掻棒をあやつった。丸めてねじった原稿に火をつけてドラム罐に投げ入れてもすぐに消えてしまう。彼は部屋へ引き返して焼却場に灯油ケースを運んだ。ドラム罐の中に灯油をそそぎこみ、再び原稿に点火して投げこんだ。

濡れたシーツがはためくような音を聞いた。白煙が消え、濃いオレンジ色の焔が噴出した。紙が灰になって宙に舞った。焔はドラム罐と同じ高さにゆらめき、あかあかと裏庭を照らした。浮遊している灰は焔にはじかれてさらに高くあがった。

伸彦は段ボール箱に残った原稿を全部ドラム罐に投じた。眉が焦げるほどに熱くなり五、六歩うしろにさがって燃える火を見つめた。崖下からはこの火が見えるはずだった。その向うに拡がる伊佐の市街地からも明らかに認められるほど焔は高くゆらめいた。伸彦はさらに二、三歩後退してハンカチで額の汗をぬぐった。市街地の一角に目をこらした。菊池家の方向である。しかしそのありかを探し当てることはできなかった。

戦記と原爆

少しだけ、私事を書き記すことをご容赦願いたい。

私は、大学に入って東京に出てくるまで、長崎に生まれ、長崎に住んでいた。両親は、野呂邦暢と同じく諫早の人間で、しかも、母親は原爆が投下される数か月前、野呂とまったく同じように、長崎の爆心地近くの住居を離れ、諫早に移住している。「藁と火」の中に出てくる表現を使えば「ソカイモン」ということになる。いまは、亡くなった父の遺した諫早の家に母親は一人で住んでいるのだが、この夏（二〇一六年）、思うところあって、私は長崎に五週間ほど住んでみた。長崎市内の、育った家に一人暮らしをしてみたのである。

八月の長崎は特別だ。

九日の原爆祈念日には、街中がうまく言い表せない哀しみに包まれる。式典に向けて少しずつ街が変化する感じだ。来客も多い。昨年八月の長崎は特別暑くて、しかも雨がほとんど降らなかった。酷暑の中の祈念日だった。十五日には、精霊流しがある。大音響の爆竹が苦手なので、テレビで見ていただけだったが、市街地を練り歩く精霊船に「暴威」（昨年亡くなったデヴィッド・ボウイ）の文字を発見して、少し笑った。

ときどき諫早の家に行った。『丘の火』に描かれているような活気は、おそらくいまの諫早にはない。閉まったままのシャッターが目立つ商店街は、日本じゅうにある地方都市の一つの典型のように思う。一方、『丘の火』の中で野呂が活写している諫早の街は、七〇年代の活力に溢れた頃の姿である。

仲彦は客たちのざわめきを背に伊佐の市街地を眺めていた。菊池家は丘のいただきにある。町を一望のもとに見おろすことができる。一年ほど前、仲彦がこの町へ移って来た頃と比較すればたいした変りようだ。県庁が近く伊佐市へ移転するという。九州横断道路が市街地のはずれに通ることが決っている。二万人を収容する住宅団地も建設される。人口十万足らずのひっそりとした城下町が何やら活気のようなものを帯びるのも当然だ。引っ越した当時はなかったデパートも町の中央通りに出来た。

「伊佐」が諫早市を指すことは言わずもがなだが、長崎「県庁」が諫早に移転するという噂は、七〇年代にたしかにあった。「九州横断道路」はできた。「二万人を収容する住宅団地」は建設され、西諫早ニュータウンという名称がついている。つまり、野呂は自分が住む諫早を愛しつつ、かつ虚実を混ぜながら、小説の舞台として作り上げている。それだけではない。新幹線のターミナル駅として、諫早が名乗りを挙げていて、もし新幹線が通れば土地は高騰するのだから、土地の買収やら転売やらを目論んで様々な人間たち（特に政治家と不動産屋、街の「名士」と呼ばれる人々もその例外ではない……）が蠢くことになる。じじつ、『丘の火』ではそうした利権をめぐる闇の抗争が、小説の端々に顔を見せているではないか――。

少し現在の話をしようか。二〇一七年現在、JR諫早駅は改装中だ。ゆったりとしたロータリーは残っているものの、駅舎は完全に取り壊され、新たに建築される、という。夏、駅舎がない駅になっている諫早駅を目前にして、私はしばし茫然とした。ホームしかないのだ。なんでも新幹線の開通に向けて、お化粧直しをするのだ、とか。そう、長崎新幹線はまだ開通していない。野呂が小説を書いていた七〇年代終りから予算は計上されたり取り消しになったりを繰り返し、長崎新幹線が現実味を帯びてきたのは、じつはこの数年のことである。三十年近い時間が流れたことになる。加えて言えば、長崎「県庁」は、諫早に移転していない。諫早市は「県央」と呼ばれ、地理的に県の中央に位置するのだが、地理的な利便性と、経済や政治の中心としてのトポスはずれていて当然であろう。長崎市の中央の小高い丘に「長崎県庁」はずっと建っていて、「県庁坂」と呼ばれるいささか風情のある坂はいまも健在なのだが、その県庁が近く、移転する、という。場所は長崎駅近くの魚市跡地。軍艦島クルーズが発着する船着き場の、ほと近くである。現在、急ピッチで工事中なのだ。新幹線は、JR長崎駅横の広大な敷地が「ターミナル」の場所と決まった。

私は『丘の火』を読みながら、野呂が生きていて、「県庁」の移転や新幹線の敷設の現状について知ったら何というだろうな、と（ずっと）考えていた。『丘の火』にフィクションとして書いていることのうち、県庁移転と新幹線ターミナルは、諫早と直接関係ない形で間もなく実現されるだろう。諫早を愛した作家は、諫早を避ける形で経済的発展の要素がほかの場所へ散ってしまうことに憤っただろうか。たぶん、そうではない。『諫早菖蒲日記』を書いた作家は、諫早の静かな歴史を愛したはずだし、『鳥たちの河口』を残した作家にとって、諫早は何よりもその自然をこそ愛すべきだったに違いないからだ。

＊

『丘の火』の小説としての価値に触れよう。

そのために少し回り道を。野呂はこの小説とほぼ同時期に、『失われた兵士たち──戦争文学試論』という本を出している。一九七七年のことだ。いまは、文春学藝ライブラリーに入っていて入手可能だ。この本を一言で言えば、野呂の評価する戦記集、である。だが、そこには明確な方針がある。野呂は「はじめに」で次のようなことを書いている。「ここでとりあげる戦争文学とは、今次大戦で戦争に参加した日本人が、戦争について書きしるした文章のことである」と定義したうえで、しかしその大半は「文学者の作品に偏していた」と批判する。そして、戦争文学の名のもとに「一括される作品」として十作品を挙げる。梅崎春生『桜島』、大岡昇平『俘虜記』、島尾敏雄『出発は遂に訪れず』、野間宏『真空地帯』、原民喜『夏の花』、安岡章太郎『遁走』、石川達三『生きている兵隊』、高杉一郎『極光のかげに』、井伏鱒二『遥拝隊長』、そして吉田満『戦艦大和ノ最期』。

いいセレクションだな、と思う。だが、野呂は右に挙げた小説の書き手がほとんど「高等教育」を受けていて、

「戦争を批判することのできる教養」を持っていたと語り、そうではない人々の書いたものに自分は関心があるのだ、と言っている。「農夫、漁師、会社員、教師、神官、炭屋、理髪師、学生、船員、タクシー運転手、鉱夫、肉屋、仕立屋、樵夫等あらゆる階層の人間がいたのである。作家はそのうちのひとつまみにすぎない」。言葉を持つことを特段必要としていない人々が書いた「戦記」こそが、戦争の、あえて言えば「真実」を含んでいるのではないか——野呂はそんなことまではさすがに書いていないけれど、作家ではない人々の描く「戦記」への深い関心は、野呂邦暢独特のものだ。戦争が終わって、やむに已まれず書いてしまった「戦記」にこそ、戦争の本当の姿が見え隠れしているのであり、それを何らかの形で自分の小説の中に定位したい——野呂はいつしかそう考えるようになったのではないか、と思う。『丘の火』はその具体的な、見事な結晶である。無名の兵士たちの声を創作し、彼の葛藤をできうる限り忠実に（といってもフィクションだが……）再現する小説。「百二十四聯隊」は福岡編成だが、諫早市には同じ聯隊に所属し、戦った人たちが複数生き残っていて、彼らの思惑に左右されながら、主人公・伊奈伸彦は、戦記の真実へと近づいていく。依頼された内容（地元の名士の書いた「戦記」のリライト）とは異なる結末に進んでいく伸彦には、当然だがさまざまな障碍がたちはだかる。戦争で命を落とした兵士の意志を忖度し沈黙しようとする者や、帰国してからの社会的地位によって発言が加工されることに怒りを覚える者。そこに当人たちの不治の病気や、市の実力者たちによる利権が絡まり合い、混沌とした風景が広がる。伸彦の家庭（妻の英子とは長く不仲が続いている）や愛人との関係も横糸にして、『丘の火』はゆっくりとした小説の時間を生きている。

すぐれた小説がすべてそうであるように、この小説にも独特の時間が流れている。差し挟まれる具体的な「戦記」の記述は、冷凍保存したように動かぬ資料として小説の中で展示されているのだが、それを取り巻く人間関係や風土の描写は、意外なくらいゆったりとした時間の中にある。そんな感覚が読後に残るのだ。

その理由を読みながらずっと考えていた。私の答えはこうだ。伸彦が東京生まれであり、彼は一年前に伊佐にやってきたばかりであり、伊佐に対して強い感情移入もなければ、かといってまったく違和感を持っているわけでもない、という点に起因するのではないか、と。東京という街の持っている速度とは懸け離れた、しかし、何かが起こりそうな気運もある（そこには不穏な空気さえ流れている）——そんな「伊佐」という架空の地方都市の空気感が、この小説に独特の時間を与えているように思えてならない。

小説の中で、ある登場人物に野呂はこう言わせている。

悟郎は水割りを一杯あけてしまうまで黙りこんだ。よそから伊佐に移り住んだ連中は住み心地がいいというう、しかし生まれたときからここに居る自分はと悟郎は二杯めの水割りをちびちび飲みながら語った。病院の窓からT岳が見える、日によって山の眺めが厭でたまらないときがある、隣県との境界になっているT岳は西北から東南へ数十キロにわたる稜線を見せて屏風のようにそそり立っている。
「何かあの山で伊佐の町が隔絶されているような気がするんです。ふだんはそうじゃない。ただの標高千メートルの山にすぎないんですがね。患者の具合がはかばかしくなかったり、税務署と喧嘩してくさくさしたときなんかT岳までが田舎の象徴に見えてうんざりする。ところがこのあいだ学会が東京で開かれて一週間滞在したあと飛行機で帰って来たとき、あの山を窓の向うに見て、しみじみと自分の町はいいなあと思ったんだから世話がない。伊奈さんが羨ましい。行きたいと思う所に行ける自由があるから」

「T岳」とは多良岳のことである。さして高い山ではない。だが、たとえば、山肌に段々に作られた畑を一面ずつ耕し、ふと目線をあげたとき、眼下に連なる水田の遥か向うにすっと立っているのは、多良岳である。伊佐の、いや諫早のどこからもこの山を望むことはできる。雲が低く垂れこめ山の稜線を覆っていれば雨が近いことを感じ取り、青い空を背景に稜線がくっきりとした図となって浮かぶとき晴天が続くことを予感する——そんな山である。佐賀県との県境に位置し、人々の生活に密着している山。目まぐるしく交代する、土地への愛着と憎悪をその山は象徴しているのだ。おそらく野呂本人の感覚でもあったに違いない複雑な土地への感情こそが、小説に流れる時間と舞台設定に奥行きを与えている。

*

もう一篇、「藁と火」という小説にも触れておきたい。『丘の火』が野呂の目指す「戦争小説」の一つの達成だったとすれば、もう一つ、野呂にはどうしても書いておかなければならない「戦争小説」があった。それは原爆小説である。前述したように、野呂は長崎市内の住居を離れ、七歳のとき諫早に疎開している。その直後、長崎に原爆が投下される。野呂の生誕地である長崎市岩川町は原爆の投下された場所から至近距離にあり、もし疎開していなければのちに小説家となる幼い命は絶たれていた。同級生の多くも原爆によって命を落とした、という。

「藁と火」は、少年サトルの視線で描かれている。これは野呂少年の視点をそのまま持ち込んだものと捉えて間違いないだろう。戦争の終わりの時期、「新型爆弾」という言葉が人々の口にのぼるようになり、「東の方にあった町が空の火で焼かれた」のはつい先日のこと——そんな緊迫した日々を写し取った小説である。サトルが隣の町に投下された原爆（小説の中では一度もそれを「原爆」とは呼んでいない）を、光として経験するのは、ここだ。

何かが閃く。

少年は体をこわばらせる。

戸外からひとすじ、鋭い青紫色の光がさしこんだような気がする。一瞬のことだ。その光で釜の中身が見えた。藁の赤黄色を帯びた火の色よりも強い光。

ふだんは見えない壁の棚や、その下に積み上げた樽などをくっきりとその光は照らし出したような気がする。手にした藁の火は消え、灰が釜の中に落ちそうだ。少年は燃えさしをかまどに投げこむ。天も地も今や鳴りをひそめて重々しい静けさが拡がっている。

鳥はさえずるのをやめている。

たった今までやかましかった蟬がなきやむ。裏庭で叫び声がする。母の声である。

少年は裏庭に駆け出す。

母は焚火の傍に突っ立って西南の空を指さしている。祖母も母のかたわらで同じ方角を見ている。母たちの持った竹槍は先に火がついている。少年はそれらをもぎ取って土に叩きつける。せっかくの武器が台無しだ。隣の家からも、道の向う側の家からも何かただならぬ叫び声があがっている。

サトルは間接的にしか原爆の火を見ていない。ただ、釜の火を絶やさぬよう藁をくべつづけるよう言われていたサトルにとって、何よりもリアルなのは藁の火であり、その火を軽く凌駕するような強烈な光を放つ「火」こそが、原爆の火であった。少年の目からはその比較を通じてしか、原爆は語り得ない。

野呂がこの小説を文芸誌「すばる」に発表したのは、一九七七年のことだった。林京子の『祭りの場』は一九七五年に刊行、あの爆弾の真下にいた被爆者の書いた小説は、投下の瞬間の空白を強く印象づける。野呂にとっても同じだったろう。原爆投下の、あの瞬間を小説の中にどう位置づけるのか。隣の町の出来事として、諫早から長崎の空が焼けるのを眺めていた少年は、それをどうすれば小説として書き得るのか、考え続けていたにちがいない。野呂がこの小説を発表した時点から考えてもすでに四十年の時間が経過している現在の私たちからすれば、原爆の直接的な経験を持たずとも、原爆について間接的に書いている作家の作品として、たとえば、長野まゆみの『八月六日上々天気』もあれば、柴崎友香『わたしがいなかった街で』を数えることもできる。むろん『爆心』をはじめとする青来有一の諸作品もある。

そうした諸作品と比較して、では、「藁と火」はどうか。

短篇という枠の中に収めるには、テーマが重すぎるということはもちろん、ある。だが、この短篇小説には、それを越える何かがある。たとえばサトルといつも一緒にいたツトムという少年。彼は本当に「少年」だったのか。ふとしたはずみで、白い肌のツトムを「女」ではないかと疑ってしまったサトルを含む少年たちの行動の結末は、この小説の中では明かされない。幼い性の、不意の暴力的な振る舞いによって、ツトムがその後、どうなったのか。野呂は書いていない。それが隣の「N市」に落とされた、あの鋭い光を放つ爆弾のせいなのかどうか、野呂は断言しない。つまり、「藁と火」という小説には、原爆小説として、少なくない書き残しがある。小説としてそれがどうだ、ということではない。野呂邦暢という作家の小説を読むときにいつも感じることだが、もう少し長く生きていれば、そうした小説の空白を、野呂は埋めることができたのではないか、と、つい思ってしまう。

だが、おそらく事態は違う。

小説の空白を死者に背負わせるのはやめよう。野呂が書き切れなかった小説の残余は、ほかならぬ私たちが背負わねばならぬはずである。


（陣野俊史）

解説

野呂文学には大きく分けて三つの流れがあると前に書いた。繰り返しになるが再び書いておきたい。一つは過去の戦争をテーマとするもので、ここには原爆や自己の自衛隊体験も含まれる。「草のつるぎ」「壁の絵」「丘の火」などの小説の他に、戦争文学試論「失われた兵士たち」や戦史「死守！　知られざる戦場」などがある。もう一つは作者の日常や見聞をもとにした私小説ふうの現代作品で、「棕櫚の葉を風にそよがせよ」「一滴の夏」「海辺の広い庭」「冬の皇帝」「馬」など。残る一つが諫早をはじめ九州を舞台とする歴史もので、代表作「諫早菖蒲日記」「落城記」「不知火の梟雄」「筑前の白梅」などがある。亡くなる前年には雑誌『季刊邪馬台国』の責任編集者を引き受けるなど、古代史への傾斜は深まる一方であったが、野呂の十五年という短い作家生活の中で、終始一貫していたテーマは「戦争」であった。敗戦時満七歳の少年にすぎなかった野呂が、何故これほどまでに戦争に執着したのか、彼自身が語った言葉がある。

昭和二十年八月九日、長崎に原子爆弾が投下された日の夕刻、諫早の西南にかつてない夕映えがひろがった。血のように濃い不吉な太陽を私は終生忘れない。一つの都市が炎上する色である。長崎は私の故郷であった。日が落ちても空は赤かった。人々は声もなく立ちつくして空の火を見つめつづけた。

帝国の崩壊をこうしたかたちで目撃した少年に、戦争は重要な主題でなければならなかった。（『十一月　水晶』あとがき）

父親が応召したため、一九四五年三月、原爆が落とされる五か月ほど前に、野呂たち留守家族は母親の実家がある諫早へ疎開していた。そのおかげで被爆をまぬがれたのだが、長崎市岩川町にあった生家は焼失し、生まれ育った町や幼馴染のほとんどをも同時に失った。後年野呂は爆心地から一キロ内にあった生地周辺の地図の復元を試みているが、彼にとっては小説を書くという行為もまた過去の復元作業だといえるのではないか。戦後、少年は戦場から帰ってきた大人たちの話を聞いて育った。父の傍で帰還兵士が物語る苦労話に耳を傾ける少年は、新聞雑誌に伝えられたものと異なる戦争があったことに気付く。九死に一生を得て帰還した兵士たちの背後には夥しい死者がいたことを少年は察知するのだ。教科書に墨を塗らされ、「鬼畜米英」を叫んでいた教師たちが豹変するのを目撃した少年は、十代のころから戦記に興味を持ち、のちには刊行された戦記の九割以上を読破したという。残り一割は私家版の戦記だが、部数が限られた自費出版のものでも野呂は手をつくして蒐集している。

野呂はやがて独自の視点で戦争文学試論「失われた兵士たち」を書くのだが、ここには無名兵士の手記や埋もれかけた戦記が数多く取り上げられている。苦しい戦いを体験して帰還した無名兵士たちが、これだけは子孫に伝えたいと心血を注いで書き綴った文章の中にこそ戦場の真実が記録されていると考えたからだ。野呂には若いころから「何事も書かれなければなかったことと同じ」という強い思いがあった。「失われた兵士たち」を貫いているのは、「誰も書かないなら戦場の真実は存在しなくなり、黙って死んでいった兵士たちが救われない」という無名兵士たちへの共感であり、「われわれは敗戦によって何を得たか、多くの犠牲を払って何を学んだか」という問いかけである。

日本人とは何者だろうか。

文学が人間を追求するものであるとすれば、一人の小説家である私は、日本人とは、という問いに答えることができなければならない。これが戦争文学について考えてみたいと思いたったゆえんである。(『失われた兵士たち』)

戦争が人間性をその本質において荒廃させると見ぬいていない人が書いた戦争文学は文学の名に値しない。すぐれた戦争文学は必ずこの点に注目する。堕落は楽しいことではない。荒廃も願い下げである。まともな人間ならそう思うのがあたりまえだ。しかしいったん戦場へかり出されたら、いやおうなしに堕落させられ荒廃させられる。（中略）経験を文章にするというのは一度喪失した人間的なものを、書くという作業によって回復したいという願望のあらわれである。ことばほど人間的なものはないから。（「死者たちの沈黙」『古い革張椅子』所収）

「失われた兵士たち」は一九七五年四月から一九七七年三月まで主に自衛隊関係者を読者とする雑誌『修親』に連載された。連載中、旧軍人と思われる読者たちから「事情を知らない者が何を言うか」というような批判を受けたという。それらに対して野呂は「この小論は（中略）戦争をした日本人の経験を検証するためのものである。戦争とは何か。日本人はどのように戦ったか、を知ることは私たちの受けつぐべき遺産であろう。（中略）あくまで死んだ兵士の立場で戦争を語りたいということである。私に彼らを代弁する資格があろうとは思われない。彼らにかわって生存者を裁こうとも思わない」と穏やかだが毅然とした態度で答えている。戦場で何があったか、公刊記録には書かれていない戦場の真実を知れば知るほど野呂は何も言わずに死んでいった兵士たちの無念に思いを馳せずにはいられなかったのだろう。生還者による記録がいくつか紹介されているが、小川哲郎『北部ルソン持久戦』には、部下が一日に湯呑み一杯のコメで戦っているとき、自分は五品の菜がついた食事を楽しむ将軍がいたことや、前線から移送されてくる傷病兵や助かる見込みのない重傷の兵士は放置せよと命令されたという元従軍看護婦による証言などがある。野呂は「丘の火」で激戦地G島からの生還者たちを描いたが、そのとき参考にしたと思われる戦記も紹介されている。ガ島会が刊行した『ガダルカナル』で、これによると四千の将兵のうち三千余がこの地で戦死し、生き残りも翌年のインパール戦で倒れ、生存者は僅か二百数十名であったという。補給路を断たれた戦場では、戦闘で倒れるよりも飢餓と病で命を落とした兵士たちのほうが多かったのだ。

公刊記録に戦場での真実が記されなかった理由は、軍の栄光を傷つけないため、また戦死者遺族への配慮から、そして生き残った者たちの名誉を守るためであった。野呂が書評を書いた結城昌治『死者と栄光への挽歌』(文藝春秋)はそのことをテーマとした作品である。結城昌治は「軍旗はためく下に」でも一兵士の目で戦争の実態を戦後の現実から問いただそうとした。野呂には共感するところがあったにちがいない。

「失われた兵士たち」の連載を終えた翌年の二月から野呂は『文學界』に「丘の火」の連載をスタートさせている。またそれと並行して取材を重ね、一九七九年十月号『文藝春秋』に戦史「死守! 知られざる戦場」を発表した。目次のタイトルには「一対五〇ともいえる戦力で戦いぬくこと八十日、日本軍兵士は歴史的意味を知ることなく命のまま黙々と戦って死んだ。それがミイトキーナの戦闘だった。取材一年、この〝知られざる戦場〟の悲惨を克明に描き、戦う人間の本質に迫る」というキャプションが添えられている。野呂にとって初めて書く戦史だったが、身近にこの戦場からの生還者が二人いた。八江正吉元中尉と軍医だった詩人の丸山豊である。前者は当時諫早文化協会の会長で、丸山豊は戦記『月白の道』(創言社　一九七〇年)を著していた。二人の貴重な証言に加えて、野呂はミイトキーナからの生還者を各地に訪ねては取材を重ねている。エッセイ「A中尉のこと」(『丸』『随筆コレクション2　小さな町にて』所収)はその時の苦労を記したもの。百名の隊員のうち生き残ったのは僅か二人という過酷な戦場を体験したA中尉は、戦後、防衛庁の戦史室に史料として手記を提出したが、その際、原稿をさしさわりのない形に改めたという。実際には敵前逃亡をした兵、恐怖のあまり壕の奥に隠れた将校もいたのである。野呂は中尉から真相を聞いたが、その十分の一も書けなかったと記している。

丸山豊は『月白の道』を復刊する際、その序文に「戦争については、書けぬことと書かぬこととがある。書けぬことは戦場にてじぶんの守備範囲を越えた問題であり、同時にじぶんの執筆能力の限界である。書かぬことは倫理的な判断による。それをどこまでも追いつめるのが勇気であるか、化石になるまで忍耐するのが勇気であるか、私は簡単に答えることができない」（『月白の道』復刊の序　一九八七年）と書いたが、同じ苦しみを野呂も味わったことだろう。

野呂文学と戦争について、少し述べすぎたかもしれない。だが戦争が野呂にとって終生のテーマであったことを思うと、これでもまだ書き足りない気がする。野呂の処女作である「壁の絵」は朝鮮戦争に従軍したと思い込んでいる故郷喪失者が主人公だった。そして最後の長編小説となった「丘の火」は戦場での真実を追求する男が主人公である。野呂は「失われた兵士たち」で戦争をテーマとする評論に挑み、「死守！」で戦記そのものを書いた。そしてこの二つをフィクションに織り込んで「丘の火」を書きあげた。戦争を主題とした野呂の仕事は見事に円環を閉じたといっていいだろう。

収録作品について

「丘の火」（『文學界』一九七八年二月〜一九八〇年四月号　一九七九年十月休載）は激戦地G島における戦場の真実を追求する男の話である。主人公の伊奈は何をしていても自分が本当にいるべき場所は別のところにあるのではないかと思うような男で、妻がいるのに転職を繰り返してきた。そんな男が町の有力者から父親の戦記を本にするための草稿づくりを頼まれると別人のようにその仕事に熱中する。それは激戦地G島から奇跡的に生還してきた菊池少尉の手記であった。伊奈は公刊戦史を読み、生き残った兵士たちの証言を求めてまわる。町には菊池少尉をはじめ元軍医の重富、帰還兵である図書館長や古書店主たちがいた。元兵士の中には俘虜となったことを恥じて証言を拒む者もいるが生還者たちの話がある一点にくると食い違うことに気づき、何かが隠されていることを知る。またG島は彼の父親が戦死した地でもあり、調べていくうちに父親の死が彼らの連隊とかかわりがあるのではないかと推測されるのだ。老いた新聞記者や実業家、医師らが登場して地方の小都市の人間模様がそれらしく描かれ、深刻なテーマが起伏のある市民劇の中で展開していく。舞台となる伊佐市の風景は諫早を思わせるし、丘を歩き、独りでいるのが好きという主人公には色濃く作者の姿が反映している。

この物語は戦場の真実を追求するという重いテーマと並行して、父親探しと男女の愛と別れという文学における永遠のテーマも描かれている。ミステリー好きの作者らしく、父親探しの部分には推理小説の趣さえある。戦争という過去の世界と、伊佐市の人々の現在という二つの時空が光と影のように交互に描かれ、フィクションとノンフィクションが統合された新しい形のドラマとも読める。主人公が帰還兵たちに会って話を聞く場面には、「失われた兵士たち」にあった無名兵士への共感が強く感じられる。それは俘虜だった真鍋吉助がいまわの際に戦記を綴る場面に色濃く滲み出ている。彼は真実を書き残さないうちは死んでも死にきれないという一心でペンを走らせるのだ。真鍋の手記は野呂による創作だが、これは迫真の記録で、真鍋の「書いておかなければあの体験がなかったものになる」という思いは、野呂の信条につながる。

この物語には丘と火が象徴的に描かれている。伊奈が手記の整理に通う菊池家は丘の上にあり、しばしば伊奈はその灯火を遠望する。町の有力者である菊池一家にもさまざまな問題や危機があり、人間が生きる現実の象徴、繁栄と退廃の象徴としての丘の火がある。もう一つの丘の火は、G島のアウステン山で焚かれた火を指す。置き去りにされた兵士たちが友軍に援助を求めて焚いた火である。彼らを置き去りにしたのは菊池少尉であり、その時重富軍医が残される傷病兵たちに安楽死を施していた。また味方の潜水艦が運んでくる糧秣を受け取りに行った際、日本兵同士が殺しあった事実も判明する。伊奈の父親はこの時死んだのではないかと思われるが、これは最後まで明らかにはされない。ただ父親の形見の腕時計を戦後、伊奈の母親に届けに来たのが菊池少尉ではないかと匂わせて終わっている。

明らかにされた戦場の真実を手記に書き加えることで伊奈の仕事は終わる。では、物語を彩る男と女の愛と別れはどうなったか。こちらはいささか通俗的な描かれ方で、愛人と別れた主人公が妻と都会で再出発をするという結末は予定調和的ですらある。だがこの作品を覆っている倦怠感はどうだろう。彼が常に感じている嘔吐感から作者のただならぬ疲労感を連想する読者もいたのではないか。

これは戦後も三十数年に書かれた物語である。帰還兵の一人である図書館長の述懐は野呂自身のものであったろう。

このごろの若い人は、三十数年前に我々がした戦争のことを忘れているんじゃないんですか。あと十年かそこいらで、兵隊はみな死んでしまいます。戦争なんか起りはしなかった。後世の歴史家がそう書いても日本人は信じるのではないかな（中略）私はこのごろしきりにそう思えてならんのです。戦前の日本と現代の日本と比較して、何が変っています。何も変ってやしません。時代は悪くなる一方です。

「丘の火」の最終回が掲載されて間もなく、野呂の訃報を聞いた大岡昇平は『文學界』に連載中の「成城だより」に次のように書いた。

夕刊で野呂邦暢氏の急逝の報に接す。四十二歳とは驚いた。ガダルカナル戦の経験者の回想の代筆という設定の『丘の火』を完成したばかり。経験者には語りたいという止みがたき気持あり、しかし聞き書きの終りの方に、語りにくい過酷な状況が出て来る戦場の真実と、三十年後の現在の状況の二重写しになった作品、その完成を祝っていたところだったのに。惜しい人をなくした。早くたばっていい人間は、私を含めて、くさるほどいるのに。

元「文學界」編集長豊田健次がべた惚れに惚れ込んでしまって、『諫早菖蒲日記』を完成したあと、一度拙宅に見えられたことあり、温和な風貌、しんに強いところがありそうだったが、少し柔かすぎる一面もあり、そこが気になった。諫早地域にて「戦記図書館」を組織していたという。訪米首相がアメリカがいうままに、防衛費増額を呑まされれば、文学にては『丘の火』の如き反応が生ずるのである。(「曇りのち晴れ」一九八〇年七月号『文學界』『成城だより』)

ここに書かれた「戦記図書館」は実現しなかったが、「レイテ戦記」の作者と初対面の野呂がどのような会話を交わしたか、想像に難くない。幅広い好奇心、検証好き、地形や地理への偏愛など、二人には共通するところが多い。大岡昇平はひそかに野呂を自分の後継者の一人と期していたのではないか。


「青葉書房主人」(『問題小説』一九八〇年五月号)は地方周りのサラリーマンと古本屋との淡い交情を描いた作品。この青葉書房にはモデルがいて野呂は二度ほどエッセイに書いている。最初は一九六八年二月『九州人』に書いた「K書房主人」で、品のいい老夫婦が営む古本屋で長年探していた本に会い、以来、熊本へ行くたびに必ず立寄ることにしていた。店には長崎のTという版画家によるアポリネールの詩と猫を彫った作品が飾ってあったが、数年後、主人が亡くなって閉店してしまったというもの。もう一つは、一九七九年十月『小さな町にて』の中の「ODE MARITIME」と題するエッセイで、ここでは熊本書院と店名が記されている。それによると一九六二年、『日本読書新聞』に応募作が入選したとき(ルポルタージュ「兵士の報酬」)、掲載紙を手に叔父が住む熊本を訪ね、立ち寄った店だという。この店が野呂には印象に残っていたのだろう。

仕事にも女性との同居にも倦んだ主人公はK市の古本屋との交流に安らぎを覚える。古本屋の主人の趣味は遭難船の写真の収集にあった。物静かな細君は夫の趣味に協力的と思われたが、次に主人公が訪ねた時、店は閉店作業の最中で、夫のコレクションである写真のスクラップブックが土間に放り出してあった。遭難船の写真については、海事史研究家の西口公章氏から「戦没船を記録する会」があり、写真を常設した資料館があることを教えられた。ただし野呂がこの作品を書いたころはまだ設立されていなかったそうだ。野呂は若き日、町を歩いては目に映るものや浮かぶイメージを記録していた。それが「地峡の町にて」という散文詩となり、のちの作品のパン種となったが、小さな古本屋の思い出も繰り返し書く材料となったようだ。古本屋巡りを唯一の趣味としていた野呂らしい作品だが、古本屋が出て来る小説は「愛についてのデッサン」とこの「青葉書房主人」くらいしか見当たらない。

「足音」(『すばる』一九八〇年七月号)は心臓病を患い、余命二年を宣告された女性の話である。彼女には愛し合っている男性がいるが、彼には妻がいて家庭を壊す気はないらしい。手術を拒み勤めもやめた彼女の、ただ彼を待つだけの日々が綴られているのだが、読後感はなんともやりきれない。彼女が自分の余命を思い、「二年後にわたしはあの神社を見ることができなくなる。はっきりとそう思い知った。わたしはこの世から立ち去るのだから。神社はわたしが存在しなくなってからも岬の鼻にたっているだろう。わたしが居なくなったからといって世界は変りはしない」と述懐するくだりには心打たれずにはいられないが、侘しさばかりが読む者の胸にせまる。「壁の絵」や「諫早菖蒲日記」「落城記」「日が沈むのを」など、野呂には女性を語り手にした秀作がいくつもあるが、それらのヒロインに見られる健気さや瑞々しいリリシズム、また死を前にしての透明な諦観というものがここには感じられない。彼女が頑なに治療を拒み、死を受け容れようとする心持に説得力が足りないのが惜しまれる。生きるよすがとなる男性の魅力がいま一つ伝わらぬのももどかしい。だが全編を覆う疲労感や虚無感は当時の作者の気分を反映したものではなかったか。この作品は「遺稿」と冠されて掲載された。作品に続いて畑山博の「含羞の人」と山田智彦による「ある男の故郷」という二つの追悼文が掲載されている。

「廃園にて」（『太陽』一九八〇年六月号）は長崎にある博物館を舞台とする男女の物語。この作品が掲載されたのは「親と子の博物館２００」と題する特集号で、博物館を扱った小説を依頼されたのだろう。主人公が別れた女性と八年ぶりに再会する場所が長崎にある児童科学館。ここは戦前まで英国領事館だった建物で、煉瓦造りの美しい洋館である。私が長崎の小学生だったころ、実際に児童科学館として使われていた。夏休みに宿題の自由研究の材料を求めて何度も訪ねた記憶がある。自衛隊をやめて帰郷したあと、定職につかず読書や町歩きに時を費やしていた野呂は長崎を訪ねてはよくスケッチをしていた。

長崎市の南山手には、明治時代に建てられた木造の洋館群があった。（中略）スケッチブックを持って洋館を写生するために暇さえあれば長崎へ出かけたものだ。煉瓦造りのロシア領事館、イギリスやアメリカの領事館が、倉庫や博物館になって海岸通りに並んでいるのをスケッチしたりした。（「喫茶店の片すみで」『小さな町にて』）

野呂が長崎の子どもだったころ、亡命して来たロシア人を町で見かけることは珍しくなかったという。この建物にも馴染み深かったと思われる。主人公は近代日本史の研究家で明治時代に長崎で刊行された新聞を調べていた。亡命ロシア人たちが発行していた「ウォリア」という新聞を主人公が探すシーンは野呂の実体験だろう。旧英国領事館という長崎らしい建物と長崎の近代史をからめて男女の再会を淡彩で描いた作品。

「藁と火」（『すばる』一九七七年六月号）は野呂の体験をもとにした原爆小説である。長崎に原爆が落とされたとき、野呂は疎開先の諫早にいて西の空が真っ赤に焼けるのを見た。いつまでも空は赤く、やがて黒っぽい灰がおびただしく降ってくるのを見ている。諫早の駅前広場は被災者で埋められ、野呂の母親は避難してくる被爆者の救護にかりだされた。やがて長崎の生家も国民学校の同級生たちも被爆して消えてしまったことを知るのだが、その原爆をテーマとする小説を野呂は長いこと書かなかった。強いていえば「世界の終り」や「不意の客」がそうなのだが、生の体験をもとに書かれた作品はこの「藁と火」のみである。実際に現地で被爆体験をしていないということが書けない原因の一つとしてあったのか。終止形が続く文章は極端に短く、畳みかけるような文体から逼迫した状況が伝わる。町が焼失し世界が終わるのだという恐怖感、人々の狼狽ぶりからただならぬ事態がひしと伝わる。

八月九日は雲ひとつない上天気だった。わたしは友達と公園へ蟬とりに出かけた。その途中、空にまばゆい光がひらめいた。白い光の球に見えたが太陽ではなかった。それは別の空に輝いていた。しばらくして鈍い爆発音が伝わって来た。午後になると諫早には灰の雨が降った。布きれや紙屑の黒っぽい燃え粕が長崎の方から風に乗ってあとからあとから降り続いた。(「死の影」『王国そして地図』)

エッセイには繰り返し書いたがなかなか小説にできなかった原爆、「藁と火」は曇りのない少年の目に映る被爆直後の諫早の様子が生々しく描かれている。家の中のひんやりとした空気や竈の匂いなどがありありと感じられ、戦時下の日常が描かれれば描かれるほど、当たり前の生活を破壊する戦争の不条理さに思いが及ぶ。戦後三十年もの間、繰り返し記憶を甦らせ、確かめていたのではないか。

この巻には野呂の最晩年に書かれた作品が主に収められている。一九八〇年五月に野呂が急逝したあと、しばらくはいろいろな雑誌に彼の文章が載った。亡くなる直前まで旺盛な執筆活動を続けていたからである。こののち、『戦艦大和ノ最期』の著者である吉田満の評伝と歴史小説「島原の乱」を書く予定だと語っていたが、突然の死によって実現しなかった。野呂にとって「丘の火」は一九四五年八月九日から一週間というもの諫早の丘で焚かれた被爆者の遺体を焼く火でもあったのではないか。沈黙する死者たちには、兵士だけでなく爆死した幼馴染たちも含まれていたのだろう。いずれの作品にも鎮魂の念が通底しているようだ。

（中野章子）

初出一覧

藁と火	「すばる」	一九七七年六月号
青葉書房主人	「問題小説」	一九八〇年五月号
廃園にて	「太陽」	一九八〇年六月号
足音	「すばる」	一九八〇年七月号
丘の火	「文學界」	一九七八年二月号～一九八〇年四月号

執筆者・監修者紹介

陣野俊史

一九六一年、長崎市生まれ。早稲田大学第一文学部卒業。文芸評論家・フランス文学者。フランス文学、日本文学、サッカー、音楽など多岐に渡る領域で批評活動をおこなう。著書に『じゃがたら』(河出書房新社)『戦争へ、文学へ「その後」の戦争小説論』(集英社)『テロルの伝説　桐山襲烈伝』(河出書房新社)など。

中野章子

一九四六年、長崎市生まれ。エッセイスト。著書に『彷徨と回帰　野呂邦暢の文学世界』(西日本新聞社)、共著に『男たちの天地』『女たちの日月』(樹花舎)、共編に『野呂邦暢・長谷川修　往復書簡集』(葦書房)など。

豊田健次

一九三六年、東京生まれ。一九五九年早稲田大学文学部卒業、文藝春秋入社。「文學界・別冊文藝春秋」編集長、「オール讀物」編集長、「文春文庫」部長、出版局長、取締役・出版総局長を歴任。デビュー作から編集者として野呂邦暢を支え続けた。著書に『それぞれの芥川賞　直木賞』(文藝春秋)『文士のたたずまい』(ランダムハウス講談社)。

＊今日の人権意識に照らして不適切と思われる語句や表現については、
時代的背景と作品の価値をかんがみ、そのままとしました。

丘の火　野呂邦暢小説集成 8

2017年3月1日初版第一刷発行

著者 : 野呂邦暢
発行者 : 山田健一
発行所 : 株式会社文遊社
東京都文京区本郷 4-9-1-402　〒113-0033
TEL: 03-3815-7740　FAX: 03-3815-8716
郵便振替 : 00170-6-173020

書容設計 : 羽良多平吉 heiQuiti HARATA@EDiX+hQh, Pix-El Dorado
本文基本使用書体 : 本明朝小がな Pr5N-BOOK
印刷 : 中央精版印刷

乱丁本、落丁本は、お取り替えいたします。
定価は、カバーに表示してあります。

ISBN 978-4-89257-098-8